陳道生教授

國立臺灣師範大學教育研究所第一屆畢業師生合影
後排左起：鄧玉祥、廖耀德、賈馥茗、方炳林、陳道生。
前排師長左起：孫邦正、楊亮功、劉真、林本、顏秉嶼。

陳道生教授就讀研究所時留影　陳道生教授與施淑慧教授婚禮留影
右一為施教授伯父施天福先生，右
二為時任臺北女師專校長熊芷女士。

陳道生教授赴日參與一九八三年舉辦之
「第三十一回亞洲北非人文會議」

右圖：赴日參加「第三十一回亞洲北非人文會議」（1983年）
左圖：赴德參加「第三十二回亞洲北非人文會議」（1986年）

陳道生教授於會議後參訪留影

陳道生教授於研究閒暇時，以治印、丹青自娛，
二圖為陳道生教授所畫作品

臺灣經學叢刊

陳道生易學與教育學論集

陳道生　著
徐偉軒　編

張序

　　前年十月某日，本校教育學系林建銘教授教授來訪，告知來意，他最近在整理一位教育系退休前輩的著作，其中有許多關於中國古代經典研究的論著，內容所涉及的名詞與文獻問題，欲與我討論。當時在交流意見時，我即對於這位教育學界前輩著作主題竟多為中國古文字、《易經》、中國古代學校制度等相當專門的中國文史研究感到驚訝，然當時的討論與思考集中在為建銘教授解決問題，便未及深入請教作者背景。後於當年十二月底，《教育論叢》第九期「陳道生教授紀念專刊」出版，方知當時建銘教授全力投入的工作，即是為陳道生教授整理遺著。時至今年初，國立政治大學中國文學系車行健教授來電告知，萬卷樓圖書公司將出版陳道生教授論著，希望我協助推廣，同時接到教育系詹寶菁主任邀請，希望我為道生教授大作撰寫序文，有感於與陳教授著作之因緣，謹述所知，尚祈先進指教。

　　余生也晚，民國九十二年進入當時「臺北市立師範學院」服務時，陳教授已經退休，無緣請益。今閱先生遺著，知其學力傾注之處，大致在兩大面向。一為《易經》學術，一為教育學術。在《易經》研究方面，陳教授認為古代結繩紀事透過在繩上「有結」、「無結」表示有事、無事的形式，即是《易經》陰、陽爻畫表義符號的初形，先生認為由結繩形成「八索」，由「八索」演成「八卦」，從而構成「通神明之德，類萬物之情」的《易經》體系。先生由萊布尼茲以二進位制解釋《易》卦獲得啟發，運用甲骨、金文等考古材料以及數學原理，建構解釋八卦起源、卦畫與數字關係以及卦序問題的學說，

跳脫傳統經學偏重文獻考徵的思考，學說自成一格，其用力之勤，思考之深邃博通，令人敬佩。在教育學術方面，先生作為一位教育專業學者，關注中國古代學校制度、教育史學、現代教育思潮、教育學研究方法等議題，尤其堅持良好的教育必須建立在開放、自由的政治社會環境中，才能煥發民族生機，推動國家進步。先生成長於家國憂患之中，於教育攸關國家發展之信念再三致意，足為我輩當今從事教育工作者反覆思量體會。

陳教授任教上庠之時，對於學生多所關懷提攜，並以其自身豐實的研究成果作為榜樣，引領年輕學者繼踵追隨，教澤遠布，我們透過《教育論叢》第九期諸多師友的感念文字，可以遙想先生當年風采。如今哲人雖往，我們得其宏論偉辭，既獲教益，亦以先生之學行自我惕勵，應是對道生教授最好的紀念。是為序。

張曉生謹識

臺北市立大學中國語文學系教授兼學術副校長

民國一一二年十二月二十五日

目次

圖版 ··· I

張序 ··· I

關於《陳道生易學與教育學論集》的整理與出版 ············· 1

《陳道生易學與教育學論集》整理原則 ······················ 7

第一輯　易學新論

重論八卦的起源
　　——結繩、八卦、二進法、易圖的新探討 ··············· 3

八索、八卦與二進數 ·· 37

八卦及中國文字起源的新發現 ··································· 43

從「書」字的演進看泥書、「讀」字、八卦
　　及我國文字的起源 ··· 73

解開易數「九、六」的祕密 ······································ 95

卦序原始和三易的祕密 ··· 117

「三易」和「帛書」卦序表微稿 ································· 163

中庸和二進記數的隱密關係 ······································ 175

漢石經《周易》非善本論初稿……………………………201

新數學和舊光榮……………………………………………219

一件新數學公案的了斷……………………………………245

遠古傳下來的二進數字……………………………………269

歷史之鑰——五……………………………………………321

第二輯　教育學論集及其他

教育史的意義和範圍………………………………………327

研究教育史的目的和方法…………………………………339

中國教育史待耕篇…………………………………………351

中國教育史選介……………………………………………363

《學政全書》簡介…………………………………………389

「學」、「教」正釋及其隱藏的「教育」史實…………397

從《說文》錯解「學」、「教」看教育史研究…………413

東漢鴻都門學考實…………………………………………437

北魏郡國學綜考……………………………………………449

中國書院教育新論…………………………………………463

中西教育制度的比較………………………………………533

中西教育思想的比較………………………………………539

二十世紀的教育……………………………………………547

調查法及其在教育研究上的應用 ……………………… 565

小學教室設計（譯述） ………………………………… 587

明日中小學教育之展望 ………………………………… 597

知識爆發和中學圖書館經營 …………………………… 613

我國創辦博士學位之經過 ……………………………… 623

英國教育現況
　　——蘇格蘭方面（譯述） ………………………… 627

美國農業推廣教育的真諦 ……………………………… 635

燈下縱橫談 ……………………………………………… 641

一件重要事和一些閒話 ………………………………… 647

《民主憲政與中國文化》書評 ………………………… 653

附錄

曾約農致陳道生函 ……………………………………… 659

劉夢溪致陳道生函 ……………………………………… 661

平是非的形而上
　　——專訪陳道生教授 …………………………… 665

憶陳道生教授 …………………………………………… 675

憶陳道生教授學術二三事 ……………………………… 677

我所認識的陳道公：大時代中的一道燭光 ………… 679

道公與謙卦易道 ………………………………………… 683

會昌陳道生先生事略 ⋯⋯⋯⋯⋯⋯⋯⋯⋯⋯⋯⋯ 687

陳道生先生著作目錄 ⋯⋯⋯⋯⋯⋯⋯⋯⋯⋯⋯⋯⋯ 691

與人無爭、與世無求──道生論文集出版後記 ⋯⋯⋯ 施淑慧　695

關於《陳道生易學與教育學論集》的整理與出版

　　二○二二年夏天，我因為籌辦了「化南文人采風：渡臺早期政大中文系師生書畫特展」，而在開幕式時，認識了仰慕已久的政大中文系退休教授林麗娥老師。林老師聽聞我曾為已故的朱守亮先生編纂《亦圃齋經學論集》，於是將我介紹給施淑慧老師，希望我能幫忙整理陳道生先生的文章，集結出版，讓他一生的研究成果，能繼續啟發後學。雖然我此前並不認識道生先生，但因曾有長期協助守亮先生的經驗，對這樣富有傳承紀念價值，又能有所學習的工作，我是相當喜歡的。而施老師殷切的期許，也讓我感到這個任務深具意義，因此便接下了這份工作。後來得知，守亮先生與道生先生彼此熟識，住處甚近，俱享高壽外，辭世之日竟僅相隔兩天，更讓我感到世間緣分之奧妙難得。

　　惟因平常有生計壓力，忙於教學事務，我只能向施老師承諾，會在二○二三年的暑假著手進行。而就在我尚未開始時，道生先生執教一生的臺北女師專──今天的臺北市立大學──教育學系，已經在該系的學術刊物：《教育論叢》第九期，推出了「陳道生教授紀念專刊」，刊中選錄了道生先生曾經發表過的精采文章凡十二篇。每篇都經過期刊編者的仔細編校，使道生先生數十年前的舊文，煥發嶄新的生機。在今天的學術環境中，這著實是件令人感佩之事。同時，我也因此更感到這份工作的意義重大與刻不容緩。是以，在《教育論叢》

的基礎上，施老師便希望這本專書出版計畫，能以著作全集的規模為理想。於是，除了道生先生家中遺留的稿件外，我也陸續在臺大、師大、政大等大學圖書館，蒐集散見各處的其他文章。最終獲得近四十篇之多。到了暑假，我便開始潛心閱讀、整理道生先生的著作。

從一九五八年道生先生的碩士論文〈中國書院教育新論〉，到一九九四年的演講紀錄，在這兩個多月當中，見證道生先生一生的學術積累和思辨歷程，令我由衷感佩。司馬遷曾說：「《詩》有之：『高山仰止，景行行止。』雖不能至，然心鄉往之。余讀孔氏書，想見其為人。」我想，我終於能真切地體會司馬遷寫這段話時的心情。因我未曾一晤道生先生，卻在今天有幸通過他的著作「想見其為人」，確實令人心嚮往之。

道生先生的著作分為兩大類，一為教育學，一為易學。前者是先生的本科專業，而特別著重在中國教育史學的研究。在這類著作中，我們可以看到先生如何通過紮實的古典文獻材料作基底，又運用縝密的考辨功夫，得出堅強的結論，如考定東漢鴻都門學的實際內容，並指出現行教育史書中想當然爾的錯誤說法。或是界定北魏郡國學的發展分期，也指明《通志》與《文獻通考》紀載資料的可疑等。皆有所依據且深具說服力，由此可見先生對古代文獻的閱讀與運用能力。但必須指出的是，道生先生對教育史的重視，並非僅出於歷史考索的興趣，而是希望通過對教育史的深入認識，而後能學以致用，使當代乃至於未來從事教育的人，都能從教育史當中學到經驗，讓教育一直走在正道上。道生先生曾說：「『歷史』是以宇宙為實驗室得出來的結果，所以是不能為任何實驗所代替的。教育史為整個歷史中的一支，自然也具有歷史同樣的特性和重要。任何一項教育政策或教育措施，如果事前沒有經過教育史觀點的批判，都可能因為錯誤而導致無可補救的損失和傷害——事後的改革已無補於曾經受害的人。」（〈中國教

育史待耕篇〉）極為深刻地道出他一生為學的終極關懷。

　　基於此關懷，道生先生對教育史學的追索，引領他到了一個古老的知識領域──《易經》。漢代古文經學家以「《易》、《書》、《詩》、《禮》、《春秋》」排序五經，是以時代先後為次第，認為《易》既源於伏羲，乃是最初之經典。今天的歷史學家也認同《易經》卦爻辭中，有許多上古社會文化的片段遺留，讓我們可以一窺古代風貌之一斑。二十世紀的文字學家則在研究出土文物如陶器、甲骨當中令人費解的數字符號時，以「奇數為陽，偶數為陰」的原理，比對《易經》卦畫，建立了「數字卦」之說。這些不同時代、不同學科背景的論述，都在在告訴我們，《易經》是古老的，是跟中原文明並生的重要經典。道生先生固然也是這麼認為的，但是，道生先生的《易經》研究進路，卻非常獨特，與上面諸說全不相涉。道生先生有著新穎的學術思維，他從萊布尼茲以二進制解說易卦的看法獲得啟發，從而認為，「八卦」應來自於結繩時代的「八索」，而八索則是二進記數法在上古時代的素樸表現。當先生發現這三者之間的關聯時，似乎得到了一把關鍵性的鑰匙，讓他能夠用以打開一道又一道上古文明的秘密之門。於是，道生先生花了數十年，寫作了十餘萬字的論文，探討八卦的起源、卦畫與數字的關係、易數的「九、六」以及上古「三易」的卦序等問題。他從傳世文獻如《十翼》中令人困惑的解經文字開始追問，運用「二進記數」與「對對交反」等數學原理，加之甲骨金文之考古文字材料，終以一己之力，構建出一套自成一格的學說體系。就學說內容之豐富與論證之細密言，或並不亞於「數字卦」之說。道生先生也對自己的創見感到非常自豪，引為傳世之說。

　　於此同時，道生先生也將他在易學世界中的探索成果，再回頭深化教育史學，即結合「敎」、「學」之古文字結構演變，提出了上古教學乃是從學「爻」到學「文」以至於學「文字」的發展觀，予教育史

學一個嶄新的起源論述。是以，從一般學科專業之印象來看，易學與教育學似乎迥不相牟，但對於道生先生而言，他們卻是彼此相輔相成的。道生先生試圖建構的，或可謂是「『易』『教』同源」的觀點；而就文明發展進程來說，甚至可以說是「易」先於「教」。然而，「明易」實所以「正教」，道生先生對易學的研究，與他對教育的關懷，始終是密不可分的。

秉持著上述的認識與敬意，我在整理完道生先生的文章，得到三十六篇定稿後，為了將之妥善呈現，以不負道生先生與施老師之意，便求教於敝業師：政大中文系教授車行健先生。車師是當代經學名家，也長期致力於對前輩學人的學術傳承與編纂工作。在向車師請教之後，我們決定將道生先生的著作集交由以出版當代文科學術書籍著名的萬卷樓圖書公司刊行。車師並認為：道生先生於易鑽研許久，創見頗多，當邀請收錄於「臺灣經學叢刊」書系中，並命名為《陳道生易學與教育學論集》，由此彰顯道生先生在易學上的耕耘與貢獻，並讓更多學人知曉。將此想法請示施老師後獲得認同，讓這本書就此成形。

全書共分二輯。第一輯「易學新論」，收錄文章十三篇，共約十六萬六千字；第二輯「教育學論集及其他」，收錄文章二十三篇，共約十七萬四千字。其中除了《小學自然科教學法》一書因篇幅過長不適合收錄之外，編者所得見先生曾正式發表或主筆之學位論文、期刊論文、教科書章節、演講紀錄、譯述與書評等文章皆已收錄。分別按主題、研究層次與時代之原則排序。另有附錄一節，收錄曾約農、劉夢溪的來函各一封、道生先生的訪談錄一篇、《教育論叢》第九期中由前校長、同事與學生等撰寫的紀念文章四篇、道生先生的事略與著作目錄各一篇，最後是夫人施淑慧老師為本書所撰後記一篇。希望能藉此呈現道生先生一生深造而得的研究成果，以及他令人感佩的學人風範。

　　這本書得以順利出版，絕非我一人之力。首先，有《教育論叢》的珠玉在前作為基礎，藉以參校砥礪，編者林建銘教授居功至偉。車師行健在本書編輯體例上給予諸多指導，並協助聯繫、安排出版事宜；整理過程中，車師不避瑣碎地仔細提點，使我的舛誤降到最低。其次，政大中文系博士班羅睿晰先生、臺大植物所碩士班林奕安先生幫忙調閱、掃描原刊，睿晰並以其專業多次協助確認古文字材料。士淇打字行呂德瑞老闆，在打字與文書處理技術上給予許多實質幫助與指點。當然，不能不提的是萬卷樓圖書公司張晏瑞總編輯、林以邠責任編輯等的鼎力協助與認真負責。於此一併致謝。最後，最重要的，感謝施淑慧老師交付重任，並給予最大程度的肯定與信任。今書將付梓，希望在天上的道生先生對此感到滿意，並能有些許欣慰。

徐偉軒 謹識

民國一一三年三月

《陳道生易學與教育學論集》整理原則

一　本書收錄陳道生先生論著凡三十六篇，皆經電腦打字重新排版。在最大程度保留原貌之原則下，依照現代文科學術論文寫作規範，盡量統一全書文章體例與格式，包括標題序號、標點符號、引文與註解等。

二　凡有明顯訛字或缺字者，逕於正文中校補，不另出校注。標點符號與數字寫法（國字或阿拉伯數字）多存原貌。惟部分標點與數字與現代行文慣例差異過大，或有前後文不一致處，逕於正文中校改或統一，不另出校注。

三　論文註解文字及文獻出處體例皆保留原貌，但統一為當頁註，並標示原註序號；正文中原以括號「（　）」夾註之文字，如僅為標示出處或內容較長者，為便閱讀，亦視情況改為當頁註。凡作者原註，皆在當頁註之註解序號後標示「〔原註〕」。

四　論文中所徵引文獻皆覆核原典，凡與現今通行本有不一致者，皆回歸原典。編者如需說明或有校改意見，則加編者案語，並冠以「【編案】」字樣，以與原註區隔。

五　論文中引稱書名、篇名之處，依照現代文科學術論文慣例，加上書名號「《》」或篇名號「〈〉」，以利理解。此外，本書論「易」之文頗多，而「易」或與「易」連綴之詞彙，在行文中有時指稱典籍，為「書名」，則加書名號，如「《易經》」、「《周易》」、「古

文《易》」等；有時表示卜筮之法或義理理則，為「類名」，則不加書名號，如「易學」、「易數」、「易理」、「新易例」等。又，書中論「三易」：「夏易」、「殷易」、「周易」等文，亦因其所指涉內容為三代筮法與易理，故皆不標書名號。凡此皆依上下文意判斷，不另出校記。

六　本書論文中有許多古文字字形與圖表。編者整理時，於古文字多數沿用原刊手繪字形，部分因原刊字型不清或有舛誤者，改用「小學堂文字學資料庫」所收古文字字形；圖表則多數逕用原刊掃描之圖檔呈現，部分經編者重製，或轉引《教育論叢：陳道生教授紀念專刊》重製之較清晰者。

七　陳道生先生以從「爻子（孝）」之「教」為正體，而非從「孝」之「教」。查先生生前手書，亦皆作「教」。故本論集中，除專論「教」、「教」之區別處外，皆依其觀點，統一作「教」字。

第一輯
易學新論

重論八卦的起源
——結繩、八卦、二進法、易圖的新探討

　　關於八卦起源的現有數種說法，大致都尚難令人滿意。西人巴德（R. Barde）較新的說法，謂是起源於古人計算用的籌。哪一條條的爻就是籌的形狀，陽爻代表五，陰爻代表一，就像羅馬數字一樣，以五為基礎，加減而成。因為這符合原始人類算數時攀手指頭的辦法云云。[1]此說不合《周易》本身材料所示的事實，也不能算是圓滿的說法。本文根據《周易》本身的材料、系統和旁證，對此一問題，提出作者本人認為是惟一符合真相的解答。

　　《周易》中提到的上古結繩一事，只有鄭康成猜了一下，說大事打箇大結，小事小箇小結；因為缺少說明和證據，沒有為後人所採信。而且鄭氏所說那種結法，也只能表示事的大小，不能表示事的內容；只能幫助箇人記憶，無法溝通、傳遞經驗和思想；自然不是結繩而「治」的那種結繩。柳詒徵氏主張要在今日未開化民族的結繩中去求證實，但既知的種種結繩，中間經過長期的演變，也不能證明那就是我們遠古的結繩辦法，本文根據《周易》中的資料，發現八卦由結繩而來的線索。恢復了有系統，可以讀出來的結繩，因而把我國記載的歷史文化，又推前了不知多少年代。

1　〔原註〕（註一）Barde, R. "Recherches sur les Origines Arithmetiques du Yi-King" Achives internationales d'Histoire des Sciences. 在Needham. J.（此譯尼敦）著*Science and Civilisation in China*（中名《中國科學技術史》）一書第二卷頁三四三中有簡明的英文介紹。

　　八卦係依二進記數的系統而來的事實，在五代末宋初的時候，經希夷先生陳摶傳出後，傳到邵康節的時候，產生先天象數一派易學，但後來失傳，易圖當時也並未傳出，現在《易經》前面的易圖，乃係朱熹派蔡季通到蜀中購來的，本文指出那不是真貨，並恢復了原圖的應用排法，使黃梨洲以來胡渭輩的辨惑工作有所糾正。並將德國哲人萊布尼茲（G. W. Leibniz）重新發現八卦二進的表面事實（見後），進一步用《周易》中的材料把它證實；因為萊氏這項發現，一直到尼敦最近著的三厚冊名著《中國科學技術史》中，還認為新奇的成分遠多於它的重要性。認為是尚有爭論的。本文加以證實，使人不但知其然並且知其所以然，將可使先天象數一派易學的真相大白於世。

　　說到八卦的起源，自然要先從《周易》談起。《周易》這一部書，是一部極為神秘的古書，古人說它為「五經之原」。它是一部說到我國最早文化狀況的最早的書。如《漢書·五行志》、司馬貞〈三皇本紀〉、劉秩《政典》（後杜佑增為《通典》）、司馬光據皇甫謐《帝王代紀》及徐整《三五曆》而作的稽古等，凡說到上古結繩、伏羲畫卦的事，都是根據《周易》〈繫辭下傳〉而來的。

　　《周易》中除了卦外，有許多用來說明的文字，那就是卦辭、爻辭、〈彖辭〉、〈象辭〉、〈文言〉、以及〈繫辭〉（上下）、〈說卦〉、〈序卦〉、〈雜卦〉各傳，這十種說明的文字，後來統稱為《十翼》。前面五種因為是解釋六畫卦的，前人乃按照性質分別把它們附在所解釋的卦下去了。後面五種大部分是記述三畫卦（通稱八卦）的來源及原理的，現在仍單獨的附在後面。《十翼》相傳是孔子做的，後來有許多懷疑的說法，都是「據我箇人的意見」[2]型的。但是無論它是什麼時候做的，是誰做的，他所根據的史料的價值，纔是我們應該注意的重心。就像《史記》的作者，大家不必考證就知道是漢朝的司馬遷，但

2　〔原註〕（註二）梁啟超著：《古書真偽及其年代》，頁七七語。中華。

《史記》所記載的漢朝以前的事，價值仍舊是很高的。有關《十翼》過去的討論都偏重到作者方面去了，因而無形中影響及掩蓋了它在史料方面的價值。《十翼》中顯然有許多資料是由卜官世代相傳下來的，就像八卦這箇極重要的東西，我們就無法在六畫卦的《周易》正經中找到它，因為那裡面講的都是六畫的六十四卦，我們應叫它六十四卦，而不叫八卦纔對。八卦的真相是靠〈說卦傳〉纔傳下來的，這箇傳，梁任公先生斷為戰國秦漢間的作品，我們仔細觀察後，總覺得這篇東西，在各傳當中實在應該是最早的作品，裡面除了第一章和第二章說到著，說到陰陽，可能是後來添入的外，其他各章都是說三畫卦的，而且大部都是極簡潔的短章，這合乎古代書寫需要的情形。裡面說到八卦代表的許多觀念，很少是抽象的，也合乎初民的心理發展情形。還有是本文後面要介紹的，它蘊藏著一箇失傳已久的自然而奇妙的八卦圖，那絕不是偽造的偶然結果（詳後）。所以這篇東西對後來研究《周易》的人，有很多的啟示。

後人對《周易》的許多懷疑，惟一的主要原因，就是對於那些卦爻的謎還猜不透。於是就發生二箇相對的現象：一箇是因為猜不透謎底而失望，因而找出種種破綻來證明它是偽造假託的，叫人不要去白耗精神。另一箇是因猜不透謎底而希望，因而試用種種方法，來推敲這個箇關係中華最古歷史的大謎。但是無論古人今人，儘管推敲又推敲，也沒有推出令人滿意的結果來。現在的青年看到《易經》這部書，幾乎挨也不想（敢）挨。假如再找不出謎底來，後來的人也許終於要放棄去推敲，讓這箇千（？）古的謎，變成永遠的謎了吧？

方東美先生在三十年前指出「甲骨文」和「《易經》」，是二種頗能引起普遍注意，同樣有趣，又同樣難懂的東西。在三十年後的今天，甲骨文的研究，又已經有了許多的成就。而《周易》的研究，竟是一無進展。二者比較起來，甲骨文是在地下埋沒了幾千年的失傳古

字，而《周易》是有專官掌管，世世代代父子相傳下來的，為甚麼反會難懂呢？而且依照進化原理來講，古人發明的東西，一定不應複雜到今人不能懂的地步纔對。何況《周易》本身〈繫辭傳〉第一章就說過：「乾以易知，坤以簡能；易則易知，簡則易從；易知則有親，易從則有功；有親則可久，有功則可大。……易簡而天下之理得矣。」明明是說作為構成八卦的基本元素的乾坤二卦，它們的特性：乾是「容易」（一橫當然容易）坤是「簡單」（一斷橫當然簡單）。因為容易，纔好瞭解；好瞭解，人纔會喜歡它；人喜歡它，纔能流傳久遠。因為很簡單，纔容易為人採用；容易為人採用，纔能發生功用；能發生功用，纔能流傳廣大。把畫卦的原意，說得沒有更明白的了。這樣容易簡單的東西，為甚麼多少千年來，愈研究愈不知其所以然呢？這顯然是在傳授當中，失去了某種連繫的「結」所致。我們只要找出這箇重要關鍵的「結」來，一切就可以迎刃而解。

　　要找出《周易》失去的這箇「結」，我們第一步應該把它的前後源流弄清楚，《周易》〈繫辭下傳〉說：「上古結繩而治，後世聖人易之以書契。百官以治，萬民以察，蓋取諸夬。」可見我國文字的產生，是分為三期的，即：

　一、結繩時期。
　二、畫卦時期。（易是根據卦的）
　三、書契及後來演變而成的各體文字時期。

最早的八卦，是由傳說中的包犧氏畫的。《周易》〈繫辭下傳〉說：「古者包犧氏之王天下也。仰則觀象於天，俯則觀法於地；觀鳥獸之文，與地之宜，近取諸身，遠取諸物；於是始作八卦，以通神明之德，以類萬物之情。」

　　從「類萬物之情」一語看來，八卦原來是具有文字的作用，根據
《周易》〈說卦傳〉，它曾經被用來代表人倫、人體、顏色、方向、事
物。現在我們把它列表分析如下，看來更是明白：

一、人倫方面：

　　乾──父、君。

　　坤──母。

　　震──長男。

　　巽──長女。

　　坎──中男。

　　離──中女。

　　艮──少男。

　　兌──少女、妾。

二、人體方面：

　　乾──首。

　　坤──腹。

　　震──足。

　　巽──股、（寡）髮、（廣）顙、（多）白眼。

　　坎──耳、血（卦）。

　　離──目、大腹。

　　艮──手、指。

　　兌──口。

三、方向方面：

　　震──東方。

　　巽──東南。

　　離──南方。

坤──西南。

兌── ³

乾──西北。

坎──北方。

艮──東北。

四、物類方面：

（甲）八大自然物：

乾──天。

坤──地。

震──雷。

巽──風。

坎──水。

離──火。

艮──山。

兌──澤。

（乙）動物方面：

乾──馬、良馬、老馬、瘠馬、駁馬。

坤──牛、子母牛。

震──龍（馬之善鳴、馵足、作足、的顙）。

巽──雞。

坎──豕（馬之美脊、亟心、下首、薄蹄、曳）。

離──雉、鱉、蟹、蠃、蚌、龜。

艮──狗、鼠、黔啄之屬。

兌──羊。

3　【編案】兌主西方，是《易》學家熟知者，然原文此處從缺，因〈說卦〉傳文未直
　　言，道生先生或因此處僅整理〈說卦〉內容，故不書，下文「顏色方面」從缺者同。

（丙）植物方面：

　　　乾——木果。

　　　坤——

　　　震——蒼筤竹、萑葦（稼：反生）。

　　　巽——木。

　　　坎——（木）堅多心。

　　　離——（木）科上稿。

　　　艮——（木）堅多節。

　　　兌——

五、顏色方面：

　　　乾——大赤。

　　　坤——（於地為）黑。

　　　震——玄黃。

　　　巽——白。

　　　坎——赤。

　　　離——

　　　艮——

　　　兌——

六、性質、動作方面：

　　　乾——健。

　　　坤——順。

　　　震——動。

　　　巽——入、進退。

　　　坎——陷。

　　　離——麗。

　　　艮——止。

　　　兌——說（悅）、毀折、附決。

其他關於「形狀」方面的，有：

乾為「圜」。

巽為「長」，為「高」。

關於「礦物」方面的，有：

乾為「玉」、為「金」、為「冰」。

艮為小「石」。

關於「氣候」方面的，有：

乾為「寒」。

關於「器物」方面的。有：

坤為「布」、為「釜」、為「大輿」、為「柄」。

巽為「繩直」。

坎為「矯輮」、為「弓、輪」，（於）輿為「多眚」。

艮為「門闕」。

關於「農作」方面的，有：

震於「稼」為反生。

艮為「果蓏」。

關於「貿易」方面的，有：

巽為「近利市三倍」。

關於「水利」方面的，有：

坎為「溝瀆」。

關於「氣味」方面的，有：

巽為「臭」。

關於「疾病」方面的，有：

坎為「加憂」，為「心病」。

關於「武器」方面的，有：

離為「甲冑」，為「戈兵」。

關於「交通」方面的，有：

　　艮為「徑路」。

關於「神秘」方面的，有：

　　兌為「巫」。

看了上面這些分析的情形，八卦的代表這些與日常生活有關的許多觀念，可以使我們明瞭它的產生，不外為了「溝通思想」與「傳遞經驗」的二箇目的。可知當初的所以流傳，原是為了它具有字的功用。

　　今天我們在《周易》中看到的卦，都是被用作卜筮的符號了。這一定是發生在八卦的原來意義，已不為人或大多數的人所瞭解以後的事。就像我國的佛經，要用梵音來念；西洋的《聖經》，要用拉丁文來念；纔顯得莊嚴神秘一樣。這是有人類心理發展的根據。人類心智的發展，正像箇人自小孩至成人的發展一樣。原始的人類，也和小孩一樣，以一己的影像來認識自然，他們對於無法解釋、無法抗拒的事情，統統歸之於像人類一樣有喜怒性情的神。人類自從有了他們的神以後，為著神與人之間的構通，自然地又需要一套特別的語言，以及管司這些職務的神職人員。就如西洋的聖經和神父，我國的咒語，佛經與道士、和尚一樣。在易卜上來講，這種「通神明之德」的語言和專人，就是卦爻和卜官。所以根據梵音、拉丁經文的例子，我們可以推想得到八卦也是原來曾經通行過，後來又不通用了的一種死文字。

　　八卦為我國古代文字（廣義的）的說法，大抵已為大家所接受。當然還有許多的異議，但他們提出的理由也不很充分，又沒有證據。而他們的問題中，有一部分是在本文可以找到答案的。劉師培氏舉：「乾坤坎離之卦形，即天地水火之字形。」[4]的例子說：

4　〔原註〕（註三）劉師培著：《經學教科書》第二二課〈論易經與文字之關係〉。《劉申叔先生遺書（四）》，頁二三八七。大新。

乾為天。	今天字草書作〰。	象乾卦之形。
坤為地。	古坤字或作〰。	象坤卦之倒形。
坎為水。	篆文水字作〰。	象坎卦之倒形。
離為火。	古文火字作〰。	象離卦之象。[5]

梁啟超氏也說：「……八卦是古代的象形文字卻很可信。」不過梁氏接著說：「我們看坎離二卦便知道。坎卦作☵象水，最初的篆文水字也作〰，後來因寫字的方便，改作〰，卻失了本意了。離卦作☲象火，篆文作〰，也有先後的源流關係。」[6]則應該加一點修正，就是☵不是像真的水，而是像後來的水字。☲也不是像真的火，而是像後來的火字（實在是天坤火等字像卦形），因為真的實物樣子，絕不能用這麼整齊劃一的長短畫象得了的。（理由後面會說）

從上面的例子中看來，前人的努力只找出在後來發展成的象形文字中，有幾箇字是像八卦中的那箇卦形，同時也承襲了一部分那箇卦形所代表的事物的意義。證明八卦為文字的痕跡，尚遺留在今日可考的文字中。

但我們仔細分析前人的研究結果以後，可以發現他們的推理觀念，有點模糊不清。就是他們從像實物形狀發展而成的象形文字中，找到幾箇像卦形，而且代表的意義也相合的字，得到八卦也是古代的象形文字的結論。而隱隱中有八卦的象形，也是像它代表的實物的形狀的意思。實在，像原物形狀的象形文字像卦形，並不能得到卦形像它代表的原物的結論來。這一步的錯誤，阻止了他們進一步去求得真相的可能。

5　【編案】此處草書與古文字符，原應為先生手摹，今轉影劉師培《經學教科書》所刊，較為清楚。見《劉申叔先生遺書》，《經學教科書》，第2冊，葉33。

6　〔原註〕（註四）註二梁書，頁73。

　　前人的推斷雖然不合邏輯，而他們由此得到的結論——八卦為古代的象形文字，卻可提示給我們一箇很好的假設。因為文字的產生，不外「形」「音」二途。在我國文字中，「音」這途很少證據，那是「形」的一途最有可能了。由這假設出發，根據象形文字中像八卦之形的線索，我們可以設問：「既然象形文字像過它前面的卦形，八卦會不會也像它前面的某種形式的文字呢？」

　　八卦之前是結繩[7]，繩子是會腐爛東西，經過多少年代以後的現在，當然無法找到實物的證明。不過今後如有仔細的考古家，發掘到像周口店北京人那樣的洞穴，加以仔細的考察，也許能找到某種痕跡，或刻在洞壁或實物上的圖形。而現在卻是沒有辦法。所以現在只能根據在繩子上的二箇可以看得到的特徵：「形」和「位」來加以考察。劉師培氏推斷當時的情形說[8]：

> 結繩之事，不可復考。然觀一二三諸字，古文則作弌弍弎。蓋田獵時代，以獲禽紀數，故古文之一二三字，咸附列弋字於其旁，所以表田獵所得之物數也，是為結繩時代之字。（蓋結繩時代，並無弋字之形。惟於所獲禽獸之旁，以結繩記數。）惟結繩之文，始於一字，衡為一，從為｜，縮其形則為丶，斜其體為丿（考密切），反其體為乀（分勿切），折其體則為⺄（音及），反⺄為厂（鳴旱切），轉厂為乚（音隱），反乚為乛（居月切）……⺄（及）乚（隱）之合體為囗，轉環之則為○……是結繩字，不外方圓平直，此結繩時代本體之字也。

7　〔原註〕許氏《說文》〈序〉謂結繩始於神農，其說後出，不足信。段玉裁註及柳詒徵《中國文化史》已辨正。

8　〔原註〕（註五）註三劉書，頁二四○六。《中國文學教科書》第一冊，第四課〈論字形起源〉。

柳詒徵氏謂劉氏的說法傅會。[9]我們看了以後也有部分同感。不過假如我們將劉氏的說法加以修正，說：「結繩文字，不外縱橫平直。」豎著看為｜，橫著看為—，表示有結為┦或•—，[10]表示沒有結為｜及¦（‡）或—及（--）[11]，則為無法否認的事實。

我們再看組成八卦的二箇符號，陽爻—和陰爻--正是這種形狀。不過陽爻為什麼不像•—有結的形狀呢？這裡有二種可能：

一、代表有結：當初本來是有結的形狀，後來經過了多少年代，慢慢簡化只成了一橫。

二、代表沒有結：它本來是代表沒有結的，而陰爻--原來纔是中間有結的，在流傳當中，剛好把中間凸起的那點漆[12]統統給磨掉了或碰掉了，斷成了二短橫的形狀，這也是可能的。

關於第一點陽爻代表有結的痕跡，我們在古文字中尚可找到。[13]在古文字中，一也寫成┦（文姬匜），又寫成｜（註一尼敦書中所引周代古錢）；十字也寫成┦（舀鼎、克鐘、古十字盂鼎、史獸鼎、南宮中鼎、庚贏卣。）十又可寫成「‡」（聘鐘、公緘鼎、秦公敦、齊鎛。）╲（高克尊）又寫成｜（甲骨文中例甚多。）所以一和十有相通的例子，又有縱橫變換的痕跡，所以┦在理論上也可寫成•—，而┦可能也曾經作過一。雖然研究文字學的人，根據觀察形狀的結果（無其他證據），認為┦係由肥筆的┦演變而來的，但根據本文的研究，也可認為它是由結繩的系統而來的。因為我

9　〔原註〕（註六）柳詒徵編著：《中國文化史》，頁四○。正中。

10　〔原註〕參看後面第二三三頁「關，孫二字中的┦ 𤔲 𤔲 相通現象」。【編案】本書頁35。

11　〔原註〕（註七）╳指出中間空著不連。

12　〔原註〕古時用漆寫在竹簡上。

13　〔原註〕根據甲骨文為當時的今文，鐘鼎文為古文的董氏研究結果。

國古代各民族部落的文字並非統一，很可能結繩文化是由周民族的祖先發明的，後來接受了殷民族的文化，文字和記數的系統（詳後）也因而變化。

再說，象形的八卦，它所像的這樣整齊的一條一條，究竟會是什麼東西呢？這東西當然是在初民的生活中，有過重要性的。我們試一考慮那些初民身邊可能有的東西，而感到他們用打結來代表事物觀念的繩子最有可能。因為八卦也是為了同一目的而產生的，二者發生承襲的關係，乃是最自然的現象。[14]

人類的文明是漸漸進化的，一切觀念、方法、器物、制度，都是慢慢改進而漸至完善。八卦之前既為結繩，則八卦當是應契畫的應用而產生的，也就是說八卦也是由結繩變為契畫的東西。契畫的產生，一定要接受它前面舊有的結繩經驗，不能憑空創造而成。因為語言文字是「約定俗成」屬於社會大眾的東西，它不但要合乎「易知」，而且要合乎「易從」的條件纔能行得通。從結繩到契畫的時候，中間一定有一段結繩未廢、契畫已生的時期。[15]那時二法並用，一定二者的特性、形狀要很相像纔辦得到。[16]就像現在的國音注音符號，也取自原有的國字偏旁；我們的象形文字除了像原物外，也像過它前面的符號（指八卦）一樣。那麼，把哪一條長長的，某段打著結，某段沒有打結的繩子，照橫著重疊起來的形狀契畫下來，不是很相近，合乎「易知」、「易從」的條件麼？我們就照這一規則，來試行恢復它當初結繩的形狀看看：

---

14 〔原註〕注意本文在有關的部分隨時指明。

15 〔原註〕前引〈繫辭下傳〉第二章可證。

16 〔原註〕在民智未開的古代，這一點尤其重要。

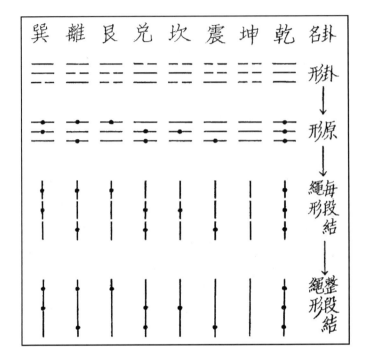

這裡面陰爻的演變成為現在的一斷橫（--），顯然的是經過二次對比的演變。第一次是無結的樣子（—），是與有結（—•—）對比的，是照實物——結繩的原樣子模倣下來的，也就是最初的象形。第二次是因為╪和—•—已為十[17]借用[18]，一已經演變到固定的一橫，所以—•—也跟著演變成一，以便避免和十相混。但一是代表「有」一箇結的，在一「有」一「無」的對比下，用一斷橫（--）來表示「無」——無結（—✕—），也是很自然的結果。在《周易》中處處表現二元對比的觀念，最是明證。

下面為著觀察的方便，仍從結繩演變成八卦的先後次序，加以分析說明比較，看起來就更清楚明白。

---

17 〔原註〕十字和七字。

18 〔原註〕後來╪有演變成長形十字，—•—有演變成短形十字的情形。

五 四 三 二 一	一、這段繩子打著三箇結，代表天。 二、把它分成三段的樣子。⎱ 這二步分析的情形未必 三、根據高克尊的斜狀形。⎰ 經過。 四、照繩子的樣子分三段橫著刻劃下來。意義是一樣。[19] 五、慢慢簡化了中間哪一點，疊緊一點，就是現在的乾卦，也有天的意義。[20]
三 二 一	一、這段繩子沒有結，代表地。 二、照前例橫著刻劃下來，意義不變。 三、演變中，為要與由 ➡ 而來的一區別，乃用強調中間沒有結（☷）的形狀，把每橫刻斷。就是現在的坤卦。也有地的意義。
三 二 一	一、這段繩子的下段有結，它代表雷。 二、橫著分段刻劃下來，意義不變。 三、像前例一樣，演變成現在的樣子的震卦。有雷的意義。
三 二 一	一、這段繩子的中段有結，它代表水。 二、橫著分段刻劃下來，意義不變。 三、像前面的例子一樣，演變成現在的樣子的坎卦。有水的意義。

19 〔原註〕橫畫的目的為著好讀，詳後。

20 【編案】本文原刊時為直排，部分表格格式無法直接沿用，編者乃根據先生原文再製，後文不再加註說明。本表圖示與說明之標號（一、二、……）為編者另加以便閱讀。

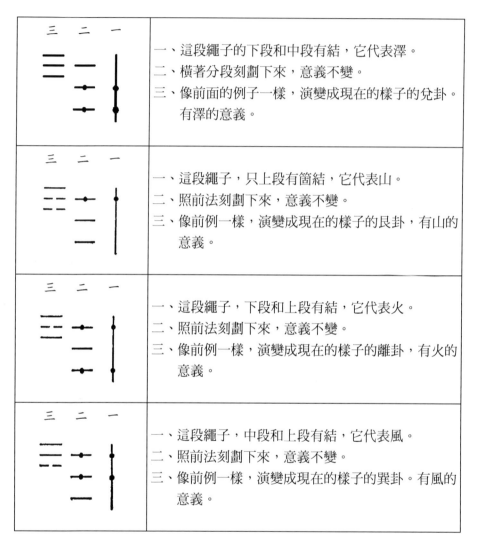

三 二 一	一、這段繩子的下段和中段有結，它代表澤。 二、橫著分段刻劃下來，意義不變。 三、像前面的例子一樣，演變成現在的樣子的兌卦。 　有澤的意義。
三 二 一	一、這段繩子，只上段有簡結，它代表山。 二、照前法刻劃下來，意義不變。 三、像前例一樣，演變成現在的樣子的艮卦，有山的 　意義。
三 二 一	一、這段繩子，下段和上段有結，它代表火。 二、照前法刻劃下來，意義不變。 三、像前例一樣，演變成現在的樣子的離卦，有火的 　意義。
三 二 一	一、這段繩子，中段和上段有結，它代表風。 二、照前法刻劃下來，意義不變。 三、像前例一樣，演變成現在的樣子的巽卦。有風的 　意義。

這是根據陽爻代表有結，而推演的情形。是現在《周易》的系統。它在《周易》中可找得到的根據，那就是〈說卦〉第三章及第五章的第一句話「雷以動之」、「帝出乎震」[21]。這第一句話從震開始，提示了我們震卦有特別的地方。還有第十章的一句話——「震一索而得

21　〔原註〕帝乃蒂的原字，為花果開始的部分。

男」，提示了震與「開始」和「一」有關。我們再考察震卦☳的形狀，剛好下面一長畫，上面二斷畫，這只有在陰爻是零，陽爻是一的時候，才有是一的可能。[22]這和二進數用○和一來記載的情形相合，再參考〈繫辭上傳〉第十一章提示的一二四八的二進系統[23]，從震考查起，就得到震一、坎二、兌三、艮四，離五、巽六、乾七、坤○的順序。若是陰爻代表有結，因竹簡的漆書在流傳中把中間那點漆磨掉的話，則把上面的系統完全倒過來就是，更為簡單。不過八箇卦中，凡有點的恰巧通通磨掉，較不可能，而且與現在《周易》中可利用的材料系統不合。我們為省麻煩不去惹它。

看了上面的例子，我們可以看出八卦與結繩的淵源，比天（⛢）、地（〣）、水（≋）、火（⺁）與乾（☰）、坤（☷）、坎（☵）、離（☲）的淵源還要明顯。這是就「形」[24]的方面來觀察所得的結果。

我們知道結繩除了它的「形」狀外，還有「數」的意義。講起「數」來，又有一箇與它不可分的問題，那就是「位」。數是離不開「進位」的，沒有進位，就失掉了它的作用，就不成其數。在我們日常生活的應用中，十六兩為一斤，那是十六進位法；十二英寸為一英尺，那是十二進位法；六十秒為一分鐘，六十分為一點鐘，那是六十進位法。而在我們的度量制度中，十寸為一尺，十升為一斗，那都是十進位法。由此可見數有各種的進位法，而世界上最普遍，作為標準的進位法，就是我們用得最多的十進法。我們從甲骨文的數字中發現，我國在殷代用的就是十進法[25]。以後一直沿用到現在。今天我們

22　〔原註〕這和上文所敘十字和一字的演變情形相合。

23　〔原註〕詳後面數和位的部分。

24　〔原註〕結繩的形與八卦的形。

25　〔原註〕（註八）李儼著：《中國算學史》，頁二、九，臺灣商務印書館。

一涉到數，就會自然而然走到十進法這條既熟又大的路上去，這是千百年的習慣使然。可是用來考察結繩上的數，這條大路卻變成了迷人的歧途，它曾經使多少千年來，研究《周易》的人迷途至死！

十進法在實物上最明顯的表示物，那就是算盤。算盤每位可累積到九，再在這同一位上加一就加不上去，而需退掉本位的數，在上一位用一箇一來表示。那就是第一位的每箇一代表一，第二位的每箇一代表十（十箇前面的一），第三位的每箇一代表百（十箇前面的十），也就是照10^0，10^1，10^2，……的系統發展而成的。這種進位情形在結繩上就不同了，因為在繩子上打一箇結[26]，在「同一位置」上就不好再打第二箇結，那第二箇結就得打到上一位去，第二位與第三位，……以後都是一樣，假如用一把每位一箇珠的二進法算盤[27]，那就祇用一句口訣，就是「逢二進一」或「二退一進」就行了。[28]這就很自然的產生逢二就得進一的法子，這種進位的法子，叫做二進法。它只要用「一」和「○（零）」，即「有」和「無」（有結、無結）二箇符號就夠表示。這就是我們多少年代前的祖先，根據實際情況的需要，而自然採用的最簡單的進位法。我們用慣了十進法，以為十進法比它簡單，實則十進法遠比它麻煩。所以現在的快速電子計算機 IBM（所謂電腦）多採二進法的設計，這點可以充分的證明。在繩子上用結及二進法表現的數，像下圖的樣子（依照三畫的八卦系統）：

┃	這段繩子，在最下的一段打上一箇結，中段上段都沒有結——都是零（○），照二進法寫成數字就是「○○一」，這就是十進數的一（二進相同）。

---

26 〔原註〕最初的一個照《周易》的系統是最下面那箇。

27 〔原註〕或用現在通用算盤，但每位限用一個珠。

28 〔原註〕另撰專文詳述。

	現在要表示二，在一的位置上已有一結（見上一圖），第二結在「同一位置」上再打不上去了，所以第二結得打到上一位去，這第二箇結和位置是因為二而打的，所以已含有二的意義。則最初表示一的那箇結，因進位而要解去，否則二加一會變成三。照二進法寫成數字為「○一○」，這就是十進法的二。
	這根繩子表示三。先二結，像前例進位到中段的位置去了（見上一圖），這一箇第三結只有打在因進位而空出的第一段的一的位置，照二進法寫成數字是「○一一」，這就是十進法的三。
	這根繩子表示四。四有二次逢二進一的機會，因而在中段二的位置上發生二箇打結的需要，但是照前理同一位置只能打一箇結，因而在二的位置上也生發生逢二（兩箇二）進一的進位手續，乃進到最上一段打一箇結。這箇結是因逢到兩箇二而打的，所以代表四。照二進法的寫法是「一○○」，這就是十進法的四。

照上例，這根繩子各段（位）代表的數，從下至上依次為一二四，即二的零次方（2^0），二的一次方（2^1），二的二次方（2^2）。以下五、六、七的結法，即可照此理而得：

	在四的位置上打一結，在一的位置上打一結，四加一就是五，照二進法的寫法是「一○一」。
	在四的位置打一結，在二的位置打一結，四加二就是六。照二進的寫法是「一一○」。

(7) { (4)+(2)+(1) }	在四、二、一的位置上都打上一結，那就是四加二加一等於七，照二進的寫法是「一一一」。

上面的例子，說明二進記數法的系統，由結繩記數而產生，乃是最自然的情形。我們試想想，在人類的周遭，還有什麼其他的實事實物，如此容易的啟示二進法的產生呢？又〈說卦〉第十章：「巽……為繩直，……進退。」這一進退的觀念和繩擺在一起，是不是也給上面的說法一箇有力的證據呢？

將上面打著結的繩子，一段段的照畫下來，既然有演變成八卦的情形，那麼八卦自然也就是根據二進記數而來的東西，現在把它們排在下面和結繩以及它們的記數一比較，看來最是明白：

結繩	形	卦形	二進記數形	用阿拉伯字橫記形	十進數字
|	☷	☷坤	○○○	（000）	○（0）
|	☳	☳震	○○一	（001）	一（1）
|	☵	☵坎	○一○	（010）	二（2）
|	☱	☱兌	○一一	（011）	三（3）
|	☶	☶艮	一○○	（100）	四（4）

結繩	形	卦形	二進記數形	用阿拉伯字橫記形	十進數字
	☲	☲離	一〇一	（101）	五（5）
	☴	☴巽	一一〇	（110）	六（6）
	☰	☰乾	一一一	（111）	七（7）

有關結繩記數係採二進記數法的記載資料，也可以在《周易》中間接找到。《周易》〈繫辭上傳〉第十一章說：

> 易有太極，是生兩儀，兩儀生四象，四象生八卦。

「太極」，虞翻註謂即「太一」，也就是一。我們先撇開這些數的有爭論的單位（儀、象、卦）來觀察，這些數正是一（2^0）、二（2^1）、四（2^2）、八（2^3）。那就是二進法的系統。現在 IBM 的記錄帶（Tape）就採用一二四八符號（1-2-4-8 Code）制。因為這四箇二進數，足以代表一切的十進數，用快速的二進系統計算出來的結果，可以迅速翻譯成我們習用慣了的十進數來。《周易》由於它這段明白的話，終於把它自己祕密的「二進」身世，在五代末宋初的時候，洩漏給了在華山隱居的希夷先生陳摶圖南，這位隱者閒來無事的時候，根據《周易》中留下來的其他線索，照二進法的系統，恢復了幾箇圖形。那圖形傳到邵康節（雍）的時候，由於邵氏的發揚，並且曾經鬨（轟）動一時。後來由於邵可能沒有研究透澈，說得不太明白，圖的流傳又發生問題，竟又給後世帶來了幾百年的爭論。

　　我們根據上面的分析，可知結繩記事，實在是先記數，再由數來記事。這是因為繩上的結，只能表示「數」，不能表示「形」──事物的原形。只能把要記的事物，每件給它一箇專用的號碼來表示。八卦的情形和結繩一樣，它的象形，只是像結繩的形，不能像它所要代表的事物的原形。所以八卦，實在也可以說是八箇用來給事物編號的數字。所以現在《周易》中有許多講到數和數的作用有關的資料，現在輯在下面：

　　〈繫辭上傳〉第一章：

　　　　天尊地卑，乾坤定矣。卑高以陳，貴賤位矣。

　　〈繫辭上傳〉第七章：

　　　　天地設位而易行乎其中矣。

　　〈繫辭下傳〉第九章：

　　　　二與四，同功而異位。……三與五，同功而異位。

　　〈繫辭上傳〉第十二章：

　　　　天地設位，聖人成能。

　　〈說卦傳〉第二章：

　　　　易六位而成章。

〈說卦傳〉第三章：

    天地定位。

〈說卦傳〉第十一章：

    巽⋯⋯為繩直⋯⋯為進退。

這箇「位」和「進退」的觀念，也可用到繩上結的位，數的上下進位上去吧？

    〈繫辭上傳〉第十章：

    參伍以變，錯綜其數。⋯⋯極其數，遂定天下之象。

「極其數，遂定天下之象」這句話是很重要的，它正好透露結繩以數記事的原理。

    〈繫辭下傳〉第一章：

    天地之道，貞觀者也。日月之道，貞明者也。天下之動，貞夫一者也。

這箇「貞夫一」的「一」很不好解，若知二進數都用一來表示，則很好解。

    〈說卦傳〉第一章：

    參天兩地而倚數。

〈說卦傳〉第三章：

　　數往者順，知來者逆。是故易，逆數也。

上面這些數的觀念，前人因為受了卜筮之蔽，常常辯稱那是揲蓍之數。實在是不對的，何況即使是揲蓍之數，而揲蓍是根據什麼呢？自然是根據八卦，所以最後還是歸到八卦的系統上去。

　　八卦係根據結繩二進記數而來的事實，並且可以放在卦圖上去驗看。卦圖是有爭論的，據說在傳下來的《周易》本子中，在宋以前是沒有圖的，現在中央圖書館特藏室所藏的一本《景印宋內府刊本孔穎達疏周易正義》，就沒有圖。因此，像胡渭[29]等人就主張《周易》各圖，原來都是沒有的。實在，這說法不對。至少後來所稱的後天（或文王）八卦方位圖，以前是有的。在漢徐岳所著的《數術記遺》中，有一箇算法叫做八卦算法，那算法就像現在通常用來測日影定時間的日晷儀一樣，只在八卦中央豎一針指天，那算法的口訣說：「八卦算針指八方位闕從天。」註謂：「算為之法，位用一針[30]，鋒所指以定算位。數一從離起，指正南離為一，西南坤為二，正西兌為三，西北乾為四，正北坎為五，東北艮為六，正東震為七，東南巽為八，自九位闕，即在中央豎而指天，故曰位闕從天也。」[31]把它畫成圖就像下面：

29　〔原註〕著《易圖明辨》辨《周易》各圖最詳。

30　〔原註〕當是指南針。

31　〔原註〕（註九）《古今圖書集成五》，《曆法典（二）》，頁四六九。文星。

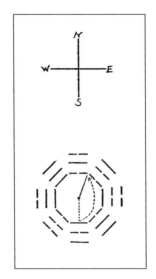

本圖方位原來是上南下北，左東右西，與後天文王八卦完全相同即 ${}^{\,S}_{E+W}_{\,N}$。
今照現在習慣改成上圖。

在張曉峰其昀先生所著《中華五千年史》第二冊《西周史》第一二五
頁的附圖中，有一箇五代時的八卦鏡，方位也是相同，這箇位圖，在
《周易》〈說卦傳〉「帝出乎震」一章中記載得頗為明白，不過坤、兌
二卦的方位沒有說出。

　　另一最引起爭論的八卦方位圖，那就是所謂先天圖，先天圖本來
是宋朝康節先生邵雍堯夫得自希夷先生陳摶圖南的。經過後人如胡渭
等的考證，謂是源自魏伯陽之《參同契》。實在邵子所得卦圖是否已傳
下來尚有問題，這一箇圖是朱熹派蔡元定到四川向道家購得的，我們
看胡氏《易圖明辨》所敘購圖經過[32]，就可明白。希夷所傳圖，康節
說也是根據〈說卦傳〉，那就是：「天地定位，山澤通氣，雷風相薄，
水火不相射，八卦相錯，數往者順，知來者逆，是故易，逆數也。」

---

32 〔原註〕（註十）胡渭著：《易圖明辨》，卷三。《粵雅堂叢書》，第四集，頁一四八四。

一章。《周易》現在的註解引康節說：「此伏羲八卦之位：乾南、坤北、離東、坎西、兌居東南、震居東北、巽居西南，艮居西北。於是八卦相交而成六十四卦。所謂先天之學也。」《易學啟蒙》說：「邵子曰：『此一節，明伏羲八卦也。八卦相錯者，明交相錯而成六十四也。』」胡渭在《易圖明辨》中駁說：

> 按此章與八卦之位無涉。天地定位，言乾坤自為匹也；山澤通氣言艮兌自為匹也；雷風相薄言震巽自為匹也；水火不相射言坎離自為匹也……至於八卦相錯，則天或位乎下，地或位乎上，而且與六子之位同列矣。山澤之氣，不但二者自相通，而且與天、地、雷、風、水、火之氣互相通矣。雷風水火亦然。上四句，即所謂「八卦成列，象在其中」；下一句，即所謂「因而重之，爻在其中」也。……八卦相錯是為六十四卦，而占筮之法生焉。……知來乃撰著求卦之事，〈繫辭傳〉云：「……占事知來」，有一不以著言者乎？於卦何與焉？

其他各人也有很多批評，不過理由都和胡氏一樣不很充分。就同邵子自己的說法也不很圓滿一樣。

　　按〈說卦〉這一章確實提示了我們另一箇八卦方位，不過那是三畫的八卦，不能又像邵子和胡氏那樣扯到「交相錯而成六十四」的六畫卦上去。這一章明明告訴我們：八卦可以按它所代表的東西的性質，分成四對，每對都是二箇性質相反的東西，相對立的站在各一端。這四對東西交相錯起來，就成八卦的方位。不過現在所謂邵子傳下的圖，卻在相交錯的時候把方位次序弄錯了，我們把這圖相交錯的序分析如下：

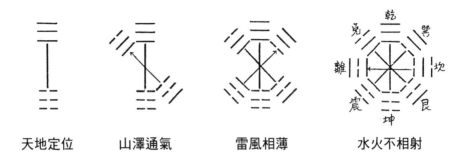

天地定位　　　山澤通氣　　　雷風相薄　　　水火不相射

我們把它的數字（二進數）翻譯（十進的）出來[33]，這圖是：

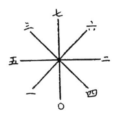

我們看了這箇圖，直覺上感到它不夠整齊，看不出其他特別的地方來，因而使人想到在畫的時候可能把次序弄錯了。按照常理和習慣來說，為著方便起見，畫這箇有八個方向，定位頗不容易的圖時，應該先畫十字定位好，然後再進行另二箇劃分，畫的時候纔比較容易。現在就按照這箇理想來分析畫時應該的次序如下：

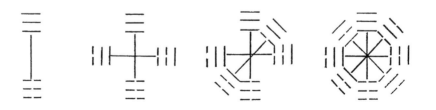

這箇圖所表示的數，我們也同樣翻譯出來看看：

---

33 〔原註〕參看頁二二四。

我們可以看出：單數照一三五七的次序依順時針的方向排在一邊；雙數照〇二四六的次序依反時針的方向排在一邊。竟是非常的整齊。這對於這章後面：「數往者順，知來者逆。」邵康節沒有說明白，聚訟了數百年的二句話，也可作一種解釋了吧！而這圖尤其奇妙的地方，就是這由性質相反的東西配成的對，它們代表的數字的和都是七。而由下自左至右算起到最上，剛好是〇一二三四五六七。這樣奇妙的圖，總不能說是巧合的吧？這只是根據畫八卦方位這章而來的。後面尚有告訴我們讀八卦時的次序的五章，也可告訴我們這箇恢復的方位是對的，可是前人（古人今人）也沒有發現它們的祕密，這五章是：

〈說卦〉第七章：

乾，健也；坤，順也；震，動也；巽，入也；坎，陷也；離，麗也；艮，止也；兌；說也。

〈說卦〉第八章：

乾為馬，坤為牛；震為龍，巽為雞；坎為豕，離為雉；艮為狗，兌為羊。

〈說卦〉第九章：

> 乾為首，坤為腹；震為足，巽為股；坎為身，離為目；艮為
> 手，兌為口。

〈說卦〉第十章：

> 乾，天也，故稱乎父；坤，地也，故稱乎母；震一索而得男，
> 故謂之長男；巽一索而得女，故謂之長女；坎再索而得男，故
> 謂之中男；離再索而得女，故謂之中女；艮三索而得男，故謂
> 之少男；兌三索而得女，故謂之少女。

〈說卦〉第十一章：

> 乾為天，為圓，為君，為父……。坤為地，為母……。震為
> 雷，為龍……巽為木，為風，……。坎為水，為溝瀆，……離
> 為火，為日……，艮為山，為徑路，……兌為澤，為少
> 女，……。

這五章講到八箇卦時，次序都是一樣，都是依照「乾、坤」「震、巽」
「坎、離」「艮、兌」的次序。為什麼不照別的次序？或五章中有幾
章不一樣呢？可見得它們的位置是有一定的。我們觀察以後，發現正
好是依有○一二三的各對的次序。

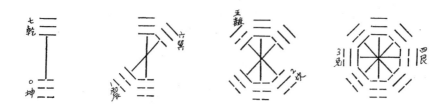

這用來讀上面恢復的圖，是多麼的妙合自然呢？假如說是巧合的話，總不能處處如此的巧了吧？因此同時也證明〈說卦〉這章資料的可靠。絕不是後人像河內女子等能偽造的。因為當時傳這章資料的人，自己也不知道裡面會有這些的祕密哩。

還有一點令人不解的，就是根據〈說卦〉第五：「帝出乎震。」一章而來的那八卦方位[34]，看來頗不整齊。若不是傳卦時錯了，就是古人因每卦代表的事物觀念太多，容易混淆。所以特別代表方位（地方）的卦固定。這樣就可以根據說話的習慣，將人（主格）、地、事、物（受格或完成詞）錯開，就不致混淆了。

八卦的變化係照二進法則的祕密，經希夷先生陳搏傳出，又經邵康節發揚後，接著竟又失傳了；一直到十八世紀開始的一年（1701），纔又為德國的大哲學家兼大數學家萊布尼茲重新發現，他在從中國得到的一箇木彫版印刷的六十四卦圖上，親手記上從二進法翻譯出來的十進數字。那外面的圓圖數字，對著我們的右方，從坤卦○起依1、2、3……31的順序到乾卦的63；左方接著坤卦從32、33、34到62接上乾卦。裡面的方圖，從坤○到否7，謙8到遯15，師16到訟23，升24到姤31，復32到无妄39，明夷40到同人47，臨48到履55，泰56到乾63。這箇萊氏手記的圖，後來保存在漢諾威（Hansnover）圖館裡，二次大戰時不知燬了沒有？

---

34 〔原註〕所謂文王或後天八卦方位。

　　萊氏發現這箇祕密後，簡直高興得不得了，他寫信給友人說：「我的新的不可思議的發見——就是對於理解三千餘年前，中國最初的一箇君主，且為唯一的哲學者伏羲的古代文字的祕密的發現。對於中國人應該是一件愉快的事。應該允許我們做中國人吧？」[35]我們看了這段話，可以想出萊氏當時高興並仰慕中國的情形。

　　不過如果那箇圖真的是康節當初所排的，則他顯然把那圖排錯了，因為結繩（他當時還不曉得）和八卦的系統都是從下面向上數的，那圖把剝卦☷排在一位，實在它是三十二，而排在三十二的復卦☷☳是一，所以那圖應該根據它應該的系統重新排過。我們以後有時間時再去排它。

　　六畫卦（六十四卦）每卦所表示的觀念，並不是如一箇字所表示的觀念，它所表示的是二件東西發生關係以後的複合觀念——一件事的觀念。而三畫卦纔是觀念的單位，這一點在象辭中可以得到充分的證明，因而啟示了我們當初結繩和八卦的應用情形如下：

屯　☵☳　它是表示：「烏雲滿天，大雨傾盆，雷聲隆隆。」的一件氣象事實。所以象辭說：「雷雨之動滿盈，……雲雷，……」因為坎是水，雲和雨也是由水變化而來的[36]，而震是雷，雷上面的水，自然是天上的水，也就是雲和雨了，二箇觀念湊在一起，就表現、溝通和傳遞了這一件氣象事實。

35　〔原註〕（註一一）劉百閔譯，五來欣造著：《儒教及於德意志政治思想之影響》內萊布尼茲（Gottfried Wilhelm Leibniz）與白進（Fr. Joachim Bouvet）討論《周易》的信。見《周易討論集》，頁一○四。臺灣商務印書館。【編案】李證剛等編著：《易學討論集》，（臺北：臺灣商務印書館，1941年）。

36　〔原註〕由此我們要驚奇我國古代的物理知識了。

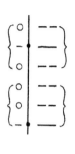

這是用結繩來表示的樣子，這段繩子讀起來時，應該對折一下纏好定位，或用別的方法隔開，如結上一根小繩子把各段分開等，否則不易閱讀。這一情形又啟示了我們結繩和卦所以只能以三位作單位的緣故[37]。而八卦的三畫橫排，正是為了改良繩子上閱讀的困難而來。

蒙　䷃　它是表示：「山下水深危險。」或：「山下有泉水。」的一件地理事實。所以象辭說：「山下有險……山下出泉。」

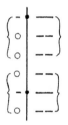

這是用結繩來表示的樣子。

由上圖我們可以看出：現用莫爾斯（Samuel F. B. Morse, 1791-1872）國際電碼的點（dot）劃（dash）符號，也是採用這種辦法的，但比較起來結繩比它還有更嚴秘的數理系統，這真是不可思議的呢！其他都可用同法來表現，這裡不必一一舉出，不過有一件事實指出的，就是六畫卦仍三畫卦為單位。如屯卦雖然是二進法表示的十七，但它實際上只是由上面坎卦的二和下面震卦的一來表示意義。蒙卦雖然是二進法表示的三十四，而實際也只是由艮卦的四和坎卦的二來表示意義。所以六畫卦雖也可照二進法的記數順序，排成圓圖方圖，但實在沒有什麼意義。所以我們暫時不去排它了。

---

37 〔原註〕上、中、下，看的時候容易。

　　上面得出的結論，依照科學方法的原則，還要經過實際應用的一步印證手續。如果實際的應用上確實有效，確實能用來解決同類的問題，才能成為一項真理。現在就用它們來解釋一直不能圓滿解釋的㐅（五）字[38]：這個㐅字和離卦☲是相同的。離卦中間用陰爻（斷爻）來表示沒有，而㐅字是用╳來表示沒有，寫成數字就是一〇一，這就是二進法的五。都是由下面一畫代表一，最上一畫代表四，中間（數二的位）〇（沒有），加起來（四加〇加一）的二進方式來表示。你看這解釋多麼令人感到意外的圓滿。[39] 還有𨳿（關字）和𢀳（孫字）二字的𠄌部分也是不好解釋的，本文指出這是繩上有一個結的形狀，這和𨳿（關），𢀳（孫）的𢆶、𢆶就相符了，因為這正是繩子一扭的形狀。這又證明𠄌並不是前人所說由肥筆的丨變來的。而實際上是像繩子上有一個結的形狀來表示一的。正像後來的一變為丨（十）一樣，━也又被豎起來（丨）代表十進法中的十了。我們以前真是意想不到哩。所以本文不但解答了關係我國古代歷史文化的結繩問題、八卦來源、次序、方位問題，恢復了先天象數的絕學，為數學史上加上更早的一章（二進法），並且還可以用來解決字學上的許多困難問題。

　　大哲人萊布尼茲在六十四卦卦圖上發現「二進」的祕密後，寫信給友人說：「我的新的不可思議的發現，……對於中國人應該是一件愉快的事。」我在發現上面的許多祕密後，也寫信給遠在德州的好友，讓他來分享我的愉快，因為我確信我的這些不可思議的發現，對

---

38 【編案】先生此處所指為古文五字，如甲骨文作 㐅（合17491），金文作 㐅（小臣宅簋）等。

39 〔原註〕此外尚有其他數字，詳細論證請看作者即將完稿的〈在現存十進數字中遺留的上古二進記數痕跡〉一文。【編案】當即〈遠古傳下來的二進數字〉一文，已收錄本書。

於國人應該是一件愉快的事！

（國父　孫中山先生百年誕辰前一月寫於南海學園，當年春間
有此觀念。完稿前後曾携就師友商討，今年春間投稿。）

——本文原發表於《孔孟學報》第12期（1966年9月），頁207-234。

八索、八卦與二進數

　　《左傳》謂楚國左史相能讀《三墳》、《五典》、《八索》、《九丘》（見昭公十二年），古來注家相傳謂八索言八卦之事，但都不明其所以然。作者在〈重論八卦的起源〉一文（見《孔孟學報》第十二期）中，證明八卦原是由八條索子演變而來，八索中每索分上中下三位（為著容易估計位置）的有結無結，畫成陽爻陰爻即成為三劃的八卦。八卦由於前身結繩時每位一結產生的必然二進（binary）結果，實在也就是從零到七的八個二進數字，在現存十進數字中仍保留有不少的這種二進數字，當時舉五（**Ⅹ**）字為例，指出**Ⅹ**字中間的×，即是由離卦（☲）中間的陰爻交叉而成，二者都是二進記數的五（一〇一）。八索、八卦、與現存數字（文字的一部分）的這些明顯關係的證實，實在已把我國文字的起源，由甲骨鐘鼎文直推到上古結繩的草昧時代。

　　按《易經》〈繫辭下傳〉謂：「上古結繩而治，後世聖人易之以書契……蓋取之夬。」已經把結繩、畫卦（夬為卦名）、書契發展的時間順序告訴我們。根據《周禮》及《左傳》等的記載，古代布政施教所用的是「象」、有政「象」、治「象」、教「象」，以及懸掛這些「象」的地方——「象魏」，可見「象」曾經有過文字的作用。象用在易卜上就叫易「象」，這和現在的宗教經典都採用古代用過的死文字（梵文、拉丁文）是完全一樣的，劉申叔謂：「惠定宇以象為書名，且謂古易只名為象，其說甚精。……故〈繫辭〉曰：『在天成象。』『易者，象也；象也者，像也。』古只名象。〈皋陶謨〉曰：

『予欲觀古人之象。』是也。至周始有三易之名,然《春秋傳》曰:
『見易象。』則象之名猶末亡也。」可見象是靠易卜才留傳下來的。

　　根據中外文字發展的公例:後一代的文字,一定能在前代的文字
中找到根據;一定要接受前面舊有的經驗,不能憑空創造而成。就能
西洋各國的文字,除後代新產生的以外,都能在希臘拉丁文中找到語
源;我國文字從國音注音符號起,也能在前代及甲骨鐘鼎文中找到根
源一樣。結繩和八卦既然在發展時間上能相承接,則結繩的特性也應
保留在卦中才合。於是實際考查在結繩上的二個可以看到的特徵——
「形」和「位」,發現都和八卦與《易經》中的資料相合。

　　在實際觀察繩上打結的形狀,可以看出不外是╂(縱看)╼(橫
看),而這正是古文的十字。這個十字,在古器的孫字:𦍒、𦏵、
𦏵、𦎥,和關字:關、關、關的各體中,可以明顯的看出╂和
𣏻𣏻𣏻相通,而這些正是繩索的象形,證明這字正係由結繩而來。
那中間的一點可知係表示有一個結用來表示「一」的意符,因為古代
在十進法中,即將一字豎起來作十字用,在古文中,一即寫╽(文姬
匜),又寫成▎(甲骨文、古錢)。十也寫成▎(舀鼎、克鐘、史獸
鼎,……)又寫成▎(甲骨文中例子很多),又寫成╂(聘鐘、公緘
鼎、秦公敦、齊鎛)或╲(高克尊)可見一和十除縱橫變換外,又有
相通的例子。所以這個由結繩而來的╂字,實際上原來是像繩子上
有一個結的形狀,用來表示一的。後來在十進法中才拿來當十字用。

　　結繩的形狀既然在古「十」字中留下證明,那麼「結」在繩上位
置的變化又怎樣呢?〈說卦〉第十一章:「巽,……為繩直,……為
進退。」這一進退的觀念和繩擺在一起是不是表示繩上的「結」有進
退呢?「進退」又是不是因為有加減而發生的呢?我們再觀察繩子上
打結的實際情形,可知每位只能打一個結,在同一地方(位)再打一
次,只能使原來哪個結加大。所以如果要打第二個結,一定要打到另

一位去，才能表示出來，這就必然的產生二進（binary）的系統。這使我們想到現在的算盤。在算盤的十進算法中，每位累加到十時，就要進一位，就要退掉本位的數（空出來變成○），而在上一位用一個一（一個算珠）來表示；這個進了一位的一，就比前一位大了十倍。它們從個位起，是依照10^0、10^1、10^2、……10^n的次序而變的。假如我們現在用一把每位只有一個珠的算盤，或就現用算盤每位限用一個珠，則在一個算位上打上算珠後，在同一位就無第二個算珠可打；於是逢二就產生進位的需要，和前面十進法打到十就變成「一○」（十進記數的十）一樣，這裡打到二就要變成「一○」（二進記數的二），打到四（兩個二）就要變成「一○○」（二進記數的四）於是從一位起，只要依照「逢二進一」或「二、退一進一」的一句口訣，就能打出一切的二進數。依照二進法則記的數都只使用○和一兩個數字，依照2^0、2^1、2^2、……2^n的次序而變化的。這和在繩子上可能的記數方法——只能用有結（有一）無結（無一或○）的二項符號，是完全相合的。

　　上面結繩的二種特徵：「形」和「位」，和八卦主要的特徵正相合，八卦也是採用二項符號，用陰爻和陽爻二種符號變化排列而成的。凡是採用二項符號的記數，必然是用一和○依二進法則而記的。如果八卦也是依照二進法則記的數，則陽爻和陰爻中，必定有一個是「一」，而另一個是「○」。根據〈說卦〉第四章及第五章的第一句話：「雷（震為雷）以動之」、「帝出乎震」（帝為蒂的古文，為花果開始的部分），從震開始，使我們知道震卦有特別的地方。（數數時總是從一、二、三……的順序開始。）又第十章的一句話：「震一索而得男」，告訴我們震確實與「開始」和「一」有關。我們再考察震卦☳的形狀，剛好下面一長劃（和一字完全相同）上面二斷劃；這只有在陽爻是一，陰爻是○的時候，才有是一的可能。再參考〈繫辭上傳〉第十一章：「易有太極，是生兩儀，兩儀生四象，四象生八卦。」的

一（2^0）、二（2^1）、四（2^2）、八（2^3）二進系統。和〈說卦〉第三章：「天地定位，山澤通氣，雷風相薄，水火不相射，八卦相錯，數往者順，知來者逆，是故易，逆數也。」的定位方法，就排出一個十分奇妙的八卦圖，該圖單數依照一三五七的次序依順時針的方向排在一邊；雙數照○二四六的次序依反時針的方向排在一邊，由下面自左至右依次算到最上，剛好是○一二三四五六七的二進數。合乎「往順」、「來逆」和「易，逆數」的情形，證明八卦確實是陽爻代表一，陰爻代表○，依二進記數而來的東西，和結繩的情形完全相合。八卦陽爻的一恢復成結繩的一（𝈦），每個三畫卦就能恢復成有結無結的一條索子。八卦就恢復了八索的本來面目。

結繩和八卦既然都是依照二進記數發展而來的，那麼在它們後面的數字中，一定有因用慣了而保留著的二進數字在內。作者除提出 𝚾 字一例外，發現數字中由錯劃（交叉）而成的數字，都有明顯的二進特徵，和我國文字數字發展的系統完全相合。現在因限於篇幅，以後另稿介紹。在所列八索、八卦、二進數字對照表中，可以清楚的看出：這在我國文化史、經學史、數學史、文字學中也許是一項不尋常的發現。（作者的自信更有過於此，希望學長們多賜指導）

補遺

上期（第五十四期）作者在本刊所寫〈八索、八卦、與二進數〉一文中所附之對照表，製版時漏去「現存二進數字」部分；並在原位置上誤添有原文所無，自右至左橫排「八索八卦、二進數字、對照表」等字。當係手民誤植。今商請補正刊出如下頁右方。

讀者將表中二進數字 𝚾、𝚾𝚾、𝚾 𝚾𝚾、介仒（六通文、詳後）等，一的部分照寫，×的部分改成○；𝚾 即成一○（二進記數法

的二），XX即成兩個一○（即兩個二，亦即四），X即成一○一（二進記數法的五）。六則需先略作一項恢復工作，才能適用這項法則。用介（甲骨文六字）和久（文）本來相通，秦漢印文中，如「諺」字右邊「彥」字頭上的「文」，即常寫成六或甲骨文的介形，如：諺、諺、諺。原來文六二字，本是由巽卦蛻變來的。（巽為六已在作者〈重論八卦的起源〉一文中說明）三卦下面陰爻二短劃相交變成X（注意即現在的文字），X頭上二陽爻再成角度頭交就成久（古「文」字）。六和文因「需要」分化，所以下面的部分（陰爻自交成的×）不交叉而豎

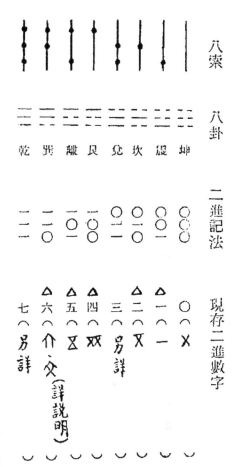

排，成為介，所以久介恢復成X，照上法將一的部分照寫，×的部分改成○，就成為一一○（二進記數法的六）。×原為古無字，甲骨文中已假亡字相代，鐘鼎文中又假舞字相代，今為國音注音符號讀作烏。乂、X與五（X）的簡筆字相混，過去釋五，需作進一步求證。一字則在十進二進法中都相同。所以由八索、八卦演變而來的八個二進數字中，已經確實找出了六個。內中四個是毫無爭論的保存在現用十進制中。從對照表上看來，更是極為明顯。這是一件大事，以後再分別專文論證。

現在世界上都知道二進記數法，起源於中國古代。（讀者查《美國百科全書》等 binary 一字的解釋看看）但那是德國哲人萊布尼茲在十八世紀開始的一年，根據宋代康節先生邵雍堯夫所排之六十四卦卦圖重新發現的。這個圖一直找不到來源證據，只能算是康節照自己的加一倍法（即二進法）數學來排的。（作者還證明它自上至下的次序是錯的）所以它的歷史只有八百五十年，最多不能超過九百年。而且對它的來源，是尚待證明的。國人不察，人云亦云，完全是受自卑及崇洋心理的影響，以為外國人說的都是對的。作者自去年在《孔孟學報》〈重論八卦的起源〉一文中，提出發現甲骨文中遺留的二進數字，又證明係由結繩八卦演變而來之後，實在已將此項歷史，直推到五千年以前（注意「以前」二字）。這在世界數學史中來說，也不能不算是一件大事。國內學者因缺乏邏輯和數學方面的興趣以及評鑑的信心，尚不能發現它的價值和重要性。所以本年蒙臺北市立女子師範專科學校和國立教育資料館聯合推薦中山學術獎，及申請國家長期發展科學委員會研究補助費，均毫無結果。唯學術界前輩曾約農先閱後曾賜函稱許（由孔孟學會轉來），師長張基瑞先生也從香港中文來大學函勉勵。校友陳啟雲博士（哈佛）本學期從瑪大往加利福尼亞大學任教，來信更謂將為作者此項「以數學及文字學研究易學」得來之結果，撰文向國際漢學界介紹云云。

按作者本項研究中之各種發現，本先獲得觀念，無意整理發表。乃在與張師基瑞談及後，始獲鼓勵著手撰文。有此成就，實賴張老師鼓勵栽培之功最多。謹以此短文獻給師長學長，用祝聖誕新年快樂！

——本文原發表於《師大校友月刊》第54期（臺北：國立臺灣師範大學，1967年11月），第三版。

〈補遺〉則載同刊第55期（1967年12月），第三版。

八卦及中國文字起源的新發現*

陳道生**

一　綱要

二　八卦原於結繩二進法則的明顯證據

三　「學」字提供的我國文字起源和演進證據

　　（一）「學」字舊釋及其未能解決的問題

　　（二）「學」字的演進情形

　　（三）「學」字各期字形變化的原因和意義

四　根據數理證明的從「卦」演「文」字例

五　本文得出的重要原理原則[1]

---

* 〔原註〕（註一）本文刪取自筆者：〈近二年教育史論選稿〉中〈從學教二字的演進尋繹我國古代教育發展的真相（──副題：以先天象數新易例求中國文字發展原則及研索史實示例之一）〉一文。該選稿曾於民國五十五年送審教授通過，由教育部核發教字第八二二號教授證。該文並曾錄出，隨其他各文，於民國五十七年以後各年，由學術機關推薦中山學術獎數次，未獲結果。事關一派學術的真相和當代人士的識見。因附記於此，留待後世研究學術史者參考。

** 〔原註〕（註二）筆者通信處：「臺北市基隆路二段二六五號之三」竭誠歡迎讀者賜教。

1 【編案】此章節目次為本文原發表時（《女師專學報》創刊號）刊於抽印本封面者，今為存原貌，仍置於此。另於封面左下題有下款：「陳道生　於臺北市麗正門一九七二、五、二十五」。

　　本文原應去年日本中國學會（The Sinological Society of Japan）
之邀，擬提第廿三回研究發表大會宣讀，後以臺北市府未核准出國而
罷。學會將本文分在文學語學部會，排為第二日（十月十一日）發表
的第一篇。下面綱要部分，即為刊於大會要項的梗概原文。按筆者本
項研究受　張師基瑞的鼓勵最多，敬以本文為　張師壽。

一　綱要

　　中國文字之起源，自古即據《易》〈繫辭傳〉：「上古結繩而治」
章，認係由結繩、畫卦、書契三階段發展而來，自宋代疑古之風起，
後人乃以其無證據而頗置疑。

　　近世科學進步，各科知識之可利用以解決古史問題者頗多。本文
利用「二進位」數學知識，分析〈繫辭傳〉、〈說卦傳〉之資料，證知
乾（☰）即一一一、坤（☷）即○○○或○、震（☳）即○○一或
一、巽（☴）即一一○，坎（☵）即○一○或一○、離（☲）即一○
一、艮（☶）即一○○、兌（☱）即○一一或一一。八卦實即「七‧
○」、「一‧六」、「二‧五」、「四‧三」四對二進數字。

　　過去文字學家未能作客觀解釋之「錯畫」系統數字，發現其中
𝕏（五）即一○一、係由☲卦變來，六（介通父）即一一○、係由
☶卦變來，𝕏̄𝕏（四）即一○○（一××）乃由☵卦變來。證知皆
為上古殘留之二進數字。使李約瑟（Joseph Needham）氏對萊布尼茲
（Leibniz）以來久已承認之八卦二進一事之懷疑獲得澄清。

　　學之一事，自古與文字學習有關，由學字：×爻（效也，按此二
字上原文誤入《說文》二字）𝄢、爻爻學学爻（介通父

見諼諺諺）、學學、學（漢碑）[2]之演進次第看來，知學習之內容即：❈（古代）、文（春秋前）、字（戰國前後）、文字（秦統一文字後）。證明卦❈確曾為古代之文字符號。

　　經由真理之一貫性，八卦之二進此一特性之由來，實可推知係受所採記數工具之繩，每位只能打一結之限制，而自然導至者。在關、關、𠁣、𠁣等古文字中，並可見𠁣與𠁣𠁣相通，因知𠁣中之點（·）實即繩結之象形。再由在古文字中，點（·）與一相通之例，知卦之陽爻實由繩上之結演變而來。證以《左傳》、《國語》中之「八索」古註與八卦有關一事。中國文字係由結繩（八索）、畫卦、書契（見契文二進數字）發展而成之系統、遂因有客觀證據而獲得確證。

二　八卦原於結繩二進法則的明顯證據

　　八卦和中國文字的起源，是一項迷失了二千年以上的問題，是一項自許慎著《說文解字》以來的文字學家，包括當代中央研究院歷史語言研究所及各大學的文字學者，和各國的漢學家，迄未能明瞭和解決的問題。本文利用數理，分析《易經》、古史和甲骨文中的資料，得出：中國文字確係由結繩、畫卦、書契（文、字）發展而來的明顯證據。任何新派的疑古人士，對本文如尚有懷疑時，應先自問：有什麼比一就是一、二就是二的數理更客觀的呢？見於《卜辭通纂》的❈字，不是象形會意字嗎？象的是什麼形？會是什麼意呢？本文提供的各種證據，比之其他的說法，在數量上是不是夠充分？在性質上是否是更直接可靠？在意義上是不是更明顯？本文的論理，在邏輯上

2　【編案】漢碑「學」字，原以印刷體「學」表示，今代之以漢代〈曹全碑〉之「學」字字形。

是不是合乎真理的一貫性？舊派的信古人士，也不要只迷信紙上的記載資料，引些《易經》〈繫辭傳〉：「上古結繩而治，……」許慎《說文解字》〈敘〉：「古者庖羲氏之王天下也，……始作易八卦，……黃帝史官倉頡見鳥獸蹄迒之跡，……初造書契。」的話，就在文化史、文字學等方面來論斷中國文字的起源。這樣人家第一眼看了，就會在腦中浮現「落伍」、「守舊」的印象。要多注意令人信服的新證據！中立派的人士，談到這方面時不必既捨不得割棄紙上的記載，半信半疑心懷忐忑地列下結繩、八卦、書契的支離破碎資料，又吞吞吐吐的不敢（實不能）言明它們之間的承接關係。這裡有明顯的證據供你作憑藉。

讓我們趁這個時代，同心合力來檢討這個大問題，好向後人有所交代。因為後人也許沒有興趣和辦法來解決這個問題了。[3]

筆者前在〈重論八卦的起源〉[4]後又在「新數學和舊光榮」[5]等文中，證明了八卦確實是由陽爻（—）代表一，陰爻（--）代表零（○），自下至上[6]依二進法則演成的。而這項二進法則的產生，又係

3　〔原註〕看看現代青年人的興趣和看古書的能力你就知道大概。

4　〔原註〕（註三）陳道生：〈重論八卦的起源〉，《孔孟學報》第十二期，臺北市：孔孟學會，民國五十五年。

5　〔原註〕（註四）陳道生：〈新數學和舊光榮〉，《復興中華文化論文專輯》《學術論著》，臺北市：臺北市立女子師範專科學校，民國六十年。

6　〔原註〕注意：德儒萊布尼茲據邵康節先天六十四卦圖所發現者係自上至下，與筆者重新發現的「先天象數新易例」（註五）相反。〔原註〕（註五）邵康節傳自陳希夷一派之易學，其特色為以二進法（與加一倍法略同）說卦爻變化次序，名曰先天象數易。其學失傳後六百餘年，德儒萊布尼茲於康節所排之六十四卦圖中重新發現。其法係依自上至下之序，始於剝卦終於乾卦。根據資料不明顯。作者在〈重論八卦的起源〉一文中，同以二進法證八卦起源和卦爻變化之序，唯方向完全相反。自下至上，始於震卦終於乾卦（三畫卦，六畫卦則始於復卦），有明顯證據，並舉有甲骨金文中保留之「二進數字」亦自下向上數之事實為證。此項變化，深合自然法則，非純靠人力所能巧致。因沿用先天之名，謂之「先天象數新易例」，以別於康節之學。

由於結繩記數的自然而然的必然（所謂先天）結果。**乃係根據震卦、乾卦的特徵，**[7]

《易經》中敘述到卦時，都是從由陽爻（一）構成的乾開始。不從乾開始時，就從震（☳）開始。此外各卦都不作開始之用。統觀〈說卦〉一篇，此項現象最為明顯。參考歸納法中的統同法[8]，我們可以知道此中的陽爻（一）即為以它們作為開始的「因」。而「一」在我國所有文字符號中均為數目字，算數時，總從小到大，依「一」、二、三、四、五、六、七……或反過來從大到小的順序開始。而「帝[9]出乎震」，「震一索而得男」，和以○與一代入八卦中得出的奇妙數理順序（詳後）；以及其他的資料均足證明震卦（☳）即○○一亦即一。而陰爻為○，也因而得到證明。

〈說卦傳〉中句序的祕密，

〈說卦傳〉中敘述到八卦時，大部都是採用正反二卦對舉的方式。第七到十一各章，都是採「乾☰、坤☷」、「震☳、巽☴」、「坎☵、離☲」、「艮☶、兌☱」的次序。細察各對，可以看出：一卦為陽爻處，另卦相對的一爻必為陰；反之，一卦為陰爻處，另卦相對的一爻必為陽。以求出的陽一陰○數字代入，它們依次為二進記數含有○、一、二、三的各對：「七、○」，「一、六」，「二、五」，「四、三」。它們的和都是七。[10]如此多的章數（半數以上），如

7　【編案】以下自「乃係根據震卦、乾卦的特徵」至頁49「和《易經》中提示的其他資料，經由數理推證得出的結果。」數句字體加粗之文字，實為連貫之句。為了分別補充說明，先生乃將之拆為數段。若以現今編輯慣例，或宜將補充說明文字移至腳註，或是將該數句改為小標。但如此一來既不合原文操作方式，亦將破壞文章整體性。因此，為使讀者較易辨別，僅將該數句以粗體示之。

8　〔原註〕（註六）John S. Mill, *A System of Logic,* p.255. London: Longmans, New Impression, 1959.

9　〔原註〕古蒂字，為花果「開始」的部分。

10　〔原註〕見註三，頁二二九～二三一。

此奇妙的數理順序，無疑的已超越了「巧合」的範圍。

〈說卦傳〉第三章的定位方法，

本章句序為：「天☰、地☷」，「山☶、澤☱」、「雷☳、風☴」、「水☵、火☲」。雖然也是和為七，由正反二卦相配而成的對，但第二對即舉艮（山）兌（澤）、與前舉五章不一樣。我們從「八卦相錯」一語看來，知道是因為要和第一對乾（天）坤（地）交錯成十字的緣故，完全是依照畫時的自然順序（注意：所謂「先天」）。因為畫這八個方向的圖時，先畫十字定位好是最方便，最自然的順序。[11]依照此項自然順序，就能得出一個十分奇妙的八卦圖來。該圖單數照一三五七的次序，依順時針的方向排在一邊，雙數照○二四六的次序，依反時針的方向排在一邊。（見圖一）合乎這章後面：「數往者順，知來者逆。」往順來逆的順序。這圖尤其奇妙的，是從下自左至右算起，剛好是○一二三四五六七的次序。這絕不是巧合所能得到的。

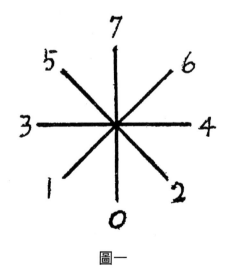

圖一

---

11 〔原註〕見註四，頁二六～二八。

〈繫辭上傳〉第十一章提示的一（2^0）、二（2^1）、四（2^2）、八（2^3）系統，

　　〈繫辭上傳〉第十一章謂：「易有太極，是生兩儀；兩儀生四象；四象生八卦。」《本義》註；「一每生二，自然之理也。」虞翻註：「太極，太一也。」這裡的太極就是最早的「一」。我們先撇開這些數的有爭論的單位（儀、象、卦）來觀察，這些數正是一二四八的二進系統，就是現在電腦（IBM）採用的計算系統。電腦的記錄帶（Tape）就是採用一二四八符號制（1-2-4-8 Code），因為這四位二進數，能用來表示一切的十進數。〈繫辭上傳〉這章所提示的二進系統，在「現代數學」的幫助下看來，是十分明白的。

和《易經》中提示的其他資料，經由數理推證得出的結果。

　　復根據〈繫辭下傳〉第二章：「上古結繩而治，後世聖人易之以書契；百官以治，萬民以察，蓋取諸夬。」所提示的我國文字發展的先後承接關係：結繩→卦象→書契。和後代文字，一定能在前代的某種形式文字中，找到根據的中外文字發展公例。再實際考察在繩子上可以看到的打結情形，就發現下列幾項重要事實：

　　一、卦由陽爻，陰爻二項符號組成。在結繩上能看到的，也只是有結（ ╪ ）和無結（ ╪ ）二種現象；二者都同是採用二項符號的表示法。

　　二、繩上打結的樣子（ ╪ ），正是古文的十字。十字在古代是豎一而成的，在古代，十和一除縱橫變換外，又有相通的例子。李孝定氏謂：「一二三四或豎書作『│』『││』『│││』『││││』，惟如同片更有十字，則必橫書作一以為別，此卜辭記數字之通例也。」[12]所以這個

---

12 〔原註〕（註七）李孝定：《甲骨文字集釋》第三，臺北市南港：中央研究院，民國五十四年，頁七。

╀字，可知原來是表示繩上有一個結，用來表示一的，中間哪一點正是意符（詳下關孫等字的古體）。後來在十進制中，才又拿來當十字用。于省吾氏謂：「人類之進化，由結繩紀事，演進為數字紀事；至今蠻夷之俗，猶有上古結繩之遺制。然則初有文字，當以記數字為發軔；記數字當為初文中之原始字。」[13]其說甚具灼見。所以將前述證明的八卦的一（陽爻），換成這個結繩的一（╀），再照繩子的通常狀態拉直，從三劃的乾卦起（《周易》首乾），就可恢復成下列八條繩子（八索）：

三、上述的╀字，係上古遺留的結繩字，還有一項確鑿的證據，那就是在關字古體：𨳱、𨳲，和孫字的古體：𡥭、𡥫、𡥪、𡥬、𡥩的結構中，證明╀和𡥭、𠈼、𠈽、𡥩相通，而這些正是繩索的象形字。於是，我們據此，就可以將八卦的坤卦恢復成一根「沒有打結」的基本繩子：∞∞∞∞∞∞∞[14]（𠈼𠈼𡥩）。[15]

四、巽卦是代表「申命行事」的文字的，古代的文（Word）即由巽卦的二陽爻頭交和陰爻自交而成（𠈽詳後文）。而巽又代表繩，〈說卦傳〉第十一章：「巽、為繩直……為進退。」繩、巽、文剛好是銜接的系統，它們的韻母還相同。（讀者讀讀看）。

---

13 〔原註〕（註八）于省吾：《殷契駢枝三編》，臺北縣板橋鎮：藝文印書館翻印，民國三十二年，頁三一～三三。

14 【編案】此圖形原為豎向呈現，今以橫式排版故，逆時針旋轉九十度倒置。

15 〔原註〕按：本形太複雜，打結的形狀不能用。所以凡打結的都用單股的繩來表示。如《殷虛書契前編》所收的𠈼、╀（卷五第三八頁），後者即以結形的特徵來表示繩。

五、由上條所引〈說卦〉第十一章把繩和「進、退」的觀念擺在一起一點，提示我們：結繩的辦法，正和八卦逢二進位的辦法相同，二者都同是採用二進法。因為在繩上打上一個結後，在同一地方（位）再打一次，只能使原來哪個結加大，如果要打第二個結，一定要打到另一位去，才能表示出來，這就必然產生二進的系統（binary system）。就像一把每位只有「一個算珠」的算盤一樣（繩結和算珠的形狀相似），在一個算位打上算珠後，在同一位就無第二個算珠可打，於是逢二就產生進位的需要。和平常用十進法時，每位累加到十時，就要進一位，就要退掉本位的數（空出來變成○），而在上一位用一（一個算珠）來表示一樣；這裡打到二就要變成「一○」（二進記數的二），打到四（二個二）就要變成一○○（二進記數的四）。和八卦依「二進法則」而變化的情形完全相合。[16]

上面的各種證據，均足支持八卦源於結繩二進法則的事實。那麼這樣重要的事情，古史有沒有記載呢？我們細查之下，發現是有記載的：

一、《春秋》：楚子代徐條。左氏謂：「左史倚相趨過，王曰：『是良史也，子善視之。是能讀三墳、五典、八索、九邱。』」（見昭公十二年）馬融注：「八索：八卦。」孔安國及其他注家均相傳謂《八索》言八卦之事。

二、《國語》〈鄭語〉：「桓公為司徒，……問於史伯……對曰：『……平八索以成人。』」韋昭解：「八索：八體，以應八卦。謂：乾為首，坤為腹，震為足，巽為股，離為目，兌為口，坎為耳，艮為手。」

按此中「八索」之「索」，乃一名詞，當為疑義。《小爾雅》：「小者謂之繩，大者謂之索。」顏注〈急就篇〉：「麻絲曰繩，草謂之

---

16 〔原註〕詳註三，頁二二二。

索。」正合上古以草為索的實際情況。將此項古史及注家所傳的線索，再以上述各種證據加以印證，八卦源於結繩二進法則的事實，就昭然若揭。

三 「學」字提供的我國文字起源和演進證據

關於卦和中國文字的起源，除了上述的許多證據外，還有「學」字在甲骨、鐘鼎、篆書、隸書各期的演變情形，也提供了一項堅強的證據。那就是學字在甲骨文的初期，根本就是爻字，到了第三期時乃就爻字的二邊加雙手會意（⚌），第四、五期是將雙手之間的爻換成 ⋔⋀字（ ）或在原來的學字（ 變成 ）下加 ⋔⋀（ ）會意。在鐘鼎和篆文時期又在 下的 ⋀ 內加子成字（ ），在隸書中係將學字中的 換成文，從雙手學文字的（學——爻）會意。原來學字係根據學習的內容來造的，裡面竟包含了整個文字發展史： 、文（詳後）、字、文字。這是誰也不能偽造的直接證據。

（一）「學」字舊釋及其未能解決的問題

過去對於「學」字的解釋，都是根據許氏《說文解字》和後人的註疏。實在，許氏不但把學字結構各部分產生的先後次序弄錯了，並且也解釋和分析錯了；後人的註疏，也因此錯了（詳後）；一直到甲骨文的出土，才發現學字的構造和《說文》所說不符的事實；一直到本文利用「二進卦理」的解釋和證據，才解答出此項現象的原因來。

1 《說文》舊說

《說文》對「學」字的解釋牽涉到「教」字。計有下列幾條：

「🔣，上所施，下所效也。从攴从🔣 [17]。」

「🔣，古文教。」

「🔣，亦古文教。」

「🔣，覺悟也，从教从∩；∩，尚矇也。臼聲，（段注）胡覺切。[18]」

「🔣，篆文𢽳省。」（以上教部）

「🔣，放也。从子、爻聲；（段注）古肴切。」段注：「放仿古通用。」（子部）

2　甲骨文「學」字帶來的問題

《說文》的說法，為後人信從了將近二千年之久。直到清末甲骨文出土，經過學者研究以後，才發現了許氏說法有疑問的證據。「學」字和「教」字，就是其中的一例。羅振玉氏發現學字在卜辭中均不从攴，且省子、或又省作「爻」（按：非省）。羅氏在《增訂殷墟書契考釋》中謂：

> 「《說文解字》：『𢽳、覺悟也，从教从∩；∩、尚矇也，臼聲；篆文省作學。』按卜辭諸文均不从攴，且省子，或又省作爻。[19]」

3　問題和解決

羅氏指出許書和甲骨文不合的事實以後，也不曉得是什麼原因。

17　【編案】🔣多隸作「季」。

18　【編案】原文「胡覺切」三字逕綴「臼聲」二字後，然「胡覺切」為段玉裁注，非《說文》原文，故增「段注」二字以標示之。見《說文解字注》，第三篇下，教部，「𢽳」字。下「古肴切」與後文同。

19　〔原註〕中，頁六一上。

後人也無法提出進一步的解釋。一直到作者重新研究八卦的起源，發現結繩、八卦、文、字、「文字」的承接系統，和具體證據以後，才發現它們的真相。（即本文揭發的）

二 「學」字的演進情形

實在，我們根據甲骨、鐘鼎、秦篆、漢隸、在學字的演進中加以考查；發現學（✕或爻）字的產生，是先於教（教）字，而不是先有教，從教省而成的。從下頁表一可以明顯的看出它們的發展情形來。

在下面的表一中，我們看了「學」字的演進情形以後，可知✕和爻就是最早的學字。《易》《繫辭》：「爻也者，效此者也。」「效天下之動者也。」「效法之謂坤。」李鼎祚《集解》：「爻，猶效也。」《本義》：「效，倣[20]也。」效和倣都和學字的意義相同。學字本也解作效，伏生《尚書大傳》〈周傳〉：「學，效也。」[21]朱子《論語注》：「學之為言效也。」卜辭中「爻戉」亦寫為「學戉」，蓋二者實乃同一字的異寫。前人執於《說文》「省假」的說法，不知演進的次序，乃謂爻由學省而來。

羅振玉謂：「按卜辭諸文均不从攴，且省子，或又省作爻。」[22]又謂：「卜辭中學戉亦作爻戉，殆古音同相假借。」[23]商承祚、陳邦懷、朱芳圃諸氏也採：因聲音相同而假借的說法。

我們仔細觀察上表演進的情形，及後面的說明，可知這種「省」和「假」的說法，都把演進的次序前後倒置了，都是不對的。根據前面的演進表，再把學字各期的演進情形分析如下，看來就非常明白。

---

20 【編案】《周易本義》字本作「放」，仍為「倣」意。
21 〔原註〕引見《儀禮經傳通解》。【編案】見《尚書大傳》〈周傳〉〈洛誥〉。
22 〔原註〕見前引。
23 〔原註〕同前，頁一八上。

表一　學字中隱藏的中國文字發展史

時期	特徵	字例
爻象變化期	交叉的筆劃	爻
甲骨文期	爻加雙手加子	
	由方變圓（爻爻下加整齊化介（文）、介整齊化成爪（爪下加子成字）	
金文期篆文期	由圓變方	
隸楷期	更圓（由圓變方、爻下的字省去、頭上的一點）	學（漢碑）　孝子（北齊）

一、✕實在是第一代的學字，以後為別一意義而專化，在學字中淪為結構的部分。[24]

二、由上述原因，乃在✕上再加一✕成✖來作學字用。這是第二代的學字。✕和✖都是學習的內容（畫的爻），用來代表學習這件事。

三、✖字為卦畫（陰陽爻）之用而專化。乃在✖字左右再加手成 🈁，像二手在學的形狀來表示學的意義。是象形會意字。這是第三代的學字。與這期相當的有一變體字「𦥑𦥑」，尚存於結構的部分中。

四、後來所學的東西變更（不學爻），🈁 或 🈁（此字僅存於部首）乃變成🈁或🈁，而淪為部首。下面再加新的學習內容——介（通文，詳後）。這就成為第四代的學字——🈁、🈁或🈁（此字未見）。🈁在理論上實為本期的正字。（詳後）。

五、以後可以看出：由於契刻技術的改進，介字突出的部分消失，而變成∧；乃產生第五代的🈁、🈁、🈁等字。

六、後來所學的東西又有變動。在鐘鼎文初期，乃在原來的∧下加子成🈁（字）。這就是第六代的學字——🈁。[25]

七、在鐘鼎文後期，∧的部分由方變圓（𠆢），漸見接近篆書期。這就產生第七代的學字——🈁。

八、到篆書期，介的部分一再由∧而∧，變成了∩（這就是許氏望文生義尚朦的部分）。遂產生篆書圓整優美的🈁字。這應是第八代的學字。

九、到隸書，楷書期起，∩的部分變成了⼍；在結構上便一點也看不出由介演變而來的痕跡。

---

24 〔原註〕見上表第二列从✕各字。

25 〔原註〕注意下半部的🈁即常見於金文的「字」字。

十、在漢碑的〈郃陽令曹全碑〉、〈魯相韓勅造孔廟禮器碑〉、〈巴郡太守樊敏碑〉，以及〈武榮碑〉、〈史晨後碑〉中的學字，均從文不從爻。寫作**學**。分析起來是雙手[26]在學文字的形狀（**𢽳**），和**𦥑𤕦**（雙手學爻）、**𤕦**（雙手學文，詳後）是出自同一樣的造字手法。

從上述各項看來，學字各期的演變，分別為從「爻」、從「文」[27]、從「字」[28]、從「文字」[29]。為什麼這樣演變呢？這和我國文字的演進和發展有關。在下面一節中，可以得到詳細的解答。

三 「學」字各期字形變化的原因和意義

我國從上古結繩紀事以後，文字的發展和名稱、實在經過了四個時期：

一、象：周禮有「政象」、「治象」、「教象」。《左傳》所稱有「易象」。《尚書》〈皋陶謨〉謂：「予欲觀古人之象。」[30]證知古人確曾用卦象表情達意。卦由「爻」組成，所以就用爻來表示學。

二、文：象由卦爻交錯變化，就變成為**𤕦**（文）。《說文解字》：「文，錯畫也，象交文。」（〈文部〉）「爻，交也。」（〈爻部〉）原來春秋以前，文字（Word）只叫「文」。顧炎武謂：「春秋以前言

---

26 〔原註〕**𦥑𤕦**字中的**𦥑**從**𦥑**變來，已見前。

27 〔原註〕**𠆢**通文，詳後。

28 〔原註〕**字**即字，在學字中省去頭上的一點，在金文中可明顯的看出。

29 〔原註〕上述漢碑寫法。

30 【編案】〔東晉〕梅賾上《古文尚書》，分漢代以來相傳之《今文尚書》〈皋陶謨〉「帝曰：『來！禹。汝亦昌言……』」以下為〈益稷〉篇；「予欲觀古人之象」句亦在其中。然自清儒閻若璩等辨《古文尚書》之偽後，《尚書》篇章仍宜遵《今文尚書》為是，故此處先生稱引〈皋陶謨〉無誤。為免讀者檢索原文時生疑，特予說明。

『文』不言字。」[31]所以 𡥈（爻子）可以寫成孝[32]。文（𠃌）字即由 ☷ 卦陽爻頭交。陰爻自交而成，所以 𠆢[33]通 𠃌。於現存：諺、諺、諺各字中也可得到證明。

　　三、字：形聲相益謂之字，字是由文孳乳而來的。字雖然產生很早[34]，但字用來指「文字」（Word），卻是春秋以後的事。戰國時，呂不韋懸《呂氏春秋》於咸陽市曰：「有能增損一字者，予千金。」[35]

　　四、文字：文字連用乃是始皇統一天下以後的事。秦瑯琊石刻始見：「同書文字」句。[36]

　　學字的字形演變，就是隨著學習的內容：爻、文、字、「文字」名稱的演變系統而來。分別說明於下。

（一）✕、✖的交錯變化和卦象

　　我國文字的發展，是從上古結繩紀事、八卦示象發展而來的。那時記載經驗和溝通思想，都是使用二項符號[37]法、先照二進的法則記數，再用數來記事的辦法。學是人類原始活動之一，所以這一事也應該早有記載。不過現在尚留下來的，就是第一代的✕和第二代的✖字。這個字與八卦有關，它就是構成八卦的基本原素──一橫和一斷橫的總稱，分開的名稱：一橫的加上一個形容詞陽字，叫做陽爻；一

31　〔原註〕（註九）〔明〕顧炎武：《日知錄》（舊題何義門批校精抄本，臺北市：明倫出版社翻印，民國五十九年），頁六○九。

32　〔原註〕文子，詳北齊學字。

33　〔原註〕六，巽為六，見〈重論八卦的起源〉。

34　〔原註〕甲骨文即已用六書的造字方法。

35　〔原註〕（註一○）〔漢〕司馬遷：《史記》〈呂不韋傳〉（臺北市：文化圖書公司影印，民國五十九年），頁四一八。

36　〔原註〕註一○，〈秦始皇本紀〉，頁四十三。

37　〔原註〕有結和無結、陽爻和陰爻。

斷橫的加上一個形容詞陰字，叫做陰爻。而爻字實在是由一（×）、
二（𡿨）陰爻本身的二斷劃交叉而成的。因為爻除了效的意義外，又
有交的意義。許氏《說文解字》：「爻，交也。」陰爻的交叉而成為×
形，作者已在〈重論八卦起源〉一文中，舉離卦和五（𡿨）字為
例，加以證實。指出𡿨字中間的×，係由離卦中間陰爻的斷畫交叉而
成。二者同是二進記數的五字（一○一）。為什麼爻字由陰爻來代
表，不由陽爻來代表呢？因為爻除「交」外，又有「傚」的意義。
《周易》〈繫辭上傳〉第五章告訴我們說：「成象之謂乾，效法之謂
坤。」乾就是陽（用陽爻代表），坤就是陰（用陰爻代表）。陽爻就是
有或一，陰爻就是無或零。這是由於上古結繩演變而成的。當初結繩
的時候，在繩子上打結後，我們能看到的情形，就是「有結」、「無
結」。有結就是成象，無結就是空位，但那空位在數上是有進位作用
的，雖然沒有打上結（紀上數），它還是像（效）有結的位一樣，發
生數的作用。等到結繩變成畫卦，有結的地方就用陽爻（一）來代
表，無結的地方則用陰爻來代表。這完全是根據我國文字起源和發展
的承接系統而來的。

　　爻字所以代表學歷（效）的意義，正是從結繩紀事的有結無結、
卦象的陽爻陰爻，早期文字的一橫一×，用二項符號的結果。這就很
自然的照著二進（binary）的數理法則而變化。因為二進數的記載都
是採用一和零（○）兩個數字，只是因一和零所在位置的不同而異其
義，如一一○（☳）、一○一（☲）、同是由兩個一和一個零組成的，
可是因為位的不同，它們組成的數，卻分別為六和五。所以對位的認
識很是重要。有一的地方就有數，而×才是純為表位的。所以我們的
祖先那時所學的就是這位的觀念，只要學到進位——知道在那裡要畫
「一」，那裡要打「×」，就可以作成文字（廣義的），來表情達意和
交換經驗。讀者也許會懷疑：僅僅二個符號，怎能具有這樣的功能？

但你只要注意到摩斯式的國際電報符號，也只用「打」、「的——」二個聲音，或一點（‧）一劃（——）二個符號來替你傳信。你就不能否定這個可能了。因為那時學習的主要內容就是畫爻，所以就用爻來表示學習這件複雜得很難表示的事。所以這個學（爻）已經是有符號以後的學了，也就是進到了對文字符號的學習。

（二）⊠、𡥈的造字手法和學「爻」

學字後來由爻演變為⊠，那是因為在古代文字符號剛產生的時候，數量很少，一個符號代表的意義很多，這點我們還可以從八卦中，每卦代表的東西都很多，和現在尚有一字多義和通假的情形，來加以證明。以後每一符號隨代表的意義專化和分化，演成由同一基本符號變來的許多字。根據這一原則，爻字的意義專化趨向獨立，乃在它的兩邊再加上手來表示學的意義，這就是上面所舉的第三代學字的由來。後來學習的內容變動，加上別的意符（見後），這字二邊的手改變姿勢成彐彐，這字就變成了學字的字頭（⧈）。𡥈字是加子作為意符的另一學字。

（三）「⧈、⧈」下的「介」通「文」和北齊从文从子（孝）的學字是表示學「文」

到第四代的學字時，因為所學的東西（符號）的名稱改變，乃將第三代的學字變成字頭（⧈），下面再加一新的意符介，表明這期所學的新東西。這新加的意符就是甲骨文上的六字。為什麼用六字做意符呢？說起來真是一個天大的祕密。[38]原來「六」字和「文」字，都是從巽卦（☴）蛻變來的。因為巽是代表上古結繩而治的「繩」。

---

38 〔原註〕以前是絕想像不到的。

《易經》〈說卦傳〉告訴我們說：「巽為繩直……為進退。」作者根據《易經》的這些資料，在〈重論八卦的起源〉一文中，恢復了八卦前身的八條索子，使《左傳》楚國左史倚相能讀《三墳》、《五典》、《八索》、《九丘》之書；《國語》〈鄭語〉：「平八索」；八索即八卦一事獲得證實。照八索每條依上中下[39]三個位置，有結無結的樣子畫下來就成為爻，有結的為陽爻，無結的為陰爻，每條索子就構成一個三畫卦。每個三畫卦就等於一個單字，二個三畫卦疊起來，就成六畫的卦象，就等於一個句字。〈象辭〉說：「巽，君子以申命行事。」巽〈象〉說：「重巽以申命。」巽即代表結繩的繩，卦又是照繩畫下來的，重巽就是重繩，也就是重卦。重繩重卦，就等於疊字造句，由單字變成語句，就可以將意思或要作的事告訴別人，就能達到申命行事的效果。所以《周禮》對布政施教，分別有「政象」、「治象」、「教象」。而懸卦「象」的地方就叫「象魏」。這除《周禮》的資料外，在《左傳》中也有同樣的資料可以證明。布政施教的時候，把政「象」或教「象」高高的掛在宮門（象魏）上，所以又叫做卦，所謂：「卦者，掛也。」這由懸掛的方式而得的名稱，應該是從當時老百姓的俗稱遺留下來的，正式的名字應該叫做「象」（六畫卦）才對。易「象」是周禮之一，韓宣子聘魯：「觀書於太史氏，見『易象』與魯《春秋》。曰：『周禮盡在魯矣！』」[40]可見「象」從實用的文字符號，淘汰成了象徵性的禮。政象、治象、教象現在都看不到了，幸虧尚有靠卜筮一條途徑流傳下來的**易象**。否則也許我們根本就不知道有這回事了。劉師培氏謂：「惠定宇以象為書名，且謂古易只名為象，其說甚精。……故〈繫辭〉曰：『在天成象』、『易者，象也；象也者，象

---

39 〔原註〕為最自然易看的分法。

40 〔原註〕《左傳》〈昭公二年〉。

也。』古只名象，〈皋陶謨〉曰：『予欲觀古人之象。』是也。至周始有三易之名。然《春秋傳》曰：『見易象。』則象之名尤未亡也。」[41]

後來「象」不夠用，就產生由筆劃交錯而成的「文」。「文」字本身就是由巽卦依陽爻頭交陰爻自交而成的。在字形上，☴下陰爻依照自交的例子[42]變成×，☴就變成⚊，這和我們現在的「文」字就相同了，而且又合乎二進法的六（一一○）字。[43]我們在甲骨鐘鼎中，現在六字和文字頭上不交的二畫，也交起來了，但是，不是像陰爻那樣自己在中央相交，而是二陽爻在頭上成角度相交；文字為𠆣，六字為𠆤。[44]這是因為爻有交的特性，陰爻相交，相鄰的陽爻也要相交。許氏《說文解字》：「爻，交也。象易六爻『頭交』也。」（〈爻部〉）但是我們看到許氏在《說文》中所收的爻字，實在不是「頭交」，而是在中間相交。前人及許氏不知那是陰爻相交的例子。因為爻有陽爻陰爻兩種，許氏這裡只說出一種情形；顯然的，那就是作者以前證明的陰爻相交的情形。許氏在《說文》中引有很多自古相傳，而許氏自己也不明白的說法，如引《左傳》：「亥有二首六身。」之類，這裡的「頭交」也是一樣。實在它是指陽爻相交的例子。因為陰爻相交成×，陽爻的相交就要採用別的方式。它為避免和陰爻交法相混，既不能在中間相交成×，也不能在一條線上相交[45]，則它的相交一定要成角度，陽爻頭交又成角度，自然就成∧，所以☴卦上面二陽爻頭交成

---

41 〔原註〕（註一一）劉師培：《劉申叔先生遺書：經學教科書》第二冊，第十一課：〈釋易象〉（臺北市士林：大新書局，民國五十四年），頁二三七八。【編案】「故〈繫辭〉曰」以下云云，為劉師培原文「其說甚精」句下夾注說解。

42 〔原註〕見前及後引《說文》。

43 〔原註〕注意：文六二字的筆畫全同，結構也幾乎相同，只是下面二畫的交與不交略有不同。甲骨文裡也是一樣。

44 〔原註〕注意二字下半部的結構，只是☴卦最下一陰爻的交與不交的不同。

45 〔原註〕因為在一條線上相交，只會合成更長一倍的線。

∧，下面一陰爻的二斷劃自交成✕，就成了 ✕ 字。因巽卦原是代表上古結繩以來的文字系統，又是上古二進記數的六字，所以這字有「文」和「六」兩種含義。後來[46]為著二字要有分別，將巽卦下面陰爻中的二斷劃相對豎排，不交叉，就成為 ∧ 字。因為文、六都是從巽卦變來的，所以二字有時還是通用。在前舉《六書通》中所收古代及秦漢印文，即有這種例子，如諺、**諺、諺**，顏、**顏、顏**等。並且根據真理的一貫性，在1（ ）57的一系列數字中，你一定能推知那在1和5之間空著的是3字；照樣，配合著上述發現的文字演進資料，只要知道：「爻」、「　」、「字」、「文字」，也就能知道那第二個空著的是「文」字無疑。所以甲骨文中「爻」字下的「∧」是作「文」字解，爻字實在是從 爻 從文，表示從爻象期的學爻，變到初文期的學文的意思。造字的意義，這就自然很明白了。

第五代的學字（爻），乃是由書寫技術和方式的改進，朝著由方到圓的方向而演變。筆劃接頭處突出的部分，漸漸消失[47]而整齊化。爻字下的 ∧，變成了 ∩：不過基本結構還是不變。爻 字是由學[48]字和文[49]字合成的，同是表示「學文」的意思。

（四）爻下的 ∩ 加 子 成 字（字）表示學「字」

第六代的學字，我們可以根據前面的發展線索看出來；實在是在 ∩ 下加子成 字（字，見僕兒鐘[50]等）。因為後來「文」的「孳乳而浸多」，遂產生了「形聲相益」的字，「學」字遂也改成了「學字」[51]。

---

46 〔原註〕或者根本先有不交，如 ☰ 卦本身即是，後來才產生交的方式。

47 〔原註〕以後有稜角的地方也是。

48 〔原註〕✕ 即學的最早形狀。

49 〔原註〕∩，上節證明的。

50 【編案】即「余贎諫兒鐘」，銘文「字」字形為 字（取自小學堂文字學資料庫）。

51 〔原註〕上半本古學字：爻。下半本為字：字。由兩字合成。

這是因為如前面一再說明的：文字名稱的演變，實在經過了三個階段：先叫做「文」；再叫做「字」；以後才將文和字合起來，叫做「文字」。顧亭林《日知錄》謂：「春秋以前言『文』不言字。」江永《群經補義上》謂：「其稱……字者，蓋始於秦呂不韋著《呂氏春秋》，懸之咸陽市曰：『有能增損一字者，予千金。』」其後秦瑯琊石刻始有：「同書文字」句，將文和字聯合起來使用。謝雲飛氏《中國文字學通論》引據各文，論列頗詳。惟稱字不必肯定在戰國的時候。字的稱呼在文之後，當無問題。不過我們在鐘鼎上看到的「字」字，尚無法確定是在戰國的時候才產生，所以江永也用一蓋字作不肯定的說法。大概當時各國，有的叫文，有的叫字，時間先後不一，等到秦統一天下以後，才統一合稱「文字」。

（五）漢碑的學字表示學「文字」（學）

在漢碑中學字頭上的㸚不從爻，而改為從文（図），文和下面的字合起來剛好是文字，這和㸚的構造相同，把中間的爻換成𡥉就成學，正是「學文字」的會意。就手邊查出的漢碑中，半數以上都是把學字寫成本形。例如〈禮器碑〉：「自天王[52]以下，至於初學。」〈史晨後碑〉：「并畔宮文學先生執事諸弟子。」〈樊敏碑〉：「總角好學。」〈曹全碑〉：「君童齔好學。」〈景君碑〉：「晚學後時。」〈乙瑛碑〉：「勉學藝。」此外尚有〈武榮碑〉[53]等都是。這事正是在秦始皇統一天下，將文、字合起來稱為「文字」之後，證以上述：爻、文、字、「文字」的發展系統，它的原因也自然就明白了。

---

52 【編案】原引作「天子」，今據〈禮器碑〉改之。

53 【編案】原文〈武榮碑〉下原有〈史晨後碑〉四字，今以其重出刪之。

圖二　〈曹全碑〉中從文字的學字[54]

（六）「字」字的造字理由和學字形義的定型

　　「字」字的造字理由，在第六代的學字構造中，可以得到明白的
解釋：「字者，文之子。從文（見前）下有子，會意。」許慎《說文
解字》敘謂：「蓋依類象形，故謂之文，其後形聲相益，即謂之字，
字者，言孳乳而浸多也。」《通訓定聲》謂：「字，乳也。從子在宀下
會意，……按人生子曰字。……《廣雅》〈釋詁一〉：『字，生也。』」
以上各說，即是謂「字」是「文」所生之子。這從字形上就可以會

---

54 【編案】此圖為本文原刊附圖，惟〈曹全碑〉原文「位不」下為「副」字，此處作
　　放大之「學」字，應經先生剪貼而成。

意。不過文[55]不知怎麼恢復成了�（六），在學字中又省了頭上的一點變成了ㄧ，所以許氏在漢代就不曉得它的來歷，而在《說文》中說錯了。

學字在鐘鼎文時期已經定型，在篆文、楷書中，部分的原始結構痕跡已經泯滅，使人無法從結構上看出含義的演進。但是學字的意義還是和它的初形爻字一樣——效也。這是因為「學」本是人類天賦本能的一種，我們只要看小孩子的行為就知道了，所以學字的造字時間很早，沿用的時間也很長。

四　根據數理證明的從「卦」演「文」字例

上面既然確實證明了卦象和文字的承接系統，那麼很自然的就會使人想到：在現存的文字中，應該還有由卦演變而來的才對。這種想法完全合乎事實。這點我們可從與數理有關的數字來加予考查，因為其他的證明，可能會有爭論，而數是一就是一、二就是二的，而且在我國，數字也正好就是文字。

筆者在先後發表的各文中，證明了四、五、六、……等錯畫系統的數字，都是明顯的合乎二進法則，都是分別從艮卦、離卦、巽卦、……演變而來的。卦的陽爻就是一，陰爻就是零。凡把錯畫系統的數字和它以後演變的各種形狀，恢復成陽爻陰爻的形狀以後，都可以把〇（零）與一代進去驗看。

表二

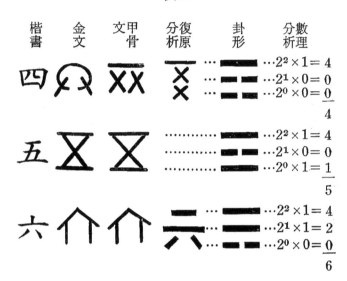

楷書	金文	甲骨文	復原分析	卦形	理數分析

在上面的表二中可以明顯的看出來：五字的寫法和結構，竟和離卦（☲）相合。在甲骨文中，五字的結構是上面一橫、下面一橫、中間二畫，剛好和離卦一樣，只是中間二畫有交叉與不交叉的分別。而理由也在《說文解字》：「爻者，交也。」一句話中找到。

六字和巽卦（☴）的結構也是相同。巽卦最上的一陽爻縮短，中間的一陽爻不動，下面一陰爻的二短畫略作斜排就成「六」，它和「六」字是完全一樣的。在甲骨文中的六字寫作介，是為著和父（文）字分別，父字和介字的上部（人）是由二陽爻頭部斜交而成的，這在上文已詳加證明。而且從楷書「文」字和「六」字上部（一）的形式也可以看出。

表三

								八索

								八卦

								古二進數字

七、王	六、文	五	四、丁	丙	二（舊釋五）	一	無	現用字

								二進記法

　　四字在國人的資料中，只找到明刀背文的 字，是屬於錯畫的系統。但後來在李約瑟氏所著的《中國科學技術史中》[56]，找到一個

56　〔原註〕（註一二）Joseph Needham, Science And Civilisation in China, vol. 3, p.7.

「▨」字，造字的方式和上述五、六兩字相同，是同為錯畫系統的數字。這字的時代本來也不易確定[57]，但因它是整個系統中的一個，因此可由它同一系統中的五、六等字都在甲骨文中出現的情形，推知這個四字也是屬於甲骨文時期的。這個▨字把結構的各部分從上至下讀起來正是一××（楊昭雄君提供的意見），但也可以分析成兩個▨[58]。照以前的例子：上面的「一」不動，把下面的「×」改成○，就成為「一○○」（二進記數的四），或兩個「一○」（二進記數的二）。所以「四」也很明顯的是照二進數理創造出來的一個字。

上面我們確實已經找出了我國文字起源和發展系統的明顯證據。從下表更可以看出：八索、八卦、文字中，哪一索變成哪一卦，哪一卦變成哪一個文字，和它們與二進記數相符合的情形。

五　本文得出的重要原理原則

在上面所分析的學字的結構和造字原由中，除可以看出我國文字和教育的演進情形以外，還可得出一些可以幫助後人研究的原則（也許是重要的）。現在分條彙列於下：

一、證明作者在〈重論八卦的起源〉一文中，發現的先天新易例，不但確實找出了八卦真正的來源。並且從這一重要的歷史環節，恢復了從結繩、畫卦、文、字、到文字完整文字發展系統，並且還可以作為一種原理原則，用以研究文字學，解答過去文字學上不能解答的問題。也可以利用這些原理原則，經由文字上保存的痕跡，探索古史的祕密。

---

57 〔原註〕以刻有這個字的實物的時代來斷定，是不合邏輯和不可靠的。

58 〔原註〕註四，頁二十九。

圖三　爻字簋（《故宮銅器萃編》，圖版十四）

　　二、由以上發現的學字從學「爻」、學「文」、學「字」、學「文字」四個明顯演進階段發展而來。證明了「爻象」確實在文字系統中占有重要的地位，和相當長的時期。[59]《周禮》和《左傳》中提到的政「象」、治「象」、教「象」、易「象」都是卦象。可說就是一種在古禮中保存下來的，上古流傳下來的死文字。由此也證明這些資料，絕不是後人偽造的。

　　三、得到一條重要的文字學原則：一些早期的文字，可用二進法做橋樑，連接到八卦，再在卦象中找出造字的原因和解釋來。

　　四、又得到一條字形演變的重要原則：由卦象到篆文期，文字的形狀由方變到圓，篆文以後到隸楷時，又從圓恢復到方，所以隸書楷書中，有許多字又恢復到接近原始的形狀，使人更易解釋。如學（𣬉）字下的六（介）字，從☰、介、⌂的方，到⌒、⌒的圓，

---

59 〔原註〕結繩之後，甲骨金文之前。

到了⚊（∴）、六、又恢復到接近本來的☵卦，只是最上面的陽爻縮成一點[60]，最下的陰爻略為傾斜，筆劃多寡和位置完全相同[61]，二者都同是二進的形式：一一〇。

五、解釋了許多單字：除「學」字外，如「文」、「六」、「字」、「爻」。方法和解釋，以前是絕想不到的。

六、爻字證實即學字，也可用來考證古器物：故宮博物館所藏的「爻字簋」即可用今字譯作「學字簋」（其他爻字器仿此）。孟子曰：「學則三代共之。」用前面所述學字演進的階段為標準來加以衡量，可知本器為殷初或前代學中之器。

七、許氏《說文》：「爻，交也。」爻字「交」的一義，以前是絕想不到在文字、數字和易學中保存了這樣大的祕密。除用以證明八卦的二進原理、文字的起源外；證實現存我國古代數字中，由錯畫構成的，都是由上古流傳下來的二進數字一點，不但在我國數學史，就是在世界數學史上來講，也應是一件重要的發現——遠在甲骨文以前[62]、中國人[63]在使用十進法之前，已經使用了很長很長一段時期的二進法。也證明當時確已知道使用位置值。

八、用證據訂正許氏在《說文解字》中的錯誤，又舉了一個示例的方式。比較一個字在各時期的演變和發展，更能找出文字的根源和真相來。

九、此外，還由此發掘出許多教育的史實，另以專文介述。

以上用二進易理，從文字學上的研究，得出了我國古代文字和教育起源與發展的真實情形。按以前歷史學家嘗從甲骨文中禾黍等農作

---

60 〔原註〕在文字中點常常變成橫，點和橫二者是相通的。

61 〔原註〕試比較☵、⚎、六、𠆢。

62 〔原註〕不止五千年。

63 〔原註〕也許應叫亞洲人，因為那時也許尚未建國。

物有關的文字，推斷我國古代的社會經濟和農業狀況。本文則用易理研究我國文字和數字起源的實況、文字演進的「系統」、以及重要的文字學原則，都得到很好的效果。而這些結果，都是利用筆者在〈重論八卦的起源〉一文中得出的二進易理，以二進法為媒介才達到的。作者相信這種以易數研究文字學，再由以易數研究文字學的「結果」，來解釋歷史文化的方法，確實在研究方法方面開了個新境界，試問以前誰用過這種研究方式呢？

—— 本文原發表於《女師專學報》第1期（臺北：臺北女子
師範專科學校，1972年5月），頁107-123。

從「書」字的演進看泥書、「讀」字、八卦及我國文字的起源

一 八卦和文字起源重要說法的檢討

　　凡文化史、文字學及其他談到我國文字起源的書或文，例都要談到結繩、八卦和我國文字起源的關係。而學者根據傳統，也大都相信這二種東西確是上古和包犧氏作的。如柳詒徵氏著的《中國文化史》[1]、林景伊先生著的《文字學概說》[2]即是。古人更是少有例外，屈翼鵬先生謂：「謂八卦為包羲氏所畫，後世學者皆宗之，絕無異說。」[3]因為《易經》〈繫辭下傳〉中有一段明白的話：

> 古者包犧氏之王天下也，仰則觀象於天，俯則觀法於地；觀鳥獸之文，與地之宜；近取諸身，遠取諸物；於是始作八卦，以通神明之德，以類萬物之情。……上古結繩而治，後世聖人易之以書契，百官以治，萬民以察，蓋取諸夬。[4]

此外，《周書》〈中候〉、《莊子》〈胠篋篇〉、《尸子》、許氏《說文解字》〈序〉，都有類似的記載。所以八卦久被尊為我國文字之祖，趙曾

1　〔原註〕（註一）柳詒徵，一九四八，頁三九～四七。（見參考書目，下同）
2　〔原註〕（註二）林尹，一九七一，頁七～一一。
3　〔原註〕（註三）屈萬里，一九六四，頁一二九。
4　〔原註〕第二章。

望著《巵言》謂:「伏羲畫八卦,為萬世文字之祖,人皆知其然。」[5]
但這都是根據紙上記載資料的傳統說法。自從現代科學研究的精神傳
入,疑古的風氣興起,加之地下甲骨資料的出土;這些紙上的記載資
料,乃有待地下發掘資料的證實。因此持科學態度的人,以甲骨、金
文上都沒有看到有關八卦的資料,認為古書上的這些記載,是不可信
的。所以在董作賓先生〈中國文字的起源〉[6]這篇有廣泛深遠影響[7]的
文章中,即絕口不談這些結繩、八卦的古代記載。這篇文章原是在中
國同志會的演講,當時聽眾之一的謝地養氏在自由發言中即謂:

> 中國原始文字,向來都以為是伏羲所畫的八卦。今天聽了董先
> 生的演講,才知道和八卦沒有關係,而自有其悠久演變的過
> 程,這對於中國文字的研究,是一個極重要的啟示。[8]

其後屈翼鵬先生發表〈易卦源於龜卜考〉等文(詳後),乃直指八卦
與六十四卦,都是周人仿殷人龜卜而作的。則八卦作於周代,更不可
能為文字的原始了。

　　董氏是利用比較文字學的方法,比較埃及文、麼些文、甲骨和金
文的象形字,得出文字由圖畫演進的結論。是完全避開了舊有的記載
資料,另找新證據,並不是採先推翻了舊記載,再找新證據的方式。
因此留給我們一些問題:文字既是由圖畫演進而來,我們是不是也應
先循圖畫的線索,解決結繩的一條古史留下的線索[9]呢?又有沒有比
旁證的比較資料,較直接更具體的證據呢?屈先生的論點也同樣顯出

5　〔原註〕(註四)柳詒徵,一九四八,頁四三引。

6　〔原註〕(註五)董作賓,一九五二。

7　〔原註〕(註六)其後有關文字起源之說,多引徵本文及其附圖。

8　〔原註〕見該文。

9　〔原註〕無論是證實或推翻。

一些問題，我們且先看屈先生的論點：（一）畫卦的目的，實為占筮。因此八卦之重為六十四、卦辭、爻辭必為同時之產物。（二）甲骨刻辭和易卦爻畫，頗多相似之處，如：甲骨刻辭和易卦爻畫的順序都是自下逆數而上，甲骨卜旬之辭，六旬駢列，一如易卦之六爻；甲骨兆紋，刻辭左右反對，除乾坤等八卦外，六十四卦的其餘五十六卦，也以反對為序；龜腹甲分為九塊，腹甲外之盾版分為六排（如坤卦☷狀），腹甲堅盾版柔，符合卦爻以九為陽剛，以六為陰柔的說法[10]；（三）由《易經》中器用習語等資料，證明卦爻辭作於周初。[11]由以上論點，易卦與卦爻辭既為同時之產物，則八卦與六十四卦，自是周人仿殷人龜卜之習而為之。按以上的論點，也是避開過去的各種資料，不先用證據加以推翻，而以按語謂「畫卦的目的實為占筮」為前提出發[12]，未免稍嫌主觀。有如今日佛經用梵文，基督教聖經用拉丁文，而我們不能指梵文、拉丁文的產生目的為寫經一樣，因為為了神秘的原因，宗教上採用古代的死文字為經典的例子很多。如果大前題不對，則一切論點，難有正確的結論。

　　根據筆者的研究，確實可以根據結繩的圖形線索，證明八卦和結繩的關係外，並由種種明顯的理由和具體的證據，均能證明結繩、八卦，確為我國文字發展中的最早環節。證據和理由如下：

一、數字應該是最早的原始文字之一[13]。我國金文中最象形的 ｜
　　（十）字，即可在關、孫等字的金文中，得到和 ❖、❖、❖

10　〔原註〕（註七）屈萬里，一九五七。

11　〔原註〕（註八）屈萬里，一九五〇。

12　〔原註〕（註九）屈萬里，一九六四，頁一三一。

13　〔原註〕（註一〇）于省吾在所著《殷契駢枝三編》謂：「初有文字當以紀數字為發軔，紀數字當為初文中之原始字。」（頁三十一）

相通的證據。而古代的十是豎一而成的，這個 ┃ 字，正是繩上有一個結的象形。[14]和董氏「甲骨文是他們的今文，而刻在精美花紋銅器上的文字，是他們的古文，……也就是遠古傳下來的圖畫文字。」[15]的說法相合。按本字在較古的器銘上。因銹蝕向二邊擴大成 ◗ 形[16]，後人誤以為用肥筆取姿。

二、在甲骨、金文中，點（˙）常常可以變為橫，如：夆 夆 夆 中（午）、夭 夭（天）、夲 夵（丕）、生 生 生 生（生），例子很多。可見前例繩上一個「結」的象形，也可變為卦爻的一。

三、以上二例，都是外表的特徵，是屬於外在的證據，由於繩每位只能打一個結，有如每位只有一個珠的算盤一樣，在數理的邏輯上，就必然導致二進位法的結局，而筆者正證明八卦確實是二進位的，乃又得到內證的依據。[17]

四、既合乎外證，又合乎內證的，是筆者又證明：我國「錯畫」系統的數字，都是由卦演變成的。它們和八卦一樣都是合乎二進的記數形。[18]找出了由卦演文的真正字例。

五、古史《春秋左傳》〈昭公十二年〉、《國語》〈鄭語〉中均提到「八索」，孔安國、韋昭和其他注家均相傳就是「八卦」，可以互相印證。

六、從對「學」字的考查上，筆者發現學字是從學文字的系統發展成的，依照我國文字和名稱的發展，分別由「學爻」、「學文」、「學字」、「學文字」演進而來，最早的學字即寫作

---

14 〔原註〕（註一一）參七、陳道生，一九六六，頁二三三；又參八，一九七二，頁（總）一一○。

15 〔原註〕董作賓，一九五二，頁三六。

16 〔原註〕（註一二）蘇瑩輝先生口告有此可能。

17 〔原註〕（註一三）陳道生，一九六六，頁二二二。

18 〔原註〕（註一四）參八、陳道生，一九七二，頁（總）一一九。

「爻」，以後再在爻字二邊加手成「𦥑」（後來演變為學字頭上的𦥑），從學爻會意。是項堅強的證據，任何人都不易推翻的。[19]

以上都是直接明顯的證明：畫卦的目的並非為占筮。何況甲骨刻辭和易卦爻畫的相似，亦可龜卜仿自易卦，而不必易卦仿自龜卜，由前面學字演進等的直接證據中，看來最為明白。可見屈先生指出的甲骨刻辭順序逆數而上，六旬駢列如六爻，都是仿自易卦的對稱和進位順序，後者是由我國算數的進位次序而來；甲骨兆紋、刻辭左右反對，是由易卦全部的對對交反性質而來。[20]與所謂六十四卦中，只有五十六卦以反對為序，有八卦例外，不合真理一貫性的情形不同。龜甲形狀盾版分為六排如☷卦，若果真對卦爻有影響，則卦爻產生亦必開始時即為六畫，因龜甲即整個的，沒有三畫相重的根據，所以絕無由三畫重為六十四的情形，與屈先生另處所謂「易始八卦，八八互重為六十四，其理至順，其事至簡」[21]所持的傳統說法不合。陽爻稱九、陰爻稱六，筆者發現另有易數的原因。[22]可見各說，在真理的一貫性上來衡量，都不易成立。

　　以上是檢討分析有關八卦和文字起源，較新和影響較大的說法，至於抄錄輾轉了二千多年的舊資料，毫無新見；或僅憑主觀臆說，毫無證據的說法，實在太多，我們也就不必去浪費時間了。

19　〔原註〕（註一五）參八、陳道生，一九七二，頁（總）一一一～一一九。

20　〔原註〕（註一六）陳道生，一九六六，頁二二八～二二九；參九，一九七二，頁（總）二一○～二一四；參十，一九七三，頁（總）四○；參一一，一九七四，頁（總）六～九；筆者發現的證據頗多。

21　〔原註〕（註一七）屈萬里：《先秦漢魏易例述評》，臺灣學生書店印行，臺北市，民國五十八年（一九六七），起首語。

22　〔原註〕（註一八）參九，陳道生，一九七二。

二　從「筆」到「書爻」和「書文」的發展

研究文字的起源，從有關文字的活動著手，自是合理的途徑，從上述學字的研究中，所以能得出「學爻」、「學文」、「學字」、「學文字」的系統，就是因為古今學的第一步，都是教兒童學認字、寫字。班固在《漢書》〈藝文志〉中，即把字書列為六藝之一，稱為「小學」，並在〈序〉中謂：「古者八歲入小學，故《周官》保氏掌養國子，教之六書，謂：象形、象事、象意、象聲、轉注、假借，造字之本也。漢興，蕭何草律，亦著其法曰：太史試學童，能諷書九千字以上，乃得為史。」「學」正是一件有關文字的活動。

書（動詞，寫的意思）也是一件有關文字的活動，考察之下，發現也有從「書爻」到「書文」的發展情形，我們來分析如下：

（一）書筆同文的最早書字和筆字——𦘒[23]

本字象用手持筆的形狀，《說文解字》解作筆，謂「𦘒，所以書也，楚謂之聿，吳謂之不律，燕謂之弗，从聿，一聲。」羅振玉謂：「此象手持筆形，乃象形，非形聲也，貴父辛卣从𦘒與卜辭同。」[24] 馬敘倫謂：「聿並不是筆的初文，實在就是書字的初字。」又謂：「因為筆是寫字的，所以便把寫字也叫做聿。」[25]按《史記》〈孔子世家〉謂孔子作春秋「筆則筆、削則削」，可見後世筆字仍兼有書（寫）的意義。

---

23 〔原註〕（註一九）羅振玉，一九一二，柒、二三，二‧參一四，同，一九一六，下，三八，一。

24 〔原註〕（註二〇）羅振玉，一九一四，中，頁四〇下。

25 〔原註〕（註二一）《馬敘倫學術論文集》，頁一二，一六九。

（二）持筆書（或畫）✕（爻）的書字——〔字形〕[26]

　　書字由〔字形〕變為〔字形〕後，過去的說法很多，皆不能定。王國維疑為古畫字，謂：「妻，疑古畫字，〔字形〕象錯畫之形，吳尊蓋畫作〔字形〕，枀伯敦蓋作〔字形〕」。[27]丁山謂：「妻，王國維疑是畫字……〔字形〕、從聿、✕，〔字形〕、✕字古寫……我認為妻即『肆習也』肆習的本字，〔字形〕大概象人筆習畫形，所以又讀如畫。」[28]丁山、李孝定氏亦贊成；吳大澂釋為肅字，王襄、魯實先氏也主本說；郭氏以為古規字；丁山以為當讀為燮、為彝，李孝定氏以為亦是、亦可通。按本字《說文》所無，甲骨文外金文也有。聿下的〔字形〕，在子畫篹中也和甲骨文相同，冉篹寫作〔字形〕，師望鼎作〔字形〕，在畫字中作✕（吳方彝、寅篹、枀伯戎敦、金厄畫轉）；〔字形〕（師兌敦、師兌敲、番生篹）、〔字形〕（毛公鼎）[29]，可見即「爻（✕同）」的變形，由前面講到的「學」字從「學爻」、「學文」、「學字」、「學文字」的系統中，從學爻會意的學——〔字形〕（見於〔字形〕）、〔字形〕字例，可證妻字乃從用手持筆書（或畫，同）✕爻會意實即「書（寫）」字。丁山所謂的「肆習本字」、「像人執筆習畫形，意義和書字甚近，李孝定氏以為其說可從。[30]因為爻為文字的前身，已證明於學字的發展中如前，則執筆書（或畫）爻，即和後來的寫字習字一樣，寫字也有肆習義。前賢只差一間，即可認識本字。實因筆者學字從學爻、學文、學字、學文字的系統尚未理出，無這一原則可

26　〔原註〕（註二二）羅振玉，一九一二，二、五、四；一九一六，後下、三七、二。師旬篹。

27　〔原註〕（註二三）王國維，一九一七，頁二四。

28　〔原註〕（註二四）李孝定，一九六五，頁九八三引《方國志》。

29　〔原註〕（註二五）徐文鏡，一九三三，三下，頁二八～二九。容庚，一九二五，頁一五八～一五九。【編案】毛公鼎「畫」字字形作「〔字形〕」。

30　〔原註〕（註二六）李孝定，一九六五，頁九八七。

參考；又因我國書畫同源，書和畫的分別，在古時本不明顯，到後代才把書專指寫文字，畫專指繪圖。有了這些原因，所以書字今天才認出來。而從畫字的考查中，可知畫字本身，其實也就是原來的書字。（詳後）

（三）持筆書（或畫）ㅅ乂（㐃、麦見於書字）的畫即書字

筆或書初由尹變為㐃，後一形所加的ㅅ，屈翼鵬先生以為象筆鋒分披之形，蘇瑩輝先生以為：象筆之分披，不無可商，因㐃如正在和墨書寫，則鋒毫難呈分披之狀，認為即筆之飾者，或示削竹（枝）木（樹枝）為筆之意。[31] 按筆飾若在筆尖將防礙書寫，與實情不合；竹木若已削，也看不見枝葉的形狀，皆恐不是原意。常見加ㅅ於動物或竿枝尾部，或係指示尾部之意。又為甲骨文六字，前在學字中見有從學六會意──緣、別KAY [32]，六通文，表示學文的一形，筆和書的特點即在寫字，若解為持筆畫（寫）ㅅ，則意義最為妥當。在上官登⭣ [33]字中的麦，即係從用手持筆（尹）畫文（乂）會意，是項明顯的證據。

從筆字到畫字的發展系統中：尹、乂麦麦、麦麦，可見最早是筆，因筆的用處是書寫，所以筆也就是最早的書字；接著是把筆和所寫的東西也寫出來，使人一看就能明白，所以就有從持筆畫乂、持筆畫文的二形。[34] 過去因未注意到我國文字的發展系統，也未想到書畫同源一事實，學者的腦筋一直在畫字中打轉，所以把麦字尹下

---

31 〔原註〕（註二七）蘇瑩輝，一九五七。
32 〔原註〕（註二八）李孝定，一九六五，頁四六八三，列為待考。筆者據緣六字例暫釋為學，見筆者，一九七一，頁一五～一八。
33 〔原註〕畫、書古同源。
34 〔原註〕後一形未單獨成字。

的╳誤以為規，這在後來發展成爻時，證明實在是爻，爻的寫為╳，在上面筆者提到的學字外，例子也不是很少的，至此本字也成為一例。尣字𦘒下的爻是清清楚楚的文，但學者也因只想到和畫的關係，沒有想到筆和文字的關係更密切，人類寫字總比畫畫來得多吧？過去的學者，因這項想法的偏差，卻又將這個明明是文字的文，解成紋字。從爻到文實在是我國文字發展的系統，筆者前在學字的考查中，已經證明。在本項對書字的考查中，又再得到證明。前人當初怎會想到呢？

三 「泥書」和「讀」
──田田𤰫𤰫𤰫𥪡由田𥨍𥩈𥪚

書字由筆發展到持筆畫爻、持筆畫文，告訴了我們所畫或寫的東西以後，又進一步告訴我們把「爻」「文」畫（寫）在那裡，原來是畫在「田」上。接著又再進一步告訴我們：這「田」並不是普通的田，是和「口」有關的田（𤰫，見𤰫𤰫），所以又在田下再加上口。這田上用筆寫上爻或文，又和口有關，自然不是喝或吃，那會是做什麼呢？我們細想之下，除了「讀」以外，還會有什麼呢？又在甲骨文的「𥨍」[35]字中，我們還可以看出：這田還可用手拿起來。在「𥪚」[36]中，更可看出：這田又可拿在手上讀。在隸書、楷書的「畫」字中，也可看出：從「聿」、從「田」在「一」上，會意。乃是表示這個可以寫字（爻文）的「田」，並不是地面上原始的田地，是可以放在某種東西上面的。這個隸書、楷書的畫字，可見也有造字

---

35 〔原註〕（註二九）羅振玉，一九一六：下一九、三；二六、一一；反一九三三：二、二四、一。董作賓，一九四八：二二五八；五四七三。……等。

36 〔原註〕（註三○）商承祚，一九三三：九七五。

的理由，並不是隨便變成這樣的。這個可以拿起來讀，又可以放在別物上的「田」，究竟是什麼呢？這已經十分的明顯：它就是「泥書（名辭）」。「周——𝕳𝕳 𝕳𝕳 𝕳𝕳 𝕳𝕳」也就是表示「用口」（《說文》語）念（讀）「泥書」會意，原來它根本就是「讀」字。而「畫」字根本原來也就是「書」（動辭）字。現在分別討論如下：

（一）泥書的證據

我國最早的記載和實物，證明我國古代曾用動物甲骨、金、石、竹、木、和布帛來記載事物。《墨子》〈貴義〉篇謂：「古之聖王，欲傳其道於後世，是故書之竹、帛，鏤之金、石，琢之槃、盂[37]，傳遺後世子孫。」《戰國策》謂：「君王后曰：『善！』取筆牘受言。」[38]這裡提到的竹就是竹「簡」，帛就是「帛書」，金和槃盂就是鐘鼎彝器等，石就各種石刻，牘就是木板，這些都是不但有記載，而且有實物證明確實存在的東西，分別說明如下：

1. 甲骨的大批發掘出來，已是大家知道的事，不須詳細說明。其中董作賓先生特別提到，著錄於《雙劍誃藏甲骨文字》[39]二一二、二一三的一塊「骨簡」，正面記事，背面刻有檢查日子的干支表，是殷商時代有簡冊存在的最好證明。[40]

2. 除甲骨外，把記事刻在鐘鼎彝器上的也是很多，也不須多說。其中毛公鼎、散氏盤刻字很多，是最著名的例子。以後漢代的「鐵券」[41]，也是利用金屬的例子。

---

37 【編案】〈貴義〉無「琢之槃盂」句，與此段文字相似而有「琢於槃盂」或「琢之槃盂」句者，見於〈兼愛〉、〈天志〉、〈非命〉等篇。
38 〔原註〕卷十三。
39 【編案】指于省吾：《雙劍誃殷契駢枝》。
40 〔原註〕（註三一）董作賓，一九五二，頁二九。
41 〔原註〕（註三二）〔漢〕班固：《漢書》，〈高帝紀〉。

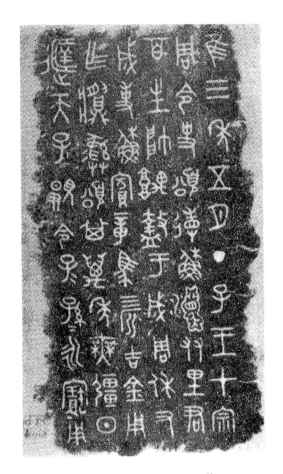

圖一　西周史頌簋銘[42]

　　3.石的例子，應推「石鼓」最有名。還有河南沁陽出土的「玉簡」、「石簡」[43]。以後各種石刻也很多。

42　〔原註〕見《故宮季刊》第七卷一期圖版柒B。
43　〔原註〕（註三三）見董作賓：〈沁陽玉簡〉，《大陸雜誌》十卷四期。

圖二　周石鼓文[44]

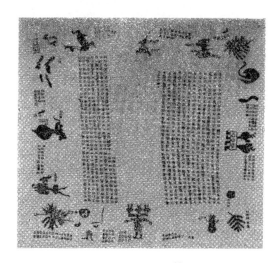

圖三　繪書[45]

---

44 〔原註〕見二玄社刊《書跡名品叢刊》。

45 〔原註〕董作賓：〈論長沙出土之繪書〉、《大陸雜誌》，第十卷六期，頁八。

4.竹是指「竹簡」，最有名的實物，是敦煌、居延出土的「漢簡」。而《晉書》〈束晳傳〉謂：太康二年，汲郡人不准盜發魏襄王墓，或謂安釐王冢，得竹書數十車。是後世最早發現的竹簡。

5.利用縑帛的實例，有長沙楚墓出土的「帛書」。可參看陳槃氏《先秦兩漢帛書考》[46]、董作賓氏〈論長沙出土之繪書〉[47]二文，裡面說得很清楚。

圖四　戰國時代的陶文[48]　　圖五　北魏正光甀[49]

46　〔原註〕（註三四）陳槃：《先秦兩漢帛書考》，《中央研究院歷史語言研究所集刊第二十四本》。

47　〔註三五〕董作賓：〈論長沙出土的繪書〉，《大陸雜誌》第十卷第六期。頁七～一一，民國四十四年三月。

48　〔原註〕見周進：《季木藏陶》，頁八○。

49　〔原註〕見馮氏《石索》六。

6.牘是木版製的，叫做「木牘」。和竹簡同時出土，傳世的不少。我們還常常在博物院、圖書館等的展覽中看到。

7.除以上種種外，在秦、漢磚瓦，古陶片中也發現有文字的記載。在《金石索》著錄的〈晉太康瓦卷〉和〈北魏正光甄〉[50]看來，我們實可叫它「陶書」。

由以上看來，古人曾經用過最堅硬的金石甲骨，以及一切適當的材料來記事。惟沒有用泥土的記錄，但把泥土，作成一塊一塊，在上面劃字，實是最容易的事。這我們從觀察小孩子常常在地上畫，就可知道。而有關我國文字起源的記載：「見鳥獸蹏迒之迹。」[51]正是看到鳥獸踏在泥土上的足跡，而仿效發明的。《左傳》記載的《三墳》[52]，注家謂三皇之書。而墳字從土，這種最早的書，如是利用最容易使用的材料土做的，則頗能相合。世界上現存最早的泥書，為古時住在美索伯達米亞（Mesopotamia）的蘇末（Sumer）人，於公元前二千年所造。成千的這種泥書，現在還可在費城圖書館（Free Library of Philadelphia）看到。上面所述的磚瓦陶書也是在泥坯未乾前劃印上去的。還有我國的「封泥」[53]，也是在軟泥上蓋上璽印的。由這種種迹象看來，我國古代確有泥書存在過。只因後來進步到利用其他較易保存的材料，久已廢用；由於時間太久，人們早已把它忘記；又因未燒的泥書容易毀壞，我們也無法找到實物為證罷了。

---

50 〔原註〕（註三六）馮雲鵬、馮雲鵷，一八二一。

51 〔原註〕（註三七）許慎：《說文解字》〈序〉。

52 〔原註〕昭公十二年。

53 〔原註〕（註三八）古代簡牘因用竹木製成，封時上面加一「檢（版）」夾住，再用繩縛好，在繩結上用一糰和好的泥封好，上面蓋上印。這種泥叫做封泥，有如現在的火漆。詳《王靜安先生遺書》第二十六冊，〈簡牘檢署考〉一文。

（二）讀 —— 周、由、🗀、🗀 的討論

最早的田也曾用為周，周字是由田加口演進來的，就像筆也曾用作書，書字也由筆演進來的一樣。但前人卻把這裡的田誤為田地的田，因此把與此有關的問題，也連帶弄紊弄錯了。魯實先氏在討論「妻」字時謂：畫字所从之 🗀 田 與卜辭金文者同體，「乃周之初文也。……良以周地宜禾，故其形狀即像田疇之形，……審是，則畫之从周或田，義固無殊。」[54]周固然是由田變來，但說周地宜禾，故像田疇之形則似未妥。因像前面分析過的，這田可以拿起來，又可放在別物上面，顯然的，這一定不是田疇的田。在畫字中是一步一步累加成的，目的是在一步一步更加明白的說明：最早為動詞的筆（書寫），繼則加註書寫的內容是什麼（爻文），三則再註明寫在什麼（田）上面，四則更進一步註明寫爻文在上面的東西可以用口念（周），都是從書字一路發展下來的。因為畫字本來就是書字。這裡的田顯然是泥書無疑。田的變為 🗀，其中的點乃是上面寫有文字的形狀，有用筆畫爻文在上可證。後人沒有想到原來如此，所以把裡面的小點，誤以為「田中結鹽之形」[55]或「金粒」、「繁飾」[56]。而王襄[57]、魯實先[58]二氏將妻誤釋為肅，也是同樣的原因。按妻字在畫字中，何以下面的 × （各氏解作規的部分）又變為爻？又變為文？又何以在下再加田？田下又加口？或加周呢？再把「妻」解作畫，又有魯氏「無田疇則不足示界畫之義，是畫不當省為妻」的懷疑。郭氏、丁氏又以師望鼎中有「不敢不分不妻」，鼂生殷、季日彝中有「用作季日乙妻」，因器「殷、彝」

54 〔原註〕（註三九）魯實先，一九六一。頁一～四。

55 〔原註〕（註四〇）王襄，一九二〇，正編一二，頁五三；一九二五，游田，頁三。

56 〔原註〕（註四一）葉玉森，一九三二，卷四，頁四二～四四。

57 〔原註〕（註四二）王襄，一九二〇，正編三，頁一三下。

58 〔原註〕見註三九。

的音讀，而定為「規、肄」；也大可不必如此周折，像葉玉森氏所批
評的：何必把器名用聲紐轉為相近的字來代它？以惑其子子孫孫，
「果好奇耶？殊不可解。」[59]其實如墨子所說的「書之竹帛，鏤之金
石，琢之槃盂，傳遺後世子孫。」是作器的本來目的，羞解作書字，
正可讀得通，其他的問題也就解決了。

由上述看來，「周」字本由「田」字變來，田既是泥書，書的性
質自然是可以「讀」，和最早的筆就是書（寫）一樣，所以最早的田
也就是讀（周），田下加口成周，正是表明這層意思，這裡的田變為
周，在畫（即書）字的發展中看來十分明白，它即原來的讀字，可從
下述由它變來的「由」、「抽」、「紬」得到答案。抽紬古代都解作讀
（詳後），由偏旁多為後加的文字發展例子，可知由字原來也就是讀
字。周和由字都從田字變來，除在畫字中的發展可證外，鄶惠鼎中
「周廟」的周即寫作「田」，這和由字是一樣的；又後來以為由即缶
一說，乃因由寫為田，和缶或甾的田寫法相同，其實「田」也正寫
作「角」，這在宰辟父敦，周陽侯鐘等的「周、周」[60]字中看來
最為明顯。由此可見，「由」從「田角（周）」發展而來，於形於義
都比田（甾缶）更近。按今「讀」字起於小篆，金文以上未見，可
見乃是一後起字。但我國文字典籍起源很早，讀的活動自然也就早已
存在，自不應到小篆時才有讀字，周實即讀字，周字後來為「密」和
朝代名專用，乃由「田田角（周）」再分化出「由」字來，以後又
再加「手」加「系」造成「抽」「紬」二個讀字；再後又改用繁文
「籀」字相代；最後才用現在大家通用的「讀」字，這是過去想像不
到的。《說文》「籀」字下謂：「讀書也。」段注：「言部曰：『讀，籀

---

59 〔原註〕（註四三）葉玉森，一九三二，卷二，頁一一。
60 〔原註〕（註四四）徐文鏡，一九三三，二上，頁二三。

書也。」……《毛傳》曰：『讀，抽也。』《方言》曰：『抽，讀也。』抽皆籀之假借，籀者抽也。……亦假紬字為之，〈太史公自序〉：『紬史記石室金匱之書。』」[61]惟段氏謂抽紬為籀之假借則不甚允當，因籀从竹擂聲，於「讀」的意義反不如抽紬明顯。段氏補「由」字謂：「或繇字。」注謂：「古繇由通用，一字也。各本無此篆，全書『由』聲之字，皆無根柢。今補。按《詩》、《書》、《論語》及其他經傳皆用此字，其象形會意，今不可知；或當從田有路可入也。《韓詩》：『橫由其畝。』《傳》曰：『東西曰橫，南北曰由。』《毛詩》由作從。」[62]後人因為發現「由」字在《說文》中就來路不明，說辨也就莫衷一是。王國維謂：

> 《說文》从由之字二十有餘，而獨無由字，自李少溫以後，說之者近十家，顧皆不足厭人意，甚或有可閔笑者。余讀敦煌所出漢人書《急就》殘簡，而知《說文》 ⊕ 字即由字也。《急就》第二章「由廣國」——顧本、宋太宗本、趙文敏真草二本皆作由，惟葉石林本作田——漢簡由作 ⊕ ，其三直皆上出，與說文 ⊕ 字正同。今案：《說文》 ⊕ （畱）字注曰：「東楚名缶曰畱，象形。」

而謂由即缶，又謂《玉篇》原本收字於用部末，因 ⊕ 為今隸「用」字之倒書等等。[63]後來各家多從本說，不過缶為盛酒漿的瓦器，由字各義，從何而來？按由字與田字關係最密切，如上面段注懷疑到的「從田有路」，引畝「南北曰由」的資料，王氏提到的：「由廣國」葉

---

61 〔原註〕第五篇上，竹部。

62 〔原註〕《說文解字》注，第十二篇下末。

63 〔原註〕（註四五）王國維：〈釋由上〉、〈釋由下〉，《觀堂集林》卷六。

石林本作「田」，畱字从「田」，盧（盧）字中的⊕（實為田）等。
由字的讀音和周字相似，周由均從田演變而來，已分析如前。王氏及
後人考證，均在由（♨）和畱或缶的形狀相似，未顧到田字意義的
來源，今證明由和周的♨♨形更近，後一形也和用字相似，王氏謂
《玉篇》收由字於用部末因♨為今隸「用」的倒書，可能也有原
因。前人若知由字從泥書田，和書可讀會意的周字一同演變來的，則
音義十分明白，由字後來的「從」、「用」、「原因——理由」等意義，
都可從根據典籍上聖人傳下的道理，得到解釋。

照上面的分析，可見甲骨文上的「♨」，即是由「田」加雙手而
成，《毛傳》、《方言》解作讀的「抽」，乃由「由」加手而成，所以根
據商承祚《詩》〈鄘風〉：「象之掃也。」釋「♨」字為掃，李孝定氏
謂：古文偏旁從𢍏（雙手）從手得通，……商說是也的例子，「抽」，
當即由♨的二手（𢍏）省為一手，田（周）變由而成，是即古讀
字。各家釋♨或為《說文》篇三上「収部」的「奥（奥）」，或為篇
五上「丌部」的「畀」，前者如朱芳圃、李孝定氏。後者如王國維、
余永梁、商承祚氏。王余二氏且以為《說文》誤分為二字，以為實即
畀字。按《說文》將畀分在丌部，謂：「約在閣上也」是丌乃表示放
物的東西，與從雙手（𢍏）的収不同。李樹藩氏編《正中形音義綜
合大字典》也將♨收為畀，當有誤，不可從。應以釋「奥」者為
合。按《說文》謂：「奥（奥），舉也；从収、由（由）聲。《春秋
傳》曰：『晉人或以廣墜，楚人奥（奥）之。』黃顥說：『廣車陷，楚
人舉之。』」段注謂：「各本作由聲、誤，或从鬼頭之由亦非。」改作
♨以為其聲。徐鍇等又以為音蓄，皆不可從。今知「由」從「周」而
來，自應以作「由聲」為合。與「抽」同義，抽除「讀」的一義外，
又有「引」義。《說文解字》：「抽、摺或从由。」「摺、引也。」[64] 車

---

64 〔原註〕篇十二上，手部。

陷應曳引而出，不當說舉。叔重當時必已不明比義，才要引黃顥說為證，而顥說又誤。後世不得為正，遂多分歧說法，而不能定。

著錄於商承祚《殷契佚存》（1933）九七五的「௵」字，即由「௵」字演進而來。此字李孝定氏在《甲骨文字集釋》中把它列在〈待考篇〉[65]。按「௵」即和後世的「籀──抽擂[66]」同義，解作「讀書也。」籀字不用後，改用今常見的「讀」。其實௵字中已註出口字，意義明顯。前人所以不識，乃又因誤認௵字的緣故。

四 結語

以上討論到的問題，都是很普通、很重要，而又過去都沒有注意到的，指出來以後，都是明顯的，最接近我們生活的事例，竟因久代年埋，變成了連一流的文字學家也走不出的迷宮，真是想不到的事！下面是本文得出的主要事實。

一、從書字的從書爻到書文，正合筆者從學字中得出的文字發展系統。可見文字確實源於八卦。過去的新舊各派意見，都由此得澄清。

二、畫字和書字，字形相近、意義也相近。但畫字原是書字，過去大家都沒有想到。

三、妻字過去的解釋，或為畫或為規，而不能定，釋畫意義差近。原來實為書字，過去也沒有想到。

四、周、由二字，都從田演化出來，過去以為「由」原係缶字，各家說法原來都錯了，這二字原來實為讀字。

五、௵字過去或釋「畀」或釋「鼻」，釋畀實錯了。釋「鼻」為

---

65 〔原註〕頁四六八二。
66 〔原註〕竹頭當為後加。

合，但意義解為舉則不對。實為「抽」，意義為「讀」和「引」。實即古讀字。

六、 字過去不能認識，實即 字進一步的演進，和田字變為周字時一樣，在田下加口，也是古讀字。

以上各項發現，都是根據筆者對學字的研究中，發現我國文字名稱的系統：爻、文、字，文字。作為一項參考法則而得出的。

參考書目

1. 柳詒徵：《中國文化史》，正中書局印行，臺北市，民國三十七年（一九四八）。

2. 林　尹：《文字學概說》，正中書局印行，臺北市，民國六十年（一九七一）。

3. 屈萬里：《古籍導讀》，開明書店印行，臺北市，民國五十三年（一九六四）。

4. 董作賓：〈中國文字的起源〉，《大陸雜誌》五卷十期，大陸雜誌社印行，臺北市，民國四十一年（一九五二）。

5. 屈萬里：〈易卦原於龜卜考〉，《中央研究院歷史語言研究所集刊第二十七本》，該所印行，臺北市，民國四十六年（一九五七）。

6. 屈萬里：〈周易卦爻辭成於周武王時考〉，《文史哲學報》第一期，國立臺灣大學文學院印行，臺北市，民國三十九年（一九五〇）。

7.陳道生：〈重論八卦的起源〉，《孔孟學報》十二期，孔孟學會印行，臺北市，民國五十五年（一九六六）。

8.陳道生：〈八卦及中國文字起源的新發現〉，《女師專學報》第一期，臺北市立女子師範專科學校印行，臺北市，民國六十一年（一九七二）。

9.陳道生：〈解開易數「九、六」的祕密〉，《女師專學報》第二期，臺北市立女子師範專科學校印行，臺北市，民國六十一年（一九七二）。

10.陳道生：〈中庸和二進記數的隱密關係〉，《女師專學報》第三期，臺北市立女子師範專科學校印行，臺北市，民國六十二年（一九七三）。

11.陳道生：〈漢石經周易非善本論初稿〉，《女師專學報》第五期，臺北市立女子師範專科學校印行，臺北市，民國六十三年（一九七四）。

12.于省吾：《殷契駢枝三編》，〈釋一至十之記數字〉，藝文印書館翻印，臺北市，一九四三年。

13.羅振玉：《殷虛書契前編》，藝文印書館翻印，臺北市，一九一二年。

14.羅振玉：《殷虛書契後編》，藝文印書館翻印，臺北市，一九一六年。

15.羅振玉：《殷虛書契續編》，藝文印書館翻印，臺北市，一九三三年。

16.羅振玉：《增訂殷虛書契考釋》，藝文印書館翻印，臺北市，民國三年（一九一四）。

17.董作賓：《殷虛文字甲編》，中央研究院歷史話言研究所印行，臺北市，民國三十七年（一九四八）。

18.董作賓：《殷虛文字乙編》，中央研究院歷史話言研究所印行，臺北市，民國三十八年（一九四九）。

19.蘇瑩輝：〈中國文學書寫工具探源〉，《大陸雜誌》一五卷，六、七、八各期，大陸雜誌社，臺北市，民國四十六年（一九五七）。

20.李孝定：《甲骨文字集釋》，中央研究院歷史語言研究所印行，臺北市，民國五十四年（一九六五）。

21.王國維：《戩壽堂所藏甲骨文字考釋》。

22.徐文鏡：《古籀彙編》，臺灣商務印書館印行，臺北市，民國二十二年（一九三三）。

23.容　庚：《金文編》，正續編合訂本，樂天出版社翻印，臺北市，一九二五年（據馬衡〈序〉）。

24.陳道生：〈一件重要事和一些閒話〉，《教育研究通訊》第三期，國立臺灣師範大學教育研究所印行，臺北市，民國六十年（一九七一）。

25.商永祚：《殷契佚存》，一九三三年。

26.馮雲鵬、馮雲鵷編：《金石索》，邃古齋藏，一八二一年。

27.魯實先：〈殷契新詮之三〉，《幼獅學報》四卷，第一、二期，幼獅書店，臺北市，民國五十年（一九六一）。

28.王襄：《簠室殷契徵文考釋》，民國十四年（一九二五）。

29.王襄：《簠室殷契類纂》，民國九年（一九二〇）。

30.葉玉森：《殷虛書契前編集釋》，民國二一年（一九三二）。

——本文原發表於《女師專學報》第7期（臺北：臺北女子師範專科學校，1975年5月），頁55-68。

解開易數「九、六」的祕密

陳道生*

　據云：「學術界前輩　吳康先生曾謂筆者論易各文，已為易學理出一極完整系統。惟對易數九六未有解釋為憾。」

本文為補此失而作。並敬謝　前輩指示。

一　本文所採用學理的發展背景

　　作者於五年前，因偶然的悟因，發現《易經》的許多祕密。後來在《孔孟學報》發表〈重論八卦的起源〉（副題：〈結繩、八卦、二進法、易圖的新探討〉）一文，證明八卦確實有明顯的二進數理算法；並指出這種二進算法，實由上古結繩記數時，繩上每位只能打一個結的限制，自然而然發展成的結果。而且進一步以甲骨文的 𠂤（五）字為例，證明這種二進記數法，尚保留在現存古代記數字中。這個甲骨文五字中間的×，即由離卦（☲）中間的陰爻自交而成，二者都是代表零（○）或無（讀音同），所以五字和離卦就是二進記數的寫法：一○一。

　　五字係二進記數字的證明，尚可說是孤證。[1]很可能是由於偶然

---

*　〔原註〕（註一）作者通信處：「臺北市基隆路二段二六五號之三」竭誠歡迎讀者賜教。

1　〔原註〕其實，係由證實的八卦二進系統而來，已先有法則系統證明在前，此已是

的巧合，作者乃又進一步找出🜨（四）²字，這個四字，一看就可看出和前舉 🜨 字是同一系統（錯畫系統），由二個 🜨 組織而成的，照前例將×改成零，🜨 就變成一〇。這就是二進記數的二，🜨🜨 就是兩個一〇，也就是兩個二，所以是四。六字是由巽卦（☴）最上一陽爻縮短和最下一陰爻的二斷畫相對斜排而成的，在甲骨文上的 ⬆，則由上而二陽爻頭交，下面一陰爻的二斷畫對排而成的³，所以就是一一〇，也是六的二進寫法。所以由八卦演變而來的八個二進數字，竟找出了六個，即：×（無或零）、🜨（二，此字舊說以為係 🜨 的省筆字）、🜨🜨（四）、🜨（五）、六（或⬆），加上在各種進位法中都相同的「一」字。竟占到了百分之七十五的比率。這樣明顯和多數的例證，又有先行證明的八卦二進系統在前，並且又有從結繩、八卦而來的史實和理論為證。根據這種井然的系統和明確的例證⁴，作者乃又發表：〈八索、八卦、與二進數〉和〈八索、八卦、與二進數補遺〉二短文。⁵可是數年以來，學者竟不能認識其在學術上的重要性，真是不懂得什麼緣故。⁶以致現用國中新數學課本，講到古代記數法

進一步的明顯例證，與普通所指突然得到的孤證大不相同。（註二）作者於〈新數學和舊光榮〉（載《復興中華文化論文專輯》，學術論著部，臺北市：女子師範專科學校，民國六十年五月）一文中有進一步的證明。

2　〔原註〕（註三）李約瑟著：《中國科學技術史》，卷三，頁七。

3　〔原註〕（註四）詳作者：〈八卦及中國文字起源的新發現〉一文，發表於《女師專學報》第一期（頁一〇七～一二四）。該文係由作者〈從學敎及有關文字的演進尋繹我國古代教育發展的真相——以先天象數新易例求中國文字發展原則及研索史實示例一〉一文節出者。

4　〔原註〕（註五）根據資料求出系統，復找出眾多具體的證據。如有數學上位置值的觀念，當不難明瞭——這樣眾多的二進數字，絕不能是巧合的。

5　〔原註〕（註六）載《師大校友月刊》五十四、五十五期學術欄。五十六年十一月、十二月。該二文無疑將為中國數學史重要文獻之一。發現甲骨中有二進數字，以此二文為始。現在無人能證，後人終將見笑。

6　〔原註〕請讀者大眾一起來想出原因。

時，仍採用外國課本中埃及、羅馬記數的例子，而最後說：「我國有長久歷史和優秀文化，在周朝時代，即有關於數學的著述。可見我國人民創設記數符號的時間，必較埃及人為早，羅馬人自更落後了。可惜我國的原始記數法和歷代的演進，沒有人詳細考據。」教科書的影響是廣大深遠的，至少每年有幾十萬人要受影響。我們讀了上面這段教科書的話，再比較作者所發現的這項史實的不受重視[7]，凡是有良心，愛國心和自尊心的人，總要嘆氣吧？

　　後來為進一步證明所發現易理的可靠性和實用性，作者除用於上述《易經》、文字學和數學史的研究，得到明確的結果外。又用於研究「學、教」二字，指出學字從「爻」，從「文」、從「字」，和從「文字」的演變順序，證明學字的造字取義，正是根據學習的內容而來，表示從有符號以來的學習是：學「爻」、學「文」、學「字」和學「文字」[8]。於是，文字從八卦演變而來，除了前述數字（文字的一類）的明顯證據外，又有歷史上發展系統的明證。總算將中、外學者對我國文字起源的推測[9]，得到澄清了！並從而得出我國文字學原理和法則八條，教育史實七則[10]。現在又能對《易經》中陽爻稱九、陰爻稱六，九六兩個重要易數，提出符合《易經》資料和原理的解答，一掃前人矛盾的勉強說法。可見本人新發現的易理，是真正固有的，而自漢儒以來各家的說法都錯了[11]。大家都在迷失的路上，浪費了精

7　〔原註〕其實可能是懂得不夠透澈。

8　〔原註〕（註七）見「註四」該文的顯明證據。

9　〔原註〕（註八）由二進數字部分提供了由八卦演變成文字的具體事實和法則。日本學者謂我國文字源於契形文字和董作賓先生的說明，均因得改正。

10　〔原註〕（註九）見「註四」該文。學教二字在教育史上、文字學上，以本文的探究為最澈底。

11　〔原註〕（註一〇）見屈萬里先生著：《先秦漢魏易例述評》。方東美先生著：〈易之邏輯問題〉，《易學討論集》，頁三十一～五十四，現又收入《哲學三慧》等書。

力，結果又在《易經》的研究途徑上栽下了新的荊棘。

從以上應用於經學、數學史、文字學和教育史研究上的種種有效的實用印證實例，可見作者這些新發現的易理，其應用範圍，已經超出對《易經》本身的研究，而推廣到對其他學術的研究上面去也一樣有效。試問自古以來對《易經》的研究，哪一家達到這樣的成果呢？[12]下面解釋「九、六」兩數，是此項新發現的易理，應用在《易經》本身研究上，又一有效的明顯例證。

二　易數「九、六」舊說的簡介

《周易》〈乾卦〉爻辭第一句話說：「初九，潛龍勿用。」是《易經》本文涉及象數的最早一句話，也是很重要的一句話。〈坤卦〉爻辭第一句接著說：「初六，履霜，堅冰至。」是另一句包含象數重要消息的話，也是最重要和最令人迷惑的一句話。統觀《周易》一書，都是以「九」、「六」二數為經，六位為緯，籠絡整個《周易》本文，成為極嚴密的系統。如細心體會這種情形，常會使人驚覺：「九、六」兩數在《周易》上極占重要，似乎也含有極大的祕密。可是《周易》本文和《十翼》，都沒有明白解說陽爻稱九、陰爻稱六的原因，自漢儒以來，均不明究竟，各家傳注對九六的解釋，雖均極力想能自圓其說，但在細心分析之下，發現隨處均使人感到撲朔迷離，疑寶叢生。今將漢學、宋學二家，對於易數「九、六」的重要解釋，先加介紹。[13]

12　〔原註〕請根據客觀史實檢討。

13　〔原註〕（註一一）其他後出之說，如明來瞿唐知德據河圖洛書五居中央，因取一、二、三、四、五依〈說卦〉「參天兩地而倚數」之語，作生數成數之說，就孤立事件而講，亦頗有理，然以整個易學系統衡之，則顯缺真理之一貫性，且河圖洛書生數成數部分，尚有問題未能究明，故不探。

按漢學各家，對於字義、章節、和字句，都嚴格遵守師承所傳，所以異說較少。漢唐之時，關於陽爻稱九、陰爻稱六的解說，只有下列二種[14]：

（一）以卦爻筆畫分　謂乾卦（☰）有三畫，坤卦（☷）有六畫；乾為陽，坤為陰；陽可以兼陰，所以把乾卦的三畫和坤卦的六畫算在一起，就得到九的數；陰不能兼陽，所以只算本身的六畫，僅能得到六的數。

（二）以老陰老陽解　謂九為老陽數，六為老陰數；老陰老陽都會變，《周易》採用變的來占筮，所以稱九、稱六。

採用第二說的最多。杜元凱注襄公九年《左傳》「遇艮之八」條；鄭康成注《易經》，都說：「《周易》以變為占，故稱九，稱六。」干寶謂：「陽重故稱九；陰重，故稱六；剛柔相推故生變；占變、故有爻。〈繫〉曰：『爻者，言乎變者也。』故《易》、〈繫辭〉，皆稱九六也。」張璠謂：「陽數有七、有九，陰數有八、有六；但七為少陽，八為少陰，質而不變，為爻之本體；九為老陽，六為老陰，文而從變，故為爻之別名。但七既為陽爻，其畫已長，今有九之老陽，不可復畫為陽，所以重錢避少陽七數，故稱九也。八為陰數，而畫陰爻；今六為老陰，不可復畫陰爻，故交其錢，避八而稱六。但易含萬象，所託多塗，義或然也。」崔憬謂：「九者，老陽之數。」孔穎達《正義》謂：「老陽數九，老陰數六者，以揲蓍之數：九遇揲則得老陽，六遇揲則得老陰」上面各說，都不脫陽重陰重老陰老陽說法的範圍。

到了宋代，朱晦庵雖仍舊採用傳統的說法解釋九六謂：「陽盛故

14　〔原註〕（註一二）見孔穎達：《周易正義》，卷二，頁二，藝文印書館影印宋監本。李鼎祚：《周易集解》，卷一，頁一；卷二、頁二，臺灣學生書局影印古經解祕冊彙函本。

稱九，陰盛故稱六。」但王介甫、程伊川二位大師，卻都率直否定這
項含有矛盾的傳統舊說，而提出他們自己的主張：

（一）**進君子退小人說**　王介甫的《新義》認為：陽爻稱九、陰
爻稱六，是表示進君子退小人。[15]因為在《易經》中，偶數為陰，陰
又代表小人；奇數為陽，陽是代表君子。陰數最後的二位是八是六，
六對八來講，是退了一位；陽數最後的二位是九是七，九對七來講，
是進了一位。

（二）**純陰純陽說**　程伊川認為：「九、六只是取純陽純陰。惟
六為純陰，只取河圖數見之，過六則一陽生，至八便不是純陰。」

上面所舉漢《易》、宋《易》二派說法，一為根據卦畫，餘都不
脫陰陽範圍；而王介甫進君子退小人之說理較順，唯為後來比附人事
的義理應用。「《易》以道陰陽」[16]，九、六兩數之義，仍當於陰陽範
圍內尋求真解。

三　「九、六」舊說的矛盾和破綻

易八卦陽爻稱「九」、陰爻稱「六」的原因，在《易經》各部資
料中，都不易得到說明。由漢唐以前即有二說對立的情形看來，可知
二說都沒有可靠的根據，在理論上不能站穩，所以才有分歧的現象。
下面就分析各說的矛盾和破綻所在。

15　【編案】此處《新義》應指王安石《周官新義》，然《周官新義》並無釋爻之語。
　　案安石此說，應出自《易解》，然此書已佚，僅存若干條散見各書。「進君子退小
　　人」說見程頤語錄：「先儒以六為老陰，八為少陰，固不是；甫以為進君子而退
　　小人，則是聖人旋安排義理也。此且定陰陽之數，豈便說得義理？九六只是取純陰
　　純陽。惟六為純陰，只取《河圖》數見之，過六則一陽生，至八便不是純陰。」
　　（《二程遺書》，卷19）
16　〔原註〕（註一三）《莊子》〈天下篇〉。

（一）**卦畫說的牽強**　卦畫的立說基礎，仍舊根據陰陽出發。謂
八卦中乾卦有三畫，坤卦有六畫；因為陽可以兼陰，陰不可以兼陽。
所以陽包括了乾卦自身三畫和坤卦的六畫，而陰則僅有坤卦本身的六
畫。本說牽強的地方，在陽可以兼陰的假設。因為這說在《易經》中
找不到資料的證驗，這就沒有經驗的檢證性，不能根據經驗認知。沒
有經驗的檢證性，尚可根據真理的一貫性，由《易經》的體系推知，
也就是由邏輯推知。但《易經》中顯然沒有推得這種結果的體系。因
為《易經》中數的陰陽，係依照數的單雙而分，〈繫辭上傳〉說：「天
一，地二，天三，地四，天五，地六，天七，地八，天九，地十。」
天即乾，屬陽；地即坤，屬陰。所以陽數即單數一三五七九，陰數即
雙數二四六八十。單雙二數截然劃分，極為清楚，絲毫沒有陽可以兼
陰，陰不可以兼陽的痕跡可供附會到卦畫上去。在卦畫上，稱九明明
指陰爻，絕不應將坤卦陰爻斷成的六短畫併到乾卦的三全畫內，一起
拼湊成九的數來強加解釋。所以這一說，在唐後即漸為學者捨棄，而
多採用老陰老陽之第二說。如宋後流傳最廣的朱晦庵《本義》[17]，即
主陰盛陽盛說。

（二）**老陰說的費解**　老陰、老陽的第二說，在唐後漸占優勢。
其原因是本說老陽數九的部分，在理論上毫無破綻。九在上舉〈繫辭
傳〉的天（陽）數一三五七九中，剛好是十進制中單數最後的一位，
從一數到九時，數位已窮（或已老），即需進位而回歸到一（一十），
以後又再從一一（十一）、一二（十二），一三（十三），到一九（十
九），如此一直循環。所以在十進制中，單數到九而終。從單數一的
初陽，到九則為老陽。易用單數最後的一數來代表單數，作為單數的
總稱，與通常用最初的一數，都是合理的。

17　【編案】朱熹：《周易本義》。

可見上述老陽數九的部分，在理論上毫無破綻。但是問題卻在六的地方發生了！六為老陰，在十進制中卻說不通。六之前尚有「二、四」兩數，六之後也尚有「八」一數，所以無論向前向後算，「六」都無老之理由，亦即都無以六為老的理由，而老陰要變的理由也因而不存在。唐李鼎祚《周易集解》和所引鄭康成及張璠注：以揲蓍之數詳加解說，而張璠所注尤為詳盡。[18]但揲蓍定陰陽，仍以數為根據，最後仍舊又歸到數理上去，數理上說不通，一切都是徒然。所以張璠在注解中加上一段：「但易含萬象，所託多途，義或然也。」正可看出他感到理虧而心虛情形。所以到宋代程伊川的時候，他就對這僅存的舊說，也率直地加以否定了，他說：「先儒以六為老陰，八為少陰，固不是，……」[19]看了上面的分析，可見程氏也看出了本說老陰部分費解的情形。

（三）進君子退小人說的問題　王介甫針對舊有各說均感窒礙不通，不足採信的情形，提出了他自己的說法，以為陽用九、陰用六，是表示進君子退小人[20]。按《易經》中陽代表君子，陰代表小人。陰數最後二位為六八，六對八來講，是退了一位；陽數最後二位為九七，九對七來講，是進了一位。所以說理頗順，義亦有據。唯伊川批評他說：「介甫以為進君子退小人，則是聖人旋安排義理也；此且定陰陽之數，豈便說得義理？」伊川批評得很有理，因為這些代表的意義，是卦象用法的一種。陰陽代表的東西很多；如陽代表男、陰代表女，則也可說進男退女；陽系乾代表的有馬、首、天、君、父、玉、金、……；陰系坤代表的有牛、腹、地、母、布、釜、……；則可說進馬退牛，進首退腹，進天退地，進父退母，進玉退布，……了。所

18　〔原註〕均見前面舊說部分。

19　〔原註〕（註一四）《程子易綱領》，頁四，通志堂刊本。

20　〔原註〕說見前。

以介甫的說法，顯然是為了在政治上的諷諫作用而設的，係後來比附人事的一種義理應用，自然不是九、六原來的正解。

（四）純陰純陽說的無據　伊川批評介甫後，接著也提出他自己的說法，他說：「九六只是取純陰純陽，惟六為純陰，只取《河圖》數見之；過六則一陽生，至八便不是純陰。」這和前舉老陰老陽說，都遇到同樣不能解答的數理問題：九既是純陽，何以八不是純陰？六才是純陰？二、四何以都不是純陰？伊川說：「取《河圖》數見之。」但在《河圖》上實找不到理由。何況《河圖》經後人考證；它與由八卦系統發展成的《易經》，是不相黏合的。所以老陰老陽、純陰純陽二說，以現用十進系統的數理來說，都會遇到顧此失彼的矛盾現象，而純的說法，反不如老的說法為順。

對於陽爻稱「九」，陰爻稱「六」，既然找不出更完善的解釋和證據，以後朱晦庵的《本義》，就採用疑者傳疑的態度，把老陰老陽的舊說傳下來，不再自創新說。以朱晦庵的淵博嚴謹，似乎是經過縝密比較後才選擇的。後人講到《易經》這一部分時，也就將前人的註疏照說一遍，而講者聽者心中都感到疑團一個，莫明其究竟。

四　易數「九、六」祕密的揭開

作者利用新數學的幫助研究易理，在〈重論八卦的起源〉一文中，實已將《易經》的奧隱地方，發掘無餘。惜國人研究《易經》的均未研究新數學，研究數學的又未研究《易經》和文字學。懂新數學的和對《易經》、文字學有研究的人合在一起，又各自各的，不能融會貫通。故作者雖一再利用所發現的原理原則，從根本解決易學上的許多問題，發現文字學上的許多事實和重要原則，證明我國錯畫系統的數字實乃上古遺留下來的二進記數字，國人均未能看出其重要性。

致使國家未能獲益，反彰國內學術界的淺陋，實感惶恐！

今再根據作者從《易經》中新發現的各項原則和現象[21]，來解釋易數「九、六」兩字，讀者將可發現也能得到圓滿的結果，這總不能算是一再的巧合了吧？讀者試一按查，對這種處處相合的情形，還有什麼第二個解釋呢？

（一）所據說卦資料真實性的辨明

《易經》的一切均根據八卦，也即是說從八卦開始。而有關八卦的大部分資料是在〈說卦〉一篇，〈說卦〉祕密的揭發和資料的證實，對《易經》的研究來講，實如開礦開中了礦脈。所以〈說卦〉是最先須研究清楚的東西。作者在〈重論八卦的起源〉等文，根據〈說卦〉一篇中發掘的祕密，對八卦的來源、性質，實已得出系統最完整，事實最具體的解答。[22]現在再據這項解答中，從八卦性質得出的原理，來解釋易數「九、六」之所以能用來代表陽爻、陰爻的原因，竟亦感到絲毫不爽。

按《易經》中專門解說八卦的，本有〈說卦〉一篇。前人未能發現本篇隱藏的奧妙，遂因不能瞭解而懷疑到是後人偽造的；後來懷疑的人多了，學者竟至不察而以懷疑為證據，竟說這篇東西真的就是偽造的了。[23]不信《史記》〈孔子世家〉：「孔子晚而喜《易》，〈序〉、〈彖〉、〈繫〉、〈象〉，〈說卦〉，〈文言〉。讀《易》韋編三絕。」以及〈田完世家〉、〈外戚世家〉、〈仲尼弟子傳〉、〈太史公自序〉等篇對《易經》的一再明白交代。也不信《漢書》〈藝文志〉：「孔子為之〈彖〉、〈象〉、〈繫辭〉、〈文言〉、〈序卦〉之屬十篇。」「及秦燔書，

21　〔原註〕詳前引〈重論八卦的起源〉各文。

22　〔原註〕讀者請按原文取材立論情形與古今各說比較。

23　〔原註〕這現象可從謠言心理和國人的為學態度、方法及懶怠性得到解釋。

而《易》為筮卜之事，傳者不絕。」[24]「《易經》十二篇，施、孟、梁邱三家。」[25]傳者不絕、篇章無缺的記載。而信《論衡》：「河內女子發老屋，得逸《易》、《禮》、《尚書》各一篇。」[26]和《隋書》〈經籍志〉據此而誤傳失〈說卦〉三篇的說法。後人如康有為等，甚至懷疑到劉向等人為託古改制，有私自塗改史書《易經》的事。實是疑古到不可想像。按當時嫻熟經典的，除政府中傳授相承的博士儒生外，民間講學的經師尤多。而古代以竹簡等為記載工具，若有篡改，新舊痕跡宛然，劉向等人豈能一手遮盡天下目？且王莽新朝為政時間甚短，覆亡以後，原有宿儒耆舊尚存，必無讓典籍被篡改而不恢復的道理。屈翼鵬先生根據版本上的證據，斷定河內女子所得逸《易》實為〈雜卦〉，謂：

今以唐石經（用王弼本）覘之：唐石經每卷標題，皆用隸書，字體亦特大；而經文則用楷書。其第九卷大字隸書標題云：「周易說卦第九」。〈序卦〉、〈雜卦〉，皆在此卷內。……字體既用楷書，字之大小復與經文相同，其前且不空行。驟視之，一若第九卷專為〈說卦〉更無他篇者；故遂以〈說卦〉統〈序〉、〈雜〉也。逸《易》一篇，當由故老相傳，知在〈說卦〉卷內。唐人見〈說卦〉為三篇，遂誤以為三篇皆河內女子所得耳。……汲冢所出卦下《易經》一篇，亦類〈說卦〉（見《晉書》〈束皙傳〉）。更以史公：「〈序〉、〈彖〉、〈繫〉、〈象〉、〈說卦〉、〈文言〉」[27]之語證之，知〈彖〉、〈象〉、〈繫辭〉、

24　〔原註〕〈儒林傳〉記載相同。

25　〔原註〕顏師古注：「上、下經及《十翼》。」

26　〔原註〕按：未說篇名。

27　【編案】《史記》〈孔子世家〉此段文字，今多讀為「序〈彖〉、〈繫〉、〈象〉、〈說卦〉、〈文言〉」，以「序」字作動詞。然《十翼》有〈序卦〉之篇，《史記正義》注

〈文言〉、〈說卦〉、〈序卦〉，在漢武帝以前，已俱有之。……
河內女子所得……非〈雜卦〉莫屬也。

屈先生又發現漢石經與現在通行的鄭康成、王弼所傳費氏本《易
經》，有章次不同之事。[28]作者據此項章次不同的事實，進而以所發現
的二進數理相驗，則發現石經次序零亂，而費氏傳本則符合二進易
理，譯為數字則成：「七、○」「一、六」「二、五」「四、三」可見
為：「總和為七」依次為含有○、一、二、三的對所成[29]，此項隱藏的
千古祕密，約在春秋戰國間，早已因王官失守和典籍散失而失傳，連
當時〈繫辭〉的作者也不知道，所以絕不是戰國以後的人所能偽造得
出的。假如〈說卦〉一篇確實係後來得自河內女子，則因為來源只有
一個，以後絕不會有章次不同的現象出現。《漢書》〈藝文志〉又謂：
「劉向以中古文《易經》校施、孟、梁丘經，或脫去「無咎」、「悔
亡」，唯費氏經與古文同。」則清楚說明官學三家經文都有脫漏，唯
民間費氏傳本則全。以前頗有人懷疑到劉向作偽，今作者以所發掘的
二進易理相驗，對疑古派厚誣古人的情形，看來非常明白。[30]可見作
者所據的〈說卦〉資料，是一項可靠的寶貴資料。因而由此得到的發
現，也是可貴的。

者即於「序」字下注「易序卦也」，屈萬里《漢石經周易殘字集證》引用時亦標為
「序、象、繫、象、說卦、文言」，今仍遵之，並加書名號，以合於屈萬里及陳道
生先生文意。（見《漢石經周易殘字集證》，卷1，葉22）

28 〔原註〕見《漢石經周易殘字集證》。

29 〔原註〕（註一五）見作者：〈重論八卦的起源〉，《孔孟學報》第十二期，頁二三
○，民國五十五年九月。【編案】見本書頁30。

30 〔原註〕（註一六）劉向等若知此項二進法則的祕密，絕無不利用、不說明的道
理。因為這是一項非常奇特和引人的現象。

（二）對對交反原則和二進易理

在上節中，我們已經證明〈說卦〉一章資料的可靠。今再進一步將〈說卦〉這章加以仔細觀察，實可發現二項《易經》的基本原理原則，就是「對對交反」原則和「二進」原理。[31]作者除已在〈重論八卦的起源〉等文一再明白指出外，今再重新詳細考察一次，將可使人對〈說卦〉一篇，更加感到奧妙莫測。現在通行的《周易本義》章次是由費氏、鄭康成、王弼、朱晦庵一條線索傳下來的，屈先生發現與石經本梁丘《易》章次有不同的地方，作者則進一步發現費本深合數理秩序。石經則甚零亂。按〈說卦〉共十一章，敘述時八卦並舉的，共有九章。後面連接的五章都是根據「乾坤震巽坎離艮兌」的次序如下：

第七章

乾，健也；坤，順也；震，動也，巽，入也；坎，陷也；離，麗也；艮，止也；兌，說也。

第八章

乾為馬。坤為牛。震為龍。巽為雞。坎為豕。離為雉。艮為狗。兌為羊。

第九章

乾為首。坤為腹。震為足。巽為股。坎為耳。離為目。艮為手。兌為口。

第十章

乾，天也，故稱乎父；坤，地也，故稱乎母；震一索而得男，故謂之長男；巽一索而得女，故謂之長女；坎再索而得男，故

---

31 〔原註〕（註一七）為作者「先天象數新易例」（詳「註四」該文註五及原文副題註解）基本原理之二。

謂之中男；離再索而得女，故謂之中女；艮三索而得男，故謂
之少男；兌三索而得女，故謂之少女。

第十一章

乾為天，為圜，為君，為父，為玉，為金，為……。

坤為地，為母，為布，為釜，為吝嗇，為均，……。

震為雷，為龍，為玄黃，為旉、為大塗，為……。

巽為木，為風，為長女，為繩直，為工，為白……。

坎為水，為溝瀆，為隱伏，為矯輮，為弓輪，……。

離為火，為日，為電，為中女，為甲冑，為……。

艮為山，為徑路，為小石，為門闕，為果蓏，……。

兌為澤，為少女，為巫，為口舌，為毀折，……。

上面的情形，若加以觀察和檢討，實可發現下列事實：

一、同時提到八個卦的九章中，合乎本情形的竟有五章，在數目上
講是占多數。

二、連續五章的次序都是一樣，證明這種次序是有一定，而不是隨
便排列的。

三、這連續的五章都放在最後，證明這是八卦定位以後的次序。是
一種確定而重要的次序。

研究《易經》的人都忽略了這種次序，因為這是在文字之外的，
不容易看出來。而且他們沒有具備二進法的知識。像邵康節、萊布尼
茲等人知道了二進法的，又不能把《易經》和其他史料配合起來研
究，以致違反了我國進位的傳統法則，把次序弄倒了。所以直到民國
五十四年春間，本人發現這種現象，著手研究，十月間撰〈重論八卦

的起源〉一文完稿後，才揭開了這項千古的祕密，直到次年九月於《孔孟學報》發表後，才算將這項祕密公之於世。而數年來易學界竟毫不知它的劃時代重要性——易學研究從二千多年來自欺欺人的現象中，轉到了經驗科學的研究領域，可從系統上由邏輯推知，也可從資料上由經驗驗知；由一向主觀的設證，轉到了客觀的論證。而德國哲人萊布尼茲發現了八卦二進法則[32]，二百餘年來，從參考用的百科全書[33]、科學史[34]，《易經》專著[35]沒有不提到這件事的。本人進一步的發明，國人除了不瞭解外，有什麼證據[36]可以否定它的重要性呢？國人不察，我確信終要為本人年年、源源而來的證據，使得貽笑國際和後人的。

把這五章提示的乾、坤、震、巽、坎、離、艮、兌的卦形畫出來，就很容易看出它們的奧妙來：

它們是交反的許多對：

一、**第一重交反**：每二卦構成一對，表現卦與卦間的交反：

從上圖可以看出：每對中一卦為陽爻處，相對一卦的對應處必為陰爻；反之，一卦為陰爻處，相對一卦的對應處必為陽爻。

---

32 〔原註〕本人證明他的次序反了。

33 〔原註〕手邊一九五四年版《美國百科全書》。

34 〔原註〕如最近英國漢學家李約瑟的名著《中國科學史》。

35 〔原註〕從威雷到德國名漢學家衛禮賢、華盛頓大學衛德明父子的《易經》譯作。

36 〔原註〕例如：何人？何項《易經》上的成就？及得上這項成就？科學是要求具體證據的！

二、**第二重交反**：每二對構成對與對間的交反，乾坤一對與震巽一對，坎離一對和艮兌一對，都是交反的。不過要譯成二進數字才看得出來。坤、震、坎、兌、艮、離、巽、乾八卦，陽爻為一陰爻為〇，依次為〇一二三四五六七等八個數的二進記法，亦即〇（或〇〇〇）、一（或〇〇一），一〇（或〇一〇），一一（或〇一一），一〇〇、一〇一、一一〇、一一一等。[37]這樣，我們知道乾坤一對就是七和〇，是從多（七）到少（〇）；震巽一對就是一和六，是從少（一）到多（六）；剛好二對的次序是相反。坎離一對就是二和五，是從少（二）到多（五）；艮兌一對就是四和三，是從多（四）到少（三），剛好二對的次序又是相反。用圖畫出來，尤感明顯：

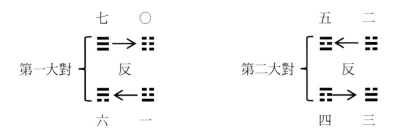

三、**第三重交反**：在上述第二重交反當中，乾坤和震巽進一步構成對的對（第一大對），與坎離和艮兌構成的同樣的對的對（第二大對），彼此之間又構成第三重的交反。第一大對第一對乾坤的由多到少，第二大對的第一對坎離，就剛好與它相反——由少到多。第一大對第二對震巽的由少到多，第二大對第二對的艮兌，也剛好和它相反——由多到少。這種大對與大對之間的交反現象，構成了最高的交反——第三重交反。用圖表示如下，最為明白：

---

37 〔原註〕（註十八）見「註十五」該文頁二二一、二二四。【編案】見本書頁20-23。

由多到少（乾七到坤○）　　　反　　由少到多（坎二到離五）

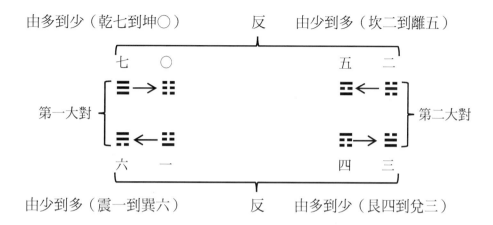

由少到多（震一到巽六）　　　反　　由多到少（艮四到兌三）

上面分析的現象，是在文字之外發現的，是具體而客觀的事實，不像文字那樣可以隨意加以曲解的。這種層層重重的交反，其嚴密的程度，和九、六兩數籠絡整個《周易》本經的情形完全相似，這啟示我們一件事實——《易經》是經過嚴密組織的。因此，我們只要找對了線索，一切的問題都可經由這個系統找出答案來。[38]本文此項研究的結果，對此又進一步提示了另一項堅強的證明。

（三）根據「二進原理」、「交反原則」發現的易數「九、六」真相

上面由《易經》〈說卦〉一章的材料，參照作者〈重論八卦的起源〉一文中發掘出的原理原則，進一步作嚴密分析的結果，就得出明顯的二進交反原則。有了原理原則[39]就可普遍用於解決問題了。

易數「九、六」的問題，如何利用二進的對對交反原則來解決呢？無疑的是先要找出「對」來。而這個對又必須是數上的對。《易

38　〔原註〕（註一九）二千多年來的迷失和本人一系列的發現，都是具體的堅強證據。
39　〔原註〕一切研究中最難得到的部分。

經》中有怎樣的數上的對呢？根據〈繫辭上傳〉：「天一、地二、天三、地四、天五、地六、天七、地八、天九、地十」及其他資料看來，無疑的，《易經》中有十進記數的系統，又從作者〈重論八卦的起源〉、〈八索、八卦、與二進數〉、〈八索、八卦、與二進數補遺〉、〈新數學和舊光榮〉、〈八卦及中國文字起源的新發現〉等文研究的結果，證明我國古代確有二進記數的制度，八卦本身，實也是○一二三四五六七等八個數字。這就有了十進記數和二進記數兩種記數系統，得到我們所需要的數上的對了。有了「○、一、二、三、四、五、六、七、八、九」和「○、一、二、三、四、五、六、七」的對，再根據對對交反原則，還要查出「交反」的現象來。才能根據真理的一貫性，經由推理，由邏輯推知，也才能根據經驗的檢證性，經由資料，由經驗驗知。根據交反原則的邏輯推論，我們可以得知：如果單數或陽數採用十進制，則雙數或陰數就應相反的採用二進制中的數，反之亦然。現在單數採用九，從以九為老陽，單數至九而窮（老了）的情形看來，顯然就是採用十進制。那麼，相反地，雙數就應採用八卦二進制中的數了。我們檢查八卦從坤到乾的○一二三四五六七等八個數字，雙數剛好至六而窮（老了），這就證明了雙數確實是採自八卦二進系統的數，而六為老陰的原因這就豁然明白了，而矛盾的現象也消除了。二千餘年來所有解說「九、六」兩數的障蔽，都一掃而空了。研究《易經》的才智之士，都不必浪費精力了。[40]

五 進一步的應用推介

我國疑古的風氣，盛於宋代，歷元明清至民初而達到高峰。凡古

---

[40] 〔原註〕（註二○）多少才智之士，如胡渭等，窮畢生之力研究《易經》。到最後落得一場空。（《易圖明辨》的推翻詳本文）

史資料無法解釋者，動輒以「偽」字相加。甲骨鐘鼎資料整理後，發現多有能印證古史者。於是古代信史的重建，遂得一資料上的客觀標準。以此項標準相驗，合者為真，不合者為偽。今作者研究易學亦藉甲骨鐘鼎文字資料的幫助，證明二進數字的存在，得知八卦的二進現象，確實是源於古代的二進算法。由這項可靠的二進原理，乃在《易經》本身資料上分析得八卦的對對交反原則。為易學建立了一項客觀的標準。這項標準，不但可以用來解決易學本身的問題，也可用來證驗古史相傳的易學有關問題和史料。例如，古傳：殷易占七八，周易占九六。今以本項二進易理得來的對對交反原則相驗：殷易和周易又因具備二件事，而構成一對。在八卦二進數的最後二位六和七，與十進數的最後二位八和九中，周易陽數既採十進制最後一位奇數的九，殷易陽數那就應相反地採用二進制最後一位奇數的七；周易陰數既採二進制最後一位偶數的六，殷易陰數也就應相反地採用十進制最後一位偶數的八。所以殷易占七八，周易占九六，正好與我們找出的對對交反原則相合。又周易首乾稱乾坤和殷易首坤稱坤乾，亦合對對交反原則。按《禮記》〈禮運篇〉謂：「孔子曰：『我欲觀夏道，是故之杞，而不足徵也，吾得夏時焉。我欲觀殷道，是故之宋，而不足徵也，吾得坤乾焉。坤乾之義，夏時之等，吾以是觀之。』」注解謂：「杞，夏之後；宋，殷之後，……孔子言：『我欲觀考夏殷之道，故適二國而求之。意其先代舊典，故家遺俗，猶有存者，乃皆無可徵驗者，僅於杞得夏時之書，於宋得坤乾之易耳。』夏時，或謂即今《夏小正》。『坤乾』謂『歸藏』。商易首坤次乾也。」可見本項資料為真。因對對交反原則深藏於失傳之二進易理中，已數千年之久，任何作偽者均不能有前知之明，絕不可能為今日的發現，而預作如此精密的布置，是非常顯然的。後人對這些資料的懷疑，如《集說》引石梁王氏謂：「『以《坤乾》合《周禮》之《歸藏》，且有《魯論》所不言

者，恐漢儒依倣為之。」誠如其說，則《夏小正》之書與《坤乾》，何足以證禮？註訓徵為成尤非。近儒有引此以解《魯論》者，謬甚！〈中庸〉亦無是說。大概[41]此段倣《魯論》為之者。」[42]都是白懷疑了。所以古代的資料，在當時書寫和記載工具極端不便的情況下，又經後代長期的淘汰散失，而尚保存下來，絕不是可輕易懷疑的。沒有深入瞭解過的，也不可輕下論斷。如陳希夷、邵康節一派，以二進算法研究易學的結果，經大哲學家兼數學家萊布尼茲發現後，在西洋已成為常識。而國內學者，毫不知情。五年前作者發現易學新系統時，曾遍查國內易學著作（書籍和論文），竟發現只有一篇三十幾年前劉百閔先生譯的〈萊布尼茲的周易學〉，並且還是翻譯日人五來欣造氏《儒教及於德意志政治思想之影響》書中的一篇。發表在當時中央大學易學研究會的《易學討論集》中。自從八卦二進現象被發現以後，邵康節一派易學，已非零碎的考據工作所能研究，黃宗羲、胡渭等人畢生考據的結果都白費了。例如胡渭畢生的工作結晶，以前被視為不易之論的《易圖明辨》，實在都可放到廢紙簍中去了，胡氏在本書中對先天卦圖的考證結果，謂是源於《參同契》。但《參同契》中的此項卦圖，又源於何者？是否魏伯陽杜造的？還是傳自前人的？在《周易》中有無根據？胡氏考證的工夫都是無法找出答案的。胡氏豈知那確是根據《易經》中顯示的二進法則而來？邵氏對易數的修養，是千真萬確的事。[43]胡氏不從研究學術內容入手，而在資料牽連的表面現象——考據中打轉，所以最後落得曇花一現，而終不能結果。這證明了考據工作的限度，同時也證明了學術內容的真正重要性。而國內研究易學用力最深的前輩們，尚以胡渭等的立論為定讞。不能從透澈瞭

---

41 〔原註〕大概得可笑。

42 【編案】〔元〕陳澔：《雲莊禮記集說》，卷4。

43 〔原註〕當時各家記載班班。

解二進數學的學理入手，無法瞭解客觀的事實，在科學研究方法和精神上來講，都尚是隔了一間——都至少應是萊布尼茲以前的看法，西洋和日本方面也沒有看到進一步的發展。從這點可以意會到本人一系列的研究到本文發掘的各種史實和得到的原理原則，在易學上，就世界的學術水準來講，也應該占有何等的地位？[44]

——文原發表於《女師專學報》第2期（臺北：臺北女子師範專科學校，1972年8月），頁203-215。

---

44 〔原註〕（註二十一）見本文頁八（編案：見本書頁109），按萊布尼茲氏發現六十四卦中的二進法則後，國際上從普通參考用百科全書，到易學、數學史、科學史專著，重要漢學家，沒有不提及的。本人以眾多具體的證據（甲骨古數字和《易經》本書、古史……資料），證明萊布尼茲氏所據的進位次序（從上到下）倒了，本人重新發現的才對。又近來對萊布尼茲氏發現的事實（雖然倒了）頗有被懷疑的趨勢（如李約瑟：《中國科學史》中對此事的意見。最近出版的《美國百科全書》，將二進記數法很早已在中國應用過一事刪去，一九五四年版則有）。本人改正了萊布尼茲氏的發現，進一步加以具體證實，並發展出許多的其他發現。就常識層次來判斷，也應可看出含蘊的重要性。而本文隨其他各文，曾蒙學術機關推薦中山學術獎數次，毫無結果。可見審查人對青年學術成就的苛刻和良心問題了。以後研究歷史者應多注意中山基金會的此項檔案。

卦序原始和三易的祕密

陳道生

一　新證據的累積
二　三易和卦序的祕密
　　（一）首乾終坤和首坤終乾
　　（二）殷易占七八和周易占九六
　　（三）對對交反原則的證出和利用
　　　　甲　由占法：「七八、九六」證殷易、周易
　　　　乙　由「三首」演證卦序、卦圖
三　卦序和三易顯示的理論及其應用

　　凡有關我國古代的各種研究，自清末民初盛行疑古的風氣[1]以來，對一件事的說法每分為二派：一派為一再引述舊有已被懷疑的資料，未能找出新證據或利用邏輯加以證明的守舊派，這派的人因對一個舊問題，未能滌除已經提出的懷疑，但一再的固執舊說，所以他們的意見，很不能為今日受過科學訓練，看重證據和經驗的一代所接

1　〔原註〕（註一）按疑古風氣淵源很早，《四庫全書總目》〈經部總敍〉謂：「詁經之說……自漢京以後，垂二千年，儒者沿波，舉凡六變……王弼王肅稍持異議，流風所扇，或信或疑。……洛閩繼起，……獨研義理，凡經師舊說，俱排斥以為不足信，其學務別是非。……自明嘉靖以後，其學各抒心得。……」惟東漢王充已有懷疑精神，遞至清末、民國乃達高峰。

納。他們想維護的一件舊說，常因他們的這種態度帶來了反效果。由於教育的發達，受過科學思想影響的人愈來愈多，這派的人自然會愈來愈少。

一派為對舊有說法，持懷疑的態度，進一步想加以推翻的疑古派。疑古派的興起，一為政治的原因，二為對國學本來具有基礎的學者，有一部分為要表示持科學態度而起。三則為由受過外國科學訓練的考古人士，為要強調發掘地下資料的重要性而提倡的。這一派的人士，把我國傳統的資料，弄得亂七八糟，使後人無所適從。將對我國的民族自信心、自尊心產生很大的影響。現代疑古派的最重要立論根據，是指稱某件古史記載，在發掘的資料（如甲骨文）中找不到證據，因此是不可靠的或假的。仔細的考查起來，這一說法在邏輯上是說不通的。在邏輯上，這一說法先要假定：第一，所有的資料都完整無缺的保存在地下；第二；這些完整無缺保存在地下的資料，都一件一件的發掘出來了。第三，這些發掘出來的資料，我們都瞭解了它們代表的意義。這一說法，才說得通。但事實上，這是不可能的。

例如甲骨文的部分，董作賓先生即說：「卜辭只能算殷代文字應用的一個部門，所記的全是問卜的事，所用的字，也只限於卜事，占著殷代文字的一部分。」[2]其實，甲骨不但只是一部分的資料，而且是丟棄的資料；重要的資料，如《尚書》〈多士〉篇：「惟爾知，惟殷先人有冊有典，殷革夏命。」中說到的「冊」「典」，自然記載了更重要的事情。

又各代戰爭中損失的資料不可計數，有周一代，即有三次嚴重損失。先師黃離明建中先生謂：

2　〔原註〕（註二）董作賓，一九五二，頁二九。（見參考書目，後仿此）。

《史記》〈自序〉稱：「昔在顓頊，命南正重以司天，北正黎以司地。唐、虞之際，紹重、黎之後，使復典之，至於夏、商。重、黎氏世序天地，當周宣王時，失其守而為司馬氏。司馬氏世典周史。惠、襄之間，……去周適晉。」曆書又稱：「幽屬之後，周室微。……疇人子弟分散，或在諸夏，或在夷秋。」據此，王官失守三次：一在屬王流彘之變，二在幽王犬戎之亂，三在惠、襄間，子頹、叔帶之難。[3]

古代學術，因書寫工具竹簡面積狹小等等限制，諸多不便，故多由疇官父子口傳，尤其需面積較大，較複雜的圖畫部分，更是如此。王官失守，遂使世代累積的學術，遭到無法估計的損失。周代如此，其前代，後代更不必論了。

至於現存資料中，我們尚未讀懂的，當也很多。如筆者本文及以前各文發掘出來的事實，都是根據過去大家眼睜睜看不懂的，有目共睹的普通資料。而不是根據專有的特殊資料得來的。所以現存〈虞書〉、〈夏書〉、〈商書〉、〈周書〉等經書中的資料，其真實性和意義，尚在等待我們去發掘呢！

以上三點重要理由，都是疑古派迷途忘返時的指路碑，客觀的研究者，都應引以為戒。所以太史公謂：「予觀《春秋》、《國語》，其發明五帝德、帝繫姓，章矣！顧弟弗深考！其所表見皆不虛。書缺有閒矣，其軼乃時時見於他說；非好學深思，心知其意，固難為淺見寡聞道也！」[4]本文發掘的事實，隱藏了數千年之久，未為人發現。若不是今日我們加於「深思」，及時發掘出來，則代久年湮，終至永遠沉淪也未可知！

3　〔原註〕（註三）黃建中先生，一九五六，頁八。

4　〔原註〕（註四）〔漢〕司馬遷：《史記》〈五帝本紀〉，頁七。

我們都知道太公以治史奇才，聞名後世。他這種根據資料，又「嘗西至空桐，東漸於海，南浮江淮矣。至長老皆各往往稱黃帝、堯、舜之處，風教固殊焉。」從事所謂實地調查（Field Survey），綜合得來的經驗。告訴我們：除非好學深思，就無法心知其意。

以上是國內學術研究的二大派別，研究者不能不事先有所明瞭。

有關《易經》的資料，也有上述的情形。《論語》〈述而篇〉：「加我數年，五十以學《易》，可以無大過矣。」《史記》〈孔子世家〉：「孔子晚而喜《易》：〈序〉、〈彖〉、〈繫〉、〈象〉、〈說卦〉、〈文言〉。讀《易》，韋編三絕。曰：『假我數年，若是，我於《易》則彬彬矣。』」和《易經》本身的資料都發生了問題。所以當我們討論到《易經》的任何問題時，都不能一再重複舊說，而要重新找出新證據，先證明事實的存在，才有意義。

一　新證據的累積

《易經》的骨幹是八卦。關於八卦確實是源於古代結繩的二進記數，我們前前後後的討論，已經有十幾萬字，裡面提出和分析了留在古文字上的明顯證據，和《易經》本身資料與古史的資料都能相合。證明八卦與六十四卦，並非「周人仿殷人龜卜之習而作」。[5]它確實是遠古傳下來的東西，並且是一把啟開古代重要史實的鑰匙。我們現在再檢討這些證據如下：

一、分析〈繫辭上傳〉第十一章：「易有太極，是生兩儀，兩儀生四象，四象生八卦。」中，一（2^0）、二（2^1）、四（2^2）、八（2^3）的生卦系統：

5　〔原註〕（註五）屈萬里先生，一九五七。

　　「太極」，虞翻註謂即「太一」[6]，也就是一。我們先撇開這些數的有爭論的單位——儀、象、卦來觀察：一、二、四、八正是2^0、2^1、2^2、2^3，也就是二進記數的系統。現在電腦（IBM）的記錄帶（tape），就是採用一二四八符號制（1-2-4-8 code）。[7]可見演卦者，是有意照二進系統來排的。因為裡面一生二（儀）是很自然的順序，沒有問題。二生四（象）我們就會發生疑問了：為什麼不先生三呢？三是緊接二後，在四之前的呀！四的生八（卦）也是：為什麼不接著先生五、六、七，而要跳三位然後生八呢？這在數理上，除了採用二進位系統（binary notation）外，別無解釋。在二進位系統中，一位的「自然數」只有「一」，再加上「人為數」的「○」，自然就有「二」；一位數過去，是二位數，二位數只有「一○」和「一一」兩個，加上前面先生的「○」和「一」[8]兩數，自然就不會多於，也不會少於「四」了。二位數再過去，就是三位數，二進位系統的三位數，只有「一○○」、「一○一」、「一一○」、「一一一」四個，加上前面先生的一位數「○」（○○或○○○）、「一」（○一或○○一）和二位數「一○」（○一○）、「一一」（○一一）四個，自然是「八」了。這是數理上必然的結果，不爭的事實。[9]

　　二、檢討〈說卦〉第三章：「天地定位，山澤通氣；雷風相薄，水火不相射。」提示的方位關係：

　　這一章，相傳即邵康節據以得到：「乾南、坤北、離東、坎西、震東北、兌東南、巽西南、艮西北」——「伏羲八卦方位」的一章。[10]

6　〔原註〕（註六）〔唐〕李鼎祚：《周易集解》，頁三四九。

7　〔原註〕（註七）陳道生，一九六六，頁二二五。

8　〔原註〕當然，也可配成「○○」和「○一」。

9　〔原註〕（註八）陳道生，一九七一，頁二五。

10　〔原註〕（註九）〔宋〕朱熹：《周易本義》，頁七。

惟本章與伏羲連山「首艮」資料不符合，首言「天地」乃《周易》「首
乾」、「終坤」的資料，前已初步分析，後文並有詳細證明。[11]

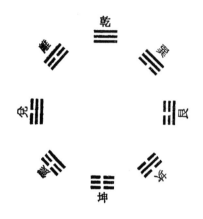

圖一　　《周易》先天卦序圖[12]

我們根據仔細分析的結果，和發現了「二進數字」一事的幫助，照
「自下向上」進位的方向，以陰爻為○，陽爻為一代入去驗去，就發
現：〈說卦〉這一章，確實提示了我們一個和邵子所傳「自上向下進
位」不同的，另一個八卦方位。不過，我們可以看出：那僅僅是指
「三畫」的八卦，不能扯到「交相錯而成六十四」的六畫卦上去。這
一章明明告訴我們：八卦可以按它們所代表的東西的性質，分成四
對；每對都是二個性質相反的東西，相對立的站在各一端。這四對東
西交相錯起來，就成八卦的方位。[13]

　　為著恢復和證實這章提示的正確方位圖，我們利用行為科學知識
的幫助。根據八卦有八個方位的特性，設計了一個測驗：利用四根竹
籤，先將第一根，頭向上垂直擺好，然後叫被試著任意取邊上另外三

11　〔原註〕〕（註一○）陳道生：一九六六，頁二二八～二三三；又見後文。

12　〔原註〕原載陳道生，一九六六，頁二二九。

13　〔原註〕（註一一）見陳道生：一九六六。

根，在垂直擺好不動的這根上面（如下面附圖二之（一）），擺成圖（二）。最後總發現，每次測驗的結果，都是先把第二根在第一根上面，自右至左擺成十字（見圖（三）），然後才自左下角向右上角，自右下角向左上角擺的人最多。[14]證明我們第一次恢復的哪個圖（詳圖一），確實是對的。因為它照二進數序看起來，單數照一三五七的次序，依順時針的方向排在一邊；雙數照○二四六的次序，依反時針的方向排在一邊。正是「數往者順，知來者逆。」往順來逆的排法。這個圖完全符合這章資料和二進記數的事實。

　　三，檢查《易經》中說到八個卦時的敘說順序。因為由於人類的天生「秩序感」，我們做一件或提到一件事時，總是從頭尾的順序開始。

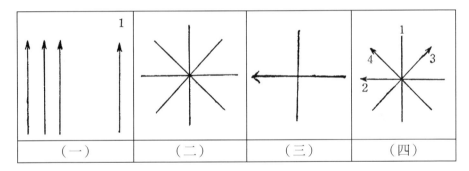

| （一） | （二） | （三） | （四） |

圖二　八卦相錯測驗圖[15]

　　我們可以發現：〈說卦〉傳最後五章，同時提到八個卦時，敘述的先後次序都是：「乾、坤，震、巽；坎、離，艮、兌。」我們再根據萊布尼茲以來，和筆者重新發現的事實。以「陽爻代表一、陰爻代表○」代進卦內去，乾就是一一一，也就是七的二進記法（後仿此）；

14　〔原註〕（註一二）陳道生，一九七一，頁二六。
15　〔原註〕原載陳道生，一九七一，頁二六。

坤就是○○○也就是○（十進、二進記數都相同）；它們是含有「○」
的一對，總和是「七」（七加○）。從○算過去，在數序上是一、二、
三。結果，果然就是：「震、○○一或一，巽、一一○或六」是含有
「一」的一對，總和也是「七」（一加六）；「坎、○一○[16]或二，離、
一○一或五」是含有「二」的一對，總和又是「七」（二加五）；「艮、
一○○或四，兌、○一一（即一一）或三」是含有「三」的一對，總
和還是「七」（四加三）。[17]可見這種排列，是先民的二進算表——七
的加法表。後來並發展成為一種正統的哲學理論系統。[18]

我們又發現：這種排列，含有一種「對對交反」的極嚴密的數理
組織。首先由二個相反的卦，構成卦與卦間相反的四對：乾坤，震
巽；坎離，艮兌。再由乾坤和震巽構成第一大對，坎離和艮兌構成二
大對，最後由第一大對和第二大對構成一個最完全的整對。[19]

四、考查古文字上的證據。因我國文字的構造，有六書的原則可
據。結繩、八卦、二進數字，如確實曾在我國古代歷史中存在過，應
該在古文字（包括數字）中有線索可尋。

我們最先查出：我國的記數字中，「一」和「丨（十）」有相通的
例子，又有縱橫變換的情形。[20]丁山氏謂：「我國記十之法，實豎一為
之。」[21]李孝定氏謂：「一二三四或豎書作 丨 丨丨 丨丨丨丨丨丨，惟同片更有十
字，則必橫書作一以為別，此卜辭記數字之通例也。」[22]鐘鼎文上的

---

16 〔原註〕即一○，上面那個零無用，可省去，後仿此。

17 〔原註〕（註一三）陳道生，一九七一，頁二七。

18 〔原註〕（註一四）陳道生，一九七三，頁三五～五○。

19 〔原註〕（註一五）詳陳道生，一九七二，八月，頁二一○～二一二；又一九七
四，頁一～一二。又詳後文。

20 〔原註〕（註一六）陳道生，一九六六，頁二一八。

21 〔原註〕（註一七）丁山，一九二八。

22 〔原註〕（註一八）李孝定，一九六五，頁七。

「書」字的證據		「學」字的證據		
用手持筆形	［甲骨文字形］	（×）、xx	以所學的東西爻來代表學	甲骨文
持筆畫爻形	［甲骨文字形］	［字形］	加手，由雙手和爻會意	甲骨文、金文
持筆畫文形	［甲骨文字形］	［字形］	由學介（通文）會意	甲骨文、金文
			由學文字（孝）會意	隸書（漢碑）

┼（十）字，在關孫等字的古體中，和「♀」「♂」可相通，證知實為我國古代的結繩記數字，中間的點，實際上是像繩上有一個結的形狀，用來表「一」的。點變為橫，也是我國文字演變上的通例。所以結繩字上用一點來表示，和八卦的用一橫（陽爻一）來表示，也有承接的關係。[23]

我們再進一步，找出了現存數字「二、四、五、六、七、八」，干支字「甲、丙、丁、壬、癸、午」，以及「文、王、終」等字，都是遠古傳下來的二進數字，或從二進數字演變來的。中間有的尚保留了原始的結繩形[24]。更使這一問題成了不爭的事實。

至於「學」字的演進，從「×、爻」、「介（通爻文）」、「字（字）」、「孛（文字二字合書見隸書學字）」表示「學爻」、「學文」、「學字」、「學文字」[25]。筆畫的「畫」字或書寫的「書」字，從用手持筆形——聿尹，用手持筆畫（或書寫）爻形——麦、麦（見毛公鼎等畫字），到用手持筆畫文形——麦（見上官登等畫字）的演進[26]。都是堅強的證據。

有了以上重新發掘的證據，《易經》〈繫辭下傳〉：「上古結繩而治，後世聖人易之以書契，蓋取諸夬。」和《左傳》（〈昭公十二年〉）、《國語》（〈鄭語〉）提到的「八索」，馬融注：「八卦。」韋昭解：「八索：八體，以應八卦。」……以及其他古史資料才有意義，才能為有科學頭腦的新知識份子採信。

以上都是外證。其實，由於結繩每位只能打一結，看過去只是：「有結」、「無結」；正和八卦的「陽爻」、「陰爻」一樣，都是利用

---

23 〔原註〕（註一九）詳陳道生，一九六六，頁二三三；又一九七二，五月，頁一一○；又一九七七。

24 〔原註〕（註二○）陳道生，一九七七。

25 〔原註〕（註二一）陳道生，一九七二，五月。

26 〔原註〕（註二二）陳道生，一九七五。

「二項符號」法。這在數理邏輯上，就必然是「二進位」法。這可以用每位只有一個算珠的算盤來加以證明；可以打出一切的數。[27]這就由它們的特性，又得到必然性的內證。

我們確實證明了八卦的存在、淵源，和數理特性後，現在就可進一步探討卦序和三易的問題了。

二　三易和卦序的祕密

由於累積發掘新證據的結果，我們對過去不易為人置信的「三易」問題，也可以利用新原理整理出一個客觀的答案了。我們先介紹三易的原有記載資料。

（一）《周禮》：「太卜、掌三易之法。一曰連山，二曰歸藏，三曰周易。其經卦皆八，其別皆六十四。」[28]鄭注：「名曰連山，似山出內氣也。歸藏者，萬物莫不歸而藏於其中。杜子春云：連山、宓戲，歸藏、黃帝。」鄭志：「近儒皆以為夏殷。」

（二）《禮記》：「孔子曰：『我欲觀夏道，是故之杞，而不足徵也，吾得《夏時》焉。我欲觀殷道，是故之宋，而不足徵也，吾得坤乾焉。坤乾之義，夏時之等，吾以是觀之。』」[29]注：「坤乾謂歸藏──商易，首坤次乾也。」

劉師培氏謂：「古有三易：夏易曰連山，商易曰歸藏，與《周禮》相合名曰三易。西周之時，太卜掌之。……其不同者有三：一曰

27　〔原註〕見陳道生，一九六六，頁二二二。
28　〔原註〕〈春官宗伯〉〈禮官之職〉〈太卜〉。
29　〔原註〕〈禮運第九〉。

序次不同，二曰占法不同，三曰卦辭不同。」並分述如下：

（一）序次：據《周禮》賈疏、《禮記》〈禮運篇〉。連山以艮為
　　　首，歸藏以坤為首。周易以乾為首。

（二）占法：據《周禮》賈疏引《左傳》，惠棟《周易述》：夏殷占
　　　七八，周易占九六。

（三）卦辭：據《左傳》所引易辭，多為《周易》所無，證明夏殷
　　　易辭不同周易。[30]

按顧亭林《日知錄》謂：

《左傳》僖十五年，戰于韓。卜徒父筮之曰吉。其卦遇蠱，
曰：「千乘三去，三去之餘，獲其雄狐。」成十六年，戰于鄢
陵。公筮之，史曰：「吉。其卦遇復，曰：南國蹙。射其元
王，中厥目。」此皆不用周易，而別有引據之辭，即所謂三易
之法也。（卜徒父以卜人而掌此，猶周官之太卜。）[31]

又謂：

考之《左傳》襄公九年，穆姜遷於東宮，筮之，遇艮之隨，姜
曰：「是于《周易》，曰：隨，元亨利貞，无咎。」獨言是于
《周易》，則知夏商皆有此卦。[32]

30　〔原註〕（註二三）劉師培，一九〇五。第四冊，頁二三七四～二三七五，《經學教
　　科書》。
31　〔原註〕頁一，「三易」條。
32　〔原註〕「重卦不始文王」條。

是三易資料，前儒已整理出一清楚頭緒。除其中卦辭部分純係資料之有無問題外，占法的七八、九六，和卦的序次問題，都可以用我們重新得出的數理原則來加以分析、證明的。

（一）首乾終坤和首坤終乾

《周易》首乾，因原書尚在。正經一開頭即從乾開始；〈說卦〉傳提到八個卦時，除四、五、六等三章從震開始有別的原因（詳後）外，其他各章也從乾開始，書內提到「乾、坤」的地方很多，都從乾開始。所以「首乾」的事實極為明顯。不必多所論列。惟因《周易》書中「乾坤」常一起出現，殷易又名坤乾，就又使前人因不明原因，誤以為是「首乾次坤」或「首坤次乾」，如前面《禮記》注：「商易，首坤次乾。」即是。根據我們從新證明的事實，其實，周易是「首乾終坤」，殷易是「首坤終乾」，因為八卦是二進位從○到七的八個數字，乾就是七，坤就是○。這我們已經證明了很多，後面還要作進一步的分析。

（二）殷易占七八和周易占九六

占法不同的部分，按襄公九年五月辛酉夫人姜氏薨，《左傳》：「穆姜薨，始往而筮之，遇艮之八。」杜氏注：「《周禮》太卜掌三易，然則雜用連山、歸藏、周易。二易皆以七八為占，故言遇艮之八。」孔穎達《周易正義》謂：

> 老陽數九，老陰數六，老陰老陽皆變，周易以變者為占。故杜元凱注襄九年《傳》「遇艮之八」，及鄭康成注《易》，皆稱：周易以變者為占，故稱九稱六。所以老陽數九，老陰數六者，以揲蓍之數：九遇揲則得老陽，六遇揲則得老陰。其少陽稱

七，少陰稱八，義亦準此。張氏以為：陽數有七有九，陰數有
八有六，但七為少陽，八為少陰，質而不變，為爻之本體；九
為老陽，六為老陰，文而從變，故為爻之別名；且七既為陽
爻，其畫已長，今有九之老陽，不可復畫為陽，所以重錢避少
陽七數，故稱九也；八為陰數而畫陰爻，今六為老陰，不可復
畫陰爻，故交其錢避八而稱六。但易含萬象，所託多途，義或
然也。[33]

我們檢查上列資料後，發現老陽數九的部分，在理論上說得通，因為
九在〈繫辭傳〉的天數一三五七九中，剛好是最後一位，也是十進制
中單數的最後一位。從一數到九時，數位已窮（或已老），即需進位
而回歸到一（一十），以後再從一一（十一）、一二（十二）、一三
（十三）……到一九（十九），如此遞為循環。單數到九而終，數位
已老，所以叫老陽。易用單數最後一位數來作單數的代表，與通常用
最初的一數來代表，都是合理的，因為這種從首尾開始的情形，都是
基於人類的秩序感。至於六為老陰的部分，在十進制中卻說不通了。
因為六之前尚有「二、四」二數，六之後也尚有「八」一數，所以向
前向後數，都無以六為老的理由。而老陰要變的理由，也因而說不
通。雖張璠等以揲著之數詳加解說（見前引），但揲著定陰陽，仍以
數為根據，最後仍舊要歸到數理上去。數理上說不通，一切都是徒
然。所以程伊川即謂：「先儒以六為老陰，八為少陰，固不是。」[34]所
以古人也只能說：「義或然也。」[35]

　　孔穎達謂：「周易以變為占，占九六之爻，……連山、歸藏以不

---

33 〔原註〕卷二，頁二。

34 〔原註〕（註二四）〔宋〕程伊川：《易綱領》，頁四。又陳道生，一九七二，八月。

35 〔原註〕（註二五）孔穎達：《周易正義》，卷二、頁二。

變為占，占七八之爻，二易並亡，不知實然與否？……所云遇艮之八，不知意何所道，以為先代之易，其言亦無所據，賈鄭先儒相傳云耳。」[36]也是採用傳疑的態度。

（三）對對交反原則的證出和利用

這一問題，以前自然無法解決，可是現在我們對這方面，已經得出了很多的成果，已經足以解決這一問題了。按我們前由二進數理的幫助，已發現〈說卦〉中敘說到八個卦時，都採用「對對交反」的原則。這是我們從〈說卦〉最後五章（第七～十一），說到八個卦時，都是依照「乾坤震巽坎離艮兌」的次序，而分析出來的。我們把它們的卦形畫出來，再依二進位譯出數字後，就可看出：它們經由三重對對交反，最後構成了一個完全的整對。現在再檢討如下：

一、第一重交反組織：由相反的二卦，構成卦與卦間的交反。從下圖可以看出：乾坤，震巽，坎離，艮兌四小對，每對之間，二卦的對應處，都是相反的：一卦為陽爻處，相對一卦的對應處必為陰爻；反之，一卦為陰爻處，相對一卦的對應處必為陽爻。如乾坤一對：乾為「陽陽陽」，坤則為「陰陰陰」。震巽一對：震為「陰陰陽」，巽則為「陽陽陰」。坎離一對：坎為「陰陽陰」，離則為「陽陰陽」，艮兌一對；艮為「陽陰陰」，兌則為「陰陽陽」。

二、第二重交反組織：將前面每二卦構成的小對，每二對構成對與對間的交反。譯成數字後，可以看出；由乾七到坤○，和從震一到

36 〔原註〕（註二六）襄公九年，《春秋左傳正義》冊三，卷三十，頁十四。中華書局，四部備要本。

巽六，構成了由多（七）到少（○），和由少（一）到多（六）的相反的第一大對；再由坎二到離五，和艮四到兌三，構成由少（二）到多（五），和由多（四）到少（三）的又是相反的第二大對。如下圖：

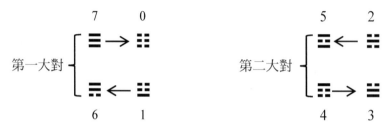

三、第三重交反組織：由二大對之間的交反，構成一個大整體。由前面第一大對和第二大對來構成：第一大對第一對乾坤的由多到少，第二大對的第一對坎離，就由少到多，剛好與它相反；第一大對第二對震巽的由少到多，第二大對第二對的艮兌，也剛好由多到少，和它相反。由下圖看來最為明白。

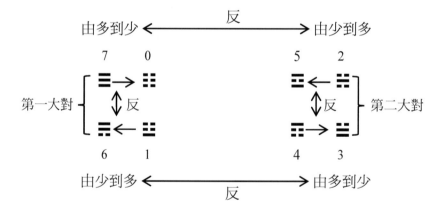

上面的組織，由「八」個卦，「四」小對，「二」大對，到「一」整對。也是含有生卦的「一、二、四、八」順序。除了它還會進一步啟示我們一些什麼外，已經幫助我們考查了漢代《周易》石經的版本問題[37]，

---

37 〔原註〕（註二七）陳道生，一九七四。

在這裡同樣又可幫助我們從七八九六的占法，來印證三易的存在與否。

1　由占法：「七八、九六」證殷易、周易

　　我們根據上項「對對交反」原則，從占法七八、九六的不同來檢查殷易、周易。首先就發現在條件上十分合適，因為：

　　一、殷易、周易，構了對的條件。適合用對對交反原則來檢查。

　　二、七八、九六，也是二對數。也適合用對對交反原則來檢查。

　　三、數都有「數序」可尋。是最好找的東西。

　　這裡主要的是我們先要瞭解「七八、九六」是怎樣來的？我們在〈繫辭上傳〉找到：「天一、地二、天三、地四、天五、地六、天七、地八、天九、地十。」等資料，可知係十進系統的數，又我們證明八卦原是從○到七的八個二進數字，這就有十進系統和二進系統二種記數，又構成了我們所需要的對。七八和九六又分單（或天、陽）數、偶（或地、陰）數，在在都是成對的條件。因十進位，數只用到九（十已進位），這就有十進數的「一二三四五六七八九」和八卦二進得來的「一二三四五六七」，由此可見「八九」是屬於十進的最後二位，「六七」則取自二進的「最後」二位。這我們就可檢查，是否合乎「對對交反」原則了。

　　由下圖可見：周易陽數九採用自十進制，殷易陽數七就採用自二進制；相反地，周易陰數六採用自二進制，殷易陰數八就採用自十進制，可見這種占法的不同，也是配合對對交反的原則。這樣和嚴密的整個系統配合，如要作偽，可見不是漢時的十進數理知識所能辦到的。而且這些分析出來的現象，是在文字之外發現的，是具體而客觀的事實，不像文字那樣可以隨意加以曲解的。尤其在我們使用的數字中，大部分都二進數字一事實，失傳已久，當時的人尚無這樣的知識。

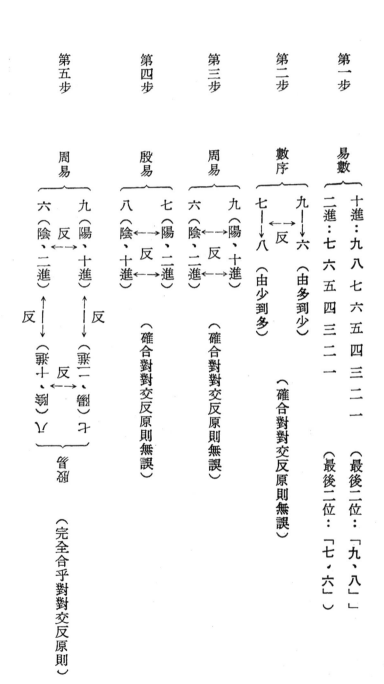

第一步　易數
十進：九八七六五四三二一　（最後二位：「九、八」）
二進：七六五四三二一　（最後二位：「七、六」）

第二步　數序
九─↔─六　（由多到少）
七─↓↑反─八　（由少到多）
（確合對對交反原則無誤）

第三步　周易
九（陽、十進）
六（陰、二進）─↔反
（確合對對交反原則無誤）

第四步　殷易
七（陽、二進）
八（陰、十進）─↔反
（確合對對交反原則無誤）

第五步　周易
九（陽、十進）
六（陰、二進）─↔反
（完全合乎對對交反原則）

2 由「三首」演證卦序、卦圖

首乾、首坤、首艮的序次部分，更因有數序可尋，可以輕鬆的解決了。〈說卦傳〉最後五章——七、八、九、十、十一，說到八個卦時，都依照：「乾、坤，震、巽；坎、離，艮、兌。」的順序，這是事實，我們已一再專文分析這一順序的道理，並利用來解決了許多問題。後來發現這一順序加上「消息」二字，就是自古相傳的「伏羲十言教」。

一、鄭康成：《易贊》、《易論》：「伏羲作十言之教曰：『乾坤震巽坎離艮兌清息。』」[38]

二、王伯厚：《小學紺珠》「十言教」：「伏羲作十言之教曰：『乾坤震巽坎離艮兌消息。』（《左傳正義》）」[39]

對這一句重要的話，大家都沒有注意到它的次序，也不知道它裡面所含的祕密和重要性，只是相傳的一句話而已！國人和日本等漢學家也都和古人一樣沒有注意它，也沒有和〈說卦傳〉的這項次序關聯起來，鄭康成在〈說卦〉這些部分也都沒有提到，可見對這位集經學大成的大師來講，也只把它看做自古相傳的「一句話」而已，並不知道它裡面包含了許多的祕密。可惜！這裡面牽連到神話似的人物「伏羲」，容易使人不敢輕易的相信；但八卦的起源，自古以來也近乎神話，可是我們竟在甲骨古文字中找到證據。進而意外地發掘出了許多古史的祕密。可見正因神話的緣故，它啟示了我們一件事實：「它起源於不可知的久遠時代！」

現在就賴這項自古流傳的「八卦密碼」（這樣它並不為過），來解開三易序次的謎底。

---

38 〔原註〕（註二八）〔漢〕鄭玄，頁二八。
39 〔原註〕（註二九）〔宋〕王應麟：《小學紺珠》，頁一一九。

（1）《周易》卦序和卦圖的祕密

「八卦：乾、巽、離、艮、兌、坎、震、坤。」我們前已證明即：「七、六、五、四、三、二、一、○」八個數的二進記法。所以「乾坤震巽坎離艮兌」，照我們前面解析過的相反成對出現情形，「乾坤」就可照下面的方式來配置：

「七⋯⋯⋯→○」（注意，此即首乾）

加上「震巽」，即成：

「七六←⋯⋯⋯⋯⋯一○」

再加上「坎離」，就成：

「七六五←⋯⋯二一○」

最後加上「艮兌」，就完成了《周易》的整個卦序：

「七六五四三二一○」：「乾巽離艮兌
　　　　→
坎震坤」

這項順序，確實是根據《周易》「首乾」資料得來的，已是毫無疑問的明顯事實。根據這項次序，及「對對交反原則」，的系統檢查，可見完全合乎真理的一貫性，這是我們就可依照這項原則，「左單、右雙」亦即「奇：偶」「陽：陰」（反）排成下面圖三：

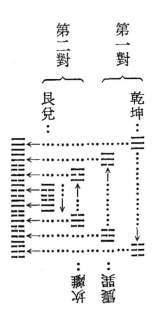

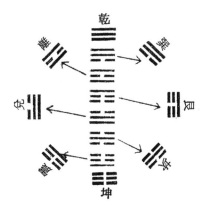

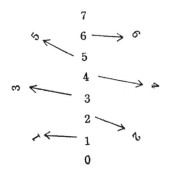

圖三　《周易》八卦序次圖

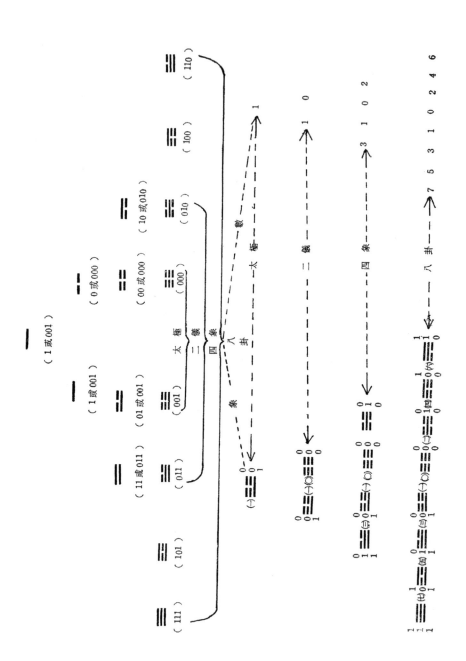

圖四　八卦象數演生圖

圖五　邵子伏羲八卦方位圖

　　這個圖和據謂邵康節傳出來的伏羲先天圖相似，邵圖據說是根據〈說卦〉：「天地定位，……」章來的。那圖如上（圖五）。

　　朱晦庵《本義》注：「〈說卦傳〉曰：『天地定位，山澤通氣，雷風相薄，水火不相射，八卦相錯。數往者順，知來者逆。』邵子曰：『乾南，坤北，離東，坎西，震東北，兌東南，巽西南，艮西北。自震至乾為順，自巽至坤為逆，後六十四卦方位仿此。』」[40]按「天地定位，……」天為乾、地為坤，先說乾乃「首乾」的《周易》資料；與「首坤」稱坤乾的殷易卦序相反，和伏羲或夏易「連山」「首艮」也不同。邵子有誤，均詳見後文。

　　邵氏這個先天圖，和我們恢復的這個圖，乾坤、震巽的位置都是一樣，只有坎離、艮兌兩對換了位。這種情形筆者在〈重論八卦的起源〉一文中曾加分析過：「照天地定位……」這章，天地一對定位好

---

40 〔原註〕頁七。

後，山澤的一對應從右到左和它成直角相交，然後雷風由左下角到右
上角，坎離由右下角至左上角相交而成的。因為照理和在習慣（經
驗）上來講，要畫這個有八個方向，定位頗不容易的圖時，應該先畫
十字定位好，然後再進行另二個劃分，畫的時候才比較容易。即天地
一對由上至下排好後，山澤一對應自右至左橫排，二對交叉成十字，
然後震巽自左下角至右上角，坎離自右下角至左上角斜排才合，結果
就得出這個和圖一、圖三同樣的圖。這一理想的排法，後來我們還設
計了一個測驗來加予證明，結果證實確是這樣，這在前文我們已說明
過了。[41]這個圖（圖六），我們可以看出：完全照《周易》首乾的資
料，像解密碼似的，依自然的數序而得出的。所謂「先天」除了「天
生自然」以外，別無其他的解釋。因為它是對「後天」的「人為做作」

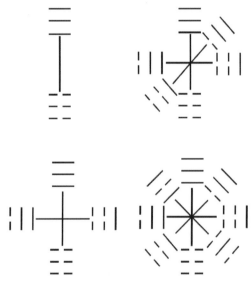

圖六　八卦畫法分析圖

41 〔原註〕（註三〇）見前文圖二及註。

而言的。這個圖，在我們還沒有辦法證明是「文王」畫的以前，我們可先叫它「周易先天圖」。有了《周易》的這些資料和這個圖的恢復法則，三易的各種卦圖，就都輕而易舉的可以次第恢復了。下面我們就先恢復「周易六十四卦」的次序和卦圖（圖七）。完全和前面恢復八卦次序和卦圖一樣：照「首乾，終坤。」從63開始依次62 61 60 59 58 57 56 55 54 53 52 51 50 49 48 47 46 45 44 43 42 41 40 39 38 37 36 35 34 33 32 31 30 29 28 27 26 25 24 23 22 21 20 19 18 17 16 15 14 13 12 10 10 9 8 7 6 5 4 3 2 1到0，排成一直行，然後左單（陽）右雙（陰）向二邊圓周一排即成。

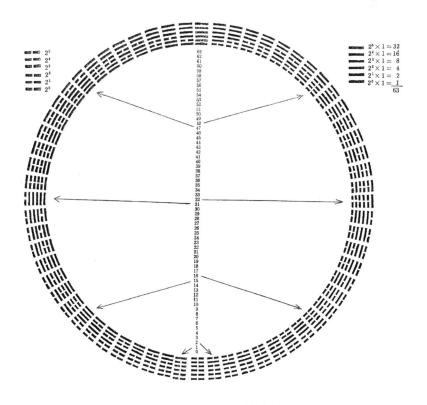

圖七　周易六十四卦次序圖

這個圖，和據說邵康節傳出，現在印在朱子《周易本義》上的
「伏羲六十四卦方位圖」，進位的方向相反。筆者曾在十二年前，即
民國五十五年（一九六六），在〈重論八卦的起源〉拙文中檢討過
說：「不過，如果哪個圖真的是邵康節當初所排的，則顯然把那圖排
錯了。因為結繩（他當時還不曉得）和八卦的系統，都是從「下」面
向「上」數的，那圖把剝卦（☶）排在一位，實在它是三十二（一
○○○○○），而排在三十二位的復卦（☷）才是一（○○○○○
一），所以那圖應該根據它應該的系統重新排過。我們以後有時間時
再去排它。」[42]後來每想到重新排它時，都因見國人沒有瞭解卦圖的
基本數學理論，即根據德國大哲學家萊布尼茲重新發現：「伏羲六十
四卦方位圖」和二進記數的關係一事，抄來抄去，並且抄走了樣弄錯
了。而這些錯國人又看不出來。[43]假如筆者再傳出本圖，國人不但不
懂，恐又要增加更加的混亂，所以一直沒有去排它。最近因想「學術
千古事」，它能有助於世的，不必即在當時。不必也和邵康節一樣太
慎重其事。按《宋元學案》載：

> 「章惇……欲傳數學，先生謂：『須十年不仕，乃可。』」
> 「百家謹案：「上蔡云：『堯夫之數，邢七要學，堯夫不肯。
> 曰：徒長奸雄。章惇不必言矣。』」

黃氏評謂：「蓋兢兢乎慎重其學，必慎重其人也！」[44]康節這樣太過
慎重的結果，遂使他的先天學失傳了九百年之久！同時也帶給了後人

---

42 〔原註〕（註三一）陳道生，一九六六，頁二三一。
43 〔原註〕（註三二）《中華雜誌》、《東方雜誌》上，時賢談及八卦及二進位各文多有
　　誤。
44 〔原註〕見〈百源學案〉。

九百年的爭論，浪費了許多一流知識份子的精力，所以筆者才決定排出來。

（2）殷易卦序和卦圖的證出

有了上項的成績，殷易的序次問題也可迎刃而解。因我們發現了《易經》中的「對對交反原則」，有了周易和殷易二種東西，又可以配合成對，在成對以後再按照規定交反。所以我們從周易的「乾坤」，反過來正好是「坤乾」──殷易「歸藏」的別名。照「對對交反原則」檢查後，就得出下列明顯的情形。

反對 {
　　周易：乾坤：乾巽離艮兌坎震坤：
　　　　　　　　七六五四三二一〇。
　　殷易：坤乾：坤震坎兌艮離巽乾：
　　　　　　　　〇一二三四五六七。
}

因此殷易「坤乾」的卦序，即可將周易倒反過來而成：

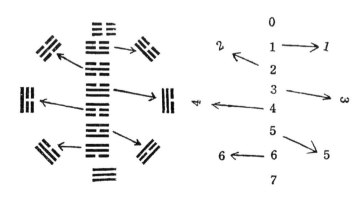

圖八　殷易「坤乾」八卦序次圖

我們的「陰陽」一辭，可知即殷代或以前沿用成習的，因為坤為陰、
乾為陽，「陰陽」可見也正是「坤乾」的別名。我國在性別方面女性
為陰、男性為陰，「首坤」即「首陰、首女（女士第一）」，蓋上古社
會以女性為中心，至殷代向有王后帶兵出征的記載。所以古時二性連
稱應為「女男」，後來演變成男性中心社會才「首男」稱「男女」。
「陰陽」一辭，即沿古代舊習而來，沒有改成「陽陰」，但卦卻因政
治的目的改成了「乾坤」（陽陰）。古人的這種工作，用俗話來說，就
是「造反」。〈繫辭下傳〉謂：「易之興也，其於中古乎？作易者，其

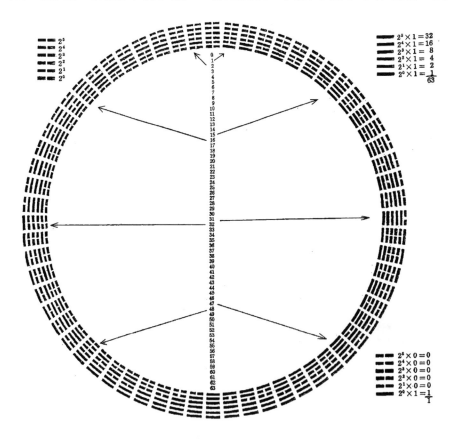

圖九　殷易歸藏坤乾六十四卦次序圖

有憂患乎？」（第七章）「易之興也，其當殷之末世周之盛德邪？當文王與紂之事邪？」（第十一章）司馬遷《史記》謂：「帝紂乃囚西伯於羑里，……其囚羑里，蓋演《易》之八卦為六十四。」（〈周本紀〉）可見反置《易》卦次序的工作，也是文王當年在獄中偷偷做的建立「革命」理論工作。前人不明文王僅承傳統的方式（詳後），只重新排過了卦「序」，遂產生了重卦的錯誤和爭論。由上古遺留的二進數字，可以確證重卦遠在古代沒有再爭論的餘地了。

我們從甲骨文資料中，知道殷代也是和周代一樣，記數時從下向上進位。因此殷易「坤乾」的六十四卦序、卦圖，也同樣可以作成如上圖（圖九）。

殷易卦序的資料，尚殘留在〈說卦傳〉中。前人因這項易理失傳已久，所以看不出來。這就是〈說卦〉傳內的第四、五、六各章，我們且抄下來觀察，如下：

第四章

雷以動之，風以散之，雨以潤之，日以烜之，艮以止之，兌以說之，乾以君之，坤以藏之。

第五章

帝出乎震，齊乎巽，相見乎離，致役乎坤，說言乎兌，戰乎乾，勞乎坎，成言乎艮。萬物出乎震，……

第六章

……動萬物者莫疾乎雷，橈萬物者莫疾乎風，燥萬物者莫熯乎火，說萬物者莫說乎澤，潤萬物者莫潤乎水，終萬物始萬物者莫盛乎艮。……

這三章說到八卦時，都從震（雷）開始，和其他各章不一樣。按其他

各章係根據「首乾」——從乾開始，我們前面由首乾分析出來了許多過去意想不到的現象。我們再綜觀《周易》各部分，再沒有從別卦開始的情形。為什麼從乾開始又從震開始呢？筆者以前也曾經分析過：從震開始，提示了我們震卦有特別的地方。由第十章：「震一索而得男，故謂之長男。」這二句話，啟示了我們：震和「一」與「開始」或「第一」有關。而「帝出乎震」的「帝」字，本是「蒂」的本字，是花果「開始」的部分。我們再觀察「☳」卦本身，下面一橫畫，上面二斷畫，而這一橫畫——「一」，在我國所有文字符號中，均為數目字一，我們算數時，總是依「一」、二、三、四、五、六、七……的順序，自小到大，或反過來由大到小的次序。照歸納推理的「統同法」，我們可以知道☳卦下面這一橫畫（陽爻），就是以它作開始的「因」。又八卦係由二項符號組成的，他只有「一」或「○」的可能，根據各種上述資料判斷，它為「一」的可能性最大，我們把它代入八卦去驗看，就果然得出了一個奇妙的八卦圖[45]，證明它果然就是「一」。[46]「一」是「自然數」的開端，當然有資格為首了。但假如和人為數「一○」合在一起時，它就要屈居於次——為老二。所以「首震」這一現象，向前一推也正就是「首坤」。殷易確是「首坤」，由遺留在〈說卦〉的這些資料終於得到明證。〈說卦傳〉的作者，為什麼不直接用「首坤」，要退一步用「首震呢」？因為「首坤」是被當代革命所推翻的前代卦序，當時是一件大事，當然要避開。這就可見古代史官為著保存史料，良苦的用心了。這證明寫下〈說卦〉傳的人，對這件事當也有「一知半解」。（詳後）

---

45 〔原註〕同現在命名為《周易》先天圖的那個，見前。

46 〔原註〕（註三三）陳道生，一九六六，頁二二一；又一九七二，五月，頁一○八。

（3）夏《易》「連山」祕密的揭開

「連山易」的真相因代久年湮，本已不易發掘，幸虧我們從《周易》找到了八卦的數序，又找到了「易」的共同原則——「對對交反」。有了這二項鑰匙，也就不難啟開裡面的祕密了。照周易稱「乾坤」（陽陰）和殷易稱「坤乾」、「陰陽」的例子，可見在他們的名稱上就要合乎對對交反原則。夏易的反對就可以從周易反殷易得知——殷易是反夏易得來的。所以我們就可在上面得出的殷易既知事實來求。在名稱上：殷易「坤乾」、「陰陽」的反對——「乾坤」（陽陰）是周代用的。所以似乎除了重複以外，再沒有什麼可用了。其實它們的反對仍可就名稱——「坤乾」上找得，不過轉了許多彎，太曲折！[47]關鍵就在上面分析過的三章〈說卦〉傳「首震」部分，因為坤是○，○本來就代表沒有，是人為數。所以我們常不從○開始，而從自然數的「一」開始，「震」就是「一」，這我們在前面已經說明很多了。所以從「首震」向前一推就是「首坤」，換句話說，「首坤」向後一退也就是「首震」，所以在同一系統下，殷易也可說成「首震」。坤既然已有了乾的反對例子可以不談；所以我們應該從「震」考查起。「震」的反對在卦上為「巽」，但「連山」的「山」是「艮」不是「巽」，受了易名這項史料的限制，我們只能在「震」和「艮」兩者之間找反對了。「震」和「艮」二者有什麼反對的地方呢？我們應先考察卦形本身，才是最直接的辦法，我們且先畫出卦來，看看有什麼特別的關係。

艮　震　　　　　　　　巽　震

圖十　　　　　　　　　圖十一

---

47 〔原註〕否則，也不會到今天才發現。

從圖十、十一我們看出了一項相反的現象，就是艮卦的「陽爻」在「上」，震卦的陽爻在「下」。這一部分雖有反對現象，但這和我們發現的整個系統不合。在我們證實的系統中，每一元素都要「對對交反」，不能有例外，以免違反真理的一貫性。震的初爻既然是「陽爻」；相反的，照原來真正的系統，另一卦對應的初爻，必須是「陰爻」，才合乎我們找出的原則。震的中爻為「陰爻」，反之，另一卦的中爻必須為「陽爻」；可是它們兩都是陰爻，明顯地不合。震的上爻為「陰爻」，反之，另一卦的上爻必須是「陽爻」；這只有「巽卦」才合。「震卦」和「艮卦」只有「初爻」和「上爻」合乎這個原則，而「中爻」都是「陰爻」沒有反對，不合真理的一貫性。而《易經》的整個系統，只有我們找出的「對對交反」系統才合乎這項真理的特性，採用任何別的系統都會遇到矛盾。照我們「從下向上」進位的系統，在數上：震是二進位的「一」[48]，艮是二進位的「一○○」也就是「四」，從一和四看不出有反對的系統現象。

在我們各方面的考察分析中，從震艮兩卦都找不出系統的反對現象，我們幾乎無法可辦了！不過，現在附在朱子《周易本義》上，據說是邵康節傳出來的「六十四卦圓方圖」——「伏羲六十四卦方位圖」上，進位的順序是「從上向下」，和我們發現自殷周以來的現用「自下向上」進位方向相反。這就在「進位系統」上發現了「反對」。也就是殷易的「一」在最「下」一位，夏易的「一」卻在最「上」一位。「艮」，既為「一」，當然也有帶頭的資格了。這就找出來了「首艮」的真正道理所在。這一從上向下進位的「夏易」卦序，邵康節本人外從沒有人知道[49]，一直過了六百數十年之久，才又為德國大數學家萊布尼茲重新發現；又一直過了二百數十年之久，萊布尼

---

48 〔原註〕各種進位系統一都相同。

49 〔原註〕恐怕康節本人也知道得不十分清楚，後另有說。

茲有關這項發現的「資料」[50]才傳到中國來！又過了半個世紀之久，才有一個中國人作過真正的研究！[51]

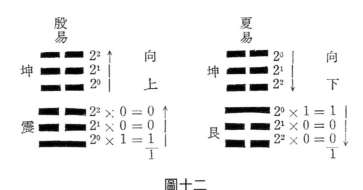

圖十二

　　和我們現在「向上」進位相反的「向下」進位系統，在我們的歷史中有沒有使用過呢？這是中外此（本文）前都沒有探討過的！筆者在「甲骨」文中，也發現確有這樣的痕跡。甲骨文中「十一月」的「十一」寫作「｜—」（十一），十在前一在後；和我們現在還通用的習慣一樣；但也寫作「—｜」（「一」「十」），一在前十在後的更多，照我們現在的進位順序來看，變成了「一十」。「十二月」的「十二」寫作「｜二」，十在前二在後；和我們現在還仍通用的習慣相同的固然有，但很少；而大多數都寫成「二｜」（「二」「十」），二在前十在後，如果照我們現用的習慣來看，也就變成了「二十」了。「十三月」的「十三」也有同樣的情形，大多數寫作「三｜」（「三」「十」），三在前十在後，如果照現在的讀法，就會變成「三十」。這都是「個位在前十位在後」的明顯例子，和我們現在「個位在後」的習慣相反。[52]

50　〔原註〕（註三四）為什麼只是「資料」而不是「知識」呢？因為前此迄未有人透澈地瞭解過，見註三二。

51　〔原註〕見陳道生：一九六六。

52　〔原註〕（註三五）商承祚，一九二三，第三，頁一一。又孫海波，一九三四，「合文」，頁一五～一六。

十一月 ......$10^1 \times 1 = 10$ 十位在上

...$10^0 \times 1 = \dfrac{1}{11}$ 個位在下

十一月 ...$10^0 \times 1 = 1$ 個位在上

......$10^1 \times 1 = 10$ 十位在下

十二月 ......$10^1 \times 1 = 10$ 十位在上

...$10^0 \times 2 = \dfrac{2}{12}$ 個位在下

十二月 ...$10^0 \times 2 = 2$ 個位在上

......$10^1 \times 1 = \dfrac{10}{12}$ 十位在下

十三月 ......$10^1 \times 1 = 10$ 十位在上

...$10^0 \times 3 = \dfrac{3}{13}$ 個位在下

十三月 ...$10^0 \times 3 = 3$ 個位在上

......$10^1 \times 1 = \dfrac{10}{13}$ 十位在下

上面的「一丨」「二丨」「三丨」幸好和「月」合寫，才不致使人誤讀為「一十」「二十」「三十」。但「𠂝」（「十」「五」）卻真的最先誤讀為「十五」，李孝定氏引郭氏謂：

郭某曰：「……羅振玉釋卜辭之𠂝亣為十五、十六，容庚以紳殷之𤰈為十二朋（《金文編》卷四第七頁）……據余所見，𠂝亣實殷文五十、六十之合書，絕非十五與十六。𠂝頗多見，其可斷定為五十者，有左列[53]三事。

『（上缺）狩獲畢鹿𠂝屮冂』（前四、八、一與五、十四、五、重出）。羅釋為：『十五之六』實『五十又六』也。

『八日辛亥允戈伐人孚𠆢𠂝冂人』（後下四、三、九。）羅釋：『二千六百十五六人』案此亦甚不辭。凡言數之目，上既揭二千四百之數，則不得于奇零之數，復作疑辭，此古今中外之通例也，故此實當為『二千六百五十六人』。……要之，𠂝終當為五十。……然終因易於混淆，故周人之五十因改作也。……『亣』羅釋『十六』……終當為『六十』；『亣』之為『六十』，亦猶『𠂝』之為『五十』，此二事實可以為互證也。然終因如『𠂝』之易與十五混淆，故周人亦改書為『仐』矣。準此二事，余謂紳殷之「𤰈」當釋為『二十朋』。……」按郭氏所論殷周記數之法，大體精當。[54]

由這種殷代雜用「向下」、「向上」兩種，到周代定為「向上」一種的進位趨勢看，可見「向下」係由古代殘存下來的進位方向。而且這種

---

53 【編案】因橫式排版故改列於下方。
54 〔原註〕（註三六）李孝定，一九六五，頁七二八～七三三。

情形，合乎自然進化的順序──先簡單後複雜。因草昧之時，人類計算的數目必定有限，先從「個（位）」數開始發展無疑，經過很久，然後才發展到「十（位）」、「百（位）」、「千（位）」、「萬（位）」……以及其他大數。由卜辭中大數只到「萬」可證。這種先個後十從小到大的計算方式，今日西方國家使用最普遍。如前往市場購物，需找回「一百五十二元七分」，店員必依：「七分、二元、五十元、一百元」的順序找回給客人。是即沿用自古的習慣。可見個位在前的計算法，確實存在於古代應無疑問。是「夏易首艮」，以「艮」為「一」從上向下的算法，確為古代流傳下來的，也應是無疑的了！否則，在資料上，絕不能一連串地和我們發現的整個系統如此的緊密相合。

$$\cdots\cdots\cdots 10^0 \times 0 = 0 \quad 個位在上$$

$$\cdots 10^1 \times 5 = \dfrac{50}{50} \quad 十位在下$$

$$\cdots 10^1 \times 5 = 50 \quad 十位在上$$

$$\cdots\cdots\cdots 10^0 \times 0 = \dfrac{0}{50} \quad 個位在下$$

　　證實了夏易「連山」的存在以後，我們就可以恢復連山的「八卦」和「六十四卦」卦序，同時也可作成卦圖如下了：

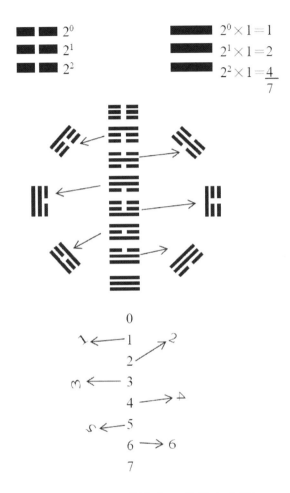

圖十三　夏易「連山」八卦序次圖

　　「連山」各卦代表的數，和德國大數學家哲學家萊布尼茲標示在邵康節先天圖上的完全相合。不過所見劉伯閔氏翻譯自日本學者五萊欣造日譯萊氏信件的資料中，只標示在六十四卦上而沒有標明在八卦上。[55]以至國人因不明其真正數理，又有將八卦中的數和六十四卦中

55　〔原註〕（註三七）李證剛等，頁一〇三。

的數，因同名而誤為一的。惟雖在數的方面完全符合，但方位卻不相同；邵圖將乾誤排在最上，那是「首乾」的排法。和圖中圓內方圖的順序不合。方圖先排「坤」、「剝」的順序是對的，和我們恢復的順序相合，只因直排太長而改成八段，安排得相當的好。另外是圓圖從下面「坤」卦的〇向右到「剝」卦的開始，依反時針順序排到「姤」的「三一」和乾的「六三」相接；然後折回下面，把「復」的「三二」接在「〇」右方，依順時針的方向排到「夬」「六二」。接上乾的「六三」；其中「三一」接「六三」、「三二」接「〇」都不是自然的順序，看來有割裂的感覺，沒有「先天」自自然然的精神，也不合資料顯示的事實。而我們恢復的新圖則完全符合無問。

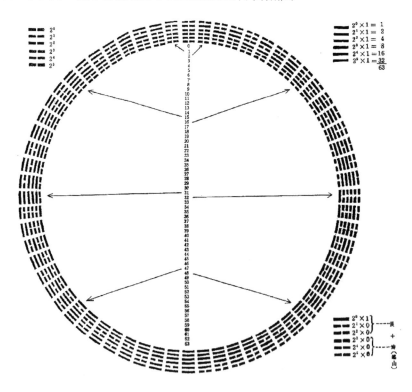

圖十四　夏易「連山」六十四卦序次圖

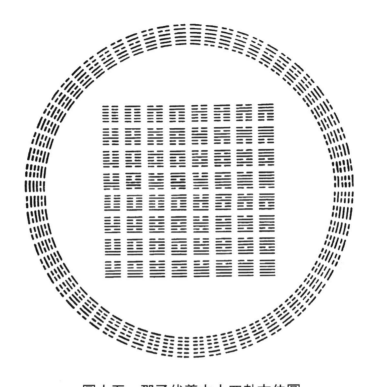

圖十五　邵子伏羲六十四卦方位圖

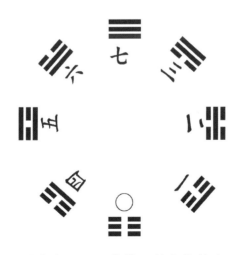

圖十六　邵子伏羲八卦方位數序

在邵氏傳出的「伏羲八卦方位圖」中，也有我們前面證明誤據「首乾」資料誤排的情形。那圖如照「首艮」從上向下的進位方向來算，則成上圖。

從上圖看來，邵氏的八卦和六十四卦排法是一致的。也是誤成「首乾」，將數割裂成二段，從○的右邊依反時針方向，排一二三和七相接；左邊，依順時針的方向，排四五六也和七相接。雖也有一種數的秩序，但沒有我們恢復的新圖那樣自然和符合資料顯示的數理系統。邵圖三和七相接，○和四相接都是違反數序，顯得不自然，又沒有資料根據的！

三 卦序和三易顯示的理論及其應用

從上面分析出來的事實，我們可以看出八卦及六十四卦，不但在我國文化史、哲學史、數學史、文字學上有其重要的地位，而且可以幫助我們在研究古代史上，解決許多過去不能解決的問題。甚至可以根據古人這種長久經驗結晶的「公式」，建立一種穩定和諧的民主政治哲學「模式」，作為世界大同，萬世太平的理論系統。[56]我們擇其大者，再逐條分述如下：

一、一國的文字，在其文化史上，自是占有重要地位。而現代學者多已不信八卦為我國文字之祖。最近李孝定氏在其〈中國文字的原始與演變〉一文中謂：「總之，它們（卦）絕非文字，亦與文字的起源無關，是可以斷言的。」[57]該文版權屬於「中國上古史編輯委員會」為《中國上古史待定稿》第二本第五章，刊於《中央研究院歷史語言研究所集刊》，可以視為我國最高學術研究部門審定的意見。而

---

56 〔原註〕（註三八）陳道生，一九七三。

57 〔原註〕（註三九）李孝定，一九七四，頁三四六。

筆者據甲骨、金文、經書、正史及其他可信資料，證明我國文字確實由八卦、結繩而來，可使國人更進一步感到自己的植根深遠。按人類因個人自己太渺小，人生太短促，人力太微弱；人在生活中，細想他的境遇，有一種飄浮無根的感覺，有求助無門，無可奈何的隱衷。因此，他們除了要一個有力的依靠（如宗教）外，並要找出自己植根的深遠處，以便藉傳統來使自己感到有所歸屬。可見用積極和正確的證據，對歷史越追越遠，對於民族自信，極為重要。

二、「首乾」「首坤」「首艮」的進行，正是「正、反」的方式，而八卦及六十四卦的圓圖，則提供了「合」的原理。它正是我國政治哲學的結晶。而過去失傳甚久，一直未為人注意到的一件重要事。日本大哲學家宇野哲人先生在所著《中國哲學史》結論中謂：「現在中國清朝既倒，而春秋《公羊》學派之主張，為民主共和國。然孔子尊王之思想，與民主共和之主義，當如何調和？於中國思想界為大問題。……思想界實隱微之間，為刻刻推移也。識者常開活眼注視之，不忘此指導可也。」[58]是我國固有政治哲學之研究，甚為重要。

三、目前對漢墓出土的帛書《老子》，坊間已有介紹的書。在帛書《老子》中，發現小篆本和隸書本都是「〈德經〉」在前，「〈道經〉」在後；和我們現在的「道德」經，〈道經〉在前，〈德經〉在後，相反。如照那種順序，則當時應有「德道經」的名稱。原書《帛書老子研究》謂：「小篆本和隸書本都是〈德經〉在前，〈道經〉在後；〈德經〉是上篇，〈道經〉是下篇。這種編次是不是《老子》原書的編次？這一點，我們現在還無法論定。不過，從先秦有關記載來看，《老子》傳本在戰國期間，可能已有兩種：一種是〈道經〉在

---

58 〔原註〕（註四〇）見宇野哲人：《支那哲學史講話》，頁三三八～三三九，東京大同館書店，一九一五。唐玉貞中譯：《中國哲學史》，頁二一〇，中華文化事業出版委員會印行，臺北市。

前，〈德經〉在後，這當是道家傳本。……另一種是〈德經〉在前，〈道經〉在後，這當是法家傳本。」嚴靈峰氏則以放置位置來推測，這一推測，因已有「上篇」、「下篇」的分別，自不能成立。惟原書的「推測」很有理由，[59]但也不是真相。因如《易經》的卦序一樣，當時政治崇尚「黃老之術」，以《道德經》為政治原理之一，所以要倒反過來，表示對前朝的推翻。這是本文原理的應用又一例。

　　四、我國數學史上，以前從未有人對「二進記數」及「進位方向」研究過，連那樣淵博，收集資料那樣全的李約瑟氏，在他的《中國科學技術史》名著中，也未提到過。這些發現都是應屬於中國數學史「第一章」的。

　　　　　　　　——敬將本文獻給父親　民國六十七年五月　筆者

59　〔註四一〕（註四一）見〈帛書老子〉，頁八九～九三，嚴靈峰：《老子帛書初探》，河洛圖書出版社，臺北市。

參考書目

1.〔漢〕司馬遷:《史記》,文化圖書公司影印武英殿本,臺北市。

2.〔漢〕鄭　玄:《周易鄭康成注》,藝文印書館影印「四庫善本叢書」本,臺北市。

3.〔唐〕孔穎達:《周易正義》,藝文印書館影印北宋監本,臺北市。

4.〔唐〕李鼎祚:《周易集解》,世界書局印「中國學術名著」本,臺北市。

5.〔宋〕程　頤:《易綱領》,世界書局印「中國學術名著」本,臺北市。

6.〔宋〕朱　熹:《周易本義》,世界書局印「中國學術名著」本,臺北市。

7.〔宋〕王應麟:《小學紺珠》,臺灣商務印書館印行「人人文庫」本,臺北市。

8.顧炎武:《日知錄》,明倫出版社影印「原抄本」,臺北市。

9.劉師培:《劉申叔先生遺書》,大新書局影印「民國前七年（1905）上海國學保存會本」本,臺北市。

10.商承祚:《殷虛文字類編》,藝文印書館影印「民國十二年（1923）決定不移軒」本,臺北市。

11.丁　山:〈數名古誼〉,《歷史語言研究所集刊》,一本一分,頁八九～九四,中央研究院印行,臺北市,民國十七年（1928）。

12.孫海波:《甲骨文編》,藝文印書館影印「民國二十三年（1934）北平哈佛燕京學社」本,臺北市。

13.李證剛等:《易學討論集》,真善美出版社翻印「民國二十六年（1937）臺灣商務印書館」本,臺北市。

14.董作賓：〈中國文字的起源〉，《大陸雜誌》，第五卷十期，頁二八
　　～四〇，臺北市，民國四十一年（1952）。

15.黃建中先生：《中國哲學史講義》，臺灣師範大學出版組抽印本，
　　臺北市，民國四十五年（1956）。

16.屈萬里先生：〈易卦源於龜卜考〉，《歷史語言研究所集刊》，第二十
　　七本，中央研究院印行，臺北市，民國四十六年（1957）。

17.李孝定：《甲骨文字集釋》，中央研究院歷史語言研究所印行，臺
　　北市，民國五十四年（1965）。

18.李孝定：〈中國文字的原始與演變〉，上篇，《中央研究院歷史語言
　　研究所集刊》，第四十五本第二分本，頁三四三～三九五，
　　下篇，第三分本，頁五二九～五六〇，臺北市，民國六十三
　　年（1974）。

19.陳道生：〈重論八卦的起源〉，《孔孟學報》第十二期，頁二〇七～
　　二三四，孔孟學會印，臺北市，民國五十五年（1966）。

20.陳道生：〈新數學和舊光榮〉，《復興中華文化論文專輯》，頁一七
　　～三一，臺北市立女子師範專科學校印行，臺北市，民國六
　　十年（1971），後又收入中華文化復興運動推行委員會編：
　　《中華文化復興論叢》七集，頁六八六～七〇八。

21.陳道生：〈八卦及中國文字起源的新發現〉，《女師專學報》第一
　　期，頁一〇七～一二四，臺北市立女子師範專科學校印行，
　　臺北市，民國六十一年（1972），五月。

22.陳道生：〈解開易數「九」「六」的祕密〉，《女師專學報》第二
　　期，頁二〇三～二一六，臺北市立女子師範專科學校印行，
　　臺北市，民國六十一年（1972），八月。

23.陳道生：〈中庸和二進記數的隱秘關係〉，《女師專學報》第三期，
　　頁三五～五〇，臺北市立女子師範專科學校印行，臺北市，
　　民國六十二年（1973）。

24.陳道生：〈漢石經《周易》非善本論初稿〉，《女師專學報》第五
　　期，頁一～一二，臺北市立女子師範專科學校印行，臺北
　　市，民國六十三年（1974），五月。

25.陳道生：〈從「書」字的演進看泥書、「讀」字、八卦及我國文字
　　的起源〉，《女師專學報》第七期，頁五五～六八，臺北市立
　　女子師範專科學校印行，臺北市，民國六十四年（1975）。

26.陳道生：〈遠古傳下來的二進數字〉，《女師專學報》第九期，頁一
　　八三～二一二，臺北市立女子師範專科學校印行，臺北市，
　　民國六十六年（1977）。

—— 本文原發表於《女師專學報》第10期（臺北：臺北女子師範
　　　　　專科學校，1978年6月），頁1-28。

「三易」和「帛書」卦序表微稿[*]

　　人類所以能瞭解事物，除了神的「啟示」外，一靠「經驗」之印
證，一靠「理性」之推理。如天文學家之發現新星，每先由物理學、
天文學之推理，推出於某一星座間應有一新星，然後各天文臺之望遠
鏡，於推算其運行軌道離地球最近之一點，終於探索發現而得到證實。
人類對複雜事物之探討研究，多經由此一：「先由理性推得其理，再由
經驗檢查其實。」的方式。帛書卦序之終於證實三易卦序者亦如此。

　　「帛書《易經》」於八年前（一九七三）出土於長沙馬王堆三號
漢墓，因發表此項消息之刊物，此間不易看到，一直到民國六十七年
六月二十日，於中央日報「文史」，于大成氏〈周易的內容〉一文
中，始得到如下資料：

> 近年長沙出土帛書本《周易》，實無上下經之分。此事大約是
> 漢高祖時代之物，……又帛書本六十四卦的次序，亦與今本全
> 不同，它是將八卦依先陽後陰的原則分開（一卦中陽爻少，則
> 以陽為主；陰爻少，則以陰為主），即將乾、艮、坎、震、坤、

_* 【編案】先生家藏手稿對本文撰作與發表之補充說明如下：「本文曾提『中國天主
教哲學會』一九八一年年會宣讀，刊於《哲學與文化》月刊第八卷第三期。後以英
文撰寫，提第三十一回「亞洲、北非人文科學國際會議」Seminar A3發表，其摘
要、大綱，先後刊於所印Abstracts of Papers及Proceedings中。東京大學東洋文化研
究所教授松丸道雄總評時認為有所創見。題中稱「稿」，係因帛書《易經》資料未
全部發表，尚有待進一步之參考、研究。三易卦序，二千多年來，第一次被理出，
帛書卦序的奧秘，也由本文揭發。」

兌、離、巽依次分作上卦，每種上卦，又分別依乾、坤、艮、
兌、坎、離、震、巽配為下卦。……帛書本《周易》只有經文
部分與〈繫辭傳〉，另有〈易說〉七千多字。〈繫辭傳〉無上下
之分。其上卷部分，沒有今本的第八章，而今本九、十兩章則
倒置。今本下卷部分，第五章後半，帛書本多一千餘本，其中
一部分即是今本〈說卦傳〉的前三章。又今本第四章中，有兩
段各百餘本，不在帛書本〈繫辭傳〉中，卻在〈易說〉之中。

看到本項資料後，發現其中所謂配為下卦之「乾、坤、艮、兌；坎、
離、震、巽。」次序，竟與筆者前此於三月間草成，於同月先此發表
之「卦序原始和三易的祕密」，一文中所推出之「《連山》」卦序相
合。惟于氏未註明資料來源，託友人查詢之下，亦諱莫如深。遂不敢
將發現撰文發表，僅在友人間說及此事而已。不覺又二年餘之久。

　　六十九年十一月初，見中央日報成文出版社廣告中，有嚴靈峰
氏：《馬王堆帛書《易經》初步研究》一書，不禁而喜，即往購閱。
然亦僅有：「馬王堆漢墓帛書《易經》內容概述」、「帛書《易經》斷
片的卦爻辭試釋」各三面，及此項帛書《易經》十六行之斷片照片一
幀，可以窺見較直接資料。然對整個資料而言，仍感只是點滴而已。
嚴氏在自序中謂：「……第三號漢墓所發現的帛書《易經》，迄今尚未
能獲得較完整的資料，苦待了六個年頭，仍無消息。如再不加利用，
未免辜負了這種珍貴的文獻。現在只好根據現有的資料，暫作初步的
研究。」說明了資料所以如此少之原因。

　　按同墓出土之「帛書《老子》」，於發現後一年，即已整理出版，
又其第二年此間即有河洛圖書出版社翻印本。而帛書《易經》久未見
出版，可見其整理、研究之難。而一般研究也不外理出錯簡改定章句
異字之「斠讎」而已。至其異同之究極原因，恐未易說。今就「帛書
《易經》」卦序一項，即可證明其遠有端緒，含理極深。其理為世人所

不明者，已有數千年之久（包括帛書《易經》作者），幾至永久沈淪！

一　今本〈說卦傳〉中之消息與三易卦序

《易經》版本至漢代，有今、古文和官、私學之不同，官學為今文《易》，民間費氏則為古文《易》。現通行本《易經》即為北海鄭玄傳自扶風馬融之費氏《易》。鄭氏本先從第五元學京氏《易》，後改從馬融，《四庫總目》謂：「鄭氏實出入於二家，然其大旨，要以費義居多，為傳《易》之正脈。」（藝文本，頁六四）又謂：「費氏學，自陳元、鄭眾、馬融，鄭玄以下，遞傳以至王弼是為今本。……費氏為象數之正傳。」按自西晉永嘉亂後，各家《易》先後失散，只鄭康成、王輔嗣二家盛行，唐撰《五經正義》，《易》用王本，以迄朱子《本義》，是為今本《易經》之版本淵源。可見今本《易經》，實以古文《易》為主，參考今文《易》而成者，其能於自然淘汰中，經千餘年之久，流傳至今，實非偶然。（陳道生，一九七四，頁三。）

今本《易經》〈說卦傳〉中：「天地定位，山澤通氣；雷風相薄，水火不相射；八卦相錯。」一章，也見於帛書《易經》，嚴書引張政烺謂：「帛書〈繫辭〉……和今本對勘，上篇基本相同，……下篇……第五章（據《周易本義》本）的後半部，帛書中有一大段（約二十三行，一千七百字）今本刪去，其中的一段約一百五、六十字，變成今本〈說卦〉編（篇）首的第一章至第三章。」（嚴靈峰，一九八〇，頁二）按第三章即本章，筆者曾據以分析證出《周易》卦序，並進而一步步以對對交反理，恢復「殷《易》：《歸藏》」、「夏《易》：《連山》」之八卦及六十四卦卦序。[1]

1　〔原註〕陳道生，一九六六，一九七一，一九七二，一九七三，一九七四，一九七七，一九七八。

（一）《周易》卦序之證成

上述「天地定位」一章，即希夷先生陳搏，據以恢復「伏羲先天八卦圖」者，邵康節有說。按本章恢復之圖，應為《周易》卦圖，而非伏羲，詳後夏《易》《連山》卦序部分。今先分析如下：

上述「天地定位」之天地，即乾、坤二卦，將其畫成卦圖，即為：

☰ ── ☷ 　在卦形上，即可見陰陽反對之形。

「山澤通氣」之山、澤，即艮、兌二卦，畫出卦形後，亦即：

☶ ── ☱ 　亦同樣見陰陽反對之形。

「雷風相薄」之雷、風，即震、巽二卦，畫出卦形，即是：

☳ ── ☴ 　可見陰陽反對之形，亦如前。

「水火不相射」之水、火即坎、離二卦，畫成卦後，乃是：

☵ ── ☲ 　陰陽反對之形，仍不變如前。

根據「八卦相錯」一語，將此四對卦。按照常理和習慣，並利用行為科學理論加以測驗，[2] 就得出交錯時之次序如下：

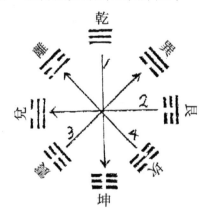

2　陳道生，一九七一，頁二六。

讀此圖之順序，依據今本《易經》〈說卦〉傳：

第七章

乾、健也，坤、順也；震、動也，巽、入也；坎、陷也，離、麗也；艮、止也，兌、悅也。

第八章

乾為馬，坤為牛，震為龍，巽為雞；坎為豕，離為雉；艮為狗，兌為羊。

第九章

乾為首，坤為腹；震為足，巽為股，坎為身；離為目，艮為手，兌為口。

第十章

乾、天也，故稱乎父；坤、地也，故稱乎母；震一索而得男，故謂之長男；巽一索而得女，故謂之長女；坎再索而得男，故謂之中男；離再索而得女，故謂之中女；艮三索而得男，故謂之少男；兌三索而得女，故謂之少女。

第十一章

乾為天，為圜，為君，為父……，坤為地，為母……震為雷，為龍，……巽為木，為風，……坎為水，為溝瀆，……離為火為目……；艮為山，為徑路，……兌為澤，為少女，……。

可見都是依照：「乾、坤」，「震、巽」；「坎、離」，「艮、兌」之次序，這加上「消息」二字，就是鄭康成《易贊》《易論》和《左傳正義》中之「伏羲十言教」次序，可見本項次序淵源甚遠。

按八卦係依「二進位」而變化，筆者前此曾分析〈繫辭上傳〉第十一章：「《易》有太極，是生兩儀，兩儀生四象，四象生八卦。」之

一（2^0）、二（2^1）、四（2^2）、八（2^3）系統，邵康節之「加一倍法」，德儒萊布尼茲之發現，及上古遺留之二進數字。（陳道生，一九七七。）而加以證實。今照周代以來，自下向上進位之方向，以陽爻為「一」，陰爻為「○」代入一試，即見乾為：（$2^0 \times 1$）＋（$2^1 \times 1$）＋（$2^2 \times 1$）＝7；坤為（$2^0 \times 0$）＋（$2^1 \times 0$）＋（$2^2 \times 0$）＝0。所以「乾、坤」一對，根據述說次序配置，即為：

七⋯⋯⋯→○　　（一式）

仿此，震為：（$2^0 \times 1$）＋（$2^1 \times 0$）＋（$2^2 \times 0$）＝1；巽為（$2^0 \times 0$）＋（$2^1 \times 1$）＋（$2^2 \times 1$）＝6。依照數序將「震、巽」一對配入上面一式，即成：

七六←⋯⋯一○　　（二式）

坎為：（$2^0 \times 0$）＋（$2^1 \times 1$）＋（$2^2 \times 0$）＝2；離為（$2^0 \times 1$）＋（$2^1 \times 0$）＋（$2^2 \times 1$）＝5。配入二式，即成：

七六五←⋯二一○　　（三式）

艮為：（$2^0 \times 0$）＋（$2^1 \times 0$）＋（$2^2 \times 1$）＝4；兌為（$2^0 \times 1$）＋（$2^2 \times 1$）＋（$2^2 \times 0$）＝3。配入三式，就成：

七六五四三二一○

將其配回原卦，便成：

乾巽離艮兌坎震坤

其配置方式，亦如前述：

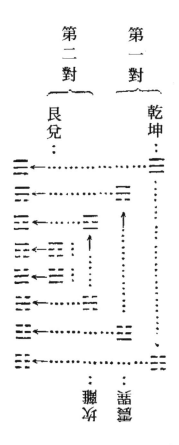

由上面分析出之次序，可見合乎周易「首乾」之特性，是為周易之序次應無疑，並可看出其配置悉照「對對交反」之原則。依照此項原則，「左單、右雙」向外一排，即成周易八卦和六十四卦序次圖。

（以幻燈片呈現）[3]

（二）殷易卦序之恢復

殷易之特色為「首坤」稱「坤乾」，《禮記》〈禮運〉第九：「孔子曰：我欲觀夏道，是故之杞，而不足徵也，吾得夏時焉。我欲觀殷

3　【編案】可參先生〈卦序原始與三易的秘密〉一文中附圖圖七，收錄本書頁141。

道，是故之宋，而不足徵也，吾得『坤乾』焉。」注：「坤乾謂歸藏──商易。首坤次乾也。」根據此項資料，再衡以上述分析出之數序和對對交反原則，可見殷易之「坤乾」正是周易「乾坤」之反對，將前面周易卦序倒反過來，即成殷易卦序。

依照前面原則，將卦依數序「左雙、右單」向外一排，也就得出殷易八卦及六十四卦序次圖。

（以幻燈片呈現）[4]

殷易卦序資料，亦尚殘存於今本《周易》〈說卦傳〉中，前人因此項原理失傳已久，故看不出來。即第四章：「雷以動之，……」第五章：「帝出乎震，……」第六章：「動萬物者莫疾乎雷，……」此三章述說八卦時，皆從震（雷）開始，和其他各章從「乾」開始（即首乾）者不同。蓋因殷易首坤，應從坤開始，但坤於數為零，零為無，可略而不說，故從實數震「一」開始。所以首坤亦可說是「首震」。

（三）夏易卦序之推出

夏易名「連山」，特點為「首艮」。其真相因代久年湮，本已不易發掘，幸由《周易》〈說卦〉資料，得出八卦數序及組成之「對對交反」原則，也就容易著手。從前例，殷易既從反周易得出，則夏易也應由反殷易推出。與殷易「坤乾」相反者為周易「乾坤」，故對夏易已不適用。因此應從前述殷易「首震」一方考查。從「首震」與夏易「首艮」比較，再根據萊布尼茲發現邵康節傳出之「六十四卦圓方

4　【編案】可參先生〈卦序原始與三易的秘密〉一文中附圖圖九，收錄本書頁144。

圖」，進位方向係與我們得出從下向上者相反一事。因知「艮」為夏易之「一」。夏易次序因而得知：☷☶☵☴☳☲☱☰

$$☷ = (2^0 \times 0) + (2^1 \times 0) + (2^2 \times 0) = 0$$

$$☶ = (2^0 \times 1) + (2^1 \times 0) + (2^2 \times 0) = 1$$

$$☵ = (2^0 \times 0) + (2^1 \times 1) + (2^2 \times 0) = 2$$

$$☴ = (2^0 \times 1) + (2^1 \times 1) + (2^2 \times 0) = 3$$

$$☳ = (2^0 \times 0) + (2^1 \times 0) + (2^2 \times 1) = 4$$

$$☲ = (2^0 \times 1) + (2^1 \times 0) + (2^2 \times 1) = 5$$

$$☱ = (2^0 \times 0) + (2^1 \times 1) + (2^2 \times 1) = 6$$

$$☰ = (2^0 \times 1) + (2^1 \times 1) + (2^2 \times 1) = 7$$

排成直行，即為：☰☱☲☳☴☵☶☷：七六五四三二一〇。

按照前例，即可作出夏易八卦及六十四卦序次圖如下：

（以幻燈呈現）[5]

二　帛書卦序證為「連山」說

帛書卦序，於重卦後之六畫卦中：上卦依次為：乾、艮、坎、震、坤、兌、離、巽；下卦為：乾、坤、艮、兌、坎、離、震、巽。從嚴書「帛書《易經》斷片」照片中，可見八卦卦依次下配「乾、坤、艮、兌、坎、離、震、巽」無誤。惟上卦接乾卦後為艮卦，從五艮卦下配卦中，發現將艮卦本身提前先配為六畫艮卦，未依乾坤艮兌……之序。

5　【編案】可參先生〈卦序原始與三易的秘密〉一文中附圖圖十四，收錄本書頁154。

從帛書易卦下卦「乾、坤、艮、兌；坎、離、震、巽。」中，明顯可以看出即為連山卦序，照前面分析〈說卦傳〉資料，證成周易卦序之例：

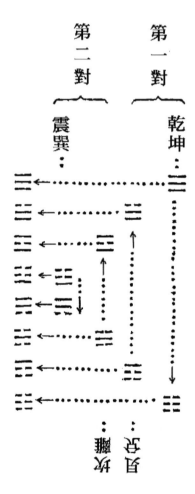

此項配出之次序，和前面推出之《連山》對照，可知完全一樣。是知帛書卦序即《連山》卦序。

至於上卦：「乾、艮、坎、震、坤、兌、離、巽」之序，似亂而無據，其實仔細觀察之下，可見係分二段相配。

乾　艮　坎　震
坤　兌　離　巽

上一排之乾、艮、坎、震，和下一排之坤、兌、離、巽，向下讀時，剛好仍為：「乾、坤，艮、兌；坎、離，震、巽。」之次序。其所以如此安排，可知乃為分上，下篇之用。原研究報告誤以為：「帛書則不分上、下經。」（嚴靈峰，一九八○，頁一。）乃因帛書寫在一起，無此項易理知識者不易識別。疑帛書原係折疊放置，前半為上篇，後半為下篇，故有前後相配之情形。

　　帛書卦序正證明筆者推算之卦序原理無誤，帛書此項現象，因恐無人能加解釋，故述之如上。昔堯夫慎重其學，邢七要學，堯夫不肯；章惇要學，曰：「須十年不仕，乃可。」遂使其學失傳數百年。帛書卦序，實亦可證明堯夫先天圖之有據，易界不可不知。

參考資料

1.陳道生：〈重論八卦的起源〉，《孔孟學報》十二期，臺北市，民國五十五年（一九六六）。

2.陳道生：〈新數學和舊光榮〉，《復興中華文化論文專輯》，臺北女師專印行，臺北市，民國六十年（一九七一）。

3.陳道生：〈八卦及中國文字起源的新發現〉，《女師專學報》第一期，臺北市，民國六十一年（一九七二）。

4.陳道生：〈中庸和二進記數的隱密關係〉，《女師專學報》第三期，臺北市，民國六十二年（一九七三）。

6.陳道生：〈漢石經《周易》非善本論〉，《女師專學報》第五期，臺北市，民國六十三年（一九七四）。

6.陳道生：〈遠古傳下來的二進數字〉，《女師專學報》第九期，臺北市，民國六十六年（一九七七）。

7.陳道生：〈卦序原始和三易的祕密〉，《女師專學報》第十期，臺北市，民國六十七年（一九七八）。

8.嚴靈峰：《馬王堆帛書《易經》初步研究》，成文出版社印行，臺北市，民國六十九年（一九八〇）。

　　——本文原發表於《哲學與文化》第8卷第3期（臺北：輔仁大學，1981年3月），頁41-43。

中庸和二進記數的隱密關係

一 總綱

「中庸」實為古代的一個倒裝辭，它和《楚辭》「天問」就是「問天」、《周易》「文言」就是「言文」[1]一樣，照後來的說法就是「庸中」，也就是「用中」[2]。

「中」是「中和」的意思。不是折中於二端之間的意思。中和的意思，可從卦圖親切體會（詳圖七）。

「庸」字解作用，是從「用庚」[3]會意，是個會意字；不是舊說的形聲字。由原有的「用」再加個「庚」字，來表明它是個專門性的用——和普通的「用」有別。原來它從「庚」在天干中的位數（七），而轉到「用七」，再由七為乾之數，又轉到「用乾」，最後在筆者重新發現的卦圖中，再發現「七」或「乾」在「八卦」[4]中的各種明顯特性和關係。恢復出這一套以「中和」為中心，從格物致知、修身、齊家，到治國平天下的系統哲學。原來這就是我們建國的政治原理、處世的民族哲學。

本文原題為〈中庸原易例證〉。後因這些曲折隱密的發現，都是由筆者重新證明的古代二進記數法一條線索發現而來，所以改用本題。

1　〔原註〕（註一）春秋以前，文字僅稱文。見顧氏《日知錄》。筆者〈八卦及中國文字起源的新發現〉（載《女師專學報》，創刊號，六十一年五月）一文有詳細論列。

2　〔原註〕庸字古代解作用，見《說文》，詳後。

3　〔原註〕不是「庚用」，見《說文》。

4　〔原註〕代表各種事物。

二 從「六藝」原《易》說起

我國學術、圖書分類：七略四部都把《易經》列為第一。自漢以來，經歷二千年之久。乃是因為當時學者從秦火之後，重新整理學術的時候，發現《樂》、《詩》、《禮》、《書》、《春秋》的重要觀念，都是從《易經》得來的。班固《漢書》〈藝文志〉謂：

> 六藝之文：《樂》以和神，仁之表也；《詩》以正言，義之用也；《禮》以明體，明者著見，故無訓也；《書》以廣聽，知之術也；《春秋》以斷事，信之符也。五者：五常之道。相需而備，而《易》為之原。

六經為儒家研習的主要經典，其中《春秋》並且是孔子親自寫成的一部書。假若裡面表現的思想，確實是根據《易經》而來的，那麼，儒家思想中的重要觀念，一定也有許多是從《易經》中得來的。這就成為由邏輯自然而然發展成的一種推想。而且不但古人有這種說法，就是今人也有這種看法。如胡適之先生說：「孔子學說的一切根本，依我看來，都在一部《易經》。」[5]可是，同樣的都苦於找不到明顯的和具體的證據。本文根據筆者〈重論八卦的起源〉[6]等文的發現，證明「中庸」這個儒家或我國正統思想中的重要觀念，確實可以從「易象」找出明顯、具體而客觀的證據來。使得從堯、舜、禹、湯、文、武、周公以來，一直為我最高建國原理和民族處世哲學的這個重要觀念，終於找得了深遠的造字根據。非僅筆者本人因對學術上的這項微末貢獻，良心上得到慰安，想亦當為學術界所樂聞，因此分項說明如下。

5　〔原註〕《中國古代哲學史》，頁七十三，商務人人文庫本。

6　〔原註〕見註二。

三　中庸舊說的模糊

「中庸」是儒家從歷史傳統中，承受過來的中心思想。孔子提到中庸時，對它使用的讚美，總是最高級，而不是比較級的。例如：「中庸之為德也，其至矣乎！」[7]「中庸其至矣乎！」[8]但孔子雖一再讚美中庸，可是對中庸本身並沒有下過明確的定義，都只是在對話的當中斷斷續續的出現，就像殘章斷句一樣，使人得不到真切和系統的瞭解。在《四書》中，雖有〈中庸〉一書[9]，對中庸這一觀念專門加以說明，但仍夾在事例中和其他的同義辭一併出現，給人的印象，仍舊感到模糊！所以後人才有許多不同的解釋。鄭康成謂：「〈中庸〉者，以其記中和之用也。孔子之孫子思作之，以明聖祖之德也。」程伊川謂：「不偏之謂中，不易之謂庸。中者，天下之正道；庸者，天下之定理。此篇乃孔門傳授心法，子思恐其久而差也，故筆之於書，以授孟子。」朱晦庵謂：「中者，不偏不倚，無過不及之名。庸者，平常也。」[10]其實，除了以上幾位經學上、理學上集大成的一派宗師外，二千多年來，昔賢時賢自己對中庸所加的解釋，多得使人望而生畏。但在耐心考查之下，不難發現，有的失於正斷，有的失於游離，離真義都尚隔了一層。

我們根據現存最古而權威的字典，發現在「中庸」二字中，「庸」字古代解作「常」，如《爾雅》：「……庸，……常也。」也解作「用」，如《說文》：「庸，用也。從用從庚。庚，更事也。《易》曰：『先庚三日，……』」庸字在十三經中的用法，大抵以這二種解釋

7　〔原註〕朱註：至，極也。《論語》〈雍也第六〉。【編案】朱熹：《四書章句集註》。

8　〔原註〕〈中庸〉第三章。

9　〔原註〕原為《禮記》的一篇。

10　〔原註〕《四書集註》。

為主。[11]上述鄭氏:「記中和之用」的說法,和《說文》解作用,在意義上較近。程氏:「不易」的說法,乃採用「恆常」一意義,和朱氏採用「平常」的解釋,都是從《爾雅》的解釋——「常」字出發。

庸字為什麼解作用呢?又為什麼解作常呢?在常的解釋中,為什麼又有「恆常」、「平常」的分歧現象呢?這些舊有的解釋,把問題帶得更加複雜。使我們對問題的解答,不得不去另找更具體更明顯的根據。

四　中庸真象的發現

庸字在結構上,是如《說文》指出的:由「用」和「庚」結合而成。〔唐〕〈姚懿碑〉〈跋〉:「碑內庸字作**庸**,中直畫不連。虞書〈孔子廟堂碑〉,褚書〈聖教序〉、顏書〈干祿字書〉皆然。與《說文》從庚用聲之義正合。今人書庸連其直畫,形聲之義晦矣。唐代攻書者,多通小學,⋯⋯點畫不苟如此。」庸字從用從庚,根據字形和各種資料判斷,是可以確定的。那麼,庸字既解作用,為什麼不直接用原來就已有的「用」字,而要在用字之上再加一個庚字,多添一層麻煩的手續呢?這是令人感到十分困惑的事!許氏不能解答,所以強作解釋謂:「庚,更事也。」而在庚字本條又不解作「更事」。於是,使後人進一步誤會——以為庸字是從庚得意,從用得聲,是個形聲字。[12]其實,庸字裡面本來已經有「用」,用的意義早已表明,更不必從「庚」又轉到「更事」來解釋「用」的意義。畫蛇添足,使人轉感曲折模糊!而本文證明它乃是一個十分精密和巧妙的會意字,打破許氏舊說,實也是出乎筆者自己意料之外。[13]

---

11 〔原註〕按:用為本義,見字形。常為演義,詳後。

12 〔原註〕見本節引〔唐〕〈姚懿碑〉〈跋〉。

13 〔原註〕(註二)民國五十五年九月筆者於《孔孟學報》十二期發表〈重論八卦的起源〉一文,恢復八卦圖後,又繼續玩索了五年之久,才有本文的發現。

　　許氏從「庚」字和引《易》來解釋庸字，開始時走的路子是對的。只是走了一步就錯了方向，而迷了路！實在，庚字應從它在十天干中的位數得到解釋。庚字在十天干中是在第七位，我們寫文章分條目時，常用甲、乙、丙、丁、戊、己、庚、……來代替一、二、三、四、五、六、七、……，所以它們具有數的特性。原來就是因為「庚」在十天干中位居第七，含有七的意義，因此就可以由從用從庚的「用庚」，轉變成「用七」。再由七在卦圖中正好位居中央，為每對的和，構成面面俱到的和諧現象而會意，再轉變為「用中」。庸字就是從「用七」構成的一個會意字。（詳參附圖七）它有如我們現在的「他」字，如果要表示女性的他，就換個女字旁成「她」，如果要表示神的他，就換個示字旁成「祂」，如果要表示其他事物的他，就換個牛旁成「牠」一樣。因為「庸」字所表示的用，是「用中」的用，「用和」的用，也就是「用中和」的用[14]；這個用關係到我們古來的建國最高原理，是個專門的用，它和普通的用有別，所以就在造字的時候因它和七的關係，就用會意的方法在用字之上再加個庚字，意義就自然明白了。古代造「庸」字的時候，竟經過這樣層層重重精密異常的手續，文字學家看完本文以後，應該驚嘆不置的吧？

　　「庸」字是從「用七」會意這個祕密，自東周王官失守以後，孔氏以來一直隱藏了二千多年。遂使這個關涉到我國最高建國原理的重要文字，得不到正解。一直等到筆者在　國父百年誕辰前一月，〈重論八卦的起源〉一文完稿，恢復了一個完美的八卦圖以後，才揭開了這項祕密。[15]這是一個牽涉到許多學術，複雜而又重要的事件，需要經過下面的細分析和證明，才較容易理解。

---

14 〔原註〕見後面詳細分析。

15 〔原註〕（註三）但讀者和筆者本人，對這事實上已經揭開的祕密，以前一直沒有覺察到。

（一）八卦排列所表現的「中和」現象

在分析之前，我們要先確定方法的原則，我們要先問：「人類憑什麼來認知事物的真假對錯？」根據人類幾千年來探討「知識」的結果，這答案不外是「理性」和「經驗」。人類對許多事物的認知，是靠理性的推理作用。超出理性或智慧的能力範圍，不能由推理推出時，就只有靠經驗的一途了。所以原子彈的各種特性和力量，我們無法靠物理數學的公式進一步推知時，我們只有在試驗中讓它爆炸開來看看。所謂合科學的，主要的就是合乎經驗的既知事實。作者在〈重論八卦的起源〉一文中，即根據經驗的檢證性，先用試驗的方法，對相傳是根據〈說卦〉「天地定位」章畫成的先天卦圖，化成萊布尼茲陽爻代表一陰爻代表零（○）的現用二進數，再用十進數字記出，結果就得出下面圖一[16]。我們觀察之下，發現本圖中「二、五」「四、三」兩對有紊亂的現象。假如二對互相交換，就會很有秩序。因而作者進一步用心加以思索，發現按照常理（理性）和習慣（經驗），畫這個有八個方向，定位頗不容易的圖時，應該先畫十字定位好，然後再進行另二個劃分，畫的時候才比較容易。也就是「七、○」一對排畫好後，「四、三」一對就應該照橫排，使和第一對互相垂直成十字。按照這個理由，一步一步分析畫時應該的次序，就果然得出圖二。翻譯成十進數，就成下面圖三[17]。

---

16 〔原註〕（註四）原載《孔孟學報》十二期，頁二二八。

17 〔原註〕（註五）二圖均載《孔孟學報》十二期，頁二二九。

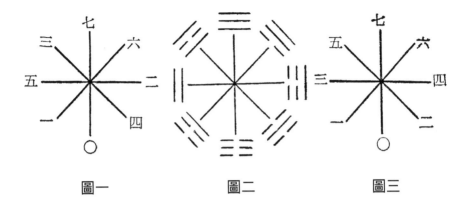

　　　　圖一　　　　　　　　圖二　　　　　　　　圖三

　　三、四年來筆者為著力求客觀起見，特別再引用行為科學——心理學的技術來作幫助。依照上述資料中所顯示的八卦可分成四對的情形，設計了一個測驗：利用四根竹籤，先將其中一根垂直擺好，然後叫受試者取旁邊擺好的另外三根，（如圖四）在右邊垂直擺好的第一根上面，擺成圖五。結果每次的測驗，受試者當中都是將取得的第一根竹籤（圖六的2），自右向左橫擺在原先垂直擺好的那根上面，成一個十字形；然後再取另外二根，在十字分成的直角上，依左右的先後次序擺上（見圖六）的人最多。因為照這樣擺法，就能均勻地擺成等分的八部分。有不照這項辦法的，擺過後，總要加以修正，才能均勻。現在再將「天地定位」這章所提示的資料，依照這項根據人類心理測出的結果（見圖六）來畫，果然就成前面圖二。證明我們前面的推想和分析完全正確。

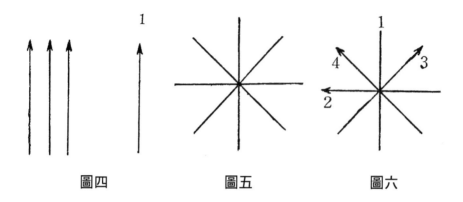

圖四　　　　　　　圖五　　　　　　　圖六

　　到上面的求證為止，筆者相信所引用的學理、技術、資料、和手續，其嚴密的程度實已遠超過前人的範圍。[18]現在為求能達到百密無疏，茲再進一步證明恢復的這個圖，和《易經》中的資料確實完全相符。因為若照個人的意思，自然可以按照邏輯作各種的排列[19]，但要完全符合原有資料限制的條件，做到不支離、不牽強而有系統，就不是一件偶然或簡單的事件了。

　　我們就先考查和分析說卦最後的五章，這五章敘述到八個卦時，次序都是依照「乾、坤，震、巽；坎、離，艮、兌」的順序。這五章是：

第七章

乾，健也；坤，順也；震，動也，巽，入也；坎，陷也；離，麗也；艮，止也；兌，說也。

第八章

乾為馬。坤為牛。震為龍。巽為雞。坎為豕。離為雉。艮為狗，兌為羊。

18　〔原註〕（註六）希望讀者能指出例外的實例來。

19　〔原註〕（註七）見李約瑟氏：《中國科學技術史》，卷二，頁三四二～三四三。

第九章

乾為首。坤為腹。震為足。巽為股。坎為耳。離為目。艮為
手。兌為口。

第十章

乾，天也，故稱乎父；坤，地也，故稱乎母；震……長男；
巽……長女；坎……中男；離……中女；艮……少男；兌……
少女。

第十一章

乾為天，為圜……坤為地，為母……震為雷，為龍……巽為
木，為風……坎為水，為溝瀆……離為火，為日……艮為山，
為徑路……兌為澤，為少女……。

這五章次序都有一定而又在最後，表示它們是定位後的次序，是一種
很重要的次序。我們把陽爻當作一、陰爻當作零（○）代進去驗看，
就可發現它們是奇偶相反的四對。「乾、坤」剛好就是二進記數的
「一一一」和「○○○」（即○），也就是「七和○」，是含有「○」
的一對，而和為「七」；「震、巽」也剛好就是二進記數法「○○一」
（即一）和「一一○」，也就是「一和六」，是含有「一」的一對，而
和也是「七」；「坎、離」剛好也就是二進記數法的「○一○（即一
○）」和「一○一」，也就是「二和五」，是含有「二」的一對，而和
也是「七」；「艮、兌」也剛好是二進記數的「一○○」和「○一一」
（即一一），也就是「四和三」，是含有「三」的一對，而和同樣也是
「七」。每對的和同樣都是「七」，而且都是如此有條不紊的，依照
「○、一、二、三」的數序，一對接一對的出現，正符合我們前面重
新恢復的八卦圖。「乾、坤，震、巽；坎、離，艮、兌。消
息。」——一句自漢相傳也自漢就不得其解的話，簡中「消息」竟在

這裡洩露無遺，不能不算是今後易學界的大幸吧？

圖七

我們將前面恢復的圖二和圖三合併起來，再進一步在中央註出「和數」──七，這就成為上面圖七。然後再檢討自古相傳謂是指示畫八卦方位的一章──〈說卦〉第三的「天地定位」章。在〈說卦〉一篇內同時提到八個卦的各章中是以這章為最早。我們可以想到：在要討論八卦之前，先說明八卦怎麼畫，是很合理的安排。所以古代的這項畫卦的傳說，不容我們忽視！這章原文如下：

> 天地定位，山澤通氣；雷風相薄，水火不相射；八卦相錯。數往者順，知來者逆。是故：易，逆數也。

這開始的一章和前舉最後的五章，比較之下，發現它們都是從「乾（天）、坤（地）」開始；不同的是第二對不接講震巽，而先講「艮

（山）、兌（澤）」。理由已在前面說明是照常理和經驗，這樣畫時才最方便。並進一步用測驗加以證明：照交錯成十字的方式去畫，確實是最好、最合乎人類心理的畫法。這就合乎「八卦相錯」一條件。照這種方式畫成的這個圖，從左下方向上依順時針的方向數去（往），是「震、兌、離、乾」的「一、三、五、七」單數順序，合乎「數往者順」的「往順」一條件。接著向右下方數下來（來），是「巽、艮、坎、坤」的「六、四、二、○」雙數逆序，合乎「知來者逆」的「來逆」一條件。這整個圖自下從左至右逆數上去是：○、一、二、三、四、五、六、七。合乎「易，逆數也。」的「逆數」一條件[20]。從上面的分析，可以看出處處都能和資料相符合。既淺顯又易懂，不像過去那樣，一直說不明白。

　　上面筆者雖一再的舉證分析說明，但因過去對這個問題，走入歧路過遠，陷溺錯誤過深。在這裡應該不吝多浪費點筆墨，再三的加以辨明。國人自從失去易圖所根據的二進算術知識後，黃宗羲、胡渭等人以來[21]，都因不懂實際的內容，只在資料表面牽連的考證中打轉。他們的工作結果中，以胡渭的《易圖明辨》影響最大，後人都就以胡氏的看法為定論，認為易圖的問題已經解決了。例如梁啟超先生在《古書真偽及其年代》中說：「……其中尤以《易圖明辨》為最透徹博洽。他們竟把數百年烏煙瘴氣的謬說打倒了。……現在案既論定……」[22]屈翼鵬先生在《先秦漢魏易例述評》〈自序〉中也謂：「至於圖書之學，於例既無與於易旨，又皆不重訓詁，是其說最無可取。故黃梨洲《易學象數論》出，首發其覆。毛西河、胡朏明諸家繼起，

20　〔原註〕（註八）若從上向下數下來，則變成「七、六、五、四、三、二、一」，成為數序從多到少的「逆」。

21　〔原註〕（註九）前面的人因牽涉太遠，暫且不談。

22　〔原註〕卷二第一章，頁七九，中華。

抉其源而斥其妄，於是其說之無與於易學，乃成定讞。」上面所謂的
「論定」，是指胡渭等考證的結果：發現在漢代魏伯陽的《參同契》
中，就有這樣的圖形，以為這就是魏伯陽自創的。其實，證明魏伯陽
自創這一點的先決條件，是需要先嚴密考查和分析《易經》本身的資
料，證明裡面確實沒有卦圖的痕跡時，才能獲得成立。但可惜過去從
沒有人能夠做到這點！而從筆者前面的分析，正證明〈說卦〉中確實
隱藏著一個奧妙的八卦圖。從這個圖中，不但可以得出重要的原則
來，並且利用這些原則，既可解決易學上過去無法解決的難題，同時
又可解決我國歷史、文化中許多過去無法解答的重要事件。[23]從這個
案例，我們可以看出：瞭解學術內容本身是如何的重要。不懂所研究
學術的內容，而專靠資料表面牽連的考證方式來作學術研究，那是很
危險的！

　　在西洋方面，經萊布尼茲（G. W. Leibnitz, 1646-1716）發現八卦
中含有二進算法後，復經漢學家衛禮賢（Richard Wilhelm）、衛德明
（Hellmut Wilhelm）父子及其他學者的研究，本來早已成為定論，並
且已為百科全書[24]所採入。但近十幾年來，隨著東西交通的發達、知
識的流傳，前述我國不懂二進算術的盲目考證結果，終於影響到外國
學者的研究。例如英國名漢學家（本為生物化學家）李約瑟氏
（Joseph Needham）就開始懷疑到這件事，在他的名著《中國科學技
術史》中說：「萊布尼茲在《易經》上的這項發現，後期的西方哲學
漢學家，只就它的表面價值來加以接受，並未顧到現代對它的真正性
質和來源的研究。」[25]「事實上，……伏羲卦序，根本不是古代的東

23　〔原註〕（註一〇）見本註釋中筆者先後發表的其他各文。
24　〔原註〕（註一一）如 *Encyclopedia Americana.* 1954.【編案】即《美國百科全書》。
25　〔原註〕卷二，頁三二三。

西，至多只能追溯到宋代哲學家邵雍和他的皇極經世書。」[26]「這些[27]說法，自然不能採信。發明六十四卦的人，只是簡單地知道：利用陰爻陽爻二個基本元素，可能作成所有的排列和組合。這只要一經開始，很明顯的就可以按照幾種相等的邏輯順序來作安排。……古代的演卦者，在利用陰爻陽爻作成六十四卦的反覆排列中，似乎可以認為他們已經做了簡單的二進算術運算，但事實上，他們這樣做時，自己並沒有理解到。……假如演易的人，並沒有察覺到二進算術，也沒有應用到它。則萊布尼茲和白進（J. Bouvet）的這件發現，在意義上講：僅是邵雍所解釋的《易經》系統，剛好和包含在二進算術中的系統相同而已！」[28]李約瑟氏這部大作出版後很受到重視，據說[29]英美各大學，都採為科學史一課程有關中國部分的主要參考書。所以李約瑟氏對於二進算法和卦有關這點的懷疑，馬上就發生影響。新版的《美國百科全書》似乎就受到了這種影響，在二進記數條內刪去了和中國有關的部分。再找不到舊版（如一九五四版）同條內：「中國早在四千年前就已應用過」之記載了！

　　在五十七到五十九年中央日報副刊上的「易經與科學」論爭中，國內外參加論爭的人士，也多採上面懷疑派的看法。並且又沒有人能夠採用科學的態度，用證據來證明或推翻它。

　　新近中外這種對二進法和《易經》八卦有關這點的懷疑和否定，究竟對不對呢？探求這個問題的答案，最可靠的途徑仍莫過於直接分析《易經》本身的資料。現在再繼前面分析說卦的結果之後，再來考

26　〔原註〕頁三四一。

27　〔原註〕按：指衛德明和華勒（Arthur Waley）等說：可見中國人知道二進法和位置值的。

28　〔原註〕頁三四二～三四三。

29　〔原註〕（註一二）見上次《中央日報》副刊「易經與科學」的論爭。黃仲凱：〈關於中國科學史〉，民國五十八年三月三十一日。

查和分析〈繫辭〉。按〈繫辭上〉第十一章謂：「易有太極，是生兩儀，兩儀生四象，四象生八卦。」這裡所謂「太極」，漢儒的注解謂即「太一」，因為「一」在自然數中是最先的一個，每次進位後又變回一所謂數極於一，所以用極字加個太字來形容它，因此太一也就是「一」，由此說明了八卦由「一」而來。[30]一生二（儀）是很自然的順序，沒有問題。三生四（象）我們就會發生疑問了：為什麼不先生三呢？三是緊接二後在四之前的呀！四生八（卦）也是：為什麼不先生五、六、七？而要跳三個數，然後生八呢？「一、二、四、八」四個數字，究竟它們有什麼特別的地方？我們把它們仔細的加以考察，就會發現：它們是二的零次方（2^0）、二的一次方（2^1）、二的二次方（2^2）、二的三次方（2^3）。原來它們是以2為「底」的一個記數系統！根據這件明顯的事實，我們就可以問了：既然八卦（或六十四卦）是純粹依照邏輯順序而作有秩序的排列問題，那麼每卦都由三爻（八卦）或六爻（六十四卦）排列而成，自然是排了第一卦就接著排第二卦、第三卦、第四卦、第五卦、……這樣一卦接一卦地一直排到八或六十四個卦了，怎麼會有「一、二、四、八」的發生順序呢？我們仔細觀察二進記數的情形，一位的「自然數」只有「一」，再加上人為數的「○」，自然只有「二」種了，那裡會有第三種元素出現呢？一位數過去是二位數，二位數只有「一○」和「一一」兩個，加上前面的「一」和「○」[31]自然也不會多於或少於四了。二位數再過去就是三位數，三位的二進數只有「一○○」「一○一」「一一○」和「一一一」四個，加上前面四個（一位數和二位數），自然是八個了。所以八卦「一、二、四、八」的發生順序，完全是照二進記數的數位發展

---

30 〔原註〕試將陽爻在我國文字符號中比較看看，除了「一」外，還有沒有其他任何相似的文字和解釋？

31 〔原註〕為整齊化起見自然也可寫成「○○」和「○一」。

而來。看了上面各項分析以後，可知〈說卦〉和〈繫辭〉的作者，當時尚知道八卦是根據二進算法而來的，應是不爭的事實了吧？

作者在〈重論八卦的起源〉一文中，也曾比較八卦和古代的數字，發現甲骨中 Ⅹ（五）字的寫法和結構，竟和離卦相合。在甲骨文中，五字的結構：上面一橫畫、下面也一橫畫、中間二畫交錯；而離卦（☲）剛好也是上面一橫畫、下面一橫畫、中間二畫，但不交錯。而這點的不同，也由《說文解字》：「爻者，交也。」而得到解釋，使我們知道 Ⅹ 字中間的×即由陰爻（－－）的二短畫交錯而成。把陰爻和×改成「○」，它們就同樣的都成為「一○一」，而這就是「五」的二進記數形式。

上面發現五字和二進記數的相合，因為只有一字，尚可說是孤證或巧合。[32]因此，我們尚須查出更多的例子來，才能成為定論。經筆者進一步的查考，馬上就發現「六」字，也是二進記數的形式，它是和巽卦（☴）的結構完全相同。巽卦在前面是已經證明為「一一○」即「六」。巽卦最上的一爻縮短，中間的一爻不動，最下的陰爻二短畫略作斜排，就成「六」，它和最上一畫縮短成點的楷書「六」字完全一樣。所以「六」字也是照二進記數「一一○」造成的。但在甲骨文的形式上，六字寫作 ⼊，這是為了和 ⽂（文）字分別，因為二字都是從巽卦演變而來的，在金文的「諺、諺、諺」中，還可證明「六」和「文」在古代相通。⼊和 ⽂ 兩字頭上部分的「ㄥ」，都是由巽卦上面的二陽爻頭交而成，這從楷書「文」和「六」上部的「亠」尚可看出。而它們下面不同的部分——×‖和八都是由巽卦最下一陰爻的兩短畫演變而來。

在國人的資料中，除了上舉「五、六」二字之外，再找不到別的

---

32 〔原註〕雖然已先有嚴密證明的系統在前，和普通的孤證大不相同。

資料時，不料後來竟又獲得李約瑟氏一字之助而成大功。李約瑟氏著的《中國科學技術史》中，搜集了一個古代的四字，寫作「𢁚」，在形式上和五、六兩字相同，是同為「錯畫」系統的數字，它和甲骨文中另一「積畫」系統的「三」[33]完全不同。經過進一步的搜集、比較和研究後，發現四字乃是先由「𢁚」變成明刀背文的「𨸏」，然後再變成現在的楷書形狀。過去文字學家都以為四字其實原來就是呬字，謂四為呬的本字，外面的口即口，中間的「儿」乃表示呼吸的氣。這裡證明這種說法，實在太富幻想。我們細細考察這個「𢁚」字，可以很明顯的看出：它是由兩個「𢼨」合構而成。照前面的例子，𢼨上面的一畫不動，下面的×改成零（○），𢼨就變成「一○」，我們在前面已經介紹過了，這實在就是「二」的二進記數形。「𢁚」也就是由二個「一○」或「二」所組成。造字的理由這就自然明白了。[34]

由上面這些具體的證據看來，可見八卦中所含的二進記數法，確實在中國古代的數量計算中已經實際應用過。演卦或演易的人，並不是「沒有理解到」或「沒有覺察到」。[35]

有了以上一而再，再而三的反覆分析和證明。作者相信任何一位神志清明的人都可以根據「理性」和「經驗」去思辨檢覈。最後將對上面的證據和理論獲得充分的信心。我們在這裡再回過頭來考察上面圖七，這是從上述證據和理論得出來的精華，也是「中庸」哲學的根源。從這個圖上，有關「中庸」或「用中」的一切涵義，我們都可以看出來，都可以意會出來了。在這裡，我們先提出二項普遍化了的抽象特性來看：

---

33 【編案】字形取自「合32471」，見小學堂文字學資料庫。

34 〔原註〕參看註一、註一三，筆者另二文。

35 〔原註〕（註一三）詳情俱見作者：〈新數學和舊光榮〉一文，載臺北市立女子師範專科學校：《復興中華文化論文專輯》，學術論著部，頁十七～三十一。【編案】已收錄本書。

1 圖形上顯示出的對稱與和諧性

在圖七上，先不去管每卦代表的意義，我們僅把它們當作抽象的圖形和符號來看，就可以看出：構成這個圖的每一對卦，都是由互相反對的二卦所組成，把一對中的二卦合在一起時，陰陽爻可以互相補滿而成乾卦或坤卦。顯示出對稱、和諧與中和的現象。

2 在數上表現出的完整與和諧性

這個圖是根據二進記數法，以「七」為中心，由一切能構成七的正整數，依照數序，每一單一雙的二數配成一對，然後一對一對地排列而成，除了筆者在本文和其他各文詳加分析的情形以外，我們在直覺上就可以感到完整、和諧、秩序、面面俱到，找不出缺陷等的圓滿感覺。

我們仔細的玩索圖七，就能在上面「圖形」和「數」所表現的情形中，領會到「中和」的圓滿境界。

（二）八卦中包涵的「中庸」哲學系統

在圖七中，除了上述甲乙兩點普遍化的特性外，從八卦代表的實事實物中，更能進一步看出格物、修身、齊家、治國、平天下的整個系統，都是以「中庸」或「用中」為原則。每一步驟都能在卦圖和相關資料中，找出真正的，合理的重心，由而得到平衡、穩定、和諧與統整。這個重心就是由「中和」得來的「乾」或「七」[36]。根據〈說卦〉的資料配合圖七，在下列的事例中可以明顯的看出來。

---

36 〔原註〕在卦為乾、在數為七，二而一，一而二。

1　格物致知

在八卦代表的八大物像來講：乾是代表「天」。〈說卦〉第十章第一句謂「乾，天也。」第十一章第一句謂「乾為天。」在上面圖七中，天地（乾坤）、雷風（震巽）、水火（坎離）、山澤（兌艮）四對，每對都是二個對立的東西，相反地站在各一邊。在這個圖中可以看出：這些相反的對，每對都是以「天」為中心，從而得到和諧與平衡。「天」也解作「自然」，和「人」解作「人為」相對。一切定理定律，都從發現「自然」的祕密而來。確是格物的重心！

2　修身

在「人身」方面來講，乾是代表「首」，第九章第一句謂：「乾為首。」所以修身是以頭腦為中心。中外古今賢哲，多有以頭腦來代表理智的。在生理上講，腦神經支配四肢百體，確是人身的樞機，智慧、德性的泉源，自然也正是修身的重心。

3　齊家

在「家庭」方面來講，乾是代表父。第十章第一句謂：「乾，天也，故稱乎父。」第十一章第一句謂：「乾為天、為圜、為君、為父，……」八卦代表古代典型八口之家的父母及六子。孟子謂：「百畝之田勿奪其時，數口之家可以無飢矣。」[37]「百畝之田，匹夫耕之，八口之家足以無飢矣。」[38]在圖七也可以看出：家庭中以父為中心。為一家之長的父，應該對家庭中的每一份子都要顧到，不可偏愛，才能維持家庭的和諧，享受天倫的快樂。否則，就一定會有怨

37　〔原註〕〈梁惠王上〉。【編案】「數口」原作「八口」，今據《孟子》改之。

38　〔原註〕〈盡心上〉。

言、紛爭，不能達到齊家的目的。

4　治國平天下

在「國家」方面來講，乾又代表「君」。[39]一個國家的君主，應該顧到每一臣民、每一地方的需要和福利，所謂：「無偏無黨，王道蕩蕩。」[40]才能建立和平康樂的國家。否則，若只顧到某一或某些民族或地方的利益，被歧視的人必定會起來反對抗拒，而破害國家的和平統一。在圖七中由於「七」係由所有能構成七的元素所構成，因而也可以看出：一個國家元首的權力，來自各方的每一人民；相對的，他也應顧到每一地方的每一人民，不可有偏。再由個別的國家，進步到統一的「世界國家」——就是「平天下」的「大同」世界。這時的最高政治原理，仍不出這個範圍。[41]

從上面分析出來的明顯現象看來，可知「易象」除了過去大家知道的「大象」、「小象」以外，實在還有一個由八卦共同構成的「總象」。在總象中竟涵蘊了自「格物」、「修身」、「齊家」、到「治國、平天下」的一套哲學系統，真是令人想像不到的吧？這都是根據具體資料發掘出來的明顯現象，不過這項祕密早已失去，大家只相傳八卦中包含很多東西，但都不明其所以然，只落得後人把它拿來貼在家門上面當作避邪之用。[42]變成了迷信的符號。但這和我國人民把歷代功在民生的賢哲，都奉祀為神明，並用神話故事的傳誦來把他們永遠留在人間，在精神上是相同的。

八卦的起源，自古以來就近乎神話，也正因為這個緣故，它啟示

39　〔原註〕第十一章，見前。

40　〔原註〕《書經》《洪範》。

41　〔原註〕試想想看，還有別的更好更合理的原則嗎？

42　〔原註〕臺北市尚有這種現象。

了我們一件事實：「它起源於不可知的久遠時代。」它裡面竟隱藏著一個哲學系統，並且還提出了每一階段的重心所在，真是一件不可思議的事吧？

我國自堯、舜、禹、湯、文武以來，能將許多國族搏成一個中華民族，能將許多國家合為四海一家，全靠以這個「中庸」或「用中」為政治的最高原則。《論語》謂：「堯曰：『咨爾舜！天之歷數在爾躬，永執其中，四海困窮，天祿永終。』」[43]〈中庸〉謂：「舜其大知也歟？……用其中於民。」[44]《書經》謂：「帝曰：『來！禹，……允執厥中。……。』」[45]《孟子》謂：「湯執中，立賢無方。」[46]正是聖學一脈的心傳。《論語》又謂：「雖有周親，不如仁人。」[47]仁也是我國傳統的重要德目，「仁」字由「二人」會意而造成，在卦圖（見圖七）中：父母和六子都是成對的排列，都顯示出：由二人中的和諧關係，進而構成全家的和諧生活。因為我們的建國原理是從家庭經驗而來，所以修身齊家先於治國。《書經》《舜典》[48]記載舜命契敬敷「五教」——父義、母慈、兄友、弟恭、子孝[49]，即指家庭中的這種「天倫」關係。依照社會發展的順序，從家庭擴大到國家，天倫中「父義」的父德「義」，也變為「人倫」中：「父子有親，君臣有義，夫婦

---

43 〔原註〕（註一四）〈堯曰第二十〉。

44 〔原註〕（註一五）第六章，原文有「執其二端」句。孔聖對「中」有所誤解，詳後文訂正。

45 〔原註〕（註一六）見〈大禹謨〉。按本篇乃古文經，後人疑偽。然作者發現今本《易經》〈說卦〉次序的奧秘後，因今本乃費氏古文《易》，足證古文比今文保存了更有價值的資料。所以不能再忽視本文。本條合乎歷史發展，足證引用真實史料而成。

46 〔原註〕（註一七）卷八，〈離婁下〉。

47 〔原註〕（註一八）〈堯曰第二十〉。

48 〔原註〕（註一九）後人考證謂本篇係從〈堯典〉割裂而成，應仍為〈堯典〉。

49 〔原註〕《左傳》古文說。

有別，長幼有序，朋友有信。」的君德。[50]而庸字解作「常」，是不是也可以從這種日常社會生活中的倫常關係而得到啟示呢？[51]

五　中庸定義在語言上的分析

　　我們在上面發現了許多過去不知道的事實，現在再回過頭來問：究竟什麼才是「中庸」的真正定義。要回答這個問題，除了根據上面的各項發現外，我們還可將本辭在語言上的結構形式，來加以分析。然後再綜合所有的因素來加以考慮。

（一）二個形容詞的組合

　　「中」解作「中正」的意思──不偏的，「庸」解作「恆常」的意思──不易的；二者組合起來是「不偏（的）不變的」，仍舊是形容詞。形容詞缺少了所形容的東西，不能成為一個完全自足的辭。所以上面伊川的解釋顯有不合。另一位大師晦庵的解釋：「中者，不偏不倚。」意義和伊川的解釋相同，不過又加上「無過不及之名」一句，使意義更加混殽，實質上仍是形容詞不是名詞；而「庸」解作「平常」的意思。可見仍舊是二個形容詞複合組成的。仍和前例一樣缺少了所形容的東西，而不能成為一個完全自足的辭。這一種組合的情形，直覺上就可看出明顯的不合。二位經學理學大師的解釋都陷入同一的缺點。

（二）一個形容一個名詞的組合

　　這一組合和漢代以來的語文組合習慣相同，形容詞之後跟著所要

50　〔原註〕《孟子》今文說。
51　〔原註〕按乾為父為君，於數為七。在上面圖七中仍可找到根據。

形容的名詞。在這一組合中：「中」字當形容詞用，解作「中和的」[52]；「庸」字當名詞用，解作「作用或用處」；二者組合起來就成「中和的作用」或「中和的用處」，是一個意義完全的辭。鄭康成就主張這一解釋，是正統的較合理的一種解釋。我們可以從〈中庸〉一書的內容看出來。

（三）一個副詞一個動詞的組合

「中」當副詞用，解作「合於」；「庸」當動詞的「用」解；二者合成「中用」的意思。時賢有這一種解釋。這一種解釋照現在的語文習慣，在副詞「中」之後跟著所要形容的動詞「用」；而庸字的解作用，又是根據古老而權威的字典《說文解字》，立說似乎相當堅實。但在細心的考查之下，讀者將會發現：在「中庸」二字中，「中」字才是主要的字，本文上面所舉自堯、舜、禹、湯以來的「執中」「用中」，和〈中庸〉本篇的內容都可證明。現在變成副詞來形容「庸」，則庸變成了主要的字，「中」字反退為次要了！顯然離中庸真義的距離尚遠。

（四）一個名詞一個動詞的組合

這是戰國以前保留的古代語文習慣，和我們現在的習慣不同。可以說是倒裝的用法。這在春秋戰國間，是一種很平常的用法，如《楚辭》「天問」，並不是「天發問」的意思，而是人遇到窮困之極，人力毫無辦法的事時，向青天發問──「問天」的意思。《易經》的「文言」，其實也就是「言文」──言說文字的意思。漢時就和現在的語文習慣一樣，改成「說文」而不再說「文說」或「字解」了。[53]根據

---

52 〔原註〕注意：與程朱解作「中正的」不同。

53 〔原註〕作者將另撰一文申說。

這一語文習慣，可知「中庸」實在就是「庸中」，因為庸字解作用，所以也就是「用中」。這就和本文所指出的歷史發展：堯、舜、禹、湯以來的「執中」「用中」相符，合乎儒家學術的根源和發展，也合中庸一篇的本意和本文的分析和例證了。所以在這一種組合中，「中」當名詞用，解作中和的「中」，「庸」當動詞用，解作「用」，其惟一的關鍵是在倒讀成「用中」，而不是順讀成「中用」[54]。以前大家對古代的倒裝辭不太留意，有許多容易解決的歷史問題，都因為對這一類語文用法不清楚，而糾纏不清，未能解決。實在是很可惜的——就如前舉《楚辭》「天問」這個題目，即曾經引起前人今人的無數聚訟[55]，而至今仍不能獲得定論。

對「中庸」一辭；作者根據上項研究，採用第四種新解釋，而試作中庸的定義如下：「中者、中和也，庸者、用也；中庸者，今云用中（庸中），用『中和』之『中』也。」

上面只是文字上的定義，其實像《老子》說的：「道可道，非常道。名可名，非常名。」〈中庸〉的微義奧旨，並不是用文字語言能完全講得明白的。所以我們在作了明辨的工夫以後，尚須在篤行中，作進一步的深切體會。

---

54 〔原註〕注意：中當名詞與前面當副詞的情形又不同。

55 〔原註〕（註二〇）王逸，洪興祖都主張天問就是問天。但因不明為什麼要寫成天問，所以王逸又解釋說：因為天尊不可問，故不曰問天，而曰天問。王夫之又主乃舉天以問人。游國恩又謂：天問猶如素問，舉凡天地間一切現象事理以為問。蘇雪林先生則謂：天問題目「天」之一字，相當鄒衍「談天」那個「天」。作者按：其實素問仍為問素，素作舊昔或從前解。該書乃問得前人之醫藥舊經驗而集成者。蘇先生解釋天字後，未及問字，顯然對問字又無法交代。皆因不明甲骨文即有的倒裝辭用法。

六 結語

　　上面已經證明「中庸」就是「庸中」也就是「用中」,「用中」是「用中和」而不是用「中間」或「折中」。按夫子在〈中庸〉中謂:「舜其大知也歟?……執其兩端,用其中於民。其斯以為舜乎?」則誤認為二端中間的中,或折中的中。[56]與中和的兼容並包,顧全每一要素,每一方面,而達到穩定和諧的情形,大不相同。《論語》〈述而第七〉記夫子謂:「加我數年,五十以學《易》,可以無大過矣!」可見筆者本項發現,為王官失守,典籍散佚以後,久已失傳的聖學。即早在春秋時代的夫子,也沒有聽到過。或有以「五十以學易」的「易」為「亦」,屬下一句的。乃疑古派根據陸德明《經典釋文》註:「《魯論》讀易為亦,今從古。」故意弄錯來做障眼法的。夫子自言:「五十有五而志於學,三十而立,四十而不惑,五十而知天命,……」[57],把為學階段和時間等情形,交代得清清楚楚。試想假如改成:「五十以學,亦可以無大過矣!」這段話怎麼講?難道夫子五十歲才開始求學嗎?為什麼又要「加(或假)我數年?」我們知道夫子這時正在為人師,而感到精疲力衰的時候。同章謂:「子曰:『自行束脩以上,吾未嘗無誨焉。』」「子曰:『甚矣!吾衰也!久矣!吾不復夢見周公!』」「葉公問孔子於子路,子路不對。子曰:『汝奚不曰:其為人也,發憤忘食,樂以忘憂,不知老之將至云爾。』」在所有的資料中可以證明夫子對《易》的研究起初不太留意,這段話正是懊悔對《易》的研究太遲,恐怕沒有足夠的時間了。

　　本文對〈中庸〉的研究,在文字學上提供了一個極端複雜的造字案例。發現中庸的原來意義竟牽涉到易學和現代數學的二進算法。

---

56 〔原註〕注意:原文用疑問句。

57 〔原註〕(註二一)《論語》〈為政第四〉。

「中庸」原是「庸中」也就是「用中」，乃是堯、舜、禹、湯以來一脈心傳的聖學。格物、修身、齊家、治國、平天下的最高原理。這項失傳二千餘年的原理，竟在今日經由文字學、易學、數學、行為科學[58]等的知識，從「庸」字的「用庚」，追溯到「用七」、「用乾」，終於在筆者新恢復的八卦圖總象中，發現「中和」的現象和涵義，得出了中庸「用中」的真義。在我國哲學上、易學上、文字學上，實非一件等閒的事情。而所以能有這項成果，實應溯源於筆者前在《孔孟學報》發表的〈重論八卦的起源〉一文。該文重新發掘出一套和邵康節、萊布尼茲不同，而符合實際事實的新「二進易理」[59]，因此本文和筆者其他的發現才有可能。本文只是該文所發現原理的許多實用印證中的又一例而已！

（本文初稿成於民國五十九年九月。六十年二月改定，付印前又重新校讀一遍。六十二年四月初旬，筆者記。）

—— 本文原發表於《女師專學報》第3期（臺北：臺北女子師範專科學校，1973年5月），頁35-50。

---

58 〔原註〕心理測驗的部分。

59 〔原註〕（註二二）邵康節和萊布尼茲的進位方法是從上向下，與我們實際從下向上的進位方法不合。筆者新發現的是從下向上，和我們實際使用的情形以及〈說卦〉等所示資料相合。邵氏和萊氏以重坤為零，剝卦為一，比卦為二，……復卦為三十二。筆者發現的新系統，係以重坤為零，復卦為一，師卦為二，……剝卦為三十二。即剝卦☶之陽爻改為一，陰爻改為零時，就成為「一〇〇〇〇〇」，復卦☷照樣也可變成「〇〇〇〇〇一」。前者（剝卦）照現用進位系統，於十進制為十萬，於二進制為三十二，而二氏以為「一」，顯見與現用向上進位之系統不合。而作者以復卦的「〇〇〇〇〇一」為「一」的系統，則不但與現用進位系統相合，並與甲骨金文錯畫系統的二進數字和《易經》本身資料所示條件完全相合，見〈重論八卦的起源〉、〈八卦及中國文字起源的新發現〉等文。

漢石經《周易》非善本論初稿

陳道生*

　　本文為筆者以「二進位數學」研究《易經》的一系列發現及例證之一。從〈說卦〉石經本內震為雷、為龍以下六節，乾坤後以「震、坎、艮、巽、離、兌」為次序，和今本以「震、巽、坎、離、艮、兌」為次序的不同，譯出二進數後，發現今本的次序，係依照嚴密的數序和易理而排列；而石經的排列則零亂而毫無數序可尋，且其次序由種種可能理由推測，都無一能合；因而證明漢刻的石經《周易》，實非善本。並由而證明《易經》真義，在漢代即已失傳。

一　前例

　　筆者自五十四年春間，撰〈重論八卦的起源〉一文，於五十五年九月發表於《孔孟學報》第十二期。[1]當時在該文指出：這項結論，依照科學方法的原則，還要經過實際應用的一步印證手續，如果在實際的應用上確實有效，確實能用來解決同類的問題，才能成為一項真理。當即用於研究數學史，發現我國錯畫系統的數字，均為上古遺留的二進記數字。證明我國遠在使用十進法之前，久已使用長時期之二進記數法。按我國數學史中，前此只知殷代即使用十進法，從來沒有

---

*　〔原註〕（註一）筆者通信處：「臺北市基隆路二段二六五號之三」歡迎賜教。

1　【編案】已收錄本書。

知道這項事實的。筆者此項發現，實已為我國在世界數學史中，添上光榮的一頁。只是目前國人尚未識別其重要性而已！[2]

筆者除應用該文發掘的知識和原理，於研究我國數學史獲得新發現外。乃進一步應用於研究我國文字的起源，亦得到明顯的證據。證明我國文字係由「爻」、「文」、「字」、「文字」的階段發展而來，最早的階段為爻象的時期，連爻象如何變為「文」的法則，實例都清清楚楚的找到了。使過去否定我國文字源於八卦的說法[3]，和日本學者板津七三郎「埃漢文字同源」的說法，都不攻自破。解決了中外學者一直不能解決的這個有關我國文化歷史的重要問題。[4]

筆者又撰〈解開易數九六的祕密〉一文，探源索隱，解開八卦陽爻稱九、陰爻稱六的祕密。由而直證殷易、夏易。不但得出原理法則，並即附以應用實例，使理論不止於空談，事理兼備。[5]

筆者年前再發表〈中庸和二進記數的隱密關係〉一文，由複雜之造字案例，證明筆者恢復之易圖，實為我國正統哲學思想之根源。而我國政治的最高原理及最普遍的處世哲學——「中庸」的真正意義，乃得而發現。其於我國哲學上文字學上的重要性，自可想見。此為筆者發現的各種原理法則的又一實用印證——用於研究哲學思想。[6]

筆者應用其新發現的易理，來解決上述各項問題，均一再得到圓

2　〔原註〕（註二）陳道生：〈新數學和舊光榮〉，《復興中華文化論文專輯》，頁一七～三一，臺北女師專，臺北市，一九七一。【編案】已收錄本書。

3　〔原註〕如章太炎一系及其他學者等。

4　〔原註〕試比較董作賓先生：「中國文字的起源」一文，自知作者的發現具有明確性。〔原註〕（註三）陳道生：〈八卦及中國文字起源的新發現〉，《臺北女師專學報》第一期，頁107-123，臺北市，1972。

5　〔原註〕（註四）《女師專學報》，第二期，頁二〇三～二一五，臺北市，一九七二。【編案】已收錄本書。

6　〔原註〕（註五）《女師專學報》，第三期，頁三五～五〇，臺北市，一九七三。【編案】已收錄本書。

滿的效果，其具體事實，均見上述各文。今再用其學理於研究版本上，讀者當能看出其證明《周易》版本的優劣、和解決今古文的問題上，亦有出人意外的效果。

二　漢石經《周易》的發現和整理結果

　　漢代刊刻《周易》石經，根據史書紀傳和其他資料來推斷，大約在靈帝熹平、光和的中間。刊刻的原因，除「經籍去聖久遠，文字多謬。俗儒穿鑿，疑誤後學。」[7]外，似乎和靈帝的愛好書法也有關係。[8]石經刊成以後，只有幾年就遭到了董卓之亂。以後即陷入三國、二晉、南北朝的長期戰亂，歷經摧毀，自唐以後即未見有人提及。後來出土的殘石，在民國十二年以前著錄的，都沒有《周易》石經。至於拓本，除《隋書》《經籍志》及《唐志》著錄「梁三卷」、「隋一卷」外，其後也就湮沒無聞。民國十二年後，《周易》殘石陸續發現出土，收集成書的有方若氏集拓《舊雨樓藏漢石經》七卷、馬衡氏影印《漢石經集存》二冊，最得完備。二書共收《周易》石經殘字四千四百餘字，已達《周易》全書五分之一弱。對研究易學實為可貴的資料。[9]

　　屈萬里先生根據上項資料，由哈佛燕京學社支助，著《漢石經周易殘字集證》一書[10]。自敘該書主要貢獻有四：一為因此四千餘字，

7　〔原註〕《後漢書》，卷五十下，〈蔡邕傳〉。

8　〔原註〕參看筆者：〈東漢鴻都門學考實〉一文，《大陸雜誌》，三十三卷，五期。【編案】已收錄本書。

9　〔原註〕（註六）屈萬里：《漢石經周易殘字集證》，卷一、頁一～一七，中研院史語所，臺北市，一九六一。惟屈先生於《書目季刊》二卷一期撰一文謂舊雨樓藏漢石經為方氏偽刻。

10　〔原註〕《中央研究院歷史語言研究所專刊》之四十六。

證明了呂東萊恢復的《周易》古本篇第沒有錯。二為證明了漢石經
《周易》為梁丘氏本，而非馬叔平推斷的京氏本。三為發現今本王氏
所傳章次，與漢石經本章次不同。四為今本與漢石經比較，今本衍文
六十九字，奪文十二字。此外，經文尚多異字、及字的異體。屈先生
曾以「語體翻譯《書經》」及對「石經」的研究獲得中山學術獎，徐
世大氏著《說易解頤》[11]亦曾參考《周易》殘字集證一書，可見士林
對本書的看重。

　　《漢石經周易殘字集證》之得到看重，乃係人之常情。一般人總
會以為：越古老者越可靠可信。而且石經為官定本，集王朝學者之全
力整理而成，改正了謬文穿鑿。[12]還有是：石經是官學數家當中選出
來的，是權威當中的權威。有了這幾點理由，在常識上，石經自然就
容易被人看重。《集證》一書作了石經復原的工作，自然也會因而得
到看重，自係人之常情。同年筆者研究易學各文。也蒙國立臺灣師範
大學孫校長亢曾師推薦中山學術獎之選。各文均曾發掘失傳易理，其
中特別指出〈說卦〉一篇的章次實據有高深的數理。其次序的安排，
實乃依照一項極嚴密的數序為組織法則。[13]惟此項隱密的法則，有二
千餘年之久未為人知，至今才被發現，並且又非具有二進數學知識者
所易瞭解。故雖使這一失傳學術重新公之於世人之前，亦因未能瞭解
其內容，不能獲得學術研究上的助益。其實漢代刻的《周易》石經，
在常識層次上分析，可以看出並不一定是好的本子，因為：

（一）漢代《易經》有數家的本子，後來立於官學的，即有施、
　　　孟、梁丘、京氏四家，民間尚有費氏。要知道哪一家好，一

11　〔原註〕民國五十五年作者自印。

12　〔原註〕見〈邑傳〉。

13　〔原註〕見註四〈解開易數九六的秘密〉一文，頁二一○～二一二。【編案】本書頁。

定要有一個評判的「標準」。好像：要知道輕重，一定要有秤；要知道短長，一定要有尺一樣。但從這種雜亂的情形來看，顯然在漢代早已失去了衡度易學的天秤和尺子。[14]沒有標準的選擇，怎能選出必好的一家呢？

（二）在書上失去了選擇的標準，尚可照當時人具有的易學知識來選擇。但《史記》〈龜策列傳〉等告訴我們，易學的原理早已失去。筆者在今本發現的奧秘（詳後），假如當時能被發現，則費氏《易》不但能立官學，並且將凌駕各家之上，獨占易學的王座無疑。可惜費氏在書上獲得傳本，但不瞭解它的內容奧秘。劉向校閱的結果，雖然發現費氏本比較別家完備，但也不能發現內容上的這項奧秘，無法支持費氏《易》。所以處處證明漢代學者，早已失去易學的「真知」。既然對易學也沒有足夠的知識，怎能選出哪一家好呢？

既然在漢代即已失去易學的選擇標準和能力，那麼，漢代石經的從數家中選一家上石，就無法肯定會是一定最好的本子。而根據筆者的分析，石經之所以選梁丘《易》的緣故，也就最易明白。因為既然無一定的標準和知識，從同等的官學中去選一家；那就只有憑「常識」來選擇：在「常識」的層次上講，梁丘《易》實有一較好的條件，那就是梁丘賀除從田王孫得到今文《易》的正傳外，又曾從楊何弟子京房學《易》。梁丘《易》兼有二家的知識，在「常識」上判斷，自比其他只有一家的知識者要優。所以本例又可證漢人研究《周易》成果的缺乏，使人知道不必過份相信漢《易》。

---

14 〔原註〕（註七）古文《易》的不為當時學者採信，實已證明當時大家不知那一種本子好。

三 易學源流與今古文版本

要研究今本和漢石經的優劣，尚須分清易學傳授源流，和今古文版本的不同。漢代易學實有政府官學和民間私學的不同；政府官學為今文，民間費氏則為古文。漢石經實為今文《易》的代表，今本則多傳自費氏為古文《易》的代表。在傳授上，官學已遭自然淘汰，古文已經戰勝今文。故筆者發掘的《易》理，和本文的研究。兼可使人對今古問題，有一重新估價的標準。其於學術上的重要可知。

（一）正統官學的源流

根據史籍記載：易自宓戲氏[15]畫卦，文王重卦，孔氏作傳十篇，六傳至田何。田何之後，傳授有明確記載，實無可疑之處。田何傳王同、丁寬、周王孫、服生四人。王同傳楊何，漢初立楊氏博士；丁寬傳田王孫。田王孫傳施讐，孟喜、梁丘賀，宣帝時《易》立施、孟、梁丘三家博士，是為《易》官學的正傳。

漢代《易》官學又有京氏一支，京氏所傳乃是梁人焦延壽的焦氏《易》。焦氏沒有師承，自謂：「嘗從孟喜問《易》。」不過孟氏的學生不肯承認他的學說與孟氏有關，或又謂得自隱者。焦氏的特點，為「以陰陽災異說《易》」。實本「聖人以神道設教」一觀念，而自創的「禨祥派」。元帝時《易》立京氏博士。所以前漢傳京氏的人很多，段嘉、姚平、乘弘都做到郎博士。後漢傳京氏易學的有戴馮、孫期、魏滿等。是為《易》官學的別傳。

梁丘賀本先從楊何弟子太中大夫京房學《易》，後又改從田王孫。所以梁丘《易》兼有京氏田氏的學說，實為官學中的混合派。這一派易學，由梁丘賀傳給他的兒子臨，臨傳給充宗、王駿。充宗傳給

---

15 〔原註〕一作伏犧。

士孫張、鄧彭祖、衡咸。後漢傳梁丘《易》的有范升，范升傳給楊政。又有張興也傳梁丘《易》，《後漢書》〈儒林傳〉謂：張興習梁丘《易》，聚徒教授，著錄萬人。可見梁丘《易》在後漢傳習的盛況。

（二）民間易學的流傳

漢初有東萊費直用古字本《周易》傳授，號為「古文《易》」。費氏講《易》也沒有師承，除書用古文本外，專以〈彖〉、〈象〉、〈文言〉解釋上下經文。費傳琅邪王璜，於是《易》有費氏一支。後漢傳費氏的有京兆陳元、扶風馬融、河南鄭眾、北海鄭玄、穎州荀爽。三國時魏王肅、王弼並注費氏《易》，於是費氏大為興盛。[16]鄭玄本從第五元先學京氏《易》，改從馬融後，又傳費氏《易》義。《四庫總目》謂：鄭氏實出入於二家。然其大旨，要以費義居多，為傳《易》之正脈。[17]西晉永嘉之亂以後，各家的《易》都先後散失，只有鄭康成、王輔嗣二家盛行。唐時撰《五經正義》，《易經》採用王弼注本。自此以後，王本為各家採用，流傳最廣的朱子《本義》也採用王本。王本乃變成自唐以來，流行千餘年的孤本，是為今本。所以現在流行的《易經》本子，實為費氏所傳的古文易學。《四庫總目》謂：「費氏學，自陳元、鄭眾、馬融、鄭玄以下，遞傳以至王弼，是為今本。……孟、京二家之學，當歸術數。然費氏為象數之正傳。」也看出：今本是費氏所傳的古文《易》。費氏《易》一直在民間流傳，並未獲立官學。不料在自然淘汰中，竟能戰勝官學石經。按經書中其他各經，只見今文戰勝古文的例子。惟有《易經》，卻是古文戰勝今文。實乃耐人尋味的問題。

漢代民間易學，尚有高相一支。高氏也是專以陰陽災異說《易》，

---

16 〔原註〕以上俱見《隋書》《經籍志》。
17 〔原註〕藝文本，頁六四。

自謂傳自丁將軍。相傳給他的兒子康及蘭陵毌將永，乃有高氏《易》。
又謂高氏《易》乃傳自費氏傳入王璜[18]。如此，則高氏實仍為費氏的
支裔。

四　漢石經《周易》非善本例證

屈翼鵬先生在《漢石經周易殘字集證》自序中謂：「知此四千餘
字[19]，關係易學至巨。要而言之，則有以下數事：……[20]」屈生先所
謂「至巨」當係指石經之貢獻，乃就「正」的價值方面而講。本文則
證明石經《周易》實非善本，其價值反遠在今本之下，實出乎大家意
料之外。

要證明一件東西的好壞，一件事實的對錯，一定先要有客觀的標
準，足夠的知識為基礎才可。否則，必會變成公說公有理，婆說婆有
理，是非難明的境地。今就以有客觀數理根據的章次部分來考查，讀
者就可以看出今本《易經》實優於石經的明顯事實。

屈先生整理石經《周易》的結果，發現傳自王氏的今本《易經》
與漢石經，在章次上有不同之處。其中：「〈說卦〉傳『震為雷、為龍』
以下六節[21]，王本以震、巽、坎、離，艮，兌為序，漢石經本則以震、
坎、艮、巽、離、兌為序……」[22]《周易》今本章節次序既由費氏傳
來，自為古文《易》原來的次序。此項次序實含有高深的數理，即
「象數」的「數」的部分，惜自漢儒以來，空有「象數」之名，而實

18　〔原註〕見《隋書》〈經籍志〉。
19　〔原註〕按：指石經《周易》殘字。
20　〔原註〕按指：篇第、本別、章次、衍奪文字、異文異體，已簡述於頁四，見前。
21　〔原註〕按在今本第十一章。
22　〔原註〕見屈著：《漢石經周易殘字集證》〈自序〉，頁四，正文卷二，頁四五～四
　　六經文、校語。

不知象數之「數」為何物！[23]費氏本人自然也不知道，否則不但費氏必能早立官學，並且會凌駕官學各家成為易學主流，那是毫無疑問的。

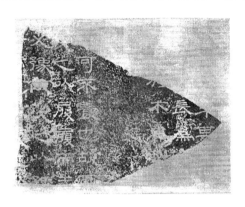

圖一　漢石經《周易》〈說卦〉殘石（右面部分）[24]

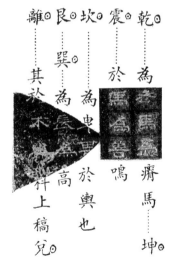

圖二　漢石經碑《周易》部分復原圖〈說卦〉章次不同部分。[25]

---

23 〔原註〕除陳摶、邵雍一系數人外。

24 〔原註〕見《書目季刊》二卷一期，頁五五。

25 〔原註〕照屈先生著《周易》殘字集證卷二頁45、46，卷三第八葉及上圖集補。

（一）從數序和標點上來分析

今本《易經》〈說卦傳〉中，同時提到八個卦的，共有八章，除第三章「天地定位」和第五章「帝出乎震」特殊的二章外，其他六章都照「震、巽，坎、離、艮、兌」的次序。這一次序，我們利用「數序」和「標點」二者的幫助，來加以分析，就能清楚地看出其中的奧妙。

一般人在標點時，都以頓號（、）將八個卦分開，這是還沒有瞭解它們的含義；它們實應成對地被分開，連乾坤一對分成：「乾、坤，震、巽；坎、離，艮，兌。」為什麼要成對分呢？這就是嚴密組織的道理所在，把它畫成卦以後，就很容易看出它的道理來：

☰ ☷　　☳ ☴　　　☵ ☲　　　　☶ ☱

圖三

從卦形的表面，我們就可以看出：它們由每二個相反的卦組成一對，共為四對。乾坤一對：乾由三陽爻組成，坤就剛好由不同的三陰爻組成。震巽一對：震的初爻為陽爻，相反的巽的初爻就為陰爻；震的中爻既為陰爻，巽的中爻就相反的為陽爻；上爻在震巽二卦中，也是一樣的相反。細察坎離二卦，艮兌二卦，也有同樣的情形。即二卦中：一卦為陽爻處，另一卦的對應處必為相反的陰爻。反之一卦為陰爻的地方，另一卦對應的地方定必為陽爻。

上面只是從卦形的表面現象來看，經指出後，看來就非常明顯。但標點的時候仍會點錯，因為在表面現象看來，它們每對都是獨立平等的，那就應標點成下式：

「乾，坤。震，巽。坎，離。艮，兌。」　　　第一式

　　實在這是錯誤的，因為在八個卦的內涵實質上，它們是八個二進數字，即：七（一一一），○（○○○）、一（○○一）、六（一一○）、二（○一○）、五（一○一）、四（一○○）、三（○一一）。[26]從這八個譯出的二進數字中，作精細嚴密的觀察[27]，就可看出：它們是以「對」[28]為基礎，作了三重「交反」的嚴密組織，最後變成一個大整體。茲分析如下：

　　第一重組織：每二卦構成相反的一對：

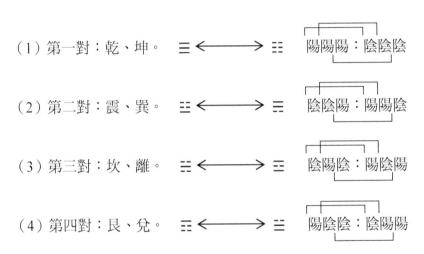

（1）第一對：乾、坤。　☰ ⟵⟶ ☷　陽陽陽：陰陰陰

（2）第二對：震、巽。　☳ ⟵⟶ ☴　陰陰陽：陽陽陰

（3）第三對：坎、離。　☵ ⟵⟶ ☲　陰陽陰：陽陰陽

（4）第四對：艮、兌。　☶ ⟵⟶ ☱　陽陰陰：陰陽陽

　　依照這第一重組織，我們只能看出二卦之間成對的關係。對與對之間看不出有什麼關係，它們似乎只是平等的各別的對而已。這時的標點方式，就要照以上第一式：二卦之間用「逗點」分開、每對之後用「句點」點斷即可。（事實上，絕不是這樣，詳後。）

26　〔原註〕參看筆者：〈重論八卦的起源〉一文。

27　〔原註〕這是很難的一步。

28　〔原註〕（註八）和為「七」的對，即「七、○」「一、六」「二、五」「四、三」各對，其和均為「七」。二進數讀法，一般讀者可參看李約瑟著：《中國之科學與文明》，第二冊，頁第五六二，臺灣商務印書館。卦中以陽爻為一，陰爻為○代入即得。

第二重組織：每二對構成一大對（相反的）。

乾、坤、震、巽、坎、離、艮、兌八卦，依次為二進記數的七、○、
一、六、二、五、四、三等八個數已見拙作各文及上述。乾坤一對，
先乾後坤，在數上是先由乾七的多數說到坤的零（少）。假如照這項
順序，第二對就應從巽說起，成巽震的六一。事實上是從震說起，成
震巽的一六。為什麼呢？因為它們要構成相反的對。第一對既從乾七
到坤零──從多到少。第二對就要從震一到巽六──從少到多。它們
由二對之間的交反，構成一大對──第一大對。坎離和艮兌二對，也
由二對之間交反的同一原則，構成另一大對──第二大對。這時就可
看出乾坤一對和震巽一對的關係密切，坎離一對和艮兌一對的關係密
切。惟二大對之間尚看不出有何關聯。這時的標點方式就要變了：乾
坤一對和震巽一對之間，坎離一對和艮兌一對之間，就不能用「句
點」點斷，只能改用分號。這時就應改標成下式：

「乾，坤；震，巽。坎，離；艮，兌。」　　第二式

實在，這一標點方式，仍是錯誤的。看了下面第三重組織的現象時，
就會明白。

第三重組織：由二大對之間的相反，構成一個大整體。

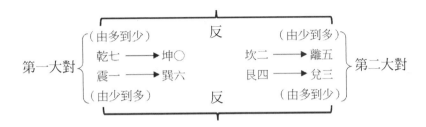

由上面分析的情形，可以明白的看出：由於第一大對和第二大對之間的交反（第三度），八卦構成了一個大整體的總對。其中，第一大對第一對乾坤的由多到少，第二大對第一對的坎離，就剛好和它相反——由少到多。第一大對第二對震巽的由少到多，第二大對第二對的艮兌，也剛好和它相反——由多到少。這時就可以整個的明白過來，今本〈說卦〉的章次，竟是含有這樣複雜高深的易理，說話的先後，都不是隨便的偶然的。八卦之間，既顯示出了這樣複雜的關聯；第二式的標點方式，自然也不對了。第一大對乾坤震巽，和第二大對坎離艮兌之間，也不能用「句點」點斷了。所以「乾、坤」「震、巽」「坎、離」「艮、兌」每對的二卦之間要用頓號（、）；「乾坤」「震巽」二對之間，和「坎離」「艮兌」二對之間，均應用逗點（，）；「乾坤震巽」和「坎離艮兌」二大對之間，才用分號（；）最後才用句點（。）終結，如下式：

　「乾、坤，震、巽；坎、離，艮、兌。」　　第三式

〈說卦〉傳章節的次序，竟含有這樣高深的學理，這就難怪自漢以來，無人能懂。研究經學的人，連標點都無法點對了！因為這是二千

餘年以來，集第一流才智的學者[29]，不能發現的道理。這並不是筆者隨意誇張，因為這是真理的問題，舉新舊事實的例子來比較，才更能明瞭，才更客觀，學術界實應珍惜同行的新發現新知識才對！

由上面分析的結果，明白看出自費氏古文《易》傳來的今本，含有王官失守以前的失傳學理。漢石經《周易》這部分既然和今本不同，自然就不會有相同的學理。所以屈先生說「可述」「關係易學至巨」的這一部分，適足證明石經的散亂。而漢代官學諸《易》，家說大義略同[30]，就使人想到：「今文」傳授的官學《周易》，都沒有好的本子。亦足證明自漢以來，易學一直沒有真正被發掘過。

漢石經《周易》章次和今本不同的這一部分，又究竟有沒有任何特殊的含意呢？我們仍應加以嚴格的考查和分析，才能進一步的加以瞭解。我們仍舊照前例，將乾坤一起加在「震、坎、艮、巽、離、兌」，然後把它們畫出來：

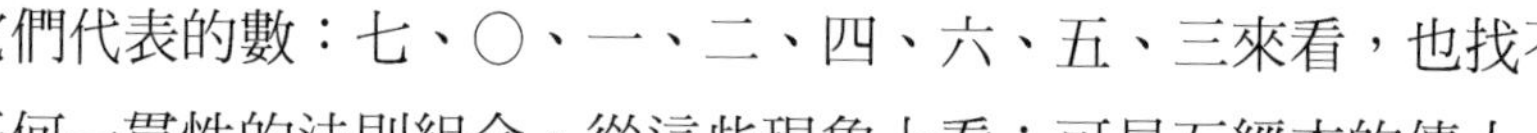

圖四

從上圖看來，從形狀上實已找不到八個卦的任何一貫性變化。而依次由它們代表的數：七、○、一、二、四、六、五、三來看，也找不到在任何一貫性的法則組合。從這些現象上看：可見石經本的傳人，未得到任何象數的知識，那是毫無疑問的。而集王朝的學者選本上石，竟會有這樣的現象，可見「易理」早在漢代即已失傳了。

---

29 〔原註〕試想研究《易經》的包括鄭康成、王輔嗣、程伊川、朱晦庵，那一人不是第一流才智者？

30 〔原註〕劉向校書語。

（二）石經〈說卦〉章次理由的否定

對石經〈說卦〉的章次，前人找出的惟一解釋，係在它們代表的內容，發現：「三男居前，三女從後。」即乾父坤母之後，依次前三名為：震長男、坎中男、艮少男。後三名巽長女、離中女、兌少女的所謂：「六子求索」次序。初看，覺得這種解釋雖還不如今本的理論嚴密有一貫性，但也頗似有理。其實，支持這種說法的這項理由是不夠的。我們從下列問題，就可看出它的矛盾處：

第一，既然依六子求索先後為次序，為什麼在第十章專講父母求索六子時，卻不用本項次序[31]，而要在雜說各物的本章才用呢？

第二，既然本章依六子求索先後次序，特別為異於其他各章而排列；則六子與本章應有特別重要的關係，每節都要有它代表的六子之一，甚或把父母六子置於各該節之首才對。而事實上，本章無一以六子為首；甚且「坎」一節不講中男：

> 坎為水，為溝瀆，為隱伏，為矯輮，為弓輪；其於人也，為加憂，為心病，為耳痛，為血卦，為赤；其於馬也，為美脊，為亟心，為下首，為薄蹄，（為自鳴，為震足）為曳；其於輿也，為多眚，為通，為月，為盜；其於木也，為堅多心。

按「坎再索而得男，故謂之中男」，本節不言六子，且連坎本身代表的「中男」也未提到。「艮」一節不講「少男」：

> 艮為山，為徑路，為小石，為門闕，為果蓏，為閽寺，為指，為狗，為鼠，為黔喙之屬。其於木也，為堅多節。

---

31 〔原註〕按：也用和今本相同之乾坤震巽坎離艮兌次序。

按「艮三索而得男，故謂之少男」，本節也不言及六子，連本身代表的「少男」，都沒有提及。如果是照「六子求索」為序的話，這些都是不合理的。

第三、〈說卦〉最後有五章，其他四章今本和石經同以「乾坤震巽坎離艮兌」為序，惟石經從本章第六節起發生不同。照真理的一貫性來看，石經若照此項次序排列，則其他四章也應照此項次序排列，前後互相一致才合。總各章而看，石經這項現象，顯然不合真理的一貫性，而今本則合。

第四、〈說卦〉最後五章，今本都是首乾次坤，石經也相同。只有這一章，乾坤之後石經呈現紊亂。證以前面各項問題，可知要不是因「家說」立異，就是錯誤所致。若係前一原因，則又證明筆者發掘的易理，在漢代即已失去。否則，必不敢捨精深就粗淺。而且別家亦會指出，不會永遠錯下去。

五　總結

筆者以數理的精密客觀標準，對漢石經《周易》和今本《周易》，作科學的分析、比較和深入的研究。其重要收穫約有下列幾項：

一、證明漢石經《周易》實非善本，使易學界不致走入研究的錯誤途徑。

二、證明今本《易經》，尚保有古文的真正次序。寓有易學的至高原理。實比石經為優。

三、由於今本《周易》傳自費氏古文《易》，而石經為今文《易》。今在今本中發現了這些高深的原理法則。對過去獨重今文、懷疑古文的態度。將使學者重新檢討。有助於將來學術研究當無疑。

四、將易學的高深原理，用例子發揚出來。更客觀、更明白。並提
　　示了科學研究的方法和態度。

　　筆者本項研究的學理，實已在數年前，《孔孟學報》十二期發表的
〈重論八卦的起源〉一文中即已介紹。惜國人不能看出它的重要性。
筆者此項研究成果，若在漢清之際有經學的時候，有第一流的學者如
漢儒賈董馬鄭、宋儒程朱、明儒王陽明能認識的時候，能在太學博士
中占一席，必能被承認為易學的一宗派無疑。[32]

　　筆者研究的成果，既然對國內學術界無所幫助。為什麼不送到國
外發表呢？有人這樣問，也有的學者（包括大學校長、系主任）建議
筆者這樣去做。惟筆者認為國人研究的成果，總以先貢獻自己的國家
為合。且不能讓人家和後世笑我們一代「識者無人」！[33]

　　　　── 本文原發表於《女師專學報》第5期（臺北：臺北女子師範
　　　　　　　　專科學校，1974年5月），頁1-12。

---

32 〔原註〕讀者可想想筆者有否浮誇？
33 〔原註〕（註九）〈重論八卦的起源〉一文，原由張師基瑞推介給當時主編《孔孟學
　　報》十一期的蔣院長慰堂師，張師得復函謂：「確有創見，惟本期稿件已足，交下
　　期編輯委員會審查」。該文於《孔孟學報》十二期發表後，曾約農先生閱後來函
　　謂：「……以二進法解釋伏羲畫卦之形成與秩序，雖由德儒萊布尼茲發其端；而演
　　成全套學說，自成系統，實臺端之發明，至為精湛。……」但國內經學界毫無反應
　　影響，知經學界尚未能認識此項以科學方法發掘的新知。

新數學和舊光榮

陳道生[*]

一　從新舊數學觀念說起

二　撿來的光榮

三　光榮的失去

　　（一）卦圖二進法則的失傳

　　（二）曙光的一現再隱

　　（三）光榮的失去

四　光榮的爭回

　　（一）推到二千五百年前

　　（二）推到四千年前

五　應用的推介

一　從新舊數學觀念說起

　　民國十七年，丁山氏在《中央研究院歷史語言研究所集刊》第一集，發表一篇探討中國數字的文章——〈數名古誼〉。這篇文章，一開始就引汪中〈釋三九〉中的話，作為立論的出發和根據，一問一答

---

[*] 【編案】初刊抽印本於作者姓名後附：「於台北市立女子師範專科學校　一九七一、五、十五」等語。

的說:「數惡乎始?曰:『始於一』。一奇,二偶。一二不可以為數,二乘一則為三,故三者數之成也。積而至十則復歸於一。」我們從這一段話,可以看出二氏和其他研究過我國數字的學者[1]一樣,對數學方面的知識和認識,實在是過於淺陋。但丁氏這篇文章,或許由於發表的刊物和出版的機構是具有權威性的,所以發生了很大的影響[2],後來的人在文字學上解釋到數字的時候,幾乎都是採信了丁氏的說法。

其實,我國數字的起源,數千年來,學者們一直沒有發掘出它的真相。等到筆者著〈重論八卦的起源〉[3]一文指出:𠄡[4](甲骨文五)字和離卦(☲),同樣是二進記數的形式:一〇一,它們同樣是上面一橫畫、下面一橫畫、中間二畫,不過離卦是用二畫平排的陰爻(--)來表示沒有,而五(𠄡)字是用二畫交叉(✕)的形式來表示沒有,才露出一線新曙光。筆者曾發表〈八索、八卦與二進數〉和〈八索、八卦與二進數補遺〉[5]二文,證實我國遠在殷代之前,早已使用了一段很長時期的「二進記數法」。

為什麼「一二不可以為數」呢?這是毫無根據的!人類只要用到「一」就可以造成另一系統的數——二進位系統的數來。它和十進法一樣,配合著零就可以記出無窮無盡的數來。用到「二」時,就又可以再造成另一系統的數——三進位系統的數來,它由「一、二」兩個數字配合著零,也同樣可以記出無窮無盡的數來。二進位是以「二」為底的一種記數法,它的第一位為二的零次方(2^0),第二位為二的一次方(2^1),第三位為二的二次方(2^2),第四位為二的三次方

---

1 〔原註〕(註一)幾乎都是文史界沒有數學修養的人。

2 〔原註〕(註二)一般人常常因自己對某些事沒有認識,而依賴名人、古人註疏、有名的機構和刊物的意見。這是做學問的大忌,應引以為弁。

3 〔原註〕載《孔孟學報》第十二期,民國五十五年九月。【編案】已收錄本書。

4 【編案】此處字形原應為先生手繪,今運用「合17491」之字形表示,後文同。

5 〔原註〕載《國立臺灣師範大學校友月刊》第54、55期學術欄。

（2^3），……這樣一直下去，以至於無窮。三進位則是以三為底的另一種記數法，它的第一位為三的零次方（3^0），第二位為三的一次方（3^1），第三位為三的二次方（3^2），第四位為三的三次方（3^3），……這樣一直下去，也可至於無窮。我們現在大家使用慣的十進法，也只是記數法中以十為底的一種而已，所謂「個、十、百、千、萬、……」，也只是十的零次方（10^0）、十的一次方（10^1）、十的二次方（10^2）、十的三次方（10^3）、十的四次方（10^4）、……罷了！事實上，自二以後的每一「自然數」，都可以用做記數的底，而產生不同的記數法。我們在日常生活中用到的進位法，和十進法不同的，實在也不少，例如：十六兩為一斤，每十六進位回歸為一，就是十六進位法。時間的計算，每六十秒為一分鐘，每六十分為一點鐘，就是六十進位法。

我們日常使用進位法的時候，實在也不只使用單純的一種。有時是混合起來使用的，例如：算盤打到五（四個算珠再要加一個）時，我們就要退掉原有的四個算珠，另在頂上推下一個算珠來表示，所以每到五就再變為一（一個算珠），這就是五進位法；然後再照個、十、百、千、萬……的十進系統，每位積到十時，再進位變為一；這就是混合二種進位法的「五、十」進位法。因為最通用而又為我們最慣用的是十進法，所以我們在使用別種進位法時，也就常常把它和十進法連合起來使用。例如：斤兩的十六進位法，在斤以後，不再使用十六進位法，而改用十進位法，變成×斤、×十斤、×百斤，……。時間的計算，秒、分、時以後也不再用六十進位法，而改用十進法，變成×小時、×十小時、×百小時、……。這些都是在我們生活當中習慣了，而沒有注意到的。

現在我們對記數和進位法，已經有了初步的認識。為著再進一步證明：「一、二」是可以為數，而不是「不可以為數的」，特將只用到

一，僅使用「一、○」二個數字的二進系統記的數，和只用到二，僅使用「一、二、○」三個數字的三進系統記的數，和大家日常使用的十進系統記的數，列一對照表如下，大家就明白「一、二」中的任何一個數，都是絕對可以為數的！

表一　一到十五在三種進位制中的記數情形

十進位制				三進位制				二進位制			
10^3	10^2	10^1	10^0	3^3	3^2	3^1	3^0	2^3	2^2	2^1	2^0
			1				1				1
			2				2			1	0
			3			1	0			1	1
			4			1	1		1	0	0
			5			1	2		1	0	1
			6			2	0		1	1	0
			7			2	1		1	1	1
			8			2	2	1	0	0	0
			9		1	0	0	1	0	0	1
		1	0		1	0	1	1	0	1	0
		1	1		1	0	2	1	0	1	1
		1	2		1	1	0	1	1	0	0
		1	3		1	1	1	1	1	0	1
		1	4		1	1	2	1	1	1	0
		1	5		1	2	0	1	1	1	1

從上面表一可以看出：除零（○）以外，十進位制中要用到從一到九等九個自然數，三進位制中少到只用「一、二」兩個數，而二進位制中則僅僅用一個「一」就夠了。但是十進位制只用到一個數位，就可以記九個數（一到九）；三進位制則需要用到三位；而二進位制則僅僅記到八個數（一到八），就用了四個數位之多。所以它們是各有優

點，也各有缺點。就中二進位制記數法，只僅僅用「一、○」二個數字，最為簡單。而數位多的缺點，後來也經利用電的設計得到克服，因而發揮了無窮的力，竟因而創造了一個新時代——電子計算機的時代。新式的高速電子計算機（俗稱電腦），就是使用二進位制的。目下在先進的國家中，從國家的預算、稅收、行政管理，……到私人公司的企業管理、工廠的自動化、以至學校的註冊。從和平的探月太空旅行，到戰爭的飛彈彈頭，莫不利用電腦。我們每人的身分證上，都有一個供電腦使用的號碼。所以也可以說二進位制記數法透過電腦，控制了我們每一個人和每一個人有關的重要事情——包括生死和禍福。

二　撿來的光榮

這一創造了電子計算機時代的二進位記數法，是誰發明的呢？假如我們翻查早一點的參考書，如十幾年前的《美國百科全書》等，在「二進記數法」條內會告訴我們：這是萊布尼茲發明的，但顯然中國早在四千年前就應用過了。[6]

這是怎麼一回事呢？原來德國大數學家兼哲學家萊布尼茲，在一六七九年發明二進位法：僅用零（○）和一兩個數字，記一切數的原理。但當時似乎[7]尚未完成，未在任何書刊發表。等到一六九七年萊氏和耶穌會士白進（Bouvet）通信後，開始討論到二進法和《易經》，一七○一年白氏送給萊氏一個木雕版印刷的《易經》六十四卦圓方圖，白氏在信上認為《易經》卦圖和早先萊氏寄給他的二進數表，二者配合起來竟若合符節。萊氏收到卦圖後加以仔細研究，發現

6　〔原註〕（註三）一九五四年版《美國百科全書》。

7　〔原註〕（註四）萊氏著作現在尚未整理完竣，大部尚未出版，無從確定。

確實和他發明的二進算法如出一轍，萊氏大受鼓勵。他親手在圖上記
上從二進數翻釋出來的數值（見圖一）。

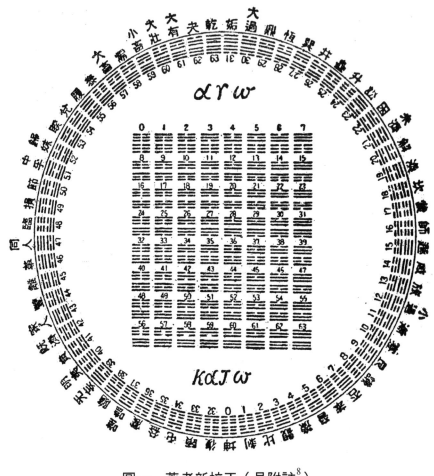

圖一　著者新校正（見附註[8]）

8　〔原註〕附註：按《周易討論集》劉百閔譯〈萊布尼茲的《周易》學〉一文，及
　　《中華雜誌》蔡懋棠重譯萊布尼茲〈與白進神父論《易經》書〉一文，均係譯自日
　　本五來欣造博士著：《儒教及於德國政治思想的影響》一書，二文均附有此圖，惟
　　均有誤。劉氏介紹萊圖最早，著者校正後之圖，則為國人所見第一個正確的圖，讀
　　者引據時請按學術界慣例註明。

當時萊氏對這種發明高興得不得了，於是他說：

我的新的不可思議的發現——就是對於理解三千餘年前[9]，中國最初的一位君主，且為唯一的哲學者伏羲底古代文字的祕密之發現，對於中國人應該是一件愉快的事，應該允許我們做中國人吧！為什麼呢？因為這書，……可惜中國人已經失去了他二千年前傳說的文字祕密。我居然簇新地發見了到如今所沒有試用過的計算方法。這新方法，對於一切數學投射了新的光影，並且藉著這方法的幫助，對於人類所難達到的學問，亦容易理解得多了。[10]

萊氏在一封給白氏的信裡又說：

這「易圖」是留傳於宇宙間的科學中之最古紀念物。但是，依我的愚見，這四千年以上的古物，數千年來沒有人能瞭解它的意義，它和我的新算術完全符合。……我告訴你，我如沒有早先發明二元算術，我也不能明白六十四卦的體系和算術圖畫的目的，而會望洋興嘆，不知所云。我發明這算術，距今二十年，我認定這以○與一簡括的算術，把數的科學，從來局部某部分的，而進於更完全的領域，這是有不可思議的效果的。但我沒有成功更大的效用底時候，我暫時保留發表了。以後又因種種的事業和默想，把我對於這點上的努力，妨礙不少，因而在任何刊行的書物上，我遂沒有把它發表問世。不料到了現在，偏於闡明中國古代的紀念物上，發生重大的效果，並獻於

---

9 〔原註〕（註五）與後面「四千年前」有矛盾。此處純據劉氏譯文。

10 〔原註〕Foucher de Careilt V11, pp.398-399。

貴師參考，不勝喜悅之至。[11]

卦圖和二進算法的關係，由於它在西洋的發現者，是世界有名的大數學家[12]兼大哲學家的萊氏，所以在西洋學術界，受到很大的注意；以後學者們提到《易經》、提到二進算法時，總會敘明這段奇妙的發現。尤其德國漢學家衛禮賢（Richard Wilhelm）和衛德明（Hellmut Wilhelm）父子對《易經》的翻譯研究和介紹，使這件事得到進一步的發揚，才能普遍的得到學者們的採信。在重要而通俗的百科全書中，才會有中國人最先應用二進記數法的記載。所以我們這項光榮，是完全由萊布尼茲和其他國際學者們的發現和研究而來的。可以說是我們撿得來的，而不是我們自己掙得來的。[13]而有人說是我們附會外人的二進法，正是不明這段歷史真相的發展。

三　光榮的失去

作者後來再查新版《美國百科全書》時，偶然發現在「二進記數法」一條內，已刪去有關中國人早就應用過的部分。經仔細研究追查它的原因，發現是由於國人的自毀，和受了英國漢學家[14]李約瑟（Joseph Needham）氏著：《中國科學技術史》（*Science and Civilisation in China*）的影響。現在從歷史發展的遠因分析經過情形如下：

---

11 〔原註〕（註六）以上譯文均根據《周易討論集》內，劉百閔譯：〈萊布尼茲的《周易》學〉。原文為日本五來欣造博士著：《儒教及於德意志政治思想之影響》內之一篇。

12 〔原註〕（註七）微積分的發明人。

13 〔原註〕其實我們是似乎拒之猶恐不及，詳後。

14 〔原註〕（註八）原為生物化學家。

（一）卦圖二進法則的失傳

原來八卦圖本是古代舊有的東西（詳後）。因為古代受到書寫工具等的限制，僅由掌管的王官世代相傳。《左傳》記載韓宣子出使魯國時，參觀魯國王室的藏書，見到《易象》和《魯春秋》，贊嘆著說：「周禮盡在魯矣！」當時卜筮在各國（包括晉國）頗為普遍，例如：僖公十五年，晉獻公筮嫁伯姬於秦，遇「歸妹」之「睽」。威公十六年，晉楚戰爭，晉筮遇「復」。（以上見《左傳》）晉公子重耳筮有晉國，得貞屯悔豫皆八。（見《國語》〈晉語〉）。其他尚有董因筮迎晉公子於河，得「泰」之八。……在占筮這樣流行的晉國，以韓宣子的顯貴，還要到魯國王室去，才能看到《易象》，其他種種，我們就可以想見了。據傳河圖就是八卦，周初尚藏在太廟，後來在火中焚燬。按周室文物學術散失的情形，歷史上多有記載。《史記》〈歷書〉謂：「幽、厲之後，周室衰微，……疇人子弟分散，或在諸夏，或在夷狄。」〈自序〉又謂：「……重黎氏世序天地……當周宣王時，失其守而為司馬氏，……惠、襄之間，……去周適晉。」先師黃離明先生指出周代王官失守實有三次：一在厲王流彘之變、二在幽王犬戎之亂、三在惠、襄間子頹叔帶之難。[15]秦代統一以後，將書籍收歸王室，焚禁民間藏書。楚漢之爭，書籍盡在咸陽焚燬。所以我們在今天，若憑其他典籍的有無記載，來論某事的有無，實在會犯上邏輯上「大前提不周遍之過」的。[16]過去大家討論八卦的有無，都是犯上了這種毛病。

按秦代禁書，不禁醫藥、種樹、卜筮之書，所以《易經》並沒有遭到焚燬。不過根據上述當時學術為少數王官所執掌的環境，民間由於書寫工具的限制、需要的不同和知識程度的差別，我們可以想見：當時在民間流傳的，不外是文字的誦抄和卜筮技術的部分。它的真正

---

15 〔原註〕見黃建中先生：《中國哲學史講義》，頁八。

16 〔原註〕今天從事歷史考證、版本校刊工作的人，大概都犯上了這種毛病。

內容和連韓宣子都難得一見的《易象》等圖象的部分，只靠面授口傳，
是很容易失去的。但後來在宋代傳出的卦圖中，經後人考證的結果，
發現在漢代魏伯陽的《參同契》中，就有這樣的圖形。我們知道漢代
和周代之間，僅隔秦代的十幾年。所以這些圖除魏伯陽自創的外，很
有可能係原來留傳下來的。而魏伯陽自創這一點的成立先決條件，是
需要先嚴密分析和考查《易經》本身（包括《十翼》）的資料，證明
裡面確實沒有卦圖的痕迹時，才能獲得成立。但可惜過去從沒有人能
夠做到這點！而根據筆者近年來的研究，卻發現〈說卦傳〉中確實隱
藏著一個奧妙的卦圖。[17]由此可見卦圖的祕密，確實尚有一部分保存
在遁世派的道家手中；而利祿派的官學《易》家，則早已失去了這項
祕密[18]。雖然書本上尚有文字記載的線，但他們早已看不懂了！

（二）曙光[19]的一現再隱

上文指出的事實和推論，果然就得到一件明顯事實的支持。那就
是上述萊布尼茲的發現：六十四卦圓方圖（見上面圖一）和先天八卦
圖，裡面隱藏著二進算法。萊氏發現含有二進算術的這些卦圖，原來
是在九百幾十年前，由宋代的康節先生邵雍堯夫傳出來的。並且除邵
氏本人的著作外，還有散在各家的語類、筆記中的許多可靠的記載，
能夠確實證明：邵氏知道易圖的安排是照二進數理法則的。邵氏並且
還根據這項二進數理，自創了一套以二進法則為經的歷史哲學。[20]不
過當時叫做「加一倍法」。有很多學者想跟他學，他都不肯教。我們
為節省時間，先就明儒黃梨洲先生整理好的《宋元學案》中〈百源學

---

17 〔原註〕詳後文及筆者：〈重論八卦的起源〉等文。

18 〔原註〕這也是根據分析他們的著作的結果，才知道的。

19 〔原註〕（註九）為什麼不是黎明而只是曙光呢？因為邵氏並未明白傳出，當時的人
不清楚，後世的人也不曉得，一直爭論了八百年！

20 〔原註〕見邵著：《皇極經世書》。

案〉的部分，摘出幾條來加以證明：

> 章惇……欲傳數學，先生謂：「須十年不仕，乃可。」

> 明道云：「堯夫欲傳數學於某兄弟，某兄弟那得工夫？要學須是二十年工夫。堯夫初學於李挺之，師禮甚嚴，雖在野店，飯必襴，坐必拜。欲學堯夫，亦必如此。」

> 明道聞先生之數既久，甚熟。一日，因監試無事，以其說推算之，皆合。出謂先生曰：「堯夫之數，只是加一倍法。」

> 百家謹案：先生數學，不待二程求而欲與之。及章惇、邢恕則求而不與。蓋兢兢乎慎重其學，必慎重其人也。上蔡云：「堯夫之數，邢七要學，堯夫不肯，曰：徒長奸雄。章惇不必言矣。」

這都是重要學者記載和整理出來的資料，他的可靠性，自然是相當高的。康節傳出的這項數學，使他在宋代學術和易學方面，成為一派宗師。這就難怪他這樣慎重其事，不肯輕易傳人，而終於又失傳了？以至一直又等了六個半世紀，才又為萊布尼茲重新發現。但國人自元、明、清以來，一直在攻訐邵氏一派的易學，最近他們的作品尚以胡渭等的說法為定論，怎能不會令人嘆息國人的昧於溝通國內和國際知識呢？[21]

（三）光榮的失去

　　這一創造了一個電子計算機時代的二進數學，在邵康節的時候即

21　〔原註〕（註一〇）萊布尼茲的發現距今二百七十年，三十年前即已有中文翻譯資料。作者〈重論八卦的起源〉一文，發表於《孔孟學報》十二期，也已有五年之久。

九百多年前就已經用過，乃是一件千真萬確的事實，這已經在上節引用可靠的資料加以證明的了。但事實上，這項算法是由五代末宋初的希夷先生陳摶圖南傳下來的：希夷傳種放明逸，種放傳穆修伯長，穆修傳李之才挺之，之才再傳給康節的。所以根據明確的記載資料，能夠證明二進算法，在陳希夷的時候，也就是離現在一千多年以前，即已經在中國應用過，是一件十分明確的事實。關於這二點，我們是應該不吝明白指出的！但這項八卦中包含的數學，傳到邵康節以後就沒有再傳下來，這是一件十分可惜的事！除帶來電子計算機時代這件事不講外[22]，試問九百年來，多少第一流聰明才智之士，浪費了他大部分的時間在考證「先天」易學和易圖的上面，而結果卻得來錯誤的結論。而這項錯誤的結論，除誤了後來學者的研究外，現在還一直在大學及研究所的講堂上繼續誤人。其實所謂先天卦圖，在〈說卦傳〉中確實可以找到根據（詳後，筆者的新發現）。而〈說卦傳〉由於《史記》〈孔子世家〉有明白記載，晉太康二年發現的汲冢《易經》中又有一篇似〈說卦〉，現在整理出來的熹平石經《周易》中，〈說卦〉章次又和今本不同[23]，均證明說卦一章不是後來偽造的，因為假使是後來偽造的，則來源只有一個，自然不會有不同的事情發生。而何況作者近年來在〈說卦傳〉中發掘出來的奧秘，是自漢代以來一直未為世人所知的。

　　自從宋代疑古的風氣盛行，歐陽修做了一篇《易童子問》，懷疑〈說卦傳〉等外，以後南宋的葉適、趙汝談都有懷疑的看法，一直到明清，懷疑的人更多了。但他們的工作，主要是在懷疑《十翼》的作者，認為並不是孔子。其實這點是不重要的，孔子的許多知識，都是

---

22 〔原註〕（註一一）電子計算機的設計成功，實賴二進算術的發明和卡片打孔系統（Punched Card System）的設計成功。

23 〔原註〕見屈萬里先生著：《漢石經周易殘字集證》，中研院。【編案】臺北：中央研究院歷史語言研究所，1961年出版。

向別人虛心學來的，我們相信這些資料如果是由史官傳出來的，比孔子說的要好得多。我們進一步再仔細分析這些人的工作，發現他們的結果仍舊是「懷疑」，而不是用明白證據得出的正負結論。我們知道：在科學的研究歷程上來說，懷疑只是研究的開始，而並不是終結。但我們的學者們卻把別人的懷疑當作確定的結論來用，因此就把這門學問越發弄得糾纏不清了。

八卦圖傳出後，因為失去了它所根據的二進數學知識（詳前），宋後的七八百年中，也和《易經》的其他資料一樣，一直引起爭論。有名的大師如黃宗羲著《易學象數論》，黃宗炎著《圖書辨惑》，毛奇齡著《河圖洛書原舛篇》，李塨著《周易傳註》，胡渭著《易圖明辨》，張惠言著《易圖條辨》，都利用資料表面牽連的考證方式，加以極端的攻擊。其中尤以胡渭的《易圖明辨》影響最大。後人都就以胡氏的看法為定論，認為易圖的問題已經解決了。例如梁啟超先生在《古書真偽及其年代》卷二第一章說：「……其中尤以《易圖明辨》為最透澈博洽。他們竟把數百年烏煙瘴氣的謬說打倒了。……現在案既論定。……」屈翼鵬先生在《先秦漢魏易例》〈自敘〉[24]中也謂：「至於圖書之學，於例既無與於易旨；又皆不重訓詁，是其說最無可取。故黃梨洲《易學象數論》出，首發其覆。毛西河、胡胐明諸家繼起，抉其源而斥其妄，於是其說之無與於易學，乃成定讞。」其實在筆者依二進易理重新恢復的八卦圖中，實可得出重要的原則，解決過去無法解決的重要易學問題[25]，並不是「無與於易旨」的；他們的看法實在也未成為「定讞」；相反的，根據筆者的發現，胡渭他們功力所聚而成的書，實在都可放到廢紙簍中去了！從這點我們可以看出：

---

24 【編案】屈萬里：〈先秦漢魏易例述評〉，《幼獅學報》第一卷第二期（1959年4月），頁1-66。

25 〔原註〕作者未發表的原稿至少有幾位易界前輩在幾次審查中看過。

瞭解學術內容的重要。不懂內容而光靠資料表面牽連的考證來研究學問，是很危險的！

　　上面介紹的關於八卦圖的爭論，因為他們都沒有具備「二進算術」的知識，都是盲目的。故我們可以叫它「瞎爭」。這種「瞎爭」的結果，隨著現代東西交通的發達，由於知識的流傳遂影響到國外漢學家的研究，終於破壞了萊布尼茲和衛禮賢、衛德明等漢學家，送給我們的這件光榮——二進法中國人早在四千年前（萊布尼茲的說法），或九百年前（衛德明修正至邵康節的時代）就已經應用過了。

　　在英國學者李約瑟氏的名著《中國科學技術史》中，我們可以明顯的找出這類影響的結果來。他說：「萊布尼茲在《易經》上的這三種發現，後期的西方哲學漢學家，只就它的表面價值來加以接受，並未顧到現代對它的真正性質和來源的研究。」[26]「伏羲卦序完全和萊布尼茲的記數法相合，……事實上，伏羲卦序根本不是古代的東西，至多只能追溯到宋代哲學家邵雍和他的皇極經世書。」[27]「這些說法[28]，自然不能採信，發明六十四卦的人只是簡單地知道：利用陰爻陽爻二個基本元素，可能作成所有的排列和組合。這只要一經開始，很明顯的就可以按照幾種相等的邏輯順序來作安排……古代的演卦者在用陰爻或陽爻作成六十四卦的反覆排列中，似乎可以認為他們已經做了簡單的二進算術運算，但實在，他們這樣做時自己並沒有理解到。……假如演易的人，並沒有覺察到二進算術，也沒有應用到它。則萊布尼茲和白進（J. Bouvet）的這件發現，在意義上講，也僅是邵雍所解釋的《易經》系統剛好和包含在二進算術中的系統相同

26　〔原註〕卷二，頁三二三。

27　〔原註〕頁三四一。

28　〔原註〕按：指德明和華勒（Arthur Waley）等說：可見中國人知道二進法和位置值的。

而已！」[29]李氏這部著作出版後，很受到重視，據說（上次中副討論時[30]）美國麻省理工學院等著名大學，都採為科學史一課程的主要參考書。所以李氏對於卦和二進算法有關這點的懷疑，馬上就發生影響。在新版的《美國百科全書》中，已找不到舊版（如一九五四版）中：「中國早在四千年前就應用過了。」的記載了！這項祖先留給我們的光榮，終於失去了。而國內有的學者尚不知道這點，在一次會議中，一位從德國回來的學者，尚謂萊布尼茲發現我們的《易經》中有二進算法。而不知最近這事在國際上的被推翻，和作者五年前發表的新證據。

四 光榮的爭回

八卦圖是不是「五代道士玩的把戲」？[31]或是宋人的東西呢？二進算術和八卦究竟有沒有關係？或確實只是表面的巧合？又八卦假如確實是出於二進算法，那麼它的產生時期是九百年前呢？一千年前呢？還是真如萊布尼茲相信的四千年前呢？或許還要早呢？要回答這些問題，我們就應該先回想一下：「我們怎樣能夠認知事物？怎樣能夠辨別事物的真假對錯？」根據幾千年來人類對知識探討的結果，這答案不外是：「我們憑理性，我們憑經驗。」前者是根據真理的一貫性由邏輯推知，後者是根據經驗的檢證性由經驗驗知。而後者也就是科學的最大特色。我們現在就根據這二項原則，來對這些問題加以探究。

---

29 〔原註〕頁三四二～三四三。

30 【編案】「中副討論」蓋指「五十七到五十九年〈中央日報〉副刊的「易經與科學」論爭」，見陳道生：〈中庸和二進記數的隱密關係〉，已收錄本書，頁187。

31 〔原註〕（註一二）梁啟超：《古書真偽及其年代》中語，頁七十九。

（一）推到二千五百年前

探究八卦的最原始資料，莫過於《易經》本身。要知道八卦是不是和二進算法有關，最可靠的途徑，莫過於直接分析《易經》本身的資料。按〈繫辭上傳〉第十一章謂：「易有太極，是生兩儀，兩儀生四象，四象生八卦。」這裡所謂的「太極」，漢儒的注解謂即「太一」，因為「一」在「自然數」中是最先的一個，每次進位時又回到一，所謂數極於一，所以用極字加個太字來形容它，因此太一也就是一。由此說明了八卦由「一」而來。[32]一生二（儀）是很自然的順序，沒有問題。二生四（象）我們就會發生疑問了：為什麼不先生三呢？三是緊接二後在四之前的呀！四生八（卦）也是：為什麼不先生五、六、七？而要跳三位然後生八呢？「一、二、四、八」四個數字究竟它們有什麼特別的地方？我們把它們仔細的加以考察，就會發現：它們是二的零次方（2^0）、二的一次方（2^1）、二的二次方（2^2）、二的三次方（2^3）。我們在上面表一中，可以查出：它們剛好就是二進的記數系統。根據這件明顯的事實，我們就可以問了，既然八卦（或六十四卦）是純粹依照邏輯順序作有秩序的排列問題，那麼每卦都由三爻（八卦）或六爻（六十四卦）排列而成，自然是排了第一卦就接著排第二卦、第三卦、第四卦……這樣一卦接一卦的一直排列到八或六十四個卦了，怎麼會有「一、二、四、八」的發生順序呢？我們仔細觀察二進記數的情形（參看表一），一位的「自然數」只有「一」（太極）再加上人為數的「○」，自然只有「二」（二儀）種了，那裡會有第三種元素出現呢？[33]一位數過去是二位數，二位數只

---

32 〔原註〕試將陽爻在我國文字符號中比較看看，除了「一」外，還有沒有別的形狀和解釋。

33 〔原註〕見表一第一行或第一位。

有「一○」和「一一」兩個，加上「○」和「一」[34]，自然不會多於，也不會少於四（四象）了，二位數再過去就是三位數，三位的數只有「一○○」、「一○一」、「一一○」和「一一一」四個，加上前面四個（一位數和二位數）自然是八個（卦）了。所以一二四八的次序，完全是照二進記數的數位發展而來。有了作者這項分析以後，可知〈繫辭傳〉的作者，當時尚知道八卦是根據二進算法而來的，應是不爭的事實了吧？

我們現在再考查〈說卦〉「天地定位」章，這章說：

> 天地定位，山澤通氣，雷風相薄，水火不相射，八卦相錯，數往者順，知來者逆。是故：易，逆數也。

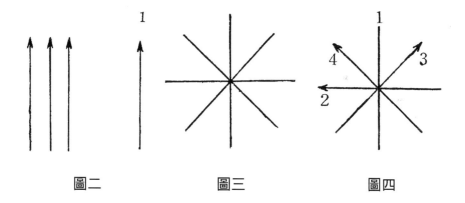

圖二　　　　　　圖三　　　　　　圖四

---

34 〔原註〕當然，為整齊化起見也可寫成「○○」和「○一」。

圖五[35]

在考查之先，我們先利用一些行為科學——心理學的技術來作幫助。作者根據八卦有八個方向的特性，設計了一個測驗：利用四根竹籤，先將一根頭向上垂直擺好，然後叫被試著取另外三根，在垂直擺好的這根上面（如上圖二）[36]，擺成圖三。結果每次測驗的結果都是照圖四擺得最多。過去謂「天地定位」這一章，是指示畫八卦時的次序的。邵康節他們即是照這章畫先天圖的。但邵氏傳出的圖如果照現在的進位順序由下向上譯成二進數值時，就不符合。[37]現在再依照根據人類心理測出來的圖三來畫，這就變成圖五。這圖是第二根「山澤」和第一根「天地」，自右至左成直角交叉成十字（見圖四-2）；然後「雷風」一根自左下角向右上角，「水火」一根自右下角向左上角擺。照這種成十字交錯的方法，擺出來的八卦圖，就合乎「八卦相

---

35 【編案】本圖轉引《教育論叢：陳道生紀念專刊》所附圖。

36 【編案】即前頁圖二，原作「如右圖二」，今以重新排版改之，下文同。

37 〔原註〕見筆者：〈重論八卦的起源〉，《孔孟學報》，第十二期，頁二二八。【編案】本書頁3。

錯」一條件。[38]結果就明顯地合乎〈說卦〉最後（定位以後的）五章，在同時提到八個卦時的先後次序。這五章是：

第七章

乾，健也。坤，順也。震，動也。巽，入也。坎，陷也。離，麗也。艮，止也。兌，說也。

第八章

乾為馬，坤為牛，震為龍，巽為雞，坎為豕，離為雉，艮為狗，兌為羊。

第九章

乾為首，坤為腹，震為足，巽為股，坎為身，離為目，艮為手，兌為口。

第十章

乾，天也，故稱乎父；坤，地也，故稱乎母；震……長男；巽……長女；坎……中男；離……中女；艮……少男；兌……少女。

第十一章

乾為天，為圜，……；坤為地，為母，……；震為雷，為龍，……巽為木，為風，……坎為水，為溝瀆，……；離為火，為日，……；艮為山，為徑路，……兌為澤，為少女，……。

它們的順序是：「乾、坤，震、巽；坎、離，艮、兌。」我們根據萊布尼茲以來，和筆者在〈重論八卦的起源〉等文重新證明的：「陽爻

---

38 〔原註〕這點過去一直是解釋錯了。

就是一，陰爻就是○」代進卦內去，我們就能在前面表一查出：「乾（☰）就是一一一[39]或七[40]，坤（☷）就是○○○或○。」它們是含有「○」的一對，總和是七（七加○）；從○再數過去，在數序上自然是一、二、三了，所以照前例「震（☳）就是○○一或一，巽（☴）就是一一○或六」果然就是含有「一」的一對，總和也是七（一加六）；「坎（☵）就是○一○[41]或二。離（☲）就是一○一或五。」也果然就是含有「二」的一對，總和也是七（二加五）；「艮（☶）就是一○○或四，兌（☱）就是○一一或（即一一）或三。」又果然就是含有「三」的一對，總和同樣也是七（四加三）。我們再對照圖五來看，就可以發現它們和記載資料的吻合情形了。這圖：單數照一三五七的次序，依順時針的方向（往）排在左邊；雙數照○二四六的次序，依反時針方向排在右邊，從上面念下來是六四二○，剛好符合「數往者順，知來者逆」一條件。這圖從下自左至右，依照次序數上去（逆），剛好是○一二三四五六七；從上面數下來，就剛好相反；符合「易，逆數也。」一條件。[42]這是根據原始資料客觀分析的結果，完全符合經驗的事實。上面測驗的部分，任何人都可以去復按，看看是不是相符。科學的特性，就在可以由經驗去重新檢查，驗證對錯，無法憑強辯來成立。假如你說某個化學反應式或方程式可以得出什麼，我們若用實物來實驗或代進去看看，就馬上可以知道。八卦是不是照二進法來排的，我們也只有根據資料，代進去看看，結果是果然如此。假如有人要離開理性和經驗來強辯，我們總不能把他看做神智清明的人吧？

---

39 〔原註〕二進記數，後同。

40 〔原註〕十進數，後同。

41 〔原註〕即一○，最上面的一個零無用，照習慣可以省去。

42 〔原註〕過去對這點的解釋都是模糊不清，離譜太遠或太玄了，不能由經驗辨別對錯。

　　以上是筆者根據《易經》中〈繫辭〉和〈說卦〉，分析得出的結果。〈繫辭〉和〈說卦〉二篇，即使沒有作者的這些新發現[43]，就照疑古派的說法吧，也應是春秋戰國間的作品（其實何止）了，算它是二千五百年前的總不為過吧？至遲到西漢也有二千多年了！所以根據筆者這項研究，「至多只能追溯到宋代哲學家邵雍和他的《皇極經世書》」的說法，顯然是應該加以修正的。

（二）推到四千年前

　　作者在上節客觀分析《易經》中資料的結果，證明八卦確實是根據二進位數學原理而來。並且由於他們在〈繫辭〉、〈說卦〉等處明白的說話，證明他們並不是「做時自己並沒有理解到」，也不是「演易的人，並沒有覺察到二進算術。」[44]所以就使人獲得進一步的推理，即：我國古代或已實際使用過這種二進記數法。因而想到：在古代遺留的資料中，可能尚有痕跡可尋。結果作者發現在大家承認最可靠的甲骨文數字中，五字的寫法和結構，竟和離卦相合。在甲骨文中，五字寫做 𠄡 ── 上面一橫、下面一橫；中間二畫交╳；而離卦（☲）剛好也是上面一橫，下面一橫、中間二畫，但不交叉。而這一點的不同。理由也在《說文解字》中找到──「爻者、交也。」因而我們就知道╳即陰爻二短畫自交而成的。照以前證明的陽爻代表一，陰爻代表○。就知道離卦（已證明在先）和甲骨文的五（𠄡）字，都就是一○一，也就是「五」的二進記數形式了。

　　甲骨文中的五字，被證明實為二進記數形式的寫法以後，實已為我國數學史發掘一新頁──我國遠在使用十進記數法之前，實已使用過一段長時期的二進記數法。

---

43 〔原註〕本文及提到的其他各文。

44 〔原註〕見前引李氏語。

　　僅僅五字一字的證明，尚可說是孤證或巧合[45]；因此，我們尚須查出更多的例子來，才能作為定論。於是作者又查得「六」字，也是二進記數的形式，它是由巽卦（☴）變來的，巽卦最上的一陽爻縮短，中間的一陽爻不動，下面一陰爻的二短劃略作斜排，就成「亣」，它和「六」是完全一樣的，照前例陽爻改成一，陰爻改成〇，就變成一一〇，這就是二進記數的六（見表一）。在甲骨文上的六字寫作 个，是為著和 夰（文）[46]分別，在金文中的諺諺諺等字上，可以證明古代六和文都是相通的。夰字和个字上部的八是由二陽爻斜交而成[47]、下面的×和川乃陰爻的二短畫所變。

　　筆者在國人搜集的資料中，除「五」、「六」二字外，再找不到別的資料了。後來不料竟在李氏著的《中國科學技術史》中，發現一個古代的四字，寫做「𠬠」，造成的形式和五六兩字相同，是同一系統（錯畫的系統）的字。經過仔細搜集比較和研究後，發現四字係由 𠬠 變成明刀背文的 𠬟，然後再變成現在的形狀。文字學家過去都以為四字是假借呬字而來，這裡證明過去是錯了。按這個 𠬠 字，係由兩個 乂 合構而成，乂 照前例：上面的「一」不動，下面的「×」改成〇，就成為一〇，我們在表一可以查出：它根本就是二的二進記數形。我們這就知道「四」的造字理由了──兩個「二」當然就是「四」[48]。於是，我國在使用十進記數法之前，確確實實已使用過二

45　〔原註〕雖然已先有嚴密證明的系統在先，和普通所說的孤證大不相同。

46　【編案】此處甲骨文「六」、「文」二字原為先生手繪，今以與其同字形之甲骨拓本字形代之：个（合6057）、夰（合4843）。

47　〔原註〕從楷書文和六上部（亠）的形式上可以看出。

48　〔原註〕（註一三）參看筆者：〈八索、八卦與二進數〉、〈八索、八卦與二進數補遺〉（《國立臺灣師範大學校友月刊》五十四、五十五期學術欄，民國五十六年，十一月及十二月）、〈歷史之鑰──五〉（《教育研究通訊》創刊號，國立臺灣師範大學教育研究所，五十九年六月）。

進記數法，遂有了客觀明確的證據。這在數學史上，應該不是一件等閒的事了吧？

上面發現的二進數字，是殘留在十進系統內的。而商代確實是使用十進記數法的，已無問題。[49]所以二進記數法自然是夏代以前使用過而殘留下來的了。於是《美國百科全書》說的：二進記數法，中國在四千年前早就應用過。就確實是「顯然的」了！

五　應用的推介

《今日世界》雜誌中有一篇文章，談到美國教育改革中的新課程，裡面有這樣的一段話：

> 新課程的改革中，採用最廣，同時也最引起大家注意的是數學。目前低年級學生所學的某些概念，從前只有少數數學家才熟悉。某些新改革，是特別為電子計算機時代的兒童設計的。例如：世界上大多數的人，所用的都是十進制。因為，自古以來，人都是以手指來計數的。電子計算機主要的只是一大堆的開關，⋯⋯我們就很容易採用一種只由兩個數字──「○與一」所構成的系統。⋯⋯新數學主要的缺點，並不是兒童們不能理解。他們似乎都很能吸收，埋怨的倒是指導孩子們做功課的家長，因有時他們自己常常不知道該怎麼做。[50]

近年來，我們也為著適應潮流和需要，而將這項新數學介紹到國內的中小學來。但常常在遇到和我國文化有關的時候，苦於找不到自己的

49　〔原註〕甲骨文中資料甚多。

50　〔原註〕第三三四期，頁五。

資料，而僅僅只能舉外國的例子，因而感到尷尬！例如現用《國中新數學》第一冊講到「古代記數法」時，歷舉埃及羅馬的記數法；而談到自己的記數法時，只得說：「我國有長久歷史和優秀文化，在周朝時代，即有關於數學的著述。可見我國人民創設記數符號的時間，必較埃及人為早，羅馬人自更落後了。可惜我國的原始記數法和歷代的演進，沒有人詳細考據。」[51]

八卦根據各項考查，它即使不是如萊布尼茲所說的「是留傳於宇宙間的科學中之最古紀念物」[52]，也是東亞或中國文化的通俗標記了。我們只要略為注意一下就可發現：上自一國的國旗（如韓國），下至貨品的商標（日本「三陽」牌），以及我國鄉村都市家門上貼著作為避邪用的八卦，正是東方文化的標記。我們再找不出第二個這樣有代表性，為大家所接受的標記來了。哈佛大學名教授前駐日本大使芮孝艾（Edwin O. Reischauer）氏和費氏合著的一本東亞文明史名著：《東亞——偉大的傳統》[53]裡面第三章「古典中國」部分，開頭就冠以一個八卦圖（不過哪個圖排錯了），作為標記。其他在我國及東方的哲學上、思想上發生的影響，更不必談了。

八卦既然在東方或我國歷史、文化中確實占有重要性，那麼我們就不應只讓它被貼在門上作為迷信的符號，或讓它在街頭巷尾被利用來做算命卜卦的幌子。我們可不可以把它用作科學的教具呢？在初中的數學課程裡，有關二進記數練習的部分，讓學生把八卦的陽爻化成一、陰爻化成○，並認出每卦代表的數值來。那比用阿拉伯數字的枯

---

51 〔原註〕頁二十七。

52 〔原註〕事實上根據作者的各項證明，它確是「四千年以上的古物」。

53 〔原註〕外國大學，包括哈佛，大都採用為東方歷史的重要參考書。【編案】指芮孝艾與費正清（John K. Fairbank）合著之《East Asia: The Great Tradition》，1962年出版。

燥練習，要有趣百倍。（大家想想看！）這樣就可以訓練兒童青年，經由科學的途徑去認識自己過去不能認識的文化；使中小學生都知道了八卦的祕密，而他們在大學國文系或研究所教授《易經》，或寫過《易經》碩士、博士畢業論文的祖父、父親、伯叔，反和美國的家長一樣，不知道是怎麼一回事了！這樣我們就可以從下一代起，把學術文化從根救起！

──本文原發表於《復興中華文化論文專輯》，收入《中華文化復興論叢》第7輯（臺北：中華文化復興運動推行委員會，1971年5月），頁17-31。

一件新數學公案的了斷

陳道生[*]

　　國人研究數學史的，謂我國很早就採用用十進記數法。李人言氏在《中國算學史》一書中謂：

> 上古期算學，自黃帝至周秦，約當公元前二七〇〇年，迄公元前二〇〇年，前後二千五百年。此二千五百年長時期中，除……諸傳說外，初無算數專書，其記數則以十進。[1]

錢寶琮氏所著《中國數學史》書[2]，及其他人士發表之數學史論文等，都沒有說及我國在十進記數之前，有沒有用過其他進位的記數法。連後來宋代邵康節喧騰一時，又帶給後世幾百年爭論的「加一倍法」，都沒有加以注意。未能在宋代數學史上帶上一筆。其實邵氏的加一倍法，就是二進記數法（binary notation）。這種記數法在十七世紀末，才為德國大哲學家、算學家萊布尼茲（Gottfried Wilhelm Leibniz, 1646-1716）重新發現。後來不久他發現我國的《易經》伏羲六十四卦先天

---

* 〔原註〕（註一）筆者通信處：「臺北市基隆路二段二六五號之三」歡迎賜教。

1 〔原註〕（註二）：李人言：《中國算學史》，頁九。商務印書館，文化叢書，民國二十六年。

2 〔原註〕（註三）錢寶琮：《中國算學史》，《中央研究院歷史語言研究所專刊》，第一集第六號，民國二十一年。

圓方圖，竟是合於二進記數的排列。原來他在和耶穌會士白進（Fr. Joachim Bouvet）的通信中，得到一本木彫版印刷的《易經》，在上面發現：如果讓六十四卦圓方圖的陽爻（—）代表一，陰爻（--）代表零，則和他的二進記數法則，完全相合。認為六十四卦，應是依照二進制的另一種記數方法。於是他在這個圖上親手記上從二進記數翻譯出來的十進數字[3]，並為發現這個祕密而高興得不得了，寫信給友人說：「我的新的不可思議的發現——就是對於理解三千餘年前，中國最初的一位君主，且為惟一的哲學者伏羲的古代文字的祕密的發現，對於中國人應該是一件愉快的事[4]，應該允許我們做中國人吧？」[5]由於這件事的發現者是位世界的大天才，微積分的發明人，是「古今中思想最為深遠、學識最為淵博」[6]的萊氏；又由於件事實的發現，是在中國最神秘、最古老、影響最深遠的經典，同時也是世界最古老經典之一的《易經》；因此就受到學術界的重視。後來再經著名漢學家如衛禮賢等學者的進一步介紹，於是數學史、科學史、文化史、及其他相關著作中，提到二進記數法時，總公認中國最先採用過。等到有

3　〔原註〕（註四）此圖中譯資料中，最早見於民國三十年劉百閔氏譯：〈萊布尼茲的周易學〉一文，該文載於李證剛氏主編之《易學討論集》中（商務上海版，此前筆者記得似有長沙版）。民國五十六年四月，《中華雜誌》六卷四號，蔡懋棠重譯為：〈萊布尼茲與白進神父論《易經》書〉一文，亦附有此圖。惟均有誤。筆者於民國六十年五月，女師專出版之《復興中華論文專輯》內〈新數學和舊光榮〉一文，附載有重新校正之此圖。【編案】見本書頁224。

4　〔原註〕（註五）民國五十七年底到五十九年間，《中央日報》副刊「《易經》與科學」的論爭中，守舊派人士缺乏科學知識不知究竟，新派人士亦因無力研究清楚，而加以盲目反對。並非如一代哲人萊布尼茲期望於我們的：「對於中國人應該是一件愉快的事」！他們似乎反因自己的空白，而以祖先留下的光榮為恥呢！

5　〔原註〕（註六）李證剛等：《易學討論集》，頁一○四，商務印書館，民國三十年。

6　〔原註〕（註七）胡秋原：〈萊布尼茲之生平及其思想〉（《中華雜誌》，六卷四號，頁十九，五十六年四月）引法國哲學家布都盧（Émile Boutroux, 1849-1921）語。

的百科全書也採入時，其重要性，已發展到人人應知的常識層次。

究竟我國是不是早於四千年前就應用過二進記數法呢？國人研究數學史和《易經》的，都未能對本問題加以研究。甚至對外國學者研究出來的成果，也毫不知情。因此遇到編新數學課本要用時，舉的都是埃及羅馬的記數法，而談到自己的記數法時，只好說：「我國有長久歷史和優秀文化，在周朝時代，即有關於數學的著述，可見我國人民創設記數符號的時間，必較埃及人為早，羅馬人自更落後了。可惜我國的原始記數法和歷代的演進，沒有人詳細考據。」[7] 對於我國古代很早就已、或最先發明和運用過這一創造了「電子計算機時代」的算學這一段史實，自然無法介紹，不能讓讀者來共同分賞這段光榮史實給予的愉快了！

一 二進記數法的歷史追查

二進記數法最早起源於我國，可由下面幾個階段追查出來。

（一）九百餘年前邵康節的時候　邵氏之後六百餘年，德國大數學家萊布尼茲發現在邵氏所傳出的六十四卦圖上含有二進記數法則。但這個圖是否邵氏自己創的，尚有問題。不過邵氏知道「卦圖」的安排是按照二進記數法則的，而且創了一套以二進法為經的歷史哲學，卻是千真萬確的事實。記載斑斑可考，當時叫做「加一倍法」。《宋元學案》〈百源學案〉中說：「明道聞先生之數既久，甚熟。一日因監試無事，以其說推算之，皆合。出謂先生曰：『堯夫之數，只是加一倍法。』」很多重要學者想要跟他學，他都不肯傳。如章惇欲傳數學，先生謂：「須十年不仕，乃可。」邢和叔也想跟他學，他說：「且當虛

---

7 〔原註〕（註八）現用《國中新數學》，第一冊，頁二十七。

心滌慮，然後可學此。」他願意傳給二程，人家又怕受那長期作「徒」的苦役，不敢領教。明道謂：「堯夫欲傳數學於某兄弟，某兄弟那得工夫？要學須是二十年工夫。堯夫初學於李挺之，師禮甚嚴，雖在野店，飯必襴，坐必拜。欲學堯夫，亦必如此。」所以這支學問就沒有再傳下來。這是紀元十一世紀前半的時候，早萊布尼茲六個多世紀。

（二）一千餘年前陳希夷的時候　邵康節學到的這門學問，其實是五代末宋初的時候，由希夷先生陳摶傳出來的，陳摶傳種放，種放傳穆修，穆修傳李之才，李之才做共城令的時候傳給康節的。這種前後承接的淵源，在《宋史》本傳和《宋元學案》〈百源學案〉上都有明白記載。所以二進算法在陳希夷的時候，即距今一千多年前即已在中國應用過，該是毫無問題。關於這點，我們是應該不吝明白指出的！

（三）最近幾年的研究和發現　邵康節傳得易圖和二進算學以後，因「兢兢乎慎重其學，必慎重其人。」[8]的結果，接著又失傳了。以至在其後的九百多年中，一直引起爭論。自黃梨洲、胡朏明以來一直到今天，學者都以為：數學部分係康節自創的，易圖部分是源自道家的《參同契》。其中胡朏明的《易圖明辨》影響最大，後人都就以這本書的意見為「定論」。例如梁啟超先生在《古書真偽及其年代》中說：「其中尤以《易圖明辨》為最透澈博洽。他們竟把數百年烏煙瘴氣的謬說打倒了。……現在案既論定。……」[9]屈翼鵬先生也在《先秦漢魏易例述評》中說：「……圖書之學，於例既無與於易旨，又皆不重訓詁，是其說最無可。故黃梨洲《易學象數論》出，首發其覆。毛西河、胡朏明諸家繼起，抉其源而斥其妄，於是其說之無與於

8　〔原註〕《宋元學案》〈百源學案〉黃百家案語。

9　〔原註〕第二卷，第一章。

易學，乃成定讞。」[10]其實胡氏等的結論是錯誤的。他們用資料表面牽連——考證的方式來研究：發現康節的數學，以前並沒有人講過，所以論定是他自己創的。易圖最後在魏伯陽的《參同契》中，找到類似的東西；因此也論定是源自《參同契》。這種研究的方法和結果，用邏輯來加以考查，很容易發現論理上的漏洞。在邏輯上來說：要證明一件東西是以前沒有過的，一定要先把過去的資料全部加以考查，如果沒有，才能論定。只要有一件漏過，就可能漏掉了你要查的記載；並且即使全部資料都收集齊了，你還要有足夠閱讀這些資料的知識和能力；否則當你看過後，你以為沒有這項你要查的東西時，很可能其實並不是沒有，而是你看不出來。關於康節的數學和易圖問題，過去的研究都犯了這二個錯誤。其實邵康節的二進數學、魏伯陽《參同契》的易圖，除他們自創的以外，很可能係原來留傳下來的。而自創的先決條件之一，是要先收集過去的所有資料——這點因歷代的圖書散失過甚，已不可能。[11]但至少要先嚴密分析和考查《易經》本身的資料，證明裡面確實沒有二進記數和易圖的痕迹時，才能成立。可是關於這方面，除筆者近年的研究以外，從沒有人能夠做到這點。因為二進算術自萊布尼茲重新發現以後，一直到了電子計算機的設計才加以採用，才引起人們的注意；又一直到了近年，新數學中介紹到十進位以外的進位法時，才加以介紹。《今日世界》雜誌中，有一篇談到美國教育改革的新課程的文章，裡面這樣說：

　　新課程的改革中，採用最廣，同時也最引起大家注意的是數學。目前低年級學生所學的某些概念，從前只有少數數學家才

---

10 〔原註〕〈自敍〉。
11 〔原註〕考據的致命傷在此。

熟悉。某些新改革，是特別為電子計算機時代的兒童設計的，例如：世界上大多數的人，所用的都是十進制。因為自古以來，人都是以手來計數的。電子計算機主要的只是一大堆的開關，……我們就很容易採用一種只由兩個數字——「○與一」所構成的系統。……新數學主要的缺點，並不是兒童們不能理解，他們似乎都很能吸收。埋怨的倒是指導孩子們做功課的家長，因有時他們自己常常不知道該怎麼做。[12]

正如所說的，目前在國內的情形是：接觸到這個問題的，總多是孩子們的家長輩，而不是那些少數熟悉這項觀念的數學家。

筆者注意到這個問題後，開始分析《易經》和甲骨金文中的資料，證明八卦當初確是依照二進法則來畫的，我國遠在使用十進記數法之前，早已使用過一段長時期的二進記數法。現在且看下面的分析。

（一）《易經》〈繫辭〉資料的分析

《易經》本身的資料，是研究本問題的最好資料。〈繫辭上傳〉第十一章謂：「易有太極，是生兩儀，兩儀生四象，四象生八卦。」這裡的「太極」，漢儒的注解謂即「太一」。所以這種生卦的順序是「一二四八」。為什麼照這種順序來產生呢？如果照普通的排列順序，自然是排了第一卦就著排第二卦、第三卦、第四卦、第五卦、……如此順著數序一卦一卦的排下去。為什麼一生二之後，要跳一數生四，不先生三呢？三是緊接二之後，在四之前的呀！四之後又為什麼要跳三數後再生八？為什麼不先生五、六、七呢？我們仔細考察「一、二、四、八」在數上的特性，就會發現：它們剛好是二的零

---

12 〔原註〕第三三四期，頁五。

次方（2^0），二的一次方（2^1），二的二次方（2^2），和二的三次方（2^3）。這就是二進的記數系統。因為一位的「自然數」，只有「一」（太一），再加上「人為數」的「○」，自然只有「二種」（二儀）了。一位數過去是二位數，二位數在二進記數中只有「一○」和「一一」兩個，加上「○」和「一」[13]，自然也只有「四」個（四象）了。二位數再過去是三位數，在二進記數中，三位的數只有「一○○」、「一○一」、「一一○」和「一一一」四個，加上前面一位數和二位數四個，自然是「八」個（卦）了。看了這項分析，可知「一二四八」的順序，完全是照二進記數的數位發展而來，這應該是不爭的事實了吧？

（二）《易經》〈說卦〉資料的分析

《易經》〈說卦〉一章裡面實隱藏了許多的祕密。可惜自宋儒疑古風起來以後，人們一直對它發生懷疑。但這種懷疑的產生，其原因之一，是還沒有發現裡面隱藏的奧妙，也就是說還沒有真正讀懂。到屈翼鵬先生時，斷定《論衡》所謂河內女子發老屋所得〈逸易〉一篇，實為雜卦。屈先生是根據唐石經的板本形式，太史公：「〈序〉、〈彖〉、〈繫〉、〈象〉、〈說卦〉、〈文言〉」的話，和《晉書》〈束晢傳〉汲冢所出《易經》一篇似〈說卦〉各點，斷定〈說卦〉也應為先秦作品。後筆者又據屈先生在《漢石經周易殘字集證》中，發現漢石經和現在通行的鄭康成、王輔嗣所傳費氏本《易經》，有章次上之不同一點，指出假如〈說卦〉一篇確實是後來得自河內女子，則因為來源只有一個，以後絕不應有章次不同的現象發生。而且這種章次不同的現象，也絕非出於誤刊。因為這次刊刻石經是一件慎重的大事，出於第

---

13 〔原註〕自然，為整齊化起見也可寫成「○○」或「○○○」和「○一」或「○○一」。

一流學者的手。而〈說卦〉這部分是有出土的石經實物為憑的。至於
費氏傳本的章次，筆者更發現含有隱密的數理組織。所以可以斷定
〈說卦〉這篇東西，絕非出於漢人偽造，確是先秦王官傳下來的東
西。現在就分析這篇的資料。看看和二進算法與八卦圖有沒有關係。

1 「天地定位」章的奧妙

記載上說這就是邵康節根據來畫先天八卦圖的一章。但邵氏傳
出的這個圖，如果照我們現在使用的從下向上進位的順序來看，就不
盡相合。但將艮兌和坎離二對互換位置，即確實可以得出一個奧妙的
圖來。

圖一

這圖的奇怪地方是：單數照一三五七的次序，依順時針的方向排
在一邊；雙數照〇二四六的次序，依反時針的方向排在一邊。它們由
一個單數和一個雙數互相配合，構成「七、〇」、「一、六」、「二、
五」、「四、三」的對，每對的和都是「七」。而由下自左至右算起到

最上，剛好是〇一二三四五六七的順序（見圖一）。為著證明原圖和
這個新發現的圖，究竟哪個是對的。筆者乃利用一些行為科學——心
理學的技術來幫助。根據八卦有八個方向的特性，設計了一個測驗。
結果發現每次測驗的結果，被測者都照圖二擺的最多。即是照「天地
定位，山澤通氣；雷風相薄，水火不相射；八卦相錯。數往者順，知
來者逆。是故：易，逆數也。」所講的，先自上下擺好「天（乾）、
地（坤）」後，隨即把「山（艮）、澤（兌）」自右至左，和乾坤成直
角擺成十字；然後「雷（震）、風（巽）」一對，自左下角向右上角，
「水（坎）、火（離）」一對，自右下角向左上角斜排。結果這個照成
十字交錯擺出來的八卦圖。就和這章所說的：「相錯」、「往順」、「來
逆」、「逆數」等條件，一一相合。

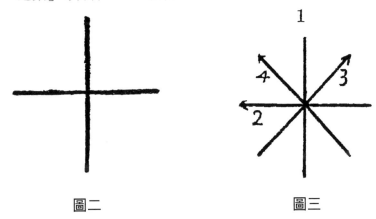

圖二　　　　　　　　　　　　　圖三

2　乾坤震巽坎離艮兌的祕密

〈說卦〉傳最後五章，說到八個卦時，都是照這項「乾坤震巽坎
離艮兌」的次序，這八個字再加上「消息」二個字，就是漢唐以來相
傳的「伏羲十言教」，《中文大辭典》[14]第五冊「十部」頁一七〇引鄭

---

14 〔原註〕譯自《大漢和辭典》。

玄〈六藝論〉，和王應麟《小學紺珠》引《左傳正義》都謂：「伏羲作十言之教曰：乾坤震巽坎離艮兌消息。」這句話中提到伏羲，用今日科學的態度來看，自然要使人懷疑。但也正證明這句自漢代傳下來，也自漢就不得其解的話，是傳自不可知的古遠時代。從下面我們可以看出它是由正反的一卦，構成相反的「對」開始：

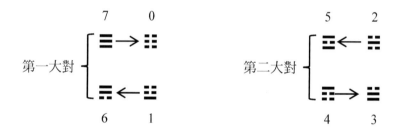

把它翻譯成二近數以後，又可以看出由每兩「對」構成一個相反的「大對」：

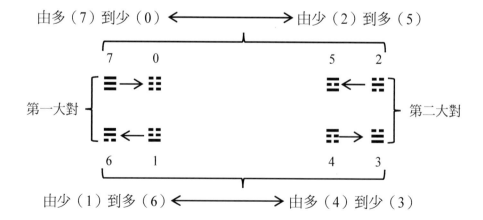

再進一步，由每兩「大對」又可構成一個「整體的對」：

　　由這項嚴密的組織關係，得出了《易經》的最高原理：「二進原理」、「交反原則」。可用來解決過去不能解決的易學和歷史問題，這是前人絕對意想不到的事情。[15]

　　以上都是根據《易經》本身的原始資料新分析出來的，有客觀的數理事實作根據，不像文字那樣可以加以曲解的。科學方法的特性，就在可以證驗。如果要知一個方程式的對錯，我們就代進去驗看。說八卦是古代的一種二進記數形式，它的對錯，也只有代進去驗看，結果是果然相符。假如有人要離開理性和經驗來強辯，那是他個人的喜歡或感情問題，而不是真假對錯的真理問題。

3　甲骨金文上的證據

　　既然證明八卦中確實含有二進記數。我們還要究明「八卦」和「二進記數」的來源。因為過去的研究，認為在發掘出來的甲骨鐘鼎資料中，都沒有提到八卦。八卦起源於遠古一事是不可信的。屈翼鵬先生《易卦源於龜卜考》[16]一文，即是持這種科學態度的。但筆者新近從「學」字在甲骨金文篆隸的演進中，由「从爻」、「从文」、「从字」、「从文字」而發展下來的情形：證明八卦在我國文字發展系統中，除結繩外確是最早的一環。

此外筆者又再發現：在甲骨金文中的「錯畫」系統數字，也是源於二進記數的。按前人發現：我國數字實可分為二系：一系為一、二、

15　〔原註〕（註九）筆者：〈解開易數「九、六」的秘密〉，《女師專學報》，第二期，
　　頁總二一○至二一二，民國六十一年八月。【編案】已收錄本書，見頁107-112。

16　〔原註〕《中央研究院歷史語言研究所集刊》第二十七本。

三、☰（甲骨文四字）等字，係由一畫一畫累加成的叫做「積畫」的系統。可從字形看出意義，是一種「指事」字。另一系為五（𝕏）、六（𝕏）、七（十）、八、九（𝕏、𝕏）、十，係由交叉的筆畫而成，叫做「錯畫」的系統，不能由字形看出意義。前人不明這些字的造字原因，都謂是「假借」字，而解釋卻是一些臆測，缺乏資料的根據，在論理上站不住腳。其實，筆者發現：「錯畫」系統的數字，完全不在「六書」之列。它們是屬於六書外一書的「倚數」[17]。從後面圖四可以明白看出。

　　我國數字可分二系一事，似由郭氏最先提出，于省吾氏繼之命以「積畫」、「錯畫」之名。于氏謂：

　　　郭沫若云：「十位數字中，於文字之結構上，可判為二系：一至☰為一系，五至十又為一系是也。」……（《通考》七）……按……契文一至四均為積畫，五至九均為錯畫。……按由一至四，均為積畫，此一系也。由五至九，變積畫為錯畫，此一系也。數至十則反於一，故不應列十也。[18]

按兩氏對我國數字有二系的看法，可謂卓見，但錯畫數字並不是由五字才開始，今天我們還用的「四」字，也是由錯畫系統變來的。它由「𝕏」變為明刀背文的「𝕏」，再變為小篆、隸楷的四。可見和積畫系統的同時，同一字中又並行著錯畫的系統。而四字的演變為今字，係採用了錯畫的系統，而揚棄了反為簡單的積畫（☰）之一

---

17 〔原註〕（註一〇）此須新的命名，係筆者根據《易經》〈說卦〉第一章：「參天兩地而倚數」的「倚數」一辭而成。錯畫系統的數字全倚數位而成，見圖。似甚妥切。

18 〔原註〕（註一一）于省吾：《殷契駢枝三編》，頁六四～六九，藝文印書館翻印本。

形。為什麼不用簡單的☰，而反為用書寫上遠為複雜[19]筆畫較繁的一形呢？這要回溯到前述「學」字的演進中，證明我國文字演進的情形是：「爻」、「文」、「字」、「文字」。從「文」之前是「爻」一點的指示，在卦象中去獲得解答。前面又證明了八卦實即八個二進記數字。這就容易比較錯畫系統數字和八卦的結構而得到解答。筆者在八年前——民國五十五年於〈重論八卦的起源〉[20]一文中，即已指出可用這項辦法來解釋過去一直不能圓滿解釋的五（𝕏）字。這個𝕏字在筆畫和結構上和離卦（☲）是相同的：離卦上面一橫畫、下面一橫畫，中間二畫。這個甲骨金文中的𝕏字，也是一樣，只是中間的二畫交叉和離卦略有不同。依前面陽爻為一、陰爻為零的例子：將離卦☲和五字𝕏中間的--和×改成○，它們都就變成：「一○一」，這就是五的二進記數形。仿此將四字的初形：「𝕏𝕏」中的×改成○就變成「☷」，也就可照結構的順序讀成「一○○」[21]，這就是四的二進記數形，它就和艮卦（☶）相合。但此字筆者在初次分析時，認為它（𝕏𝕏）係由兩個「𝕏」構成的。將𝕏的×依例改成○，𝕏就變成「一○」，這就是「二」的二進記數形，兩個𝕏就是兩個「一○」也就是兩個「二」，自然就是「四」了。究竟造字者當初的本意採取哪一種方式，因代久年湮，已不易確定。根據上面的分析，無論用哪種方式，四字的原始結構是根據二進記數式的，則是一件明顯的事實！試問還能分析出第三種解釋嗎？「六」字也是採用二進記數的方式來造的。它是由巽卦（☴）演變而成的，把☴卦依前例陽爻為一不動，陰爻改成○，就成「一一○」，這就是六的二進記數形。巽卦最上一

---

19 〔原註〕見艾偉著：《文字心理學》，中華。

20 〔原註〕（註一二）筆者：〈重論八卦的起源〉，《孔孟學報》，十二期，頁二三二～二三三，民國五十五年九月。【編案】已收錄本書，見頁3。

21 〔原註〕楊昭雄君提供的意見。

爻縮短，中間一陽爻不動，下面陰爻的二短畫略作斜排就成「六」，所以六也同是「一一〇」。雖然甲骨文上的六字寫作 ，乃是為著要和 （文）分別，因為二字都是從巽卦蛻變而來的。巽卦上面的二陽爻頭交，陰爻自交即成 ，陰爻二短畫對排就成 ，現在文字和六字頭上的「亠」，可知即由 和 頭上斜交的「人」恢復而成。這從圖四可以明白看出，也是二進記數的形式。這是最明顯的四五六各字，其他尚有較屈折的，以後另作專文論列。

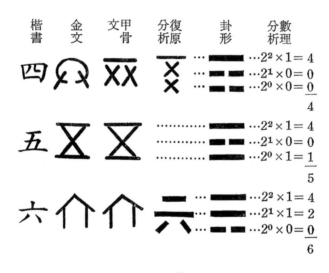

圖四[22]

二 二進記數法的實際

萊布尼茲發現六十四卦的排列，合於二進記數一事的中文資料，是劉百閔氏譯的〈萊布尼茲的周易學〉一文，該文係譯自日本學者五

22 〔原註〕原載筆者：〈八卦及中國文字起源的新發現〉，《女師專學報》第一期，頁一一九。

來欣造博士著：《儒教及於德意志政治思想之影響》一書中，萊氏對於《周易》新解釋的一篇。內容為五來氏在德國漢諾威（Hannover）圖書館抄譯的萊氏和白進討論《周易》的信。據英國學者李約瑟氏在《中國科學技術史》附註[23]中說：此項信件到現在還只有五來氏的日文和劉氏的中文二種譯本。劉氏譯文大約因提到的二進算術，確實是「只有少數數學家才熟悉」[24]的緣故，筆者八年前（民國五十四年）撰〈重論八卦的起源〉[25]一文時，遍查國內數學史、易學書籍和論文，發現不但無一人能加以利用，竟至連經學家談《易》的書中提都沒有提到，國內的學術界對於本行的消息，怎會隔膜一至於此呢？第三年（五十六年四月）《中華雜誌》出版紀念萊布尼茲逝世二百五十年和邵康節逝世八百九十年特輯，又連前一年（五十五年）筆者發表的重要研究文獻都沒有提到。其實，筆者在《孔孟學報》發表的〈重論八卦的起源〉此文，乃是國人第一篇研究二進記數法和《易經》，且有重要發現的文字。因為萊氏不認識中文，僅從六十四卦圖中看出與二進記數排列相合。以至因不明中國進位的順序，把卦看倒了。他把剝卦（䷖）的一〇〇〇〇〇誤認為一，其實照我國現用的進位順序，一〇〇〇〇〇在十進記數中是十萬、在二進記數中是三十二。筆者此文尚發現了許多其他事實，而現在國內國文研究所碩士博士論文中尚一直相沿錯誤下去，而他們的論文指導老師、校內考試委員和教育部聘考試委員尚無法看得出來。筆者發表的此項研究文字已近十萬字，民國六十年秋提日本中國學會（The Sinological Society of Japan）的一篇，蒙他們排為第二日發表的第一篇，後因教育局雖先已同意，但在辦出國時未蒙市府核准而罷。失信彼邦漢學界，筆者深以為歉！筆者

23　〔原註〕（註一三）第二卷、頁三四一。

24　〔原註〕見前引《今日世界》語。

25　〔原註〕見註十二。

因想我們的學術界若繼續如此閉著眼睛炒舊飯，不顧新的發現。只重死人，不識活人；只顧老人，不理青年；前途究竟會怎樣呢？對國家民族的前途又會發生什麼樣的影響呢？

《中華雜誌》此一專號出版後，喚起了許多守舊派人士的注意，他們大引譯文中萊布尼茲的話，寫了許多不明所以的出版品。使真正懂的人（但尚未見）看了要竊笑。現在為著幫助我們寄望的下一代，寫點有助瞭解二進算術的實際東西。這些都是參考姚斯（Bevan K. Youse）啟廸（Mervin L. Keedy）和富萊格（H. Grabam Flegg）等人的書[26]而寫成的。

萊氏重新發現二進記數二百來年後的今日，許多的現代電子計算機，在數學上採用了異於十進法以十為「底（base）」的制度，而常常採用以「2」為底的「二進記數制」來設計。二進記數制只要0和1二個數字即已夠用，在採用位置值的記數法中再沒有更簡單的了。我們可以把二進制，看作「成對制（pair system）」。假如我們用「對（或雙）」來計算一些東西：一我們就說一，二就說一對[27]，三就說一對加一個，四就說「一對（二）『對』」，五就說「一對（二）『對』」加一個，六就說「一對『對』」加一對，……這樣一直下去。

在二進制中，橫寫時：右邊最初的一位數，也和十進制一樣是「個」位數，接著它左邊的一位（第二位）數，是對或「二」的位數；過去一位（第三位），是一對（二）對或四的數位；再過去一位（第四位），是一對「一對對」或八的數位，如此一直下去，是「16」、「32」、「64」……。直寫時，也和十進制一樣，從下向上進

---

26 〔原註〕（註十四）(一)Bevan K. Youse, *Arithmetic: A Modern Approach*. Englewood Cliffs: Prentice-Hall. 1963. (二)Mervin L. Keedy, *Number Systems: A Modern Introduction*, New York: Addison-Wesley. 1965. (三)H. Graham Flegg, *Boolean Algebra and Its Application*. 1964. 翻印書未列原出版處。

27 〔原註〕或一雙，下同。

位：最下面的一位是個位數，接著上面的一位是二，再上去一位是
四，依次上去是：8、16、33、64……。

以二為底（base）的二進數，它的寫法和讀法是這樣的：一寫
作，1_{two}，讀為一，底2，二寫作，10_{two}，讀為一零，底2；三寫作，
11_{two}，讀為一一，底2，四寫作100_{two}，讀為一零零，底2；……。所
以，以二為底的「101011_{two}」一數，讀為「一零一零一一，底2」，它
代表一個2的五次方或「32」，一個2的三次方或「8」，一個2的一次方
或「2」，和一個2的零次方或「1」：在以10為底的十進制中，它則記
作「43」，代表四個「10」的一次方（$4×10^1$）即「40」，三個十的零次
方（$3×10^0$）即「3」。

因為算術運算的基本技術，是由數的基本性質，而不是由它的底
來決定，所以適用於以十為底的數的加減乘除等技術，也同時適用於
以其他數為底的數。重要的不同處，是在於不是以十為底的算術運算
中，要熟悉基本的加法和乘法要點。以2為底的基本加法和乘法要點
是：零加零等於零（0+0=0），一加零等於零加一等於一（1+0=0+1=1），
一加一等於一零（1+1=10）；零乘零等於零（0×0=0），一乘零等於零
乘一等於零（1×0=0×1=0），以及一乘一等於一（1×1=1）。以2為底的
好處，就在它只有上述的六個要點要記住。對於不喜歡乘法九九表和
加法表的人，如兒童等，確是受益不少。茲舉以2為底的二進算加減
乘除實例如下：

一、加法

```
（甲）   1101    （乙）    11011    （丙）      110
           111              10111              101
        _____          _____              10
         10100           110010              110
                                           _____
                                            10011
```

二、減法

（甲）	1 0 1 1	（乙）	1 1 0 1 0	（丙）	1 0 1 0 1 1
	1 1 1		1 1 0 1		1 1 0 1 0
	1 0 0		1 1 0 1		1 0 0 0 1

三、乘法

```
    （甲）              （乙）                 （丙）
    1 1 0 1          1 0 0 1 0           1 1 0 0 1 1
      1 0 1            1 1 0 1             1 1 0 0
    1 1 0 1          1 0 0 1 0         1 1 0 0 1 1(00)
  1 1 0 1          1 0 0 1 0           1 1 0 0 1 1
1 0 0 0 0 0 1    1 0 0 1 0         1 0 0 1 1 0 0 1 0 0
                1 1 1 0 1 0 1 0
```

四、除法

（甲）
```
              1 1 ……商
      ─────────────
1 0 0 )1 1 0 0
       1 0 0
       ─────
         1 0 0
         1 0 0
         ─────
             0 …餘數
```

（乙）
```
                    1 1 0 1 1 1 ………商
        ──────────────────────────
1 0 1 1 )1 0 0 1 1 0 0 1 0 1
         1 0 1 1
         ──────
          1 0 0 0 0
          1 0 1 1
          ──────
            1 0 1 0 1
            1 0 1 1
            ──────
              1 0 1 0 0
              1 0 1 1
              ──────
                1 0 0 1 1
                1 0 1 1
                ──────
                  1 0 0 0 ……餘數
```

　　將以十為底的十進數，改記為以二為底的二進數，方法至為簡單。只要用2連續除該數和每次所得的商數，直到最後的一為止。然後將第一次的餘數放在個位，再將各次的餘數依次列入，把最後的商數一，加在最後一位即得。例如將十進數「42」改記為二進數，其步驟如下：

　　一、第一步：用2除「42」，得商「21」餘數「0」，即將「0」置於個位（2^0）就成「……0」。

$$
\begin{array}{r}
21 \quad \cdots\cdots \text{商} \\
2\overline{\smash)\ 42} \\
4 \\
\hline
2 \\
2 \\
\hline
0 \quad \cdots\cdots \text{餘餘}\cdots\cdots
\end{array}
$$

$$(2^0 \times 0)$$
$$\uparrow$$
$$(\cdots\cdots \rightarrow 0)$$

　　二、第二步：用「2」除上（第一）次所得的商「21」，得商「10」餘數「1」，即將「1」置於第二位（2^1）處，連上次得出的個位就成「……10」。

$$
\begin{array}{r}
10 \quad \cdots\cdots \text{商} \\
2\overline{\smash)\ 21} \\
2 \\
\hline
1 \quad \cdots\cdots \text{餘數}\cdots\cdots
\end{array}
$$

$$(2^1 \times 1)$$
$$\uparrow$$
$$(\cdots\cdots \rightarrow 10)$$

　　三、第三步：用2除第二次所得的商「10」，得商「5」餘數「0」，即將「0」置於第三位（2^2）處，連第一及第二次得出的二位就成「……010」。

$$
\begin{array}{r}
5 \quad \cdots\cdots \text{商} \\
2\overline{\smash)\ 10} \\
10 \\
\hline
0 \quad \cdots\cdots \text{餘數}\cdots\cdots
\end{array}
$$

$$(2^2 \times 0)$$
$$\uparrow$$
$$(\cdots\cdots \rightarrow 010)$$

四、第四步：用2除第三次所得的商「5」，得商「2」餘數「1」，即將「1」置於第四位（2^3）處，連前面三次得出的三位就成「……1010」。

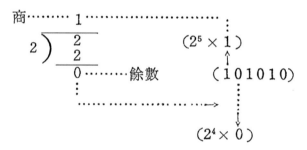

五、第五步：用2除第四次所得商「2」，得商「1」，餘數「0」，即將零置於第五位（2^4）處，連前即得「……01010」。再將最後的整數商「1」置於最後一位（2^5）處，即得：「101010」。此即「42」的二進記法。

為著證明上述的步驟，我們可以在長除的步驟中來加以考察：

一、第一步：$42=2(21)$
二、第二步：$21=2(10)+1$
　　因此$42=2〔2(10)+1〕$
　　或：$42=2^2(10)+2$
三、第三步$10=2(5)$
　　因此$42=2^2〔2(5)〕+2$
　　或：$42=2^3(5)+2$
四、第四步$5＝2(2)+1$

因此：$42=2^3〔2(2)+1〕+2$

或：$42=2^4(2)+2^3+2$

即：$42=2^5+2^3+2$

於是：$42=(1)(2^5)+(0)(2^4)+(1)(2^3)+(0)(2^2)+(1)(2^1)+(0)(2^0)$

亦即：$42=10\ 1010_{two}$

上面的例子，證明這種步驟，告訴了我們可將任何十進數改變為二進數的方法。

　　在普通分數和小數的場合，只要以它的底去乘小數的部分，得到的第一個整數，就是小數的第一位數。如要將分數八分之一或小數0.125化為二進記數的小數。即用2乘0.125，得到0.250，整數部分是○，即記為小數的第一位「0.0……」；再以2乘0.250，得到0.50，整數部分也是○，即接著記在小數第二位「0.00……」；又再以2乘0.50，得到整數1，即記在最後一位「0.001」。所以要將「38.125」，改成二進記數，即將2一再除整數部分的「38」，由餘數和最後的商得出（見前）「100110」。再以2一再乘小數部分，以得出的整數一，和無整數一時的零而得到「.001」，最後得出「100110.001」，如下：

38	**.125**
$38÷2=19$……餘數……0↑	$0.125×2=0.250$……整數0 ↑
$19÷2=\ 9+$…餘數……1	$0.250×2=0.50$ ……整數0
$9÷2=\ 4+$…餘數……1	$0.50\ ×2=1.00$ ……整數1↓
$4÷2=\ 2+$…餘數……0	
$2÷2=\ 1$……餘數……0	

（最後商）

又如要將小數「0.8678」化成十三位的二進記小數「0.1101111000101」，也和上法相同：

$$0.8678$$
$$1.7356 = 0.8678 \times 2$$
$$1.4712 = 0.7356 \times 2$$
$$0.9424 = 0.4712 \times 2$$
$$1.8848 = 0.9424 \times 2$$
$$1.7696 = 0.8848 \times 2$$
$$1.5392 = 0.7696 \times 2$$
$$1.0784 = 0.5392 \times 2$$
$$0.1568 = 0.0784 \times 2$$
$$0.3136 = 0.1568 \times 2$$
$$0.6272 = 0.3136 \times 2$$
$$1.2544 = 0.6272 \times 2$$
$$0.5088 = 0.2544 \times 2$$
$$1.0176 = 0.5088 \times 2$$

如此可求得十進數小數「0.1」到「0.9」和二進記小數的對照表如下：

十進	二進
0.1	0.000110011……
0.2	0.001100110……
0.3	0.010011001……
0.4	0.011001100……
0.5	0.1
0.6	0.100110011……
0.7	0.101100110……
0.8	0.110011001……
0.9	0.111001100……

二進記數整數的位置，第一位是「2^0」、第二位是「2^1」、第三位是「2^2」、第四位是「2^3」、第五位是「2^4」，……如此一直下去。因為二

進記數整數第一位，和其他記數法一樣是「1」。所以小數部分的位置，第一位是「$\frac{1}{2^1}$」，第二位是「$\frac{1}{2^2}$」，第三位是「$\frac{1}{2^3}$」，第四位是「$\frac{1}{2^4}$」，……也如此一直下去。因此前面討論過的「100110.001」一數，即是：

$$38.125 = 1{\times}2^5{+}0{\times}2^4{+}0{\times}2^3{+}1{\times}2^2{+}1{\times}2^1{+}0{\times}2^0{+}0{\times}\frac{1}{2^1}{+}0{\times}\frac{1}{2^2}{+}1{\times}\frac{1}{2^3}$$
$$= 1{\times}32{+}1{\times}4{+}1{\times}2{+}1{\times}0.125$$

根據上面的例子，可將以任何正整數為底的數，很容易的加以互相變換，並檢查出其對錯。

由於二進記數制利用的數位太多，為免換算的麻煩，於電子計算機等的設計中，多只採用四位，變成十進制的二進符號法，如採用8-4-2-1 code 等。因為這四位數，足以代表從一到九的任何數。如：

	8421
0	0000
1	0001
2	0010
3	0011
4	0100
5	0101
6	0110
7	0111
8	1000
9	1001

所以如「23」一數，因2的二進記法為一〇，配合數前無用的二位〇

就成○○一○」，3的二進記法為一一，一樣也變為「○○一一」，所以「23」就可在十位上寫上二進記法的「0010」，在個位上寫上二進記法的「0011」，成為「00100011」。仿此，「54」、「816」、「3795」三數，也可用這種記數型來記：

54	01011000	（0101,1000）
816	100000010110	（1000,0001,0110）
3795	0011011110010101	（0011,0111,1001,0101）

二進記數因只用到0和1兩個數字，因此就可以用1代表「有、是、開」，以○代表「無、否、關」，便於電路的設計，而終於帶來了今日的「電子計算機時代」，這是我們的老祖先和後來再發明這一記數法的萊布尼茲始料不及的吧！

——本文原發表於《臺北科學教育季刊》第4期（臺北：臺北市政府教育局，1973年12月），頁9-20。

遠古傳下來的二進數字

　　我國數字的起源和記數法，雖經中外數學史、科學史、文字學家的多方研求，至今尚未能找到具體的證據，提出較圓滿的解答來。甚至反而有愈來愈感到令人迷惑的情形存在。例如《中國之科學與文明》[1]這一名著的作者李約瑟氏謂：

> ……現代形中最初幾個數字，無疑的是象形文字；自四以後，便好像係由植物或動物的命名，假借而來。

接著註謂：

> 四可能係由『犀』，六或許是『菌』，百或許是由『柏』，萬確係由『蠍』假借而來，並象徵其具有多種性能。至於描寫在人的一足上橫加一畫的千字晚近形式，實在出自甲骨文。[2]

其中關於四六百等字的說法，都不知有何根據，是項令人迷惑具有誤導作用的提示。但這不能怪他，因為即使身為本國人的專家，和近鄰的日本漢學者，以前也只能限於假借等的臆測。

1　〔原註〕（註一）原名「中國科學技術史」即「*Joseph Needham: Science and Civilization in China. 1954*」一書的原題中文名字。但遺憾的是此間譯本、原文翻印本，均無原出版處出版時。

2　〔原註〕（註二）李約瑟，第四冊，頁一二。見文後所列參考資料，後仿此。

一　傳統解釋的不合

　　對我國數字提出第一次解釋的，應推一千多年前的文字學家許慎，而不是數學家本身，因為在我國，數字原是文字的一種。但許氏在《說文解字》中，對我國數字的解釋，是一種哲學上的臆說，謂：

> 一、惟初太極，道立於一，造分天地，化成萬物。弍、古文一。（許慎，頁一，見後列參考資料）
>
> 二、地之數也。从偶一。弍，古文二。（頁六八四）
>
> 三、數名。天地人之道也。於文一耦二為三，成數也。……弎，古文三（頁九）
>
> 四、陰數也。象四分之形。……ᛈ，古文四如此。三，籀文四。（頁七四四）
>
> 㐅、五行也。从二，陰陽在天地間交午也。……乂，古文五如此。（頁七四五）
>
> ᚼ、易之數，陰變於六，正於八；从入八。（頁七四五）
>
> ᚌ、易之正也。从一微陰从中衺出也。（頁七四五）
>
> ハ、別也，象分別相背之形。（頁四九）
>
> 九、陽之變也。象屈曲究盡之形。（頁七四五）
>
> 十、數之具也。一為東西，丨為南北；則四方中央備矣。（頁八九）

這裡的「太極」、「道」、「天」、「地」、「人」（三才）、「陰、陽」，都是極形上的觀念，當時初民造數字的時候，自然未必有這樣的大道理。其中只有八字全由字形上來解釋，較合科學的方式。這些觀念大部分都從當時以《易經》為首的經書上取來，因為當時正是經學的時代，

而從此以後，經學的權威又一直到清末尚未稍減。於是千餘年來，即以許氏所說為定論，更有推而廣之，用各家如道家「道生一，一生二，二生三，……」的哲學加入解釋的。[3] 理由似乎越來越充分，但離事實卻越來越遠，因為多是一些牽扯附會的臆說，沒有明確的證據。這因為除了先民造字時，不當有這些抽象複雜的觀念外，這些引來解釋的資料如《易經》等，都是在有數字以後的，除非能先證明這些資料在有數字之先，在邏輯上是說不通的。還有一二三和甲骨文上的 亖 （四）字和 𠄠（五）字等，明明是以抽象化的數畫多少來表示，是一種指事字，我們用目驗就可知道的。這一支配了近二千年的說法，遂慢慢的有人加以懷疑。

二 丁氏的說法、影響和得失

到了清末民國，因受西方科學方法的影響，加以金文材料的累積，以及甲骨文等地下資料的出土，學者的研究漸重實證；開始尋求新的解釋。中間以丁山《數名古誼》一文影響最廣，如朱芳圃《甲骨學》（文字編）、高笏之《中國字例》、李孝定《甲骨文字集釋》，即多採用丁說。其他如于省吾、郭氏等重要文字學家[4]，也多採信丁說，下文討論到各字時，再舉例說明。現在先檢討丁文要點：

一、丁文先指出：記數的方法，不知什麼時候開始。中間經過文字改革，也看不到當初的原始形狀。二千年來多以許書（《說文解字》）三才、五行、陰陽、正變的解釋為定論。另舉《說苑》、張璠，

3　〔原註〕如《義證》、《部首訂》等。

4　【編案】高笏之即高鴻縉（1891-1963），字笏之，著名文字學家，曾任省立臺灣師範大學國文系主任。郭氏即郭沫若（1892-1978），戒嚴時期受政治情勢影響，學者引述時多隱其名，為保存原貌，今仍其舊，後文他處均同，特此註明。

王筠各說，指出都有矛盾的地方，並許書都是可疑。

　　二、舉《殷虛書契（三）》，頁一、頁二的數字資料為證，六七九十等數字和許氏所知的完全不同，解釋也不相符，因知數名的原始意義不但許氏沒有師傳，二千年來的老師大儒也都未得其解。

　　三、依汪中《述學》〈釋三九〉中：「一奇二偶，一二不可以為數，二乘一則為三；故三者數之成也。積而至十則復歸於一」的理論，謂數始於一，二三等字成於積畫；一丨（十）諸文縱橫成象。四字係借呬字為之，五為「收繩器」借為數名，六為借入而來。七即切字，八同許說，九謂即肘字（先謂丩字）。[5]

　　上述丁文指出的一二項都很正確，惟第三項除積畫字外，其他二點都有錯誤：一為所依據「一二不可以為數」的汪說，大錯特錯，因為同以十為底的十進數一樣，以任何的自然數為底，都可造成一系統的數。配合著零，只要用「一」，就可以造成另一個系統的數——二進位系統的數來。用到「二」時，又可造成另一系統——三進位系統的數來。二種系統都可和十進系統一樣記出無窮無盡的數來。而前此不能圓滿解釋的許多數字，它正好就是屬於二進位系統的。[6]二氏怎會料想得到呢？另一為丁氏所釋的假借字，多有不合。

三　「積畫」、「錯畫」系統的理出

　　以後各家繼續研究，對積畫以外說不通的數字，也和大多數的方式一樣，一律以「假借」來解決，但這項辦法偏偏是最不可靠的，所以多陷於分歧支離矛盾百出的狀況。惟一的收穫，是發現我國數字可以分屬「積畫」、「錯畫」二個系統，郭氏謂：

5　〔原註〕（註三）丁山，一九二八。
6　〔原註〕（註四）陳道生，一九七一、一九七二。

由一至十之基數，其字形作……此十位數字中，於文字之結構
上，可判為二系：即一至三為一系，五至十又為一系是也。此
於十干甲乙丙丁為一系，戊至癸又為一系者，若合符契。余意
十干乃與基數相應之次數，初民數字觀念僅多至四，與之相應
之次數，僅由甲至丁，基數觀念進化至十，則次數亦進化至
癸，故數字之結構，同判為二系也。左氏昭三年傳「齊舊四
量：豆、區、釜、鐘。四升為豆，各自其四，以登於釜，釜十
則鐘。」此即初民以四進位後改為十進位之證。[7]

于省吾氏謂：

按郭氏於契文記數字卓有見地，………而謂一至三為一系，五
至十又為一系；其第二系之分畫，殊有未當。又謂：初民以四
進位，一二三三以倒指故橫書，亦不可據。契文一至四均為積
畫，五至九均為錯畫，十則進位而復返於一，………與鄙見頗
有出入，茲分述於下：………庚，由一至九可分為二系，而五
居其中。按由一至四均為積畫，此一系也；由五至九變積畫為
錯畫，此一系也；數至十則返於一，故不應列十也。郭沫若以
五至十為一系，失之。………初文之記數字，由五至九，本作
✕⌒╋⼋ㄥ，均由二畫結構而成，此可自成一系之證，尤
為五字本不作 ⊠ 之證。✕ 字雖為第二系，而實處於一至九，
承上啟下之中樞地位，前於五者為一二三四，後於五者為六七
八九。………綜之，人類之進化，由結繩紀事，演進為數字之
紀事，至今蠻夷尚有上古結繩之遺制。然則初有文字，當以記

---

7 〔原註〕（註五）郭氏，一九三三，頁七。

數字為發軔，記數字可謂為初文中之原始字，由一至四均為積畫，積畫既多，則不勝其繁，故五至九，均用至簡之二畫以構成之。五處數之中樞，故為交午形以示之。然則初文之記數字，雖無深奧之意義，而部居之分畫，排列之有方，其為有意識之組織，灼然明矣。[8]

按「積畫」一名自古已有，王鳴盛《蛾術編》謂：「康成云：古三四皆積畫。」[9]丁氏前面也已用過，謂：「二三諸文成於『積畫』」[10]、「四承三形，『積畫』為☰」、「自五以下不可『積畫』也」、「『積畫』為☰不若借 X 之為簡易也」、「積畫為☷，不若借 ヘ 之為簡易也；七八九準是。」[11]郭氏則明顯指出二種系統；于氏對郭氏小有糾正（進位至十部分），指明二種系統為「積畫」和「錯畫」（交錯或交叉的筆畫）。這一觀念的提出，很是重要。因為數本身即為很有系統的東西，積畫一系的造字方式既有一貫性，錯畫的一系就不該東借西借，這樣的紊亂支離。但他們雖在證明時失敗了，卻提給了我們這條思索求證的新線索，也是很有價值的。

四　二進記數系統和二進數字

二進記數系統，是以「二」為底（base）的記數法，整個系統只要用「零」和「一」二個數字就夠了。它是目前新數學討論的東西，但它在近代的歷史，也有二百七十年了[12]。而它在我國的歷史，竟有

8　〔原註〕（註六）于省吾，一九三四，頁三一～三三。

9　〔原註〕（註七）丁福保，一九二八，頁六五二九收。

10　〔原註〕頁九〇。

11　〔原註〕（註八）丁山，一九二八，頁九四。

12　〔原註〕從萊布尼茲發現二進算術算起。

數千年之久，超過了過去記載的算學史之外，現在加上去，要算是我國算學史上第一章。其實，它在採用位置值的記數法中，是再沒有更簡單的了。用慣了十進法的人，只要記得將底換為「2」就夠了。它沒有十進法背九九表的麻煩，只要記幾條簡單的基本加法和乘法要點就夠用了。以「2」為底的基本加法和乘法要點是：零加零等於零（0＋0＝0），一加零等於零加一等於一（1＋0＝0＋1＝1），一加一等於一零（1＋1＝10）；零乘零等於零（0×0＝0），一乘零等於零乘一等於零（1×0＝0×1＝0），以及一乘一等於一（1×1＝1）。你看多簡單？對於好懶不喜歡背九九表的人或兒童是很便利的。我們在下面列個從一到二十的「十進制」和「二進制」記數對照表來看看。這個表在下文釋字的時候，可作對照之用。

從一到二十在十進制和二進制記數中的情形

二進制	2^0	1	0	1	0	1	0	1	0	1	0	1	0	1	0	1	0	1	0	1	0
	2^1		1	1	0	0	1	1	0	0	1	1	0	0	1	1	0	0	1	1	0
	2^2				1	1	1	1	0	0	0	0	1	1	1	1	0	0	0	0	1
	2^3								1	1	1	1	1	1	1	1	0	0	0	0	0
	2^4																1	1	1	1	1
十進制	10^0	1	2	3	4	5	6	7	8	9	0	1	2	3	4	5	6	7	8	9	0
	10^1										1	1	1	1	1	1	1	1	1	1	2

從上表可以看出：二進制只用到「○」和「一」兩個數字，但記到2就用了二位數，記到4就用了三位數，記到8就用了四位數，記到16時竟用了五位數之多。十進制記到十才用到二位數，這也就是它們的優點缺點。其實，今日電腦時代，一切用電腦來算，所以位數再多也不怕。我想二進制一定會在我們的生活中恢復其重要性的。

二進算法在我國的歷史，可以確實追查到九百多年以前邵康節

的時候，又從而追查到一千多年前陳希夷的時候，再追查到二千五百年前《易傳》的時期，然後又再進一步由甲骨文中的二進記數字，追查到三千三百年前的殷初。現在又可從干支字中的二進數字，追查到夏代以前，更進而由其中的結繩字，追查到了遠古的結繩時期，真是一件不可思議的事！上面郭氏和于氏二人提到的我國錯畫系統數字，大部分都就是這一「二進系統」的數字。過去不知道這一事實，以為都是假借字，又有種種錯誤的猜測。如上述郭于二氏都謂二系數字均以五為分界，一至四為一系（積畫），五以後又為一系（錯畫），即完全錯了。因為錯畫系統的數字，自一到十都有。積畫的三三兩字已不用，一又積畫錯畫都同，所以實際上只有二三兩字通用。在數量上積畫比錯畫字少得多，本節要探討的，主要就是這一部分的錯畫字和少數的例外二進數字。現在先把它們整理成下頁表一，然後再來加以分析證明。

　　既然發現在我們的數字中，有這樣多的二進數字。我們就應該追查出它的來源、原因來，並且要有可靠的證據來加以支持，不能再像過去那樣，隨便加以臆說。這可以分為以下二項來檢討。

（一）我國二進記數字的來源和造字原因

　　我國的數字是文字的一種。因此，我國數字的來源，和我國文字的起源與發展有關；造字原因則和記載文字與記數的工具有關。我國傳統根據《易經》〈繫辭〉：「上古結繩而治，後世聖人易之以書契，蓋取之夬。」的記載，和諸子各家的資料，以及許氏《說文解字》〈序〉等所說的，都謂我國文字的起源發展，分結繩、卦畫、書契三階段，而推八卦為萬世文字之祖。[13]但持科學態度的人士，多以沒有

---

13 〔原註〕（註九）柳詒徵：一九四八，頁三九～四七。

表一　「結繩」、「錯畫」的二進數字和「積畫」數字演進表

數字	積畫	書契 錯畫（二進數字）			文象	結繩
		他　其	干　支	現存數字		
一	一		⊕ ＋ 甲	（見甲）	☷	|
二	二		Ⅹ		☳	|
三	三		丙 丁	（見丙）	☵	|（見御）
四	亖		⊠⊠⊠⊠ ⊠⊠⊠		☶	
五	亖	壬(十上)	（戊）	𝕀（見戊）（字內） ⊠⊠⊠	☱	|（午）
六	⊼			介	☲	・
七	△ 王			＋	☴	|（王）
八				八	☰	
九			Ⅰ（壬）	（見終壬）	⌒ 終	
十			⊠⊠（癸）	（見癸）		↑

證據而加予懷疑。尤其中央研究院歷史語言研究所的研究，直指商代無八卦，謂八卦乃周人所創。[14]其最主要的論據是在甲骨金文的資料上，都沒有關於八卦的資料。其實，這一主要論據的出發點是有問題的。第一：甲骨金文中，其實可能隱藏了不少這方面的資料，而是讀者沒有看出來。第二，在邏輯上來講，除非在全部資料完整無缺的情況下，才能作這種論斷。而事實上散失的部分很多，而資料可能剛好在散失的部分。第三、甲骨多為卜後棄置的廢物，是不重要的、範圍有限的資料。重要的資料應該已代代相傳下來，如經書等紙上資料可能即是。筆者的各項研究結果，正證實了以上各點的問題。有充分的證據和理由，證明古史相傳的結繩、八卦、文字，確是我國文字發展的承接階段。現在分述如下：

1. 結繩的存在於上古，大致懷疑的人較少。因為在我國邊疆、和世界各處都尚有這項結繩紀事的事實可考。問題是結繩如何結法和如何變成八卦，以前一點線索都沒有。但結繩和八卦的關聯，古史確有明確的資料。《左傳》〈昭公十二年〉「楚子代徐」條謂：左史倚相能讀三墳、五典、八索、九丘。馬融注：「八索：八卦。」《國語》〈鄭語〉：「平八索以成人。」韋昭解：「八索：八體，以應八卦。」孔安國等也謂八索言八卦之事。有人將八索的索作動詞解，謂即指震一索而得男，……等。這說法是不對的，因為六子只得六索，和八索不合。這裡的「索」顯然是名詞，從上文的語文構造上就可以看出。《小爾雅》謂：「小者謂之繩，大者謂之索。」顏註《急就篇》：「麻絲曰繩，草謂之索。」正合上古草昧時期的情形。所以這索是指繩索的「索」，十分明顯。

2. 我國現存字及數字中，尚多結繩時期保留下來的象形字。如

14 〔原註〕（註一〇）余永梁，一九二八；屈萬里，一九五七。

繫、御、午、關、孫（見圖一）等字。由目驗即可瞭解，由其中的
⸙可證⸙⸙⸙都是繩上打有結的形狀。尤其關字內的⸙乃玄（⸙）
的倒寫，根本就是繩字本身。高笏之先生謂：「玄即繩之初文，象
形。……牽字從之得意，可證也。……《老子》：『繩繩兮不可名。』
即玄玄兮不可名。（門人王淮發明）」[15]我國十字係在後來採用十進制
時，豎一來當十用的。丁山謂：「我國紀十之法，實豎一為之。」「縱
一為｜，｜之成，基於十進之通術。」[16]于省吾謂：「數至十，復返為
一，但已進位；恐其與一混，故直書之。是一與十，祇橫書直書之
別。初民十進位，至明顯矣。」[17]李孝定謂：「契文金文十字均作
｜，即一之直書。于氏以此為初民記數以十進位之明證，其說至
確。」[18]總之我國十字係由豎一而成，乃已公認之明顯事實。由此可
見金文中的我國古文⸙（十）字，就是結繩的「一」字，事實也至
為明顯。同時可知⸙（午），也就是結繩的「五」字；在下面解釋
「五」字時，會再進一步用文字學原理和數理解析來加予證明。

　　3.在結繩的象形字中，「結」再變為八卦的陽爻（—），也有明顯
的證據。在古文字中（包括甲骨、金文），點（•）可以變成橫
（—），是最常見的例子（見圖二）。圖二所附《鐘鼎字源》所收聘鐘
的「⸙」（十字）特別強調中間的（•），再加上文姬匜的「⸙」，谷
口角的「⸙」，便可看出由點變橫的實際情形。由⸙、⸙、⸙、⸙四
字中，實可看出我國文字的整個進化史。

---

15 〔原註〕（註一一）高鴻縉，一九六〇，頁一四三。

16 〔原註〕（註一二）丁山，一九二八，頁九〇、頁九四。

17 〔原註〕（註一三）于省吾，一九三四，頁六八。

18 〔原註〕（註一四）李孝定，一九六五，頁七一九。

圖一　繩和結（點）

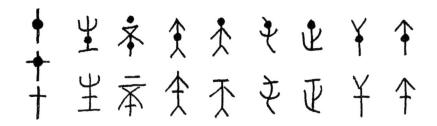

圖二　點（結）、橫

　　但過去有人以為十字的變化，係先由 ┃ 變為 ↑ ，依款再變為
↑ ┿ 十的，丁山謂：「我國紀十之法，實豎一為之：自 ┃ （《殷虛
書契》三，葉廿三）變而為 ↑ （孟鼎），再變而為 ┿ （克鐘），三變
而為 ┿ （秦公簋），四變而為十（簠鼎）、為十（詛楚文），于是像東
西南北中央五方俱備矣。」[19] 于省吾謂：「按契文十作 ┃ ，金文作

<hr>

❙ ❙ ❙ 十，初則僅為直畫，繼則中間加點為飾，由點孳化為小橫，數至十復返為一。但已進位，恐其與一混，故直書之。[20]高笏之先生謂：「按 ❙ 為假象數目字，作豎畫者，以別於橫畫之一也。……周初於豎畫之中點作肥筆以取姿，後漸變為直中加點。周秦之際，點復變為一橫，小篆本之，隸楷皆依小篆。」[21]李孝定謂：「早期作 ❙（肥其中者徒取筆意之美）與契文同，次作 ❙，又次作 ❙，又次作十，則漸近於小篆矣。」[22]這種十字演變的次序，其實是不對的。按人類觀念的發展，乃由具象到抽象，上文證明在甲骨文中即可用「❙」來代替「❳」，乃是表示繩上有一個「結」的形狀，是以一結來表示一的象形字，後來在進位時才借來表十的。「一」或「❙」比「❙」遠為抽象，二者從形狀上，已不能判定為何物，竹籤（籌）？手指？……。董作賓氏謂：「殷人在精美銅器上刻字，為了配合這美術工藝品，歡喜寫古體字，…這種字也就是甲骨文以前的原始圖畫文字。」[23]「我認為原始文字的，乃是殷代還在使用的『古字』──他們認為美術體的文字，就是現存的在二千件以上的金文銘刻。……殷代有通用的符號文字，如甲骨文，是他們的『今文』；而刻在精美花紋銅器上的文字，是他們的『古文』。殷人愛美，用在美術品上的字，要寫美術體；這種文字，也如今人喜歡寫篆字。也就是遠古傳下來的原始圖畫文字，可能是甲骨文的前身。」[24]再證以上面圖一和本節圖二上的資料，和結繩等的歷史記載資料。「❙」字為「遠古傳下來的圖畫文字」，應無問題。

---

20 〔原註〕見註一三。

21 〔原註〕（註一五）高鴻縉，一九六〇，第三篇，頁六七。

22 〔原註〕（註一六）李孝定，一九六五，頁七二〇。

23 〔原註〕（註一七）董作賓，一九五二，頁二九。

24 〔原註〕頁三六。

圖三　↑字放大圖

　　至謂↑肥筆的部分，也要在這裡加以說明。丁氏、于氏及高先生以為由｜ ↑ ↑ ↑的順序演變，其實其中「↑ ↑ ↑」的演變在事實上，剛好相反。最初是「↑」，因本字圓點和直畫交叉處，內中四角向內尖銳凸出的部分（見上面圖三），較為單薄，易遭磨擦，及為銹蝕所損[25]，中間的圓點變成了長橢圓形，年代越久橢圓越長，和中間的直畫合在一起，遂變成了各氏所謂肥筆（↑）的一形。以至郭氏誤以為像掌形，竟謂：「數生於手，古文一二三四作一二三☰，此手指之象形也。……即以一掌為十。……故羅馬數字之……五作∨，即掌之象形。中國以一掌為十，故金文十字作↑（甲骨文作｜，以不易作肥筆而省之），一豎而鼓其腹，亦掌之象形也。」[26]則離事實更遠。前人已有辯正。

────────────

25　〔原註〕（註一八）蘇瑩輝先生口告有此情形。

26　〔原註〕（註一九）郭氏，一九三一，〈釋五十〉，一。

4.在數理上，凡用二項符號法記數，必為二進記數。在繩上能看到的，只是有結無結，也是二種情形，正和二進記數的只用「一」和「零」一樣。筆者在〈重論八卦的起源〉[27]一文，對字形和數理上，曾作圖詳細推證。[28]文內提到：「假如用一把每位一個珠的二進法算盤，那就只用一句口訣，就是『逢二進一』或『二退一進一』就行了。」但沒有作圖說明。今注意到後漢徐岳的《數術記遺》中，「太一算」就是用一個珠的，但是注解者加上算板刻為九道一因數，變成了十進制，恐就是由結繩的二進制演進來的。又我國算盤和算籌都是以空位表示零。恐也是受結繩的影響，因為結繩受每位只能打一結的限制，除非有結，要不是就是空位（無結）。這一情形影響到後世的算器，計算法和記數法，不急於用零的符號。只要在用零的地方

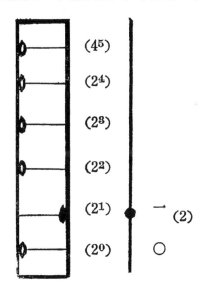

圖四　太一算推測圖

---

27 〔原註〕（註二〇）陳道生，一九六六。

28 〔原註〕見該文頁二一八～二二四。

空一位就夠了。算籌算盤的空位記零法，據李約瑟氏的研究謂：「在第八世紀以前，和李儼舉出的《孫子算經》中的例子一樣，凡是需要零的地方，都空出一格。這種辦法，在敦煌石室所藏唐代手抄本中，數見不鮮。有一卷名叫《立成算經》的手卷，內中載有用楷書與算籌數字作成的乘法表，我們在那裡就可找到把405寫成▦。」[29]這點我們可以繼續研究。

我國八卦中的爻，也是以陰（--）陽（—）二項符號來表示的，經德國大數學家萊布尼茲，在邵康節傳出的六十四卦圓方圖中，發現也是依照二進位排的。但這件事尚有爭論，即在他的大著《中國科學技術史》中，如此贊賞中國古代成就的李約瑟氏也謂：「這種說法自然不能採信。」但筆者最近一系列的研究和本文，都證明我國上古確實用過二進記數法，從邵康節、陳希夷，〈說卦〉資料的分析，二進數字的發現，學字從學「爻」學「文」學「字」學「文字」會意、書或畫字從用筆畫（書）「爻」到畫「文」的發展事實，在在證明八卦和文字的連繫與二進記數的存在。[30]八卦確是源於結繩二進記數排成的，當已論定。[31]

（二）我國二進記數字的追查和分析

我國二進記數的明顯事例既然確已發現證明，而又找出和證明了結繩、八卦、文字的承接階段，我們就可以站在八卦這一階段，上推

---

29 〔原註〕（註二一）李約瑟，第四冊，頁一七。

30 〔原註〕（註二二）陳道生：一九六六；一九七一；一九七二，五月，八月；一九七三；一九七四，五月，八月；一九七五。

31 〔原註〕（註二三）年前執教美國哈佛大學友人來信謂：「可近定論。」惟其時尚未見筆者以後發表各文。筆者〈新數學和舊光榮〉一文，為中華文化復興運動推行委員會選入「文化復興論叢」第七輯「科學論著」部分，〈序〉中謂各文係選自海內外發表著作。其他書文亦見有引用者，不詳。

結繩[32]、下尋文字中的數字。因為八卦只由二個符號（共三畫 ——
———）組成的，它的變化自然有限，而又要符合歷史已知條件，自然
變化的條件就更加有限了。《說文解字》中對爻字的解謂：「爻，交
也。象易六爻頭交也。」[33]按爻有陽爻陰爻二種，叔重所舉的爻不能
看出六爻，也看不出頭交的樣子，而是四畫在中間相交。因而後人多
有懷疑的，如徐灝在《說文解字注箋》中謂：「頭交，疑當作相
交。」[34]原來金文中有六畫相交的爻字。《說文古籀補》謂：「許氏
說：交也，象易六爻頭交也。古爻字六畫相交不省。」[35]見於《金文
編》的爻盉、小臣系卣、父乙簋、父乙爻角中的爻，都是六畫相交成
爻。[36]但許氏並未看到這一形，《說文》內並無此字，可知這不是由
六畫陽爻相交，也不是由陰爻六畫相交的例子。因為陰爻每爻斷成二
短畫（ -- ），六爻共有十二畫，不能作這一形的交法。而是陰爻三
畫，自身二短畫各自相交的情形。但卦爻的變化是由陰陽二種爻產生
的，可知除了陰爻自交外，尚有陽爻相交和陰陽互交，以及變化的例
子。筆者前在甲骨金文的五（ 𠄡 ）字、六（ 介 ）字中，已查出陰爻
自交和變化的情形各為「×」[37]、「八」、「||」[38]。二陽爻相交則為八形
的頭交，並指出六字係由巽卦演變而來，加以分析證明。[39]因此我們
很容易就找出了二進數字的造字法則如下：

---

32 〔原註〕記在文字的部分。

33 〔原註〕爻部，頁一二九。

34 〔原註〕（註二四）丁福保，一九二八，頁一三九四後引。

35 〔原註〕（註二五）吳大澂，一九八五，頁一八。

36 〔原註〕（註二六）容庚，一九三八，三、四一、頁一八一。

37 〔原註〕陰爻--本身二短畫自交。

38 〔原註〕同一字分化為他字時的變化，如 𠬞介 。

39 〔原註〕（註二七）陳道生，一九六六，頁二三三；一九七二，頁一一七。

1. 結繩用點（結）表「一」，用「空位」表「零」。
2. 卦爻：用「—（陽爻）」表「一」，用「--（陰爻）」表「零」。
3. 文字：用「一（一橫畫）」表「一（數字一）」，用「空位」、「×、八、‖」表「零」。

上面的法則或「二進數字構成律」是十分重要的，因為任何東西的研究，只要找出它的法則或定律來，就可解決同樣的許多問題。用空位表零是結繩的必然結果，就和算盤也用空位表零一樣，因為零就是「無」，無的地方當然是「空」。但空位有一缺點，就是，當空位是第一位時，在照二進位法則寫成記號（文字符號）時，就容易把第二位誤認為第一位。所以在八卦和文字中就要有表零的記號。「一」很好解釋，無論用結也好，用點也好，直畫也好，橫畫也好，都必定是一結一點一直一橫，中外古今都是相同的。在八卦中，陽文代表一，陰爻代表零，其實是很好判定的。因為它們代表的，都是相反的對。如「陰、陽」、「女、男」、「地、天」[40]。照這項法則，則牠們也代表「無、有」。「一」代表存在的開始——有（being），中外都有例子是很容易瞭解，有的反面就是無（nonbeing），也可照這一法則得出，同時無也就是零。因此陰爻代表零也就知道了，邵子文記邵康節舊事謂：「邢和叔（恕）欲從先君學，先君略為開其端倪，和叔援引古今不已。先君曰：『姑置是，此先天學，未有許多言語，且當虛心滌慮，然後可學此。』」[41]我為證明陽文代表一，陰文代表零，以前費了很多筆墨，其實對內行人來講都是多餘的。陽爻的一，在和本身相交時，也變為斜畫（見甲骨文的**仒**字），但和陰爻的斜畫不同。陰爻本

---

40 〔原註〕此一順序為殷易「坤乾」的順序，當另為文敘述。
41 〔原註〕見《宋元學案》〈百源學案〉。

身因係由二「斷畫」構成，所以本身斜排時，中間隔開相當的距離，避免本身頭交，以免和陽爻的相交形相混。

　　既然找出了法則，我們就可根據上項法則，來檢查和找出我們二進記數字了。

　　1.╳　這一個字實即「無」的本字，於錯畫系統數字的結構分析中可以看出。見筆者〈八卦及中國文字起源的新發現〉一文及後文。惟《說文解字》中列有一古文五字和 乂 字，與本字同形，因此，文字學者受《說文》先入為主的影響，沒有朝這一方向去追查個究竟。按本字在甲骨文的早期或以前已用為「學」字，在甲骨文的學（𤕩𦥯）字結構中可證，後變為「爻」（單獨成字）、「𡚼」、「樂」。[42]文字學家已不能認出，卜辭中有「學戊」寫作「爻戊」的，皆以為是因同音，假借爻來當學用、或由學字「省」來的，按此二說都不通，爻先有（見表一）學後出，不能有了學，還要假另一字來用，也不應說先出字從後起字省來。各家都不把「爻」列在學字部分，而列為不明意義的爻字。李孝定氏謂：

> 卜辭中學戊亦作爻戊，人名，無義可說。又疑假為駁，辭云：「王弜爻馬亡疾」（拾、十、六，生按即葉玉森，一九二五。）爻馬，駁馬也，《說文》：「駁、馬色不純，從馬爻聲。」按色不純亦有交雜之義，是當云爻亦聲也。又云：『☑受□新□至貞自夒□六爻□』」（藏一〇〇、二）言六爻，不詳其義，當非易六爻之義也。又云：「己亥☑貞爻其爻兩止」（續二、二八、二）義亦不明。[43]

42 〔原註〕（註二八）陳道生，一九七二，頁一一三、表一，頁一一五。

43 〔原註〕（註二九）李孝定，一九六五，頁一一二九。

按筆者前已證「爻」即「學」字甚明。[44]並指出:「今證明:一有文字符號即有兒童的文字教育,比我們想像和歷史記載都早得多。」[45]爻用在卜辭中已定型為「學」字,一為動詞作學習解;一為名詞作今日所稱的學校或教育解;另一則為形容詞,和別字連用時,形容那事、地、或人等和學有關。上文李氏所引《鐵雲藏龜拾遺》:「王弜爻馬亡疾」的「爻」字即作動詞解,「爻馬」即「學馬」,也就是學騎馬,因古時騎字尚未分化出來,馬可以騎,所以馬字也有騎義。另引《鐵雲藏龜》(一○○、二)的「六爻」即「六學」,乃名詞指學習的地方,猶周代中央五學及虎門小學之類。《孟子》〈滕文公上〉:「學則三代共之。」前人不信,今據筆者研究[46],可證孟子這話不假。所引《殷虛書契續編》(二、二八二):「已亥☒貞爻其爻雨止」內的爻字也是名詞,相當:「未卜禘不視學」的學,也指學校。李氏及各家所謂無義可說的人名「爻戊」中的爻,則作形容詞解,指主學的,猶今日的教育部長、校長之類,不是人的私名,甲骨文中,父母兄子稱謂有:「父戊」、「女戊」、「兄戊」、帝王稱謂有「太戊」等例,皆用干支為人名,另加形容辭分別身分。仿此,「爻戊」中的爻指所司的事(或職業)為學或教育,戊為人名;整個辭翻譯成白話為:「管教育的名叫戊的人」。如果要舉個更實在的例子,則如我們說:「教育部長蔣彥士」,「爻戊」中的「爻」就相當「教育部長」、「戊」就相當「蔣彥士」,這就十分清楚了。

筆者曾一再證明:學字從「爻(×爻)」、學爻(🕸)學文(🕸,介通文,有證)、學字(學下的令)、學文字(隸書學字中的

---

44 〔原註〕(註三○)陳道生,一九七二;七九七四;一九七六。

45 〔原註〕一九七六、頁七四五。

46 〔原註〕見一九七六該文。

孝）演進而來。最早的學字即以所學的東西「爻」來代表。[47]這是有成例可尋的，如《史記》謂孔子作春秋：「筆則筆，削則削。」的筆，就是作寫解，因為筆可以用來寫。仿此，爻是所以學的，所以最早的爻也就可以當學字用。還有後世對「爻」、「學」二字的解釋也還是一樣。學的意義為「效」，伏生《尚書大傳》《周傳》謂：「學、效也。」[48]朱子《論語注》：「學之為言效也。」[49]爻也有「效」一義，《易經》〈繫辭上傳〉第五章：「效法之謂坤。」《集解》謂：「爻，猶效也。」〈下傳〉第一章：「爻也者，效此者也。」第三章：「爻也者，效天下之動。」《本義》謂：「效，倣也。」效和仿是同義字，這裡是用仿來解釋效。由此及學字字形演進分析看來，可知「爻」、「學」實為同一字的古今字。[50]至於爻由陰爻造成的一形來代表，我們就可從上引「效法之謂坤」一句找出原因，坤有效的作用，所以就由組成坤的陰爻來代表，造成瞭解作效的這個最早學字。

表二　表零法

$$\begin{array}{ccccc} \| \cdots \cdots & \nwarrow \cdots \cdots & \times \cdots \cdots & ▬▬ & \cdots 2^2 \times \bigcirc = \bigcirc \\ \| \| \cdots & \nwarrow \nwarrow \cdots & \times \times \cdots & ▬▬ & \cdots 2^1 \times \bigcirc = \bigcirc \\ \| \| \| & \nwarrow \nwarrow \nwarrow & \times \times \times & ▬▬ & \cdots 2^0 \times \bigcirc = \bigcirc \end{array}$$

按「×」原為「無」字，於後釋數字結構中可證，又八卦代表相反之對，陽爻代表有，陰爻則代表「無」，「×」字係由一陰爻之二斷畫自交而成，已證於前。又從「×」各字中，×均有「無」或「使無」的意義，如「枺」從二木間有空（無）會意，《說文》解爾字

47　〔原註〕（註三一）陳道生，一九七二；一九七四；一九七六。

48　〔原註〕引見《儀禮經傳通解》。

49　〔原註〕〈學而第一〉首句。

50　〔原註〕（註三二）陳道生，一九七二，表一。

謂：「炏，其孔炏。」（《說文》炏部）有孔也就是空處無處。《說文》
又謂：「乂、芟草也。刈，乂或从刀」則有使「無」的意義，刈即用刀
使無。或謂：「用鉤鐮之屬。」（段注）又謂：「象剪。」[51]都不妥當。
因在造甲骨文的早期，有沒有剪這樣進步的工具，尚是問題。將甲骨
文中的「乂」釋為乂的都不對，因在甲骨文各辭中無一有「乂」的意
義，原片或為地名、祭名、人名等。蓋皆上釋「學」字的初文，古時
的學有供學習、祭祀、告朔、饗射、養老、布政、敷教、命官、選士、
出征聚謀、凱旋獻馘、⋯⋯等多種用途。乂用既為學字專用，乃假
借「亡」字，後又假借「無（舞）」字相代。李孝定氏謂：「有無之
『無』，古無正字，作『無』作『亡』，均是假借。」[52]有無應為生活
中原始觀念的一種，不應沒有正字。其實，無字在結繩期係以「空位」
表示，爻象期以陰爻代表，演為文字後則變為「乂」，今日表示不是或
取銷，中外尚用打乂來表示。可見這一符號乃是依人類的共同心理所
造成，所謂「人同此心，心同此理」，所以不分古今中外都能相通。

表三　二進記數的一

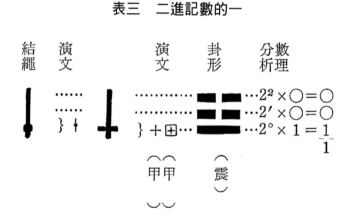

51　〔原註〕（註三三）李孝定，一九六五，頁三七一九。

52　〔原註〕（註三四）李孝定，一九六五，頁三八〇六。

2.十、⊞　上列二個甲骨文的甲字，也是二進數字，即二進的第一個字——一，甲在十干中位居第一，正和數目的一相應，甲的「十」一形，和後來的十相同。後者由繩上有一結的「♦」變來——點變為橫，原來也是由結繩的一變來。（參看上文）。♦後來被採用為十進位時進位以後的一（一○）即十，知道的人就很少了。從甲字有外框的一形——「⊞」，可知是表示三位中圍取一位的意思。過去文字學家對甲字，都不能說明造字原因。或謂木戴孚甲之像，又謂像人頭。《說文解字》謂：「……從木戴孚甲之象。《太一經》曰：『人頭空為甲。』……余、古文甲，始於一，見於十[53]，成於木之象。」[54]叔重對甲字引了三處資料，意義各不相同，可見已不能判定真正意義。後人對許氏所說也不明究竟。李孝定氏謂：「許君之意何居，實難索解。」按甲和十同由一變來，所謂「始於一，見於十」，當係傳自古時的此項線索，不但後人不能索解，即叔重採用這項資料時，也已不能索解。後人意見更加紛歧，或謂像魚鱗，郭氏謂：「《爾雅》〈釋魚〉曰：『魚枕謂之丁，魚腸謂之乙，魚尾謂之丙。』……乙丙丁均為魚身之物，……甲亦魚身之物也，魚鱗謂之甲，此義於今猶活。」[55]或謂像裂紋，葉玉森氏謂：「按卜辭以『十』紋，狀物身者，不獨一魚字。……林氏謂十像裂紋，與卜象兆形似，造字之例同一。郭氏魚鱗之說，殊不足憑。」[56]李孝定氏則贊同林義光氏象皮裂紋之謂，謂：「甲作十，蓋像甲坼之形，林義光《文源》曰：『按古作十，不象人頭，甲者皮開裂也，十像其裂紋。』其說是也。」[57]按各氏的

53　〔原註〕十下有歲字係誤入。

54　〔原註〕十四下甲部、頁七四七。

55　〔原註〕（註三五）郭氏，一九三一，下冊，釋干支，頁八～九。

56　〔原註〕（註三六）葉玉森，一九三二，卷一，頁二四上。

57　〔原註〕（註三七）李孝定，一九六五，頁四二○九。

說法，皆不一定是，對於甲字為什麼居十干首位，更提不出理由。本字係屬於錯畫系統，實為二進系統的「一」字。從表一及後面丙丁壬癸各字的分析看來，十分明白。

表四

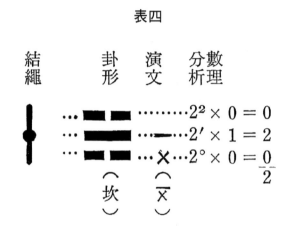

3.　本字見於金文，甲骨文中未見。且見於單字，未見於依序連接的數系中：如一二三四五六……等內。過去釋「五」，照筆者理出的系統，實應為二進記數的「一○」即「二」字。過去因字形和五接近，各家皆輕易的判為五字，未說明理由。按過去有因「十」（甲骨文七字）和十字相近，誤釋為十。「 」誤依後代進位順序，錯釋為十五的例子，本字應當也是誤釋字。按數目字和其他字不一樣，須力求正確，同一字不能多變化。尤其同一系統的，非有特殊原因，如原字已用為別一字，非要分別不可等充分理由，更不應有多變的異體。我們仔細檢查所有的數字，同一系統中，只有六字有特殊的「 」一形，但下面省去「∥」，實係沿襲古時空位表零的習慣而來。但終究容易弄錯，所以傳下來的六字，係根據正體字──　。不再用這一形。五字已有正字「 」，不應再有「 」、「×」等也為五字的情形，使人混亂不清。過去釋五，實因形似使人忽略的緣故，

並無連寫的數序資料可證。今從四（▨）字結構的分析中，可以證「▨」實為二進記數系統的二字。詳釋四字部分，並參照釋癸部分。「×」實為「▨」的省體字，即四字（詳後）。在李約瑟收集的數表中，有列為西元十三世紀的算籌字體，和十六世紀的商用碼子四字，即為本形。而同形又列在西元前六世紀至前三世紀的周朝錢幣五字群中，則實係許叔重以來誤釋的結果。[58]

表五　二進記數的三

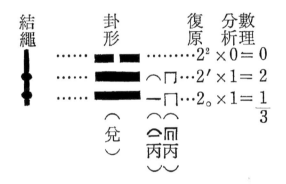

4. ▨、▨　我們照整理出來的系統，二進記數的「三」字，應記為「一一」，但這和後來十進記數積畫的「二」字會相混，單獨遇見時不能分辨。我們在十干中的第三個——「丙」字中，卻找到了這一形。丙和三相應，實為上古傳下來的二進三字，看上表的數理分析最為清楚，待後面介紹完了整個系統的基他數字時，任何人看過後，都應該毫無疑問。上列第一個是甲骨文的丙字——「▨」字，見於林泰輔《龜甲獸骨文字》[59]中，即由「一一」兩畫構成，為避免和積

---

58 〔原註〕（註三八）李約瑟，第四冊，頁一〇。

59 〔原註〕（註三九）丁福保，一九二八，十四下，丙部，頁六五六七；朱芳圃，文十四，頁一〇錄。

畫的二字相混，所以故意用彎曲形來作分別。第二個是見於「尹卣」
的金文丙字。[60]也以同樣的原因，上面一畫故意彎作弧形。從字形上
可以看出：它們的演變，也正合從甲骨文到金文晚期（靠近篆書），
字形由方變圓的情形。十干常用於序數，從古時的紀日，一直到現在
的生活紀事中，多的是例子。所以前人也曾懷疑到十干為與數字相應
的次數，郭氏謂：

> 卜辭由一至十之基數……於文字之結構上可判為二系：一至三
> 為一系，五至十又為一系是也。此與十干文字，甲乙丙丁為一
> 系，戊至癸又為一系者，若合符契。余意十干乃與基數相應之
> 次數，初民數字觀念僅多至四，與之相應之次數，僅由甲至
> 丁。基數觀念進化至十，則次數亦進化至癸。[61]

郭氏雖無證據，但也只差一間即可言中。按干支中從一至十，都藏有
遠古留下來的二進數字本身，不僅是相應的次數；分系也不是一至
四、五至十。丙字外，從上面的甲字和後面要介紹的丁、午、壬、癸
等各字也可證明。

　　按丙字形狀來源，或謂像魚尾，《爾雅》謂：「魚尾謂之丙。」[62]
或謂像人肩，《說文》引《大一經》謂：甲象人頭，乙像人頸，「丙承
乙像人肩」。說丙字構造謂：「從一入冂。」[63]前人已指其非，徐灝箋
謂：「丙之字形不可曉，從一入冂，望文為說耳。古鐘鼎文多作……
或作……狀似魚尾，故《爾雅》云：『魚尾謂之丙』。然亦非其本義，

60　〔原註〕（註四〇）徐文鏡，一九三三，十四下，頁二四。

61　〔原註〕（註四一）郭氏，一九三三，頁七。

62　〔原註〕〈釋魚〉。

63　〔原註〕「丙部」。

闕疑可也。《爾雅》又曰……皆物形偶似篆文，非造字取象於魚也。」[64]徐說很客觀。後人又有說為鯁字的，陳晉謂：「丙為夏（更）之省，並疑古更字亦作丙，《說文》『鯁，魚骨也。』《爾雅》『魚尾謂之丙』。丙蓋即鯁字。……石鼓文鯁字作鯇，即從二丙。」[65]所說頗合理，但即使對，也是後起的別義。不是原義。按更字小篆金文寫作「夏」，從「攴」從「丙」會意，「攴」即「扑」字，丙既為古代二進記數的「三」字，則更字有由外力使（至再）至三之意，即更改的意思，《說文》：「更，改也。」是更的本字，但為後起字，由丙加攴造成。丙原為三，一轉即成「再三」的意思，所以或原有更意，也未可知。或謂象几形，葉玉森謂：「卜辭丙字，並象几形。」[66]或又謂像底座，于省吾謂：「《說文》、《爾雅》說丙之義，均不可據。卜辭丙作……早期金文作……均象物之安，安亦謂之堤，堤同茟，……安與堤茟，即今俗所稱物之底座。」[67]都是所謂「望文為說」，不為後人信從。李孝定氏謂：「……契文丙字，……不類魚尾，亦不象肩形，《說文》、《爾雅》之說，並不足據。葉氏象几形之說，與于氏象底座之說相類，此說於字形頗覺切適，然於音義無徵，不敢信為定論也。」[68]可見過去有關丙字的各種說法，都有窒礙，迄無定論。皆因不明「丙」原為「三」字的緣故。

64 〔原註〕（註四二）丁福保，一九二八，十四下，丙部，頁六五六六。

65 〔原註〕（註四三）陳晉，一九三三，頁二八。

66 〔原註〕（註四四）葉玉森，一九三二，頁二二。

67 〔原註〕（註四五）于省吾，一九四○，頁三一。

68 〔原註〕（註四六）李孝定，一九六五，頁二三二～三。

表六　二進記數記四法一

$$\cdots \equiv \cdots \cdots \cdots 2^2 \times 0 = 0$$
$$\cdots \boldsymbol{-} \cdots 2' \times 1 = 2$$
$$\cdots \boldsymbol{\times} \cdots 2^\circ \times 0 = \dfrac{0}{2}$$

$$\boldsymbol{+}$$

$$\cdots \equiv \cdots \cdots \cdots 2^2 \times 0 = 0$$
$$\cdots \boldsymbol{-} \cdots 2' \times 1 = 2$$
$$\cdots \boldsymbol{\times} \cdots 2^\circ \times 0 = \dfrac{0}{2}$$

$$\boldsymbol{=}$$

$$\overline{\mathrm{XX}}\ (2+2) = 4$$

　　5.**双**、**双**、**双**、**双**、**八**、**甲**（四）和**网**、**网**、**网**、**岁**（丁）　上面的錯畫系統四字和丁字，也是明顯的二進記數字。係由「—××」即「一〇〇」——四的二進記數形，或二個「**乂**」亦即「一〇」——二的二進記數形，構造而成。分別說明如下。

　　（1）上面的錯畫系統「四」字中，第一字係由二個「**乂**」，即二進記數的二——「一〇」組成的，已在上面第三釋二的部分分析過了。所以二個「一〇」也就是二個「二」，自然就是「四」了。這字見於曾大保盆[69]，明顯的係一數字。因為積畫系統的四字也有二種造法，一為用同樣長的橫畫累積而成，一為由兩個二畫的「二」組成，後者如「三」[70]就是。段氏謂：「此篆法之二二如四。二字兩畫均長，則三字亦四畫均長，今人作篆多誤。」[71]王筠氏謂：「籀文三，早是

69　〔原註〕（註四七）羅振玉，卷十八，頁一三。

70　〔原註〕見《殷虛書契前編》，一、七、一及一、三、八，又見父乙鼎，乙酉父子彝）。

71　〔原註〕《說文解字注》，頁七四四。

二二如四。」⁷²朱駿聲氏謂：「古文從重二會意，亦積畫也。」⁷³這在後面講到癸字時，我們還會再遇到這一造字手法。表六是這個四字的數理分析，看起來十分清楚，不用再多說明了。至於本字的第二、三、四、五、六各形，係照錯畫系統的正式造字方法造成的，隸書楷書的四字，即由這一系演進而來，因為這字的結構習慣從上往下讀，就是一××，也就是「一○○」，這就是四的二進記數形（見表七分析），是四字的正字。第二字第三字見於《中國之科學與文明》⁷⁴。第四字第五字見於《說文古籀補》⁷⁵第六字見於丁佛言《說文古籀補補》⁷⁶。各字依次排列在一起時，可以清楚地看出如何演進為隸書楷書「四」的情形。配合整個系統的其他二進數字看來，我們現用的四字，係由二進記數系統而來，是絕無疑問的。過去因找不出造字原因，都謂是假借字，完全不對。假借說之中，以丁山說係假「呬」字而來，最為文字學家所信敎。丁氏謂：

> 四從口，像口形，或作🁢🁣者，兼口舌气象之也；其中之八蓋……像气下引，……八下之一，……以像舌形，气蘊舌上而不能出諸口，非呬而何？《說文》口部「呬，東夷謂息曰呬，從口四聲。」《詩》曰：「犬夷呬矣。」「犬夷呬矣」今《左傳》引作「喙矣」，《廣雅》：「喙，息也。」《國語》：「余病喙矣」，韋注云：「喙，短氣貌」，以呬義證四形，冥然若合符節，則四呬一字可以斷言。文字孳乳，有因借義習用已久，後

---

72 〔原註〕見丁福保，頁六五三六。

73 〔原註〕同上，頁六五二九後。

74 〔原註〕（註四八）李純瑟，第四冊，頁一○，第二二表。

75 〔原註〕（註四九）吳大澂，一八八五，頁八七。

76 〔原註〕（註五○）徐文鏡，一九三三，十四下，頁一○。

人不復知其本義，乃妄加偏旁以見之者，……[77]

郭氏謂：「四乃呬之初字，象張口而呬之形，《說文》云：『東夷謂息為呬。』（丁山說）」[78]高笏之先生謂：「字原像口中有气，……四即呬，本丁山甫氏說。」[79]丁氏據晚期金文小篆「四」字形狀，辯說甚精，遂使各家誤信其說，以郭氏大家亦不能免。實則，四字原無外面的口形，係由四字初形的最上一橫和下面左右二✕的外側斜畫結合而成，到晚期金文尚有缺口，到密封後，內側二斜畫內收，才成小篆楷書的形狀。按又有主四原是泗字，像鼻子裡有涕的，如馬敘倫、李孝定二氏。[80]都犯了同樣的疏忽。四字是明顯的錯畫系統字，而同系統的五字在甲骨文中的造字方法即相同，所以這個四字我們不能以發現的器物較晚，說它是個後起字。它實在是個遠古傳下來的二進數字，與董氏說甲骨文是殷時的今文，銅器上的精美文字才是古文的說法也相合。

表七　二進記數記四法二

結繩		卦形	演文	復原	分析數理
	…■■■…	…$\overline{XX}$…—…	$2^2 \times 1 = 4$
	…■ ■…		…✕…	$2' \times 0 = 0$
	…■ ■…		…✕…	$2^{\circ} \times 0 = \dfrac{0}{4}$
	（艮）	（四）		

---

77 〔原註〕（註五一）丁山，一九二八，頁九○～九一。

78 〔原註〕（註五二）郭氏，一九三一，上冊，釋五十，頁一。

79 〔原註〕（註五三）高鴻縉，一九六○，第二篇，象形，頁二八二。

80 〔原註〕（註五四）李孝定，一九六五，頁四一六一～四一六二。

（2）下面所列的三個丁字，在字形上明顯的可以看出來，係由錯畫的四字變來，二者的形狀幾乎是一樣。原來丁在十干中位列第四，所以就將四字略加改變，拿來造成這些錯畫的丁字。把它們復原後，和四字一樣，同是「一××」，也就是「一○○」——四的二進記數形。參看表七的分析，十分明白。前列丁字第一字，各見於《六書通》、《集古印篆》、《繆篆分韻》（下平青）丁釗、丁崇私印。第二字見於《選集漢印分韻》，第三字、第四字見於《繆篆分韻》、《續集漢印分韻》向丁之印，丁咸。這些古印辨識時代不易，但四的「 $\overline{XX}$ 」一形和甲骨文的「 $\overline{X}$ 」字，造字方式一樣，而後者在殷商時即已經有了，可見四字丁字各形，淵源有自。但這些字僅發現存在錢幣銅印中，未見於鐘鼎等重器上，惟古金文中有填實的一形如 ▰，疑其中本有精細斜畫如上舉錢幣璽印各文，後因這些雕刻較細的部分 ⊠ 日久[81]銹蝕所致。或和甲骨文中空各形，同因雕刻不易，省略（整個刻空）而來。璽印中才為著昭信，不得不精細刻出，也未可知。從數理上分析看來，確是四字的二進記數形，乃是顯而易見的事實。[82]

前人對丁字也有各種說法，如「魚枕」[83]、「人心」[84]、「釘」[85]、「頂」[86]等等，多流於望文曲說，以後起意義為解。實因去古已遠，不明干支中多有遠古傳下來的二進記數字一條線索所致。

81　〔原註〕至少一二千餘年以上。

82　〔原註〕參看本文分析干支其他各字。

83　〔原註〕《爾雅》〈釋魚〉。

84　〔原註〕《說文》引《大一經》。

85　〔原註〕徐灝等。

86　〔原註〕吳其昌。

表八　四變為丁

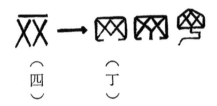

（四）　　　　（丁）

6.⊠⛒⛒（Ｉ）——五、⸾——午　五字和午字也原是二進記數字。照前例將五字中間的×改為零，就成「一〇一」，這就是五的二進記數形。因為這是一個系統下來的，前面解釋了很多，這裡不必再多說了。看後面的數理分析表九比什麼都清楚。五字過去的解釋，像《說文》：「陰陽在天地間交午。」早已不再為現代人所信。但丁山氏由「交午」一義出發，曲曲折折，間接又間接的謂互字中的**ㄅ**像糾繚形，再據《說文》：「筌，可以收繩者也。」而謂五為收繩器，五即古文互。按丁氏的臆說太牽強，《說文》的筌原有竹頭，乃後起字。古時造五字時是否有收繩器像五字形，實一疑問。丁氏原文謂：

> 五行之說殷以前未聞也，則卜辭中屢見「五月」「五牛」⋯⋯皆不得解以五行矣。⋯⋯而許君以五行為五本義何也？曰：此本義廢，借義行，學者習以借義為本義，而失其本義者也；五之本義為當「收繩器」，引伸之則曰「交午」。《儀禮》〈大射儀〉：「⋯⋯度尺而午。」鄭注：「一縱一橫曰午。」《索隱》曰：「凡物交橫曰午。」按午古或作⋯⋯不見一縱一橫相交之意；像縱橫相交者惟古文五字；⋯⋯交橫謂之五，交合亦謂之互。⋯⋯是五互古義通也。⋯⋯《說文》以互為筌省云：「象形，中象人手所推握也。」段氏謂「**ㄅ**像人手推之持之。」愚則謂象糾繚形。《文選》〈鵩鳥賦〉：「何異糾纏。」注引《字

林》：「糾，二合繩」，〈長笛賦〉注亦引張晏《漢書注》曰：
「二股謂之糾。」然則互之從乚，蓋取二繩相交意。二繩相
交謂之互，縱橫相交謂之五；其所以別者而意終無別，然則五
互形近音同義通，毋寧謂「𤇩，古文互」之為近矣。[87]

按丁氏以「己意」謂乚象糾繚形，未加證明即轉言糾字義，從糾字義
而謂互即取二繩相交意，而謂五古文互。其論說自「二繩相交（設為
A）謂之互（設為 B），縱橫相交（設為 C）謂之五（設為 D）」至
「……而意終無別……毋寧謂『五，古文互』之為近矣。」猶如謂：
「A 等於 B，C 等於 D，則 B 等於 D。」實為不合邏輯之說，音同部
分，謂：「……午聲為許，則午聲亦可為互；是五互古音全同也。」
也犯同樣毛病。因五實在不是五，所以無論如何牽合，在仔細觀察之
下，都會發現破綻的。但丁氏費力難得的一說，也有為各家所採信
的。如高笏之先生謂：「近人丁山以五為收紗之具是也。象形。」[88]李
孝定氏謂：「按《說文》：『……』……先民造字之時，記數字當屬早
出，其時必無此等觀念也。丁氏說五為收繩之器，與𥴩（互）同字，
雖未可證其必是，然亦可備一說。」則持保留態度，但李氏博覽各家
之後，也僅得到這一說。[89]

87 〔原註〕（註五五）丁山，一九二八。頁九一、九二。
88 〔原註〕（註五六）高鴻縉，一九六〇，象形，頁一六三。
89 〔原註〕（註五七）李孝定，一九六五，頁四一七七。

表九　二進記數的五

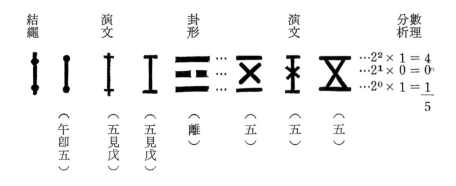

結繩	演文	卦形	演文	分數析理
（午卽五）	（五見戊） （五見戊）	（離）	（五）	（五） （五）

$$\cdots 2^2 \times 1 = 4$$
$$\cdots 2^1 \times 0 = 0$$
$$\cdots 2^0 \times 1 = \frac{1}{5}$$

　　十二支中的午字，也原是「五」字，在甲骨文中尚保存了結繩記數的「↕，⚱」——五字一形狀，第一字象「上有一結，中無結（空位）、下有一結」即「一○一」——五的二進記數形。已見上面分析表中，應無疑問。因我國曆法，夏以前皆建寅，寅卯辰巳午，午剛好在第五位。《爾雅》釋天歲陽條謂：「太歲在寅……在卯……在辰……在巳……在午……」也從寅開始，午居第五。「⚱」即玄字，古金文中「玄衣」的玄即作本形，也就是繩的本字，老子：「繩繩兮」，即「玄玄兮」。[90]各種資料，在在證明這個「↕」（午）字，即結繩記數的五。

　　午字舊說，如《說文》謂：「午，啎也。五月陰氣午逆陽冒地而出。此與矢同意。」乃指後來的小篆午字上尖部分而言，自是不合。後人從御字古文中，午作「⚱↕」一形，謂係像鞭形，或又謂為索形，葉玉森謂：「契文中午作⚱↕，當肖鞭形，故御字從之。」[91]郭氏謂：

90　〔原註〕（註五八）高鴻縉，一九六○，象形，頁一四三。採王湘說。

91　〔原註〕（註五九）朱芳圃，一九三三，文一四，頁二一引。

……羅氏曰：「……🔱與午字同形，殆象馬策，持策於道中，是御也。……」今案御實從午，此由古金文亦可證明。……余疑當是索形，殆馭馬之彎也。……要之，古十二辰第七位之午字，乃索形。[92]

李孝定氏謂：

按《說文》：「……」契文作上出諸形，當以作🔱者為初文，作🔱者畫其匡廓耳，或作🔱則由小點衍為橫畫，為文字衍變通例，……其初意若何？不可確知。郭氏謂象索形，雖亦略肖，然不能於字之音義求獲證明。葉氏謂象鞭形，二氏皆舉御字從午為證。然御字本誼訓迓，從午乃取其聲，非取其義。……卜辭皆用為支名，無他義。[93]

按謂象索形者為合，郭氏謂午在第七位，乃周建子後至今的次序，古時實在第五位。各氏所說尚有其他窒礙，疑義的地方，都可從上文得到解答。

　　甲骨文中又有「Ⅰ」字，實也是五字，過去釋字各家，混入「工」字和「壬」字中，太混亂，一時不易理出。十干「戊」字，位居第五，與五午同音同位，實也同意。戊字甲骨文作「Ⴌ」，過去解釋為像武器戊戚之屬。按甲骨文「Ⴌ」字從「Ⅰ」從「ㅏ」，金文「ㄊㄊ」從「ㄊ」從「ㅏ」，ㄍㅏ像斧形，而ㄊⅠ不像柄形，因柄不該上下二端有如此長的一橫，又呈過度彎曲形。「Ⅰ」字其實是五字，見上面數理分析表九可知。從一到九（十則進位），五適在中

92　〔原註〕（註六〇）郭氏，一九三一，下冊，釋干支，頁二八。
93　〔原註〕（註六一）李孝定，一九六五，頁四三七五～四三七六。

央。古人乃加 ←表示可砍開，中分的意思。是為了使戊字和午五有所分別，並避免和工和壬相混而造成的。

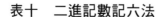

表十　二進記數記六法

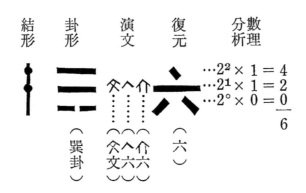

$$\cdots 2^2 \times 1 = 4$$
$$\cdots 2^1 \times 1 = 2$$
$$\cdots 2^0 \times 0 = \underline{0}$$
$$6$$

　　7.介（六）、人（六、入）、爻　　上面各字也是由二進位數字變來。「六」字和「文」字和巽卦（☴）的現在形，幾乎完全相同，我們從上面講過的八卦變為文字的法則，和舉過的許多例子中，可以很容易的看出：它們都是六的二進記數形——「一一○」，但六字和文字的甲骨文金文時期，頭上的一點和一橫，原是頭交成人形，是由巽卦頭上的二陽爻演變而來。因為爻有交義，又有陰爻、陽爻的交法不同，這是陽爻相交的情形，已經說明很多了。[94]在巽卦中，實也包含了我國文字的進化史。巽代表了結繩時的繩，〈說卦〉謂：「巽為繩直。」在卦中也代表了文告，巽〈象〉謂：「重巽以申命。」陸績解：「巽為命令。」〈象〉謂：「巽，君子以申命行事。」荀爽解：「巽為號令。」所謂命令號令即《周禮》「治象」、「政象」、「刑象」、「教象」之類，定時掛在「象魏」以號令天下的東西。卦變為文時，也就因這項文字淵源，由巽卦變成「文」字。正是結繩、卦象，書契的承

───────────

94 〔原註〕（註六二）陳道生：一九七一，頁二八；又一九七二，頁一一六～一二○。

接演進次序。巽變成文六兩字時，因文更重要，所以首先承接了正統的典型，六為了分別，只得將最下陰爻的二短畫對排來分別。入字也由巽卦變來，巽有入義，《本義》謂：「巽，入也。」《集解》：「〈序卦〉曰：『入而後說之，故受之以兌，兌者說也。』」入字為了要和文六分別，所以就用以前空位表無的辦法，造了這個「∧」，到殷代還是入六同字，但文六同字則早已失傳。我們從諺顏等字中彥字頭上的文可通六，可以進一步得到證明，這不但在古代璽印文字中，尚留下證據如圖五。這是在今日還在的一種事實，只是我們以前沒有注意深究罷了。

圖五　六通文，見諺顏各字

以前《說文》以易數謂：「從入從八」的說法，自然是不對了，李孝定氏謂：六字先成，《易經》晚出，許說之誣至顯。」[95]但在字形上說是沒有錯的，因此應說六在八前，不應由先造字從後造字。又有人謂造字之前先有數的觀念，造六時參考了八的觀念。[96]但這一說沒有易數變

六正八的媒介，從入八又沒有意義了。丁山氏乃主古借入為六，謂：

> ……考六之見於卜辭者通作∧，間亦作∧，與卜辭「∧于
> 商」（《殷虛書契》二，葉一）太鼎「以乃友∧攷王」之入均
> 無異，然則∧非從∧，皆古借入為六而已。六之聲紐今同
> 「來」，入之聲紐今同「日」，《釋名》〈釋言語〉：「入、內也，
> 內使還也。」是入內古音同屬「泥紐」；「泥」「來」同為舌音，
> 依章太炎先生「雙聲旁紐」（《新方言》十一，音表）解之，六
> 入古雙聲也。《大戴記》〈易本命〉：「六主律。」……《國語》
> 《周語》：「……」……《山海》〈中山經〉：「……」……《詩》
> 〈十月之交〉：「……」……亦以中訓內——內即入也，自音訓
> 言：六入之誼既通，則借入為六，不待繁徵而信矣。蓋六之與
> 入，殷以前無別也，（生按：有此一句即夠），自周人尚文，因
> ∧之下垂而變其形為∧以別于出入之入；于是鼎彝銘識中無
> 由見入借為六之跡。[97]

費了好大氣力，把本字證為借字！于省吾氏謂：「……丁說是也。」[98]
李孝定氏謂：「丁于二氏說字形演變均是。」[99]都尚有所蔽。

8. 王 王（王、玉）、∧ 十　上面第一個王字見於聃敦，為
古代傳下來的結繩字，第二個王和玉字於甲骨文中最常見，皆由古代
的七字變來。〈說卦〉謂：「乾為君、……為玉……」按乾為二進記數

說。當時筆者本擬將本文發現觀念提出以供參考。以屈翼鵬先生提議取消討論時間
而罷。此前筆者曾以〈重論八卦的起源〉、〈八索、八卦與二進數〉二文致贈屈先生。

97　〔原註〕（註六五）丁山，一九二八，頁九二、九三。
98　〔原註〕（註六六）于省吾，一九四三，頁三二上。
99　〔原註〕（註六七）李孝定，一九六五，頁四一八一。

的「一一一」即七。係由上古結繩的上中下三結演變而來。見上數理分析表最清楚。七後為王字占用，乃又造了「△」字，這字從「∧一」，∧為六字，是有六加一的意思，又「△」照陽爻頭交的例子，恢復為卦形即成乾卦「☰」，即七的二進記數形，所以也是七字。「合」字從「△」從「口」會意，古時八口為家庭的標準或代表形式，孟子謂：「八口之家，可以無飢矣。」合字即從家長集合另「七口」會意。「△（甲骨文今字）」從「△一」（即七一）先民用二進記數，從一（震）到七（乾），故謂「七日來復。」今字從「七一」意謂：「七日中的這一日」即《說文》：「今，是（這）時也。」同意。「𪎮（穌）」中的「△」指七律，從口吹笙管以和七律會意。

至於甲骨文中十字形的「十（七）」，可見是由於原來三畫的七字，已用為他字（君王的王）。乃由原來的「王」字省成的，因「王」既用為他字，從「王」上下省則為「干、十」又都已另有他字，所以就省成了「十」。按古代甲字、七字和後來的十字寫法相同，但這裡可以分別它們的來源，即：甲直接由結繩形的一（∮），中間的點變橫，演變而來；十（七）由王（七）省上下二畫而來；十則由「進位到十」的一（也是∮）演變而來。這是前人迄未分辨清楚的。

王字過去各家所釋，多以異體為證，如「𤣩」字，並以裡面的▲為火，如吳大澂、王國維、羅振玉、顧實、馬敘倫等。郭氏則主乃為牡器。吳其昌則以為斧類。徐中舒則謂「𤣩」像人端拱形，上一畫像其首。李孝定氏即從本說。[100]按甲骨金文中實仍以三畫連中的「王」字為多，後世所傳篆、隸、楷書王字即本這一形，可見本形才是王的正字。王字既有多體，則在邏輯上來說，只有「一是」、「全非」，而

---

100 〔原註〕（註六八）李孝定，一九六五，頁一一三～一二七。

無「全是」的可能。[101]除非能另找出證據，可見各氏所說皆非。

玉字，各家所說多從《說文》：「象三玉之連，｜，其貫也。」按古代結繩為三結，演為卦形文字為三橫，乃一符號，不必指實為三玉，若要指實，則王字三畫必流於牽強附會無疑了。

「Λ字，《說文》謂：「三合也，從ハ一，象三合之形，讀若集。」按「象三合形」意義含糊，不知所指，實即七字。見上述從Λ各字及數理分析，意義自明。本字見於《鐵雲藏龜》九四、四；《殷虛書契前編》四、三八、六，六、三四、四；《殷虛書契後編》上一一、九；下一、九，二七、一六，三五、三；《龜甲獸骨文字》一、八、一五。各家釋同Λ（今）字，無解釋。

表十一　二進記數的七形

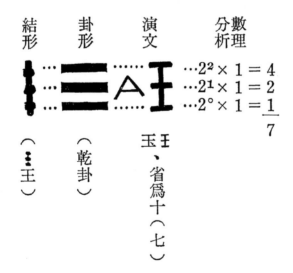

結形	卦形	演文	分數析理
			$\cdots 2^2 \times 1 = 4$
			$\cdots 2^1 \times 1 = 2$
			$\cdots 2^0 \times 1 = \dfrac{1}{7}$
（三王）	（乾卦）	玉王、省為十（七）	

9.ハⅡ（八）　八字在甲骨文中，有「ハ、Ⅱ」二形，第一形最多，最普遍；第二形見於《殷虛書契後編》七、十六、十。變化情

---

101 〔原註〕其他以一字為說者，皆與本邏輯相違。

形和上面訂出的法則正相合。我們很容易的，就可做成數理分析如表十二。由表十二，可見八字的原形，分別應為「豫卦」[102]和「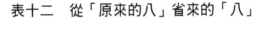」、「」但寫起來太繁，因此就採用「省」的辦法，分別省為「八」「」。這是文字的公例，但在數字上，除了「」省為×（商用文字四）外，很少用這一個不理想的辦法。可見古人造數字的時候，如何的慎重，後人研究文字找不出原因時，動輒用省假來解決，是很不應該的！

表十二　從「原來的八」省來的「八」

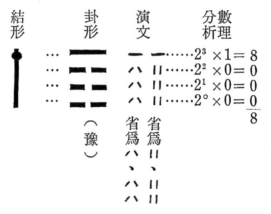

八字舊說，也有不同。許氏《說文解字》謂：「八，別也，象分別相背之形。」按字形有分開之象，於陰爻的一分為二形（‑‑）也可看出。但乃是從八的原字省來，而不是假借別字來當數字八用，二者大為不同。許說誤為又使人誤為假借字。馬敘倫氏以為象二臂，謂：「八字本是畫成二臂，變做篆文才成了八字。」[103]自是臆說。各家對許說，多表贊同。于省吾氏謂：「《說文》所釋記數字，以八字為

---

102 〔原註〕最上的二陰爻表零，無數位作用，略去。

103 〔原註〕（註六九）見李孝定，一九六五，頁二四九引。

近是。按契文八作 **）（**，金文作 **）（し**，小篆作 **うく**，形均相仿。
《說文》:『…』就形言之，許說與初文之義，當不相違。」[104]李孝定
氏謂:

> 按《說文》:「……」契文、金文並同。許云象分別相背之形
> 者，乃抽象之象形。其分別相背者，可以為人，可以為物，可
> 以為一切分別相背者之象。……王筠《說文釋例》云:「八下
> 云:象分別相背之形。案:指事字而云象形者，避不成詞也。
> 事必有意，意中有形;此象人意中之形，非象人目中之形也。
> 凡非物而說解云象形者皆然。」是也。[105]

按分別後則成空、無，故本字用在二進記數時，採用來表零（空、
無）的，它和✕原是「無」字;和以後省來的數八不同。數八係以後
由 **彡** 字省來，不是假借字，而是省體字。

　　10. **ひ**（冬、終）、**工**（壬）　　冬和終及壬字，原也是二進記數
字。「壬」居十天干的第九位，實即二進記數的九字。「終」是後世從
十進位由一到九，以九為終（十則進位）得到觀念，從數之終，而找
出古代結繩記數的二進位九字來用的。裡面實提供了我國從二進記
數，到十進記數的時間線索。我們看下面表十三的分析就非常明白。

104　〔原註〕（註七〇）于省吾，一九四三，頁三二後。
105　〔原註〕（註七一）李孝定，一九六五，頁二四九～二五〇。

表十三　二進記數的九字

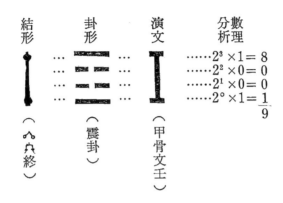

結形	卦形	演文	分數析理
（♠終）	（震卦）	（甲骨文壬）	……$2^3 \times 1 = 8$ ……$2^2 \times 0 = 0$ ……$2^1 \times 0 = 0$ ……$2^0 \times 1 = \dfrac{1}{9}$

「♠」這個終字，見於《鐵雲藏龜》（五、七、二）、《殷虛書契前編》（四、三二、七，五、二八、二）、《殷虛書契菁華》（二、一）、《龜甲獸骨文字》（一、十四、三），前人曾釋為記數字，王襄氏謂：「古六字，卜辭云：『……壬寅♠月……』」[106]按《說文》謂：「終，絿絲也。从系、冬聲。♠、古文終。」高笏之先生謂：「按♠，原象繩端終結之形，（或即結繩之遺。）故託以寄終結之意。動詞亦狀詞。周時秋冬之冬从之得聲，作♠，从♠（冰），♠聲。」[107]合上二說已近結繩記數古誼，惟實為結繩記數之九而不是六，由後來十進記數時以九為數之終而會意，因為殷時已改用十進制。

同字又釋「冬」，葉玉森氏謂：「……予謂象枝垂葉落，或餘一二敗葉碩果之形，望而知為冬象。……契文有♠字，亦變為♠，並為金文♠所由譌，蓋冬字也。」[108]郭氏謂：「金文冬字多見，但均用為終。……案此字當是《爾雅》〈釋木〉：『終，牛棘。』之終。……郝懿行云：『棘一名榛，……』……以終為榛，則於♠之字優有可說，

106　〔原註〕（註七二）李孝定，一九六五，頁三四一九引王襄〈簠室殷契考釋〉。

107　〔原註〕（註七三）高鴻縉，一九六〇，象形，頁二〇一。

108　〔原註〕（註七四）朱芳圃，一九三三，文十一，頁六後引。

蓋象二榛實相聯而下垂之形。故……用為始終及冬夏字者，均假借也。」按二氏均以植物果實解，一為象形，一為假借。按若真由此一原因，當以象形為勝，即像冬天歲暮之象。「終」乃又從歲之終得意，也頗合理。但甲骨文另一形「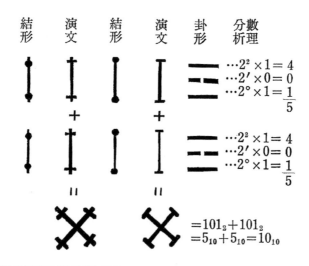」，和《說文》「綠絲」的線索，以及從金文字形上看來，實像「結」形，因照四位打結後的「￤」（中間有二個空位）太長不好擺，（參看表十三）所以把它彎曲成「」形。此外，又還有整個系統的「數理」一原因存在，這是最堅強最重要的一種證據。李孝定氏謂：「即終之古文，卜辭云：『夕雨』正當讀為終字。金文字，亦當讀為終。……殷時尚無四時之觀念，葉氏以四時之冬說之，非是。」[109]按氏謂殷時無四時觀念，雖在春秋二字有說，似尚有可商。終字實係結繩字，從數之終得意。冬則因為是歲之終，從而借用。二字原係一字。後來分別加、加系，便造成了我們到現在還用的冬、終二字。

表十四　二進記數記十法

109　〔原註〕（註七五）李孝定，一九六五，頁三四二二。

照「點變為橫畫」的我國文字演變通例。結繩的 **〡** 變成 **〡**，這就是甲骨文的壬字，其實即「九」字。壬在十天干中位居第九，所以用九字來造。這二字和前面分析過的午和五，形狀相同易混，其實後者有四位，比前者的三位長。**〣** 是為要和 **〡** 分別而變成的。**〡** 既用為九（壬），則同形字五不能用。惟存於甲骨文戊字中。

11. 癸 十干中的「癸」字，位居第十，也是十字，乃由二個二進記數的五（**〡〡〡**，見表九）字構成。**〡** 即五（午，見前），點變為橫乃文字通例，所以 **〡〡** 即可變為「**〢**」和「**〡**」即「上面有一，中間空位（零）、下面有一」合成二進記數的五——「一〇一」。參見前面表九數理分析。因係同一系統中的一連串事實之一，前面舉過了許多例子。這裡應再無問題了。

癸字過去也有許多望文生義的說法。羅振玉據金文「**屮**」一形，主係癸之本字，謂：「**癸** 乃 **屮** 之變形。**屮** 字上象三鋒，下象著物之柄，與鄭誼合。**屮** 乃癸之本字，後人加戈耳。」[110] 郭氏也謂：「癸乃 **屮** 之變形字，於古金文中習見，羅說無可移易。知 **屮** 之即癸，則知 **癸** 亦必即癸之變矣。」[111] 李孝定也主本說，謂：「羅氏從朱駿聲說，釋癸為癸之初文，即由 **屮** 所演變，其說當是。」[112] 按甲骨文中，無呈三鋒形狀的癸字，金文又多同甲骨文，各氏均以金文一字為說，自應以多數正字而不能以一字特例為準，前面已證明癸為十，諸氏之說自不能成立。

葉玉森則從饒炯說，主癸為葵之古文，謂：「近人饒炯氏謂癸為葵之古文，象四葉對生形，與叕象三葉，竹象二葉同意（《部首

---

110 〔原註〕（註七六）朱芳圃：一九三三，文十四，頁一五後引，又李孝定，一九六五，頁四三〇三引，二氏均註見《金文編》，查今《金文編》癸字下無解釋。李氏謂係「《金文編》初版十四卷十七葉，增訂本已無此字。」

111 〔原註〕（註七七）郭氏，一九三一，下冊，釋干支，頁一七。

112 〔原註〕（註七八）李孝定，一九六五，頁四三〇六。

訂》），以金文敔叔敦之癸作 ✖ 證之，饒說近是。」[113]按氏係就金文一字求證，但與甲骨文無一能合。本說自也無法成立。

吳其昌則主癸為矢之象形，謂：「癸字原始之初誼為矢之象形，雙矢交揆成 ✚ 形 ✚ 形 ✖ 形 ✖ 形而得癸字」按李孝定氏指其非謂：「吳氏謂癸象雙矢交揆形，亦望文之訓，矢主及遠，無交揆之理也。」[114]

高笏之先生又主像桂花，謂：「✖ 為桂字初文，原象桂花四蕊形。商周均借為天干第十名。周末復假三鋒矛癸字為之，秦人另造桂字以代桂。於是桂行而 ✖ 廢。」歷歷敘來，有如親見[115]，惜無證據支持，蓋亦想像之詞。

總之，各氏對癸的解釋，皆以假借為說。而為什麼假借該物，又未能說明。尤其對於癸為什麼排在十干最後一位等主要特色，都不能同所說的相黏合。其實，癸字原即十字，由二個「Ｉ」所組成，Ｉ即五字，卝字從之得義（見前）。巫字從之得聲。[116]又所採用由兩個五構成的造字手法，也見於積畫、錯畫四字——由兩個「二」組成。（見前）由前面許多例子看來，癸為十，又為二進記數字，實為鐵案。

五 本文得出的重要事實

本文得出的事實，都是湮沒了幾千年以上的史實。中外自古以來，多少經學家、史學家、文字學家、數學家、科學史專家，迄未能明瞭的問題。它的重要性是可以想而知的。現在擇其大的幾項，再整

---

113 〔原註〕（註七九）葉玉森，一九三二，一卷，頁一。

114 〔原註〕（註八〇）李孝定，一九六五，頁四三〇四。

115 〔原註〕（註八一）高鴻縉，一九六〇，象形，頁四五。

116 〔原註〕《說文》誤為工，或後人改誤，參看數理分析表。

理提出如下：

一、記數的位置值和表零法，是數學上的大突破，也是數學史上的大事。有了位置值和零就可以因一再進位，重複的用幾個數字就夠了。否則每個數都要有一個數字，可以至於億萬到無窮。則人力不但無法記憶且不可能。假若如此則數學就無法產生。沒有了科學之母的數學，就沒有科學。則人類永遠淪於疾苦野蠻之境，是可以想像得到的。由本文上述的資料，可以證明我國一有記數法，即有位置值和表零法。最早的結繩記數期，即用以「二」為底，「空位」表零的二進記數法。這種用「空位」表零的方法，並一直用到「十進記數」的「算籌」、「算盤」上。最初使用的表零記號是「╳、八、ΙΙ」，以後這些字分別用為「學」（╳）和省為數字「八」，才改用其他的辦法。其時間之早，為世界任何國家所不及。

二、正朔是我國最重視的，古代轉朝換國都要改正朔。三代以前的正朔，說法不一。鄭玄謂：堯建丑，舜建子；王肅謂：夏以前俱建寅；蔡德晉謂：黃帝建子，伏羲、顓頊建寅。今據本文得出：《爾雅》十二支以寅為首，午居第「五」，又適為結繩的「五」字。可見夏以前建寅的說法為合。這是古史的一件大事。

三、我國文字的起源，一直是個謎。董彥堂據干支字變化，推我國文字起源時期謂：

> 殷代二百七十年間，甲骨文一直是符號文字，不是圖畫文字。……干支字經過三百年，可以說沒有太大的變化。……從第五期（約西元前第十二世紀）到秦代的小篆（約西元前三世紀），大約有一千年，我們看：一千年後，二十二個干支字中，只有「甲庚亥」三字增加了筆畫，「丁巳申」三字易了形體，有變化的約占四分之一。不變的占四分之三，也可以說沒

有太大的變化。從殷代文字最晚的，向後推一千年而無大變
化，這是事實。據此以推，殷代文字最早的，向前推一千年，
難道就會有大的不同嗎？就會不是符號而是圖畫嗎？文化的進
程，照例是先緩後急。後一個一千年有春秋戰國的社會劇
變，……變化不過猶如此；前一個千年內，……唐、虞、夏、
商皆承平盛世，……用格外克己的算法，把中國文字的創始，
接上去殷虛文字的時代，……大約距今四千八百年。[117]

董氏因和他在中央研究院史語所的同事一樣，不信八卦，沒有把爻象
期加上去，自然也沒有把傳說的結繩期加上去，今證明確有結繩，八
卦的存在，並把如何演變成文字的法則，實例都找到了，則我國文字
的創始時間，又不知要推到多少千年前去了？這不能不算是一件大事！

四、經學是我國治國的原理，歷代尊為至高的學問。《易經》又
為五經之原，過去轉朝換國都要更換卦的次序，如夏易首艮、殷易首
坤、周易首乾。本文和筆者其他各文，以實際證據發掘了八卦的真
相。可見千餘年來的易家都是主觀臆說，其結果都是錯誤的。使多少
說易的書，可以放到廢紙簍中？使不致再用於騙後代的人！

以上各端，都是足以動搖我國過去古史研究的大事。至於其他一
字的證明、一事的發現，都尚在其次，不用再提了。

後記：撰稿期間，適逢母親節，筆者停筆構思時，每想到 外祖
母、 先祖母、 先母的慈愛。本文可以說就是她們和 家父用愛和
心血，培植出來的永恆花朵。——丁巳夏記。

---

117 〔原註〕（註八二）董作賓，一九五二。

參考資料（依年代姓氏排）

1.〔漢〕許慎著、〔清〕段玉裁注：《說文解字注》。藝文印書館影印
　　經韻樓藏本。臺北市。

2.吳大澂：《說文古籀補》，振新書局影印「清光緒十年印康熙
　　（1885）刻本」線裝本，上海市。

3.羅振玉：《鐵雲藏龜》，抱殘守缺齋印行，清、光緒二十九年
　　（1903）。

4.羅振玉：《三代吉金文存》，樂天出版社翻印羅氏百爵齋本。臺北
　　市。

5.丁　山：〈數名古誼〉，《歷史語言研究所集刊》一本一分，頁八九
　　〜九四。中央研究院印行，民國十七年（1928）。

6.丁福保：《說文解字詁林》，國民出版社翻印「醫學書局，上海市，
　　民國十七年（1928）」本，臺北市。

7.葉玉森：《鐵雲藏龜拾遺》，民國十四年（1925）。

8.葉玉森：《殷虛書契前編集釋》，民國二十一年（1932）。

9.余永梁：〈易卦爻辭的時代及其作者〉，《中央研究院歷史語言研究
　　所集刊》，第一本。頁二九〜四六，民國十七年（1928）。

10.郭　氏：《甲骨文字研究》，民國二十年（1931）。

11.郭　氏：《卜辭通纂》，文求堂書店印行，日本，東京，民國二十
　　二年（1933）。

12.朱芳圃：《甲骨學（文字編）》，商務印書館印行，臺北市，民國二
　　十二年（1933）。

13.徐文鏡：《古籀彙編》，商務印書館印行，臺北市，民國二十二年
　　（1933）。

14. 陳　　晉：《龜甲文字概論》，中華書局印行，上海市，民國二十二年（1933）。

15. 容　　庚：《金文編》，民國十四年（1925）樂天出版社影印合訂本，臺北市。

16. 于省吾：《殷契駢枝三編》，民國三十二年（1943），藝文印書館影印本，臺北市。

17. 董作賓：〈中國文字的起源〉，《大陸雜誌》，第五卷第十期，大陸雜誌社印行，臺北市，民國四十一年（1952）。

18. 屈萬里：《易卦原於龜卜考》，《中央研究院歷史語言研究所集刊》第二十七本，該所印行，臺北市，民國四十六年（1957）。

19. 高鴻縉：《中國字例》，廣文書局印行，臺北市，民國四十九年（1960）。

20. 李約瑟著、傅溥譯：《中國之科學與文明（四）》，商務印書館印行，臺北市，民國六十三年。（譯本、原文翻印本均無原書出版時、出版者）。

21. 李孝定：《甲骨文字集釋》，中央研究院歷史語言研究所印行，臺北市，民國五十四年（1965）。

22. 陳道生：〈重論八卦的起源〉，《孔孟學報》第十二期，頁二〇七～二三四，孔孟學會印行，臺北市，民國五十五年（1966）。

23. 陳道生：〈新數學和舊光榮〉，《復興中華文化論文專輯》，頁一七～三一，臺北市立女子師範專科學校印行。臺北市，民國六十年（1971）。後又為中華文化復興運動推行委員會收入《中華文化復興論叢》第七集，頁六八六～七〇八。

24. 陳道生：〈八卦及中國文字起源的新發現〉，「女師專學報」第一期，頁一〇七～一二四，臺北市立女子師範專科學校印行，臺北市，民國六十一年（1972），五月。

25.陳道生：〈解開易數「九、六」的祕密〉，《女師專學報》第三期，頁二〇三～二一五。臺北市立女子師範專科學校印行，臺北市，民國六十一年（1972），八月。

26.陳道生：〈中庸和二進記數的隱密關係〉，《女師專學報》第三期，頁三五～五〇，臺北市立女子師範專科學校印行，臺北市，民國六十二年（1973）。

27.陳道生：〈漢石經周易非善本論初稿〉，《女師專學報》第五期，頁一～一二。臺北市立女子師範專科學校印行，臺北市，民國六十三年（1974），五月。

28.陳道生：〈「學」「教」正釋及其隱藏的教育史實〉，《女師專學報》第六期，頁二三七～二四六。臺北市立女子師範專科學校印行，臺北市，民國六十三年（1974），八月。

29.陳道生：〈從「書」字的演進看泥書、「讀」字、八卦及我國文字的起源〉，《女師專學報》第七期，頁五五～六八，臺北市立女子師範專科學校印行，民國六十四年（1975）。

30.陳道生：〈從《說文》錯解「學」「教」看教育史研究〉，賈馥茗、黃昆輝主編：《教育論叢》第二輯，頁七二五～七四八，文景書局印行，臺北市，民國六十五年（1976）。

——本文原發表於《女師專學報》第9期（臺北：臺北女子師範專科學校，1977年5月），頁183-212。

歷史之鑰——五

一　前言

　　教育研究所，於民國四十「五」學年第一學期招生；錄取「五」人，畢業也是「五」人；今又由此「五」人中之一——賈馥茗學長主持此所。以其學識，以其勤懇，以其對所之感情，知必能有所成就。十年前，我在一篇自序中自警謂：「年前離明師尚在《研究所集刊》第二輯弁言中敘曰『前後畢業生論文，去年已在《集刊》第一輯發表八篇，……今又在第二輯發表七篇，……嗣後源源而來，猶將逐年續刊焉。……昔朱文公自註四書，自作《詩傳》、《易本義》；復面授作《書傳》，分授作《禮經疏義》；其弟子蔡忱黃榦等皆有所成就。……』先師之期希吾輩者，固如是耶？」今逢《教育研究通訊》發刊，謹就與所有關之「五」字為文，以為慶祝，以為自勵，亦以為共勉！

二　從五字發掘之數學史新頁

　　五年前，作者在〈重論八卦的起源〉[1]一文中，根據《易經》〈說卦〉最後五章，敘述八卦時都根據「乾坤，震巽，坎離，艮兌」之次序，與第三章所提示之定位資料，及甲骨金文等證據。證明八卦：「乾坤、震巽，坎離、艮兌」實即四對二進記數法之數字，即：「一一一與○○○」、「○○一與一一○」、「○一○與一○一」和「一○○

---

[1]　〔原註〕副題：「結繩、八卦、二進法、易圖的新探討」，載《孔孟學報》第十二期。

與○一一」也即是十進記數法之「七、○」、「一、六」、「二、五」、「四、三」其和皆為七。

八卦所顯示之此項二進記數法，使人獲得進一步之推理，即：我國古代或已實際使用過此項二進記數法。因而在古代遺留之資料中，可能尚有痕跡可尋。結果發現最可靠之甲骨文數字中，其五字之構造竟與離卦相合。在甲骨文中五字寫作✕，而離卦（☲）剛好亦上面一橫下面一橫中間二劃，惟離卦中間二劃平排，而五字中間二劃則交錯。其理由結果亦在《說文解字》中：「爻者、交也。」一句而獲得解釋。知✕即陰爻二短劃自交而成。照該文證明之陽爻代表一，陰爻代表○，則知離卦與甲骨文之五字，均為一○一，亦即二進記數法之五字。

甲骨文之五字，證明係為二進記數之寫法後。實已為我國數學史發掘一新頁──我國遠在使用十進記數法之前，實已使用過二進記數法。

一字之證明，尚可說係孤證、巧合[2]，因此尚需查出更多之數字，始足為據。但除六字外，國人整理搜集之資料中，實無進一步之證據，殊為惱人！

三　李約瑟：《中國科學技術史》一字之助

於進一步搜尋二進記數字正遭遇困難之時，忽於英國學者李約瑟著之《中國科學技術史》（Joseph Needham, *Science and Civilization in China*）中，發現一古代之四字寫作 𝕏𝕏，此與五字之錯劃系統相合，經比較後，發現今之四字，係由 𝕏𝕏 ⋔ 演變而來。此字即係由兩✕又合構而成，照✕係由陰爻自交而成代表○之例，則✕又即可改寫成為一○，而此即二進記數之二，𝕏𝕏 係由兩個二合構而成，而其表示四

2　〔原註〕雖則此前已先有嚴密之系統證明。

之意自明。於是我國在使用十進法之前確實已使用過二進記數制,遂已獲得確證。

四　我國數學發展史新系統之提出

　　二進數字之發現和證明,僅係客觀之事實,因此我們可進一步追究發生此項事實之原「因」。作者根據上古結繩而治(《易》〈繫辭〉)、八索即八卦(《國語》、《左傳》注)與十係豎一而成,而金文 ✝(十)字,根據關孫二字之古寫:關關、♀8升,證明通彔(繩之象形),所以即係由結繩之一演變而來,等等證據。再根據數學理論,與繩上「每位」只能打一結(猶一珠之算盤然)之情形,遂論定:我國上古採用此項二進記數法之原因,係受記數工具之影響與限制而成。故二進記數法之採用,在我國,歷結繩、畫卦、書契三階段,終由現存之數字獲得證實。

　　由於甲骨文五字與離卦在構造上之明顯類同,遂發現我國數學史上之此項祕密。五字實為啟開此項祕密之鑰。而作者亦覬為此所第一屆畢業生「五」人中之一。均與「五」字有重重關係。適逢校慶嘉會,為文敘之,中情有不能已者。

　　教育研究所,在教育學術研究上為最高之機構,主持又得其人,在發展上實無可限量。故所中師長學長,其有意開創教育史新頁,在理論上、方法上、事功施為上,推陳出新者,又奚讓乎?

　　　　　　　　　　　　　——五十九年六月一日晨於臺北

　　　　　——本文原發表於《教育研究通訊(創刊號)》第1期
　　　　(臺北:國立臺灣師範大學,1970年6月),頁18-20。

第二輯
教育學論集及其他

教育史的意義和範圍[*]

　　「教育史」這個我們本來好像已經熟識、瞭解了的名詞，如果一下有人問起來，要回答的時候，它的意義在我們腦中又轉趨模糊了。這是因為教育史的範圍，幾乎和人類整個的歷史同樣的廣。而且「教育」一辭，是至今連學者專家都尚人言言殊，有待分析的一個複合名詞，回答起來，自然不太容易。當然，如果我們要個籠統的解答，自然也很容易。例如「教育史」這一名詞中，包含了「教育」和「史──歷史」二種東西。「歷史」一辭的解釋，有人認為：一切過去發生的事實，都是歷史。最普通的解釋是：人類過去的記錄。在這裡加上「教育」一辭的限制，使它的範圍縮小在教育的部分；因此「教育史」就可說是：一切過去發生的教育事實，或人類過去教育事實的記錄。但這對我們瞭解教育史的意義，沒有多大的幫助。我們如果想得到一個更明確的概念，在解答這個問題之前，我們尚要先做一番考查、分析、綜合的工夫。

一　教育的意義

　　要瞭解教育史的意義，先從瞭解教育本身做起，應是較恰當的途徑。而且我國「教育」二字的字源考查，學者尚一直誤信許氏《說文

---

[*]　【編案】本文為先生主筆之師專空中教學教材《教育史》（臺北：中華出版社，1975年2月）「第一編：緒論」中之第一章。原書於標題頁上方有「第一講次」四字。

解字》中的說法，在教育史的研究中，重新加以考查更正，尤為適合。因此，我們就從下列幾項出發點，來先考查「教育」本身。

（一）語源的考查

我國「教育」二字的起源，考查起來，頗有意思。因為它本身就隱藏了一部我國的舊教育史。而且還是教育研究上，最近的發現。[1]原來「教」字從我國的甲骨文起，都是在「學」（爻、學、𡥏、𡥉）字右邊加一「攵」——手（又）執教鞭（｜）的象形。所以是從「由外在權威督促學習」會意來造的一個字。在被督促著學些什麼呢？原來是學文字符號。我們先從學字追查起，看來就會非常明白。

最早的學字，在甲骨文中寫作「爻」，以後在二邊加手（𦥑）成（𦥑爻）（後來又變為字首𦥑𦥑𦥑），是表示「學爻」；第二期是在𦥑（學）下加「介」成「𦥯」，介（六）和父（文）相通，由古金文中：諺、諺、謰、顔、顏、顥等「彥」字頭上的「文」可寫成「六」可證。[2]所以本期的學字是從「學文」會意。第三期是在學字下半的八內加子（子）成字（字），是從「學字」會意。我們現在用的學字，就是由這期保存下來的。第四期是把學字中的「爻」換成「文」，和下面的「字」合成「文字」，是從「學文字」會意。原來這些演變的過程，剛好和我國文字演進的記載資料相合：最早是卦象時期，所以學字從「學爻」會意，爻就是卦爻。接著文字產生，但春和以前文字只叫做「文」，不叫做字，也不叫做文字，所以這期的學

1　〔原註〕（註一）見參考三九、陳道生、民國六十一年；參考四〇、陳道生、民國六十四年。（「參考」指書末所附「本書主要參考資料」）【編案】指〈八卦及中國文字起源的新發現〉與〈「學」、「教」正釋及其隱藏的教育史實〉二文，皆已收錄本書。

2　〔原註〕（註二）又二字同由巽卦（☴）演變而來，同為「一一〇」的形式。見參三九，陳道生、民國六十一年、頁一一六～一一九。

字，也改成從「學文」會意。顧炎武《日知錄》即注意到：「春秋以前言文不言字」這件事。到戰國的時候，「字」的名稱使用出來了，學字也改成從「學字」會意。《史記》〈呂不韋傳〉謂不韋集門下客著《呂氏春秋》，布咸陽市：「有能增損一『字』者，予千金。」江永在《群經補義》中，也注意到這件事。故周代後期金文和秦篆中的學字，都寫成本形。秦始皇統一文字，把「文」和「字」合起來稱為「文字」，見於瑯琊刻石：「同書文字」句。所以承接篆書後的隸書學字，多寫作「學」，從「學文字」會意。我們容易看到的漢隸〈禮器碑〉、〈史晨後碑〉、〈樊敏碑〉、〈曹全碑〉、〈景君碑〉、〈乙瑛碑〉、〈武榮碑〉等有學字的都這樣寫。甲骨文中由這一系統發展出來的學字，右邊加上「ㄅ」，就是教字，寫作「�」。《說文解字》中列的一個古文「𢼄」（第三下），即由這字演變來的。當學字從「爻」演變成篆體以後，教字也演變成「斆」，但這字許氏卻說錯了，謂是：「斆、覺悟也。從教，從冂，冂，尚朦也，臼聲。」（教部）後來的注家也注錯了。其實，從上面學字的演進中，斆字左邊的「學」字是經過：爻（最先）、𡥈、𡦈、𡦀、學（子才出現），爻和子在學字中現出的時間，相隔得太遠了。右邊的「攴」又到最後才出現，由甲骨文的「ㄅ」變來的。斆字怎麼能是從「教」呢？冂是從个冂冂演變成的，又怎麼是尚朦呢？臼是原來的雙手（𦥑）演變成的，原是象形的部分，而不是聲符。學和教都是象形會意字，而不是形聲字。這個教（斆）字過去一直誤認為學，章太炎先生寫的一本《小斆答問》，其實是錯寫成了「小教答問」，就是一例。《辭源》、《國語辭典》已解為教。但一直到現在，連研究文字學者，仍尚有沿誤的。

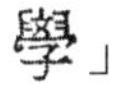

現在通用的「教」字，是從另一學（𡥏、𡥐）字和「ㄅ」「攴」合起來造成的。古代在造第二期學字的時候，除了上述在原有的爻字二邊加手，從學習的內容會意外；為了表明學習的個體──小孩子，

乃又在原有的 ✕ 字下加子會意，造成了另一學字——⿱爻子，《說文解字》解釋「⿱爻子」字時謂：「⿱爻子、放（或作效）也，从子、爻聲。」（子部）段注：「放，各本譌作效。今依宋刻及《集韻》正。放倣古通用，……學者仿而象之也。」效和倣都就是學，朱子《論語注》：「學之為言效也。」（〈學而第一〉）伏生《尚書大傳》《周傳》：「學，效也。」（引見《儀禮經傳通解》）這個从「✕子」的學字，在 ✕ 演變成文後，也演變為从「文子」——「斈」。這字至公元六世紀時，尚在北齊通用。今人以為是俗字。後代因「學」字通行，這個斈字到現在，字典中已不再收，僅在「教」字的偏旁中看到。所以這個現在還用的教字，也是在這一斈（學）字旁加「𠂇」（甲骨文）「攴」造成的。「𠂇」為手執教鞭的象形。「攴」即「扑」字，《說文》：「攴，小擊也，从又，卜聲。」段注：「此字从又、卜聲，又者手也。經典隸變作『扑』，凡《尚書》、《三禮》鞭扑字，皆作扑。」由上可見：教字是表示用體罰為手段，督促孩子學習文字符號的象形會意字。

　　我們現在通用的「教」字，卻將左邊的「斈」錯成了「孝」。黃以周釋謂：「《說文》：『孝，善事父母者，从考省，从子。』『斈、倣也，从子、爻聲。』案孝與斈音義不同，經傳中多混用之；由後人少見斈，習見孝，而妄改之也。」因為這是個錯字，所以看不出當初造字的原因來。（見表）

學字、敎字演變表

　　古人這樣造學字和敎字，如果在我國教育活動中來加以考查，又會更加明白。班固在《漢書》《藝文志》中，將字書列為六藝之一，稱為「小學」。序謂：「古者八歲入小學，故周官保氏掌養國子，敎之六書，謂：象形、象事、象意、象聲、轉注、假借，造字之本也。漢興，蕭何草律，亦著其法曰：太史試學童，能諷書九千字以上，乃得為史。」似此，我國一直到清末民初為止，所實施的舊教育中，都是以認字、寫字、誦書、背書、作文為主，即文字符號的熟練、文字記載經驗的記憶、文字使用的練習三階段，都偏重文字教育。所以在古代造的學字，即從學文字符號（╳、爻、文、字、文字）象形（─臼）會意（見前）。但對這些文字，兒童學起來未必會有興趣，因此就產生需用敎鞭體罰來強迫學習的情形，這就是「敎」。

　　從上面敎字的演進中看來，在敎字中實已指出來了：有敎師（手執敎鞭的人）、教法（鞭扑體罰）、教材（文字）、和學生（子）。可以說在這一字中，已經具有狹義的後代「教育」意義了。由此可見我國教育起源之早。

　　「育」字在甲骨文中有二種寫法：䍃（育）、𣯶（毓）。原是女人生子的象形。所以原義是「生」的意思。《易經》〈漸卦〉〈九三〉：「婦孕不育」；〈中庸〉：「發育萬物」；註都謂：「生也。」即是用育的本義。生後須養，育以後乃又引申為「養」。《爾雅》〈釋詁〉「（頤、艾、）育，養也。」「育（、孟、耆、艾、正、伯），長也。」郭注：「育養亦為長。」《易經》〈蒙卦〉〈象辭〉：「果行育德。」《詩經》《小雅》〈蓼莪〉：「長我育我。」〈大雅〉〈生民〉：「載生載育。」註并謂：「育，養也。」

　　育字用在「教育」中，乃採用「養」的一義。《孟子》〈盡心上〉：「君子有三樂：……得天下英才而『教育』之，三樂也。」集註謂：「……敎而養之……」按周官保氏：「掌養國子以道，乃敎之六

藝，……六儀。」是教育即「教養」的意思。我們到今天還常說：某
人有沒有教養，有時也說：有沒有受教育，意義分別不大。教養的內
容，當時已包括：「德（道、禮、樂）、智（書、數）、體（射、御）、
群（六儀）」等項。由當時孔子所教，有六藝四科一事，可以證明這
些資料的可信。所以當時的「教育」一辭，已大致和今日的一般意義
相當了。

我們目前所謂的「教育」，是我國實現新教育時，採自西方的
education（名詞）、educate（動詞）一字的意義。它是從拉丁文
educatio 和 educare 變來的。它原來的意思是：帶領、引導、教養、
提出、高舉。後來成為教育科學上的意義，大約只有二個世紀的歷
史。這期間它偏重於指：使被教者內在隱藏的精神力量、傾向、能
力，發揮和實現出來。目前又偏重於指教育方法[3]，例如說：「給予智
德的訓練。」[4]「教學的藝術或科學；教授法。」[5]「指求學（或讀
書）與教學的或學習的方法和原理，作起碼的關聯而言。」[6]就是教
育等。

（二）本質的探討

語源的考查只是追查「教育」一辭的字典通俗意義，尚是形式上
的。要進一步瞭解教育的意義，尚須知道一些教育哲學上的探討，這
就是教育本質的學說。教育是一種「活動」，是一種對事物關係的連續

3　〔原註〕（註三）見參三〇，趙雅博，民國五十七年。【編案】趙雅博：〈教育釋
　　字〉，收於《現代教育論叢》（臺北：開明書店，1968年），頁一～七。

4　〔原註〕（註四）見傅一勤等編：《牛津高級英英英漢雙解辭典》，英文解釋。東華
　　書局印行。

5　〔原註〕（註五）見 *The Randon House Dictionary of the English Language*, the unbar-
　　idged edition.

6　〔原註〕（註六）見 *Webster's New International Dictionary*, 3rd edition.

變化或歷程。關於教育是歷程的說法，下列幾種我們須有一概念。[7]

第一是：教育是自然發展的歷程。因為受教的個體（兒童）是生物，生物的特性是會生長，在生長的過程中，如不遇到環境的阻礙，天賦的各種本性自然會次第發展出來。正如斐斯泰洛齊（Johann H. Pestalozzi, 1746-1827）的意見，一粒種子在肥沃土壤中，自會發展成一棵大樹。教育不能離開受教育的個體。這種根據個體生物特性的發展歷程說，自是把握到真理的一端。

第二是：教育是社會化的歷程。人一生下來就在社會境中。但小孩的時候，都是自我中心；只知有我不知有人。待與社會中的別人發生衝突，在漸漸的適應當中，接受社會的風俗、習慣、信仰和各種觀念，便構成了涂爾幹（Emile Durkheim, 1858-1917）所謂的「社會的我」。教育便是由個人本來身心狀態構成的「個體的我」，同化於「社會的我」的歷程。孔融讓梨的故事，就是社會化的最好例子。教育不能離開社會，無法不接受人與人之間的調適和影響。所以從社會環境的教育作用來看，這一說自也把握到教育真相的一面。

第三是：教育是文化傳遞的歷程。人一出生就在時空的樊籠中，注定了是個有限的大在。但人面對這個殘酷的事實，不願投降。因此他追求自由，追求不朽。他終於發明了語言文字，能經由教育的活動，把他精神活動的結果——文化，擴大流傳到本人生存的空間時間以外去。所以站在文化和教育的觀點來看：教材是文化的遺產，教育就是使受教者接受這一遺產，並據而創造新文化，使它傳遞下去的一

7　〔原註〕（註七）見參三一，崔載陽、民國四十一年、頁一六二；參三二，郭為藩、民國五十九年；參三三，歐陽教、民國六十二年。【編案】指崔載陽：《教育哲學》（臺北：中華文化出版事業委員會，1952年）；郭為藩：〈自我理論在教育學上的應用〉，《國立臺灣師範大學教育研究所集刊》第十二輯（臺北：國立臺灣師範大學，1970年），頁八五～一二三；歐陽教：《教育哲學導論》（臺北：文景書局，1973年）。

種過程。教育不能沒有內容或教材，這種文化傳遞的事實又至為明顯。持這種說法的，自然也把握到教育重點之一。

　　人在環境中進行教育活動，環境分為社會環境和自然環境；人和環境發生交互作用所產生的經驗、知識、技能、方法、器物、制度……就是教材的來源。我們瞭解了這些主要的方面，根據教育一辭在語言上發展出來的含義、教育本質探討的結果、實際觀察教育活動的情形，再用分析的方法，就可以在需要時，自己給教育下個定義。因為從下一節教育史的意義和範圍中，我們知道教育的範圍還正在擴大。預先給教育下個定義，就會和各種字典中的定義一樣，不切實際。

二　教育史的意義和範圍

　　教育史的意義，不但各人的解釋，頗有差異，而且各時代的解釋，也有不同。隨著意義的不同和演變，自然所指的範圍，也有大小之別。我們把它分成下面幾項來加敘述。

（一）生活教育時期的教育史意義和範圍

　　人類由於具有生物的特性，需要吸收外面的物質來維持生存，需要排除環境中的困難來滿足情緒；天天在哪裡適應環境、改造環境；同時環境的勢力，也天天在影響他、改變他。在他與環境的這種交互作用當中，他對環境的每次適應活動，都得到一次寶貴的經驗。他在生活當中，利用每次的舊經驗，去指導、修正、改進新的經驗，使他對環境的適應更成功，進而改造環境，使生活更加美滿。在這種情形下，就在生活當中，發生教育的作用。這種教育，沒有特定的教育目的，生活本身就是目的；沒有專門的教師，前事不忘，就是後事之師；沒有特別設置的學校，整個生活環境，就是一個大學校；沒有特

別安排的教材，環境中的事事物物，都是學習的教材。這是上古的和今日離校後的生活教育。或稱廣義教育。在這一意義下，教育史的意義和範圍，就和人類的歷史本身相同。

（二）傳統的教育史定義範圍

在第二次世界大戰以前，教育史學者給教育史下的定義，都是限於教育思想及學校制度方面的為多。有的學者認為教育史應偏重於教育觀念、理論、目標的紀年式敘述。有的學者又認為應集中於學校制度方面。所以，如果我們翻查幾本戰前的教育史著作，可以發現裡面的內容，確是多限於各時代的教育思想和學校制度方面記述。因為以前的社會尚未如今日般複雜，影響教育的各種因素，尚不明顯。各種教育活動確是以學校為主。

（三）教育史意義和範圍的演進

在二次大戰後的二十年間。由於印刷發達，從兒童到成人都受到數以千計的出版品影響；由於廣播發達，在家中即可接觸到世界上各種各樣的事物和觀念；更由於團體活動、工作環境……等的作用。人在生活當中，就隨時隨處都在接受教育。因此，美國的「教育在美國歷史中的職責委員會」[8]在一九五七年宣稱：任何一人之生活，都是由自然、政府、農場、工廠、地區、家庭生活、期刊、廣告、教堂、圖書館、俱樂部、學校等所組成的一股橫掃他的影響或勢力浪潮所形成。教育在廣泛的意義上來說，包括了這整個的各方面。

除該委員會以上所指各項外，在我們廣大的文化潮流上，還流行

8　〔原註〕（註八）見 *Fund for the Advancement of Education. Committee on the Role of Education in American History*, 1957, *The Role of Education in American History*, by Paul Herman Buck. New York: The Fund.

著各行各業的許多學者專家，如文藝作家、藝術家……以至服裝設計家等提出的許多觀念，也是有力地在影響著每一個人，也是很大的一股教育力量。例如穿古典旗袍和迷你裙長大的孩子，自然在人格形成方面會有差異。由於教育範圍的擴大，使教育史學家，不得不負起探索新資料的義務。因此他們被要求去研究通俗讀物、傳教書刊、兒童文學、育兒寶鑑、自傳資料、教師經驗談、教學技術、教室組成、通俗及高級工藝品，以及其他類似資料，並說明這些東西在傳遞文化方面的功能和效果。

（四）教育史的新典型

近年來，知識數年增加一倍，生活用具和服裝的款式時時求新，社會基層的大眾日形重要，藝術家正在拋棄傳統的秩序。創造的成果加上創造的要求，促成新世界新文化的出現。目前出現的教育史新典型是：

1. 注重大眾教育的因素。
2. 教育和其他方面的專業化發展。
3. 教育制度與兒童、家長、當地及所服務的社會之間的關係。
4. 在兒童的各種價值形成上，學校所擔當的任務。
5. 提高教育機會均等的程度。
6. 相信更多更好的教育，將能解決最重要和最複雜的社會和個人問題。
7. 產生代溝的因素，及其彌補的情形。
8. 學得更快更好，以對付知識爆發的方法。
9. 把教育經驗，置入一幅遠比在教育家、歷史家正常看來，還要大得多的遠景中。

研究問題及作業

一、在我國的「教」字中,隱藏了哪些教育史實?

二、英文 education 一字的意義,經過怎樣的變化?

三、在《說文解字詁林》一書中,查出「學」字和「教」字的資料,和本書的資料比較看看。

四、在 Webster's International Dictionary 中,education 一字各期意義的變化,用字典幫助翻譯出來看看。

五、利用下一章第二節介紹的圖書館技術,再找幾本別的教育史,和本書的內容對照看看。

六、試進一步搜集資料,說明教育史範圍演進的情形。

――本文原載於陳道生與馬文恆、曾維垣、張炳熙、黃建一、楊紹旦、葉玉坤、趙汝福、鄧明治等合著之師專空中教學教材:《教育史》(臺北:中華出版社,1975年2月),第一章,頁1-14。

研究教育史的目的和方法[*]

我們探討過教育史的意義和範圍後，我們進一步就會遇到一些修習教育或教育史的人，常常會問到的問題，那就是：教育史有什麼用處？為什麼要修教育史？也就是說：修習教育史的目的何在？假如我們能將這個問題分析明白，自然能使哪些被迫修習教育史的人，感到心安理得；也能使有志研究教育史的人，更增加幾分興趣和信心。這點，過去似乎做得不夠。知道了為何要研究教育史以後，另外一個問題，就是如何去研究教育史？也就是研究教育史的方法問題，這在過去雖有些書上提到，也只是空泛地說說，而沒有根據實際經驗提出的具體可行方法。下面就針對這二個重要的問題，來進行探討，並希望探討的結果，能對讀者實際有所幫助。

一　研究教育史的目的

人類的行為，大部分受著「目的」的誘導。一飲一食，無非是為瞭解渴止飢。我們雖具五官，但心不在焉，就會視而不見，聽而不聞，觸而不覺，食而不知其味。基本的感覺意識尚且如此，複雜的行為，更非有目的為前導不可。研究教育史，自亦不能例外。因此我們將研究教育史的目的，分析成：「實用」的目的、理智活動，以及感情活動的滿足等三種，來加以討論。

---

[*]　【編案】本文為先生主筆之師專空中教學教材《教育史》（臺北：中華出版社，1975年2月）「第一編：緒論」中之第二章。原書於標題頁上方有「第二講次」四字。

（一）研究教育史的「實用」目的

由於人類具有生物的特性，任何東西對他來說。第一個關切的問題是：「對我的生命有沒有益處？」那就是有沒有實用價值的問題。教育史研究的「實用目的」，主要的有下列幾項。

1. **為了社會的進步** 我們回憶老祖母時代的各種野蠻社會現象，如械鬥時以無辜的活人為祭品等事實，為什麼今天不會再出現呢？還不是教育的力量。你仔細的觀察過了的教育發展軌跡，就可以看出教育的每一階段，都是社會文明進步的里程碑。我們在制定社會政策時，先參考教育史實的發展趨向，是最聰明的辦法。

2. **為了國家的前途** 一個國家的興衰原因，在教育史中，最易找到。如德國掀起世界大戰而失敗，實由於民族主義教育過分發展的結果。而德國工業發達、國民勤勞，與凱欣斯泰納提倡的公民職業教育思想不無關係。我國自清末以來，教育中有「尚武」、「軍國民教育」的宗旨，所以今日外國軍事家有謂我們每人都已成為優秀戰士的。[1]一個國家的立國方針，能參考教育史實來定，自能多帶給國民福祉，而避免走向悲劇的發展。

3. **為了教育本身的研究** 科學的研究精神為試驗實證。但教育上有許多事情，範圍太大、因素太複雜，需要時間太長，無法在實驗室中進行實驗。這時我們就可用教育史的研究來代替，因為教育史中的事件，其實就是以大自然為實驗室，實驗出來的結果。

4. **為了睿智的判斷** 英國大哲學家培根（Francis Bacon, 1561-1626）說：「歷史使人聰明。」我們也有：「前事不忘，後事之師也」的諺語。可見從歷史上的前例，確可使我們對事對物得到睿智的判斷。教

---

1 〔原註〕（註一）見麥克阿瑟元帥國會證辭（The Full Text of MacArthur's Speech）：「在過去五十年來，中國人的觀念和思想，已經軍事化。」

育史為歷史的一部分，自亦不會例外。對教育事實本身尤其如此。

（二）滿足學術研究的興趣

本項目的與第一項實用的目的不同，是純粹為著追求真理而起的一種活動，不管研究的東西有否實用的價值。只在研究明白一件教育事實的真相，發生的原因、可能的影響，和與其他事物的關聯等。可說是出於為研究教育史而研究教育史的一種研究態度。

（三）為了滿足歸屬的情緒

一切的歷史研究，隱隱中都含有這一種動機。因為個人太渺小，人生太短暫，人力太微弱，人在生活中，細想他的境遇，有一種飄浮無根的感覺，有求助無門、無可奈何的隱衷。因此他要找個有力的依靠（如宗教），要找出植根的深遠處（歷史），以便藉著傳統來使自己感到有所歸屬。所以孤兒沒有不想知道生身父母的，一生忘本的人確實少見。人對於歷史越追越遠，就會越感到自己的根源深遠。研究教育史的人也具有這部分的目的。

自然，研究教育史的目的，因人不同。無法一一列舉。對選習教育史的人來講，也許為了功課及格能夠畢業。有人也許為了想對教育方面樣樣知道一點，因為教育史比教育概論更具有這樣的功用。學教育的人必須修教育史，其最大的作用，普遍地說應該在此。

二　研究教育史的方法

任何事情，假如不懂做的方法，一定會有嘗試錯誤中，浪費許多的人力物或金錢。點石成金的手指，和詩人：「鴛鴦繡出任君看，不把金針度與人」的詩句，都被人一再的引用來比喻方法的重要，事實

確是如此。人類能有今日的成就，確是受到進步方法的恩賜。人類探索真理的系統方法，始於希臘人和亞里士多德的演繹法，以後有培根提出的歸納法、約翰‧彌爾的演繹歸納並用法、杜威的行動邏輯。我們參考了以上各種方法的精神，修正了一些實際運用時的缺點後，提出下面一種具體可行的步驟。

（一）問題的遭遇

任何一個行動的產生，都起於有些問題要解決，研究教育史自然也從問題開端。這種問題可能是發自研究者的興趣，也可能是研究者必須面對的工作。前者研究起來頗為自然輕鬆，後者則可能是一種困難的情境。但不論任一情況，這些問題：或為一個舊有論斷的懷疑，或為一件事實的究明，或為一個系統的理出，或為一個原因的追尋，或為現行措施找個參考的舊經驗，或為建立新政策新理論尋找史實根據，各種情況不一，全看研究者當時的情況和需要而定。

（二）參考前人的經驗

任何一個問題，既然你遭遇到了，難道過去那麼久，全世界那麼多人，就從來沒有遭遇到嗎？所以，你不能馬上就去研究，你應該查明這個問題前人有沒有研究過？有沒有解決過？如果解決了，就可利用他的貢獻，不必再做重複浪費的工作；如果還沒有解決，你也要參考他研究過的部分成果和失敗經驗，避免重蹈覆轍，然後再從那前人已有的部分成果出發，繼續研究；如此才不會浪費，世界才會進步。這一環一直是我國教育的缺點，也是我國學術研究的缺點，國內學者一直在炒舊飯，研究工作不受國際重視，即缺乏做這步功夫的能力和修養。

當我們決定研究的問題後，參考工作要仔細進行，否則，即使只

疏忽了一件，也很可能功虧一簣，鬧個笑話。做時可參考下列步驟進行。

1.**參考別人已整理好答案的資料**　這些是包括普通和專門的參考工具書。在這些書中已有專家替我們準備好了資料和答案。我們看過後，對本問題的發展系統和資料範圍，就會有個大概。這些書包括各式普通和專門性的字典辭典、類書、百科全書、手冊、傳記、年鑑等等。這些參考書，都是由學者專家個別或集體精心完成的。尤其現代的百科全書，都是集第一流的學者專家，包括諾貝爾獎得主在內，共同完成的。當你查考某一問題時，就等於有諾貝爾獎得主為你的顧問。從這點，你就可以知道這些書的價值和重要性了。研究教育史的方面，這種參考書，重要的有：

（1）朱經農等編：《教育大辭書》，臺灣商務印書館印行，臺北市。本書初版於民國十九年發行，遷臺後雖經增訂，然未重新徹底增補整理排版。故內容較舊，新名詞多未收入，然仍甚有用。

（2）唐杜佑等撰：十通，臺灣商務印書館影印，又新興書局影印，臺北市。本套書於民國二十四年，由臺灣商務印書館影印初版發行；在臺由新興書局影印者，售價低廉。內包括：A.〔唐〕杜佑撰的《通典》，本書資料採自經、史、子、集、奏疏，上自黃帝，下至天寶末年。B. 宋鄭樵撰的《通志》，本書搜羅上古至隋唐的史料編成。C. 元馬端臨撰的《文獻通考》，本書係以《通典》一書為籃本，補足天寶以前《通典》遺漏的資料，並搜集天寶末年以後，至宋嘉定末年的資料續成。以上三書，並稱「三通」。D.《續通典》，收唐肅宗至德元年至明崇禎末年資料，仿通典體例續成。E.《續通志》，稍改《通志》體例，增補鄭氏遺漏及唐代紀傳，收宋遼金元明五朝資料編成。F.《續文獻通考》，收宋寧宗以後，至明莊烈帝以前，包括遼金元各朝資料續成。G.《皇朝（清）通典》，照通典體例，資料悉依清制增刪編

成。H.《皇朝通志》，仿鄭《通志》之二十略，收資料自明末至清乾隆而成。I.《皇朝文獻通考》，照馬氏《文獻通考》體例，依清代制度實情增刪編成，所收資料始於清初，終於乾隆五十年。以上九種合稱「九通」。內冠「續」「皇朝」之後六種，皆乾隆時敕撰。J.清劉錦藻撰：《皇朝續文獻通考》，本書承接皇朝文獻通考，收乾隆五十一年至光緒三十一年資料編成。以上十通中，凡所分選舉、儒林、學校、經籍、禮樂等類者，都是教育史料，研究教育史時，應知查考利用。

（3）宋王應麟撰：《玉海》，華文書局影印，臺北市。資料採自經、史、子、集、百家傳記，甚為博洽，紀事以年為經，始自伏羲，終於宋末。內有帝學、學校、禮儀、選舉、藝文等，皆屬教育史料部分。

（4）清陳夢雷等編：《古今圖書集成》，光緒十年上海圖書集成局鉛印，在臺有文星書局翻印本。本書為類書之大成，有一萬卷之多，資料自古代至當代清制，皆已收入。教育資料如儒學、書院、社學、義學等皆散入《方輿彙編》。另《經濟彙編》之選舉典、學行典、禮儀典等也是屬於教育資料部分。因卷帙繁多，初用者較不便，宜先查索引。

（5）教育部教育年鑑編纂委員會編：《中國教育年鑑》，民國二十三年第一次、三十七年第二次、四十六年第三次。本項《教育年鑑》，收集現代教育史料甚全。第一、二次皆編於朱家驊部長任內。第三次則在臺編於張其昀部長任內。由正中書局印行。研究現代教育史者，如不知使用本書，則必事倍功半。

（6）Paul Monroe, ed., *Cyclopedia of Education.* New York: The Macmillan Co., 1911-1913. 5 Volumes in 3. 本書老一點，包括至收集當時的各時代和各主要國家資料，有關教育史及傳記方面的資料尤佳。有優良的書目，至今仍甚有用。

（7）Harry N. Rivlin and Herbert Schueler, ed. *Encyclopedia of Modern Education.* New York: Philosophical Library, 1943. p.920 比前一書簡明通俗。學術氣氛沒有那樣重。未見新版問世。查新資料時宜用其他百科全書輔助。

（8）Robert L. Ebel. ed. *Encyclopedia of Educational Research.* American Educational Research Association. New York: The Macmillan Co., 1969. 本書包括各項教育問題的出色研究資料，附有良好之參考書目於後。

（9）Lee C. Deighton and others. ed. *The Encyclopedia of Education.* New York: The Macmillan Co., 1971. 本書為較新較全之教育百科全書，查考教育事項，甚為有用。

2.**參考書籍** 由前項工作中，我們初步對所研究的題目，已經知道包括了哪些範圍。我們就要進一步收集有關的書籍。收集的方法有：

（1）利用圖書館的卡片目錄：這種目錄通常分書名卡、著者卡、分類卡三種卡片，前二種中文書都是依照書名或著者姓名的筆劃排的。後一種乃照書碼（分類號碼和著者號碼）的數序排列。如「余書麟著：《中國教育史》」一書，讀者如果知道著者，可在六劃余的著者卡片箱中，從許多六劃的著者中找到姓余的，然後依第二字（書）第三字（麟）的筆劃多寡順序，在余姓中找出本著者。知道書名，也可在四劃（中）的書名卡片箱，從中字開頭的書名中，依第二字（國）第三字（教）……的筆劃順序，找到本書。如果不知道著者和名。也可根據該館所採用的圖書分類法找出。如用「中國圖書分類法」的，便可在「520」教育總論的「歷史與現狀」中找到。如採用別種分類法的，普通都可從放在目錄櫥頂的「目錄檢索說明」中找到。或直接請教圖書館員也可。西文書卡片，除書名卡（title card）、著者卡（author card）外，尚有標題卡（subject card）、分析卡（analytical card），普

通都是照字母順序的字典式排列，查來更加便利。分類法多採用杜威
（Melvil Dewey, 1851-1931）的十進分類法（Dewey Decimal System
of classification），教育史的號碼是「370.9」。或蒲特寧（Herbert Putnam,
1861-1955）博士設計的美國國會圖書館分類法（Library of Congress
System），教育史的分類為「LA」。或有採用其他分類法的，不明時均
可直接向圖書館員請教。有的國家圖書館，如美國、日本等的國會圖
書館，製有全國聯合書目，可查出全國重要圖書館及藏書家藏書。十
分有用和便利。

（2）利用出版的書目：中文書目，古書除正史中的藝文、經籍志
外，有四庫全書總目、歷代名家藏書目錄。現代書則有大陸時出版的
《全國總書目》、《中國教育書目彙編》。在臺出版的有國立中央圖書館
編的《中華民國出版圖書目錄》、《近百年來中譯西書目錄》、臺灣省
立臺北圖書館編的《臺灣各圖書館所藏書目聯合目錄》。但都是斷斷
續續，沒有銜接的系統，或不全，或有錯誤。宜平時多蒐集出版商書
目，以供補充參考。西文書方面則每年都出版有完善的「Cumulative
Book Index. New York: H.W. Wilson Co., 1898-date」（上書常簡稱 CBI）。
教育專門書目，則有「Walter S. Monroe and Louis Shores, Bibliograp-
hies and Summaries in Education to July 1, 1935. New York: H.W. Wilson
Co., 1936. p.470」等。查考甚易。

3.**參考期刊論文**　論文散在各種各期的報章雜誌上，每一雜誌，
每年總有十期（月刊），二百種則一年就有二千本，十年就有二萬本。
如果不懂查法，要一頁一頁去翻，試問要費多少功夫？所以我們非要
知道利用論文索引不可。中文的教育論文索引有：

（1）邰爽秋等編：《教育論文索引》，中山大學教育研究所發行，
民國十八年，七冊。收清代至民國十八年四月之教育論文八千餘篇。
有提要。

（2）邰爽秋編、彭仁山重編：《增訂教育論文索引》，上海民智書局發行，民國二十一年，六九八頁。係由彭氏刪去前一索引之內容提要，增刪而成，共收六五八七篇。

（3）莊澤宣編：《五年來教育論文索引》，南京中山文化教育館印行，民國二十四年，七七頁。係續前一索引而編，收民國十九年至二十三年之教育論文。

（4）司琦編：《近十年教育論文索引》，臺北市，中華文化出版事業委員會印行，民國四十六年。索引民國三十五年至四十五年間，十數種教育雜誌而成。未普遍收羅綜合性雜誌。

（5）國立臺灣師範大學圖書館編：《近五年教育論文索引》，臺北市，編者印行，民國五十二年。承上一索引，收民國四十六年至五十年間出版的教育雜誌、四十九年至五十年間的綜合性雜誌，以及五十年的報紙教育專論，索引而成。此後同館即承接本索引，每年出版《教育論文索引》，民國五十五年起並收入教育及心理學書目。

（6）英文方面的有「Education Index.（New York: H.W. Wilson Co., 1929-date.）」本書索引範圍包括英、加及大部分美國之教育出版品，範圍極廣，為學教育者之極重要參考書。除七、八月外，每月出版，有全年合訂本。本索引係自一九二九年，從「Readers' Guide to Periodic Literature（New York: H.W. Wilson Co., 1900-date.）」分出。故此前至一九〇〇年的資料，應在此一索引中查檢。

4.**諮詢時賢**　本項是指：向親自經歷或瞭解有關事件的時人請教。是利用人來參考。《論語》〈八佾〉有「文獻」一辭，朱註：文，典籍；獻，賢也。可見本項參考方式起源很早；今日仍有採訪時人，作成「口述史」的。張之洞：《書目答問》後，算學家中列時人李善蘭一名，註謂：「李善蘭乃生存者，以天算為絕學，故錄一人。」也是為著本項參考目的而設的例子。所以本項參考也很有價值。

（三）假設的作成

根據前面收集的資料，我們可以知道所遭遇到的問題，前人是否已找出圓滿答案。若是，則工作到此為止，我們就可利用他的成果，不必去再做重複的工作。若還沒有得到全部答案，則我們就可以他得出的部分成果為基礎，根據自己的推理，對本問題作一可能的估計，那就是假設。過去胡適之先生曾提出：「大膽假設，小心求證」的口號，現在尚深留人心。其實大膽假設，假設就會常常離事實很遠，浪費研究的人力、物力和財力。我們如果先做過前一步參考前人經驗的工作，再來做假設，則是小心做成的假設，就會「雖不中，亦不遠矣！」如果能把這個觀念改過來，國人對學術研究，必能進入另一種新境界。在歷史的研究中，也可在第一步、第二步選定問題搜集資料後，省略本步功夫，就直接做下一步文獻分析的工作。

（四）文獻的分析

針對前項假設，我們要將搜集的文獻資料，做進一步的分析工作：第一步：我們要評估資料的真實性。這步工作很複雜，中外漢學家都提出過方法，可利用前面第二步的方法搜集梁啟超及瑞典名漢學家高本漢等及其他學者提到的方法作基礎。並利用前人「辨偽」書的現有知識來做。第二步：將資料作縱的（時間先後）和橫的（地域或空間分布）排列，這樣就能看出承接的和關聯的情形。第三步：將資料理成系統，找出事實真相、因果關係，及將來的趨勢或可能的影響。有時並能得出一種發展的規則，可作預斷將來的參考。

（五）史論的作成

本項工作最要緊的部分，乃是註明參考資料的出處，包括作者、書或文章的題目，如係文章，並要註明登載刊物的名稱、卷、期，書

文所在的頁數，出版年月、出版地、出版者等項。史論內容方面，普通要包括前人研究的概述、本項研究的目的和特色、正文的敘述、主要發現的提出、進一步的應用推介等項。讀者亦可利用上面提到的參考技術，找幾份「符合」本項標準的名家作品來作樣本，細加觀察，自會明白。

以上均為經過實際考驗的有效方法，讀者如能應用熟練，自然就會走上治學的成功途徑。希望不要「如入寶山空手還」才好。

研究問題及作業

一、研究教育史的目的，主要有哪些？

二、試評述研究的具體步驟，能否用在日常生活的治事上？

三、試評述研究步驟的第二步——參考前人經驗的重要。

四、試檢查幾篇或幾本學術著作，看看有否詳明出資料出處？有哪幾項未註明？

五、利用論文索引查出筆者在《大陸雜誌》發表的〈北魏郡國學綜考〉一文，觀察分析其如何利用本章介紹的參考技術。

六、找幾本別的教育史，根據所註的資料出處，找出原來的資料核對看看。又找幾個教育名詞，在上面介紹的參考書中查查看。

——本文原載於陳道生與馬文恆、曾維垣、張炳熙、黃建一、楊紹旦、葉玉坤、趙汝福、鄧明治等合著之師專空中教學教材：《教育史》（臺北：中華出版社，1975年2月），第二章，頁15-28。

中國教育史待耕篇*

主講：陳道生教授

時間：民國八十三年三月二十二日
記錄：賴秀智、李俊達

　　我們都很清楚西方的文明大致上緣自希臘，東亞的文化大致都緣自中國；我們仔細的想，為何這二個文明能如此發揚光大？我們會發現它們都是最早知道教育的重要，很早就知道辦教育了。過去有很多的實物及很多的書面資料都可證明。但自「疑古派」興起後，他們不相信書面資料，認為其中很多都是漢人偽造的，如陳東原、陳青之編的《中國教育史》，都從漢代講起，不講先秦的部分，後來甲骨文出土，但研究的人多為文字學家，而無教育家去研究，故很多教育方面資料都被忽略了。事實上，在甲骨金文及其他古文字中，隱藏了很多的教育史實。

　　西哲培根曾謂：「歷史使人聰明」，我國很重視歷史。歷代有史官將各朝重要事情成歷史，家族有家族史即為家譜；地方也有地方志。故我們應該至少是知道使自己聰明的民族。「歷史」為什麼有這樣的好處？因為人的智慧是有限的，當一件事他無法用推理或用智慧想出來時，他只有試試看。最好的試試看方式，就是所謂「實驗」或「試

<small>* 【編案】本文所據為先生家中初校稿。除首段外，先生皆未繕改。故遇有訛誤之字或文句不愜處，編者依其文意逕行調整之。</small>

驗」。事物方面的試驗，毫無問題，錯了可以再來：動物的試驗就會遇到困難，常常受到不人道的指責；把「人」來作試驗，這是文明國家萬萬不允許的。還有所有人類作過的結果，非短時間可以辦到，而且不能在小小的實驗室中完成——過去，現在的任何人為大實驗室，對人類本身的實驗來講，都是太小太小了！而「歷史」是以宇宙為實驗室得出來的結果，所以是不能為任何實驗所代替的。教育史為整個歷史中的一支，自然也具有歷史同樣的特性和重要。任何一項教育政策或教育措施，如果事前沒有經過教育史觀點的批判，都可能因為錯誤而導致無可補救的損失和傷害——事後的改革已無補於曾經受害的人。

教育哲學就是理性的推理，是屬於智慧的系統方面；教育史就是人們曾經試過的結果，也可說就是實驗的事實，是屬於經驗結晶的方面。任何教育政策和教育措施，必須先經過這二項的檢查，主持的人對教育工作來講，才算內行，才算盡到責任。

原準備有一些教育資料的收集途徑，這些在國立教育資館的期刊上曾發表過[1]，有些參考價值，因為時間關係，我們就不提了。另外在後面講的是待耕篇，在這一部分，我就把它分成幾部分，第一是教育史實，這部分很多，我發現殷代教育部分，很多尚未耕耘，還有每代的教育史中，發現了很多錯誤，這個部分有些曾經發表過，今天恐怕也沒時間提到。

第二是應用的部分，我們要研究它，一定是有某方面的價值可以拿來利用，因此我教教育史的時候，很注重這個部分。我常告訴同學，我教教育史的方式，是用經世的方式，就是有什麼用處，能做什麼事，過去的教育史，都是把書面的資料纂集起來，沒有實際瞭解它的意義，畢竟是有些原理、原則可以運用，所以，現在對教育史就不

1　【編案】指〈調查法及其在教育研究上的應用〉，已收錄本書，頁565。

重視，以前學教育，一定要學教育史，現在只有教育系的行政組才學，而且還是選修課，教育史本來就很重要，只是我們沒有發揮它的價值。

前面待耕篇的部分就講到這裡，接下來就提到我自己的經驗，謹把個人涉獵的部分加以舉例。

在上古部分

（一）父師→疇官：漢律：「年二十三，傅之疇官，各承其父學。」疇官指的是父親，此乃是一種父子相傳，也是經驗的累積。

（二）君師：「包犧作網罟，教民佃漁；神農氏以耒耜之利教天下；黃帝、堯舜教民以舟楫濟不通，服牛乘馬引重致遠，重門擊柝以待暴客，杵臼、弧矢、宮室，利萬民。」[2]「能為師然能為長，能為長然能為君。」[3]「天降下民，作之君，作之師。」[4]古代最早的君師就是領導人。

（三）官師：古代「官師合一，父師合一」，魯昭公十七年郯子來朝，舉古代各官，有雲師、大師、水師、龍師、鳥師、民師，皆以師為名。又睡虎地秦墓竹簡：「非史子也，毋敢學『學室』」，犯令者有罪。甲骨文有「爻戉」、「學戉」。

（四）師的專業化：周代幽厲之後，平王東遷，王官失守，各以所知授徒謀生，「官師攸分」。

2　【編案】此段蓋簡自《子夏易傳》、《周易集義》等《易》書。
3　【編案】語出《禮記》〈學記〉。
4　【編案】語出《尚書》〈泰誓〉。

在其利用方面

由過去的歷史可知，我們的教師地位很高，而希臘則是抓俘虜充當，稱「敎僕」，在我國歷代中，連皇帝對其老師都不敢南面，歷代都是如此，這樣的尊重的情形一直到　蔣公時。外國老師的地位不如中國老師般的崇高，這有何好處呢？剛剛提到「君師」、「官師」，因為身分的重要，百姓對老師則有一份崇拜之心，而每年的祭孔大典在　蔣公在時都由其本人親自主持，至蔣經國總統後則派官員代為參加。另外有關「官師」的例子。例如上次李總統為了土地增值稅是否開徵的事曾至南部向百姓說：「做不到」，致當時財政部長下臺。若其知道君師的道理則會說：「我們的人民實應養成納稅精神」。若以君師身分開導人民則會很有用。還有一例，總統至歷史博物館，參觀時並說道：「你們的接案還蠻多的」，正因為這句話使他們停止接案。另外，此次國民黨選舉，因李總統親自出馬，結果就贏了，所以從李總統到各級大官都知道自己有「師」的義務，講話乃是敎導大家或說溝通，把好的意見和大家溝通，這不是可以利用嗎！

講到周代的教育模式，這個模式就是中國的教育模式，中央辦教育，大學、小學即我們中國的教育。過去只有大學、小學，沒有什麼中學之類。地方辦教育，諸候辦教育只有小學，這都是公家。公家教育辦得不夠或不好，就私人講學，春秋戰國後，就有聯合舉徵，需要很多人才，政府的教育系統來不及製造，結果私人講學興起，造就很多人才。公家教育辦得不好或不夠時，如科舉制度，大家感到科舉不能造就人才，所有有理想的人，像宋明理學的朱熹、王陽明就在書院講他們自己的，結果，很多人才都從哪裡培養出來，所以公家辦不好或是有缺點時，私人便自己來講。從這個部分，我們注意到一件事，就是雖然現在是民主時代，在教育上可能還沒有專制時代那麼民主，

古代私人都可以講學，公家跟私人辦教育培養了很多人才之後，那就要選優秀的人才到政府裡去大家服務，這是選才的制度。在周代就有選才的制度，選才時，若是人才太多，政府無法吸收時，政府還是可利用這些人才。可以教他們研究，研究出來的理論不是可以用嗎！這就是「養士」制度。周代沒有養士制度，可是實際上發生了養士的情形，其原因在其宰相養了很多人，像孟嘗君「門下食客三千」，《呂氏春秋》也是呂不韋的門下客大家合力完成的。中國的謀士就是辦教育的謀士，每個朝代，公家的教育、私人的教育都辦得好，選士的制度也很公正，能真正選到好的人才，剩下的人才又有出路，這個朝代是可以久遠的朝代。清代被外國人統治了那麼久，是何原因？就是養士做得好，為什麼？因為清代編了很多書，就是靠這些人編的。回頭看看現在政府，地方的教育辦得好不好？私人教育有無發揮功能的地方？我們的選士制度有沒有公正客觀？有否真正選到優秀的人才？剩下的人才如何運用？看來似乎都做得不夠好。朱高正回國時想到臺大教書，因為沒有名額而不讓他去，結果就到立法院去了。在他之前有一個人叫李敖，這個人實際上很不錯，才華很好，後來變成偏激，他的老師應負責任。他畢業後想留在系裡當助教，臺大看到這個學生太厲害，就不要他，結果他就從文學院院長開始罵，這是個很明顯的例子。可見我們沒有養士的制度，我們大學裡職員的工作是死的，要多聘一個人都不行，這點我想請教但教授，英國倫敦的東方研究部門，說它只有一個學生，有十幾個教授，教授比學生多好幾倍，為何如此？因為吃過飯後他會研究，他會寫書，這個教授研究寫書的影響實在不可估計。凱因斯寫一本經濟理論，全世界的經濟都受其支配，付那麼一點薪水還不划來嗎？所以這個有關教育史的部分，我認為我們應很重視，這是我們教育的模式，可是我們都沒有仔細的去想到這部分。

接下來的部分是專門的，我們從研究「學」字及教學的「教」字

二個東西發現殷代的教育很明顯。我們看「學」字，最後一個學字（學）就是漢代的學字，漢代的學字把「✕」的部分換成一個「文」，就成了學，就是學文字，因為學字很複雜，要造它要如何造呢？我們想到「學」就要學文字、讀字，因此這個字是從文字會意而來。這是隸書，是秦始皇統一天下以後統一文字後的文字。再講到「學」這個字，這個字裡的✕，就是八卦中的爻字，春秋以前，我們的文字叫文，還沒有這個名字，到了晉國的時候，這個字的名字代替了文，呂不韋的《呂氏春秋》寫好以後，掛在進門處說：「能增減一字者以千金」，所以有「字」，就有「學」字，下一部分就是甲骨文，上面是學，這個是新加的東西，從來發現有地下挖出來的資料，有的「文」字部分可以寫成「六」，這個部分就是甲骨卜文裡的「一、二、三、四、五、六」的「六」，地下挖出來的資料部分有的「文」寫成「六」，現在還有這個情形，又例如顏色「顏」，上面是個「文」，可是現在的顏，也有寫成「六」，那時的「文」與「六」是同一個系統變化而來，是相通，為何這樣寫呢？春秋以前文字叫「文」，所以這時是學文，顧炎武的《日知錄》裡就有講到這個部分。

　　而就甲骨文的部分，過去的文字學家，還有研究歷史的人都沒有注意到，那就是學「爻」。所以過去講到八卦的起源，依據的文字都不能證明它，所以八卦是文字之祖，可是沒有東西證明它，結果這甲骨文起頭的文字等於是證明，所以學字原就是爻，一直演變至今，原來爻是一個✕。過去一直沒有人證明出來，這是我加以整理出來的部分，所以這不但證明教的起源，也證明文字的發展，文字學裡應參考這個部分。所謂的「學」就是自動去學，沒有人強迫我們。「教」就不同，教在學的邊上，有一個手執教鞭的樣子，那是手中有一根教鞭，從這個教字的研究中，我們發現實際上「教」字不只是從殷代開始，因為「學」字已經發展了那麼久的階段，現在的文字變化都要經

過很久後，字才會變，所以經過那個階段，前面的部分絕非殷代自己用的字，可能是秦代用的。所以，我們從「學」字和「教」字中發現了什麼？有手執教鞭的人、有老師。各種資料證明應沒錯吧！學習的內容是什麼？是文字符號，都是文字的教育，這麼早就有文字教育，從這裡看得很清楚。我們對過去有很多懷疑資料，因為是假的。如果是整個句子可能會有造假，但是這是一個字一個接起來的，這種字很多，沒有人想到要這樣去造假。這一定證明我們的教育起源很早，同時也瞭解到一些文字符號就代表了有教育這件事出現。

在這裡也發現了一個重要的資料就是爻戉，教育部長就是學戉。從資料大家看出，殷代用戉做名字，前面加個字註明他的身分，如父戉、兄戉、祖戉、女戉等，這名字是學戉，這人的身分就是學。教育這名字很晚才出現，在孟子的書上才出現教育二字，而古代都稱教育為學，到清末教育部都還叫學部，辦教育叫興學。故學字就是教的意思。古代的句子很簡單，所以學戉就是指主管教育的人，此人就是殷代的教育部長。從過去不流通刊物中，實際上隱藏一個很重要的東西。過去沒有發現殷代有教育部長，這是我研究殷代資料，證明殷代確實有教育，還有發現了一位教育部長。[5]

因時間的關係，今天只能講到這裡，以下還有少許時間，供大家提問題，彼此討論。

5　【編案】以上說法，見先生〈「學」、「教」正釋及其隱藏的教育史實〉一文，已收錄本書，頁397。

附：演講後座談記錄

鄭富森老師

陳老師您在文章和演講中一直鼓勵我們要進行教育史學的探討，我個人也非常贊成。但是我們面臨的一個問題是，許多年輕一代的學者，在史學研究上缺乏如陳老師一般的功力，可以閱讀古文，所以無法研究古代的史料。也因為這樣，許多人在教育史的研究內容偏向近代史和現代史，而我們要如何去搜集近代史和現代史的史料並進行研究。

陳道生老師

鄭老師所提的問題是很重要的。像美國就非常重視近代史的研究，他們的近代史研究方法比較簡單，但他們把大量的資料放進電腦，做成資料庫，使用時只要找到目錄，就很容易找到所要的資料。但是像日本及我國，沒有做成資料庫，我們就必須有搜尋資料的技術，好比是很專門的，過去大家不知道的書或目，以及書目上書籍的流向。例如我曾看過一本書，裡面有「學堂草程」的詳細資料。有些資料要到善本書去找，那有可能是絕版書，較不易搜尋。

近代史的研究方面，中研院的近代史研究所也有特殊資料的收藏。但有些史料因戰亂被破壞，或者雖然有些部分得以保留，卻因限於門戶之見而使資料難以流通，實在很可惜。另外，近代史所還有一些口述史，這是很多和正統不合的人，以前曾做過大官，例如白崇禧、雷震等，近代史所的研究人員會利用錄音機加以記錄其口述資料，但通常會約定這些資料必須等當事人過世之後才能發表，這些資料沒有經過當事人的同意，是不能夠拿到的。以上所提的都是特殊資

料，像大溪檔案，日本人在二次大戰前和二次大戰期間搜集的南洋的資料，也都是屬於特殊資料。

至於一般的資料，則根據現在的一般圖書、書目及索引、摘要等即可搜集！

但昭偉老師

目前在坊間流通的有關中國教育史的書籍，都讓我們感覺比較枯躁，這可能是許多同學及老師不願去研究中國教育史的原因之一。是不是有哪種寫史的方式，可以把寫得像司馬遷的《史記》一樣，不但有趣，也可以讓讀者從歷史事件中瞭解某些人類行為發展的通則。但到目前為止，我們似乎沒有看到類似的中國教育史書籍，您是不是能為我們寫一部這樣的書呢？

陳道生老師

沒有時間去專門研教育史是造成書本枯躁的一個原因。教教育的老師都必須去兼其他的課，有空的時候才能去研究教育史。幾乎所有教教育史的人都是這種情形。像我們學校的教育史只有兩學分，所有的課還不足讓一個老師教，也就是說沒有專業的老師，有很多人都是兼差性質的，所以沒有很多時間去做專門的研究。

至於我為什麼有能力去做這個工作，主要是因為長久以來我推掉了很多工作，換得一些時間來做研究工作。也很謝謝但老師的鼓勵，老實說，我正打算寫一本書，書名是「教育史新見」，也就是把過去研究教育史的人所忽略的，沒看到的，沒有研究出來的加以整理。希望能藉此對教育史的研究有些貢獻。

湯梅英老師

我在美國的指導教授，也是研究歷史的。正如剛才陳老師所提，他們的資料很充足，所以他們可以用量的方式來呈現研究成果，或去證實前人的觀點正確或不正確。不曉得陳老師在計畫的新書裡是不是也準備採取類似的作法，用實證性的資料來支持您的觀點，或證明前面見解的錯誤，或是還會以其他方式呈現？

陳道生老師

新書主要是以資料的分析來進行。例如《古今圖書集成》中有清代官方調查的人口戶籍資料。而近代史的研究我較少去做，我的興趣在於如《易經》的研究，而這些研究的成果也在部分的國內外雜誌上發表或有所引用，可供參考。

但昭偉老師

很多史學不停的想找到歷史的通則或人類發展的通則。但是到底有沒有這樣的通則？社會活動如此複雜，變數如此的多，所以，是不是有這樣的通則呢？如果有，我們要如何去找到這個通則？另外，您剛才提到周代的「鑑古知今」，我們怎麼可能從過去的事情學到教訓？因為古今的狀況早已不同。可能以為是學到教訓，其實，我們可能在應用這些教訓時，反而犯了更大的錯誤。就這點來說，讀歷史的目的在哪裡？

陳道生老師

各種事物的發展，都有一些自然的邏輯，並不是很深奧的。剛才我提到周代的教育模式，中央辦教育，地方辦教育，辦得不夠，辦得

不好的時候，就由私人來辦，或是輔助，或是糾正，造就很多人才時，就需要一套選擇人才的辦法，制度。像這樣的發展，就蘊含了一個自然的邏輯。

結論

但昭偉老師

今天陳老師的演講就到此結束，主要是因為陳老師需要趕去參加院務會議。我平常有很多時間和陳老師交談，陳老師對目前的社會和教育很有多的感嘆。我常感覺，他的一些想法，比我們在座的各位，當然包括我自己，要來得激烈，來得新。

我們處在一個比較保守的環境裡，透過歷史可以補充我們的不足。陳老師用他十分之一的精力進行中國教育史的研究，我們希望他在這方面讓我們學到一些東西。謝謝陳老師的演講，謝謝！

中國教育史選介

一　一些檢討

　　西哲培根（Francis Bacon, 1561-1626）謂：「歷史使人聰明。」[1]我國古代帝王諸侯都有史官，每一朝代的重要事情都修成正史。除正史外，家族有家族的歷史——族譜；地方又有地方的歷史——地方志。所以我們如果不是最聰明的民族，也應是最知道使自己聰明的民族。

　　「歷史」為什麼有這樣的好處呢？因為人的智慧是有限旳。當一件事他無法用推理，或用智慧想出來時，他只有試試看，最好的試試看方式，就是所謂「實驗」或「試驗」。事物方面的試驗，毫無問題，錯了可以再來；動物的試驗就會遇到困難，常常受到不人道的指責；把「人」來作試驗，這是文明國家萬萬不允許的。還有是現在所有作過的實驗，在相對程度上來講，都是時間太短、範圍太小。而人類的各種演進，動輒以千年萬年計。如要得知人類某方面的結果，非短時間可以辦到。而且不能在小小的實驗室中完成——過去，現在的任何人為大實驗室，對人類本身的實驗來講，都是太小太小了！而「歷史」是以宇宙為實驗室得出來的結果，所以是不能為任何實驗所代替的。

　　教育史為整個歷史中的一支，自然也具有歷史同樣的特性和重要。

　　任何一項教育政策或教育措施，如果事前沒有經過教育哲學和教

1　〔原註〕（註一）見氏Of Studies（論讀書）一文，坊間培根論文集中收有本文。

育史觀點的批判，都可能因錯誤而導致無可補救的損失和傷害──事後的改革已無補於曾經受害的人。

教育哲學就是理性的推理，是屬於智慧的系統方面；教育史就是人們曾經試過的結果，也可說就是實驗的事實，是屬於經驗結晶的方。任何教育政策和教育措施，必須先經過這二項的檢查，主持的人對教育工作來講，才算內行，才算盡到責任。我們年復一年的追逐國外新教學法，大家剛有點概念時，又過時了──新的又來了！使人疲於奔命，而得不到顯著的效果。這固然是部分人士利用它來做宣傳自己的工具，但與我們沒有重視這二方面，沒有培養這二方面的人才極有關係。因為這二者都是屬於「巨觀」的方面，就像泰山下面的行人一樣，容易看清對面的行人和路旁的花草，而看不見整個的泰山。

教育史的重要性，已經說明如上。我們要談一下教育史研究：教育史的研究，應由專門的人作「專業性」的研究。在中央研究院未設置教育研究所，教育行政機構及學校未設專門研究員以前，這項工作至多只做到「半專業性」的研究，即由授教育史兼授其他課程的教師來做。而通常是「業餘性」──即由其他教育學科人士，和「業外性」──例如歷史或其他學科人士來做得多。容易產生似是而非、混淆觀念的說法。使教育政策得不到正確的指導。好學深思，有識見慧解的研究人才，也要有有心人士能留意識拔。

教育史的研究方法也值得探討，幾部重要中國教育史，都沒有提到研究方法。[2]而其本身也因未能鑑別史料，誤走了疑古派的錯誤途徑。直到余書麟先生編的《中國教育史》中，才談到了教育史研究方法。筆者在華視空中教學教材《教育史》一書中，曾針對其性質及對象，為了便利自修，嘗試地提出了一個具體的系統步驟，都是偏重踏

2　〔原註〕（註二）如陳東原、陳青之、王鳳喈各氏著：《中國教育史》。

實可行的方面。按我國自古即有嚴謹的研究傳統，《論語》〈八佾〉謂：「子曰：『夏禮吾能言之，杞不足徵也；殷禮吾能言之，宋不足徵也；文獻不足故也。足，則吾能徵之矣。』」朱子註：「杞，夏之後；宋，殷之後；徵，證也；文，典籍也；獻，賢也。」太史公作《史記》，「嘗西至空峒，北過涿鹿，東漸於海，南浮江淮矣。至長老皆各往往稱黃帝堯舜之處，風教固殊焉。」（〈五帝本紀〉）都包括了記載資料、實地調查、時賢（人）訪問三種資料的運用。到現在我們應該進步了二千多年，但寫臺灣教育史也只用到記載資料，沒有作實地調查、故老訪問的兩項工作。實地的事蹟和故老的經驗都是有時間性，再過一段時間都會消失的。他們唸私塾、考科舉、辦教育的經驗，都應該作成「口述史」。我認為應由教育資料館或大學教育系所（研究所）趕快來做。

現在科學的西方研究方法中，注意到「語意學」知識的運用。在研究我國古代教育史方面，對我國的文字學須有「很」深的研究，培養此項人才時，應將其列為「必修科」。例如陳青之在他寫的《教育史》中，指上古教育制度為漢人臆造的；陳東原寫教育史，則從漢初開始。都因本身不能利用甲骨、金文資料，受了疑古風氣的誤導。其實我們從甲骨文、金文中「學教」二字的分析，知道殷代的教師、教材、教法、學生，和我們直到清末的舊教育，在方式上都無多大的不同。[3]並且還找出了殷代的一位叫做「戊」的教育部長——爻戊。[4]這是連文字學家以前都不知道的。

3　〔原註〕（註三）見筆者：〈學教正釋及其隱藏的教育史實〉，《女師專學報》第六期，頁一～九，民國六十四年。又〈從說文錯解學教看教育史研究〉，《教育論叢》頁七二五～七四八，文景書局印行，民國六十五年。

4　〔原註〕（註四）見筆者：〈遠古傳下來的二進數字〉，《女師專學報》第九期，頁一九五，民國六十六年。

二 教育史料收集途徑及概況

在臺的教育史料，普通人利用幾種書目及索引，很容易的就可得到一個大概。再在圖書館卡片目錄、基金會出版目錄中，可以查到一些漏列的資料。在國科會可以查到未出版的研究專題。研究教育的人，因地域範圍有限及交通上的便利，稍加留心，連有哪些人研究教育史，大致也不難瞭解。至於研究教育史本身的人，整理好的教育史，不是他的主要對象，他應該注重的是第一手資料。從記載的資料到社會生活的事物——如旗袍、牛仔裝、山水畫、抽象畫……，每件事物在文化傳遞中發生的教育功能。都是他應當注意的。

記載的教育史料中，光復的最初十年，可從「司琦編：《近十年教育論文索引》」中看出，該索引收論文四千八十六題，內有標明「教育史」者三十三題。唯本索引只收雜誌二十種，可參考「臺灣大學圖書館編：《中文期刊論文分類索引》」加以補充。[5]接著從民國四十六年到五十六年的十一年間[6]，可從「臺灣師範大學圖書館編：《近五年教育論文索引》（第一輯）、《教育論文索引》（二～六輯）」看出，論文增至一萬七千六百七十篇，標明中國「教育史」者，一百七十八篇，全部比前十年增加了四點三倍，中國教育史增加了五點四倍之多。民國五十七年至六十五年的九年間，在此一教育論文索引的七到十五輯中，計有論文一萬五千八百零六篇，標明中國教育史部分急劇下降到五十五篇，把民國五十六年的十三篇加入，也才六十八篇，只有前十年的三分之一強。這可以看出教育界對本國教育史的興趣及認識情形。

---

5 〔原註〕（註五）本索引為免重複，不收司著中已收的教育性雜誌。但收其他雜誌中的教育論文。

6 〔原註〕（註六）《教育論文索引》第六集，收民國五十五年及五十六年論文，混合編排不易分出。

　　當然，論文索引中的分類，沒有十分嚴格的界限，例如教育思想的部分即在教育之外另立一類，所以整個的教育論文，也都是教育史料的範圍。

　　教育史單行本，在《教育論文索引》第四輯所附書目中有三十種，裡面包括幾十頁的小冊子六種。在洪氏（樂天）出版社民國六十五年出版的《全國圖書總目錄》中，坊間出售的本國教育史書只有十多種，非常貧乏。而在臺灣，能利用大庫檔案[7]、公報、實錄……直接資料研究的，未得一見。

三　教育史書選介

　　目前教育史的園地，尚未為國人注意耕耘。出版的教育史書中，尚見有抄他書而成（未註明出處），且經過所謂審查的。在目前書評風氣未開的時候，如加以率直指明，實感困難。如未指出，僅照目推介，則不但己心難安，且易招至誤解，損及推介者的人格。因此，這裡僅選介一些體例特殊的——如年表、年鑑。曾發生重要影響的——如具教科書性質曾被普遍採用的；有重要性的——如《學政全書》、近代中國教育史料、文教與哲學等書；較謹嚴的——如陳青之、陳東原著《中國教育史》；以及較專門的——如一事、一地、一時的著作。

丁致聰編：《中國近七十年來教育記事》，臺灣商務印書館印行。民國二十四年，臺北市

　　本書根據當事人奏稿、政府官報、法令、公報、會議記錄、報

7　〔原註〕（註七）九二二水災中研院史語所堆存的明清大庫檔案有差不多三分之一泡水受損，見沈雲龍：〈九、廿二，水災與中央研究院史料文物損失〉，《中華雜誌》第十五卷第一七二期，頁三七，民國六十七年十一月。

告、檔案等直接資料及年鑑、統計、教育日刊、週刊、月刊、專刊
等，亦間或採取個人著作，編纂而成，取材偏重於整個及積極方面，
以及有重要關係或特殊意義之局部及消極事實（見例言）。均註明出
處，書後附有索引，記事起自前清同治元年，迄民國二十二年，採以
年月日為綱之方式，記所發生之重要事情，未能定月日者列於本年之
後，七十年間所發生之重要事情一查即得。為一年表體之重要參考
書。教育界人士及教育系科之學生，均應熟知利用。國立教育資料館
編之《民國教育記事》，即續本書，自民國二十三年起，逐年編輯，
先刊於《教育資料集刊》各輯，出至一段落後，再彙為單行本。使現
代教育史實有一系統之檢索工具。惟後者因限於人力，未能多採用直
接資料，有白璧微瑕之憾！

教育部編：《中國教育年鑑》（一～四次）。民國三十五年～現在，
現由正中書局印行，臺北市

　　年鑑為一極重要之參考書體例。我國教育年鑑之編纂，在現代教
育史上實有積極的意義。第一次年鑑，記事起自前清同治初年至民國
二十二年十月，凡七十餘年之久。以後各次即接續編成。第三次、第
四次皆在臺編成。這四部教育年鑑，可說即我國新教育的整個記錄。
所根據之資料為：1.各級教育行政及學術機關、學校、學術團體，駐
外使領館填報之資料。2.教育部檔案及出版品。3.書報記載及論列之
教育事實。內容方面包括：1.總述：分述我國上自清末，下迄當時的
各期教育宗旨、政策、實施方針。2.教育法規：選有包括大學院頒布
當時尚適用的，國民政府教育部頒布的各種重要教育法令，以及各省
市區報部有案的單行法規。本部分以後以另外編有《教育法令》專
書，第二次《教育年鑑》起即未再列專編。3.教育概況：分述各種教
育沿革及當時現況。本部分自第二次《教育年鑑》起改分專編，列：

教育行政：包括學制沿革及現行學制，中央及地方行政組織，教育經費、教育會議、教育視導、私立學校設立管理等；初等教育；中等教育；高等教育；師範教育；職業教育；學術文化；國際文化；社會教育；邊疆教育；華僑教育；體育衛生軍訓童子軍各編，述其沿革概況。又以當時特殊情況，第二次《教育年鑑》另列有戰區教育編，敘述對日抗戰時期，戰區教育的督導、戰地失學失業青年之招訓、教師之救濟、收復區青年之輔導等項情形。第三次《教育年鑑》，列有青年輔導編，敘述大陸淪陷前及來臺後的青年復學就業情形。4. 教育統計：列有各種統計數表資料。（第三次《年鑑》列統計於附錄）5. 雜錄或附錄：包括中央各司、處、室、會主管一覽表，捐資興學褒獎；第一、二次《年鑑》列有庚款與教育，第一次另列有教育大事記、教育先進傳略、影印四庫全書經過、教育紀念節述略、最近歐美日本教育概況、教科書之刊發、教育研究概況等。第二次另有抗戰時期文教界忠貞及殉難人士事蹟、敵偽教育等。第三次《年鑑》，將教育統計改列於附錄，另立其他一項列聯教組織、審定合格專上學校一覽表。

〔清〕《學政全書》，影印國立中央圖書館藏，朱絲闌精抄本，廣文書局印行，臺北市

　　本書書評已刊本《集刊》第一輯頁一八一～一八五。[8]惟該書不全。今查得日本國會圖書館珍本室所藏之嘉慶十七年刊本，童潢等編：《欽定學政全書》。將其序言目錄補抄於此。以供他日補印及研究者參考。卷首奏摺：「禮部謹奏為請旨事。竊查乾隆三十二年，臣部議覆學政吳綬詔條奏部頒學政全書，嗣後統以十年為期，續加纂輯刊刻頒發在案。自乾隆五十七年奏明修輯頒發以來，前以例案增改無

8 　【編案】已收錄本書，頁389。

□，是以屆期未加纂輯。迄今十有七年，……旨於嘉慶十五年六月初十日具奏本，奉旨依議欽此。」奏摺：「查上屆學政全書，於乾隆五十八年纂輯，迄今已越十有九年。」「嗣於乾隆五十八年覆行修輯，……奉請旨於嘉慶十七年七月初九日具奏，本日奉旨依准其議敘欽此。」全書目錄：「（卷一）臨雍事宜、（卷二）召試事宜、（卷三）學宮事宜、（卷四）學校條規、（卷五）崇尚實學、（卷六）釐正文體、（卷七）整飭士習、（卷八）鄉飲酒禮、（卷九）講約事例、（卷十）名宦鄉賢、（卷十一）承襲奉祀、（卷十二）頒發書籍、（卷十三）採訪餘書、（卷十四）書坊禁例、（卷十五）學政事宜、（卷十六）學政關防、（卷十七）學政按臨、（卷十八）考試事例、（卷十九）考試場規、（卷二十）生童試卷、（卷二十一）考試題目、（卷二十二）閱卷關防、（卷二十三）臨文恭避、（卷二十四）取錄經解、（卷二十五）默寫經書、（卷二十六）發案發落、（卷二十七）解卷解冊、（卷二十八）磨勘事例、（卷二十九）提調事例、（卷三十）考覈教官、（卷三十一）約束生監、（卷三十二）優恤士子、（卷三十三）舉報優劣、（卷三十四）季考月課、（卷三十五）幫補廩增、（卷三十六）錄送科舉、（卷三十七）罰贖對讀、（卷三十八）學習序班、（卷三十九）補充贊禮、（卷四十）挑選佾舞、（卷四十一）寄籍入學、（卷四十二）清釐籍貫、（卷四十三）區別流品、（卷四十四）丁憂告假、（卷四十五）復姓改名、（卷四十六）告給衣頂、（卷四十七）開復事例、（卷四十八）原名應試、（卷四十九）捐復事例、（卷五十、五十一）貢監事例（上、下）、（卷五十二）貢監應試、（卷五十三）童試事例、（卷五十四、五十五）官學事例（上、下）、（卷五十六）旗學事例、（卷五十七）駐防事例、（卷五十八）順天事例、（卷五十九）各省事例、（卷六十）商學事例、（卷六十一）衛學事例、（卷六十二）土苗事例、（卷六十三）書院事例、（卷六十四）義學事例、

（卷六十五）學額總例、（卷六十六）八旗學額、（卷六十七）奉天學額、（卷六十八）直隸學額、（卷六十九）江蘇學額、（卷七十）安徽學額、（卷七十一）浙江學額、（卷七十二）江西學額、（卷七十三）福建學額、（卷七十四）河南學額、（卷七十五）山東學額、（卷七十六）山西學額、（卷七十七）湖北學額、（卷七十八）湖南學額、（卷七十九）陝西學額、（卷八十）四川學額、（卷八十一）廣東學額、（卷八十二）廣西學額、（卷八十三）雲南學額、（卷八十四）貴州學額、（卷八十五）商籍學額、（卷八十六）增廣學額。」從目錄看來，有清一代教育政策，措施皆包羅無餘。

按刊本與抄本對照之下：抄本資料大部限於學類。其中又缺奉天、直隸、江蘇、安徽、湖北、湖南、四川等七省學額，山西學額不全，陝甘學額分為陝西甘肅學額。事例方面，只有貢監、書院、義學三種。其中自臨雍至學類總例缺了六十一卷，連前述所缺學額七省各一卷，在八十六卷中共缺了六十七卷，可見抄本資料只及刊本的五分之一，少得太多。這部書是有清一代整個教育的完整記錄，是一部十分重要，又幾乎為人忽略，國內沒有完本的書，我們應該及時加以補全、整理、研究。

田培林編著：《教育史》。正中書局印行，民國四十二年，臺北市

這是一本唯一在臺由教育部審定的教育史教科書，也是此間使用最廣、最久的教育史書。雖原為師範教科書，但改制師專後，有的學校仍在採用。可見教育界對本書的看重，對本書編者崇仰的一般了！

現在教育界，在臺受教育成功的學者中，多是對本書有深刻的印象，因為他們大都是十幾二十年前，從師範教育中出來的。例如前任教育部次長現任師大校長郭為藩氏，對本書介紹文化教育學提倡「教育愛」一點，即在〈懷念伯蒼師〉一文，特別提出來加以介紹說：

「就在這本字數不多教育史書中，田師向讀者介紹文化教育學派『教育愛』的概念。他指出：『教育工作者的基本態度是愛，沒有愛，教育工作就不會有什麼效果，愛的本質是給予，而不是接受。但是一般的愛，事實上在給予之外，仍然還有一些接受。在教育活動中的愛，是只有給予，沒有接受，這才是表現了愛的最高境界。』」並一層一層的加予闡述。

又如前任師大教育研究所主任現任臺灣省府委員黃昆輝氏，在他的〈懷念田師〉一文中謂：「我初次聽到田師的大名，拜讀到他的著作，應追溯到二十年前我在省立臺中師範學校求學的時候。『教育史』是當時師範生必修的一門課，先生所著而由正中書局出版的《教育史》即這一門課的教本，……俟學了一年的教育史後，對於先生更是由衷的崇拜。……在該書中，他以淺易的文字，生動的筆法，將中西教育史的發展，作了系統明確的介紹，念起來使人覺得：不但沒有一般史書易犯之斷片鱗爪，令人興味索然的毛病，而且還給人一種體系井然，印象深刻之完整概念。特別是對於中西教育思想所作之比較……給我啟示最多。伯蒼師認為……中國教育思想的主要對象，永遠是和人有關的問題；而西洋教育思想，是把外界的物作為主要研究的對象。……以『人』的研究作基礎，慢慢接受『物』的知能，是容易有前途的；至於由『物』的研究，再轉向到『人』的研究，雖然是一種進步，可是要獲得良好的成就，就不容易了。……作了最中肯貼切的論述。當時，我尚缺乏教育學的基礎，所能體會者有限，不過，後來恆以此種觀點作為分析與批判教育思想發展的主要參照。」以上舉二位在位的教育學者為例[9]，他們都提出了本書的重要特色，並且可以看出在他們施展抱負時也將發生影響作用。

---

9 〔原註〕（註八）中國教育學會、師大教育研究所編：《田故教授伯蒼先生紀念文集》，編者印行，民國六十五年，臺北市，頁八二、頁一〇三。

　　筆者雖也覥列本書編者門牆，但係在大學及研究所時，在受教時未能用到本書。惟在改制師專後的剩餘師範班中，曾利用本書講授過一年教育史。受教是吸收的工作，講授則是經過吸收後再吐出的工作，應該有深一層的認識。筆者認為本書除有上述特色外，尚有：指出王充在漢代思想，代表一種啟蒙趨勢；真正能代表希臘思想的，是斯巴達而不是雅典；闡述支配近代西洋教育思想的「重知主義」等，都是讀者應該注意的。

　　要以薄薄二百三十餘頁二十四開的篇幅，編一本中、西數千年的教育史，只有用大而化之的辦法，用這種辦法來編，有二種方式：一為先行窮究百家想、典章、制度、時勢（當時社會結構、需要、環境等）、器物（教科書、教學生活用器等具教育作用者）……等等，然後循支匯源，作粗枝疏葉式的介紹。這樣編成的書，就自然系統井然，易使人作整體的瞭解。但非具史才且對哲學、教育有深厚基礎，對其他社會科學，自然科學、一般參考方法有廣泛修養，且以畢生精力從事，不易為功。一為將各家教育史書，互相參對，刪繁就簡，遇有可疑之處，再加考訂，然後參以己見編輯而成，如編者學力深厚，亦有可觀。這種編法旨在顯露枝幹，比起濃蔭密葉或資料豐富的編法，可以避免許多的蹠誤。師專改制已十餘年之久，教育史教科書，尚無續編，因檢討編輯方式如上。

　　本書第四章第二節〈周以前的教育概況〉：「（三）周以前的教育行政」中，講到：「……教育行政，在我們中國古代，……政治的元首，就是主管教育的首長。可惜史料缺乏，已經不能夠知道當時的實際情況了。現在只能在《尚書》〈舜典〉中間，得到一些材料。」（頁二六）按筆者在甲骨文已整理出一位殷代的教育部長──學戊（爻戊），乃是由地下資料證明的第一位教育專職行政主管，恨未能在先

生生前有所就正。¹⁰接著，又講到：「當時的學官，大概分為三個部分，第一是司徒，由契負責擔任，他的任務是敬敷五教，……五教是：父義、母慈、兄友、弟恭、子孝，乃是倫常的教育。第二是秩宗，由『咨伯』負責擔任。」（頁二六）按「五教」，先生採《左傳》《國語》的古文說，事實上，自漢定儒學於一尊以來，多受《孟子》：「父子有親、君臣有義、夫婦有別、長幼有序、朋友有信。」今文說的影響。尤其自朱子將後者列為白鹿洞書院教條第一條後，遂成為其後各代的教育宗旨。¹¹似可再加補充說明。以免利用本教科書之一般教師感到迷惑。〈舜典〉據考證，係東晉時豫章內史梅賾偽古文本從〈堯典〉分出，應仍為〈堯典〉。「咨伯」係「俞咨！伯」之筆誤，「俞」是表贊成的語氣詞，「咨」也是語詞，「俞咨」尤如今天「是呀！」「伯」是指「伯夷」（人名）。原文為「帝曰：『咨！四岳，有能典朕三禮？』僉曰：『伯夷。』帝曰：「俞咨！伯，汝作秩宗。」所以應改成：「由『伯夷』擔任」為合。

第五章第二節：〈兩漢的教育制度和教育思想〉：「（二）兩漢的教育制度」中謂：「到了後漢末朝，中央又設一種特殊學校，因為校址在鴻都門，所以叫做鴻都門學。靈帝好書畫詞賦，所以招收了一些學生去學習書畫詞賦；這種學校，也可以說就是後代的藝術學校。」（頁五九）按鴻都門學，史稱鴻都「文學」，學中所習為：尺牘、辭賦、鳥篆，無「畫」一項。鳥篆為古篆書體的一種，與畫無關，是鴻

---

10 〔原註〕（註九）見註四。

11 〔原註〕（註一〇）筆者：〈中國書院教育新論〉，《臺灣省立師範大學教育研究所集刊》，第一輯，臺灣省立師範大學印行，民國四十七年，臺北市，頁一一八。又：〈明日中小學教育之展望〉，《國立教育資料館叢刊》第五十五。於「明日中小學教育之研究」內，國立教育資料館印行，民國五十一年，臺北市，頁二。又筆者等編：《教育史》，師專空中教學教材，華視「中華出版社」印行，民國六十四年，臺北市，頁三〇七。

都門學並非藝術學校，應仍為文學性質之學校。此乃前人之誤，先生偶爾不察，在前人所編：《中國教育史》中，如陳東原氏即謂：「鴻都門學的內容，大概以書、畫、辭、賦為主。」[12]陳青之氏亦謂：「在鴻都門另開了一所學校，專習尺牘及字、畫一類藝科。」[13]王鳳喈氏更謂：「鴻都門學設於東漢靈帝時代，其性質近似藝術學校。靈帝愛書、畫、辭、賦，招致善尺牘及工書畫的數十人，待制鴻都門下，因而創設鴻都門學。」皆誤入「畫」一項，因而誤為是藝術學校。其實，學中之畫乃「尚方」畫工所為，非學中所習科目。[14]

　　第五章第三節：〈魏晉南北朝的教育概況〉：「（二）魏晉南北朝時代的教育和選舉制度。」中，述北魏州郡教育謂：「北朝州郡的地方學校，也只有北魏較為發達。但就學的人數並不多，而且高門的子弟才有優先入學的權利，所以從教育史的觀點來看，當時州郡的學校，並不能算是一種教育制度，因而也沒有什麼了不起的價值。」[15]按北魏郡學，自獻文帝天安元年秋九月，刺史李訴請准於相州治所立學官，郡立博士二人、助教二人、學生六十人。其後獻文帝詔高允議定全國制行之：大郡博士二人、助教四人、學生百人；次郡博士二人、助教二或四人、學生八十人；中郡博士一人、助教二人、學生六十人；下郡立博士一人、助教一人、學生四十人。後州郡由四級制改為三級制：郡分大、中、小三等，大郡博士二人、助教二人或四人、學生八十人；中郡博士一人、助教二人、學生六十人；下郡博士一人、助教一人、學生四十人；世宗初定為永制。若就北魏後期經常建置之

12　〔原註〕商務，頁五一。

13　〔原註〕商務，頁一〇九。

14　〔原註〕（註一一）筆者：〈東漢鴻都門學考實〉，《大陸雜誌》，第三十三卷第五期，民國五十五年，臺北市，頁一一。

15　〔原註〕頁六五。

二百三十四郡約略計之，每年有「博關經典」之教師八百人，及「人行修謹，堪循名教」之學生萬餘人在學，歷半世紀之久。在教育不發達之古代，實為難得之盛事。[16]似不能等閒視之。

第六章第二節：〈宋元明清的教育制度及其實況〉：「（八）清代咸豐以前的教育。」提到清代社學謂：「除了官學以外，還有社學或義學，乃是半官式的學校，因為沒有一定的制度，所以各地並不曾普遍的設立起來。」按清朝欽定《學政全書》「義學社學事例」中，有明文規定：順天暨各省府、州、縣俱設立義學。又規定直省府、州、縣、大鄉、巨堡各置社學一區。教師由地方官延擇，經費也由政府支付，每年且須將學生名冊報學政查覈。學生貧乏無力的，並酌給薪水。清代且以設立社學義學，為邊民教化主要手段，於西南各省多設義學，如光緒八年，貴州巡撫林肇元奏准黔省下游苗疆辦義學，通計府、廳、縣十處，共有一百三十九所。[17]在康熙時，臺灣府即設有社學五處。當時社學義學比儒學的教育活動還要積極。

以上各點，利用本書為教本時，宜多加予說明。期使本書更加揮其功能，加益學子了。

王鳳喈編著：《中國教育史》。正中書局印行，民國四十六年修訂本，臺北市

本書係民國四十六年之增修版，修訂後又已發行六版。此前於民國三十年渝初版印行，至滬四版於民國三十六年發行，在大陸時期即已印行四次。乃一本發行頗多、影響頗廣的「部定大學用書」。此間

---

16 〔原註〕（註一二）筆者：〈北魏郡國學綜考〉，《大陸雜誌》，卷三一，第十期，民國五十四年，臺北市，頁一〇。

17 〔原註〕（註一三）筆者：〈《學政全書》書評〉，《教育資料集刊》，第一輯，頁一八四。

教育系科，師專教育史課程，普遍採用為主要參考書。準備參加高、普考，研究所入學試者，亦多利用本書。本書係由編者執教湖南省立第一師範時所編之《中國教育史大綱》演進而來，並集執教於中央政治學校教育系八年之經驗而成。可說是編者畢生學識經驗之所聚。

全書分四編：第一編為〈緒論〉，討論教育史的範圍、社會文化的分析、教育史時期的劃分。係採傳統的觀點，作層面上的論述。

第二編介紹上古虞、夏、商、周的教育。分述社會背景、教育概況、教育思想各項，並於結論中加予評論。因係採傳統看法，持論尚稱平實。惟資料出處之註解大有可議。如謂：「據考古家的考證，在西曆紀元約三千年前，已有彩色陶器。（在河南澠池仰韶村發現。）在西曆紀元二千年前，約當夏代，已有黑色陶器（在山東歷城縣龍山鎮發見。）陶器之上有文字，可見中國之有文字，或許還在埃及之前。（見《中央研究院歷史研究所集刊》）」[18]按《中研院史語所集刊》有數十餘本，僅註刊名使人無從查考，須註「作者、文題、《集刊》第幾本」，能加註「所在頁數、出版時間」則更佳。若於書後參考資料中列有詳細項目，依國際學術慣例，多以簡註出之——僅列著者、出版年、所在頁碼三項，讀者據此可在書後參考書目中一查即得。本書註解此項缺失，遇認真讀者或研究者需要覆按原引資料時，浪費時間太多。筆者本身逢查考國內資料時，每感費時太多，深為苦惱！筆者估計；在國內研究，一學者至多能發揮其學術生命中的十分之一。（見下例）實為一可憫之事！

第五章〈東周之教育〉，述孔子的教育思想時謂：「《論語》一書，對於『仁』的討論極多，計有五十八章，仁字出現凡百有五次，可見『仁』之意義極為重要。」[19]由此段話曾引出一趣事，可證筆者

---

18 〔原註〕頁二四。
19 〔原註〕頁四九。

前謂編教育史者要:「對一般參考方法有廣泛修養」之重要。憶在師大求學時,筆者下一班有同學[20]讀至此段,發生懷疑:「一百零五次?難道王先生將《論語》中仁字,一字一字去找?去數?沒有漏掉一字?數錯一字?」於是他發起狠勁,重新一頁一頁去查,花了數月時間[21]——當然是在課餘——結果和王先生的數字不同。筆者在其他著作中,又發現同樣的例子,數字也和王先生查出的不同。按利用《論語引得》一書,三分鐘即可查出,《論語》一書含有仁字的句子共有「九十三」句,內中「仁者安仁」(〈里仁第四〉)、「求仁而得仁」(〈述而第七〉)、「欲仁而得仁〉」(〈堯曰第二十〉三句,一句有二仁字,其他皆一字,共有「九十六」仁字。《引得》係專人逐句作成之專書索引,句句註明章名頁數可以覆按,自更可靠。自行去找極易疏忽錯誤,又浪費千百倍的時間!

第三編介紹秦、漢、魏、晉、南北朝、隋、唐、元、明、清的教育,分就政治背景、學校教育、民間教育、選士與科舉、教育思想,加以介紹,據以結論,持論中允。惟偶有不察之處,如指漢鴻都門學,性質近似「藝術學校」。實則學中只習尺牘、辭賦、鳥(蟲)篆,無「畫」一項,史稱鴻都「文章」,不近「藝術」學校性質。述北魏州郡學,截頭去尾,不明初期李訴疏請設於相州之制,及獻文帝後州郡由四級改為三級,世宗定為永制的三級制。但此事連正史、政書、治史各書、各家教育史均全部失實,不能深責。(見前)

第四編介紹近代教育,分:通論——介紹近代教育之特點、產生、遭遇的困難等項;學制演進——介紹新教育之萌芽、發展、改革;教育行政——介紹自清末以來,從中央到地方各級行政機構之演

---

20 〔原註〕似為熊祥林學長,現任政大教授。
21 〔原註〕可見當時求學的認真。

進；僑民教育——介紹其起源發展、一般概況、及星嘉坡[22]、馬來西亞、砂勞越、北婆羅洲、汶萊、印尼、泰國、緬甸、越南、高棉、菲律賓等各僑校，以及全球僑校分布數字[23]。主管僑教機構、政策、困難等；近代教育思想演進——介紹清末至民初「中學為體，西學為用」、五四運動後十年間「全盤西化」、三民主義，及蔡元培的教育思想。頗能提綱挈領，條理清楚。

最後為附錄，有：一、各代科舉制度之比較。係一科舉制度簡述，僅約千字，難得比較之實。採證資料僅及元[24]、明[25]，宋以前及清代，於敘述中均未採資料證明。隋、唐數語帶過。蓋需比較，非讀《登科記考》[26]……等古書不可，但此等資料知者甚少。二、王中厚撰：漫談前清考試。文內述「童子試」、「鄉試」、「會試」、「殿試」、「朝考」、「武試」頗詳，甚有參考價值。惟雜入「書院」一項稍感不類。有註解說明採自南洋商報及簡介作者。三、清初俞長城之八股文，後有賈景德附註，編者對著者及本文之介紹、分析。極有意義。四、清末夏曾佑之殿試卷照片，附註來源及作者簡介。本甚有參考價值，惟註中謂：「由來臺之後人保有。」按此「後人」乃指夏元瑜氏，此公精製作標本，手藝精巧，能仿作古物，疑係其遊戲之作，因原卷不易流出也，存疑。五、王仲厚：湖南時務學。註明採自〈南洋商報〉副刊。六、長沙明德學校與天津南開學校。作者同前，註明係作者本身經歷及其參考來源。均有參考價值。

---

22 【編案】現作「新加坡」。

23 〔原註〕美洲、歐洲、非洲僅有數目字。

24 〔原註〕《新元史》〈選舉志〉。

25 〔原註〕《明史》〈選舉志〉。

26 〔原註〕南菁書院刻本。

汪知亭著：《臺灣教育史》。臺灣書店印行，民國四十八年，臺
北市

　　在臺灣寫臺灣教育史，有地利之便，除收集中文資料較便外，尚
有許多日文資料可資利用。著者之寫作本書，實為一睿智的選擇。

　　全書分上中下三編，上篇為早期的臺灣教育，包括：荷蘭、西班
牙據臺時期，明朝及鄭氏時期，以及滿清時期的教育。每期分述其教
育行政及教育設施。此時期因資料較難收集，整個上篇僅有二十一頁
（面）。參考之重要資料有《臺灣省通志稿》、高拱乾：《臺灣府志》、
連橫：《臺灣通史》等，頗為允當。惟資料尚嫌不夠，敘述略見簡
率。例如書院部分，除簡略敘述外，僅列「一覽表」，分名稱、地
點、創設時間、備註等四欄。備註亦僅有四條，其中「中社書院、臺
南、雍正四年」下註：「即奎樓書院為諸生集議之所。」「屏東書院、
阿猴、嘉慶二十年」下註：「鳳山縣阿猴街」較有意義外，其他二條
都為「確年不詳」。「一覽表」註明：摘自《臺灣省通志稿》〈教育志
制度沿革篇〉第七十八至八十四面。表中所列最早之書院，僅為康熙
四十三年之臺南「崇文書院」[27]及康熙五十九年之臺南「海東書院」，
另為雍正時創立者三所，乾隆、嘉慶時各七所，道光時四所，咸豐時
三所，餘為光緒時創立者十一所，皆未列創立人。[28]按此前尚有「西
定坊書院」：康熙二十二年克定為將軍施琅建；「鎮北坊書院」：為郡
守蔣毓英立，康熙二十九年建；「彌陀室書院」：為臺令王兆陞立，康
熙三十一年建；「竹溪書院」：為郡守吳國柱立，康熙三十二年建；皆
早一、二十年，全部漏列。是此一部分，《臺灣省通志稿》及本書均
有資料疏缺，未能深入研究之嫌。

---

27 〔原註〕上漏印一字當為「崇」字，即「崇文書院」。

28 〔原註〕頁一四～一六。

　　社學條謂：「一六九五年（康熙三十四年）臺灣知府靳治揚首創土番社學，延師教番童。」[29]按此前於康熙二十五年，縣令樊維屏即已設社學教番童：一在新港社，一在目加溜灣社，一在麻豆社，一在蕭籠社，皆在此前，可見知府靳治揚非首創者。社會義學性質相同，故清朝欽定《學政全書》列「義學社學事例」為一條。汪氏將之分開，於「（三）義學條」下又謂：「一六八三年（康熙二十二年）臺灣知府蔣毓英創建臺灣縣社學兩所，以教育貧寒子弟。這二所社學，可謂官辦義學之濫觴。」[30]按設於土繫埕，應在「（四）社學」條下敘述，乃自亂體例。

　　中篇講日據時代的教育，分：教育行政、國民教育、中等教育、師範教育、社會教育、高等教育。本篇因時間較近，搜集資料頗豐富，且有整理過之日人書籍可參考，敘述頗為詳細。資料中收有統計資料、課程表、及經驗談——載於《臺灣新社會》一卷二期的〈五毛錢〉一文，係述說日據時代強迫說日語的痛苦經驗，皆甚有意義。

　　下篇介紹光復後的教育，占了百分之四十五篇幅，項目順序亦如中篇，列有比較統計資料等，皆註明資料出處，參考甚便。每節後列有今後建議，以當時實例，指出應改進之處。如在教育行政組織方面指出：因組織中人員不夠，常有借調教員到行政機關辦公的情形，建議應改科為局擴大編制，吸收優良教育人才從事教育行政，使與民政、建設、警察各局平行，達到「教」、「管」、「養」、「衛」的平衡。其他諸如：經費、政策、國民教育、中學、職業學校、師範學校、社會教育、高等教育各方面之建議，皆能把握原理、認清潮流、提出精到之見解。由此可見著者實為一可佩的「有心教育者」！學教育及從

29　〔原註〕頁一七後。
30　〔原註〕頁一七中。

事教育工作的人，欲明瞭本省教育的演進，及未來應有的興革，均不可不讀本書。筆者並寄望本書有最近的增訂再版！

陳啟天著：《最近三十年中國教育史》。文星書局影印民國十七年上海太平洋書店版，民國五十一

　　此書收入：「吳相湘主編：《中國現代史料叢書》，第五輯——學術教育」內印行。是著者根據資料和本身經驗所寫成。可為前述教育史書中，「一時」的著作代表。

　　我國教育至周代，在制度各方面，可說芻型已備。直到清末新教育的改革，都可說沒有多少的變動。但我們現在的教育，無論在理論、制度、內容、教法，設備各方面，幾乎都和舊教育完全脫了節。一般教育史的介紹方式，都是依照時代的排列，現代教育都只是漫長的整個教育中的一小部分。其實，這一小部分和過去的舊教育，有對等的重要性。可說舊教育僅係我國歷史壯闊波瀾中之一波，而新教育實為其接續之另一波；此一新波瀾，尚在擴展、延伸，不但籠罩了我們生活的時空，還將籠罩後來若干代的時空。由這波瀾不但可以根據過去瞭解現在，也可根據現在預斷將來。所以對這一部分，應有更詳細的介紹，陳氏此書實具有此方面之功能。

　　本書參考書籍，著者雖謂「均詳註於書內。」然每有僅註「書名」，未註「著者」者，而「出版者」、「出版地」、「出版年」均不註錄，讀者查考時頗多不便。如「第二章：舊教育的崩潰。一、舊教育的實際狀況——一、舊教育的宗旨。」內引及清代的聖諭十六條，註：「見中國教育史大綱」。未註著者、出版者等。引「近代中國教育史料」頗多，書名外註冊數頁數，此固甚佳。然「著者、出版者、出版地、出版時」等重要因素皆未註明。按本書頗重要，似為「舒新城編，中華書局，上海市，民國十七年印行。」內收清同治初年設同文

館起，至民國十五年止之教育史料。因書後又未列參考書目，缺少這些參考因素，徒增讀者不便，此為舊式著作之一般缺點。

間有未能運用直接資料之處，如上舉清代聖諭十六條，若採自「欽定學政全書」較直接，所採「中國教育史大綱」則為二手以後資料。

本書雖有上述小疵，然仍瑕不掩瑜。

全書共分四編，第一編緒論，分三章：第一章，近三十年之中國與教育革命，指出政治、經濟、社會、文化方面的大變：由專制政治變到民主政治，家庭經濟變到國民經濟，宗法社會變到國家社會，舊文化變到新文化。第二章，舊教育的崩潰，簡介舊教育宗旨，制度、內容。接著分析舊教育崩潰的原因、次第。第三章，新教育的發展，指陳新教育發生的原因，特點、及發展次第。頗能鉤玄提要。

第二編萌芽期的新教育，分二章敘述：第四章述時代背景、思潮與宗旨。背景方面，自太平天國，捻、回之亂、英法聯軍、孫、黃革命對舊社會之挑戰，到曾國藩、李鴻章、左宗棠、康有為、梁啟超為清廷之肆應，皆作扼要之敘述。思潮方面指明：分西文教育思潮、西藝教育思潮、西政教育思潮三期。最後歸納為「中學為體，西學為用」的教育宗旨。釐析頗為分明。第五章述教育概況。從教育行政制度開始，光緒二十四年以前，分屬各行政機關，無教育制度之可言；二十四年定以京師大學堂管轄各省所設學堂；直到二十九年才專設總理學務大臣。學校制度方面，初由二級制，再變為三級制，皆先有不成文之事實，演進到成文之規定。然後分述初等教育、中等教育、高等教育、師範教育、留學教育，殿以本期總評。皆條理清楚，持論有據。就中更見梁啟超氏之貢獻極大，可稱我國新教育之柱石而無愧。

第三編建立期的新教育，從第六章到十四章分述：時代背景與教育思潮、制度、初等教育、中等教育、高等教育、實業教育、師範教育、留學教育、總評第九章，皆敷陳資料為據，說理清楚，信而有

徵。其中各項統計資料，皆已為今日不易得者。

　　第四編改造期的新教育。本編以其重要，分量占全書之半。自第
十五章至二四章，述民國元年至十七年之教育，分時代背景與教育思
潮，制度，初等、中等、高等、實業、師範、留學教育，總評等如
前。另加入收回教育權運動一項。時代背景，述及當時共和締造之艱
難：中經袁氏稱帝，張勳復辟之起伏；南北對峙之險局；軍閥割據之
狀態；國民黨黨內之紛爭，共產黨之暴動等隱憂，嘆迄未能建立真正
之共和政治。經濟方面：農業凋零，入超日增；社會文化方面：舊文
化失勢動搖，西方新文化趁勢輸入，不但有新舊之衝突，且輸入之西
方文化間也呈紛亂。國際情勢方面：歐戰前受列強之支配，歐戰後有
日、英、俄之公敵。真是一片艱難困苦的局面！推其原因，不外民智
未開，易受野心者之利用，人民未能發揮道德勇氣，愛國團結，正見
教育之重要性！教育思潮方面有：1.軍國民教育思潮，2.實利主義教
育思潮，3.美感教育思潮，4.科學教育思潮，5.平民主義教育思潮，
6.國家主義教育思潮，7.三民主義教育思潮等，分述其源起、發展，
有助民初教育理論之實情瞭解。對教育宗旨演進，也闡述甚詳：自民
元教育宗旨、袁頒教育宗旨，教育團體主張之宗旨（民四、民十
五）、民國十一年公布之新學校系統改革令，民國十七年公布之三民
主義教育宗旨，皆一一詳加分析，內中由教育團體提出之宗旨，雖未
為政府採納，而事實上曾推倒原有宗旨，發生實質影響一事，為一般
書籍所忽略，今日知者甚少。教育行政制度方面，自中央至地方之變
遷經過；學校制度方面，自初等教育、中等教育、至高等教育的歷次
改革，均能詳加介紹，評其得失。然後，分別就：組織行政、宗旨、
課程、教法、訓育等方面，介紹初等、中等、高等、實業、師範教
育。留學教育則分宗旨、資格、科別三項，均附有統計資料。收回教
育權運動一章，說明當初歐美在中國設立的教會學校，包括中小學及

大學，共有學生三十四萬餘人之多。日本在東三省及山東設立的各級殖民學校，也有中國學生萬人上下，皆不受我國政府管轄。因此，收回教育權有迫切之需要。最後一章總評，分就趨勢、優點、缺點三項分析評論，並殿以學生數統計表。

本書著者，眼光精湛，立論頗能入微；取材豐富，資料每多秘辛；遂使本書成為教育史中不可多得者。研究教育者，不可不讀本書。

周邦道著：《近代教育先進傳略》。中國文化大學出版部印行，民國七十年，臺北市

我國自天作草昧，能演進為泱泱大國，實有賴古聖先賢的湛知卓見，這項知見的表現之一，就是注重歷史。國家有史，家族有譜，地方有誌。我們可以明白看出：自己的民族、國家如何的植根深遠。我們的根是不用尋的！

我國研究歷史的方法中，自古即注重「文」和「獻」；「文」是記載的資料，「獻」是指參加過，或知道的人。《論語》〈八佾〉：「子曰：『夏禮吾能言之，杞不足徵也；殷禮吾能言之，宋不足徵也；文獻不足故也。足，則吾能徵之矣。』」朱子註：「杞、夏之後，宋、殷之後；徵，證也，文，典籍也，獻、賢也。」賢或人的資料，於資料管理中列為「傳記」；是一種重要資料。在西洋進步各國，都很看重，也有很好的整理。

賢分先賢、時賢，本書係將清末以來先賢二百六十人，依地區及謝世先後，一一撰寫傳略，文辭簡潔典雅。是一不朽的傳世之作。

本書資料，根據清史列傳、傅任敢著：《近代教育人物像傳》、事略、碑銘、行狀、回憶錄，……等，一一著列篇後，信而有徵。

書前張序及著者自序，對本書著作之淵源、資料來源、保存、撰寫，有很好的介紹；兼及著者事功，就成為寶貴的著者傳記資料。

傳略前有「事蹟類覽」，分：

（一）各種教育之肇始，如：向歐美游學始於：同治七年，志剛孫家穀等使美，訂中美續約始立專款。同治十年五月，曾國藩、李鴻章聯銜奏派。軍事機械教育始於：同治六年，曾國藩於上海江南製造局內設機器學堂。海軍教育、技藝職業教育始於：同治五年左宗棠於馬尾船廠設船政學堂，下設藝圃訓練幼童。他如：高等師範教育、注音符號、省設學務處、實驗教育、女子教育、教育宗旨、將西歐科學名詞編為華文字典，……到民國四十六年，程發軔辦理臺灣省立師範學院夜間部，為呈准夜間有正式學籍之始。對於檢索參考，都很便利。

（二）教育行政人士。分屬從中央的學務大臣、部、次、司長，以及參事、秘書、督學等。省、府、州、市、縣級人員。一一列出姓名。

（三）一般人士，有盛宣懷等三十餘人。列出事蹟。

（四）派遣游學，有容閎等申請或主辦人員，也列出事蹟。

（五）高等教育，列大學堂總辦、監督、大學校長等。

（六）中等教育。（七）師範教育。（八）職業教育。（九）小學教育。（十）女子教育。（十一）社會教育。（十二）捐資興學。（十三）盡瘁與身後等事蹟。極便查考。

傳略中，將出生年月日，一生主要事蹟，作概要介紹，篇首附有照片。亦間有缺出生年月，及少數幾人缺照片。各文因資料多少不同，介紹也有詳略。

細讀之下，不但有「見賢思齊」之感，對著者作傳記之用心，也令人肅然起敬。

全書可謂沒有瑕疵可指。惟黃建中先生著述中，似可增加「文教與哲學」一書。本書於民國四十八年，由臺灣省立師範大學教育研究所印行，五百十四頁。收論文四十篇，多為中國哲學、教育哲學、教育史、考察、辦學、從政（教育）重要經驗及理論的闡述。

衛禮賢傳略，竟能找到衛氏哲嗣衛德明的先君衛禮賢像傳參考。搜羅之細之廣，不禁令人讚嘆。惟著者以遺像闕失，搜補無從，感到歉疚。按其哲嗣衛德明赴美定居後，執教於西雅圖華盛頓大學，精於《易經》，蜚聲於國際漢學界。十餘年前退休時，世界學者郵電紛紛致慰。通訊處為：

Prof. Wilhelm Hellmut

2448 Delmar Dr. E,

Seattle, Wash.

U.S.A.

其家想必藏有照片，去信後必也樂於供給。衛氏父子均為漢學家，對我國有很多貢獻。衛禮賢資料，並應進一步收集，以作將來修民國史參考。我認為應由政府授衛德明一勳章，以彰衛氏及其先人對我國之功勞。前見報載：日本天皇以諸橋轍次主編《大漢和辭典》有功，頒授勳章給他。我認為這次授勳，也應由我們先做。這樣必可激勵漢學界。比派人去演戲、賽球、邀明星來頒獎，那些皮毛事，影響要大得多、深遠得多了。希望我決策人士，有眼光能看出這點！

——本文原分四次發表於《教育資料集刊》（臺北：國立教育資料館），見該刊第3期（1978年6月），頁261-268；第4期（1979年6月），頁273-281；第5期（1980年6月），頁375-377；第6期（1981年6月），頁453-455。

《學政全書》簡介[*]

《學政全書》：全二冊
廣文書局翻印國立中央圖書館藏本
臺北市，民國六十三年

　　清代《學政全書》一書，知道的人很少；一般教育史的著作，都沒有看到有參考過的；好像正中書局印行的部定大學用書：王鳳喈編：《中國教育史》，商務印書館出版的大學用書：陳青之編：《中國教育史》，陳東原編的《中國教育史》，……以至師範教科書《教育史》，現用空中廣播教材《教育史》等的參考資料中，都沒有提到本書。筆者十餘年前，在日本東京日本國會圖書館珍本室，和京都京都大學圖書館，先後看過清時官修刊本。回國後曾向余書麟師提及，知道余師也曾看到日本國會圖書館那部藏本。當時中央圖書館藏本，似乎尚存在外庫，雖在目錄中可以查到，但很少有人知道。

　　中央圖書館所藏的這部抄本，共有九冊，不分卷。善本書目題「清光緒二十六年內府朱絲闌精抄本」。按原書黃綾封面，上貼印就的「學政全書」書名等，內容全部手抄，前面沒有書名頁、序言、目次等，後面也沒有跋語，沒有抄錄人姓名或機構單位，也沒有抄錄時間；除國立中央圖書館藏書章外，也沒有收藏前的任何印記可資認別。「內府抄本」當係根據形式判定的，「光緒二十六年」也應是根據

書內例案至光緒二十六年止一事判定，其實，很可能係在後來抄成
的。本書似乎沒有正式刊印本，僅僅是當時抄錄來供內部辦事時，作
查考之用的。因為這類官書，所見刊本上面都有「欽定」二字，前述
在日本看到的二部就是在書名上有欽定二字，並有序說明修纂刊印的
經過，前面列有〈聖諭廣訓〉〈臥碑文〉等，假如本書係據刊印本抄
錄，不應當簡略到這樣無頭無尾的樣子，尤其故意漏抄〈聖諭廣訓〉
（皇帝的訓話），是會獲罪的。

　　翻印本就原書影印縮小成二十四本，精裝彙為上下二冊。沒有補
加目錄，查考的時候很不方便；裡面有缺頁，也沒有找到完本資料補
起來（詳後）；定價七百八十元，也嫌過高；不過翻印出來，可以廣
為流傳，不致因孤本容易為意外所毀；在文化的保存上，確實有其重
要的意義，尤其是在世界動亂的今天！

　　上冊內容包括：增廣學額、八旗學額、貢監、書院、義學社學、
各省學額，包括：浙江、江西、河南、陝西、甘肅各省。下冊續甘肅
學額外，包括：福建、山東、山西、廣東、廣西、雲南、貴州各省學
額和商籍、竈籍學額，後者係包括：直隸、浙江、山東、山西、廣
東、四川各省的鹽商學額。

　　書內記載事項分為：現行事例或學額，分別載明當時的各種規定
和學制員額，多為通則的方面；例案，記載自順治到光緒（二十六
年）各朝的個別案例，是為實例的部分；駁案，記載不合規定或事
實，不准而被駁回的案例；以上是每一事項都有的記載。有的後面還
有附載舊案或章程，用較小的字記載已不用的舊章程和書案。其中山
西學制員額，缺開始的部分（詳後），又沒有直隸的學制員額。

　　所謂增廣學額，主要是皇帝出巡時，對經過的地方，表示恩惠而
增加的學額，是臨時性的，時間不定，由皇帝隨時降旨辦理。直隸省
因京城的關係，是常常受到這項恩惠的一省；山東因為祭孔的緣故，

也常得到這個恩賜；東三省是清代祖陵所在，因謁陵也常受到這項恩典；乾隆因愛慕江南山水南巡，江蘇、安徽、浙江三省，也得過這項好處；其他各省只有因特殊原因，才能得到這種恩典；但每次也只增加寥寥幾名而已！可見專制時代採用愚民政策，把教育當做對人民的賞賜恩典來看待，和今日把教育視為人民的權利義務，真有天壤之別。

八旗學額，是軍人子弟的學額，京旗、滿洲、蒙古學額比漢軍多一倍，考貢時間也快一倍。在盛京，滿州、蒙古學額也比漢軍多，考貢時間短。惟各省廩生、增生，滿、蒙及漢軍均按應考人數比例限額錄取。這是異族統治的特色之一。

貢監的部分記載恩貢規定：「凡遇恩詔，以本年正貢改作恩貢，次貢作為歲貢；其不值正貢之府州縣衛學，准以次貢作恩貢，再次貢作歲貢。」是一條定例，內中衛學一級多為一般教育史所疏忽。貢生考試時間，在各省及八旗學額中有詳細規定。恩貢是在原有規定考貢的時間，因特別的原因如臨雍（皇帝駕臨太學祭祀）、駕詣闕里（皇帝到孔子故鄉）等，由皇帝臨時下詔書辦理的。本部分的規定，即是遇到這種情形時的處理辦法。貢監的部分只列恩貢生一項，也因在學額部分本有詳細規定，所以只列特例。

書院事例中，可見當時自京師到各省省會，都設立書院；經費由政府負擔，可說是公立書院。另在府、州、縣有由地方官撥政府經費經營的，也有由當地紳士捐資倡立的，和今日的學校，設立也有公有私一樣。除經費外其他如管理、教育宗旨、課程內容、教師選擇、學生條件、教學方法、獎勵辦法，以及有清一代書院的興廢，都可從中看出。例如經費的部分，明定：京師金臺書院，每年勤撥直隸公項銀兩，由布政司報請直隸總督報銷；省會書院，各賜帑銀，歲取租息，不足者於存公等項銀兩支用，由督撫彙報奏銷。管理方面，有：學臣按臨時就便稽察、申報管官查覈、學臣諮訪考覈、駐省道員稽察、督

撫稽察等等。教育宗旨方面，有：檢束身心，敦品勵學；仿朱子白鹿洞規，以檢束其身心；講明正學，造就人材；敦崇品行，屏黜浮華，講求實學（經世有用之學）等。而講求實學一項，乃針對清末局勢日非而來的實際要求。教材內容方面，有：制義、經學、史學、治術、論、策、表、判、對偶、聲律、天文、地輿、兵法、算學、經濟（經世濟世）、性理等等。大致越到後來，越注重有用的實學，和前面教育宗旨的發展有關。教師選擇方面，規定要：省會書院，由督撫學臣擇經明行修，為士模範者，以禮相延；府、州、縣書院，由該府州縣會同教官紳耆，公同舉報品學兼優之人；並不得由上司挾薦或教官兼充。學生來源方面，有：有志向上，材堪造就，沈潛學問者，文行兼優，立品勤學之士，或考選保送顯異恂謹生童，並有舉人肄業的例子。教學方法方面，多仿《程氏讀書分年日程》的辦法。獎勵辦法方面，如：師長教術可觀，著有成效者，准督撫學臣請旨酌量議敘；諸生材器優異者，亦准薦舉一二。書院的興廢情形，大致書院盛於雍正乾隆二朝，以後即漸衰落，如嘉慶二十四年，御史張元樸奏；各處書院，多由本省大吏推廉親友以充院長，祇圖索取束脩，並不身親到院，甚至屋宇坍圮，棲止無所。又道光二年左輔奏：湖南城南書院，閱時既久，堂室無存，改建城內，近來亦就傾圮。同年松筠奏：各省府廳州縣書院，近日廢弛者多，整頓者少。又十四年，上諭：今州縣書院，率多廢圮，或以無品無學之人濫充山長，以致漸形廢弛。十七年御史巫宜禊奏：各省書院延請院長，有甫經到館，旋取脩金以去者；有不到館，而上司代取脩金轉付者。同治二年黃鼎鎮條陳；近來軍務省份各府州縣，竟將書院公項，藉端挪移，以致肄業無人，月課廢弛。九年邵亨豫奏：福建考亭書院，年久傾圮。十年康國器奏：廣西秀峰、宣城、榕湖三書院，皆年久傾圮。十三年張樹聲奏：江蘇紫陽、巫誼二書院，燬於兵燹。光緒二年岑毓英奏：雲南五華、育材二

書院，燬於戰亂。可見這段時期，書院衰落至極。到了光緒年間，才又重新認識書院教育的重要，有識的督撫如李鴻章、左宗棠等再加予整頓設立，書院才又振興；直到清末，下令將各省書院改為中學，使書院的振興，變成了新教育的預備工作。

社學義學方面，也很值得我們注意，因為這方面很少看見有人加以研究，過去一般教育史，以為是半官式的，沒有一定制度，不曾普遍設立。其實，事實並非如此。在義學社學事例中，明白規定：順天暨各省府、州、縣俱設立義學。又規定直省府、州、縣、大鄉、巨堡各置社學一區。教學由地方官延擇，經費也由政府支付，每年須將師生名冊報學政查覈。學生貧乏無力的，並酌給薪水。義學程度並相當的高，如康熙時，京師崇門外所設義學，其學生係選自五城小學教育成材者，後於乾隆時，並改為金臺書院。雍正時，令各直省現任官員自立生祠書院，改為義學。光緒十二年劉錦棠奏准：新疆各城創設義學，並仿照內地書院章程辦理，可見性質和書院相近。清代對邊疆的教化，從本書可以看出：多以設立社學、義學為手段，其數目恐民國教育尚不能相比。如康熙五十九年，議准廣西土屬共十五處，各設義學一所；雍正五年，議准雲南東川府土人設立義學；雍正八年，議准四川建昌府漢境內，擇大村大堡，照義學例建學舍，令附近熟番子弟來學，學業有成再令往教生番子弟；雍正十年，議准湖南永綏六里每處設立義學二所，令苗童入學肄業；乾隆五年，議准貴州、古州、八寨、大、小丹江、長寨等二十四處應各設社學一所，永從縣在城在鄉設立社學二所；乾隆七年，議准廣東崖嶺等七州縣，各於黎峒相近之區，設義學一十三所；乾隆十年，議准湖南城綏、九峒併青坡司猺寨等十處，各於適中之地，設立義學一處；乾隆十一年，議准四川三齊等三十六寨番民，子弟通曉漢語者准送州縣義學受業；乾隆四十五年，議准烏魯木齊愷安巡檢舊署作為義學，使兵民讀書習射其中；道

光二十八年，議准拆毀湖南新甯縣各猺峒菴觀，留數處改設義學；咸豐十年，陝西巡撫譚廷襄奏准咸甯、長安等十六州縣，酌設回民義學九十四處，整理舊有義學三十九處；光緒四年，雲南巡撫杜瑞聯奏准通飭地方官，因地制宜，隨方設立義學，使窮鄉僻壤、獯猓猺狪均霑教澤；光緒八年，貴州巡撫林肇元奏准黔省下游苗疆應辦義學，通計府廳縣十處新舊共一百三十九所；光緒十二年，甘肅新疆巡撫劉錦堂奏准於新疆各城創設義學，選纏回子弟入讀等。可見有清一代對異族邊民的教化，極為注重。而義學比當時儒學的教育活動還要積極和普遍，這是我們以前想不到的。

各省學額部分，對取進人數，廩生、增生名額，依府、州、縣、廳、衛、鄉學各級作嚴格的規定。大致縣以下分大學、中學、小學三種，普通大學取進人數為十五名，中學十二名，小學八名；府學人數較多，普通為二十名。另有永遠增廣學額，此項措施多在咸豐年間，係對戰亂時人民的捐餉守城，作為一種報酬，人數很少，普通從一名到四名不等，也有多至十餘名的例子。考貢時間也有規定，普通大學二年一貢，但也有一年一貢的；小學三年一貢，也有四年一貢的；中學或二年一貢、三年二貢不等。由統計的結果，二年一貢的最多。人數少的地區，也有五年一貢的。浙江、廣東二省人才較多，名額也就比別省多。

商籍、竈籍學額，是清代為設竈煮鹽，及以運鹽為業的鹽商子弟所設。設有商籍（包括竈籍）學額的有直隸、浙江、山東、山西、廣東、四川等省。也照取進學額、廩生、增生、考貢時間各項，分別加以規定。商籍學額較少，也有永廣學籍，也是因捐輸軍餉而增加的永遠學額。

上文提到的書內山西所缺部分，可從後面例案，永廣學額各部分查得的，計有太原府的陽曲、榆次、太谷、祁縣、徐溝、清源、文水，

以及陽平府的曲沃、翼城、太平、浮山、臨汾、洪洞、襄陵等縣。

　　按本書初版原刊於清乾隆五十八年，全書八十二卷，二十四冊，內分八十門，有：臨雍、召試、學宮、學校條例、講約手例、頒發書籍、崇尚實學、釐正文體、書坊禁例、學政事宜、考試事例、學校關防、學政按臨、考試場規、生童試卷、考試題目、取錄經解、默寫經書、閱卷關防、臨文恭避、復姓改名、學額總例、書院事例、義學事例、採訪遺書、承襲奉祀，……等等。原定每十年修訂一次，但第一次修訂，已在嘉慶十五年，到十七年才刻本，已超過原定十年的時間很久了。當時由童潢等擔任修訂事宜，增為八十六卷，八十四門，仍分裝二十四冊；日本國會圖書館所藏，即為這一部續修本。今與抄本對照，缺了很多。照理，越到後來。事例越多，篇幅也應越多才對；但抄本只有九冊，第一冊即從巡幸增廣學額開始；可見這部抄本，一定不是完本；散失或缺抄部分，要比現存部分多得多。這是一部重要，值得重新整理的書；散缺部分，很容易就可查明補起來；可惜翻印書局缺乏內行人指導，沒有把這輕而易舉的事做好，這是又一項美中不足的事！

　　　　——本文原發表於《教育資料集刊》第1期（臺北：國立教育
　　　　　　資料館，1976年12月），頁181-185。

「學」、「教」正釋及其隱藏的「教育」史實

　　我國號稱有悠久的歷史，但有歷史記載的也不過五千年。可是在五十萬年前，居住在周口店的「北京人」，即已經知道用火，為什麼在四十九萬五千年的長久時光中，進步那樣慢呢？成就那麼少呢？這是因為人們那時追求的直接目標只是生活本身，而不知追求那使人類進步的「經驗」，經驗只是他們在追求生活中的副產品；換句話說，他們所有的經驗，都是在無意中得到的。他們還不會有意的對經驗本身加以追求、思考、組織。而且這樣無意中得到的、有限的零亂經驗，又沒有傳遞給別人及保留給後代的工具（語言、文字）；結果也就隨短促的生命，終身而沒。這樣一代一代的都接不起來，還能有什麼進步？還有多少成就可言呢？所以一直到了人類對經驗本身有意的加以追求時，文明才開始有了微弱的曙光；一直到了人類能夠有意的把經驗溝通、傳遞的時候，黎明才開始到來；一直等到人類對經驗的追求、溝通和傳遞有了聯合組織起來的計畫活動時，燦爛的朝陽才迎人昇起。這三類活動，用現在的教育名詞來說，就是「學」、「教」和「教育」。可見教育發展的各個階段，也就是人類文明的里程碑。人類如果要研究自己的歷史，絕不能忽略了這一重要的事實。

　　我國前人研究《教育史》的，大都根據書上的記載資料。由於資料的真偽問題和著者個人的態度關係，常常出入很大，不能給人一個客觀的清晰印象。例如陳青之講到上古教育制度時，題為〈漢人臆造

之上古教育制度〉[1]，陳東原講我國教育時，則從漢初開始[2]。都因未能直接分析原始資料，立論有失中允。其實，從甲骨文時期起，「學」字和「教」字中，即隱藏了一部我國古代教育史，而研究文字學和教育史的人，過去都沒有覺察到。

一　學字指出的學習內容和個體

「學」這樣一件複雜的事情，在當初造字的時候，應該怎樣造呢？如果我們檢查一下從我們祖父輩到今天的情形，我們就可以發現：兒童入學一開始學習的時候，就是學習認「字」、寫「字」，所以「兒童」和「文字」在學這一活動中，有明顯的代表性，是造學字時候很好的參考「觀念」。我們搜集自甲骨文以來的學字，加以整理排列後，就可以發現它的演進系統：

1　〔原註〕（註一）陳青之：《中國教育史》，頁十四（商務印書館印行，大學叢書，臺北市，未著出版年）。

2　〔原註〕（註二）陳東原：《中國教育史》，商務印書館印行，臺北市，民國二十五年，頁一。

表一　學字敎字演進表

在上表的「學」字發展系統中，可以由每期出現的新元素：爻、
介、**令**、文字，看出各代造「學」字的時候，是依照我國文字的發
展系統，分別從雙手「**𦥑**」學「爻」、學「**介**」、學「**令**」、學「文
字」，會意造成的。這在筆者〈八卦及中國文字起源的新發現〉[3]一文
中已經說得很明白。現在又因加入了一些補充資料，所以又再加以條
分剖析，以便使人看來更加清楚。

（一）╳爻──認識最遲的最早學字和從學爻會意的**爻**字

爻字在《說文解字》後即專用於卦爻一義謂：「爻、交也。象易
六爻頭交也。」以後各家的解釋和字典也就以卦爻為主。但在甲骨卜
辭中，爻字常常和學字互用，前人以為係因古音相同，假借（爻字）
來當學字用的。羅振玉謂：「卜辭中『學戊』亦作『爻戊』，殆古音同
相假借。」或又以為係由「學」省而來的，所以又謂：「或又省作
爻。」[4]李孝定採取羅說後，又採另一可能的看法，謂：「又疑假為
駁。」[5]按《文始》收爻字義最多，謂：

> 變易為殽，相雜錯也；孳乳為駁，馬色不純也；為犖，駁牛也；
> 雜錯之義，又引申為錯繆；孳乳為覶，視誤也，《莊子》〈胠篋〉
> 曰：「皆外立其德，而以爚亂天下者也。」《荀子》〈非十二
> 子〉曰：「飾邪說，文姦言，以梟亂天下。」爚、梟皆字，猶
> 言誑誤天下也。《易》曰：「爻也者，效此者也。……爻也者，
> 效天下之動者也。」……故知爻有明見之義，孳乳為效象也；

3　〔原註〕（註三）見參一，陳道生，民國六十一年（一九七二）。（參一係指文後所
　　列參考書目一，餘類推。）
4　〔原註〕（註四）見參二，羅振玉，民國十六年（一九二七），卷中，頁一八、頁六
　　一。
5　〔原註〕（註五）見參三，李孝定，民國五十四年（一九六五），頁一一二九。

為覡，竝視也；為恔，憭也；恔作舌音，變易為憭，慧也。效
象之義，又引申為效瀗，故效又變易為孝，效也；孝又孳乳為
教，上所施下所效也；旁轉幽與臼屬之敎相應，覺悟也。[6]

按爻即最早之學字。前人研究的結果，雖指出了甲骨卜辭中「學戊」
寫作「爻戊」一事實，但又誤為省假而來。雖在《易經》〈繫辭〉中
找到「效」的一義，也聯想到了另一形的學（孝）字，但又以為由引
申轉變而來，而終未能覺察到即最早的「學」字。「爻」為最早的學
字，由下列三點可以確實證明：

1　字義的符合

《易經》〈繫辭上傳〉第五章：「效法之謂坤。」《集解》謂：
「爻，猶效也。」〈繫辭下傳〉第一章：「爻也者，效此者也。」第三
章：「爻也者，效天下之動者也，」《本義》謂：「效，倣也。」效和
倣都和學字意義相同。學字本也解作效：伏生《尚書大傳》〈周傳〉：
「學，效也。」[7]朱熹《論語注》：「學之為言效也。」[8]由此可以證明
爻和學的意義同為效。而《說文》「爻」的一義反不明顯，後世也不
用這一義。

2　字形的系統

在表一中可以清楚的看出學字的演變系統，係從「由簡而繁」的

6　〔原註〕（註六）見參四，丁福保，民國十七～二十一年（一九二八～一九三二），
　　三下爻部，頁一三九四～一三九五。【編案】本段引文原出章太炎：《文始》，見
　　《章氏叢書》第六冊，《文始》第九，葉254。
7　〔原註〕引見《儀禮經傳通解》。
8　〔原註〕〈學而第一〉首句。

方式發展而來。既不是同音通假，也絕不可能由學省而來。而是先有
×（在學字結構中）和爻，接著再加雙手（ ）會意，然後隨著文字
和文字名稱的演變，一期一期發展下去的。所以爻即是最早的學字，
由表中所列各字看來，絕無疑問。而這些散在甲骨上的學字，無法由
人預作這種系統的偽造，也是顯而易見的。

3　古史的根據

　　《周易》〈繫辭下傳〉謂：「古者包犧氏之王天下也，……始作八
卦，以通神明之德，以類萬物之情。……上古結繩而治，後世聖人易
之以書契，百官以治，萬民以察，蓋取之夬（卦名）。」《尚書》〈中
候〉謂：「伏犧有天下，龍馬負圖出於河，遂法之以畫八卦，」許慎
《說文解字》〈敘〉謂：「古者庖犧氏……始作易八卦……黃帝之史倉
頡……初造書契。」都是說先有八卦，接著有文字，而且文字是源於
八卦的。但這些史料，後人由於認為過去在發掘出來的甲骨金石資料
中，都沒有關於八卦的資料，八卦起源於遠古一事是不可信的。屈翼
鵬先生〈易卦源於龜卜考〉一文，即是持這一態度的。筆者從甲骨文
中學字的發展系統，證明爻即最早的學字，第二代的學字也從「學
爻」會意。可見甲骨文中並非沒有八卦的資料，只是隱藏太密，連細
心的文字學家也不易發現而已。因而這些古史資料，和筆者發現的這
項新證據可以互證，使人盡釋前疑。

（二）從學 （通用文）會意的學字

　　第二階段的學字是從學會意。因為 （六）和 （文）相通，
所以其實是從「學文」會意。原來接著爻象期之後，文字產生。但春
秋以前，字的稱呼尚未出現，我國「文」和「字」尚未連稱，只叫做

「文」。前賢已有詳細的論列[9]，林景伊先生著：《文字學概說》[10]一書中，即採用顧亭林的資料謂：

> 最通行而有徵的稱呼，依然要算「文」。顧炎武《日知錄》上說：「春秋以上言文不言字，如《左傳》『於文止戈為武』，『於文反正為乏』，『於文皿蟲為蠱』；及論語『史闕文』，中庸『書同文』之類，並不言字。」

舉例說明非常清楚。

　　正因為文字的發展，從「爻」變為「文」，所以「學」字也從雙手學爻改為雙手學文。這裡 𠂇 和 爻 相通，有下列三項實物和邏輯上的證據：

　　1. 在發掘的古代印文中，六通文的資料很多，如：「諺」、「顏」等字中「彥」字頭上的「文」字，即可寫成「六」、「𠆢」，如「諺」、「譀」、「顏」、「顔」等。

　　2. 從上表及後面的敘述中，可以確知我國文字名稱的演變系統，若設為填充的方式：「爻」、「　」、「字」、「文字」，照真理的一貫性來推論，也可知「　」中應填為「文」無疑。

　　3. 文六在從卦演文的時候，同從 ☴（巽）卦演變而來。巽卦上面二陽爻頭爻就成「人」[11]；陰爻在甲骨文的六字中是由下面一陰爻（- -）的二短畫相對豎排而成「𠆢」，文字則為了要和六字分別，陰爻的二短畫就採交叉的方式而成「爻」[12]。

9　〔原註〕（註八）見參六，《日知錄集釋》，卷二一，頁二三～—二四。

10　〔原註〕（註九）頁四，正中書局印行，民國六十年（一九七一）。

11　〔原註〕這就是文六二字的字頭和甲骨文中從 𠆢 省的六字。

12　〔原註〕（註一〇）見參一，陳道生，民國六十一年（一九七二），頁一一七。

（三）從學𡥆（字）會意的學字

這就是金文、小篆、和現在通行的楷書學字，是第三階段的學字。這在前面表中可以明顯的看出，這期的特色，係在𦥯下的∩內加𠳭成𡥆，這就是金文的「字」字，現在通用的楷書學字中，「𦥯」下的「子」也是「字」字，因合書時不便，省去了頭上的一點。按戰國起「文」的名稱似乎已漸為「孳乳寖多」的「字」所奪，《史記》〈呂不韋傳〉謂：「是時諸侯多辯士，如荀卿之徒，著書布天下，呂不韋乃使其客，人人著所聞集論，……號曰《呂氏春秋》，布咸陽市門，懸千金其上，延諸侯游士賓客，有能增損一字者，予千金。」[13]江永《群經補義》據此謂：「此稱字之始，前此未有以『文』為『字』者。」此後「字」即漸為習稱。此一學字一直成為今日通用之字，而不為其後「文字」連稱時之隸書從學「文字」會意的「學」字所替，與今日仍以字為文字的簡稱，說「認字」、「寫字」、「多少字」、「常用字」，而不說「認文字」、「寫文字」、「多少文字」、「常用文字」有關。

（四）從學「文字」會意的隸書學字

秦始皇統一天下後，做了一件重要的事，使我國不致因語言文字的分化，變成為像歐洲一般小國林立的情形，那就是統一「文字」。始皇二十六年「一法度衡石丈尺，車同軌、書同文字。」開始把文和字合起來統稱「文字」，二十八年「作琅邪臺，立石刻」，內有「同書文字」句[14]。所以以後承接小篆的隸書學字，就將裡面的「爻」改為「文」，和下面的「字」合成從學「文字」會意。現在尚可看到的漢

13　〔原註〕（註一一）見參七，《史記》，卷八五，頁四三〇。
14　〔原註〕（註一二）見參七，《史記》，卷六，頁五四～五五。

碑，如〈曹全碑〉、〈禮器碑〉、〈史晨後碑〉、〈樊敏碑〉、〈景君碑〉、〈乙瑛碑〉、〈武榮碑〉等，碑中的學字，即寫作「學」，可見這是有歷史發展系統作根據的。

（五）從學習個體的另一學字──斈

古代在造第二期的學字時，除了上述在原有的爻字兩邊加手會意的一字外。為了要表明學習的個體──小孩子，乃又在原有的爻（學）字下加子會意，造成了另一形的學字──斈學。《說文解字》解釋這字時謂；「斈、放（或效）也，從子，爻聲（段注：古肴切）。」（子部）段注：「放，各本偽[15]作效，今依宋刻及《集韻》正。放傚古通用，⋯⋯學者仿而象之也。」效和傚都就是學，學字本也解作效，見前引朱熹《論語注》及伏生《尚書大傳》《周傳》。段注中也說得很明白。另外還有三點理由也可證明這字確是學字：第一，前一系統的學字，從雙手學爻變為學文的情形，斈字也由從爻子會意變為從文子會意，由上面表中存於北齊的斈字（前人以為俗字）可證。第二，下面證明教字是在學字的旁邊，加一手執教鞭之形會意造成的，二個學字都在同一情形下，造成了二個教字。第三，前人已知斈即學之古文。《部首訂》謂：「⋯⋯皆足為『學』⋯⋯『斈』⋯⋯同字之證。朱駿聲謂：『斈即學之古文』是也。」[16]今有甲骨文之淵源為證，更可盡釋眾疑。

後代因通行了「學」字，這個斈字乃慢慢少見，到現在，字典中多已不收，僅在「教」字的偏旁中看到。

由上面的分析，可見我國歷代的學字，是根據所學的「東西」、

---

15 〔原註〕筆者按：非偽，見本文論述。【編案】此字為「譌」，音義同「訛」，非「偽」，先生誤讀之，惟與後文論述有關，故存原貌。

16 〔原註〕（註一三）見參四，丁福保，民國十七～二十一年，頁一三七六後。

學習時用的「手」、學習的「人」三項元素來造的。在學字中，已可初步窺見我國在殷代以前即有學習文字的兒童教育。

二　敎字顯示的古代教育[17]

學是自然的，本於人類天生的好奇心；敎則是人為的，由於人類認識了追求、溝通和傳遞經驗的重要而發出的。所以在文字產生方面，也就依照事實發生的先後，先有學字然後再有敎字。

（一）從現用學字系統發展出來的敳（敎）字

現在最早的敎字，要算見於《小屯殷虛文字甲編》和《殷契粹編》的「𢼄」。郭沫若謂：「𢼄，即敎字，辭云：『己多方小子小臣其敎戎。』戎殆戒之省。據此可知殷時，鄰國多遣子弟遊學於殷也。」[18]按這個𢼄字從「爻」從「𠬪」，爻即古學字已見上述，乃像手（𠬪）執敎鞭（丨）的形狀，可見有鞭打的意思。按這一部分到金文期，手的部分不變，敎鞭的部分乃變為「卜」，似從鞭打時的「卜卜」響聲會意，後來即演變成隸書、楷書的「扑」字。《說文解字》：「攴，小擊也，從又，卜聲。」段注：「此字從又，卜聲；又者手也，經典隸變作『扑』，凡《尚書》、三《禮》鞭扑字，皆作扑。」[19]所以從敎字的字形，可以看出：乃是表示一件有外來權威壓迫著的學習活動。《說文》所謂：「上所施，下所效也。」《禮記》〈學記〉說

---

17 〔原註〕（註一四）本部分取材於筆者：《近二年教育史論選稿》中〈從學敎二字的演進尋繹我國古代教育發展的真相〉一文。筆者於民國五十五年，曾以該選稿送審教授資格。

18 〔原註〕（註一五）見參三，李孝定，民國五十四年，頁一〇八九。引郭著《殷契粹編考釋》，一四九頁下。

19 〔原註〕（註一六）見參八，《說文解字注》，頁一二三。

的：「夏楚二物，收其威也。」把二者配合起來看，就使我們對這個甲骨文的敎字更加容易瞭解。

表二　扑字的演進

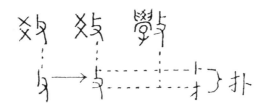

到了金文期的時候，甲骨文的𝌀字變為𝌀，這是見於散盤（西周青銅器）和《說文解字》所收的古文敎。等到爻這個古學字演變成篆書學字後，這個甲骨金文的敎字又演變成了「斆」。但這個字卻被《說文解字》說解錯了，謂是：「覺悟也，從『敎』，從∩。∩，尚朦也，臼聲。」[20]其實，從下面表中，可以看出：「斆」字左邊的「學」字，是經過「爻」（最先）、𝌀、𝌀、𝌀、𝌀（子才出現）的演變，「爻」和「子」在學字中的出現，相隔得太遠了；斆字右邊的「攴」又到最後才出現。三者出現的時間相差甚遠，怎能是從「敎」呢？∩又是從∩∩演變而成的，在前面的形義分析中，已知是由甲骨文通用文的六字演變來的，怎麼是尚朦呢？臼是由原來的雙手（𝌀）演變成的，原是象形的部分，怎會變為聲符呢？學和敎都是（象）形（會）意字，而不是形聲字，由上表的分析看來甚為明白。這個敎字和它前面的甲骨金文的二個敎字（見表），造字方法完全一樣，都是同屬於一個系統的，都是從學習或教學內容發展而成的。

---

20 〔原註〕（註一七）見參八，《說文解字注》，頁一二八上。

（二）從已廢學（孝）字發展而來的現用敎字

當初造學字的時候，除造了現在我們通用的、從學習內容（文字符號）會意的一系學字外，又造了從學習個體（孩子）會意的一系，我們已在上面說明過了。因此，在造敎字的時候，也就造了從學習個體會意的另一系敎字。這就是甲骨文的「𣃁」、「𣃁」、「𤔲」、金文小篆的「𢽾」和現在楷書的「敎」字。這一系的敎字，造字手法和前

表三	表四	表五
敎（𢽾）字演變表一	敎字各部分（爻𠂆𠬝）在敎字中出現先後次序分析表	敎字演變表二

面相同，也是在這一學字的旁邊，加一手執敎鞭的形狀（ㄅ）或扑（ㄅ）字造成的。這一系的敎字，除大部分研究文字學的人，還不知左邊的孝即學字，敎字乃從「由外在權威督促學習」會意的真正原因外，解釋上尚無其他偏失的地方，我們在這裡也就不再多費筆墨。

（三）現在通用的錯誤「教」字

現在大家通用，在書寫方面幾乎都是這樣寫的一個敎字，就是左邊錯成了「孝」的「教」字，這是一個錯誤的字，古人研究文字時早已指出。黃以周釋謂：「《說文》曰：『孝，善事父母者；从考省，从子。』『孝、傚也；从子，爻聲。』案孝與孝音義不同，經傳中多混用之：由後人少見孝，習見孝，而妄改之也。」《群經正字》謂：「按此字經典固多不誤，然往往有作教者，俗儒以筆畫小異無關義要也。然偏旁與孝迥別；孝在子部，效也，从子爻聲，古肴切；孝在老部，善事父母者，从老省，从子，子承老也，呼叫切；不可不辨。……《九經字樣》云：『敎作教者，譌。』」[21]可見古人已經分辨得很明白，但一般的人對文字少有研究，所以還一直錯下去。教育部的機關名牌上，即寫成了這個錯誤的「教」，有懂的人對教育部的人開玩笑說：「你們的招牌都寫錯了。」這是個錯字，本已看不出當初造字的理由，但卻誤導了後人以為是敎孝，羅氏《貞卜文字考》謂：「父蓋敎子以孝，父所為，乃敎之所自昉也。」[22]羅氏似又把手執敎鞭的部分，解為父字。[23]因古代的父字和扑字，形狀相似，有時也相同，所以容易錯誤，這是我們要注意的。

---

21 〔原註〕（註一八）見參四，丁福保，民國十七～二十一年，頁一三七七。【編案】此處「譌」亦誤作「偽」，今據《說文解字群經正字》正之，見卷六，「教部」。

22 【編案】「自昉」原作「由昉」，今據羅振玉《殷商貞卜文字考》改之。惟「由昉」「自昉」義同，謂起始也。

23 〔原註〕（註一九）見參九，黃建中先生，民國四十八年，頁二七七。

三 結語

　　從上面兩個學字和演變來的兩個教字中，實已可以看出有：教師（手執教鞭的人）、教法（鞭扑體罰）、教材（文字），和學生（子），已經具有狹義的教育意義了。可見我國正式的兒童教育，在殷代即已存在，乃是一件無可懷疑的事實。

參考書目

1. 陳道生：〈八卦及中國文字起源的新發現〉，《女師專學報》，第一期，頁一〇七～一二三，臺北市立女子師範專科學校印行，臺北市，民國六十一年（一九七二）。

2. 羅振玉：《增訂殷虛書契考釋》，民國十六年（一九二七），藝文印書館翻印，臺北市。

3. 李孝定：《甲骨文字集釋》，中央研究院歷史語言研究所印行，臺北市，民國五十四年（一九六五）。

4. 丁福保：《說文解字詁林》。商務印書館印行，臺北市，民國十七～二十一年（一九二八～一九三二）。

5. 屈萬里：《易卦源於龜卜考》，《中央研究院歷史語言研究所集刊第二十七本》，該所印行，臺北市，民國四十五年（一九五六）。

6. 〔明〕顧炎武著、黃汝成集釋：《日知錄集釋》，崇文書局刻，湖北。

7. 〔漢〕司馬遷：《史記》，文化圖書公司影印殿版，臺北市。

8.〔漢〕許　慎著、〔清〕段玉裁注：《說文解字注》，藝文印書館影印經韻樓藏版，臺北市。

9.黃建中：〈中國育教學三字形義之演變〉，載在《文教與哲學》，臺灣省立師範大學教育研究所印行，臺北市，民國四十八年（一九五九）。

10.島邦男：《殷墟卜辭綜類》，一九六七年，泰順書局翻印，臺北市。

——本文原發表於《女師專學報》第6期（臺北：臺北女子師範專科學校，1975年3月），頁1-9。

從《說文》錯解「學」、「教」看教育史研究

張之洞氏在所著《書目答問》中謂：

> 由小學入經學者，其經學可信；由經學入史學者，其史學可
> 信；由經學史學入理學者，其理學可信；以經學史學兼詞章
> 者，其詞章有用；以經學史學兼經濟者，其經濟成就遠大。[1]

這裡所講的「小學」就是廣義的「文字學」，包括聲韻學、訓詁學、文字學（狹義的）等字音、字義、字形三方面的研究；經學也是史學，所謂「六經皆史」；理學自然是哲學的範圍；詞章乃是文學；惟有這裡所謂的「經濟」，是指經世濟民的大學問，包括了今日所謂的政治、經濟、財政、法律，甚至軍事。張氏這段所說的，實比〈大學〉以來提到的治學方法都要好，不但指出了明確的方向同時也告訴了具體的步驟。告訴了我們研究學問要先吸收前人的經驗（史），因為正如培根（Francis Bacon, 1561-1626）所說的：「歷史使人聰明。」[2]要吸收前人的經驗，自然又要先從透澈瞭解記載這些經驗的文字著手，這和西方今日的重視語意學（Semantics），在精神上是一致的。

最近報載國際間又在尋找「北京人」的化石，因為在非洲發掘到

1　〔原註〕（註一）張之洞，一八七五、卷五、頁九。
2　〔原註〕（註二）〈論讀書〉，見《培根論文集》，薛百成譯，經緯書局印行本。

一個原人化石，經放射線測量後，發現有一百七十餘萬年之久，它的各種特徵，和北京人很相似，因此也使人懷疑到過去對北京人年代的推測。北京人當時已知道用火，但我國有記載的歷史僅號稱五千年，那麼在四十幾萬甚至一百數十餘萬年的長久時光中，人類究竟在做些什麼？為什麼進步那樣慢？成就那樣少呢？這是因為太初的人類，當時所直接追求的目標只是生活，還不知道直接追求「經驗」的本身，經驗只是他們在追求生活當中的副產品，都是在無意中得到的，並且又不知加以思考、組織。而且他們這樣在無意中得到的零亂經驗，又沒有傳遞給別人及保留給後代的工具——語言文字，結果都隨短促的生命終身而沒，一代一代，人與人之間的經驗都聯接不起來，這還有什麼成就進步可言呢？所以一直到了人類對經驗本身有意的加以追求時，文明才開始有了微弱的曙光；一直到了人類能夠有意的把經驗加以溝通、傳遞的時候，黎明才開始到來；一直等到人類對經驗的追求、溝通、和傳遞，有了聯合組織起來的計畫活動時，燦爛的朝陽才迎人昇起。這三類活動，用現在的教育名詞來說，就是「學」、「教」和「教育」。可見教育各個階段的發展，也就是人類文明的里程碑。[3]而教育活動的中心，就在經驗和記載經驗的文字。

　　我國對教育史的研究，一直限於紙上史料的階段，只是利用文字寫成的話語較易瞭解的部分，還沒有進到文字學的研究境地。有的要牽涉到字源的部分，也直接引述許慎《說文解字》的資料，如一般教育概論談到教育二字時，就用這種省力的方式。但偏偏《說文解字》對教育演進極重要的「學」、「教」等字，卻說解錯了。一直到筆者〈從學教二字的演進尋繹我國古代教育發展的真相〉[4]一文完成，才

3　〔原註〕（註三）筆者：〈教育史稿〉，曾試教，尚未出版。
4　〔原註〕（註四）曾抽出部分，以〈八卦及中國文字起源的新發現〉為題發表於《女師專學報》第一期。

將真相發掘出來，才將教育史的研究帶到了從「文字學」開始的境地，並且也發現了意想不到的效果。下面我們就開始來考查。

一「學」「教」舊釋及問題

過去對於「學」字和「教」字的解釋，都是根據許氏《說文解字》和注疏。但《說文》卻把學教二字弄亂了，也把學教二字及其各部分的產生次序、以及代表的意義都說解錯了。《說文》謂：

一、「𡥈、放（效）也。从子，爻聲（段注：古肴切）。」段注：「放，各本偽[5]作效，……放傚古通用。」（子部）按𡥈即古學字，由爻（亦古學字）加註學習之個體——子而成。[6]不當另釋。

二、「𢽬，上所施，下所效也。从攴从孝。」按字形分析無誤，惟字義解釋不妥。左為學字（見前條）；右為从「卜」从「彐（手）」，即現在的「扑」字。本字係由甲骨文中，手（彐）持教鞭（∣）的一形——𠂤，演變而來。乃「用鞭扑體罰強迫學習」的意思。

三、「𢼞，古文教。」按本字在甲骨金文都未看到。

四、「爻爻，亦古文教。」按為金文教。見於散氏盤，在甲骨文中為「爻爻」，也為「用鞭扑體罰強迫學習」會意。

五、「斆、覺悟也；从教从冂，冂，尚朦也，臼聲（段注：胡覺切）。」按《說文》解說大錯特錯。本字即教字，左為學字、右為扑字。也是從「用鞭扑體罰強迫兒童學習」會意。冂非尚朦，乃甲骨文通文的六（亼）字演變而來，為學字緊密結構之一。

5　〔原註〕按：非偽，詳後。【編案】此字為「譌」，音義同「訛」，非「偽」，先生誤讀之，惟與後文論述有關，故存原貌。

6　〔原註〕詳後，下同。

六、「學、篆文斆省。」（以上敎部）按《說文》誤以斆字為學字，故謂學字由斆省而來。其實是先有學字，然後再在學字右邊加攴而成斆字。本字乃金文後期篆書的字體。而學字則在甲骨文中早就有了，二字的出現相差太遠。《說文》以先為後，以後為先，完全倒了、錯了，離譜得太遠了。

《說文》對「學」、「敎」二字的說解，這樣的錯得厲害，但卻為後人信從了將近二千年之久。一直到甲骨文的出土，才發現學敎二字的結構，和《說文》所說的不同。羅振玉氏在發現學字在甲骨卜辭中，和《說文》不同時謂：

> 《說文解字》：「斆、覺悟也，从教从冂，冂，尚矇也，臼聲；篆文省作學。」按卜辭諸文均不从攴，且省子，或又省作爻。[7]

但羅氏在發現了問題後，接著又同樣墜入了「省」的陷阱。因為爻實即最先的學字，不是由學省來的；有子的學字是以後發展成的，無子的學字在先，可見也不是由有子的學字省來的。以後的文字學者，也都犯了同樣的錯誤，一直到最近李孝定氏的《甲骨文集釋》尚謂：

> 按《說文》：「斆，覺悟也，从教从冂，冂，尚矇也，臼聲。」「學，篆文斆省。」卜辭與篆文同，惟不从子，或又省臼。[8]

還不能改正過來。

7　〔原註〕（註五）羅振玉，一九一四，中，頁六一。
8　〔原註〕（註六）李孝定，一九六五，頁一〇九二。

二　學字演進的各個階段

　　為什麼文字學者一直無法解析清楚，這二個在日常生活中這樣普通的字呢？因為這二個字，看來普通，其實是十分的複雜。它們裡面不但隱藏了一部上古教育史，同時更隱藏了一部我國文字的起源發展史。我們將甲骨、金文、秦篆、漢隸中的學字和教字搜集來，加以整理排列後，就可以明顯的看出來。

　　從表一學字的演進中，我們可以清楚的看出：都是朝著由簡而繁的情形發展的。可知過去「省」、「假」的說法，都把演進的先後次序弄倒了，都是不對的。其實它們分別為：

　　一、✕實在是最早的學字，在殷代已經不用，只留在由它發展而來的學字中，變為學字結構的部分，見表一學字中間一行從✕各學字。又由它發展成的爻字，和從爻的各個學字可證。

　　二、爻乃第二代的學字，由表一學字右邊一行從爻的各個學字可證。在甲骨卜辭中，「學戊」常常寫作「爻戊」，如：「⿰　屮于爻⿰」[9]、「屮于爻⿰」[10]、「爻⿰」[11]，過去誤以為省假而來。

9　〔原註〕（註七）羅振玉，一九一六，下四，一一。【編案】⿰即「貞」，占卜意。屮即「侑」，祭名。⿰即戊，爻戊（學戊）為人名。此條卜辭記貞卜行侑祭於爻戊之事。

10　〔原註〕（註八）羅振玉，一九一五，八，二。一九三三，一，四八，六。貝塚茂樹，一九五五，五九。

11　〔原註〕（註九）〈天官冢宰上〉，頁一九。

表一　學字教字演進系統表

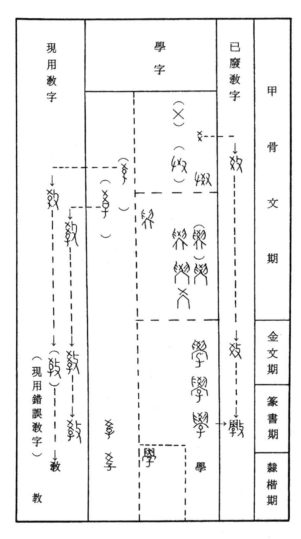

三、 是第三代的學字，後來發展成為後期甲骨文、金文、篆書、楷書的字頭（）。它和前期不同的地方是在爻字左右二邊加手，表示用雙手學爻，是用加註意符的辦法來造成的一個學字。這期同時造了一個爻下加子的學字（斈），表示兒童在學。

四、第四代的學，係將前一學字雙手內的爻換成⿻，或在前面各期的學字下加⿻，表示學「⿻」。從上表第二段的各個學字中可以看出。⿱係由⿻整齊化而成。

五、第五代的學字，是在前一學字下的⿱內加子成⿱，這是清清楚楚的「字」字，是表示學「字」。這是金文篆書期的學字。現在通用的學字，就由這期保留下來的。

六、第六代的學字，是將前一期學字中的爻換成文，文和下面的字連成「文字」，表示學「文字」。這是隸書期的學字。漢碑中的學字大部寫作本形。現在尚有人在用，但用得較少。這是最後發展成的一個學字。

三　學字顯示的學習內容

學字為什麼這樣演變呢？我們考查之下，發現是根據學習內容及其名稱的演變而來的。我們回想一下，我們小時初入學，做些什麼呢？不是學認字、寫字嗎？我們的父親、祖父、……祖先呢？還不是一樣，所以《漢書》《藝文志》把字書列為小學類，謂：

> 《易》曰：「上古結繩以治，後世聖人易之以書契，……蓋取
> 諸夬。」……古者八歲入小學，故《周官》保氏掌養教國子，
> 教之六書，……。漢興，蕭何草律，亦著其法曰：「太史試學
> 童，能諷書九千字以上，乃得為史。……《史籀篇》者，周時
> 史官教學童書也。……」

並歷舉古代以來的字書和它們的演進情形。證明兒童入學後，認字寫字確是第一件有代表性的事。我們再想一想，「學」這樣複雜的一件

事，造字的時候應該怎樣造呢？最後我們總得承認：用手和學習的文字符號，以及學習的孩子來造，是最聰明的造法。我們檢查表一後，發現古人正是這樣造學字的。

（一）爻和從爻的學字

第一期的學字，在甲骨文中，都是用「爻」或從爻造的，是因為我們的祖先在造文字之前，先用過「卦象」。除前面《漢書》〈藝文志〉〈序〉，說到小學時引的《易經》《繫辭傳》外，許慎的《說文解字》〈序〉也謂：「古者庖犧氏……始作易八卦，……黃帝之史倉頡……初造書契。」《尚書》〈皋陶謨〉又謂：「予欲觀古人之象。」[12]《周禮》有「治象」、「教象」、「政象」、「刑象」，並指明了懸掛這些象的地方——「象魏」。謂：

> 正月之吉，始和，布治於邦國都鄙，乃懸「治象」之法於「象魏」，使萬民觀「治象」，挾日而斂之。[13]
> 正歲，帥治官之屬，而觀「治象」之法，詢以木鐸，曰：「不用法者，國有常刑。」[14]
> 正月之吉，始和，布教於邦國都鄙，乃懸「教象」之法於「象魏」，使萬民觀「教象」，挾日而斂之。乃施教法於邦國都鄙，使之各以教其所治民。[15]

---

12 【編案】〔東晉〕梅賾上《古文尚書》，分漢代以來相傳之《今文尚書》〈皋陶謨〉「帝曰：『來！禹。汝亦昌言』」以下為〈益稷〉；「予欲觀古人之象」句亦在其中。然自清儒閻若璩等辨《古文尚書》之偽後，《尚書》篇章仍宜遵《今文尚書》為是，故此處先生稱引〈皋陶謨〉無誤。為免讀者檢索原文時生疑，特予說明。

13 〔原註〕（註一〇）〈天官冢宰上〉，頁一九。

14 〔原註〕（註一一）〈天官冢宰上〉，頁二三。

15 〔原註〕（註喔二）〈地官司徒〉，頁五九。

> 正月之吉，始和，布政於邦國都鄙，乃懸「政象」之法於「象
> 魏」，使萬民觀「政象」，挾日而斂之。[16]
> 正月之吉，始和，布刑於邦國都鄙。乃懸「刑象」之法於「象
> 魏」，使萬民觀「刑象」，挾日而斂之。[17]

這許多的「象」，都一一指明了懸掛的時間和地方。可是都看不到
了，古人的注疏也不能明白注出。幸虧《左傳》〈昭公二年〉提到韓
宣子聘魯：

> 觀書於太史氏，見《易象》與《魯春秋》，曰：「周禮盡在魯
> 矣。」

可從卜筮一條途徑流傳下來的這項易象看到，其實它就是重卦後的
「卦象」。到周代時，卦象從古代的原始文字符號，淘汰成了象徵性
的禮。劉師培氏謂：「惠定宇以象為書名，且謂古易只名為『象』，其
說甚精。……故〈繫辭〉曰：『在天成象』『易者，象也；象也者，象
也。』古只名「象」，……至周始有三易之名。然《春秋傳》曰：『見
《易象》。』則象之名猶未亡也。」[18]劉惠二氏這項見解，都可說甚
精。但「象」實只是指「卦象」，用於占筮的易，就叫「易象」。用於
施政布教就分別叫做「治象」、「教象」、「政象」、「刑象」。這從現在
《易經》的卦象中，尚可找到答案：

---

16 〔原註〕（註一三）〈夏官司馬〉，頁一五四。
17 〔原註〕（註一四）〈秋官司寇〉，頁一八八。
18 〔原註〕（註一五）劉師培，一九三六，《經學教科書》第二二課，〈論易經與文字
　　之關係〉。

䷀乾卦。〈象〉曰：「天行健，君子以自強不息。」〈彖〉曰：「大哉乾元！萬物資始，乃統天。雲行雨施，品物流形；大明終始，六位時成；時乘六龍以御天。乾道變化，各正性命；保合大和，乃利貞；首出庶物，萬國咸寧。」〈文言〉曰：「……飛龍在天，上治也。……乾元用九、天下治也。」

䷓觀卦。〈象〉曰：「風行地上，觀。先王以省方，觀民、設教。」〈彖〉曰：「大觀在上，順而巽，中正以觀天下。觀：『盥而不薦，有孚顒若。』下觀而化也。觀天之神道，而四時不忒。聖人以神道設教，而天下服矣。」

䷕賁卦。〈象〉曰：「山下有火，賁。君子以明庶政。」〈彖〉曰：「賁、亨。柔來而文剛，故亨。分剛上而文柔，故小利有攸往，天文也；文明以止，人文也。觀乎天文，以察時變；觀乎人文，以化成天下。」

䷶豐卦。〈象〉曰：「雷電皆至，豐。君子以折獄致刑。」〈彖〉曰：「豐，大也。明以動，故豐；王假之，尚大也；勿憂，宜日中，宜照天下也。日中則昃，月盈則食；天地盈虛，與時消息；而況於人乎？況於鬼神乎？」

這些象都不說占筮的事，而是在說明卦象本身。是後代占筮借用在《易經》中的，這和今日宗教經典，借用梵文、拉丁文等古代死文字，在精神上是一致的。

正因為古代曾用卦象來表情達意，而卦又是由爻組成的，所以古時一入學，就先學「爻」，這和後代的學「字」——認字寫字，是一樣的。因此最早就以所學的東西，來代表學本身。爻字的各體——×、爻、爻都是由坤卦的陰爻變來的。因為《易經》〈繫辭上傳〉第五章謂：「效法之謂坤。」《集解》謂：「爻，猶效也。」〈下傳〉第一

章謂:「爻也者,效此者也。」第三章謂:「爻也者,效天下之動
也。」《本義》謂:「效,倣也。」效和倣都是學的同義字。伏生《尚
書大傳》〈周傳〉:「學、效也。」[19]朱子《論語注》:「學之為言效
也。」[20]可以明白證明。

最早的爻（學）字,係由坤卦的陰爻（╌╌）交叉而成,筆者已在
〈重論八卦的起源〉[21]一文中,舉☲（離卦）和✕（五）字加以證
明,指出✕字中間的✕,係由離卦中間陰爻的斷畫交叉而成,二者同
是二進記數形的五字:一○一。現在通用的爻字,係由二陰爻（▦▦）
交叉而成。還有一個見於金文的爻（爻）,則由三陰爻（▦▦▦）交叉而
成,也即是坤卦變成的,這和《易經》中坤卦「效」的一義完全相
合。另一從爻加雙手造成的學字——�（𢭩）,和爻下加子的學
字——学,道理也是一樣。這除了有古史的根據外,在表一的字形
系統中最見明確。

（二）從學「文」會意的學字

在表一中第二期的學字,是把學字由從爻,改為從𠆢（六）。這
一現象,過去文字學家都不能解釋。經筆者考查後,發現原來六字和
文字在古代相通。因為在地下發掘出來的古代銅印中,文字即常常寫
成六。如:「顏」、「顏」、「顏」,「諺」、「諺」、「諺」等字中,「彥」
字頭上的「文」即可寫為六,或甲骨文的六——𠆢。文和六都是同
由巽（☴）卦變來的。因為上古結繩而治,巽即代表繩,〈說卦傳〉
謂:「巽為繩直。」同是由文字發展一系統而來的,所以卦變為文字
的「文」時,即由巽卦最上一橫縮短,中間一橫不變,最下面陰爻的

---

19 〔原註〕引見《儀禮經傳通解》。
20 〔原註〕〈學而第一〉首句。
21 〔原註〕（註一六）陳道生,一九六六。

二短畫交叉而成。但八卦同時又是八個二進記數字，如上述的五字即由離卦變來，仿此，巽也是二進記數形的「一一〇」即六。巽卦既代表文又代表六，為了變成文字時要有分別。所以下面陰爻的二短畫，在「𠘧（文）」字中變為交叉形，在「𠆢（六）」字中則為對排形。在今日通用的楷書中，這一情形還可看得出來。還有是文剛好緊接著卦發展而來。因為文字在古代即叫做「文」，顧亭林《日知錄》「字」條下謂：

> 春秋以上，言文不言字。如《左傳》：「於文，止戈為武；故文，反正為乏；於文，皿蟲為蠱。」及《論語》：「史闕文。」〈中庸〉：「書同文」之類，並不言字。[22]

可見在文字的發展系統上，也正好是「文」的位置。有這以上四點證據，這期學字中出現的六，確是通文，應是無疑了。而這期的學字確是從學文會意，因而也得到確定。

由「爻」演變成「文」的史實，也可由另一「从爻从子」會意的學字──𡥉，後來也變成「从文从子」會意──孝（見表一北齊學字），得到進一步的證實。

更可由書（動詞）和畫（動詞）字：起初象手（彐）持筆（丨）形（尹），進到用手持筆畫爻形（𦘒、𦘒），再進到用手持筆畫文形（書），得到確證。因為書寫的書，也是和文字有關的活動。我國古代書畫同源，所謂「依類象形謂之文」，現在我們還把字的組成部分叫做「筆畫」，所以畫字實亦即書字，因為從發展心理來看，人在發展書寫活動之前，總先有到處亂畫的活動。二字都由筆（尹聿）演變而

---

22 〔原註〕（註一七）《日知錄集釋》，卷二一，頁二三。

來，因為筆是用來書和畫的，《史記》〈孔子世家〉謂：「孔子在位，聽訟文辭，有可與人共者，弗獨有也。至於為《春秋》，筆則筆，削則削，子夏之徒不能贊一辭。」可見古代就用筆來作書字，畫字當也可以由此推知。再過來是用手持筆畫爻的 𦘧（書）和 𦘕（畫）字，最後是用手持筆畫爻（文）的 𦘕（畫）字，因為書和畫字，自產生以來即有密不可分的關係，可見也根據「筆畫」的內容來造的。也有書的意義，故也隨「爻」變「文」而變化。[23]

（三）從學「字」會意的學字

表一第三期的學字，包括金文、篆書和由篆書留下來的楷書學字，下半部都是由甲骨文中學字（見表）下的 ∩ 內加 𡥀（子）成 𡥀，這是清清楚楚的「字」字。因為接著「文」後，約在戰國間「字」的稱呼流行起來了。《日知錄》謂：

> 以文為字，乃始於《史記》秦始皇瑯邪臺石刻曰：「同書文字。」《說文》〈序〉云：「依類象形謂之文，形聲相益謂之字。文者物象之本，字者孳乳而生。」《周禮》〈外史〉：「掌達書名於四方。」注云：名，書文也，今謂之字。此則字之名，自秦而立，自漢而顯也歟？……三代以上言文不言字，李斯、程邈出，文降而為字矣！[24]

按事實與先生所說有出入，周代金文的學字均從「學字」會意，見表一及《金文編》、《古籀彙編》等書。則春秋戰國間當已以「字」指文字。又《史記》〈呂不韋傳〉：

---

23 〔原註〕（註一八）陳道生，一九六五。
24 〔原註〕（註一九）《日知錄集釋》，卷二一，頁二三～二四。

是時諸侯多辯士，如荀卿之徒，著書布天下。呂不韋乃使其客
人人著所聞集論，以為八覽、六論、十二紀，二十餘萬言；以
為備天地萬物古今之事，號曰：《呂氏春秋》。布咸陽市門，懸
千金其上，延諸侯游士賓客，有能增損一字者，予千金。[25]

是稱「字」之最早見於記載的。「文字」連稱乃始皇兼併天下以後的
事。所以這期的學字也只就學「字」會意。

（四）從學「文字」會意的學字

接著篆書而來的，是隸書。在留下來的漢碑中，隸書的學字大部
分是將學字中的爻換為文，和學字下半部的字合成「文字」，表示從
學「文字」會意。因為自秦國兼併天下以後，立即統一文字。《史記》
〈始皇本紀〉謂：

二十六年，……秦初并天下，……一法度衡石丈尺，車同軌，
書同「文字」……[26]

是所見「文字」連稱最早的。《日知錄》提到的琅邪臺石刻，則是以
後的事，原文謂：

維二十八年，皇帝作始。端平法度，萬物之紀，……摶心揖
志，器械一量，同書文字。……[27]

---

25 〔原註〕（註二〇）《史記》，卷八五，列傳二五，頁四一八（四三〇）。

26 〔原註〕（註二一）《史記》，卷六，〈始皇本紀〉，頁四二（五四）。

27 〔原註〕（註二二）同上，頁四三（五五）。

此後隸書學字，也多將字中的「爻」換成「文」，和學字下面的「字」合成「文字」。因為學字中的「臼」，原是由甲骨文的雙手（）變來的，這就和表一中從雙手學爻的第三代學字——，造字方法完全一樣。所以漢隸〈曹全碑〉中：「君童齓好學。」〈禮器碑〉中：「自天子以下，至於初學。」（均見下圖）〈史晨後碑〉：「并畔宮文學先生執事諸弟子。」〈樊敏碑〉：「總角好學。」〈景君碑〉：「晚學後時。」〈乙瑛碑〉：「勉學藝。」都寫作本形。此外尚有〈武榮碑〉等中的學字也是一樣。這是最後造成的一個學字。因為叔重把學字弄錯了，沒有把這個字傳下來。《說文》中收的只是小篆學字，並又說錯解錯了。（見前）幸虧尚在漢碑中保存了下來，使我們才能從這一系列完整無缺的學字中，重新考證久已迷失了的我國文字起源和發展歷史。也才能理出我國教育史最早的一章。以前我們怎知僅僅在學這一個字中，即隱藏著這樣重要和豐富的資料呢？

爻——文——字——「文字」的我國文字起源和發展系統，和過去記載的有關資料，竟因「學」字中的資料，得到證實並連串起來了。而這些所據的甲骨文、金文和石刻，都是普遍和多到無法偽造的程度，一望而知是可靠的。過去時賢的研究，都認為商代無八卦。他們都忽略了卜辭中的「爻」字，又怎會料想到在學字中的這些資料呢？

四 敎字隨學字演變的情形

在我國，學敎二字的發展，十分合乎自然的情形。是先有學然後才有敎。因為學是出於人類天生的好奇心；或自然地遇到不能不去解決的問題時，就會發生；而敎是一直到了人類認識了「追求、溝通和傳遞經驗」的重要時，才發生的。我國學敎二字的發展正是這樣，二個敎的正字都是在學字的旁邊加一手執敎鞭的形狀，從強迫學習會意造成的，現在分別分析如下。

（一）敎字現在通用的正字

我們現在通用的「敎」，許氏解作「上所施，下所效也。」雖然不妥，尚無多大偏失。其實，是在孝（學）字旁加一攴（扑）字造成的，後者原是由甲骨文手執敎鞭的形狀（ ）發展來的。乃是從「以鞭扑體罰強迫學習」會意造成的一個字。左邊的孝即古代學字，從表一的發展情形看來，約在造爻字二邊加雙手那個學字的同期，為了表明學習的個體——小孩子，也造了爻下加子的這個學字。這除了在表一的發展情形可以看出外，前人也隱隱約約的已經看出來了。《部首訂》謂：「朱駿聲謂：孝，即學之古文。是也。」但又謂：「敎孝本一字，而分為二義。自施者言之曰敎，讀古孝切；自效者言之曰孝，讀胡覺切；此聲因義異者也。……皆是為學斅孝敎同字之證。」則又攪迷糊了。實則學孝同字、斅敎同字，但自《書經》（今文）以來即弄錯了。在本字中已可看出：「用鞭扑體罰敎小孩子學爻」，即敎學方法，學習個體，敎學內容三種因數。但這個敎字實太陳舊，因為學習內容的「爻」，早已淘汰泯滅。連今日最專門的歷史學者文字學者，都無法知道了。若右邊改為從文子的孝[28]，表示「用鞭扑體罰敎

---

28 〔原註〕北齊學字見表一。

小孩學文」則甚允當。但偏偏它的歷史停止得那樣早，幾千年來使人迷一樣的用著它！

（二）由學字系統發展來的斆

這個斆（教）字完全被《說文解字》說解錯了。《說文》謂：「斆，覺悟也。从教从冂，冂，尚矇也，臼聲（段注：胡覺切）。」其實，乃是從攴從學會意。因《說文》誤立「教部」，所以強將「爻」從學字頭的「𡭔」內取出，又將「子」從學字下的「𡥜」內取出，合成「斈」字，再加「攴」以符合「教部」。原來，「學」字是獨立發展成的一個字，到金文期才加入「子」，「斈」字下的「子」則在甲骨文的早期即有了。「斈」、「學」二字都從「爻」發展來的，均應「从爻」列入「爻部」，不當另立「教部」。（見表一）在斈學教斆四字中，「爻」同時也是聲。而《說文》以為是聲的「臼」，則是由早期甲骨文中的雙手：𦥑，在後期變為彐彐，再從金文小篆以來沿用至今的，原是象形的部分。許氏：「尚矇也。」以為象形的冂（一）部分，卻又是在甲骨文期通文的六（六）字，經過幾次演變後才發展成的，是表示學習的內容，原是意符的部分。許氏又將右邊的「攴」誤并在「教」字內，而在釋本字時遺失了。是「斆」字實乃「從學從攴」造成的。可見許氏對本字的說解，一無是處。前人迄未看出。我們從下表的分析中看來最為明白。

從上表看來，斆字左邊的學字，是直接從爻字獨立發展成的，經過了七個階段的漫長時間：「爻」最先出現；到第三階段「六」才出現，接著又經過了五個階段才發展成「冂」，又在它的第三階段，「子」才出現。爻和子在學字中的出現，相隔得太遠了。斆字右邊的「攴」又到最後才出現。三者的出現，在時間上相隔得太遠，斆字怎能是從「教」呢？「冂」、「臼」在前面學字的分析中，最見明確；

前者絕不是像矇的樣子，後者也不是聲音的符號。所以學和斅都是
（象）形（會）意字，而不是像《說文》所說那樣的形聲字。

表二　教字在斅字各部分出現先後次序分析比較表

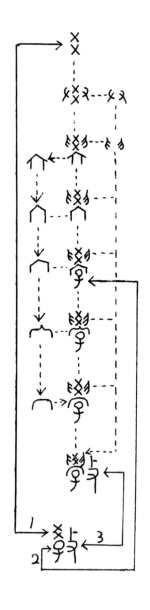

　　現在我們看到的最早教字，要算《小屯殷虛文字甲編》和《殷契粹編》的「𣥺」。郭氏謂：「𣥺，即教字，辭云：『吕多方小子小臣其教𢦏。』𢦏，殆戒之省。據此可知殷時，鄰國多遣子弟遊學於殷也。」按這個字左邊的「爻」即古學字，已證明在前；右邊的「𠂔」乃手（又）執教鞭（丨）的象形。到金文期時左邊的爻不變，右邊卻變作「攴」。《說文》謂：「攴，小也，从又，卜聲。」段注：「此字从又，卜聲；又者，手也。經典隸變作『扑』，凡《尚書》、三《禮》鞭扑字，皆作扑。」等到「爻」演變成「學」字時，這字左邊也就改為「學」字成「斅」。

表三　斅（教）字的演進

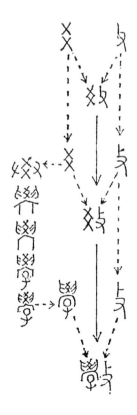

（三）現在最通用的錯誤「教」字

上面介紹過的二個教字，都是屬於正字，都有充足的造字理由，也有完整的演進歷史。但現在我們最通用的「教」字，卻是一個錯字。左邊由原來的「孝」錯成了「孝」。按孝在子部，乃古學字，說已見前。孝在老部，《說文》謂：「老，考也。七十曰老，從人毛匕，言鬚髮變白也。凡老之屬皆從老。」「孝，善事父母者，從老省，從子，子承老也。」這是因為「孝」、「孝」二字相像，錯成的，古人也早已指出。黃以周釋謂：「《說文》曰：『孝、善事父母者；從考省、從子。』『孝，傚也；從子，爻聲。』案：孝與孝音義不同，經傳中多混用之，由後人少見孝，習見孝，而妄改之也。」《群經正字》謂：「按此字經典固多不誤，然往往有作教者，俗儒以筆畫小異無關義要也。然偏旁孝與孝迥別；孝在子部，效也，從子爻聲，古肴切；孝在老部，善事父母者，從老省，從子，子承老也，呼叫切；不可不辨。……《九經字樣》云：『敎作教者，譌。』」[29]可見得古人已經分辨得很明白。

因為教是一個錯字，自然看不出當初造字的理由。但因左邊誤為「孝」，卻又誤導了後人以為是「教孝」。羅氏《貞卜文字考》謂：「父蓋教子以孝，父所為，乃教之所由傚也。」是羅氏又把右邊手執教鞭的部分誤為「父」字，因在楷書中「父」和「攵」極相似。因古代的「父（𝖸）和攵（𝖊）」形狀也相似，有時也相同，所以容易造成錯誤。這是我們不能不分辨清楚的。

---

29 〔原註〕（註二二）丁福保，一九二八，頁一三七七。

五　結論和建議

從上面對學教二字的分析，可見有許多事實，都可供研究教育史，甚至整個古代史參考的。

一、研究由文字學的途徑入手，是正確的方向。因為西方的研究方法中，也注重利用語意學的知識。是我們的課程，尤其研究所方面，應不應加入文字學一門呢？如果學過這門功課，我想是會得到意想不到的便利的。見本例。

二、我國現代對我國文字的起源，凡持科學態度的學者，都不信古籍記載的「八卦」一環。今從學字教字的發展，證明「卦象」確實是緊接「文字」之前。為文字之前的文字符號。使中外聚訟的我國文字起源一問題得到澈底的澄清。

三、董作賓先生據甲骨金文，推算我國文字創造的時間謂：「我們現在根據文字發展的規律，比較埃及麼些兩種文字，而估計中國文字的創造，當在西元前二千八百多年以前。試一比較可信的古史年代，黃帝的元年，才不過是西元前的二六六五年，還比前面估計晚了二百多年。」今證明卦爻確在文字之前，則我國文字的創造，又不知由此再要推前多少年？伏羲畫卦，以前以為不能信的，又當重新開始考查了。

四、我國最早的學字和教字，即從學爻教爻會意造成。從前以為漢代以上的教育制度，都是不可信的。今則證明：一有文字符號即有兒童的文字（廣義的）教育。比我們想像和歷史記載的都早得多。

五、我們從學字和教字，明確知道了當時的教育有：教師（手執教鞭的人）、教材（文字符號）、教法（鞭扑體罰）、學生（孩子）。和我國直到清末的舊教育，在方式上並無多大的不同。

六、在教育哲學上的人性善惡一問題，以孟子講性善在先，荀子

主性惡於後，故謂先有性善說，此就現存記載而言。今從自有教字，即從鞭扑體罰會意，是知性惡說又當在性善說之前了。

七、孟子說：「學則三代共之。」只見記載未有證據，今除學字教字之證據外。尚有許多發掘的鐘鼎彝器，內鑄一「爻」字，如「爻字盉」等。今知爻即學字，這些器物器都可釋以今名為「學字」器。可知這些彝器都是古代學中之物了。

八、先師黃建中先生謂：「材料務以原始者為依據，……研究教育制度之原始材料為經傳注疏、卜辭金文、正史紀傳表志及歷朝會要會典等，……譬猶鑄錢然，采銅於山，上也；購銅於市，次也；買舊錢、用廢銅，斯為下矣。（參看顧亭林〈與人書十〉）」由本例可證：研究古代教育，卜辭金文較之經傳注疏為好。成句的辭和文外，若能單由文字著手分析，更不虞有偽。

參考書目

1. 〔清〕張之洞（一八七五）著，范希曾補正：《書目答問補正》，臺北市，新興書局。
2. 〔漢〕許　慎著，〔清〕段玉裁注：《說文解字注》，臺北市，藝文印書館。
3. 羅振玉著（一九一四）：《增訂殷墟書契考釋》，臺北市，藝文印書館。
4. 李孝定（一九六五）：《甲骨文字集釋》，臺北市，中央研究院歷史語言研究所。
5. 羅振玉著（一九一六）：《殷墟書契後編》，臺北市，藝文印書館。

6. 羅振玉著（一九一五）：《鐵雲藏龜之餘》。

7. 羅振玉著（一九三三）：《殷墟書契續編》，臺北市，藝文印書館。

8. 貝塚茂樹著（一九五五）：《京都大學人文科學研究所藏甲骨文字》，京都，該所。

9. 胡厚宣著（一九四五）：《甲骨六錄》。

10. 《周禮鄭注》，臺北市，新興書局。

11. 劉師培著（一九三六）：《劉申叔先生遺書》，臺北士林，大新書局。

12. 陳道生著（一九六六）：〈重論八卦的起源〉，《孔孟學報》十二期，臺北市，孔孟學會。

13. 顧炎武著，黃汝成集釋：《日知錄集釋》，湖北，崇文書局刻。

14. 陳道生著（一九七五）：〈從「書」字的演進看泥書、「讀」字、八卦及我國文字的起源〉，《女師專學報》第七期，臺北市，臺北女師專。

15. 〔漢〕司馬遷：《史記》，臺北市，文化圖書公司，影印殿版。

16. 丁福保編（一九二八）：《說文解字詁林》，臺北市，國民出版社翻印醫學書局本。

17. 黃建中先生著（一九五九）：〈弁言〉，《臺灣省立師範大學教育研究所集刊》，第二輯，臺北市，同所。

18. 陳道生著（一九七二）：〈八卦及中國文字起源的新發現〉，《女師專學報》第一期，臺北市，臺北女師專。

——本文原收錄於賈馥茗、黃昆輝主編：《教育論叢》第2輯（臺北：文景出版社，1976年11月），頁725-748。

東漢鴻都門學考實

　　鴻都門學，設於東漢末靈帝時。以其設立時間短暫，流傳之史料不多。加之近世敎育史諸作者，疏於考索，所述遂多失實。而部定敎科用書亦因之以訛傳訛，讀者習焉不察，真相遂蔽，因不能無辨焉。

　　鴻都之學，史稱鴻都「文學」，設於靈帝光和元年二月。學中諸生，皆勅州郡三公舉用辟召能為「尺牘」、「賦辭」及工書「鳥篆」者，在學相課試。盛時至千人之多。而現行部定敎科用書，皆謂其性質近似藝術學校，或謂「就是後代的藝術學校」。並謂學生所習為書、畫（其實無畫，說詳後）、詞（辭）、賦。

　　王鳳喈先生編著，現行部定大學用書，《中國敎育史》云：

> 鴻都門學設於東漢靈帝時代，其性質近似藝術學校。靈帝愛書、畫、辭、賦，招致善尺牘及工書畫的數十人，待制鴻都門下，因而創設鴻都門學，詔州郡三公選派學生，並予特別優待，頗引起當時士大夫之反感。[1]

商務印書館大學叢書，陳青之著《中國敎育史》敘鴻都門學云：

> 此校創立於東漢末年，因校址在鴻都門，所以叫做鴻都門學。追溯此校創立的原因，倒也新奇。因為靈帝是個好的皇帝，並

1　〔原註〕正中書局，頁八七。

且嗜好尺牘及字畫。當時太學為儒家子弟充滿，滿門經氣，不足以滿足他的個性的要求。因此在鴻都門另開了一所學校，專習尺牘及字畫一類藝術科。所有學生則從州郡三公選派。新門獨闢，世俗必以少見為怪，當時士大夫很不以為然，群起反對；且羞與這班畢業生為伍。但靈帝為貫澈他的主張和滿足他的嗜好起見，不僅對於反對者置之不理，並且拿高官厚祿來鼓勵這班學生；於是這一班藝術專修科畢業生遭逢時會，出則為刺史太守，入則為尚書侍中，甚至於得著封侯拜爵等榮耀。（見《後漢書》靈帝本紀及蔡邕、陽球傳）[2]

陳東原著《中國教育史》云：

靈帝光和元年（一七八）創置鴻都門學，勅州郡三公舉召能為尺牘辭賦及工書鳥篆者應試為學生，至千餘人，蓋靈帝本好學，曾自造羲皇篇五十章，因引諸生能為文賦及工尺牘書鳥篆者數十人，待制鴻都門下，甚受愛幸。後遂招致學生習書、畫、辭、賦。則鴻都門學頗似今之文藝專科學校。學成之後，或出為刺史太守，或入為尚書侍中，亦有封侯賜爵者。當時大臣多不以為然。謂其不合古制，不究經學，應選之人，多出身微賤，開請託之門，受不次之寵，不是教育的正宗。很加反對。〔鴻都門學的內容，大概以書、畫、辭、賦為主，本不能算怎樣不好。不過當時以經學為重，這種書畫辭賦便都是雕蟲小技，不足齒數。而經靈帝特別提倡的結果，望風迎附。如陽球所言：「偎眉承睫，徼進明時。或獻賦一篇，或鳥篆盈簡，

---

2 〔原註〕頁一〇八～一〇九。

而位升郎中，形圖丹青。」自然在當時是認為足以敗壞風俗
的。且太學學生，普通皆須元士之子或公卿子弟為之，而這一
班人，皆出於「微蔑斗筲」，故亦非社會所許可。反對遂因之
而起。詳可看陽球楊賜及蔡邕各本傳。〕然不久之後，黃巾賊
起，天下大亂，鴻都門學亦無結果可言了。[3]

其他現行教育史書，亦以為鴻都門學之性質近似藝術學校。學中所習
有「畫」一項。其實，此項說法與史料所示事實不符。乃係一二人讀
史之誤，及繼之輾轉稗販者之失。按《後漢書》〈靈帝紀〉云：

> 光和元年春……二月……己未，地震。始置鴻都門學生。三月
> 辛丑，大赦天下，改元光和。[4]

章懷李注曰：

> 鴻都，門名也。於內置學。時其中諸生，皆敕州郡三公舉召能
> 為尺牘，辭賦及工書鳥篆者相課試，至千人焉。[5]

王先謙《集解》曰：

> 汪文臺云：《御覽》二百一引華嶠書，置學下有「畫孔子及七
> 十二弟子像」十字。《文選》任昉〈讓吏部封侯表〉注引華
> 書：其諸生皆敕州郡三公舉用辟召。或出為刺史太守，入為尚

3　〔原註〕商務，頁五一。
4　〔原註〕〈帝紀〉卷八，藝文本，頁一三七。
5　〔原註〕同前。

書侍中，乃有封侯賜爵者，士君子皆恥與為列焉。[6]

〈楊震列傳（孫賜附）〉云：

賜（震孫）字伯獻，少傳家學，篤志博文。……光和元年，有
虹蜺晝降於嘉德殿前，帝惡之，引賜及蔡邕等入金商門崇德署，
使中常侍曹節王甫問以祥異禍福所在。賜仰天而嘆，謂節等曰：
「……《易》曰：天垂象，見吉凶，聖人則之。今妾媵嬖人閹
尹之徒共專國朝，欺罔日月；又鴻都門下，招會群小，造作賦
說，以蟲篆小技見寵於時[7]，如驩兜共工更相薦說，旬月之間，
並各拔擢。樂松處常伯[8]，任芝居納言，郤儉[9]、梁鵠[10]俱以便辟
之性，佞辯之心，各受豐爵不次之寵。……」書奏，甚忤曹節
等，……蔡邕坐直對，抵罪徙朔方。賜以師傅之恩，故得免。[11]

〈蔡邕列傳〉云：

初，帝好學，自造〈皇義篇〉[12]五十章，因引諸生能為文賦者，

6　〔原註〕同前。

7　〔原註〕《集解》：「沈欽韓曰：『《晉書》〈衛恆傳〉：靈帝好書，時多能者，而師宜
官為最。』李壁《王文公詩注》：『時，天下工書者，皆聚於鴻都門。』」【編案】楊
賜「《易》曰……」云云，實上書奏對，非逕謂節等語。見《後漢書》〈楊震列傳〉
「乃書對曰：「臣聞之經傳，或得神以昌……」一節。

8　〔原註〕《集解》：「惠棟曰：『松後為奉車都尉，見〈劉陶傳〉。』」

9　〔原註〕《集解》：「惠棟曰：『《三國志》注，儉字正祖。』」

10　〔原註〕《集解》：「惠棟曰：『《三國志》注：鵠字孟黃，安定人。』」生按《晉書》
〈衛瓘傳〉言之最詳，見後。

11　〔原註〕列傳第四十四，藝文本，頁六三四～六三五。

12　【編案】原引作「義皇篇」，今據〈蔡邕列傳〉改，見《後漢書》（臺北：鼎文書
局，1981年），卷60下，頁1991。後文同。

本頗以經學相招，後諸為尺牘及工書鳥篆者，皆加引召，遂至數十人。侍中祭酒樂松、賈護多引無行趣勢之徒，並待制鴻都門下，憙陳方俗閭里小事，帝甚悅之，待以不次之位。又市賈小民為宣陵孝子者復數十人，悉除為郎中太子舍人……（熹平）六年七月，制書引咎，誥群臣各陳政要所當施行。邕上封事曰：「……謹條宜所施行七事表左：……五事，臣聞古者取士，必使諸侯歲貢。孝武之世，郡舉孝廉，又有賢良文學之選。於是名臣輩出，文武並興，漢之得人，數路而已。夫書、畫、辭賦，才之小者，匡國理政，未有其能。陛下即位之初，先涉經術，聽政餘日，觀省篇章，聊以游意。當代博奕，非以教化取士之本；而諸生競利，作者鼎沸。其高者，頗引經訓風喻之言；下則連偶俗語，有類俳優；或竊成文，虛冒名氏。臣每受詔於盛化門，差次錄第，其未及者亦隨輩皆見拜擢[13]。既加之恩，難復收改；但守奉祿，於義已弘，不可復使理人及仕州郡。……若乃小能小善，雖有可觀，孔子以為致遠則泥，君子故當志其大者。……」光和元年，遂置鴻都門學，畫孔子及七十二弟子像。其諸生皆敕州郡三公舉用辟召，或出為刺史太守，入為尚書侍中，乃有封侯賜爵者，士君子皆恥與為列焉。時妖異數見，人相驚擾。其年七月，詔召邕與光祿大夫楊賜[14]、諫議大夫馬日磾、議郎張華、太史令單颺詣金商門，引入崇德殿，使中常侍曹節、王甫就問災異及消改變故所宜施行。……以邕經學深奧，故密特稽問。……邕對曰：「……夫宰相大臣，君之四體，委任責成，優劣已分，不宜聽納小吏，雕琢大臣。又尚方工技之作，鴻都篇賦之文，可且消息，以示惟憂。詩云：

---

13 【編案】一本「隨」上有「復」字。

14 〔原註〕見前。

『畏天之怒，不敢戲豫。』天戒誠不可戲也。宰府孝廉，士之
高選，近者以辟召不慎，切責三公。而今並以小文超取選舉，
開請託之門，違明王之典。……』」[15]

〈陽球列傳〉云：

時[16]天下大旱，……球坐嚴苦，徵詣廷尉，當免官。靈帝以球
九江時有功，拜議郎，遷將作大匠，坐事論。頃之，拜尚書
令，奏罷鴻都文學，曰：「伏承有詔勅中尚方為鴻都文學樂
松、江覽等三十二人圖像立贊，以勸學者，臣聞《傳》曰：君
舉必書，書而不法，後嗣何觀？案松、覽等皆出於微篾斗筲小
人，依憑世戚，附託權豪，俛眉承睫，徼進明時。或獻賦一
篇，或鳥篆盈簡，而位升郎中，形圖丹青。亦有筆不點牘，辭
不辯心，假手請字，妖偽百品，莫不被蒙殊恩，蟬蛻涗濁，是
以有識掩口，天下嗟嘆。臣聞圖像之設，以昭勸戒，欲令人君
動鑒得失；未聞豎子小人詐作文頌，而可妄竊天官，垂象圖素
者也。今太學、東觀足以宣明聖化，願罷鴻都之選，以消天下
之謗。」書奏不省。[17]

綜觀以上紀傳所述、章懷所注，鴻都諸生皆無習畫之事。章懷所
注僅為「尺牘」、「辭賦」、「鳥篆」，〈賜傳〉[18]亦云「賦說」、「蟲篆」，
邕對只及「篇賦之文」，〈球傳〉不外獻「賦」、「鳥篆」，無一述及諸

---

15 〔原註〕列傳第五十下，藝文本，頁七〇八～七一〇。
16 〔原註〕光和元年──據《集解》引《考異》。
17 〔原註〕〈酷吏列傳〉第六十七，藝文本，頁八九三。
18 〔原註〕附〈震傳〉見前引。

生習畫之事。是皆陳東原、陳青之二氏自注所據之資料，實可怪也！
而陳青之氏所云失實尤甚，竟謂鴻都學「專習尺牘及字畫一類藝術
科」，棄主科——「鴻都文學」賴以得名之文「賦」而不言，憑空添
入畫一項，以傅會新學制名辭，貽誤後學特甚。蓋氏實未覽所注紀傳
資料，僅稗販前誤臆說而成耳。

　　鴻都習畫之誤，其由蓋有數端：

　　一為不明「蟲篆」、「鳥篆」為何物。覿蟲鳥則以為畫事。「蟲
篆」、「鳥篆」者，皆古篆之名也。

　　一為蔡邕「書畫辭賦，才之小者」之諫，此明言書「畫」，最易
滋誤。然觀其內容，亦未指為鴻都所習。且時在熹平六年，鴻都開學
（光和元年二月）之前，故非學中所習甚明。

　　一為〈邕傳〉及章懷注「畫孔子及七十二弟子像」及〈球傳〉
「圖像」等語，亦易滋誤。畫孔氏弟子像者，蓋猶今之畫　國父像及
烈士像於學校禮堂牆壁也。漢時本有此習。馮氏《石索》[19]云：「漢人
畫像，多採往古聖喆遺事及祥瑞車馬鳥獸人物之狀。六朝以降，憙造
佛像[20]。各有題記。」《歷代畫史彙傳》石韜玉〈序〉云：「漢文翁石
室，武梁祠皆有畫像，向不著畫者姓名。」按文景之時，文翁興學蜀
郡，立文學精舍、講堂，作石室，畫孔子及七十二弟子像，有文翁
〈孔廟圖〉，引見《史記索隱》。朱子亦曾引該圖以證像跪。[21]因知鴻
都畫像，實非學中課業也。

　　畫孔氏弟子及為樂松等圖像者，實為「尚方」之畫工。觀〈球
傳〉云：「勑『中尚方』為鴻都文學樂松、江覽等……圖像立贊。」
明言圖像者為中尚方。又〈邕傳〉云：「『尚方』工技之作，鴻都篇賦

19　【編案】《金石索》，〔清〕馮雲鵬（晏海）、雲鵷（集軒）兄弟輯錄。

20　【編案】原作「熹造佛像」，案「熹」應為「憙」，同「喜」。

21　【編案】參先生〈中國書院教育新論〉一文，已收錄本書。

之文。」則知圖畫為工技之一，掌於「中尚方」也。按漢少府屬官有尚方令、丞。《後漢書》〈百官志〉云：尚方令一人，六百石。本注曰：「掌上手工作御刀劍諸（玩）好器物。」丞一人，《集解》云：「惠棟曰：《六典》又云：及寶玉作器。（上諸作玩）。又云：其後分為中、左、右三尚方。」[22]正見畫亦尚方所作玩好器物之一，掌於「中尚方」無疑也。按唐張彥遠《歷代名畫記》據謝承《後漢書》云：

> 劉旦、楊魯並光和中畫手，待詔「尚方」，畫於鴻都學。

彭蘊璨《歷代畫史彙傳》據此及《圖繪寶鑑》亦云：

> 楊魯，光和中待詔「尚方」，畫於鴻都學。（卷九）
> 劉旦，光和中待詔「尚方」，畫於鴻都學。（卷十三）

是知畫孔子及七十二弟子像，為樂松、江覽等圖像者，正楊魯、劉旦之徒耳。是畫之與學中諸生無與甚明，且是否為靈帝個人愛好之一，亦不能定。

靈帝愛書，則史已明言之，《晉書》〈衛瓘傳〉（瓘子恆附）云：

> 恆字巨山，……善草隸書，為〈四體書勢〉曰：「……至靈帝好書，時多能者，而師宜官為最。大則一字徑丈，小則方寸千言。甚矜其能。或時不持錢詣酒家飲，因書其壁，顧觀者以酬酒，討錢足而滅之。每書輒削而焚其柎。梁鵠乃益為版而飲之酒，候其醉而竊其柎。鵠則以書至選部尚書。宜官後為袁術

---

22 〔原註〕藝文本，頁一三四九。

將，今鉅鹿宋子有耿球碑，是術所立，其書甚工，云是宜官也。梁鵠奔劉表，魏武帝破荊州，募求鵠。鵠之為選部也，魏武欲為洛陽令，而以為北部尉。故懼而自縛詣門，署軍假司馬，在祕書以勤書自效。是以今者多有鵠手跡。魏武帝懸著帳中，及以釘壁玩之，以為勝宜官。今宮殿題署多是鵠篆。鵠宜為大字，邯鄲淳宜為小字。」[23]

《後漢書集解》卷八校補引唐張懷瓘〈書斷〉云：

師宜官，南陽人。靈帝好書，徵天下工書於鴻都門，至數百人。八分[24]稱宜官為最。大則一字徑丈，小乃方寸千言。

靈帝好書，蓋亦有因，張懷瓘〈書斷〉云：

靈帝熹平年，詔蔡邕作〈聖皇篇〉，篇成詣鴻都門。上時方脩飾鴻都門，伯喈待詔門下。[25]

按之〈邕傳〉：「初，帝好學，自造〈皇羲篇〉五十章。」故此詔邕作書錄之，蓋因邕書佳妙耳。熹平時，詔於太學立石碑，刊載五經，題書楷法，多是邕書。開鴻都時，各方獻篆，無出邕者。是靈帝好書，初亦因鈔錄文賦而起也。

鴻都之學，實以文賦為主，「鳥書」亦其次耳，而書家例多能文，故〈邕傳〉語及鴻都，則以「篇賦之文」概之。〈球傳〉則稱

---

23 〔原註〕卷三十六，列傳第六。藝文本，頁五〇九～五一〇。
24 〔原註〕書體名。
25 〔原註〕《法書要錄》卷七，〈書斷上〉，「飛白」條。

「鴻都文學」。是鴻都之學，不類今之藝術學校也明矣。至於課試之鳥篆，亦猶今日國文系科所習之有書法，固不能即謂之為藝術科也。

靈帝鴻都設學，蓋亦與環境有關。鴻都當時實為帝室文化中心之一——為漢室六大典藏之一，所藏甚富。故就此興學焉。《後漢書》〈儒林傳〉云：

> 熹平四年，靈帝乃詔諸儒正定五經，刊於石碑，……樹之學門，使天下咸取則焉。[26] 初，光武遷還洛陽，其經牒祕書，載之二千餘輛。自此以後，參倍於前。及董卓移都之際，吏民擾亂。自辟雍、東觀、蘭臺、石室、宣明、『鴻都』，典策文章，競共剖散。其縑帛圖書，大則連為帷蓋，小乃製為縢囊。及王允所收而西者，裁七十餘乘。道路艱遠，復棄其半矣。後長安之亂，一時焚蕩，莫不泯盡焉。[27]

班固〈兩都賦〉〈序〉云：

> 武宣之世，乃崇禮官，考文章。內設金馬石渠之署，外興樂府協律之事，以興廢繼絕，潤色鴻業。是以眾庶悅豫，福應尤盛。白麟、赤雁、芝房、寶鼎之歌，薦於郊廟；神雀、五鳳、甘露、黃龍之瑞，以為年紀。故言語待詔之臣，若司馬相如、虞邱壽王、東方朔、枚皋、王褒、劉向之屬，朝夕論思，日月獻納。而公卿大臣，御史大夫倪寬、太常孔臧、大中大夫董仲舒，宗正劉德、太子太傅蕭望之等，時時間作；或以抒下情而

---

26 【編案】原引文無「咸」字，今據〈儒林傳〉補，見《後漢書》，卷79上，頁2547。
27 〔原註〕藝文本，頁九○八～九○九。

通諷諭，或以宣上德而盡忠孝；雍容揄揚，著於後嗣，抑亦雅頌之亞也。故孝成之世，論而錄之，蓋奏御者千有餘篇；而後大漢之文章，炳焉與三代同風。

按《漢書》《藝文志》錄賦千零四篇，七十八家；文尚未與。《後漢書》無藝文志，不可考；其數當亦可觀。蓋皆以鴻都為其典藏中心。陳徐陵《玉臺新詠》〈序〉云：

往世名篇，當今巧製；分諸麟閣，散在鴻都；不藉篇章，無由披覽。

又陽球〈奏罷鴻都文學〉云：

太學東觀足以宣明聖化，願罷鴻都之選。[28]

以此推之，鴻都所藏，實與辟雍、東觀所藏者有異。即前者為「文章」，後者為「典冊」也。是鴻都所藏，即靈帝聽政餘日觀省以游意者矣。

綜上所述，鴻都門設學之事實，遂可條分縷析，歸納數端如下：

（一）靈帝本先涉經術，聽政餘日，觀省篇章，聊以游意。[29]後蓋由經術移其興趣於文賦，故於太學經術之外，別立鴻都文學。是為靈帝之鴻都門學之動機與目的。

（二）其立學之地，所以在鴻都者，乃因鴻都當時為漢室六大典藏之一。而所藏者，即為靈帝所喜之文章。

---

28 〔原註〕見前引〈球傳〉。

29 〔原註〕本〈邕傳〉語。

（三）學中諸生相課試者，為尺牘、辭賦、鳥篆。即文賦書法二類，而以文賦為主。書法之設，乃因鈔錄文賦而起，及受當時刊刻石經之影響，終至靈帝好書而促成。

（四）鴻都學之性質，蓋為一高級文學研究所。諸生入學前，對所習已「能」而「工」，在學僅云「相課試」，未言有師以教。觀梁鵠輩一代書家[30]而置身鴻都，可知矣。

（五）學中諸生，因其入學之前程度已高，蓋無一定之肄業期限，故能「旬月之間，並各拔擢。」

（六）學中諸生，除敕州郡三公舉用辟召外，似尚有考取一途。邕對云：「而今並以小文超取選舉」，「選舉」即指州郡舉用辟召；「超取」蓋乃指前云：「臣每受詔於盛化門差次錄第，其未及者亦隨輩皆見拜擢。」此為光和前事，今觀邕對，此法似仍沿用。

（七）學中畫有孔子及七十二弟子像，猶今日學校禮堂畫有　國父、烈士、聖賢像者然。又為學中特優者圖像立贊，以勸學者，亦猶今日學校張貼優秀學生照片，以鼓勵學習風氣者然。

（八）諸生隨時有被拔擢機會，樂松處常伯，又為奉車都尉；任芝居納言；梁鵠任選部尚書；江覽位井郎中；其他或出為刺史、太守，入為尚書、侍中，乃有封侯賜爵者。學者遂至千人焉。

（九）鴻都立學，始於光和元年（公元178年）。諸臣屢奏罷，靈帝皆不聽。至中平六年（公元189年）靈帝崩，鴻都之學蓋廢於其後，其確期不能定。唯獻帝初平元年（公元190年）三月，董卓遷都，焚燒洛陽宮廟，故不能後於此。是鴻都立學，僅十餘年耳。

—— 本文原發表於《大陸雜誌》第33卷第5期（臺北：大陸雜誌社，1966年9月），頁11-15。

---

30 〔原註〕見前引〈衛瓘傳〉、並參看〈書斷〉。

北魏郡國學綜考

　　北魏郡國立學，實分三期：先為獻文帝天安初，刺史李訢疏請立於相州之制；次為高允奉詔議定，因前期州郡等級，分上、次、中、下郡四級之全國制；最後為因州郡改制，分上、中、下郡三級，亦全國之制。前人有失考之處，因撰文述之。

　　北魏郡國學制，因《魏書》記載不詳，紀傳所述各異，後人難於考索，遂至真相不明。一般教育史上，率多捃拾類書資料充數。雖有直接採自《魏書》紀傳資料者，亦多只執一端，或將不同事項混而為一，未能指述區分，使人作系統之瞭解。至能補綴遺漏，考辨異同者，更是少覯。而允推非專門教育史之嚴耕望氏撰《中國地方行政制度史》[1]言之最詳，然亦有疏漏及欠明晰之處。

　　按《魏書》敘及北魏郡國學制者，計有三處：一為〈獻文帝紀〉云：

　　　　天安元年……秋……九月……己酉，初立鄉學：郡置博士二人，助教二人，學生六十人。[2]

1　〔原註〕《中央研究院史語所專刊之四十五》，以後簡稱「嚴書」。【編案】本文所引述者，出嚴耕望：〈中國地方行政制度史（乙部）：魏晉南北朝地方行政制度〉，載《中央研究院史語所專刊》之四十五B（1963年）。

2　〔原註〕卷六帝紀第六，各本所述並同。【編案】「己酉」原作「乙酉」，今據《魏書》〈顯祖紀〉改，下文皆同。

一為武英殿本〈高允傳〉云：

> 高宗重允，常不名之，恆呼「令公」。……高宗崩，顯祖居諒
> 闇。乙渾專擅朝命，……文明太后誅之。引允禁中參決大政。
> 又詔曰：「自頃以來，庠序不建，為日久矣！道肆陵遲，學業
> 遂廢。子衿之嘆，復見於今。朕既纂統大業，八表宴寧。稽之
> 舊典，欲置學官於郡國；使進修之業，有所津寄。卿、儒宗元
> 老，朝望舊德；宜與中、祕二省，參議以聞。」允表曰：
> 「……自永嘉（按：當指晉懷帝永嘉五年之亂）以來，舊章殄
> 滅；鄉閭蕪歿雅頌之聲，京邑杜絕釋典之禮。道業陵夷，百五
> 十載。仰惟先朝每欲憲章昔典，經闡素風；方事尚殷，弗遑克
> 復。陛下欽明文思，……臣承旨勅，並集二省，披覽史集，備
> 究典紀，……請制大郡立博士二人、助教四人、學生一百人；
> 次郡立博士二人、助教二人、學生八十人；中郡立博士一人、
> 助教二人、學生六十人；下郡立博士一人、助教一人、學生四
> 十人。其博士取博關經典，世履忠清，堪為人師者，年限四十
> 以上。助教亦與博士同，年限三十以上。若道業夙成，才任教
> 授，不拘年齒。學生取郡中清望，人行修僅，堪循名教者；先
> 盡高門，次及中第。」顯祖從之，郡國立學，自此始也。[3]

一為〈儒林傳〉〈序〉云：

> 顯祖天安初，詔立鄉學：郡置博士二人、助教二人、學生六十
> 人。後詔大郡立博士二人、助教四人、學生一百人；次郡立博

---

3 〔原註〕卷四十八，列傳第三十六。【編案】一本「呼」下有「為」字。「詔」下有
「允」字。見《魏書》（臺北：鼎文書局，1980年），頁1077。

士二人、助教二人、學生八十人；中郡立博士一人、助教二人、學生六十人；下郡立博士一人、助教一人、學生四十人。[4]

此外〈李訢傳〉但云：

> ……上疏求立學校曰：「……今聖治欽明，……而所在州土，學校未立；臣雖不敏，誠願備之。……臣愚欲仰依先典，於州郡治所，各立學官，……」書奏，顯祖從之。

未言其制。

上述資料中，〈允傳〉於《景印南宋紹興間江南重刊北宋監本《魏書》》，所記有異，而曰：

> 請制大郡立博士二人，助教二人，學生八十人；中郡立博士一人，助教二人，學生六十人；下郡立博士一人，助教一人，學生四十人。

內無「次郡」之制，大郡學生人數亦異——只八十人。

稽之鄭氏《通志》，亦為大、中、下郡三級之制。《通志》云：

> 允上表，請制大郡立博士二人，助教四人，學生八十人；中郡立博士一人，助教二人，學生六十人；下郡立博士一人，助教一人，學生四十人。」[5]

4　〔原註〕卷八十四，列傳〈儒林第七十二〉。監本、殿本所記並同。

5　〔原註〕卷一四八，列傳六十一。

而《通考》所記，則與殿本《魏書》同為上、次、中、下四級之制。唯次郡助教為四人，與殿本二人異。[6]因知各本當有所根據，並非純為刊誤所致。今將各本有關允傳部分資料列表於下，便以比觀。

郡別 / 學制 / 資料別	大郡			次郡			中郡			下郡		
	博士	助教	學生	博士	助教	學生	博士	助教	學生	博士	助教	學生
殿本魏書	2	4	100	2	2	80	1	2	60	1	1	40
文獻通考	2	4	100	2	4	80	1	2	60	1	1	40
監本魏書	2	2	80	×	×	×	1	2	60	1	1	40
通　志	2	4	80	×	×	×	1	2	60	1	1	40

由上表可見：

（一）殿本《魏書》與《通考》所記，同為四級之制，有上、次、中、下郡之分；而監本《魏書》與《通志》所記，則為三級之制，只有上、中、下郡之分，而無次郡之制。

（二）監本《魏書》大郡助教二人，與殿本、《通志》、《通考》四人者異。

（三）次郡助教，殿本二人，《通考》則為四人。

（四）大郡學生，殿本與《通考》同為百人；而監本與《通志》則同為八十人。

（五）監本大郡之制，適為殿本次郡之制；《通志》大郡之制，亦適為《通考》次郡之制。[7]

6　〔原註〕見〈學校考〉。

7　本條關係重要。

（六）相異之處，全在大郡及次郡，而中郡及下郡則各本並同。[8]

　　北魏郡國學制記述之此項錯綜現象，前人似未見及。《魏書》考證，《困學記聞》〈考史〉、《廿二史考異》、《廿二史劄記》、《十七史商榷》等皆未見有記。而其影響所及之現象，則有：

　　（一）將獻文帝天安元年秋九月己酉，刺史李訢奏請於相州治所立學，郡置博士二人、助教二人、學生六十人[9]之制，與高允奉詔議定，全國依上、次、中、下郡各立博士、助教、學生之制誤而為一，如：

　　龔士烱等編《增補歷代紀事年表》云：

　　　顯祖獻文帝天安元年……秋九月立郡學○初立郡學，置博士、
　　　助教、生員，從高允之請也。

王鳳喈先生編《中國教育史》[10]云：

　　　北朝州郡之學，亦以魏較為發達。獻文帝時定州郡學校制度。
　　　依郡之大小，定博士、助教、學生數之多寡。計每郡設鄉學一
　　　所，每所設正教、助教，正教以博士充當。大郡立博士二人，
　　　助教四人，學生一百人；次郡立博士二人，助教二人，學生八
　　　十人；中郡立博士一人、助教二人、學生六十人；下郡立博士
　　　一人、助教一人、學生四十人。學生先盡高門，次及中第，頗
　　　合階級意味。（見《魏書》〈獻文帝紀〉及〈高允傳〉）[11]

8　此項現象可證與州郡改制有關，詳後。
9　〔原註〕參看前引〈獻文紀〉及〈訢傳〉，說詳後文。
10　〔原註〕部定大學用書。
11　〔原註〕第三編，第七章，〈秦漢魏晉南北朝之教育〉，頁九三，正中。

按〈獻文紀〉云：「郡置博士二人、助敎二人、學生六十人。」與所引〈允傳〉資料中郡相當，而博士多一人，蓋二者所記乃前後二事，王先生未考。

（二）取一端以概其全，如取〈允傳〉者，陳青之編《中國敎育史》云：

> ……到獻文帝時，乃規定州郡學校的制度……（以下如殿本允傳，僅每郡之前加一凡字，文不具引）[12]

（三）引〈儒林傳〉〈序〉者，為較備。如黃炎培撰《中國敎育史要》[13]。毛邦偉撰《中國敎育史》引監本云：

> 獻文帝太[14]安初，詔立鄉學，郡置博士二人，助敎二人，學生六十人。後詔大郡立博士……助敎……，學生百人[15]；次郡……；中郡……；下郡……。」[16]

然亦僅引原文，未加考辨。而自太和州郡改制後之學制未能言之。

按〈獻文帝紀〉，天安元年秋九月己酉，初立鄉學，郡置博士、助敎、學生，各本所記並同。嚴氏云：「當即〈訢傳〉所謂顯祖從之者。」[17]其言甚是。何以知之？訢疏云：「今聖治欽明，……而所在州土，學校未立；臣雖不敏，誠願備之。……自到以來，訪諸文學，舊

12　〔原註〕第三編，頁一六一，商務。
13　〔原註〕萬有文庫本、商務，文見前引。
14　〔原註〕道生按：太係天字之誤，《魏書》考證已言之。
15　〔原註〕百上無一字。
16　〔原註〕第二章，第十四節，頁一三二，文化學社。
17　〔原註〕見後。

德已老後生未進。……臣愚欲仰依先典，於州郡治所，各立學官。」
顯祖從之。是其前此鄉學未立，鄉學之立自此始也。〈顯祖紀〉曰：
「初立鄉學」指此明矣。然此僅為相州一地之制，非北魏全國之制
也。何也？訢疏云：「臣雖不敏，誠願備之。」蓋言願備學校於相
州，固未請全國立學也。又觀之〈允傳〉云：「又詔允曰：『自頃以
來，庠序不建，為日久矣！道肆陵遲，學業遂廢；子衿之嘆，復見今
日。』……允表曰：『自永嘉以來，舊章殄滅，……百五十載。』」若
前此已為全國學制，不當有此言也。誠以相州一地不能代表全國之制
故云耳。而訢疏：「欲仰依先典，於州郡治所，各立學官。」此「治
所」指訢治相州甚明。若係全國之制，州郡大小懸殊，必無人數一律
相同之理。誠以相州一地數郡，可不必分耳。而此與高允議定之學制
為前後二事，〈儒林傳〉〈序〉固已言之也。至嚴氏謂：

> 至獻文帝初，李訢……，乃疏請立州郡學。……按〈顯祖
> 紀〉，天安元年九月己酉，『初立鄉學。……』此當即〈訢傳〉
> 所謂『顯祖從之』者。然不久，又有較詳細之規定。〈儒林傳〉
> 〈序〉述其先後之制云：『……』按郡分四等，立博士助教之
> 制，係高允受詔所奏定者。……實則李訢主動奏請於前，遂有
> 初步學制，獻文帝猶以為未善，故詔允復議，遂有比較詳密制
> 度耳。[18]

則未將相州之制與全國之制區分。抑誤認二者均為全國之制矣。實則
獻文帝（其時文明太后稱制）既依李訢之奏，於相州立郡學於先，猶
以為未「廣」，故復詔允等議定全國郡學之制於後也。

---

18 〔原註〕嚴書上編，卷中，頁六七一～六七三。

　　各本所記州郡四級三級學制及助教學生數之異[19]，則須考北魏州郡制度沿革，及《魏書》流傳版本情形。嚴氏云北魏前期州郡縣等別難考：

> 所可知者，《魏書》〈儒林傳〉〈序〉云，顯祖天安初，詔立鄉學。後又詔大郡、次郡、中郡、下郡各置博士、助教、學生若干人不等。此事為高允所建議，〈允傳〉所載亦同。是前期郡分大、次、中、下四等也。[20]

按〈太祖紀〉云：

> 天賜元年……秋九月，帝臨昭陽殿[21]，分置眾職。引朝臣文武親自簡擇，量能敘用。制爵四等，曰：王、公、侯、子，除伯、男之號。追錄舊臣，加以封爵，各有差。

又〈官氏志〉云：

> 天賜元年……九月……王封「大郡」，公封「小郡」，侯封大縣，子封小縣。……十二月詔始賜……「大郡」王二百人，「次郡」王、「上郡」公一百人，「次郡」公五十人，侯二十五人，子十二人，皆立典師[22]……。

19　〔原註〕按：博士數各本所記並同。
20　〔原註〕嚴書上編，卷中，頁四三五。
21　【編案】原引作「朝陽殿」，今據《魏書》〈太祖紀〉改。
22　【編案】原引文「典」下有「職」字，今查《魏書》〈官氏志〉，「職」字應屬下句，讀作「皆立典師，職比家丞……」，故刪之。

此敘同年前後數月（九至十二月）之事，郡有大、次、上、小之分。此中「小」郡，雖或係對「大」郡而言之普通形容詞，未必為州郡之等級。然以大、次、上推之，其下有下郡或小郡似無疑。是知北魏初，太祖拓拔珪建國後期，郡已行四級之制。殿本允傳所記郡之等級，雖與監本及《通志》有異，與〈儒林傳〉〈序〉所記則同，而〈儒林傳〉〈序〉則監本與殿本並同，故當以殿本為正。是獻文帝時仍沿四級郡制，故詔允議定之第一次全國學制亦依郡之大小分為四級，各級郡設博士、助教、學生數，如〈儒林傳〉〈序〉及殿本〈允傳〉所記也。

然則，監本與《通志》誤乎？曰：誤而有據。蓋〈官氏志〉中，高祖孝文帝太和二十三年所次職令，有上州刺史、中州刺史、下州刺史；「上郡」太守內史相、「中郡」太守內史相、「下郡」太守內史相；上縣令相、中縣令相、下縣令相之分。此項三級之制是否始於此年，抑已行於其前，頗難考定。因次職可在州郡等級改定之後也。今從嚴氏定自孝文太和末年之說。[23]則四級學制行三十餘年，即遇州郡等級改制。而孝文帝次職令後，未及實行即駕崩。至世宗初，始班行之以為永制。則在魏分東西之前，亦行有三十餘年之久。其間學制亦必依三級制而改定無疑。其所定之制如何？魏休《魏書》未見提及。而宋時除休書外，尚有魏澹《魏書》等其他資料存，其中當有三級制郡學記載。[24]則監本《魏書》校刻時，參考是項三級制資料而誤入者為最可能。王鳴盛《十七史商榷》述《魏書》流傳校刻之跡云：

> 大約《史》、《漢》、《三國》備於晉初，晉（書）南北朝（史）定於唐太宗高宗之世，而書猶深藏廣內，既無刻板，流布人間者甚少。故學者所習三史，《三國》而止。直至宋仁宗天聖二

---

23 〔原註〕同上。

24 〔原註〕按此制施行時間，較四級制尤久，且時間較近，資料當更完備。

年，方出禁中所藏隋書，付崇文院雕板。嘉祐六年，並梁、陳
等史，次第校刻，其工蓋至英宗方粗就。觀校者稱仁宗云
云……然其中如《魏書》，以學者陋之而不習，亡逸不完者已
無慮三十卷，校者各疏於各篇之末。……諸史校成，已當英宗
之世，而頒行則直至徽宗世矣。晁公武《郡齋讀書志》第二卷
上云：嘉祐中以來，以宋、齊、梁、陳、魏、北齊、周書舛謬
亡缺，始命館閣讐校。曾鞏等以秘閣所藏多誤，不足憑以是
正，請詔天下藏書之家悉上異本，久之始集。……劉恕等上
《後魏書》，……政和中始皆畢，頒之學官。民間傳者尚少。
未幾遭靖康丙午之亂，中原淪陷，此書幾亡。紹興十四年，井
憲孟為四川漕，始檄諸州學官，求當日所頒本。時四川五十餘
州，皆不被兵。書頗有在者，然往往亡缺不全。收合補綴，獨
少《後魏書》十許卷。最後得宇文季蒙家本偶有所少者，於是
七史遂全，因命眉山刊行。觀晁氏說，知頒行實已至徽宗。而
彼時疑尚未刻板，頒之學官者恐尚是寫本，故云民間傳者尚少
也。井憲孟，南陽人，為四川轉運使，以書五十篋贈公武，見
〈自序〉。民間刻史，似自井氏蜀板始。……明嘉靖初，南國
子監祭酒張邦奇，司業江汝璧等請校刻史書，……世宗命將監
中十七史舊板，考對修補，……十一年七月成，總為二十一
史。……其後當神宗時，北監亦刻二十一史。……閱數十年，
而海虞毛氏汲古閣又刻諸史，則仍惟十七而已。[25]

是知《魏書》有歷次之亡缺，監本在校刊時將此項後來三級制之資料
誤入〈允傳〉，甚有可能也。

---

25 〔原註〕卷十七、十九史條。

　　《通志》所記資料，似非採自監本。因其大郡助教之數，與監本異，而適又與《通考》次郡之數合也。唯亦誤入之例，蓋鄭氏知有此三級之制，但對前此之四級制未之考，故有此誤耳。

　　中下郡之制，各本無異。蓋因改制之時，僅改大郡次郡也。觀表中各本資料，可知此次改制，係以次郡之制入大郡，而取消次郡之名，保存次郡之實；保存大郡之名，實又將其名額減為次郡之數也。至次郡助教數，當依各本並同之〈儒林傳〉〈序〉，以殿本之二人為正。由此推之，三級制大郡助教數亦然。至《通考》次郡助教數與《通志》大郡助教數為四人，疑係刊誤，或別有所出[26]，則已無關宏旨矣。

　　綜上所述，可知北魏郡國立學，實分三期，其制如下：

　　（一）獻文帝天安元年秋九月，刺史李訢疏請於其相州治所，各立學官，顯祖從之。（〈訢傳〉）[27]郡立博士二人，助教二人，學生六十人。[28]為北魏立鄉學之始。

　　（二）其後獻文帝詔高允議定全國學制行之：大郡立博士二人、助教四人、學生一百人；次郡立博士二人、助教二（或四）人、學生八十人；中郡立博士一人、助教二人、學生六十人；下郡立博士一人、助教一人、學生四十人。博士、助教、學生之「學行選擇標準」均有規定。[29]是為北魏全國設立郡國學之始。

　　此制據允表：「自永嘉以來，……百五十載。」一語推之，當在獻文帝皇興二年以前所定。蓋允稱永嘉，當指晉懷帝永嘉五年之亂，時為公元三一一年，百五十年後乃公元四六一年，下距天安元年（公

26　〔原註〕疑係次郡及改制後之三級制大郡中，有大小之差，故以多少助教二人調節之，諸氏著書時各採一端所致。

27　〔原註〕〈訢傳〉。

28　〔原註〕〈獻文帝紀〉。

29　〔原註〕詳見〈允傳〉。

元四六六年），尚早五年。是百五十年乃約言（以多約少）也。若至
四六九年，即可約稱（以少約多）百六十年矣。故其間只有天安元年
（四六六），皇興元年（四六七），皇興二年（四六八）等三年為可
能。而天安九月相州立學後，帝始詔允等議定此制。中經召集二省，
「披覽史籍，備究典紀」一段時間，其實行當在明年及其後矣。而皇
興二年為公元四六八年，差二年即至四七○年，亦可能約稱百六十
年，故以皇興元年為最可能。雖然，此推權之言耳。

（三）孝文帝太和二十三年次職令，世宗初班行之以為永制：郡
分上、中、下三等。大郡立博士二人、助教二（或四）人、學生八十
人；中郡立博士一人、助教二人、學生六十人；下郡立博士一人、助
教一人、學生四十人。[30]

北魏郡國，若就嚴氏據勞氏〈北魏州郡志略〉[31]所列，北魏後期
經常建置之二百三十四郡約略計之，每年有「博關經典」之教師八百
人，及遺傳良好、「人行修謹，堪循名教」之學生萬餘人在學，歷半
世紀以上。在教育不發達之古代，尤其是紛亂之南北朝，實乃一極堪
讚嘆之盛事。故北魏在當時已隱為教育中心之所在，下種隋唐國運昌
隆之因矣。羅香林氏著《中國通史》舉中國民族混化之實例凡五，其
四皆北魏獻帝及孝文事。[32]蓋其興學亦寓有深意焉？北魏君主，愛言
華化，喜崇經術，於是，潛伏之章句儒生，皆歸附之。於崇尚清談之
當時，漢末鄭氏之學遂得盛行於北方。「及楊隋代北周，挾北魏以來
崇實去虛之積勢，……清談放誕之習，始一掃而革之。」[33]其所以成

---

30 〔原註〕據監本《魏書》、《通志》補。

31 〔原註〕《史語所集刊》第三十二本。【編案】勞榦：〈北魏州郡志略〉，《中央研究
院歷史語言研究所集刊》第三十二本（1961年）。

32 〔原註〕見頁一七九。

33 〔原註〕同上，頁一三九。

此大功，固由於朝廷之提倡在上。其對郡國人民之直接影響，在交通蔽塞之當時，則鄉學之教化實賴焉。

——本文原發表於《大陸雜誌》第31卷第10期（臺北：大陸雜誌社，1965年11月），頁10-14。

中國書院教育新論

一　書院制度之源流

　　前人述及書院制度之起源者，多謂係受佛教禪林制度之影響。盛朗西《中國書院制度》[1]云：

> 宋儒每以上承道統，排斥異端自命。但夷考其實，則其思想之內容，著作之形式，在在受佛教禪宗之影響。故其講學之書院制，亦不能不視與禪林制有相當之關係也。

並引陳東原《禪林的學校制度》云：

> 禪林就是禪教的廟宇。魏晉以後，歷代君主，多迷信佛教，叢林甚盛。海內各處，廟宇日多。每一大廟，常常有一千多到三千多的僧侶。集如許之眾在一起！自不能不有一種組織，不能不有一種制度。這種制度，載在冊籍傳到現在的，就是清規。儀潤和尚序百丈清規說：「清規始於梁僧法雲，住光宅寺，奉詔所制。」那時是六世紀初年，……到了唐朝，出了個懷海禪師，在江西百丈山修禪；他將禪林通行的習慣律，制成「成文的」法律。後人稱之為百丈清規。《釋氏稽古略》說：「清規，

1　【編案】盛朗西編：《中國書院制度》（上海：中華書局，1934年）。

百丈山大智海禪師創立也。……叢林遵行之。」……懷海禪師生於公元七二○，歸寂於八一四。……我們現在看了他的書，可以知道八世紀時，禪林的學校制度是如何的詳備。……書院的產生，受此影響甚大。

黃建中先生於所著《先秦學校制度與教育理論》中，指其非云：

　　……是時儒家私學，固未形成書院之制；而孔子故所居堂、弟子內、後世因廟藏琴、書、車、服、禮器？漢初諸生猶以時習禮其家；武帝末、魯恭王壞孔子宅，得秦舊書，皆古字。則此未始非書院之濫觴焉。後漢祭肜從明帝東巡狩，過魯；帝坐「孔子講堂」，顧指「子路室」，謂左右曰：「此太僕之室，太僕，吾之禦侮也」。「孔子講堂」似即「孔子故所居堂」，「子路室」似即弟子內之一。漢儒講學，有「精舍」或「講舍」；劉淑隱居，立精舍講授，諸生常數十百人；劉梁大作講舍，延聚生徒數百人朝夕自往勸誡。晉常璩《華陽國志》稱：漢文翁為蜀守，立文學精舍、講堂、作石堂，……文翁講堂，劉梁講舍雖均為官學，實皆本於「孔子講堂」；而劉淑精舍固私學，則依倣「文翁精舍」者也。晉釋慧遠法師，本姓賈氏，少為諸生，博綜六經，尤善老莊。……受業於道安。其後展轉至潯陽廬山，立「龍泉精舍」，號東林。出禪戒典百卷。居山三十年，與名儒及其弟子結白蓮社。率眾至百二十三人。於《易》理、《詩》義、喪服無不精。遠公逃儒入禪，殆意有所託；其精舍禪林，蓋遠效文翁、近則劉淑，要亦師法孔子之杏壇設教；後之叢林清規，實肇始於此。時人多謂宋元書院制度脫胎

於禪林，翻其反矣！」[2]

又有嚴耕望氏，則主溯自唐人讀書山寺之風。引《摭言》等諸例。摭文云：

> 總上以觀，名山巨剎既富藏書，又得隨僧齋餐，此予貧士讀書以極大方便。當時政府不重教育，惟以貢舉招攬人才。故士子只得因寺院之便，聚讀山林，蔚為時風。致名山巨剎，隱然為教育中心之所在。五代兩宋書院制度，蓋亦萌於此歟？[3]。

此說亦有可議。

按我國歷史之發展，實如其數千年農業文化，安土重遷之民性；每一史實之花果，皆有其植根深遠之背景，非能偶然而現者。考之書院制度中，有講堂精舍，其由來甚遠。蓋書院之事不外講學、藏書、修書、刊書、祀賢、而以講學為主。講學之實始自王官失守，諸子群興。春秋戰國間，百家爭鳴，開講授徒，蔚為大觀。其講學之制與地，雖因典籍散失，無法詳稽。而史書可考者，實有孔子講堂。《漢書》稱：

> （魯）恭王初好治宮室，壞孔子舊宅以廣其宮。……於其壁中得古文經傳。[4]

---

2 〔原註〕此文載《中國文化論集》第一集。另有〈中國教師在古代文化中之地位〉一文，載《學術季刊》第四卷第四期，略稱；王莽末，包咸立精舍於東海，宋陸子結廬應天山，自謂用包咸舊名命曰精舍。

3 〔原註〕見《大陸雜誌》二卷四期，〈唐人多讀書山寺〉。

4 〔原註〕〈魯恭王傳〉。

《後漢書》稱：

> 十五年春二月庚子，東巡狩，……三月，徵琅邪王京會良成，
> 徵東平王蒼會陽都，又徵廣陵侯及其三弟會魯，祠東海恭王
> 陵，還幸孔子宅，祠仲尼及七十二弟子。親御講堂，命皇太子
> 諸王說經。[5]
>
> （祭）肜字次孫，早孤。……顯宗既嘉其功，又美肜清
> 約。……帝每見肜，常歎息，以為可屬以重任。後從東巡狩，
> 過魯坐孔子講堂，顧指子路室，謂左右曰：「此太僕之室，太
> 僕，吾之禦侮也。」[6]
>
> 鮑永字君長，上黨屯留人也。……頃之，孔子闕里，無故荊棘
> 自除，從講堂至於里門。[7]

《玉海》引《九域志》稱：

> 鄆州古講堂，孔子為中都宰，於此堂教授。兗州有孔子學堂
> 雩臺。

記載歷歷，皆可證也。唯此所謂堂者，猶指古時普通屋宇構造而言。
宋王應麟云：「古者為堂：自半已前虛之，謂堂。半以後實之，為
室。堂者，當也，謂當正向陽之屋。」[8]是也。孔子就此而講學，乃
稱講堂。孔子之後，西河有子夏石室、學堂，《史記》云：

5　〔原註〕〈明帝紀〉。
6　〔原註〕〈祭肜傳〉。
7　〔原註〕〈鮑永傳〉。
8　〔原註〕見《玉海》。

卜商字子夏，……孔子既歿，子夏居西河教授。[9]

司馬貞《索隱》云：

> 在河東郡之西界，蓋近龍門。劉氏云：「今同州河西縣，有子夏石室學堂在也。」

張守節《正義》云：

> 西河郡，今汾州也。……子夏所教處。《括地志》云：「竭泉山一名隱泉山，在汾州堰城縣北四十里。注：《水經》云：其山崖壁五，崖半有一石室，去地五十丈，……《隨國集記》云：此為子夏石室，退老西河居此。有卜商神祠，今見在[10]。」

此殆一天然石室，故後人用者少焉。齊有稷下之學，亦稱學堂。黃建中先生引《史記》〈田完世家〉：

> 宣王喜文學遊說之士，自如騶衍、淳于髡、田駢、接予、慎到、環淵之徒七十六人，皆賜列第為上大夫，不治而議論；齊稷下學士復盛，且數百千人。

又引劉向《別錄》：

---

9 〔原註〕見〈仲尼弟子列傳〉。

10 【編案】原無「今」字，據《史記三家注》補。

齊有稷門，齊之城西門也。外有學堂，即齊宣王所立學宮也。
故稱為稷下之學。

謂當時稷下實為學府，有列大夫七十餘人，學士千餘人，學士千餘
人，可謂盛矣。[11]其說是也。

迨至西漢，蜀守文翁立精舍，設講堂，作石室。晉常璩《華陽國
志》稱：

孝文帝末年，以廬江文翁為蜀守。……始，文翁立文學精舍，
講堂，作石室，一作玉室，在城南。永初後堂遇火，太守高眹
更修立，又增造二石室。州奪郡文學為州學。郡更於夷里橋南
岸道東邊起文學，有女牆。其道西城，故錦官也。[12]

《前漢書》卷八十九考證云：

文翁之化也。注：師古曰：「文翁學堂，於今猶在益州城
內。」召南按：文翁學堂即石室，講堂也。《水經注》曰：「文
翁為蜀守，立講堂作石室於城南，……」[13]

《蜀中廣記》載稱：

---

11 〔原註〕見《中國哲學史講義》。
12 【編案】《華陽國志》，卷3，〈蜀志〉。
13 【編案】《漢書補注》〈循吏傳〉「文翁之化也」顏師古注下，王先謙補注云：「齊召
　　南曰：案文翁學堂即石室講堂也。〈江水〉注：文翁為蜀守，立講堂，作石室於南
　　城，後守更增二石室。」

……李知幾云：「西為文翁，稍南為高眹，比文翁石室差大，皆有石像矣。」樂史《寰宇記》云：「文翁學堂，一名周公禮殿。」……又云：「石室，司馬相如教授於此，從者數千人。」按秦宓引《地里志》：「文翁倡其教，相如為之師，漢家得士盛于其世矣。」

其證蓋鑿鑿焉。文翁設學，實乃追慕孔子設教，子夏講授之意。《史記》〈仲尼弟子列傳〉云：「受業身通者，七十有七人。」《索隱》曰：「《孔子家語》亦有七十七人。唯文翁孔廟圖作七十二人。」朱子亦曾引文翁孔廟圖以證像跪[14]。文翁立孔廟之舉，正見其追慕之意也。

王莽末，包咸於東海立精舍講授。《後漢書》稱：

包咸字子良，會稽曲阿人也。少為諸生，受業長安，師事博士右師細君，習《魯詩》、《論語》。王莽末，去歸鄉里，於東海界為赤眉賊所得，遂見拘執，十餘日，咸晨夜誦經自若，賊異而遣之，因住東海，立精舍講授。[15]

楊震復有講堂，《後漢書》稱：

楊震字伯起，弘農華陰人也。……父寶，習歐陽《尚書》，哀、平之世，隱居教授。……震少好學，……常客居於湖，不答州郡禮命數十年。眾人謂之晚暮，而震志愈篤。後有冠雀銜三鱣魚，飛集講堂前。」[16]

---

14 【編案】見朱熹：〈跪坐拜說〉。
15 〔原註〕見〈儒林傳〉。
16 〔原註〕見本傳。

東漢立精舍者益多：和帝時，陳留李充；桓帝時，山陽檀敷、河間劉淑，皆立精舍講授。《後漢書》稱：

> 李充字大遜，陳留人也。……立精舍講授，……後和帝公車徵，不行。……延平中……特徵充為博士。[17]
>
> 檀敷字文有，山陽瑕丘人也。少為諸生，家貧而志清，不受鄉里施惠。舉孝廉，連辟公府，皆不就。立精舍教授，遠方至者，常數百人。[18]
>
> 劉淑字仲承，河間樂成人也。祖父稱，司隸校尉。淑少學明五經，遂隱居，立精舍講授，諸生常數百人。」[19]

董春歸立精舍，鳴鼓序次問經。《冊府元龜》稱：

> 董春少好學，究極聖旨。還歸立精舍，遠方門徒學者嘗數百人。諸生每升堂講[20]，鳴鼓三通，橫經捧手請問。百人追隨上堂，難問者百餘人。

北海鄭玄亦有講堂，彭城姜肱又有精廬，《後漢書》稱：

> 鄭玄字康成，北海高密人也。……乃西入關，因涿郡盧植事扶風馬融。……玄自遊學，十餘年乃歸鄉里。家貧，客耕東萊。

17　〔原註〕見〈獨行傳〉。
18　〔原註〕見〈黨錮傳〉。
19　〔原註〕見〈黨錮傳〉。
20　【編案】原作「諸生上每上講堂」，據北京中華書局一九九四年本改。見《冊府元龜》（北京：中華書局，1994年），頁7182下。

學徒相隨已數百千人。……靈帝末，……年六十。弟子河南趙
商等，自遠方至者數千。」[21]王先謙《集解》云：惠棟曰：
「〈別傳〉云：北海有玄儒林講堂。」

姜肱字伯淮，彭城廣戚人也。家世名族，……肱博通五經，兼
明星緯。士之遠來就學者，三千餘人。……肱嘗與季江謁郡，
夜於道遇盜，欲殺之；肱兄弟更相爭死，賊遂二釋焉。但掠奪
衣資而已。既至郡中，見肱無衣服，怪問其故，肱託以他辭，
終不言盜。盜聞而感悔，後乃就精廬求見徵君。[22]

　　史書但略言教授生徒者尤眾。《漢書》稱：申公受《詩》，退居家
教，受業者千餘人。（見〈儒林傳〉）疏廣明《春秋》，居家教授，學
者自遠方至。[23]《後漢書》稱：劉昆教授，弟子恆五百餘人；洼丹避
世教授，徒眾數百[24]。桓榮教授，徒眾數百人；桓郁傳父業，以《尚
書》教授，門徒常數百人；桓典復傳其家業，以《尚書》教授潁川，
門徒數百人。[25]任安還家教授，諸生自遠而至；楊政善說經書，教授
數百人；張興習梁丘《易》，聚徒教授，著錄萬人；歐陽歙世傳伏生
《尚書》，在郡教授數百人；其徒曹曾門徒三千；曾子祉復傳父業教
授；牟長在河內，諸生講學者常有千餘人，子紆又以隱居教授，門
生千人；宋登傳歐陽《尚書》，教授數千人；張馴以大夏侯《尚書》
教授；孔僖子季彥守其家業，門徒數百人；楊倫講授大澤中，弟子
至千餘人；魏應教授山澤中，徒眾常數百人；任末習《齊詩》，教授

21　〔原註〕本傳。
22　〔原註〕注：精廬即精舍也。【編案】「精廬即精舍也」句為「精廬」下小字夾註。
　　見《後漢書》，卷53，〈周黃徐姜申屠列傳〉。
23　〔原註〕見本傳。
24　〔原註〕見〈儒林傳〉。
25　〔原註〕見桓榮等本傳。

十餘年；薛漢兼通《書》、《傳》，教授常數百人；杜撫歸鄉教授，弟子千餘人；楊仁習《韓詩》，靜居教授；董鈞常教授，門生百餘人；丁恭教授常數百人；周澤隱居教授，門徒常數百人；甄宇習顏氏《春秋》，教授常數百人，子孫傳業三世；程曾還家講授，數百人常居門下。[26]

其他見於史傳者，諸如伏湛，鮑昱、袁安父子、宋意、楊寶、楊秉、楊賜、賈逵、張輔、曹襃、馮豹、丁鴻、樊儵、李膺、李育、張玄、穎容、謝該、蔡玄、夏恭、吳祐、郭太、寶武、劉焉、周紆、李恂、郅惲、鍾皓、王良、楊厚、摯恂、馬融、盧植、皇甫規，弟子皆以千百數焉。《後漢書》〈儒林傳〉論曰：「自光武中年以後，……經生所處，不遠萬里之路，精廬暫建，贏糧動有千百。其耆名高義開門授徒者，編牒不下萬人。」正見其盛，而又多有精廬之設也。惟史不及詳耳。

東漢後，講學之風不絕。《三國志》〈魏書〉稱：國淵講學山巖，士人多推慕之；邴原居遼東，教授之聲不絕。

《吳志》稱：虞翻講學不倦，門徒常數百人；徵崇隱於會稽躬耕教授；唐固修身積學，講授常數十人。

《晉書》稱：續咸專《春秋》、鄭氏《易》，教授常數十人；宋纖明究經緯，弟子受業三千餘人；杜夷閉門教授，生徒千人；皇甫謐門人多為晉名臣。

《南齊書》稱：劉瓛聚徒教授，常有數十人，世祖為瓛立館，瓛願詔作講堂；沈驎士隱居教授，從學者數百人；徐伯珍從學叔父於精舍，受業生凡千餘人。

《梁書》稱：大同中，立「士林館」，講述制旨《禮記中庸義》；

伏曼容講說，生徒常數十百人；諸葛璩誨誘後生，就學者日至，太守張友為起講舍。

《陳書》稱：周弘正居「士林館」講授，聽者傾朝野；沈德威私室講授，道俗受業數十百人；張譏講周易老莊而教授。

《魏書》稱：馮元興還鄉教授，常數百人；高允還家教授，受業千餘人；李曾少治鄭氏《禮》、左氏《春秋》，以教授為業。

《北史》[27]稱：李鉉教授鄉里，生徒恆至數百；馬敬德教授於燕趙間，生徒隨之者眾；張雕徧通五經，尤明三傳，弟子遠方就業者以百數；鮑長暄兼通禮傳，恆在京教授，齊亡後，歸鄉里講經。

《北周書》[28]云：熊安生以三《禮》教授，弟子自遠方至者千餘人。

《隋書》云：房暉遠以教授為務，負笈者以千計；馬光教授瀛、博間，門徒千數；劉焯優遊鄉里，專以教授著述為務；劉炫歸家，以教授為務；王孝籍歸鄉里，以教授為業。

《舊唐書》稱：曹憲聚徒教授，凡數百人；顏師古曾以教授為生；王恭教授鄉里，弟子數百人；馬嘉運退隱白鹿山，諸方來受業者至千人；張士衡以老還家，講授鄉里。

查上述各條中，史書偶及講堂、精舍、講舍者、僅有三處：一出《南齊書》〈劉瓛傳〉：「……竟陵王子良親往修謁，七年，表世祖為瓛立館，以揚烈橋故主地給之。生徒皆賀，瓛曰：『室美為人災，此華宇豈吾宅耶？幸可詔作講堂，……』」一出〈徐伯珍傳〉：「……叔父璠之與顏延之友善，還祛蒙山立精舍講授。……」一出《梁書》〈諸葛璩傳〉：「……太守張友為起講舍。」而璠之無傳可考，〈顏延之傳〉亦未述及有關精舍之事，此等處正見史書之略，未易查考耳。

---

27 【編案】原作「《北齊書》」，今查列述諸人皆出《北史》，因改之。

28 【編案】即《周書》。

《唐書》中未見言及精舍之事，而《登科記考》唐僖宗光啟二年進士榜陳嶠下，注引《黃御史集》〈司直陳公墓誌銘〉云：「公諱嶠字延封。齠齔好學，弱冠能文。與高陽許龜圖、江夏黃彥修居莆之北巖精舍。」正見立精舍者至唐未絕。而宋以後，散見群籍者，則比比皆是也。

書院之名，始自唐開元六年。玄宗改乾元院為麗正修書院。十一年春，於大明宮光順門外，造麗正書院。夏詔學士侯行果等侍講《周易》、《老》、《莊》。十三年改麗正修書院為集賢殿書院。玄宗嘗選耆儒，日一人侍讀，以質史籍疑義。[29]是初為修書之地，後有侍講侍讀之事也。此後唐人每以書院名所居讀書之所，如盧綸（大歷初進士）有〈同耿拾遺春中題第四郎新修書院〉」或作〈同薛員外春中題薛載少府新書院〉詩。又有〈宴趙氏昆季書院因與會文並率爾投贈〉詩。王建（大歷進士）有〈杜中丞書院新移小竹〉詩。楊巨源（貞元進士）有〈題五老峰下費君書院〉詩。賈島（會昌初卒）有〈田將軍書院詩〉。李群玉（大中間）有〈書院二小松〉詩。齊己（光啟中）有〈沈彬進士書院〉詩。……散見《全唐詩》中。是知書院之名，已為唐人所樂用矣。

教授生徒之書院，則以白鹿洞為早見。白鹿洞南唐時本為國學。陸游《南唐書》則國學與書院同稱。其言曰：「朱弼字君佐，……授國子助教，知廬山國學。」又曰：「盧絳字晉卿，……乃入廬山白鹿洞書院。」朱子〈申修白鹿洞書院狀〉亦以書院稱國學。其言曰：「南唐之時因建書院，買田以給諸生，立師以掌教導，號為國學。」是則南唐時已以書院為國學矣。

至於佛教之有精舍，則始於東漢永平中，明帝立精舍以處摩騰。[30]而其先已有文翁包咸前後立精舍矣。見於《高僧傳》之佛教精舍，終

---

29 〔原註〕見《新唐書》〈百官志〉及《玉海》。

30 〔原註〕見慧皎《高僧傳》

漢之時，只此一處。且非釋徒自立者。而其時私人講授儒學之精舍，
則正盛也。自晉以後，佛教精舍始盛。

《高僧傳》稱：晉法祖於長安造築精舍，以講習為業，白黑宗稟
幾且千人[31]。瑯邪王珣建立精舍，廣招徒眾，延請僧伽提婆講阿毗
曇。竺法義大開講席，王導孔敷並承風敬友，興寧中憩於始寧之保
山，受業弟子常有百餘。義卒，弟子於墓所立新亭精舍。竺僧朗還關
中專當講說，於金輿谷崑崙山中立精舍，孜孜訓誘，勞不告倦。釋慧
遠創造精舍，別置禪林。釋曇翼建法華精舍，同遊曇學沙門建築林精
舍。王羲之曾孫釋道敬棲於若耶山，立懸溜精舍。宋釋智嚴憩於山東
精舍。畺良耶舍初止鐘山道林精舍，元嘉十年於鐘阜之陽，造立精
舍。竺道生於廬山精舍升法座。僧包永初中入黃山精舍。鐘山山茨精
舍有僧拔慧熙皆弱年英邁。釋僧瑜於元嘉十五年，與同學曇溫慧光
等，於廬山南嶺共建招隱精舍。釋法宗開拓所住以為精舍。齊釋僧淵
因隱士劉因之所捨山為精舍。釋道慧母捨宅為福不遠精舍。釋慧基於
會邑龜山立寶林精舍。釋法度居棲霞精舍。釋宏明安止道樹精舍。釋
慧基於會邑龜山立寶林精舍。釋法度居棲霞精舍。釋宏明安止道樹精
舍。梁釋智順止於雲門精舍。釋保誌卒，墓所立開善精舍。竺法曠止
於潛青山石室。訶羅竭止婁至山石室。帛僧光止於石城山石室，以為
棲神之所。竺曇猷移始豐赤城山石室坐禪。釋僧侯於後岡創立石室，
以為安禪之所。

按「石室」、「精舍」本為前儒講習之地，至此釋徒遂廣為襲用。
而此時佛教精舍之盛，又可見其正承漢魏講學風氣而來也。若帛遠該
貫墳典，講習為業。竺法義受業弟子常有百餘。僧朗專當講說，孜孜
訓誘。慧遠少為諸生，博綜六經，建造精舍，別置禪林，與陶元亮諸

---

31 【編案】原作「黑白宗稟幾且千人」，今據《大正新脩大藏經》第50冊《高僧傳》
文改之。

名儒為友。則正見其受前人精舍講授之影響也。蓋講學之風,起於春秋之時,蔚為學術奇葩。至秦火而一伏。漢時又起,遂有漢朝經術之盛。魏晉而後,社會動盪,戰亂頻仍,人生苦悶,釋道遂承此風而合流。宋時遼金外逼,人心因而醒覺,理學之儒以興,明春秋,辨華夷,辟佛老,而佛教因失勢力。乃開宋明理學之統,清朝樸學之風。亦由講學潮流而來。其波瀾歷歷可尋。有謂孔子集唐虞以來學術之大成,鄭康成集漢朝經學之大成,朱子集宋朝理學之大成者。而孔鄭開講堂,朱子主書院,正前後輝映也。

若謂書院規制係仿禪林,清規始自梁僧法雲。蓋亦非也。先是,前秦苻堅時,釋道安已制僧尼軌範,佛法憲章矣。《高僧傳》云:「釋道安姓衛氏,常山扶柳人也。家世英儒,早失覆蔭,⋯⋯所制《僧尼軌範》、《佛法憲章》,條為三例:『一曰行香定坐上經上講之法;二曰常日六時行道飲食唱時法;三曰布薩差使悔過等法。』天下寺舍,遂則而從之。」下距梁僧法雲蓋二世紀之久也。書院之制,亦與禪林有異。其始定規章則見自朱子,而我國前此已有《管子》〈弟子職〉一篇,蓋乃一絕佳學規也。朱子〈跋白鹿洞所藏漢書〉云:「今子和弟子澄之家,尚藏其手抄《孟子》、《管子》書,云是洞中日課也。」朱子又有〈讀管氏弟子職〉一篇。箇中消息,實堪發人深省。安知晦庵輩不受〈弟子職〉之影響乎?(見附錄,頁531)。

前人講學亦有規律。若漢時董春精舍講學,「諸生每上講堂,鳴鼓三通,橫經捧手請問,百人追隨上堂。」正可見也。若弟子千人,著錄萬餘,而無規律者,蓋不可能。實因古時無印刷之便,未著編章以傳後世(未必當時無成文),或散見群籍,未曾發現耳。而《管子》〈弟子職〉者,固無論其誰氏之作,要為最古而珍貴之資料則無疑也。

書院之立要皆為講學之理想而來。先秦講道術有講堂;兩漢講經學,魏晉講玄釋有精舍;宋明講理學有書院;清朝講樸學,晚清講富

強實利之學，則有詁經精舍、學海堂（課經史疑義、小學、天文、地理、算法）及求是書院（延西人為教習、授各種西學）。其規制大約由動之定，由疏之密，其源流則正是一脈而相承也。

二　書院之宗旨與目的

書院有官立私立之不同，當時政府並無明令統一之教育宗旨，故書院之教育宗旨實可由傳統理想，講學理想，社會要求三方面述之：

（一）傳統教育宗旨

書院之明揭教育宗旨者，以朱子白鹿洞書院教條為早見。胡適之先生云：「朱子定的白鹿洞規，簡要明白，遂成為後世七百年的教育宗旨。」[32]按朱子白鹿洞教條首列：「父子有親，君臣有義，夫婦有別，長幼有序，朋友有信。」並云：「右五教之目，堯舜使契為司徒，敬敷五教，即此是也，學者學此而已。」是實為我國堯舜以來數千年之教育宗旨。豈止「後世七百年」哉？理學雖有各派之爭，而後儒多取法乎白鹿洞教條者，即以其承自儒學傳統之故。宋理宗淳祐元年幸太學，親書白鹿洞規以賜。[33]劉爚字晦伯，遷國子司業，請刊白鹿洞規示太學。[34]元程端禮讀書分季日程以白鹿洞教條學則為綱領。明顧憲成〈東林會約〉謂：「朱子白鹿洞規，至矣！盡矣！士希賢，賢希聖，舉不出此矣。東林之會，惟是相與講明而服行之，又何加焉？」又謂：「愚所條具，大都就白鹿洞規引而伸之耳，非能有以益之也。」其影響遍及公私教育者蓋如此。

32　〔原註〕見《胡適文存》。【編案】胡適〈廬山遊記〉。

33　〔原註〕見《續文獻通考》。

34　〔原註〕盛書引。

全謝山〈同谷三先生書院記〉曰：「宋乾淳以後，學派分而為三：朱學也，呂學也，陸學也。三家同時皆不甚合，……要其歸宿於聖人則一。」

王陽明訓蒙教約曰：「古之教育，為以人倫。……今教童子，惟當以孝、弟、忠、信、禮、義、廉、恥為要。」[35]可見理學各大派中，皆以儒家理想為其教育宗旨之大前提。而此項教育宗旨實可謂為傳統之教育宗旨也。

（二）由各派講學理想而分之教育宗旨

各書院雖同時在儒家傳統理想之下講學，然因講學之人意見派別之不同，遂各有其自身之主張。明道主先識仁，以誠敬存之。[36]伊川則主涵養須用敬，進學在致知。[37]程門謝上蔡楊龜山等後主書院，蓋皆本師說而益以己意也。

朱子為學則主窮理以致其知，反躬以踐其實，居敬以成始成終。[38]象山則主為學當先識義利公私之辨，學者學為人而已。[39]朱陸之異，朱以道問學為主，其教在格物致知。陸以尊德性為宗，其教在明心見性。[40]朱子主窮盡性，以達聖人之途。象山主明心窮理，先立其大者。

浙東呂東萊則折衷朱陸，主以孝弟忠信，明理躬行為本。[41]朱子

---

35 【編案】王守仁：〈訓蒙大意〉。

36 〔原註〕明道〈識仁篇〉。

37 〔原註〕見《宋元學案》引黃宗羲語。

38 〔原註〕黃勉齋語，引見《宋元學案》。

39 〔原註〕《宋元學案》引《語錄》。

40 〔原註〕見《宋元學案》，並參看朱元晦〈答項平甫書〉。

41 〔原註〕黃東發《日鈔》謂：「東萊先生乾道四年規約，以孝悌忠信為本，明年規約以明理躬行為本。」引見《宋元學案》。

門人：蔡西山敎人性與天道。[42]黃勉齋則發體用之學。[43]象山門人：楊慈湖以不起意為宗[44]，呂陸門人袁絜齋則主學貴明心立本，敎人反躬切已，志性篤實。[45]其他朱陸門人更不勝舉。

　　元許魯齋以治生為學者先務。乃謂：「為學者治生最為先務。苟生理不足，則於為學之道有所妨。彼旁求妄進，及作官嗜利者，殆亦窮於生理之所致也。……士當以務農為生。……若以敎學與作官規圖生計，恐非古人之意也。」[46]吳草盧則以心為至要，乃謂：「夫學，孰為要？孰為至？心是已。」[47]

　　明吳康齋則主勤勞。《明儒學案》載其呼陳白沙早起曰：「秀才若為懶惰，即他日何從到伊川門下？又何從到孟子門下？」又謂：「聖人所言，無非存天理去人欲。」[48]其學規云：「學者所以學為聖賢也，在齋務要講明義理，修身慎行為事。」是為康齋之敎育宗旨也。胡敬齋〈麗澤堂學約〉則謂：「人受天地之中以生，莫不全具仁義中正之德。……夫自唐虞三代之盛，人君躬行仁義，以為敎化之本。……故人皆得以明其善，復其性。……凡學於此者，謹德行，明義理。……」[49]是為敬齋之敎育宗旨也。若白沙主靜重禮。[50]甘泉煎銷習心。體認天理。[51]陽明致良知，合知行，謂：「學校之中，惟以成德為事。」[52]主

42　〔原註〕見《宋元學案》〈西山蔡氏學案〉。
43　〔原註〕《宋元學案》引〈中庸總論〉、〈總說〉、〈文集〉。【編案】即〈勉齋學案〉。
44　〔原註〕《宋元學案》〈附錄〉黃宗義語。
45　〔原註〕《宋元學案》〈絜齋學案〉。
46　〔原註〕《許魯齋遺書》。
47　【編案】見《宋元學案》〈草盧學案〉。
48　〔原註〕《語錄》。
49　【編案】見《胡文敬公集》。
50　〔原註〕見《明儒學案》。
51　〔原註〕見《語錄》。
52　〔原註〕見《傳習錄》（中）。

張皆有不同。

清顧亭林主博文約禮，行己有恥。[53]顏習齋主習行鄉三物。則又為反對理學派之主張。

孫夏峰則本陽明而主慎獨。李二曲則主「學在反身。道在守約」。凡此種種本是為學方法著重之不同，而因各派之過於偏重，遂使方法本身亦成目的之一。故各派所主書院之教育宗旨遂亦因而有異。

《宋元學案》稱：曹集知南康，其政一遵朱熹之舊。輪郡廩以教育白鹿書院生徒，皆朱熹欲為而未及盡行者。木天駿道出嶽麓書院，得聞南軒之教，遂醉心焉，日與諸生講明求仁之旨。歐陽守道，湖南轉運副使吳子良聘為嶽麓書院副山長，先生初升講，發明孟子正人心承三聖之說。嶽麓之教大興，宣公帥泉州，令彪先生德美掌書院事，劉強學既納拜，宣公教以伊洛源流，而德美又為言其詳甚悉。紹定四年，袁甫修明象山之學，為建象山書院。桃源王應求同季父致招樓郁、楊適、杜醇諧公，因就妙音院立孔子像，講貫經史，倡為有用之學，既歿，敕建桃源書院。楊子謨奉祠講學於雲山書院，與諸生敷陳《論》、《孟》、〈學〉、〈庸〉大義。劉清之增築臨蒸精舍，講治心、治身、治家、治人。程紹開嘗築道一書院，以合朱陸二家之說。朱子張南軒行狀後稱：公之教人，必先使之有以察乎義利之間，而後明理居敬，以造其極。全謝山〈城南書院記〉曰：其教多以明心為言。[54]

《元史》稱：周仁榮，父敬孫，初，金華王柏以朱熹之學主臺之上蔡書院。敬孫與同郡楊珏、陳天瑞、車若水、黃超然、朱致中、薛松年師事之，受性理之旨。[55]楊惟中聞復論議，始思其學。復原羲、農、堯、舜所以繼天立極，孔子、顏、孟所以垂世立教，周、程、

---

53 〔原註〕見《日知錄》。

54 〔原註〕盛書引。

55 〔原註〕〈周仁榮傳〉。

張、朱氏所以以發明紹續者，作〈傳道圖〉，而以書目條例於後，別著伊洛發揮以標其宗旨。[56]

《王文成年譜》稱：南大吉以座主稱門生，闢稽山書院，先生臨之，只發大學萬物同體之旨，使人各求本性，致良知，止於至善。[57]《明史》〈湛若水傳〉稱：若水初與守仁同講學，後各立宗旨，守仁以致良知為宗，若水以隨處體驗天理為宗，一時遂分王、湛之學。又稱：若水生平所至，必建書院以祀其師獻章。

陽明歿後，弟子建書院會講紀念者尤眾。《王文成年譜》稱：嘉靖四年，門人立陽明書院於越城，後十二年巡按御史門人周汝員建祠於樓前，匾曰「陽明先生祠」。九年，門人薛侃建精舍於天真山，祀先生。乃因患同門聚散無期，追思遺志，遂築祠於山麓，同門董澐、劉侯、孫應奎、程尚寧、范引年、柴鳳等董其事，鄒守益、方獻夫、歐陽德等前後相役，齋廡庖湢具備，可居諸生百餘人。十三年，門人鄒守益建復古書院於安福，祀先生。守益以祭酒致政歸，與劉邦采、劉文敏、劉子和、劉陽、歐陽瑜、劉肇袞、尹一仁等建復古、連山、復真諸書院，為四鄉會。於是四方同志之會，相繼而起。門人李遂建講舍於衢麓，祀先生。諸生柴惟道、徐天民、王之弼、徐惟緝、王之京、王念偉等，又分為龍游水南會。徐用檢、唐汝禮、趙時崇、趙志皋等為蘭西會。與天真遠近相應，往來講會不輟。十六年，僉事沈謐建院於文湖，祀先生，率同志王愛等數十人，講學於其中。十九年，門人周桐、應典等建書院於壽巖，祀先生，典與同門李琪、程文德講明師旨。嵌巖作室，立師位於中堂，歲時奉祀，定期講會。二十一年，門人范引年建混元書院於青田，祀先生。後提學副使阮鶚增建為

心極書院。二十三年，門人徐珊建虎溪精舍於辰州，祀先生。二十七年，萬安同志於白雲山麓建雲興書院，祀先生。門人陳大倫於韶建明經書院，祀先生。二十九年，吏部主事史際建嘉義書院於溧陽祀先生，延四方同志講會。門人呂懷等建大同樓於新泉精舍，設師像合講會。三十三年，巡按直隸監察御史闍東、寧國知府劉起宗建水西書院祀先生。三十五年，提學御史趙鏜修建復初書院，祀先生。湖廣兵備僉事沈寵建仰止祠於崇正書院祀先生，與州守同門谷鍾秀合州之選士，講授師學。提學御史耿定向，知府羅汝芳建志學書院於宣城祀先生。《明儒學案》稱：「陽明歿後，緒山、龍溪所在講學。於是涇縣有水西會，寧國有同善會，江陰有君山會，貴池有光岳會，太平有九龍會，廣德有復初會，江北有南譙精舍，新安有程氏世廟會，泰州有心齋講堂，幾乎比屋可封矣。」又稱：龍溪林下四十餘年，無日不講學，自兩都及吳、楚、閩、越、江、浙，皆有講舍，莫不以先生為宗盟，年八十猶周流不倦。此等書院，蓋皆講陽明之學者也。

若高攀龍講學東林書院，則非王學，以靜為主。[58]顧憲成則謂：「官輦轂，志不在君父；官封疆，志不在民生；居水邊林下，志不在世道。君子無取焉。」[59]又嘆：「今之講學者，恁是天崩地陷，他也不管，只管講學。」[60]故其講學又留心國政時事。

清朝講明宋明理學之書院仍多，如襄城李禮山、登封耿逸庵、中牟冉蟫庵講學嵩陽書院，發明朱子之旨。[61]邵念魯主講姚江書院，守良知之學見之躬行。[62]孫夏峰講學，以陽明、象山為宗，晚更和通朱

---

58 〔原註〕《明史》本傳。

59 〔原註〕《明史》本傳。

60 〔原註〕《明儒學案》。【編案】「今之講學者」云云，為顧憲成弟允成之語，見《明儒學案》，卷60，〈主事顧涇凡先生允成〉。

61 〔原註〕盛引《學案小識》。

62 〔原註〕《碑傳集》。

子之說。[63]李二曲以倡明關學為己任。[64]正可見也。故書院自宋以來，實以講明理學為主。宋有朱學、呂學、陸學，明有白沙、甘泉、陽明，其後代流裔甚廣。

　　清朝顏習齋創為習行之學，其書院有文事、武備、經史、藝能、理學、帖括等齋，分科而教。阮元立詁經精舍，提倡考據之學，課以經史疑義及小學、天文、地理、算法。[65]黃以周主講南菁書院，教以博文約禮，實事求是。[66]是又轉重實學。姚鼐主講鐘山書院，以古文倡天下。是又專以一藝為目的也。清末，浙江巡撫廖壽豐於浙江省城設求是書院，延一西人為正教習，教授各種西學：華教習二人副之，一授算學，一授西文。[67]且又兼及各種西學矣。凡此種種，其宗旨皆因主講主辦人之理想而異。在未有明定統一教育宗旨之過去，是又不足為異者也。

（三）應社會需要而來之教育目的

　　書院教育除有其宗旨外，又有一種淺近之目的存焉。蓋書院之產生實亦由於當時社會事實之需要，因而書院亦有適應此項需要之目的。故就此項需要而分，書院教育又有下列之目的：

　　1. 補學校教育之不足　朱子〈重修石鼓書院記〉曰：「予惟前代庠序之教不修，士病無所於學，往往擇勝地，立精舍，以為群居講習之所。」[68]王守仁〈萬松書院記〉曰：「惟我明自國都至於郡邑，咸建

63　〔原註〕《先正事略》。

64　〔原註〕同上。

65　〔原註〕見《碑傳集》。

66　〔原註〕盛引繆荃孫〈中書銜處州府學教授黃先生墓誌銘〉。【編案】原文見繆荃孫《藝風堂文續集》，卷1。

67　〔原註〕見《續清文獻通考》。

68　〔原註〕見《朱文公文集》。

廟學。群士之秀,專官列職而敎育之。其於學校之制,可謂詳而備
矣。而名區勝地,往往復有書院之設何哉?所以匡翼夫學校之不逮
也。」[69]黃泰泉論書院曰:「夫太學之敎行,而成人有德,小學之敎
行,而小子有造;則亦何賴於此?惟夫學校敎導無實,講學既廢,修
德奚由?邢邵謂此何異莵葵燕麥?則夫別設書院,以延名儒淑子弟,
又焉可無哉?」[70]一為庠序之敎不修,以為群居講習之所。一為學校
之制雖詳備,而以匡翼其不逮。一為學校敎導無實,自延名儒以淑子
弟。此皆先有社會之需要,然後設書院以適應之也。而適應此項需
要,殆亦書院目的之一矣。

2. **以為應試準備** 自元以後,書院學生多有參加鄉試以應舉業
者。而清尤甚。元程端禮《讀書日程》中,讀經日程有九,讀看史日
程有五,讀看文日程有六,讀作舉業日程有十,獨在經史文之上。按
日程至二十二、三或二十四、五學畢,謂自此可以應舉矣。可見其對
舉業之重。[71]劉伯驥氏引韓對〈粵秀書院課藝序〉云:「進諸生而課
之,拔其尤者,集公庭而覆校之,判甲乙以決科,庚午鄉闈,登賢書
者正副榜得十有三人,前三名皆院生。癸酉拔萃首郡十四,屬入選者
十有一人,舉優行者倍之。每歲科試,童子獲售者,更僕難數。咸以
為一時盛事。」[72]可見書院至其末流,應試遂亦成其主要目的之一矣。

3. **推行政敎** 儒家為政常主化,而不主治。故〈學記〉謂化民成
俗,其必由學。而宣講政敎,遂亦成為書院目的之一。朱熹、王陽明
之建書院,蓋亦兼有此項目的歟?熊勿軒〈考亭書院記〉曰:「……

---

69 〔原註〕見《陽明全書》。
70 〔原註〕引見劉伯驥《廣東書院制度沿革》。【編案】「修德奚由」原引作「修學奚
   由」,今以德字較合文脈,並劾《廣州府志》引文改之。見《廣州府志》,卷66,
   〈建置略〉「粵秀書院」條後小字夾注。
71 【編案】見《程氏家塾讀書分年日程》。
72 〔原註〕見《廣東書院制度沿革》。

其仕閩，以化為政，道南七書院，皆其再造也。」[73]《碑傳集》稱：
「（張敬庵）居官，以教化為己任。所至必立學延師⋯⋯在閩建鼇峰
書院。⋯⋯治江南數年，吏習民安。」[74]其例甚多，蓋不勝枚舉也。

　　書院教育之宗旨目的，實不出上述三類。其一乃由傳統文化因素
而成。另一則為人之因素。最後則由社會因素而來。而文化之傳統因
素，則總該後二因素，而為最主要者。人之因素，則就文化因素中擷
其某一方面特別專重。社會因素則應當時一般需要而成。故此三因
素，實構成書院教育宗旨與目的之縱深廣三方面焉。

三　書院之訓育

　　我國古代教育，常以明人倫為宗旨，故教育之真精神乃在於訓
育。而教育措施實由於政治之目的。〈堯典下〉稱：「百姓不親，五品
不遜」，舜命司徒契敬敷「五教」。其目的蓋在社會之安寧，彝倫之攸
敘也。古代以教育為達到政治目的之手段，「政教合一」、「官師合
一」之現象，遂因而產生。春秋以後，諸子競起，各家授徒講學之風
漸盛，而官師以分。後來士人入仕為政，仍本「政教合一」、「官師合
一」之精神，以教化為手段，實現其修齊治平之理想。教育目的仍不
外養成模範之治術人才與守秩序之善良人民。故訓育特為注重，六藝
以禮樂為首，正可見也。書院多為私人學者自由提倡創辦，亦以實現
此種傳統理想為職志，實可代表我國理想之教育，其訓育亦更具理
想。如白鹿洞教條之理想，且為公私教育所取法焉。[75]

73　〔原註〕引見盛書。【編案】引文「其仕閩」云云，實出熊禾：〈送胡庭芳後序〉，
　　見《勿軒集》，卷1。
74　〔原註〕朱軾〈太子太保禮部尚書張清恪公伯行神道碑〉。
75　〔原註〕見前章。

　　書院之訓育，實可分「身教」、「禮教」、「言教」三項。「身教」者主持人之學行風範也。「禮教」者指其釋菜從祀之事也。「言教」者發為訓誨刊為規約以期遵守也。茲分述如下：

（一）身教

　　書院主持人要多為當代大儒，地方賢者。前者如朱晦庵、陸象山、王陽明、湛甘泉，固為後人所宗。而其他碩儒復更僕難數。其地方賢者，亦多為學行兼優，能獲世望。對其學說多能身倡力行，對其所講亦能躬示範儀。對書院生徒更能獲直接之影響。此等情形，彼輩史傳中記之最詳焉。《明儒學案》載稱：吳康齋一日天初破曉，手自簸穀，其徒陳白沙尚未起床，康齋大呼曰：「秀才若為懶惰，即他日何從到伊川門下？又何從到孟子門下？」《碑傳集》及《續碑傳集》載稱：劉融齋主講上海龍門書院，品學純粹，以身為教，成就甚多。[76]高彙旃主東林書院，升堂開講，威儀儼然，見者莫不斂容傾聽。[77]施虹玉發憤自力於躬行，二書院會講皆推虹玉，虹玉先一日蕭齋戒，至期攝衣登座，務設誠以感人，教學者九容養外，九思養內，以造於誠，學者翕然宗之。[78]汪孟慈增修覃懷書院，每值課期，必在院終日，品隲文藝，講習經史，孳孳不倦。[79]顧佩九設教金臺書院，再設教游文書院、白鹿書院，而終之以鐘山書院。惇良介樸，善誨人。每閱文數百卷，旁乙橫抹，蒿目龜手，一字不安，必精思而代易之，至燭爐落數升，血咯咯然坌湧，而蠅眠細書，猶握管不止，嘗勸其少休，諾而不輟。然學者領其意旨，往往速飛，以故遙企塵躅，踾膝跼足而至者，

76　〔原註〕〈蕭穆劉融齋中允別傳〉。

77　〔原註〕〈彭紹升吳先生慎傳〉

78　〔原註〕同上。

79　〔原註〕〈劉文淇道銜懷慶府知府汪君墓表〉。

如望日光聽建鼓而趨。[80]趙忠濟教弟子不為課程約束，非唯口授而身率之，無俟鞭策，使人蠠蠠樂從，而自不能已。[81]唐子瑜主敬亭中江潛川盧陽書院，身教言教其有焉。[82]楊君自為延陵山長，不復至酒家。自謂矯虛名收實效者必自山長始，而敢自佚游手？[83]李二曲教人，凡有問答，窮晝夜不倦，必使其人豁然於心目之間而後已。以故遊歷所至，衲子黃冠，皆為感化，即宿學名儒，亦退就弟子之列，而北面師事也。[84]孫奇逢移家夏峰，築堂曰兼山，讀《易》其中，率子弟躬耕，四方來學願留者，亦授田使耕，所居成聚。其持身務自刻礪，而與人無町畦。[85]此就《碑傳集》、《續碑傳集》偶而見及者舉之。其他史籍所載更是不勝枚舉。要之，我國士人學行固並重也。

（二）禮教

大學有祭菜、卜禘之事，實由古代宗教祀典而來。蓋我國宗教之進化，已早由迷信而至利用。古代祭祀之禮，至周已利用其形式以嚴宗法之制。其於教育，則有入學祭菜、春秋視學之禮，使觀感而敬道也。夫宗教心理，乃人類元始心理之一，其力量常潛留於現代文明人類之內心，德國心理學家榮格（C. G. Jung），於其心理分析工作中，常發現古代之象徵物及宗教儀式，重視於絕未聞見其事之現代病人中。正見此項潛在力量之存在也。《史記》稱：孔子為兒嬉戲，常陳俎豆設禮容。孟釐子稱孔丘年少好禮。儒家於禮最重。蓋深知禮之為用者也。後世儒者多利用此種方式以行教，文翁作周公禮殿為學堂，高眹

---

80 〔原註〕袁枚〈虞東先生顧鎮墓志銘〉。
81 〔原註〕王崇炳〈趙先生忠濟傳〉。
82 〔原註〕譚延獻〈唐先生教思碑〉。
83 〔原註〕徐延華〈直隸容城縣知縣楊君墓志〉。
84 〔原註〕劉宗泗〈盩厔李徵君二曲先生墓表〉。
85 〔原註〕方苞〈孫徵君傳〉，盛引《先正事略》〈孫夏峰先生事略〉。

繕修並作聖賢古人像及禮器端物。[86]唐貞觀時房玄齡等議祀孔子。[87]宋時書院中，祀賢之例頗多：熊禾於鼇峰之下創小精舍，中為夫子燕居，配以顏、曾、思、孟，次以周、程、張、朱、濂溪、明道、伊川、橫渠、晦庵五先生。[88]白鹿洞書院釋祭先聖先師，以周、程、邵、司馬、豫章、延平七先生從祀，又諸生以濂溪、二程與朱子合祀於講堂後。[89]楊大異建宣成書院祀張栻、呂祖謙。[90]他如《宋元學案》等書語書院釋菜供祀等事者累見不鮮。蓋其時書院多有供祀之事，其風歷元明清而未衰。《元史》稱：文宗賜鳳翔府岐陽書院額。書院祀周文憲王，仍命設學官，春秋釋奠，如孔子廟儀。[91]趙復建太極書院，立周子祠，以二程、張、楊、游、朱六君子配食。[92]至正二十二年八月，奏准送禮部定擬五先生及楊時、李侗、蔡沉、真德秀等封爵謚號。各給詞頭宣命，遣官賷往福建行省，訪問各人子孫給付，如無子孫者，於其故所居鄉里郡縣學或書院祠堂內安置施行。[93]則已由政府明令為之。子思書院貸錢於民，取子錢以供祭祀。[94]若澤山書院之祀黃震，又由地方學者所為也。[95]明湛若水平生所至，必建書院祀其師獻章。[96]陽明歿後，其弟子群建書院以祀。[97]東林書院建道南祠祀楊龜山，後廢為僧廬，顧憲成及弟允成構復之，奉先師木主，東西二樓

---

86 〔原註〕見蜀中廣記。

87 〔原註〕同上。

88 〔原註〕見《宋元學案》。

89 〔原註〕見盛引《白鹿洞志》。

90 〔原註〕《宋史》本傳。

91 〔原註〕〈文宗本紀〉。

92 〔原註〕〈趙復傳〉。

93 〔原註〕〈祭祀志〉。

94 〔原註〕〈孔思晦傳〉。

95 〔原註〕〈宋元學案〉。

96 〔原註〕見前。

97 〔原註〕見前。

藏祭器經籍，別建道南祠於書院之東。初以羅從彥、胡珵、喻樗、尤
袤、李祥、莊重珍、邵寶七人配。其後攀龍又進顧憲成、允成、錢一
本、薛敷教、安希范、劉元珍六人，而攀龍、茂才[98]及陳幼學、許世
卿、吳桂森、鄒期楨、馬世奇、華允誠亦先後入祀，其他增祔浸多。
[99]練子甯善文章，提學副使李夢陽立金川書院祀之。[100]陳邦瞻改補河
南分理彰德諸府，開水田千頃，建淦陽書院，集諸生講學，士民祠祀
之。[101]清《碑傳集》及《續碑傳集》載稱：陳壽祺主泉州清源講院十
年，嘗正定先賢祀位，並率諸生增置祀產，以資祀事。奉朱子於東
舍，從以先賢之傳道而祀鄉學者，明蔡文莊公、張襄惠公、次崖林
氏、紫峰陳氏、紫溪蘇氏、慕蓼王氏、素庵林氏、國朝李文貞公凡八
君子，位左右。[102]又稱：嵩陽書院舊祀二程子，其側有宋崇福宮故
址，廢且久，君稽史籍，得司馬文正公以下曾以宰職領宮使者，凡十
有二人，為主祠之，時其祭祀。[103]蔡文勤公已祀學宮，又於書院立專
祠，春秋典祀。[104]已山公有遺愛於膠，及其歿也，膠人如失慈父母，
立木主以祀於膠西書院仰山閣漢儒董子、費長翁、席庸生之側，與前
知州朱君炳、張玉樹、愛星阿、劉文琠、李文耕為六賢，遂以膠州名
云。[105]張伯行，士民畏之如嚴師，愛之如父母，於閩則肖其像祀於
鼇峰書院之旁；於吳則建春風亭為先生祠。[106]竇公去浙，浙人設位於

98　【編案】高攀龍、葉茂才。

99　〔原註〕盛引《無錫金匱縣志》。

100　〔原註〕盛引〈練子甯傳〉。【編案】即《明史》〈練子寧傳〉。下〈陳邦瞻傳〉同。

101　〔原註〕盛引〈陳邦瞻傳〉。

102　〔原註〕阮元〈隱屏山人陳編修傳〉。

103　〔原註〕王士禎〈誥授奉直大夫工部虞衡清吏司主事葉公封墓誌銘〉。

104　〔原註〕沈廷芳〈蔡文勤公祠碑〉。

105　〔原註〕戴燮元〈膠州己山公傳〉。

106　〔原註〕費元衡〈誥授光祿大夫禮部尚書加二級贈太子太保諡清恪敬庵張先生行
　　　狀〉。

西湖之崇文書院，歲時瞻拜，祝公長生。[107]沈涵督閩學，閩士感戴如
慈父嚴師，思所識公勿諼者，乃構清茗書院於烏石山，將肖公而祀
之。[108]龔翔麟出榷廣東關稅，去後，民肖像武林書院祀之。[109]劉蔭樞
撫滇黔，於昆明故書院公暇課士，去滇後，滇人塑像於近華浦。去黔
後，黔人建龍門書院於南明河上塑像其中。[110]戴鈞衡曰：「今天下
郡、州、縣莫不有書院，類莫不有崇祀之典。其大者祀孔子及七十二
弟子，如各郡縣學宮故事，其小者多各祀其地先賢。」[111]劉伯驥氏於
其《廣東書院制度沿革》中稽考歷來所祀先賢，除地方名宦之外，如
下表列：

　　1. **漢代**　許慎、鄭玄等。

　　2. **唐代**　韓愈、趙德、余靖、張九齡、唐介、鄭俠、洪皓等。

　　3. **宋代**　周濂溪、程顥、程頤、張橫渠、朱熹、胡銓、羅豫章、
張宋卿、吳潛、王汝礪、古成之、蘇軾、蘇轍、劉元城、崔與之、李
昴英、羅孟郊、張浚、寇準、文天祥、陸秀夫等。

　　4. **明代**　陳白沙、王陽明、沈繼山、邱濬、湛甘泉、薛侃、霍文
敏、方獻夫、龐嵩、李材、黃佐、楊起元、何維柏、海瑞、區大倫等。

　　5. **清代**　李士淳、全謝山、阮元、陳澧、陳昌齊、劉彬華等。

　　此就廣東全省統計而得，他省蓋亦可想見也。大概言之，書院奉
祀之對象，以周公為最早，孔子及七十二弟子為最廣，宋明理學家為
最盛。地方鄉賢為最下。而雜以古代經學、文學大家。主持其事者，
或為書院主持人，或為政府，或為官吏，或為士民。前三者所祀多

107　〔原註〕秦瀛〈諸城竇公祠堂記〉。

108　〔原註〕沈炳震〈誥授通奉大夫內閣士兼禮部侍郎沈公涵行狀〉。

109　〔原註〕顧棟〈高御史龔公翔麟傳〉。

110　〔原註〕趙元祚〈秉燭子傳〉。

111　【編案】見戴鈞衡《味經山館文鈔》，卷1，〈祀鄉賢〉。

為先賢，而士民所祀則以鄉賢及其遺愛之賢吏為多，而後者且有祀長生者。

書院祀賢，其祭祀之禮固可獲〈大學〉「示之以尊敬道藝」、「使觀而感於心」、「不言以盡其禮」之用，而平時常覿先賢遺容，蓋亦有「見賢思齊」之效，心理學上固有同化（Identification）之原則也。此又為我國古代訓育之一大特色矣。

（三）言教

言教實可分語言訓誨、文字規誡二項，此外如象山〈白鹿洞義利講詞〉則先有講說，後又「筆之於簡」也。[112]語言訓誨，當時惇惇之情蓋可想見，彼等知識教育亦講做人之事，蓋附於道德教育矣。文字規誡則可分：

1. **先賢有關訓誨之詩文**　朱熹〈書康節誡子孫文〉云：「康節先生邵公手書誡子孫語及文道物理二詩，得之鄫林向氏，刻寘白鹿洞之書堂，以示學者。」正可見也。

2. **時賢訓誨議義**　前述朱熹〈跋金谿陸主簿白鹿洞書堂講義後〉云：「淳熙辛丑春二月，陸兄子靜……至白鹿書堂，請得一言以警學者。子靜既不鄙而惠許之，至其所以發明敷暢，則又懇到明白，而皆有以切中學者隱微深錮之病，聽者莫不竦然動心焉。熹猶懼其久而或忘之也，復請子靜筆之於簡，而受藏之。……」是其一例也。

按上述先賢時賢之文，亦有刻之於石者，朱熹將伊川與方道輔帖刻石於白鹿洞書院。[113]象山講義後亦刻石。蓋亦開明清書院立碑記之端矣。

3. **書院教規**　書院教規內容，除講明教育宗旨，為學方法外，實

---

112 〔原註〕見朱熹〈跋金谿陸主簿白鹿洞書堂講義後〉。

113 〔原註〕朱熹〈跋伊川與方道輔帖〉。

以訓導方面居多。朱子所定白鹿書院教條，為一原則性者，極為後人所宗。其五教之目，修身之要，處事之要，接物之要皆為訓育目標及原則，唯為學之序乃方法耳。[114]〈程董二先生學則〉曰：「嚴朔望之儀。謹辰昏之令。居處必恭。步立必正。視聽必端。言語必謹。容貌必莊。衣冠必整。飲食必節。出入必省，讀書必專一。寫字必楷敬。几案必整齊。堂室必潔淨。相呼必以齒。接見必有定。修業有餘功，游藝以適性。使人莊以恕，而必專所聽。」[115]則皆為規律性者。朱子教條，程董學則，後人合稱白鹿洞書院教規。[116]其他各人所立學規，亦多偏重訓育，不俱詳述。今採劉伯驥《廣東書院制度沿革》所錄湛若水西樵大科書院訓規，以為一例，照錄如下：

1 訓規圖[117]

正面（心幾）	反面
敬義志道	肆利不志道
體認天理（進修時體認煎銷習心）	肆欲（失本領習心）
尋實樂	虛樂
求道於人倫間	外倫求道
篤實（立誠心）	先文藝（不立誠心）
言動由中出（求義理務敬謹）	巧令滋偽
不怨尤遷怒	暴怒
事父兄誠切（族黨慈敬）	事父兄不誠切（族黨不慈敬）

---

114 〔原註〕《晦庵文集》。

115 〔原註〕各條皆有說明，從略。

116 〔原註〕參看《學海類編》〈白鹿洞書院教規〉、程端禮《讀書分年日程》、《叢書集成》〈學規類編〉。

117 〔原註〕另有敘規不錄。

正面（心幾）	反面
自得師	不求師
傳習（實用功）	傳而不習（悠悠過日）
遇長謙讓（求益）	遇長抗倨
同門久敬	同門猜嫌
期約以信	期約不信
先成心（虛心較業，虛心自考，虛心聽受）。	師成心
二業合併	徒舉業以干祿
內外混合	支離
讀書調心合一（隨心力附）	讀書主敬二途
作字敬	作字欲好
考業用心精	用心粗
讀書觀山水不失己（遊息收攝）	讀書觀山水牿亡
博六經開知見	泛濫仙佛壞心術
作文發所得	作文欲勝人
教僮僕（鈐束理家）	縱家童（棄家事）
君子	小人

2　**堂訓**　堂訓所定計有為學立志，體認天理，進德修業程限，煎銷習心，理會聖賢大意，存習言動，禮義相處，待下仁慈，歸省親長，敬老慈幼，虛心拜師，著實用功，不合者聽其辭歸，師先覺，敬長養恭，升退次序，互相規勸，輪流監察，同門相愛，虛心下人，辭讓而對，禮讓相接，朋友重義疾病扶持，相率存問，要立信，讀四書法，讀書虛心，考驗用心精粗，虛心講講，輪流講書，舉業德業相通，從根本上習舉業，舉業義利，讀書作文不失本領，內外本末心事

合一，讀書須調鍊此心，初學讀書時調習此心，習字調習此心，學習字法，每月考業驗進修次第，遊息鼓舞，遊觀山水之理，收攝立敬，讀書法，作文之理，涵養格物，鈐束家人，明德親民是一事，讀〈大學〉法，走路規則，讀詩文法，參見規定，屋宇使用規定，歌詩作樂涵養德性，入院規定，館齋使用規定，法聖人，入院待遇，學田收入管理，接見規則等凡六十一條。

按訓規堂訓，名稱上似偏重訓育。其實，內容方面乃為訓教合一，而又多為指導勸導性質。與今日訓育規章之只作消極禁止者，又有不同也，此其所以為古人之用心者矣。

今日知識教育之法，有所謂直接教學者。取實事，實物、圖畫、戲劇、電影示之也。書院訓育之「禮教」、「身教」者，蓋可謂為直接訓育矣。

四　課程教材教法及考試

書院乃講習之地，其講習之內容如何？講習之方式如何？則又應加以探討也。茲述書院之課程教材教法與考試焉。

（一）課程與教材

書院所用教材，古時多無記載。前人所著書院制度之書，明代以前亦無系統敘述，蓋史料不全也。按朱子〈跋白鹿洞所藏漢書〉云：「子和五世祖磨勘府君式，南唐時讀書此洞，……今子和弟子徵之家，尚藏其手抄《孟子》、《管子》書，云是洞中日課也。」[118]是明言以《孟子》、《管子》書為日課之最早見者。蓋漢朝精廬精舍多為經生

---

118 〔原註〕見《朱文公文集》。

所處，其所教所學無非經書。白鹿洞南唐時建為國學，以國子監九經
李善道為洞主。[119]是知南唐書院所習，仍以經書為主而兼及子書也。
大抵漢朝以後官私學，主習儒家經典，書院亦不例外。觀其歷來主持
人及藏書可知。馬令《南唐書》云：朱弼精究五傳，旁貫數經，授國
子助教，知廬山國學。[120]《續通考》云：嵩陽書院，五代時建，宋太
宗賜額及印本九經書疏。王應麟《玉海》云：白鹿洞書院，宋太平興
國三年，知江州周述請賜九經肄習之，詔從之。淳熙八年，朱熹疏
請賜國子監經書。嶽麓書院咸平二年，潭州守李允請下國子監賜諸經
釋文義疏、《史記》、《玉篇》、《唐韻》，從之。應天府書院戚同文通五
經業。《元史》稱：敬孫嘗著《易象占》、《尚書補遺》、《春秋類例》，
仁榮承其家學，又師玨、天瑞[121]，治《易》、《禮》、《春秋》，而工為
文章，用薦者署美化書院山長。[122]張顯從學王柏於上蔡書院，潛心六
經、《語》、《孟》傳註以及周、程、張氏之微言。[123]鄭玉覃思六經，
尤邃於春秋，學者構師山書院以處。[124]

　　明王陽明舉知行本體證之五經，發大學萬物同體之旨。[125]湛甘泉
教學者先看《論語》，次《大學》，次《中庸》，次《孟子》。讀文須誦五
經，看詩當看三百篇。[126]《明史》稱：姚鏌立宣城書院，延五經師以
教士子。[127]段堅創志學書院，講說五經要義及濂洛諸儒遺書。[128]龐嵩

119 〔原註〕見陳舜俞〈廬山記〉及盛引〈白鹿洞志〉。
120 〔原註〕盛書引。
121 【編案】楊玨、陳天瑞，見《元史》，卷190，〈儒學二〉。
122 〔原註〕〈周仁榮傳〉。
123 〔原註〕〈張顯傳〉。
124 〔原註〕〈鄭玉傳〉。
125 〔原註〕《年譜》。
126 〔原註〕見其〈西樵大科書院堂訓〉。
127 〔原註〕本傳。
128 〔原註〕本傳。

早遊王守仁門，淹通五經，集諸生新泉書院，相與講習。[129]東林會約儀式稱：「每會推一人為說《四書》一章，此外有問則問，有商量則商量。」[130]《清會典》稱：擇經明行修，足為多士模範者，以禮聘為書院長。[131]《九朝東華錄》及《清通考》稱：康熙二十五年，御書「學達性天」額給白鹿洞書院、嶽麓書院，並頒御纂《日講解義》經史諸書。[132]習齋建書院有經史一齋。《續碑傳集》稱：阮元創詁經精舍、學海堂，課以經史疑義。[133]宗湘文建辨志精舍，專課經學[134]。經典而外，朱子又嘗見鐘山書院書中有釋氏書。[135]朱熹又刻《和靖帖》、《包孝肅詩》，伊川與道輔帖及古人書文於白鹿洞書院，蓋為輔助讀物，並非正課，刻象山《義利講詞》亦然。[136]趙復主太極書院，以程朱而後其書廣博，學者未能貫通，乃原羲、農、堯、舜所以繼天立極，孔子、顏、孟所以垂世立教，周、程、張、朱氏所以發明紹續者，作〈傳道圖〉，而以書目條列於後，別著《伊洛發揮》以標其宗旨。以朱子門人作〈師友圖〉，取伊尹、顏淵言行作《希賢錄》。[137]蓋乃自編講義大綱者歟？薛瑄講習濂、洛諸書，嘆為問學正路。[138]段堅講說五經要義及濂、洛諸儒遺書。[139]黃梨洲先生云：明人講學，襲語錄之糟粕。[140]是為明人講學所本也。《續碑傳集》稱：李兆洛刊明人

---

129 〔原註〕本傳。

130 〔原註〕盛書引

131 〔原註〕引見盛書。

132 〔原註〕盛書引。

133 〔原註〕李元慶〈阮文達公事略〉。

134 〔原註〕繆荃孫〈中書銜處州府學教授黃先生墓志銘〉

135 〔原註〕《宋元學案》。

136 〔原註〕見《朱文公文集》。

137 〔原註〕《元史．趙復傳》。

138 〔原註〕《明儒學案》。

139 〔原註〕《明史．段堅傳》。

140 〔原註〕盛引《先正事略．黃梨洲先生事略》。

《舉業筌蹄》，頒為楷法，敎讀《通鑑通考》以充其學。選定《史記》、《漢書》、《春秋繁露》、《管子》、《荀子》、《呂氏春秋》、《商子》、《韓非子》、《賈子新書》、《逸周書》、《淮南子》目錄以博其義，擇其才者敎作詩賦、經解、策論。是又清人所以敎者也。其他有言藏書若干千卷百卷者，但未言明何書，要皆為課外讀物歟？

上述各例多無系統敘述，至元時程端禮創讀書分年日程，為官私學所採用。《元史》稱：端禮所著有《讀書工程》，國子監以頒示郡邑校官，為學者式。按元時書院多為官立，為郡邑學之列，自亦採用也。清康熙時陸隴其宰靈壽，刊呈督學，分給諸生，跋云：《讀書分年日程》三卷，當時曾頒行學校，明初諸儒讀書大抵奉為準繩。[141]《清會典》《事例》〈乾隆二年諭〉稱：書院中酌倣朱子白鹿洞規條立之儀節，以檢束其身心。倣分年讀書法，予之程課，使貫通乎經史。[142]又劉伯驥氏所著《廣東書院制度沿革》一書，由該省縣志歸納結果稱：功課日程，皆遵程端禮《程氏家塾讀書分年日程法》。是則書院課程，實已由程氏讀書日程而系統化。該日程稱：八歲未入學之前讀《性理字訓》，自八歲入學之後讀小學書正文。小學書畢，次讀〈大學〉經傳正文，次讀《論語》正文，次讀《孟子》正文，次讀《中庸》正文，次讀《孝經》刊誤，次讀《易》正文，次讀《書》正文，次讀《詩》正文，次讀《儀禮》並《禮記》正文，次讀《周禮》正文，次讀《春秋經》並三《傳》正文。十五歲以前讀畢。自十五志學之年，即當尚志為學，以道為志[143]：

---

141 〔原註〕附見該讀書分年日程後。

142 〔原註〕盛書引。

143 〔原註〕劉氏據廣東書院情形，謂以下為大學性質，為書院所採用。

讀《大學章句或問》

次讀《論語集註》

次讀《孟子集註》

次讀《中庸章句》、《或問》

次鈔讀《論語或問》之合於《集註》者

次鈔讀《孟子或問》之合於《集註》者

次讀本經（《周易》、《尚書》、《詩》、《禮記》、《春秋》）。

《四書》本經既明之後：

看《通鑑》

次讀韓文

次讀《楚辭》

至此「約纔二十歲或二十一二歲」。溫索以前所習外：

學作文

學文之法

作科舉文字之法：

讀看近經問文字九日作一日

讀看近經義文字九日作一日

讀看古賦九日作一日

讀看制誥表章九日作一日

讀看策九日作一日

觀上所列，可知為一課程大綱，而所用教材亦從而見矣。程氏並有刊印日程空眼簿式如下：

讀經日程 詳見工程 專治一書　　　年　　　月　　　日生員

一	早令倍讀冊首已讀書至 昨日書一遍太長則分	起					止
一	面試倍讀 昨日書	起					止
一	面授本日書計字數以約大段分細段令朱記段 數每細段面令讀正過句讀字音面說正過文義	起					止
一	令每細段先看讀百遍即又倍讀百數足挑試倍讀倍 說過面墨銷朱記後段如前段足令通作大段倍讀試過	起					止
一	挑試夜間 已玩索書	起					止
一	面授說已讀書就令 反覆說大義面試過	起					止
一	隻日之夜玩 索已讀書	起	止	又玩索 性理書	起		止
一	雙日之夜以序倍讀 凡平日已讀書一遍	起	止	又溫讀 性理書	起		止
一	令暇日放定本點 句讀圈發字音	凡書忘記處朱 記即補執墨銷					

讀看史日程 五日一周 詳見工程　　　年　　　月　　　日生員

一日	以序倍讀四書 經註或問一遍	以序倍讀 經　正　文	夜讀看性 理書並溫
一日	以序倍讀本 經傳註一遍	以序倍讀 經　正　文	夜讀性理 書　並　溫
一日	看讀說 記通鑑	參合 看史	夜放點史 考　釋　文
一日	看讀說 記通鑑	合 春史	夜溫 記史
一日	看讀說 記通鑑	參合 看史	夜溫 記史
	日填 起止		

讀看文日程 六日一周 詳見工程　　　年　　　月　　　日生員

一日	以序倍讀四書 經註或問一遍	以序倍讀 經　正　文	夜考索制 度治道書
一日	以序倍讀本 經傳註一遍	以序倍讀 經　正　文	夜考索制 度治道書
一日	溫記 通鑑	以序倍讀 經　正　文	夜考索制 度治道書
一日	讀看玩 記文法	溫記 文法	夜鈔點 抹截文
一日	讀看玩 記文法	溫記 文法	夜鈔點 抹截文
一日	讀看玩 記文法	溫記 文法	夜鈔點 抹截文
	日填起止及 所考所鈔		

讀作舉業日程　　　年　　　月　　　日生員

一日	以六日 以早之 序倍讀 四書本 經傳註 或問 三日之 早溫經 騷韓文		以九日 之飯後 讀看頭 場文字 以性理 制度治 道故事 周而 復始		以九日 之 夜隨 三場 四類 編鈔 格料 批點 抹截	
一日						
一日						
一日						
一日						
一日						
一日						
一日						
一日						

一日　以全日作頭場文
日起填止及所讀看鈔點詳見工程

夜改所作

是又為一系統之功課表也

　　自元以後，採用程氏日程者既眾，當亦有增省改變之處。大約考課式之書院中採用此項日程者多。若會講式書院，已為學者聚會性質，乃討論高深問題者。要無此項日程之限定，即有，亦經個人參酌修改也。如前引〈東林會約〉，推人說《四書》一章，此外，發問討論而已。其他學派宗師鉅子所立書院，要亦自有規劃，不為《程氏日程》所囿。如顏習齋所立書院，除經史外，又有文事武備、藝能、理學、帖括等科，阮元詁經精舍又及小學、天文、地理、算法[144]是也。亦有因以時需，而定其教材者，如蔡忠襄講學三立書院，是時寇亟，所講乃及軍政軍器之屬。[145]清朝末年，外侮日亟，書院內容已大改革，如求是書院則授算學、西文，各種西學。[146]其提倡書院應授實用之學者，如胡聘之〈奏請變通書院章程〉稱：「研究經義以窮其理，博通史事以觀其變。由是參加時務，兼習算學，凡天文、輿地、農務、兵事，與夫一切有用之學，統歸格致之中，分門探討，務臻其奧。」張汝梅、趙維熙奏稱：「書院肄業舉人邢延萊等聯名呈懇自籌款項，創建格致實學書院，延聘名師，廣購古今致用諸書分門研習，按日程功，不必限定中學西學，但期有裨實用，如天文、地輿、吏治、民法、格致、製造等類。……」則已近乎後來學校之課程矣。後來書院改為學堂學校，實已由書院課程改革為其先聲也。

（二）教法與考試

　　書院所採教法，自明以前未見其詳。大約我國自古以來，教法因

---

144 〔原註〕見前。

145 〔原註〕《碑傳集》，全祖望〈陽曲先生事略〉。【編案】陽曲先生即傅山，蔡忠襄即蔡懋德。

146 〔原註〕見前。

六藝性質而分[147]，不外講解、練習二法為主。自《四書》體裁觀之，則有問答法及討論法。此四法者固最能自然產生而以應用者也。後代六藝變為經書之誦習，教法蓋局於講解、諷誦（練習法之狹用），五代、南唐之書院，殆亦如此耶？

宋代書院教法，雖無系統之記載，而《宋元學案》稱：傅子雲成童登象山門，以其少，使先從鄧文範，尋晉弟子之位。應天山精舍成，學者坐以齒，先生在末席，象山令設一席於旁，時命先生代講。[148]又稱：鄧文範在槐堂中稱齋長。有求見象山者，象山或令先從先生問學。[149]《明儒學案》稱：陽明教法，先使高第弟子教初至士子，而後與之語。按東漢馬融嘗使高業弟子相授，此制擴而充之，殆亦後來西人所謂之導生制、蘭加斯德（Lancaster）領班制歟？《明史》稱：湛若水築西樵講舍，士子來學者，先令習禮，然後聽講。[150]殆有學前之準備矣。此期教法仍以講解為主。而取《象山語錄》、《朱子語類》觀之，殆亦兼用討論法也。

就大概言之，書院講授方式，實可大別為三，即宣講、會講、考課也。述之如下：

1　宣講

此乃以演講方式出之；又有臨時性質者，如朱子邀請象山往白鹿洞講君子小人義利之辨是也。《宋史》稱：黃榦入廬山訪李燔、陳宓，講乾坤二卦於白鹿書院，山南北之士皆來集。[151]劉伯驥《廣東書

147　〔原註〕禮、樂、射、御偏重練習，書、數則講解練習兼之。

148　〔原註〕見〈槐堂諸儒學案〉。

149　〔原註〕同上。

150　〔原註〕〈湛若水傳〉。

151　〔原註〕本傳。

院制度沿革》稱：「雍正年間，藍鼎元在棉陽書院開講。先期二日編定司講三人、司贊二人、司儀二人、司爵五人、司祝一人、司記二人、司賓四人，司鐘、司鼓各一人，歌童四人、樂人四人。先期一日，練習儀禮。四方人士欲聽講者，先向司賓報名。諸生缺席，亦要先向學長告假。翌晨，官師既至，司贊唱排班分班，就位既畢，又唱宣明白鹿洞規條，配以鼓樂。然後登堂宣講，正襟危坐，朗聲宣述所擬第一章講義。……講畢依禮復位。由童子上堂歌詩。……經依次講貫三章之後，司贊唱質疑問難。……質疑已畢，命題課試，諸生次日構思，……」

此種講式，因係公開演講性質，初多請大儒臨時為之，故院外人士亦可來聽。至劉氏所記藍鼎元棉陽書院開講，蓋亦成隆重之講座歟？

2 會講

會講之風，明季書院最盛。若陽明歿後，弟子患同門聚散無期，而設為講會者甚眾：門人薛侃築祠天真山麓，與同門講會。鄒守益與劉邦采等建書院於壽巖，定期講會。史際建嘉義書院於溧陽，延四方同志講會。呂懷建大同樓於新泉精舍，設師像合講會。緒山、龍溪所在講學，有水西會、同善會、君山會、光岳會、九龍會、復初會。前已言之矣。《明史》稱：錢德洪既廢，周遊四方講良知學，以守仁高第弟子為人所宗；陳正道為建安訓導，年八十餘，猶徒步赴五峰講會。[152] 《明儒學案》稱：王心齋開門授徒，遠近皆至，同門會講者，必請先生主席。胡敬齋與鄉人婁一齋、羅一峰、張東白為會於戈陽之龜峰，餘干之應天寺。張元冲闢正學書院，與東廓、念庵、洛村、楓潭聯講會。顧憲成東林書院成，大會四方之士。耿庭懷復虞山書院，

---

152 〔原註〕〈錢德洪傳〉。

請涇陽主教，太守李右諫、御史左宗郢先後聚講於書院。呂涇野正德末家居，築東廓墅，以會四方學者。別墅不能容，又築東林書屋。張志仁以取友未廣，南結會於香山，西結會於丁塊，北結會於大雲，東結會於王遇，齊魯間遂多學者。徐階為講會於靈濟宮，使南野、雙江、松溪分主之。又稱：歐陽德號南野，癸丑甲寅間，京師靈濟宮之會，先生與徐少湖、聶雙江、程松溪為主盟。學徒雲集至千人，其盛為數百年所未有。王之士赴都門講會，與諸老先生相問難。《明史》〈陳子龍傳〉稱：蘇州高才生張溥、楊延樞等慕東林講習之盛，結文會名復社。夏允彝與同邑陳子龍、徐孚遠、王光承等，亦結幾社相應和。《碑傳集》稱：成我存督關南贛，贛州知府孔覺所，經歷毛倬人及宿儒彭受之，相與即濂溪書院為講學之會。是講會之風直至清朝也。按此項講會亦有儀式，《東林書院志》所列東林會約儀式凡十一條，規定會期，每年一大會先半月遣帖啟知，每月一小會則不遍啟。規定開會各種儀式禮節。大會每年推一人為主，小會每月推一人為主，周而復始。規定迎賓赴會禮節。每會推一人說《四書》一章，此外有問則問，有商量則商量，又定發言秩序、歌詩休息，約束從者。設門籍、設茶點、定席餐、定會拜。[153]

由上可見採用會講之書院，赴會者多為已有成就之學者。所稱計有宗師高業弟子、四方之士、四方學者、太守御史、諸老先生、同志、高才生。每會主席又為推選。此與歐洲最初之大學相似；歐洲最初之大學，參加者皆為已有相當成就之學者。並無嚴格之教授學生身分，聽講時為學生，被推為主講時即為教授，依各人所具專長而轉移。會講書院正亦如之。而其講問商量，則又如今日所稱之討論會矣。

---

153 〔原註〕詳見盛書。

3 考課

　　考課之法盛行於清，由各項記載知之。《續碑傳集》稱：董覺軒儲高才生於書院，一月六課，親為批削。[154]尊經書院、惜陰書院故事，月二日課於官，給膏火銀頗厚。山長課以月十六日，十八外無所給。[155]葉維庚整理新喻緱山書院，延山長課之。修葺寶應畫川書院，旬月必親課試。涖江陰，每以課士至暨陽書院。[156]汪孟慈修葺覃懷書院，每值課期，必在院終日。[157]。常熟游文書院，每月兩課。[158]李兆洛得主暨陽，月一小課，必鎖院面試，限刻繳卷。[159]賈大夏治鎮遠，以自愛書院試卷，皆親為點竄，如塾師之訓弟子，又選其尤者加課。[160]《碑傳集》稱：阮元撫浙建詁經精舍，與孫星衍、王昶迭主講，命題課業，問以經史疑義，旁及小學、天文、地理、學法、詞章。[161]其他更不勝枚舉。劉伯驥氏述之較詳云：粵秀書院每月逢二八日上堂講書，不拘四書五經諸史，聽院長抽閱發問。廣雅書院每月逢初一，院長登堂。候諸生繳呈功課簿，極少講書。諸生讀書功課簿如有疑問，臨時答之，複雜則攜回批答。學海堂考課，每季孟月初旬，公擬題目，定期請題，輪赴督憲學三署呈憲裁定。俟發出題目，即刊刷公布。每發題紙，注明月日在學海堂收卷，屆期辰初起收，酉正截收。各卷收回管課學長寓所，核明封固備繳。收卷設號簿，每卷給票為憑。收卷發出分閱，約期彙齊，公集堂中互閱，各無異議，即列擬取名單存查，

154　〔原註〕董繼祺〈知州銜封朝議大夫江西建昌知縣董府君行狀〉。

155　〔原註〕顧雲〈桑根先生行狀〉。

156　〔原註〕李兆洛〈泰州知州葉君行狀〉。

157　〔原註〕劉文淇〈道銜懷慶府知府汪君墓表〉。

158　〔原註〕孫原湘〈王三傳〉。

159　〔原註〕蔣彤〈養一子述〉。

160　〔原註〕徐士芬〈貴州鎮遠府知府賈君墓志銘〉。

161　〔原註〕阮元〈山東糧道孫君星衍傳〉。

仍封固俟送。有擬選刻者，列選單彙交管課處核定，發榜後鈔存備刻。擬取之卷，送進憲署裁定。未取之卷，另為一函，隨同全繳。課榜課卷發出，原榜貼學海堂，司堂抄一張另貼。並鈔存取錄名冊。榜內另紙。明某時在學海堂發給膏火。屆期憑卷票發給。[162]

　　月課之外又有日程，諸生各造功課程簿一本，將按日所讀之書記上，每逢月朔清晨迎香畢，命諸生將程簿呈上，院長或憲官親加翻閱，隨抽默數行。功課日程，皆遵程端禮《程氏家塾讀書分年日程》。依程度置用讀經日程簿、讀看史日程簿、讀看文日程簿、作文日程簿。刻印所定功課日程於其上，憑以用功。開講時繳於師前，抽節試驗，親筆勾銷，復標所授起止於簿。[163]此項功課日程簿，殆亦類於後來西人道爾頓制（Dalton Plan）之工約歟？

　　總上以觀，書院所教，原以經、史、子、理學書為主，晚期則兼重天文、地理、算法，以及各種實用西學。要皆因時而有所偏重。教法方面，由於書院富於講學自由，其所發明採用亦多有能合現代理想者。是又不可忽略矣。

五　書院之施教人與受教人

　　書院初期，類多名儒宿學於政府學校之外，特別設教。或絕意仕祿，教授為業；或有心世務，振興名教。前者如戚同文，後者如朱晦庵是也。院中生徒程度職業，史籍並無詳細記載。宋時書院多為避科舉而設，其生徒殆亦有志於學，而不屑於制藝者歟？茲就盛朗西《中國書院制度》一書所收，大略列表明之。此等書院，要皆經過歷史淘汰，而留存於史傳者，其代表性又如何耶？

162　〔原註〕詳《廣東書院制度沿革》。

163　〔原註〕同上。

（一）宋代書院

出處	人名	院名	職別資歷	生徒
《宋史》	朱　熹	白鹿洞書院		
	李　燔	白鹿洞書院	堂長	
	張　洽	白鹿洞書院	長	
	魏了翁	鳩山書院		
	何　基	麗澤書院	山長	
	王　柏	麗澤書院	師	鄉耆德皆執弟子禮
	鄧　道	湘江書院	山長、迪功郎	
	錢　時	象山書院	主講席	
	陽　漢	象山書院	堂長	
	徐元杰	延平書院		
	歐陽守道	白露洲書院		
	胡安之	張栻書院	宿儒	
	王　燭	上蔡書院	山主	
	歐陽守道	嶽麓書院	副山長	
	劉清之	臨蒸精舍		
《宋元學案》	鍾如愚	南嶽書院	山長	
	陳　埴	明道書院	幹官兼山長	
	程榮秀	明道書院	山長	
	蔡　權	廬峰書院	山長	
	程若榮	武夷書院	山長	
	袁　桶	麗澤書院	山長	
	馬端臨	慈湖、柯山書院	山長	

出處	人名	院名	職別資歷	生徒
《宋元學案》	孔元龍	柯山書院	山長	
	劉辰翁	濂溪書院	山長	
	黃績	涵江書院	山長	
	汪計建	石峽書院		
	陸象山	應天山精舍		
	張庶	嶽麓書院		
	徐幾	建安書院	山長	
	袁甫	象山書院		
	馮興宗	象山書院	堂長	
	劉南甫	白鷺書院[164]		
	許魯齊	上蔡書院		
	周行己	浮沚書院		
	輔潛庵	傅貽書院		
	陳普	雲莊書院		
	夏溥	安定書院	山長	
	袁哀	安定書院	山長	
	程茗庸	安定書院	山長	
	蔡和	東湖書院	堂長	
	劉希泌	化龍書院		
	趙勝孫	學道書院		
	薛絨	玉淵書院		
	楊子謨	雲山書院		

---

164 【編案】本欄原缺，今據《宋元學案》，卷70，〈滄洲諸儒學案下〉〈縣令劉月澗先生南甫〉之王梓材案語補。

出處	人名	院名	職別資歷	生徒
《宋元學案》	曹漢炎	慈湖、杜州書院	堂長	
	黃戁庵	杜洲書院		
	衛富益	白社書院		
	陸梭山	石林書院		
	程茗庸	臨安書院		
	袁絜齋	樓氏精舍		
	熊　禾	洪源、鰲峰書堂		
	歐陽新	嶽麓講書		
	鄧約禮	槐堂	齋長	
	傅子雲	象山書院		

(二) 元代書院

出處	人名	院名	職別	生徒
《元史》	黃　澤	景星東湖書院	院山長	
	陳　孚	上蔡書院	院山長	
	于文傳	慈湖書院	院山長	
	曹　鑑	淮海書院	院山長	
	胡炳文	明經書院	院山長	
	周仁榮	美化書院	院山長	
	趙　復	太極書院		
	同　恕	魯齋書院		
	謝一魯	石林書院	山長	
	鄭　玉	師山書院		
《宋元學案》	貢　奎	齊山書院	山長	

出處	人名	院名	職別	生徒
《宋元學案》	任士林	安定書院	山長	
	周 棐	鄮山宣公書院	山長	
	祝 蕃	南溪書院	山長	
	張 理	勉齋書院	山長	
	胡石塘	西湖書院	山長	
	范祖幹	西湖書院	山長	
	趙介如	雙溪書院		
	葉審言	明正書院	山長	
	戚象祖	和靖書院	山長	
	黃叔英	和靖、采石書院	山長	
	程端禮	稼軒、江東書院	山長	
	歐陽龍生	文靖書院	山長	
	桂彥長	包山書院	山長	
	鮑 深	師山書院	山長	

（三）明代書院

出處	人名	院名	職別	生徒
《明史》	湛若水	西樵精舍		
	顧憲成	東林書院		
	高攀龍	東林書院		
	鄒元標	首善書院		
	劉宗周	證人書院		
	陶 安	明道書院	山長	
	夏時正	西湖書院		

出處	人名	院名	職別	生徒
《明史》	何景明	正學書院		
	李　中	五經書院		
	王宗沐	白鹿洞書院		
	胡居仁	白鹿書院		
	陳邦瞻	淦陽書院		
	李　敏	紫雲書院		
	段　堅	志學書院		
	鹿　嵩	新泉書院		
	呂　柟	解梁書院		
	劉　觀	養中書院		
	鄒守益	復初書院		
	歐陽德	龍津書院		
	朱　廉	釣臺書院	山長	
	藍　仁	武夷書院	山長	
	張　羽	安定書院	山長	
	唐　肅	黃岡書院	山長	
	蔡汝南	石鼓書院		
	焦　竑	崇正書院		
	熊　鼎	龍溪書院	山長	
	魯世任	天中書院		
	祝萬齡	定惠書院		
	曾　鼎	濂溪書院	山長	
	崔　銑	複渠書院		
	呂維祺	芝泉書院		
	王承裕	弘道書院		

出處	人名	院名	職別	生徒
《明史》	馬　理	嵯峨精舍商山書院		
	紫　鳳	天真書院	主教	
	程文德	蒼梧書院		
	應　典	五峯書院		
	盧可久	五峯書院		
《明儒學案》	杜惟熙 徐用檢	崇正書院	主教席	
	張後覺	願書、見太書院		
	錢德洪	（所在講學）		
	王　畿	（所在講學）		
（按：有與《明史》重複者，此處從略）				

（四）清代書院

出處	人名	院名	職別	生徒
《碑傳集》	張伯行	請見書院	禮部尚書	
	王世勳	鐵潭書院	知縣	
	冉蟬庵	嵩陽書院	鄉試第一	
	竇容恂	紫陽書院	知府	
	陳壽祺	清源鼇峯書院	掌教、 翰林院編修	
	成我存	濂溪書院		
	孫酉峰	閩中書院		
	高彙旃	東林書院		
	施虹玉	紫陽書院		
	邵念魯	姚江書院	主講席	

出處	人名	院名	職別	生徒
《碑傳集》	鄭　江	敷文書院	主	
	董　沛	辨志、崇實書院	知縣	
	顧　鎮	金臺、游文、白鹿、鐘山書院	設教	
	錢大昕	鐘山書院	主、少詹事	
	孫星衍	詁經精舍	主講、山東糧道	
	王　昶	詁經精舍	主講、少司寇	
	王敬心	陽明、龍岡、江漢書院		
	原承猶	橫渠、堯山書院	山長	
	楊　鸞	堯山書院	主講席	
	王　軒	宏運令德書院	主講席	
	顧光旭	東林書院	主	
	蔡勤公	鼇峯書院	主	
	蔣士銓	蕺山書院	主	
	竇克勤	朱陽書院		
	沈可培	雲門、濼原、鴛湖書院	主、知縣	
	姚　鼐	梅花、鐘山、敬敷書院	主	
	王元啟	道南書院	知縣	
	唐　瑩	廬陽書院	主	
	張德巽	秀峰書院	主講、翰林院庶吉士	
	劉作垣	酒泉書院	掌教	

出處	人名	院名	職別	生徒
《碑傳集》	劉融齋	龍泉書院	主講席、 左春坊左中允	
	邵齊燾	龍山書院	主、 翰林院編修	
	盧文弨	龍城書院等	翰林院侍讀學士	
	李聯琇	師山書院	主	
《續碑傳集》	黃以周	南菁講舍	主講、 府學教授	
	俞樾	紫陽、求志、 龍湖書院	主講、 翰林院編修	
	朱一新	詁經精舍、端溪、 廣雅書院	山長、 監察御史	
	薛時雨	尊經、惜陰書院	主	
	汪喜荀	覃懷書院	知府	
	李兆洛	暨陽書院	主講	
	呂璜	榕湖經舍		
	沈寶麟	九峯、泰州書院		
	李嘉瑞	關中、蓮池書院	主講	
	鄧湘皋	朗江、濂溪書院	主	
	鄧獻甫	榕湖書院		
	鮑源深	上海書院	主講	
	李用清	晉陽書院	主講、 巡撫	
	唐鏡海	金陵書院	主講	
《先正事略》	張夏	東林書院	主講席	
	史子虛	姚江書院	主	

出處	人名	院名	職別	生徒
《先正事略》	韓仁父	姚江書院	主	
	毛奇齡	露洲書院	設講	
	陳亦韓	紫陽書院等	師	
	黃宗羲	證人書院等		
	李二曲	關中書院		
	李恒齋	嶽麓書院		

按以上乃就盛書材料主要之來源刪其重複而分列者，引自其他各書者，零星不多，故不贅列。從上觀之，彼等或出正史，或列學案，或有碑傳，或稱先正。固為一代碩儒無疑矣。然此能否代表各代書院師資實際情形，仍屬可疑，而不可遽謂：「主持者，要皆為一代大儒。」「山長皆一時之選」也。蓋此中仍有「取樣」[165]是否周遍一問題存也。劉伯驥氏於所著《廣東書院制度沿革》就廣東各縣考得：宋代九山長，學歷可考者五人，皆為進士，二人有著作。元山長十八，二人有著作。學歷可考者，十四為進士，十二為舉人，五人為貢生。解元、副榜、庠生、廩生各一人。清山長五百十五人，有著作者二百二十八人。學歷可考者，舉人百九十八人，進士百五十人，貢生七十六人，翰林三十三人，副榜十八人，生員十三人。就以上情形觀之，蓋有常態分配之勢，其最優與最劣者皆占較少數。大略言之，各代書院主持人，以宋明具理想者較多，蓋其時理學興盛，書院多為自由興創，非有理想者難與焉。元山長列入官制，以下第舉人為之，雖亦有宿學名儒主持其間，而景況已下矣。清時書院多為考課者，且各省府州縣普遍設立，雖有大師主講其間，然就全況言之，究屬少數。唯經明行修，足為多士模範者亦不乏其人。

---

165 〔原註〕統計學名詞，指取事物之一部，察其結果，以概其全。

　　若山長之聘任：宋時書院多為學者自闢以講學，故多由自主。如輔潛庵歸築傅貽書院教授，是也。私人創設，另聘有道之士主之者有之。如葉夢得建石林書院，延盧玉溪、陸梭山講學其中是也。官吏延請者有之，如九江守請李燔為白鹿書院堂長是。亦有由上命者，如度宗詔王爐充上蔡書院山主是。亦有官吏建而自教者，如薛緻知黎州，築玉淵書院以講學是也。[166]

　　元代書院，私立者除建者自教或延聘山長外。其官立者，命於禮部、行省，及宣慰司。[167]

　　明代書院，多自闢講學者，私人官吏皆有。自主或延請山長外，其會講者，多為推選方式。

　　清時書院山長，多用禮聘。清會典事例云：書院之長，必選經明行修，足為多士模範者，以禮聘請。[168]劉伯驥氏就廣東書院情形，謂清乾隆以後，自闢山堂者絕對沒有云。

　　總上以觀，書院教席不外闢者自主、延聘、官命、吏兼、推選數方式。然亦可謂備矣。

　　書院生徒程度，記載甚少。《宋史》稱：魏了翁築室白鶴山下，開門授徒，士爭負笈從之。王柏為麗澤、上蔡二書院師，鄉之耆德皆執弟子禮。黃榦講乾坤二卦於白鹿書院，山南北之士皆來集。《明史》稱：段堅創志學書院，聚秀民講說。何景明遴秀者於正學書院，親為說經。耿定向遴十四郡名士讀書崇正書院。所謂「士」、「鄉之耆德」、「秀民」、「名士」，蓋皆已有相當程度也。若會講之書院，則已為學者之聚會矣。各派宗師門下，弟子程度則甚複雜。《王文成年譜》云：在貴陽，提學副使席元山身率貴陽諸生以師禮事守仁。在

166　〔原註〕以上見《宋元學案》。

167　〔原註〕見《元史》〈選舉制〉。

168　〔原註〕盛書引。

贛，四方學者輻輳不容能，乃修濂溪書院居之。在越，郡守南大吉以座主稱門生。闢稽山書院，聚八邑彥士。董蘿石能詩聞於江湖，年六十八來遊會稽，納拜先生。是則陽明門下，有官吏、有座主、有年老詩人，有四方學者、八邑彥士，可稱盛矣。若清末求是書院，由地方紳士保送年二十以內之舉貢監生，飭據總辦考取覆試接見詢問，擇其誼行篤實，文理優良，究心世務，而無嗜好者，送院肄業。[169]其選擇則頗嚴格也。然書院招收生徒，要無統一標準，或嚴或寬，各有不同。大約無不端之行，自量程度適合者多能入讀。由前人所定學規觀之可見也。藍鼎元〈棉陽書院學規〉云：「凡不孝不友，非議時政，包攬詞訟，敎唆健訟，姦酗是恣，誆人財物，信佛念心咒者，毋入吾門。凡妒忌刻薄、欺詐賭博、強橫口舌、攬糧等過不悛者，逐之。」此外大體皆能遵循有敎無類之古傳統焉。

書院生徒程度不一已略見於上。大抵因座主聲望學行而異，而多為研讀較高深課程者則一。然若清朝書院普遍設立，縣邑以下書院山長，只能以舉貢生員充之者甚多。其生徒程度蓋又可想見矣。

六　書院之經費

書院經費，包括每年經常費，臨時建置費二項。其主要來源約有官產、私捐、及官捐俸祿三種。其最後一種以祠祿為最著。而歷史悠久，所歷朝代甚多之書院，則其經費來源，又幾乎各種俱備，如白鹿洞書院是也。《廬山志》稱：南唐昇元中，建學館號廬山國學。宋太平興國二年，詔從知江州周述請俾國子監，給印本九經，號白鹿國學。淳熙六年，朱熹守南康軍，訪白鹿洞遺址中明尚書省及禮部，檄

---

169 〔原註〕《續清朝文獻通考》〈學校考〉「書院條」。

教授楊大法、縣令王仲傑董建書院，援嶽麓書院例，疏請勅額，並高宗御書石經與監本九經。八年九月，朱子由浙東提舉遺錢三十萬，屬郡守錢聞詩建禮聖殿並塑像置洞田，軍守朱端章加板壁繪從祀諸賢像，置洞田。嘉定十四年，郡守黃桂重建聖殿，置洞田，詔定中，軍守史文卿建五經堂等處。淳祐中，軍守陳洽建友喜堂等處。咸淳間，軍守劉傳漢增置貢士莊。元至元間，南康路總管陳炎西繕修書院。大德間郡守崔翼之增置上壤田百畝。元末兵燬書院。明正統元年翟溥福守南康，捐俸重修，天順二年，南康守陳敏政修葺。成化二年，提學李齡命知府何濬重修，並捐置田畝。七年，提洞徐懷置洞田。弘治八年，提學蘇葵重修書院，十三年，陳銓提學蘇葵增置田，十四、十六年，提學邵寶置田。正德十四年，提學唐錦置田。十六年，巡按南贛王守仁增置學田。嘉靖元年，知府羅輅興葺書院。四年，巡按徐岱有建置。九年，知府王溱有建置。二十七年，參政張元冲置田。三十年，御史曹汴有建置。三十二年，御史蕭端蒙置田。三十四年，永豐瑞昌二王府朱厚鑵、朱拱各輸田入洞。三十六年，提學王宗沐有建置。三十九年，巡撫何遷有建置。四十三年，分守道馮謙重修書院，清洞田，置書籍。萬曆六年，提學江以東有建置。七年，禁偽學，燬天下書院，售建昌縣田千餘畝，尚餘千餘畝備祭祀。十一年，巡道王橋請復書院田地、山塘並修理。十九年，知府田琯有建置。四十二年，參議葛寅亮大修書院。清順治四年，知府李長春遷去，知府薛所習、推官范祁、知縣黃炳坤捐置洞田有建置。康熙元年，巡撫張朝璘復修書院，六年，推官宋雅醇、巫之彎有建置，汪士琦置洞田。七年，巫之彎、星子知縣王秉坤有建置。九年，知府廖文英有建置。十六年，知府倫品卓大修祠宇。二十二年，巡撫安世鼎重修書院。二十四年，疏請國子監十三經、二十一史。五十一年，知府葉謙、提學冀霖均有建置。雍正四年，巡撫裴倖度有建置。乾隆十年，參政李根雲

有建置。二十一年，巡道任蘭佑捐廉重修。道光三年，知府狄尚綱請增書院膏火。十一年，都昌陳尚忠有捐置。十三年，都昌吳應詳、吳俊均有捐置。十八年，都昌余泰捐修書院。二十年，知府邱建猷請增膏火。咸豐七年，星子舉人潘先珍有建置。同治五年，知府黃廷金修理院宇。八年，知府劉清華修葺殿宇。九年，知府盛元有建置籌經費。光緒九年，學使陳寶琛撥款修理又籌經費增學額，宣統二年，提學習王同愈開辦林業學校於鹿洞。今為農業專科學校演習所事務所。

由上觀之，其經費來源，大部出自官產外，凡官捐俸祿，私人捐置，官私合置田畝，莫不皆備也。茲就上列各種形式，分述書院經費來源如下：

（一）官產

宋初四大書院經費來源，大部多出官產。若白鹿洞書院者，已述之如上。他如嶽麓書院，開寶九年，潭州守朱洞作講堂五間，齋序五十二間於嶽麓山抱黃洞下。咸平二年，潭守李允益擴大之，中開講堂，揭以書樓，塑畫先師賢哲像，請下國子監書。祥符五年，太守劉師道廣其居。應天府書院，景祐二年，以書院為府學，給田十頃。嵩陽書院，至道二年，賜院額及印本九經書疏，祥符三年，賜九經。[170]
而《續通考》稱：自白鹿、石鼓、應天、嶽麓四書院後，日增月益，書院之建所在有之。寧宗開禧中，則衡山有南嶽書院，掌教有官，育士有田，略仿四書院之制。至理宗時尤夥。其得請於朝，或賜額，或賜御書，及間有設官者，有應天明道書院等十七書院。度宗朝有淳安石峽書院、衢州清獻書院，其他名賢戾止，士大夫講學之所，自為建置者，不與焉。又稱：理宗淳祐六年敕湖廣喜化縣別建湘西書院，州

---

170 〔原註〕以上詳王應麟《玉海》。

學生月試積分高等，遞升書院及嶽麓精舍。《宋元學案》稱：程若庸登咸淳進士，授武夷書院山長。黃績同門友築東湖書堂，請田於官祀之。可見宋朝書院經費，或由官給，或由民請。其出於官產者甚夥。元朝書院官立者，凡路、州、府書院設直學以掌錢穀。[171]其經費為官產可知。而《元史》稱：王思誠為河南路總管，請於所轄董仲思故里、毛萇舊居建書院，設山長員。[172]蓋亦由官請設也。明朝私人講學書院較盛，而官立者亦復不少。《續通考》稱：太祖因元之舊，洪武元年立洙泗、尼山二書院，各設山長一人。憲宗成化二十年，命重建象山書院。孝宗弘治二年，修常熟學道書院。武宗正德元年，修德化濂溪書院。盛朗西引《野獲編》云：嘉靖末年，凡撫臺蒞鎮，必立書院，則見當時之盛矣，殆皆由官產者也。清朝書院經費，由官產者更是累見，《清會典》稱：京師設立金臺書院，每年動撥直隸公項銀兩，以為師生膏火，由布政司詳請總督報銷。直省省城各設立書院，皆奉旨賜帑，贍給師生膏火。奉天瀋陽書院，酌撥每學學田租銀為膏火。又稱：各省書院公費，各有恩賞銀，委員經理。或置產收租，或籌備賞借，以充膏火，不敷，在存公項下撥補，每年造冊報銷。書院經費銀，順天義學四百兩。直隸蓮池書院經費，動用營田水利錢。承德府屬義學一千一百二十兩。奉天瀋陽書院九百二十三兩有奇。黑龍江義學書院經費，每年支銀二十四兩，米十二石，三年內衣帽皮價等銀六十六兩有奇。山西晉陽書院一千一百五十六兩。河南大梁書院二千九百十三兩，江西豫章書院一千兩，福建鳳池書院一千五百三十二兩，錢二千九百六十五千有奇，鰲峯書院四千三百七十三兩有奇，錢三百四十千有奇。湖南嶽麓書院，城南書院二百五十兩，陝西關中書院一千四百五十二兩有奇。甘肅蘭山書院三千五百十三兩有奇。新疆

---

171 〔原註〕見《元史》〈選舉志〉。

172 〔原註〕本傳。

義學經費銀二萬六千九百八十兩有奇。四川錦江書院八百三十六兩有奇。廣東端溪書院二千一百九十五兩有奇。廣西秀峯書院、宣城書院二千五百八十四兩。雲南五華書院一千十六兩，又昭通大關中甸羅次等五屬義學束修銀二百五十四兩有奇，貴州貴州書院七百十二兩。[173]其規定詳備蓋如此也。

（二）私人捐置

書院除官立外，私立者甚眾。其經費由私人捐獻籌措而來，蓋可想見也。《宋元學案》稱：宋金溪彭興建精舍以居文安，東陽郭欽止輕財樂施，闢石洞書院，延名師以授子弟，撥田數百畝以贍之。貴溪葉夢得建石林書院，延盧玉溪陸梭山講學其中。東陽蔡沐築橫城精舍以延蛟峰。建陽熊禾束書入武夷，築洪源書堂講學。歸故山築鰲峰書堂。永嘉周行己築浮沚書院講學。王實翁創上蔡書院，請魯齋為堂長。元婺源胡炳文族子淀為建明經書院，以處四方來學者。蘭溪唐良驥建齋芳書院，延仁山金先生講道著書。弋陽虞舜臣築室，置田祠疊山於弋陽之東。至正中，學者建澤山書院祀蔡東發，樂安夏友蘭建鰲溪書院，捐田五百畝，以贍學者，鄭玉門人學者於其所居地構師山書院以處。凡此皆私捐之例也。明守仁弟子建書院祀其師者甚夥，前已言之矣。若《明儒學案》稱：鄒元標罷官家居，建仁文書院講學。呂柟家居東廓別墅、東林書屋會四方學者，皆私人建築者也。清時書院亦有私人捐籌所建者，《先正事略》稱：孫奇逢歿，易州學者就故宅為雙峰書院。洪洞范彪西家居，立希賢書院，置田以贍學者。漳浦縣民構月湖書院祀陳汝咸。[174]是也。

---

173 〔原註〕引見盛書。
174 〔原註〕盛書引。

（三）官捐俸祿

　　宋時官捐俸祿之例，以「祠祿」養徒為最著。趙翼《二十二史劄記》稱：宋設祠祿之官，以佚老優賢。始於玉清昭應宮使王旦致仕。真宗命以太尉領玉清昭應宮使，給宰相半俸。後王安石欲以處異議者著令宮觀毋限員額數，以三十月為一任。詔置管幹提舉等名，以此食祿，仍聽從便居住。又詔除宮觀者，毋過二任。其兼用執政恩例者，毋過三任。紹興以來，許承務郎以上，權差宮觀一次。月得供給，各依資序降二等支。京官二年，選人三年。此項制度，實予宋人講學莫大便利。陸象山應天山講學，即在奉祠期間也。《象山年譜》云：淳熙十三年十二月二十九日，得旨管臺州崇道觀。淳熙十六年祠秩滿是也。《宋元學案》稱：朱元晦年十八，登紹興進士第，授泉州同安主薄，至五考而後罷。二十八年請嶽祠。淳熙十四年入奏，帝優容之，除直寶文閣，主管西京崇福宮。再召，又辭。熹又嘗乞具封事以聞，孝宗秉燭讀之終篇，明日，除主管太乙宮兼崇政殿說書，先生力辭，除秘閣修撰，奉外祠。寧宗立，韓侂冑用事，先生憂其害政，上疏斥言竊柄之失，御批罷侍講，除宮觀，後除知江陵府，再辭，提舉鴻慶宮。御史沈繼祖誣劾之，詔落職罷祠。門人蔡元定亦送道州編管。呂祖謙遷著作郎，以疾予祠，病已，復原官，不就，主管明道宮。黃榦知漢陽軍，以病乞祠，後命知潮州，辭不行，主管亳州明道宮。楊子謨請老奉祠，講學於雲山書院。其他奉祠講學之例甚多。此項祠祿之制，蓋亦促成宋朝書院講學風氣原因之一歟？唯此非書院主要經費，要為補助性質耳。

　　祠祿之外，又有捐應得公費者。《續碑傳集》稱：彭玉麟以所應得公費，悉出以佐義舉，獨建船山書院，銀萬二千。《碑傳集》稱：世宗命崔紀設關中書院，公捐俸增舍。劉子章握襄城令，建設書院造

士,割俸置田,以為贍養。張伯行授福建巡撫,建鼇峰書院,捐膏火之資獨厚。凡此皆官捐俸祿之例也。

書院經費來源,又有官產兼私捐者,白鹿洞書院偶一見之。盛書引《寶晉書院志》〈序〉有云:「……余為籌畫經營,丈出寶晉洲田五百餘畝變賣,復漕洲地獲價銀八百餘兩,詳請撥入以充膏火,並勸紳士張若筠捐田七十餘畝入書院,合地租銀息,總計之,較前次所存而餘其半,歲可獲銀一千三百兩有奇。」是亦官私籌措而來也。

此外又有一特殊性質者,姑名之曰公產。此項公產,既非由當時官府撥置,亦非由官民捐獻,而為舊有者。《元史》〈孔思晦傳〉稱:思晦復尼山毓聖已毀廟所有已買百年耕祭田,置尼山書院,是也。按宋後各代,書院廟宇每有相廢替者。書院因已毀廟宇公產而設者甚多。前人述書院制度者,多未注意及之。有曹松葉氏者,於《中山大學語史所週刊》掇〈宋元明清書院概況〉一文,語之頗詳,今不贅述[175]。

書院經費來源,又有並以財產性質分者。如劉伯驥氏《廣東書院制度沿革》一書即然。該書綜括廣東書院情形,分為田租、官捐、撥公款、充公款、地租、塘租、舖租、交商生息,解送,賓興、寺租、鹽稅、茶租、船租、魚埠租、鹽股、豬釐、廁租、湖租、庵租、推頭租、鹽埠稅、渡稅、桁戶征課、網戶征課、園租、秤佣、竹寮租、石車租、禾場租、旨賞、涌租、荔枝林租、鴨埠租、橋租、禾蟲埠租、窖口息等三十八種。此殆代表沿海省份情形,其他省份當因環境情形而有異。若就白鹿洞所見,則除置贈之銀錢屋宇書籍外,見有田畝及山塘二項。一般所見言之,以田畝收租,銀錢生息為主。蓋我國農業社會,固以此二項為最便利也。

---

175 【編按】曹松葉:〈宋元明清書院概況〉,《國立中山大學語言歷史學研究所週刊》第十集第114期(1930年1月),頁111-115。

　　書院經費除來源情形外，其支付情形，前人蓋亦有記載焉。朱熹〈措置潭州嶽麓書院牒〉稱：游學之士，依州學則例，日破米一升四合，錢六十文。其排備齋舍几案牀榻之屬，並帖錢糧官，於本州贍學料次錢及書院學糧內，通融支給。而《寶晉書院志》所列歲需經費尤詳，列之如下：

一、山長束脩每季實銀陸拾兩，節季實銀四兩，聘金實銀四兩。

一、孝廉堂監院薪水，每年錢四十千文。

一、生童監院薪水，每年各一百千文。

一、監院飯食錢拾千文。

一、孝廉上上卷八名，上卷八名，每月膏火肆拾千，獎資三千，每年共錢肆百參拾千文。

一、生員超等四十名，每月膏火錢壹百三十六千，獎賞三千六百文，每年共錢壹千三百玖拾陸千文，駐防生員膏火不在其列。

一、童生上取肆拾名，中取肆拾名，每月膏火壹百零肆千，獎賞貳千參百文，每年共錢壹千零陸拾參千文，駐防生童膏火不在其列。

一、生員齋課獎資每月貳拾捌千，每年共錢貳百捌拾千文。

一、童生齋課獎資每月拾玖千，每年共錢壹百玖拾千文。

一、試卷每本拾貳文，每月官齋二課約玖百本有零，約錢拾千文有零。

一、京江義塾每年束脩錢肆拾千文。

一、院司府吏書每年核冊辛工，縣書造報辛工各銀六兩，共銀二十四兩。每兩合錢一千一百六十文，共計錢二十七千八百四十文。

一、道憲月課發榜道書辛工銀三兩，合錢參千四百八十文。

一、府書案書辛工錢二十八千八百文。

一、縣書案書辛工錢二十八千八百文。

一、縣書每月紙張錢八百文，每年共錢玖千陸百文。

一、書院門斗工食錢每年貳十千文。

一、門役工食每月一千二百文，每年共錢拾肆千肆百文。

一、徵租委員董事薪水，盤川、租賃徵租公館房金、批解洲租運費、及各洲頭、洲保、租差、更夫、雜役辛工飯食，俱於徵租項下臨時照賬開支。

一、應完蘆課錢糧漕米約銀六百餘兩。

一、每課應用公費等項，隨時撙節酌辦。[176]

以上殆可代表官立大規模書院開支，故情形特為繁雜。若私辦小型書院，其開支當更簡單，要無上司官府交涉公文各費也。而以山長束脩聘金，生童膏火獎賞為主要支出，則各書院多同。

　　從上以觀，書院經費來源情形極為複雜。此種情形，不但顯現農業經濟社會之特色，且富樂善好施之人類美德，急公好義之社會精神，是亦堪值注意者矣。

七　結論

　　書院之制，有影響於我國政治者一，影響於我國學術者一。有其優點，亦有其缺點。述之如下：

　　（一）**影響政治**　書院制度之建立，實可謂為我國講學制度之完成。蓋春秋戰國兩漢各家之講學，雖有講堂精舍之設立，而皆隨主講師儒之存歿為消長，其人存則其事舉，其人亡則其事息。至書院之

---

176 〔原註〕以上盛書引。

建，講學制度乃始確立。一院之成，代有名師講授其間。歷久不衰者
甚多，如白鹿洞書院是也。講學制度確立之後，隨之而來者，則為學
術知識傳授之普遍與便利，民間人才因而崛起者日眾。庶人入仕者亦
因而日增。學術政治遂不復為貴族門第所把持。而平民政治以興。實
予帝王專制之缺點以莫大之彌補。《宋史》稱：將軍趙直為戚同文築
室聚徒（後為應天府書院），請益之人不遠千里而來，宗度、許驤、陳
象輿、高象先、郭成範、王礪、滕涉皆踐臺閣。[177]元趙復以南冠之囚
主太極書院，其徒許衡仕至國子祭酒，上書言立國規模。劉因徵為承
德郎右贊善大夫，教近侍子弟。姚燧官至翰林學士承旨。黃百家曰：
有元之學者，魯齋、靜修、草廬三人耳，魯齋、靜修蓋元之所藉以立
國者也。二子之中，魯齋之功甚大，數十年彬彬號稱名卿材大夫者，
皆其門人。[178]〔明〕吳康齋、陳白沙、湛甘泉、王守仁等皆主書院，
弟子滿天下，多為朝廷中堅。而李自成之亂，東林死節者比比。正見
其造士之功也。清時書院益盛，嶽麓一地之教，遂使咸、同中興將
相什九湖湘。（見後）其他史籍所載，宋以後諫諍之臣，有為之輔，
亦多出於書院，而由庶民興起者也。由此，可知書院教育之影響為如
何矣。

（二）**影響學術**　宋朝社會環境，外有遼金侵略擾掠之患，內有
釋老空寂頹廢之風。賢知之士，皆思有以挽救之。理學諸儒以忠誠之
心，耿直之行立於朝。每為君主所不喜，小人所顧忌。乃時藉宮觀奉
祠閒職，立為精舍書院，日作講學傳道之務。蓋因政治上不獲實現其
理想，而欲以教育為之也。故書院教育極富淑世之理想。而卒能以此
理想，辟除魏晉以來佛老空疏頹廢之思想風氣。重趨人文學術之途
徑。書院講學，蓋亦成為時代風氣及思想之轉捩點矣。試看書院興

177　〔原註〕〈戚同文傳〉。
178　〔原註〕〈宋元學案〉。

時，亦即理學盛時，理學盛時，亦即佛道之教衰時。是書院者，實為理學抵抗釋道思想發展之根據地也。陳叔諒等〈重編《宋元學案》導言〉云：「宋人為性理之學，……議論精徹，傳授廣遠，……中經元明，後起尤勁，中國之政治、社會、教育、文藝，受其影響支配者歷六、七百年。豈惟有關學術。其有關於中國之文化全面，亦云大矣。」故自宋以後，學術思想實已由理學取代釋道之說；而昔時士人託跡寺宇者，遂亦轉而趨乎書院矣。

上述二種影響，關係於我國歷史文化，不可不謂大。茲進而述書院本身之優劣焉。書院優點，計有下列各項：

1. **有教無類之精神**　舊時我國教育，若中央太學，平民固無機會獲與。既其他各級學校，亦多限制。而書院則本儒家有教無類之精神，凡有志向學者，皆得入焉。故平民欲接受教育者，莫不以書院為便。而書院亦成開放學術之根據地焉。

2. **因材施教之教法**　書院學生程度極不一致，故所採用教法，亦因人不同。其中有先使高業弟子教之者，有親自接談、討論、講解者。其方式依各人程度而異。若前述陽明門下，有官吏，有座主，有老年詩人，有四方學者、八邑彥士。其複雜蓋如此，而教法自亦可知矣。

3. **富創發性**　書院教育，因不受各種限制，其教學內容，教學方法，多能自出心裁。其各派講學之異處，亦即各派之心得發明處。而教法方面，尤多特色。若象山、陽明令高第弟子教初學者；湛若水令來學者先習禮三日，然後聽講；會講書院之會眾討論；考課書院之「工約」式功課日程薄等；今日西人所稱之導生制學習準備、討論會、道爾頓制「工約」法，蓋亦近之矣；而其他如演講法、接談法、練習法（習齋有射藝、技藝科）、個別討論法，固莫不皆備也。其能自由選擇發明者如此。

4. **富自動性**　書院之設立，固多為學者及地方人士自動為之。而

求學於書院者，亦多自感有學習需要，不遠千里負笈之士。其孜孜學習、兢兢研討者，皆出於自動也。

5. **富伸縮性**　書院肄業多無嚴格期限。有千里問學，數宿而去者；亦有登門一拜，終身追隨者。其間或僅一談，或留數月、數年者皆有之。其教學內容，亦能依程度而有伸縮。極能適應需要。

6. **富感發性**　書院主持人，每有一代大儒外，率多為經明行修之士。其所言所行，不但能予外表之模範，且能使學者作內心之感發。故書院生徒，有能終身奉行師旨者以此也。

7. **富教育愛**　宋明書院，其主講席者，率多抱有理想。以傳道自任。對生徒弟子皆視為理想之繼承者，諄諄訓誨外，關心備至。煦煦一堂，日相親炙。春風得意，桃李含笑。達到至高之教育愛。

8. **富互助性**　書院教育，常重倫常。朋友為五倫之一，故書院生徒，同門相處，頗能相愛相助。且書院教規亦多具述同門相處之誼，切磋互助之功者。故更能發揮而推擴之也。

9. **富研究精神**　就學於書院者，多有相當程度。對所學有所疑惑，輒能兢兢商討，反復問難。尤其會講之書院，其會眾研討，集思廣益之精神，尤為明顯。

10. **富選擇性**　書院教育皆各自發展，既無統屬，亦無限制。其成效佳者，自易為眾傚效；而內容固陋者，亦自歸於淘汰。學者自可擇善而從。

11. **學者領導**　宋明書院，多為學者所創，故其內容規模，最合理想。如朱子所定白鹿書院教條，且影響國家教育，成為後來七百年公私教育奉行之宗旨。程端禮讀書日程，則成為後來六百年公私教育奉行之課程標準。蓋二氏者皆為有遠見卓識之哲人也。

12. **獎學制度**　書院生徒，其成績優良者，多能獲膏火獎資。如《寶晉書院志》所載，有孝廉上上卷，上卷每月膏火、獎資；生員超

等、特等每月膏火、獎資；童生上取、中取每月膏火、獎資；又另有生員童生每月齋課獎資。其設獎之廣，實為今日教育企求而不可得者也。

13. **環境優良**　書院之設，多在山林閒曠之地。所謂「山林闃寂，正學者潛思進學之所」。其環境之優良，實又為今日學校處於城市煩囂之境者，所不可及也。

14. **行政、經費獨立**　書院行政，多能獨立自主。少有外力干涉或管制。其經費一經籌措之後，亦能自由應用，不受外力宰制。是兩者又為今日學校所不可企及者也。

總上以觀，書院優點可謂多矣。然不可忽略者，書院亦有其限制與缺點也。述之如下：

（一）**經費管理無組織**　書院經費財產，多無嚴密管理組織。山長轉任之後，其財產易被侵占。《元史》〈孔思晦傳〉稱：子思書院舊有營運錢萬緡，貸民以取子錢，久之。民不輸子錢並負其本。《碑傳集》稱：朱懋德贖回為有力者所占蓬公書院膏火田五百八十畝。其顯例也。書院由財產之失，隨之而廢者甚多。是亦書院制度之缺點也。

（二）**士子貪圖膏火**　膏火之設，本寓獎學之意。迄至後來，士子志趣日卑，有貪微末之膏火，至頭垂垂白，不肯去者。[179]是亦後來書院之流弊也。

（三）**課程降為時文帖括**　書院所學，本為希聖希賢。至其末流，內容鄙薄，士子日夕咿唔者，無過時文帖括。[180]與昔賢立書院之意，相去甚遠。

（四）**末世山長不易得人**　宋明書院多為講學之理想而設，故主者輒多為一代大儒。降至清朝，山長多徇請托，不問品學。且有虛有其名，而以束修奉上官者。戴鈞衡〈桐鄉書院四議〉云：近世所聘為

179　〔原註〕《清續通考》語。

180　〔原註〕《清續通考》語。

山長者，不必盡賢有德之士。類與主之者為通家故舊，或轉因通家故舊之情託，降而州縣書院，其山長悉由大吏推薦。往往終歲弗得見，以束修奉之上官而已。[181]書院末流其弊一至於此。

夫書院之制，肇端於先秦講學之風，歷兩漢、魏、晉、南北朝、隋、唐、五代而逐漸形成。其講學之地，先秦以講堂著稱，漢後以精舍為主，至宋則有書院之制。其事之起，實因幽厲之後，王官失守，私學漸興。自是官師攸分，各家挾術授徒者遂代有其人。書院制度之成，正由此而來也。書院制度確立之後，知識傳播更為便利，民間人才因而崛起，庶人入仕者日增，而平民參政之基以定。宋人以書院推行淑世理想，辟除佛老頹廢之論，以轉移學術風氣，而影響文化歷史，是又其大者也。至其對一時一地之影響，前人亦有述之者。《經世文五編》云：「書院之興……延歷三朝，教思彌廣。咸豐同治之際，中興將相，什九湖湘。聞嶽麓書院山長某公，自道光建元即以氣節、經濟、文章立教，環瑋奇傑之士，咸出門牆。一人善射，百夫決拾，氣機之所感，運會所由開也。統直省計之，其書院經費充裕，山長得人，則人才多、成就眾。無書院之郡縣則見聞孤陋，雖有才雋，振奮無由。此中之消息盈虛，如影隨形，如桴應鼓，故書院雖非典制，不隸官司，而育才進士之功，至為宏大。」[182]

觀此可知書院之影響為如何矣。

    ——本文為陳道生先生之碩士論文，由黃建中教授指導。
後刊於《師大教育研究所集刊》第1輯（臺北：臺灣師範大學，1958年6月），頁113-138。

---

181 〔原註〕盛書引。
182 〔原註〕盛書引。【編案】求是齋校輯：《皇朝經世文編五集》，卷5，「書院」。

附錄　〈讀管氏弟子職〉

先生施教，弟子是則。溫恭自虛，所受是極。見善從之，聞義則服。溫柔孝弟，毋驕恃力。志毋虛邪，行必正直。游居有常，必就有德。顏色齊整，中心必式。夙興夜寐，衣帶必飭。朝益暮習，小心翼翼。一此不懈，是謂學則。

右事則

少者之事，夜寐早作。既拼盥漱，執事有恪。攝衣共盥，先生乃作。沃盥徹盥，泛拼正席，先生乃坐。出入恭敬，如見賓客。危坐鄉師，顏色毋作。

右晨作

受業之紀，必由長始。一周則然，其餘則否。始誦必作，其次則已。凡言與行，思中以為紀。古之將興者，必由此始。後至就席。狹坐則起。若有賓客，弟子駿作。對客無讓，應且遂行。趨進受命。所求雖不得，必以反命。反坐復業，若有所疑，捧手問之。師出皆起，至於食時。

右受業對客

先生將食，弟子饌饋。攝衽盥漱，跪坐而饋。置醬錯食，陳膳毋悖。凡置彼食，鳥獸魚鱉，必先菜羹。羹胾中別，胾在醬前。其設要方，飯是為卒。左酒右醬，告具而退。捧手而立，三飯二斗。左執虛豆，右執挾匕。周還而貳，唯嗛之視，同嗛以齒。周則有始。柄尺不跪。是謂貳紀。先生已食，弟子乃徹，趨走進漱，拼前斂祭。

右饌饋

先生有命，弟子乃食，以齒相要，坐必盡席。飯必捧擥，

羹不以手。亦有據膝，毋有隱肘。既食乃飽，循咡覆手。
振衽掃席，已食者作。摳衣而降，旋而鄉席，各徹其餽，
如於賓客。既徹並器，乃還而立。

右乃食

凡拼之道，實水于盤，攘袂及肘。堂上則播灑，室中握手。執箕
膺擖，厥中有帚。入戶而立，其儀不貳。執帚下箕，倚于左側。凡拼
之紀，必由奧始。俯仰磬折，拼毋有徹。拼前而退，聚於戶內。坐扳
排之，以葉適己，實帚于箕。先生若作，乃興而辭。坐執而立，遂出
棄之。既拼反立，是協是稽。

右灑掃

暮食復禮。昏將舉火，執燭隅坐。錯總之法，橫于坐所。櫛之遠
近，乃承厥火。居句如矩，蒸間容蒸，然者處下，捧椀以為緒。右手
執燭，左手正櫛，有墮代燭。交坐毋倍尊者，乃取厥櫛，遂出是去。

右執燭

先生將息，弟子皆起。敬奉枕席，問所何趾。俶衽則請，有常
則否。

右請衽

先生既息，各就其友。相切相磋，各長其儀。周則後始，是謂弟
子之紀。

右退習

中西教育制度的比較[*]

　　要把世界劃分為中西二部分，來比較教育制度的異同。實在是件不合適又不容易的事，所以這裡也只能根據決定的編寫方式，和前人一樣，來泛泛的加以討論。但盡力做到先能使系統能更加清楚一點，以便讀者能對中西教育制度的精神更容易把握。

一　中國教育制度的演進

　　中國教育制度的發展，十分合乎自然的法則，看起來非常有趣。

　　所謂「教育活動」的發生，當然是發源於經驗的累積，否則就無物可教。人類最早的經驗是從自然發生的事物得來的，所以是以自然為師。經驗跟著時間而累積，家中以父親為主的年長者，在日常生活中，讓兒童參加他們的活動，仿效他們的動作，傳授他們的經驗，就自然而然地擔當起了教師的任務，這就成為「父師」時期。這種情形一直保存在家庭教育中，但在我國卻演進為一種父子世代相傳的「疇人」、「疇官」制度。我國春秋以前的高深學術，和百工技術，都就在這種制度中進行傳的，但一直到漢代，漢律中尚有：「年二十三，傳之疇官。各從其父學」[1]的記載。這時的經驗多附麗於人本身，少有

---

* 【編案】本文為先生主筆之師專空中教學教材《教育史》（臺北：中華出版社，1975年2月）「第四編：結論」中之第十八章。原書於標題頁上方有「第二十六講次」六字。

1　〔原註〕（註一）《史記》〈歷書〉裴駰《集解》引。

文字的記載。

在古代等到出了聰明才智的「聖人」，發明了教人改善生活的方法，他就被擁戴為部族的君長。於是教育由父師時期演進為「君師」時期，《易經》〈繫辭下傳〉謂：燧人氏教民熟食，包犧氏教民打獵捕魚，神農氏教民耕種，黃帝堯舜利用牛馬引重致遠，發明舟楫、杵臼、弧矢。同時又提到許多「上古……後世聖人易之……」的例子。《孟子》引《周書》〈泰誓〉：「天降下民，作之君作之師。」[2]〈學記〉：「能為師然後能為長，能為長然後能為君。」即是根據這項傳統而立說的。

以後社會組織擴大，對人民的教導，發生分工專職的需要，乃有各種官職的設置。春秋魯昭公十七郯子來朝，《左傳》詳記所舉古代之官，皆用「師」為名。有雲師、火師、水師、龍師、鳥師、民師等。少皞時的祝鳩氏為專主教民的官，又遠在舜時司徒契之前。周代的司徒「掌邦教」，主教萬民外，尚設有許多國學的教官（也就是國學的師）。所以我國至西周為止的一段時間，都是政教不分，官師合一，在疇官方面也是「父師合一」。可說是「官師」時期。在這段期間內已建立起了國家教育制度。

周代幽厲之亂，平王東遷，王官失守，疇人弟子分散，各以所知授徒謀生，於是在王室中代代累積的學術經驗，一旦散到民間，私學「教師」因而興起，當時諸子群興，百家蠭起，成為我國學術的燦爛時期，而百工也演成了以後各代的師徒傳授。我國各行各業，今日民間尚相沿於每月初一、十五[3]祭「祖師」或「先師」，學成「出師」時也一樣。

2　〔原註〕（註二）〈梁惠王下〉。

3　〔原註〕（註三）經查記載資料為初二、十六，與實際民間習俗不合，或因各地有異，待考。

　　我國學制發展到周代，已集各代的大成，成為以後歷代的典型；後代學校雖有名稱的不同，其實內容很少變動。只是都僅在造就少數的統治人才，未能普及大眾。平民需要求學的，大部進民間私設的私塾、精廬[4]、書院。政府為網羅民間私學造就的人才，又發展了選舉科舉等的考試制度，成為我國教育制度中的一項特色。

　　我國固有的教育制度，到了清末西方勢力侵入的時候，因不能適應時代的需要，於是教育在行政方面，模仿大學院制度，終於定為以教育部為首，直到地方各級教育行政機構的現行系統；學校制度方面，自新學制改革到現制，也是仿照西洋制度。實際上，今日在教育方面，可說變成了全盤西化。

二　西洋教育制度的演進

　　今天的西方文明，其主要來源為：希臘人、羅馬人、基督徒和新興蠻族的貢獻。最早在希臘的各小邦中，已發展了各種不同的教育制度；斯巴達就有由邦規定的強迫教育；雅典的教育除邦立體育學校外，雖不由邦辦理，但卻由邦監督；教師靠自收束脩維生，地位低下，當時稱人為教員，乃係一種侮辱。[5]以後由於當時各學派講學發展的學校、修辭學校、柏拉圖創立書院，希臘的學校教育已發展成初級、中級到高級（大學）的三種階段。這種制度以後即由羅馬接受並傳下去。

　　基督教興起，帶來了另一種學校和任務，那就是教義問答學校，道院學校興起，漸漸代替了其他學校的地位。後來在蠻族統治下學校

4　〔原註〕（註四）《後漢書》〈儒林傳〉論謂：「經生所處不遠萬里之路；精廬暫建，贏糧動有千百。」按精廬，和先秦私人講學的講堂、後代的書院性質相同。

5　〔原註〕（註五）見克伯來著，楊亮功譯：《西洋教育史》，頁二四，註九。

關閉，道院學校乃成為經過嚴霜摧殘過後，保存的僅有文化種子。教會保存文明的工作，經過了漫長的時間，所以一直到今天，仍保存了其熱心教育工作的傳統。到了十一世紀末葉，保存文明的工作，終於獲得了勝利。繼之大學興起，知識的保存和傳播，乃從道院轉到學校方面，從僧侶移到博士。到了公元十五世紀初，在歐洲已有將近八十所大學之多，不但帶來了許多的學術成果，在訓練領袖人才方面，也終於在後來的文藝復興時期表現了卓越的成就。近代探究的精神，有了各種的進步，在義大利文藝復興方面，教育上重要而顯著的結果，係奠定了一種新型的中等教育，支配了一四五〇到一八五〇年的中上流社會近四百年之久。

在宗教改革期間，新教「聖經權威超過教堂權威」的主張，帶來了全民教育的啟示。當時即奠定了小學乃為群眾教育的基礎。為以後國家教育的發展，開闢了一條坦途。自一七六三年普魯士公布第一次強迫就學法以後，小學教育乃成為國家規定的義務教育，這件今日我們認為普通和應該的事情，那知在歷史上的發展經過了如許長的時間。

在十七、十八世紀的科學革命和啟蒙時代[6]中，教育受到自由信條，天賦人權和哥白尼、伽利略、牛頓等在科學上的革命性成就影響。課程和教育理論上，都出現了新的方向。

到了十九世紀，民族主義興起；各國瞭解了教育的重要，乃以教育為達到國家富強的工具；歐洲教育出現了新的顯著特色。那就是向教會團體取得教育，改由國家或政府來管理。於是多少年來，一向由教會和私人經辦，和政府關係不大的教育；到了今日，已成為支持良能政府，促進國家人民福祉的重要工具。今日西方文明，所以成為世界的支配性力量，我們不能不歸功於他們的教育。

6　〔原註〕（註六）啟蒙時代（Enlightenment），又稱理性時代（Age of Reason）或理
　　性主義時代（Age of Rationalism）。

三　中西教育制度的比較

　　教育的起源，在於知識經驗的傳授延續，當這知識經驗尚未累積和變成記載的教材時，自是附麗於具有此項經驗之人本身。古時及春秋時的疇官制度時代，皆因書寫工具不便，口口相傳者為多。我國九流皆稱家，百家皆稱子，有所謂「家言」「家學」；我國古籍到了有書無師的時候，即被認為是絕學。故我國教育，能以教師的演進為經來講最為清楚。[7]

　　我國教育的活動，自始即由地位崇高的「父」、「君」、「官」演進而來，故一向被視為極崇高的事業。反觀西洋希臘羅馬之教育，有由所謂「教僕」者來進行，教師地位極低，與我國形成強烈的對比。所以中西對教育的看法各異。因被視得太崇高，故教育不能隨便辦理，管得極嚴。故我國舊時教育，從無「普及」的政策，歷代知識份子極少。今日對私立學校的管制政策，不能不說隱隱中仍受此項傳統觀念之影響。西方教育的傳統，本起於以束脩維持生活之私人設教，並無任何崇高之可言，故看來極為普通，教育人人皆得辦理。西方教育普及最早，可說此項觀念係一大原因。在西方，教育和普通商品一樣，因貨色好壞而價錢不同。出得起何種價錢，就可以購得何種貨色。[8]在我國，教育太崇高，即使進到了工商業時代，「學店」仍然是侮辱的名詞；若想用錢去買教育，就要違法。我國過分高視教育的結果，在歷史發展中來看，是否在科學上、社會上比西洋發展得更進步，更文明呢？這是值得我們檢討的問題。

7　〔原註〕（註七）中國教育制度演進，係參照黃建中先生：〈中國教師在古代文化中之地位〉、〈先秦學校制度與教育理論〉等文資料撰成，惟移「父師」期於「君師」「官師」期前。以符自然發展順序。

8　〔原註〕（註八）如美國哈佛大學為世界有名之大學，可是學費也比其他大學貴得太多。

　　我國教育，很早即由政府辦理，建立起了制度，歷代的管理極嚴。這種制度的缺點，在於如果沒有睿智的教育決策者和各級學校的主持人，就不容易有成就。而我國事實上又確實缺少這方面的人才。觀之教育史實，有系統理論之教育家多為西方人士可證。所以我國古代的有名學者，多出身於私學，本身也在私人講學時，才發揮出其才能抱負。如集經學大成的鄭康成、集宋代理學大成的朱晦庵，和明代理學大師王陽明等，都是明顯的例子。西方教育，自古即有私人講學，宗教團體辦學的傳統；大學並且還享受著特別保護的自由和特權。所以在以後由政府建立制度時，還特別制定了一些防止中央集權的法令。有些人士「且深恐過分強調政府之權威及管理，將有很大的危險。」[9]今日在先進自由國家中，學生可由繳最高的學費，進最好的學校；學校則可付最好的薪水，聘最好的師資。所以不但人才輩出，而且科學發達。這是檢討我國教育制度時，值得參考的有用教育史實。

研究問題及作業

一、以教師的演進來看，我國教育的演進可分幾個階段？
二、試述大學教育、中等教育、小學教育在西洋發展的過程。
三、試述中西對教育崇高與否的看法，影響於人才造就和科學技術發展結果的不同。

──本文原載於陳道生與馬文恆、曾維垣、張炳熙、黃建一、楊紹旦、葉玉坤、趙汝福、鄧明治等合著之師專空中教學教材：《教育史》
　　（臺北：中華出版社，1975年2月），第十八章，頁299-306。

9　〔原註〕（註九）參四六，克芮莫等著，雷國鼎譯：《比較教育》。頁五二，六七。

中西教育思想的比較[*]

　　教育乃是人類心智的產物。教育思想是支配教育實際的原動力。只談思想而無實際，可說是空的；只談實際而不明思想，也可說是盲的。上一章談過了中西教育制度的實際，這裡我們就要進一步，來談中西教育思想的異同和利弊。

一　中國教育思想的發展

　　我國學術由王室疇官積聚而來，古代聖王又曾自任教民的工作，故後代的教育思想，也都在於祖述正統的古訓。此項資料，最早見於《書經》《舜典》[1]：「帝曰：契！百姓不親，五品不遜。汝作司徒，敬敷『五教』在寬。」這裡的五教，《左傳》、《國語》都謂是：「父義、母慈、兄友、弟恭、子孝。」[2]的家庭倫理，是從自然形成的「天倫」出發，到了孟子在〈滕文公上〉說的：「聖人有憂之，使契為司徒，教以人倫：父子有親，君臣有義，夫婦有別，長幼有序，朋友有信。」則已發展成為社會國家倫理的「人倫」。這種倫理思想，一直成為我國教育中的支配思想，政府今天提倡的「倫理、民主、科

---

* 【編案】本文為先生主筆之師專空中教學教材《教育史》（臺北：中華出版社，1975年2月）「第四編：結論」中之第十九章，亦為全書最後一章。
1 〔原註〕（註一）後人考證：仍為〈堯典〉。
2 〔原註〕（註二）參三四，黃建中先生，民國四十一年，頁三一三。【編案】黃建中：〈殷周教育制度及其社會背景〉，《大陸雜誌特刊》第一輯，頁259-356。

學」中，仍例在頭條。按《書經》《周官》：「司徒掌邦教，敷五典。」
《孟子》〈盡心章〉：「設為庠序學校以教之……皆所以明人倫也。」
宋朱子定〈白鹿洞書院教條〉，第一條就列：「父子有親、君臣有義、
夫婦有別、長幼有序、朋友有信。」並且謂：「右五教之目，堯舜使
契為司徒，敬敷五教，即此是也。學者學此而已。」以後我國公私教
育均受本項教條的影響。宋理宗淳祐元年幸太學，親書白鹿洞規以
賜。劉爚為國子司業，請刊白鹿洞規示太學。元程端禮定讀書分年日
程，以白鹿洞教條為綱領[3]，成為元明清各代所奉行的課程綱要[4]。明
顧憲成〈東林會約〉謂：「朱子白鹿洞規，至矣！盡矣！東林之會，
惟是相與講明而服行之，……」《清會典》《事例》〈乾隆二年諭〉：
「書院中酌倣朱子白鹿洞規條立之儀節，以檢束其身心。」所以胡適
之先生謂：「朱子定的白鹿洞規，簡要明白，遂成為後世七百年的教
育宗旨。」其實，我們瞭解了本項史實後，可知「倫理」一項，乃為
我國堯舜以來到現在的主要教育思想。

　　儒家祖述堯舜，憲章文武；雖有孔仁孟義的不同，但都以倫理思
想為中心。法家重法，也不過要用刑罰權威來建立倫理的社會秩序。
墨家兼愛任俠，也以義為行為的標準，因「義」本為「父義、母慈」
的父德，以後變為「君臣有義」，演為人與人之間對待來往的標準德
目。法家墨家都有勞動的教育思想，此項思想一直到了元代的許魯齋
和明代的吳康齋才又出現，但對教育都無甚影響。墨家並有重知的科
學探討傾向，可惜本派至漢初就不傳了。另外一派一直在儒法正面之
後，影響我國政治教育很大的，乃是道家「無為」的思想，因漢初在

3　〔原註〕（註三）見參四一，陳道生，民國四十七年，頁一一八。【編案】即〈中國
　　書院教育新論〉，已收錄本書，下同。
4　〔原註〕（註四）元時由國子監頒示郡邑。明初士人奉為讀書準繩。清代書院，儒
　　學普遍採用本法。見參四一，陳道生，民國四十七年，頁一二五。

宮闈曾流行黃老思想，故在漢代罷黜百家的時候，對道家的影響不大。我國古代教育，都是以造就少數知識份子作統治人才為目的，從未有普及全民教育的政策，可說就是因為道家「非以明民，將以愚之」的思想在背後作祟。歷代對「無為而治」，都是王室嚮往的最高政治境界。

我國教育思想中，一直注意的是使社會如何安定的人事問題，缺乏科學探導的重知傾向。儒家雖有「格物致知」的條目。宋代理學大師朱子也主：窮理以致其知，反躬以踐其實。但都只用在整理研究古籍方面，無補於「利用、厚生」。到了清代，顏習齋提倡實用之學，已預為清末接受西方的科學知識教育，提供了一點心理準備。在清末西方勢力侵入我國的時候，在應付上處處顯得落伍幼稚可笑。知識份子頓覺自己的東西一無是處，於是紛紛要求改革。我們檢討今日的教育，無論在思想理論上、制度上、內容上、方法上都可說是全盤西化。並且現在還繼續經由留學政策的作用，天天介紹西方的教育中。這是當初叫「全盤西化」的人料想不到的，也可說是文化具有一種自然選擇性的結果。

二　西洋教育思想的發展

西方的思想和行為方式，淵源於希臘古代甚深。在希臘產生一切學派之前，影響當時社會的是荷馬（約紀元前九世紀中人）等人的史詩。內中荷馬的《依利亞得》（Iliad）、《奧得賽》（Odyssey），被視為是希臘的聖經。這些描寫人神關係，英雄事蹟的史詩，也是希臘最早的教本。這些史詩，不但對希臘當時的青年，就是對整個後代的西方人，也塑造就了一股英雄式的征服思想和精神。

西方的思想界，最早由古代希臘所做的一些工作，是對於宇宙事

物的探討，得到一種「不變的『存在』是某種有生機的物質」的結論。因此把荷馬史詩中的神，放在有生機的宇宙基礎之下，以為他們乃是想像的、詩情的存在。這在哲學史上，稱做「宇宙論」時期。

在波斯戰爭（紀元前四九○年與四八○年），馬拉松（Marathon）戰役之後，希臘人被喚醒，全境掀起了一種求知的運動，對算學、天文、生物、醫學、物理、歷史都展開了考察。於是對人類本身及其制度、組織也變為要緊的研究問題。於是由「宇宙論」時期，轉入了哲學上所謂的「人事論」時期。教育及其理論方面的探討，即在本期由蘇格拉底等人開始，例如：蘇氏主張「知德一致」、「福德一致」，提倡問題啟發教學的方法等。以後再轉入「系統哲學」期，由德謨克利泰（Democritus, 460?-370? BCE.）所領導的唯物論，和柏拉圖的唯心論，啟開了西方後來的一切思想系統。柏拉圖的《共和國》（*The Republic*），今天還是教育上有名的著作。亞里士多德當時也提出了智、德、體三育的教育三分法主張，這是至今天我們還沿用著的。

有人謂：自歐洲人長大成人能思想以後，他的生活有五分之二是屬於古代文明，五分之二屬於中世文明，祇有五分之一是屬於近代的。[5]中世文明是「希－羅」文化加基督教和當時新興的蠻族精神混成的。這時基督教在希臘羅馬的「英雄」觀念中，加入了「聖人」一觀念，使他們知道除征服以外，尚有所謂仁慈和感化。這四者的混合，產生了騎士或武士教育，後來由此發展出一種有別於「學者教育」的「紳士教育」（Education of gentlemen）。今日歐美生活中對婦孺的禮遇，都可說有其歷史淵源了。

接著文藝復興時期到來，流行了「人文主義」（Humanism）的教育思想。十七、十八世紀進入了理性的世代，培根（Francis Bacon,

---

5　〔原註〕（註五）見顧西曼（Herbert E. Cushman）：《西洋哲學史》，頁一。

1571-1626）的「重知主義」提出了：「知識即權力」的口號。洛克（John Locke, 1632-1704）的「經驗主義」把教學理論帶入了新的境界。盧梭（Jean J. Rousseau, 1712-1778）在《愛彌兒》一書中，提出了教育上自然主義的主張。乃開闢了直到現在的教育新途徑。

十九世紀起，世界又轉入了民族主義時期。斐斯泰洛齊（Johann H. Pestalozzi, 1746-1827）的國民教育思想流行，西方各國乃進行建立國家的教育制度。在教育理論和方法方面，都吸收了經驗主義和自然主義的思想，繼續向前發展。

二十世紀的教育思想，繼承了前面的發展，產生了調和的現象，在杜威（John Dewey, 1859-1952）的思想中，就處處顯出調和主義的色彩。但重「知」的傾向，特別顯著。因為「知」帶給了人類現代物質生活的方便，是個明顯的事例，人類似乎會永遠朝著這個目標追求下去。

三　中西教育思想的比較

中西教育思想的最大不同是：問題的重心，中國在倫理，西洋在知識；人格的楷模，中國為聖賢，西洋為英雄。在這二種焦點下發展的教育各有不同。

（一）倫理和知識

我國的教育理論和思想，是以「人倫」為重心，從而探討達到「修、齊、治、平」的目標。而忽略了「格物、致知」的身踐力行。而且到了後來，格的物致的知，都變成了身內的東西，而不是身外事

物的知識。[6]所以對「制天而用之」的物理化學知識，一無發展。受到物質生活的壓迫，為著飯碗問題，青年都剛毅不起來。到了近代，才轉向科學技術的注意，希望由於生活和社會的改善，青年能挺起腰來，做個堂堂的中國人。

反觀西洋教育，自希臘以來，一直沒有忽視「物」的研究、「知」的獲得，青年很早即有獨立謀生的知識技能，不必依遺蔭遺產。加之盧梭以來自然主義提倡的「兒童中心」觀念，兒童的人格，自小即被尊重，養成獨當一面，勇往直前的性格。今日無論在科學上、政治上，西方均處於支配性的地位。他們的教育，在做人方面，把兒童從小就養成為世界的主人翁而不是奴才，可說是主要原因之一。

（二）聖賢與英雄

我國舊時教育目標，一直是「希聖希賢」，這和我國公私教育的起源與社會理想有關，前面已有敘述。聖賢在以仁德感人，這和西方自希臘以來的「崇拜英雄」不同，英雄是在用武力征服。我國憑藉這種教育的效果，在文化高時，曾幾次同化了征服我們的異族。但現在西方各國，在文化上並不比我們低。他們的青年，自小即得到了自尊心的培養，加上崇拜英雄的傳統精神，對事對物有種勇猛的氣勢。這種情形，見於他們的探險活動、科學研究……。這是我們的青年所缺乏的。如何使我國教育，發揮這種功能，是項緊迫的問題！

6　〔原註〕（註六）陽明答羅整庵謂：「格物者，格其心之物也。」又與王純甫謂：「心外無物。」見《明儒學案》〈姚江學案〉。

研究問題及作業

一、試述我國傳統「倫理」思想的發展。

二、朱子白鹿洞書院教條和程端禮讀書分年日程,在我國教育史上有何價值?

三、試述「五教」從「天倫」發展為「人倫」的不同之處。

四、試述我國教育走上「西化」途徑的原因。

五、利用本書第二章介紹過的參考技術,搜集「經驗主義」、「自然主義」的資料作一報告,說明其對現代教育的影響。

六、試述如何參考歷史的經驗,重新培養我國兒童青年的自尊心,獨立人格和剛毅精神。

七、遇有不瞭解的名辭,試在《教育大辭書》、普通百科全書、教育百科全書,或普通的《辭源》、《辭海》中查查看。

——本文原載於陳道生與馬文恆、曾維垣、張炳熙、黃建一、楊紹旦、葉玉坤、趙汝福、鄧明治等合著之師專空中教學教材:《教育史》(臺北:中華出版社,1975年2月),第十九章,頁307-314。

二十世紀的教育*

一　二十世紀的世界新形勢

　　天下大勢分久必合，合久必分。二十世紀的世界，大體仍承其前面「由合而分」的發展形勢而來。先是歐洲各國，在同一文化（希臘羅馬文化）、同一信仰（天主教）的情形下，民族主義運動興起了。分別發展了各地的語言文字，和自己的文化。然後這些國家的人民為著國家的富強，紛紛革命和要求改革，使歐洲各國最先走上了民主政體政治，使國家的組織更加完備，也最先達到了富強的目的。因而向世界各地發展，造成了許多的殖民地。接著歐洲國家的富強，和國家主義的發展結果，造成了強國間的衝突，終於發生了二次的世界大戰。列強勢力在戰爭中衝突抵銷的結果，原為殖民地的亞、非，和阿拉伯世界興起，他們也像歐洲各國當初一樣，各地民族主義興起，建立國家、發展自己的語言、改革政體、致力富強之道。而原先的歐洲先進國家，因受國際情勢所逼，在各項矛盾中，又有由分而合的情勢，其端緒見於經濟目的的歐洲共同市場，和軍事目的的北大西洋公約組織。但由於民族主義仍在作祟，終二十世紀，恐仍無合的希望。目前一方面有民主主義陣營和共產主義陣營的對立，再方面由於民族主義的興起，引起了殘遺殖民地的獨立運動戰爭（如非洲），和民族

---

* 【編案】本文為先生主筆之師專空中教學教材《教育史》（臺北：中華出版社，1975年2月）「第三編：西洋教育史」中之第十七章。原書於標題頁上方有「第二十五講次」六字。

間的抵抗（如猶太人和阿拉伯人）。三則已開發國家由於工業極度發展，能源消耗太快，和石油國家發生能源爭執。未開發國家則依然在貧窮、飢荒、疾病中掙扎。人類走往和平、富足、快樂的生活途徑，依然遙遠得很。下面是二次世界大戰後出現的新因數。這些因數已經影響和正在影響著目下的世界，研究教育史的人也應該有個認識。

人性的反省

人是理性動物，過去是天經地義，幾乎從沒有被懷疑過的一件事。但戰爭中殺人盈城盈野的現象，不能不使人懷疑：人是否真有理性？於是非理性的存在主義應運而生。在本世紀中其影響遍及文學、藝術和青年的思想和行為。

青年扮演的角色日重

一、青年展露的才能：楊政寧、李政道分別在三十五歲和三十歲獲得諾貝爾獎。一九六一年正月號《科學文摘》所載賀普金斯大學集刊的一項報導：一項有關科學史的學術調查，顯示出一件事實：那就是有百分之九十五的偉大科學發現，是由年齡未滿三十五的科學家所作的。逾此年齡，則其貢獻直線下降。二、青年是和平的力量，美國甘迺迪總統號召組和平工作團，青年踴躍參加。大哲學家羅素呼籲他們最好與服務當地的異性結婚。世界的和平也許要由羅密歐和茱麗葉年青的一代來達成。在中國有北魏的經驗可證。三、權威受到青年挑戰：權威常被青年懷疑（李、楊的發明即由懷疑權威而起）、反抗。有的青年則為反抗權威，不理傳統的一切，自由自在的去過他的嬉皮生活。因為他們相信自由非身外之物，自由是在自己實行。這和過去「自由要向身外去爭」的觀念大不相同，這一策略極不易抵抗。很可能是將來打破極權統治的一線曙光。

（一）科學改造了世界

自家庭內的空氣冷暖調節，視聽享受，到通往世界各地的交通，均發展很快。人類可以便利地溝通和分享彼此的觀念和生活方式。若不受政治制度的限制和思想分歧的影響，康樂的大同世界也許很快會到來。

（二）智識爆發的情勢

知識的累積在古代很慢很慢，從公元一世紀到十八世紀的一千七百五十年間增加一倍。十八世紀中到十九世紀末的一百五十年間又增加一倍。十九世紀末到二十世紀中（一九○○～一九五○），只有五十年又增加一倍。最近一、二十年間，快到八到十年就要增加一倍，如此加速的發展下去。這對教育一定會產生很多的問題。例如教科書是不是也要一倍一倍的加厚呢？顯然那是不可能的，因為在校內課堂的學習時間，充其量每天也只能有八小時，怎能學習得完呢？那麼，是不是把認為舊的或不重要的部分加以刪去呢？那也有困難，因為刪得太簡單了就會看不懂，仍需在講授上費時間。而且學術是有系統的，若刪得太多，就會失去連貫性，銜接不起來。我們要用怎麼樣的教學法？要培養什麼型態的師資？才能應付這一情勢呢？這些問題都是這一新情勢所引起的，必須面對的問題。讀教育史的人自應有所瞭解。

這些情勢對本世紀的教育，在各方面都有影響，我們在下一節，可以明白的看出。

二　二十世紀的教育概況

人類社會，即使不去管它也會進步，但那是很慢很慢的進步，這

種進步常常趕不上解決人口的增加和糧食的危機。要使社會快速進步，就只有用「革命」的手段，但太激烈，常常要犧牲某一部分的人或其利益，而且要有柏拉圖理想國中的哲學家那樣的領導人，否則就會產生慘酷的事情。要避免上述的二項缺點，又要人類社會快點進步，最好的辦法就是「教育」。所以今日世界上沒有任何的政府是不重視教育的。下面構成本世紀教育的幾項發展，都是由於認識清楚了教育的重要而來的。

（一）教育的推前和延長

人類很早就知道了教育的重要。因此，跟著人類經驗的累積，形成了教材以後，馬上就產生教育活動。所以從小學到大學的教育，很早就有了。但本世紀，卻空前地推進了小學以前的學前教育。小學之前有幼稚園，幼稚園之前有托兒所，托兒所以前有孕婦衛生（可以檢查胎兒之先天疾病），懷孕之前又可查出有否遺傳疾病。科學家並正在試驗輸入遺傳物質，以及細胞的合成法，希望由此達到遺傳疾病的治療。進一步，有人預測也許由此可以達到人種和人性的改良。

推前學前教育以外，另一顯著情形，乃係延長大學教育。大學的起源雖然很早，現在的大學中尚有從公元十世紀開辦至今的——現在埃及開羅的阿拉查（Al-Azhar）大學建於九七○年，歐洲最老的大學——義大利波隆亞（Bologna）大學建於十二世紀（但為其前身的法律學校卻建立於八九○年），其他著名大學，英國牛津大學建於十三世紀初期。法國的巴黎大學建於十二世紀中期。西德海德堡大學建於一三八六年。美國哈佛大學建於一六三六年，都有悠久的歷史。但過去大學在量和質的發展方面都不能和本世紀相比。今日大學在專業和學術興趣方面的學科內容更加細分，尤其是在高深研究方面。知識和技術人才集中的結果，大學並發展了推廣教育，應政府機構和工商

各方的需要，合作研究和解決各種問題。大學的實驗室變成了研究和發明的中心。許多科學上的重要發明都是在大學完成的。大學的研究部不但供給碩士、博士課程，並且發展了博士後的研究制度，供哪些得了博士成績優良的人士再作進一層的研究。這一延長高等教育、推前學前教育的趨勢，是本世紀教育發展的特色之一。

（二）義務教育的延長

強迫教育雖於古代希臘即已實行。但免費和強迫的初等義務教育的現代立法，大致於十八世紀中期開始，至十九世紀末才大致完成。除了戰後新興國家外，只有少數國家，如南非洲（一九〇五年強迫、一九〇七年免費）、波蘭（一九一九、一七七五）、比利時（一九二〇）、蘇俄（一九三一、一七八三）等少數國家，至二十世紀才完成。初期的強迫義務教育年限各國不一，通常是六歲或七歲到十四歲的為多。各地的情形略有不同。

義務教育延長至中等教育階段，是二十世紀的事。英國一九四四年的法案，規定五至十五歲為義務教育年齡，可能時延長至十六歲。一九五九年克羅莎（Geoffrey Crowther）報告提出：從一九六六～一九六八年間，將十年的義務教育改為十一年，即延長至原先十六歲的目標。法國於一九五九年也公布義務教育延長令，由原來小學階段六至十四歲，延長到中學階段的十六歲。德國雖早在一七六三及一八八八年即先後實施強迫免費小學義教，但一九二〇年的柏林教育會議始廢除雙軌制，將義務教育延長，定為八年。二次世界大戰後，東柏林的離校年齡已提高到十五歲，而東德仍為十四歲。東德義務教育年齡，規定六至十八歲（包括離校後的補習教育，後同）。西柏林的一九四八年教育立法，規定六歲到十八歲的教育全部免費。強迫就學從原來的六至十四歲延長至十五歲。西德一九四九年通過「基本法」

（憲法），西德各邦如布勒（Bremen）、漢堡（Hamburg）、什萊斯維格—荷爾斯坦（Schleswig-Holstein）均先後延長強迫就學至十五歲。美國的義務教育歷史頗長，麻塞諸塞（Massachusetts，後為美國的一州）一六四二年的立法，及一六四七年免費和強迫的系統教育法令，實為民主主義的教育立法先例。但當時並未嚴格執行。美國的現代強迫就學仍由麻州一八五二年的立法開始，其餘各州直至第一次世界大戰時，才先後制定。可見美國義務教育的發展，也是本世紀的事。美國公立大學，其本地學生幾乎一申請就可入學，是亦可視為義務教育的延長結果。

（三）職業及科學技術教育的重視

本世紀戰爭頻仍，各國為國防經濟上的需要，對職業和科學技術教育特別重視。職業教育遠在紀元前二千多年，即以師徒制的方式出現。到十八、十九世紀工業革命期間，由慈善機構在工廠設班開始。到今天已發展了：從中學到大學的職業技術專門學校，各級學校日間及夜間的職業技術課程外，並有函授課程，在職訓練等各種各樣的方式。

在許多國家的發展中，法國於一七八八年創立「工藝學校（École des arts et métiers）」。但在本世紀之前，各種職業教育成績不著。一九一一年該國實業部長考貝（Coocyba）氏頒布法令，設立省縣工藝教育委員會（Comités départementaux de l'enseignement technigue）、制定各種職業的「職業技能證書（Certificats de Capacité professionelle）」推進職業教育。一九一九年制定法律，規定年滿十八歲的青年，應進入與工作有關的職業補習學校。一九二八年成立「全國職業指導所（Institut National d'Orientation Professionelle）」培養職業教育師資，從根本奠定基礎。至一九五〇年時，其國家教育預算132,161,000,000

法郎中，職業技術教育經費即列有19,225,000,000法郎，所占全部教育
經費之比率，竟超過百分之十四點五五。

　　德國的科學及工業技術是有名的，此項成就。實要歸因於其科學
技術教育的發達。德國於一八二○年即於柏林設實業學校（Gewerbein-
stitut）。後因見一八五一年之巴黎世界博覽會中，法國工藝品顯現超
越的技術。德法為世代競爭之鄰國，乃大大刺激了德國職業技術教育
之改進。一八六九年北德意志聯邦第一次制定強迫職業補習教育法。
後又有大教育家凱欣斯泰納（Georg M. Kerschensteiner, 1854-1932）
主張：需要手足勤勞的國民。養成職業專長及優良的教育，實為國民
教育的第一條件。氏在主管慕尼黑（Munich, Munchen）教育行政期
間，推行職業教育改革成功。本世紀初的二十年期間，很多市鎮相繼
效法。第一次世界大戰後，德國於一九一九年制定聯邦威瑪（Weimar
或譯魏瑪）憲法，規定受完至十四歲的強迫教育後，十四歲到十八歲
間，並須受部分時間的補習教育。普魯士等各邦相繼制定職業教育新
法令，皆含有此項強迫教育的職業部分。第二次世界大戰後分為東西
德，因強迫就學年限延長一年──從六歲到十五歲，離校後的就業青
年直到十八歲止，仍須接受三年部分時間的職業學校教育。西德各邦
紛紛設立工業、農業、商業、……等各種職業及專科學校，其績效見
於西德戰後復興之快速。東德教育因受共產主義控制，課程特別注重
科學技術，受完九到十年的基礎學校強迫教育後，也須受強迫的部分
時間職業學校教育。東德的職業學校都是免費的。

　　蘇俄的教育，課程上即著重科學、數學、和工作經驗。教育極端
職業化，國家實行單一的經濟結構，重大的工業和農業均由國家集中
管理。職業教育全由國家統一計畫。現行制度由十九世紀末發展而
來。一八八四年公布職業教育計畫大綱。一九二○年改革舊有制度，
將所有職業學校由政府集中同構管理。教育之目的在於養成工業或農

業之專家，一切學校均帶有職業性，除宣傳主義者外，僅有準備某項職業的科目，才列入學校課程。蘇俄學童在十五歲（實際多為十四歲）義務教育終了時，成績差者分至工廠或集體農場工作，同時在有關學校，加受一或二年的訓練，這種人最多。中等者進技術或半專業學校，受中級技術人員訓練。成績優異者留原校繼續受三年以上教育，或轉入高中，畢業後升入高等專門學校或大學。蘇俄之教育制度雖有缺點，唯近年來由於其科學技術之進步，亦深為西方各國尤其美國所注意。

美國職業教育的特色，是從中學到初級學院的正規課程中，列有職業課程。另外是教育雖然為州政府的職權，不在聯邦立法範圍之內，但職業教育方面，聯邦政府卻早已負起創辦的責任，並確立了一種國家制度的基礎。美國職業學校的創立，雖可溯源到十九世紀。但主要發展，實自二十世紀開端。促進美國職業教育的二大動力，是一九〇五年的麻塞諸塞州工業技術教育委員會（Commission on Industrial and Technical Education）和一九〇六年成立的全國工業協進會（National Society for the Promotion of Industrial Education）。一九一七年通過了有名的史密斯休斯法案（The Smith-Hughes Act），對職業教育的推進貢獻極大。政府依本法案，成立了具有輔導及考察實職的聯邦職業教育委員會（The Federal Board for Vocational Education）。本法案規定聯邦政府應撥專款，補助各州及地方訓練農業、商業、家事及工業師資，及補助支付職業教育教師的薪水，實施結果甚著成效。撥款時有增加。一九五〇年聯邦政府所撥補助職業教育的經費有二億六千六百萬餘元之多。補助職業教育的日、夜及部分時間班級，其學生達到三百三十六萬四千餘人。一九六三年國會通法案：撥職業教育經費補助款七億三千一百萬美元，由此可見其對職業教育的重視。

（四）圖書館教育任務的發展

近來知識數年一倍的在增加著。在這一情形下，即使最專門的專家，也無法一一閱讀出版的本行書籍和論文。普通的教師面對這種情形，自然更加無法應付。因此需要有專門的人和機構去對付複雜繁多的知識。這種人和機構就是圖書館員和圖書館。圖書館在今日，對學校教育和成人教育，都擔任了重要任務。以美國為例來看。美國教育發達，也有世界最大的圖書館——美國國會圖書館，該館藏書到一九六七年，就已達到一千四百萬冊之多。美國同時又有世界最大的大學圖書館——哈佛大學圖書館，數年前藏書就已超過八百萬冊。美國國立農業圖書館，收藏項目在一百二十萬以上，每月出版「農業書目」。國立醫藥圖書館，館藏圖書資料項目也在一百三十萬以上，館內設有全世界最進步的「醫藥文獻分析返原系統（MEDLARS）」——一種電子高速檢索機器。每月出版「醫藥論文索引」。此外尚有各地公共圖書館，政府機構附設圖書館，各級學校圖書館，新聞處及三軍海外圖書館，數量很多。發揮的教育功能，是可想而知的。西歐各國，都有很好的圖書館，也很注重圖書館事業。蘇俄和東歐共產國家，尤其重視圖書館。他們於城鎮鄉村均普遍設立圖書館或閱覽室。據報導：捷克斯拉夫有五萬六千所公共圖書館，蘇俄竟達到四十萬所左右，為世界任何國家所不及。

（五）成人教育的迅速發展

本世紀無論民主國家或其他政體國家，由於認清了教育的重要，不但注意正規的兒童、青少年學校教育，對離校後的成人教育也十分注重。成人教育，由於電視、廣播、印刷品及視聽資料的發達，在家庭日常生活中即在進行著。在教室中進行的，有各級學校的選課及夜

班等推廣教育，社會及宗教團體辦的及私立的各種補習班等。以團體
方式進行的有由社會及宗教團體、博物館、圖書館及其他團體舉辦的
演講會、討論會、研習會、讀書會、團體參觀旅行，野營活動等。由
個人個別進行的有對各類博物館、圖書館、動植物園的參觀或研究，
以及選修函授、廣播及電視課程等。這些成人教育活動，先進國家，
均由政府機構及各協會極力推動。影響之大，實不亞於正規教育。
以美國為例，據美國農業部全國推廣服務處（The Federal Extension
Service of The United States Department of Agriculture）近年的估計：
即農業和家事方面，每年受訓的人數即有七百萬之多。美國的成人教
育已包括了各種年齡階層，大多數是三、四十歲，但註冊選修成人課
程的學生中，有五十萬人超過六十歲，此外尚有很多參加非正式節目
的老年人未統計在內。

　　前面談到學前教育時，指出已推展到一人生命發生之前的孕前階
段。在本項成人教育的發展中，則可看出：本世紀的教育，也一直伸
展到人生旅程的盡頭。

三　二十世紀的教育思想和學者

　　人類依著思想而行事，而一切思想的產生，又由於當時事實的需
要。教育思想方面也是一樣，而其出發點不外是從事和從人。教育上
重要的事和人，首推經驗的累積──教材的形式，以及學習的個
體──學生。假如經驗沒有累積到形成教材，就無物可教。假如不瞭
解學習的個體，就不知如何去教。在古代，要把經驗累積到足夠寫成
書本教材，是件不容易的事，所以古代書本很少。但因都是前人經驗
的結晶，自然就被看重，而要求兒童要熟讀熟記，這就形成教材或課
程本位的觀念，看重課程的價值。過去無論「人文主義」或「唯實主

義」的爭論，都是屬於課程價值的問題。後來書本一代一代的增多，
兒童要讀的東西太多，讀不了，大人就用「體罰」來強迫兒童去讀。
體罰的另一意義，是人性惡的觀點，兒童的越軌行為也要用體罰來糾
正。兒童讀書越來越苦，體罰越來越重。所以十八世紀以前的學校，
有兒童牢獄之稱。情況發展到此，盧梭（Jean J. Rousseau, 1712-1778）
出來了，他主張人性本善，要讓兒童自然發展，不能體罰。說讀物是
毒物，這就演成了「兒童本位」的主張。於是兒童從過去教育的牢
獄，進到了今日的天堂。

　　教法在教育活動中，也是件重要事情。在古代重視教材時，也就
偏重對教材的記誦講解，和利用問答來啟發。這種啟發式教學法，與
古代的靈魂學說和「理性主義」有關。他們主張「萬物皆備於我」，
因為是本來就有，所以只要把它啟發出來就夠了。但成人認為重要的
教材，常常離兒童的生活經驗很遠，不但讀起來不會有興趣，而且也
不易為兒童理解，因此教育家又採用了「經驗主義」的主張，創出了
「直觀教學法」，要拿實事實物來給兒童看。杜威不贊成經驗主義以
為：「心靈被動的接受感覺印象便成經驗，便可構成知識」的說法，
因為心不在焉，就會視而不見聽而不聞。他提出他自己的「試驗主
義」的主張：要「從做上學」，「行以求知」是最好的學習方法。其
實，杜威揚棄傳統的教材傾向，也受本世紀知識增加得太多，兒童又
為死板板的教材所累的情勢所影響，在今日知識爆發的問題中，杜威
實幫助我們在解決教學問題方面，預先指出了一條好途徑。

　　在學生、教材、教法以外，因為教育是在社會中進行，因此就受
「人—群」關係學說的影。自然主義主張「個人本位」，是由於當時
環境的需要，想把人從當時的專制病態社會中解脫出來，所以其後順
著潮流，歐洲的重要教育家斐斯泰洛齊（Johann H. Pestalozzi, 1745-
1827），福祿貝爾（Friedrich W.A. Froebel, 1782-1852）、愛倫凱（Ellen

Key, 1849-1926）、蒙臺梭利（Maria Montessori, 1869-1952）等，都是受盧梭影響，屬於個人本位的。但個人主義極端發展的結果，最後也是社會弊病叢生。因此又有涂爾幹（Emile Durkheim, 1858-1917）、那托普（Paul Natorp, 1854-1924）、凱欣斯泰納（George M. Kerschensteiner, 1854-1932）等的「社會本位」思想起來。最後，較後起但影響又最大的杜威，他的學說處處顯出調和的色彩，可以代表本世紀中一種綜合的傾向。

本世紀的教育思想中，自然主義「兒童中心」的思想，仍普遍地受到尊重，其功臣應推愛倫凱。相對的，那托普的社會化教育思想，凱欣斯泰納的勞作主義、公民教育，涂爾幹的教育社會學，斯普朗格（Edward Spranger, 1882-1963）的文化教育學，都從社會方面立說。蒙台梭利偏重科學教育方法的建立，對幼稚教育影響很大。下面介紹幾位本世紀的偉大教育家。他們對教育的信念和奮鬥，使我們深感敬佩；他們的成就，也使後人永受恩澤。

（一）愛倫凱（Ellen Key, 1849-1926）

愛倫凱女士，瑞典人。於一八四九年十二月十一日出生於一貴族家庭。出生地山水靈秀，故自幼即熱愛自然及故鄉。生性極為聰慧，家中有豐富藏書，又有庭園之美；幼年教育，即由家庭教師悉心照顧下，於此美好環境中完成。二十五歲時，開始在家庭雜誌發表文章。三十二、三歲以後，約有二十年，由於父親事業失敗，經歷艱苦奮鬥。其間曾任從小學到大學的教職。其後，發表有關婦女問題和教育改革的著作。其中「兒童世紀（Das Jahrhundert des Kindes, 1899）」一書影響很大。使「兒童中心」的觀念，深植於各家學說中，成為本世紀的教育普遍原理之一。近一、二十年來，為了兒童福利，各國均有各種實際措施，而「兒童憲章（The Children's Charter）」的制定，

並為各國奉行,達到了愛護和尊重兒童的極致。凡此,皆不能不歸功於女士的呼籲。

女士強調父母對子女的尊重。認為雙親的年齡、健康、節制、勞動、愛情等事項,均足影響兒童。婦女應以「愛情與純粹」、「健康與美」、「夫婦充分和諧」、「夫婦共同幸福」等為基礎來生兒育女。強調家庭教育的重要,認為家庭的精神和家庭操作、娛樂、讀書等,足以涵養兒童的德性、情緒、和「愛他」的精神。她在〈未來的學校〉中,描寫她的理想:幼稚園、小學階段的教育,要在家庭中完成。新母親無論如何要把兒童從幼稚園解放出來。因為幼稚園是像工廠一樣的東西。兒童在哪裡造過後,然後送進學校,又再從學校送出到外面的世界來。這種學校組織非消滅不可。未來的學校,既無成績簿,也沒有賞罰和考試。無男女階級的差別,彼此互相信賴互相瞭解。學校提供教材,學生自由選擇學習,毫不強制。學校設廣大的庭園,中植美麗花草,用以喚起學生美的感情。庭園外為禮堂,附近為運動場。係想效法希臘時代,注重身體的美的調和發展。學校雖有校舍,但不設教室。僅於大廳中準備豐富的各種教材,設作業室,供學生在室內進行個別研究。如此受教至十五歲,然後再入實用專門學校就讀。並主張設立培養教師的新師範學校。

女士以自然的教育、自我活動、個人發展、自由選擇為口號。像盧梭一樣,完全相信兒童的本性。但女士注重學習服從,主張服從也應在家庭生活的快樂氣氛中,自然地產生。總之,女士的主張屬於自然主義、個人主義和富理想主義的色彩。受盧梭及洛克(John Locke, 1632-1704)、尼采(Niet Friedrich W. Nietzsche, 1844-1900)等人的影響而來。

（二）蒙台梭利（Maria Montessori, 1870-1952）

蒙台梭利女士，義大利人，生於一八七〇年。出身良好家庭，幼年接受健全的教育。她一反當時義大利的婦女傳統，進入羅馬大學修習醫學，為女性得該醫學博士的第一人。畢業後留校工作。由於在學校醫院工作中，日與身心缺陷兒童接觸，深感其教育之重要。乃開始搜集文獻，希望從而得到訓練此等兒童的方法上的啟示。她很快就找到了塞根（Edouard Seguin, 1812-1880）的著作。塞根是位法國出生移居美國，今日被大多數人遺忘了的教育家和心理測驗先驅。著名的比奈（Alfred Binet, 1857-1911）智力量表中，即有一部分取自或修正塞根原有的測驗而來。她馬上開始應用塞根的原理。然後她深深的感覺到：對於心理缺陷的兒童，與其當作醫藥問題來處理，不如把它當作教育問題來處理，還較恰當些。

她是一位有決心、有活力和衝勁的人。她馬上實行並同時宣傳她的理想。由於經常不斷的提倡，一八九八年乃應當時教育部長之請，在羅馬對教師們發表一連串的演講，甚為聽眾歡迎。因此建立了一所缺陷兒童的學校，她不但為這一所學校訓練教師、監督工作，並親自參加教學。自早上八點開始工作，一直到晚上八點止。這樣有二年之久，成績大著。

一九〇〇年，她決心從事正常兒童的教育。於是她辭去工作，再入羅馬大學選習實驗心理學和人類學，以便為她所希望發展的教學法，尋求科學的基礎。這時她已經想把以前在特殊兒童教學中，發展成功的有效技術，介紹到普通正常學校去，但尚未發展出全套方法。她為此一邊讀書研究，一邊獨自繼續觀察一組學童，準備了七年之久。一九〇七年，她終於構成了全套教育計畫。經過四年試用於廉租公寓學校的結果，證明十分的成功。她的方法有一部分取自塞根和福

祿貝爾外，一部分得於特殊教育工作的實際經驗和實驗心理學。

　　一九一一年後，蒙台梭利一邊致力於向各國介紹她的這種新教學法，一邊研究如何把這套方法，應用到年齡較長兒童的教學上去。結果她的方法在美國極為流行，在英國也有許多從事推行的信徒，瑞士則由法律明文規定要辦蒙台梭利學校，她的方法為全世界各地所採用。但她的主要供獻仍限於學前和小學教育階段，她想運用到較高年級上去的努力並未成功。

　　蒙台梭利法有三項主要特性，第一是學校作業適應每一兒童的個性。要養成兒童獨自一人行動，控制自己的行為和意志，使能對自己負責。鼓勵兒童依自己的能力工作，專心任何感到興趣的事。以任何可以發展潛能和解決當前問題的方式去利用教材。她常用個別教學，以期達到最大可能的適應。第二是堅決主張自由，認為此乃任何真正教育的基本要求。認為師生均應自由，前者不能支配後者，後者非必要也不能依賴前者。兒童的個人自由，應經由活動而導至獨立性的養成。第三是注重感覺教育，這是本教法的最出色部分。她特別注重感官辨別能力的訓練，因為她相信感覺和智力之間有密切的關係，如果早年忽略了感官訓練，智力就得不到應有的發展。

　　蒙台梭利學校的課程，主要可分成三種類型：一為設計來訓練感覺的，如顏色、形狀、物體、聲音等。一為訓練實用技能的，如繫鞋帶、扣扣子、讀寫算等。一為適應實際生活的，如起坐保持安靜，洗濯、穿衣、刷牙、清潔餐桌等。許多支持蒙台梭利法的教育專家相信：經過特別訓練的教師利用這些教材，可以幫助兒童對學習發生繼續不斷的好奇，以及積極的態度與習慣。兒童在應用自己的能力時，會更暸解自己的能力並獲得自信。

（三）杜威（John Dewey, 1859-1952）

　　大教育家又同時是大哲學家的約翰‧杜威，一八五九年出生於美國維蒙特（Vermont）州的小城柏林頓（Burlington）。家境並不富裕，幼年曾做過送報生和農場小工。十五歲於高中畢業後，入維蒙特大學就讀，在校期間深受進化論、實證主義的影響。畢業後在鄉間小學教了二年書。後再進約翰賀普金斯大學研究院研究哲學，一八八四年得到博士學位後，先後入密西根大學、明尼蘇達大學任教。一八九四年往芝加哥大學任哲學、心理學、教育學教授和系主任，並創設實驗學校，實驗他的新教育學說。實驗結果在《學校與社會》（*School and Society*, 1899）一書發表，對教育影響很大。一九〇五年往紐約哥倫比亞大學任哲學教授，此時已建立他自己的學說系統。一九一六年主要著作《民本主義與教育》（*Democracy and Education*）出版，成為美國教育理論的基礎。一九一九年至一九二一年在我國講學，對我國教育影響很大。其後應各國之邀，前往講學、考察、改革教育，足跡遍及歐亞南美洲。他從事教育工作數十年，親見自己學說之推行於世界各國。一九五二年六月一日在紐約逝世，享年九十三，誠是「仁者壽」！

　　杜威的著作很多，主要的學說，可在《學校與社會》、《思維術》*How We Think*, 1909）、《民本主義與教育》、《哲學的改造》（*Reconstruction in Philosophy*, 1920）、《經驗與自然》（*Experience and Nature*, 1925）、《經驗與教育》（*Experience and Education*, 1938）等書中看出。他建立的學說稱為「試驗主義」（Experimentalism）。係受「進化論」和心理學的影響，由「經驗主義」和「實用主義」（Pragmatism）」演變而來。學說的要點，可由此一主義的另一別名──「工具主義」（Instrumentalism）的名稱看出來。杜威認為知識的起源是由於經驗，而經驗的產生是由於需要。所以知識是行動的，解決問題的工具，具有實用性或工具性。世間沒有絕對的真理，能解決問題者為真。因此

取得知識的方法，就是身體力行，從做上學（Learning by doing）。此種理論構成了試驗主義教育方法的精髓部分。

　　杜威在《民本主義與教育》中，對教育提出了四點看法。第一、「教育乃是一種生活的必需品」（Education as a necessity of life）：杜威認為「生命乃是跟著環境中的謀生活動而自我更新的歷程」。生存的個體（人），經過一定時間後，機能就會消滅（死）。只有社會才不關個人的生死，依舊繼續下去。教育在更廣泛的意義上來講，是為了社會而使生命持續的手段，藉著教育的作用，可以繼承上一代的文化（語言、信仰、觀念、禮俗……），又可把當代的文化傳遞給下一代。所以為了上下二代的文化，教育乃成為極端必要之事。第二、「教育乃是一種社會功能」（Education as a Social function）：從社會功能來看，社會是由於我們自己連續的更新而存續。所謂更新乃是使未成熟者（兒童）達到教育的成熟。為實現此項目的，社會乃使未成熟者通過各種機構，進行形成的工作。由這項意義來看，教育乃是撫育（fostering）、教化（Nurturing）、培養（Cultivating）的歷程。教育就是在人與人、人與事交互變化的環境中進行。但社會的環境僅是偶然的，因此我們乃要求一種有意準備好的環境，學校就是這種環境的代表。第三、「教育即指導」（Education as direction）：從指導功用來看，環境只是給予單純的刺激，對於刺激反應的個人，不能繼續發展，以養成習慣，服從規律。社會環境方面也是一樣，社會只是一種媒介物。只有學校教育才適合來做這種工作。所以學校必須要有活動的、構成的歷程。而不是用一邊說教，一邊筆記的錯誤方法。第四、「教育即生長」（Education as growth）：杜威提出這句話，原是利用生物類推的方法，想使人更易瞭解。結果卻引起一些誤會和批評。他所說的生長，是指向正常的、好的方面生長。是指體、知、德三方面的發展。生長的初期，是一種未成熟的階段。此一階段最富依賴性和可塑性。依賴性是使人類生長成為可能的基本力量，可塑性則為從經

驗學習、養成習慣的能力。教育要利用這種特性，布置好的環境，來
進行「導其生長」的工作。

杜威的教育方法，即是針對上述理論而來。國內在這邊面介紹得
很多，學教育的人，尤其耳熟能詳。但主要的精神是從如何彌補行為
和思想間的鴻溝出發。杜威認為活動（activity）是在控制情境下所做
的實驗，思想（thought）乃是指導我們此項實驗的理論。實際的教學
法，即根據此種精神，設計成一連串解決問題的活動。

杜威對藝術和教育的關係，也有獨特的見解。在《藝術即經驗》
（*Art as Experience*, 1934）中。他把藝術作品和日常的生活經驗連結
起來。認為我們在日常生活中，有光榮的、快樂的、憂愁的、厭煩的、
可怖的、悲慘的經驗，而這些都是建築家、作曲家、畫家、作家尋求
去捕捉和表現的特質。他認為如果在教育上忽視了這些經驗，就會顯
得白璧有瑕，美中不足。

研究問題及作業

一、二次大戰後，世界有什麼特殊因素出現？

二、本世紀在教育上有哪些特殊發展？

三、愛倫凱對兒童教育的主要貢獻為何？

四、試利用本書第二章研究方法介紹過的圖書館技術，從「參考
　　書」、有關書籍、論文等找出資料，就本章提到的教育家中，任
　　選一人作一報告。

──本文原載於陳道生與馬文恆、曾維垣、張炳熙、黃建一、楊紹旦、
　　葉玉坤、趙汝福、鄧明治等合著之師專空中教學教材：《教育史》
　　　　（臺北：中華出版社，1975年2月），第十七章，頁276-297。

調查法及其在教育研究上的應用

　　調查法在教育研究中，是一種很重要的方法。在教育研究的應用研究（Applied research）方面，幾乎大部分都是採用此法來完成的。尤其在民主制度下，主持教育行政的當局，對於多少人需要教育？什麼地方需要教育？需要怎麼樣的教育？教育實施的結果如何？都要靠調查的結果來明瞭。然後才能作成計畫，一件一件的來實施，來改進。任何人只要略一注意進步國家的教育行政及教育研究情形，對於這點都可一目了然。

　　調查法雖然這樣重要，並為大家廣泛採用。可是到現在尚未看到我國有很實用的系統介紹，相信在過去做過的許多調查中一定浪費了許多金錢、人力和時間，而又沒有得到確實的效果。本文試圖整理出一個科學的系統步驟來給大家研究參考，因為限於時間關係，又為讀者閱讀方便起見，大部分只是大綱，要用陳腔濫調的地方一概避免，只有大家較不注意，較新及作者認為較重要的地方多加介紹。所以繁簡極不對稱。

　　一個完整的調查，實在包括了三個主要部分。一為一般研究方法的基礎瞭解，知道調查法在整個研究過程中的位置。二為調查的工具，包括：統計的方法、徵詢的工具，和計數的工具。三為調查的手續，亦即進行的步驟或程序。統計方法和徵詢工具牽涉統計測驗的專門知識，本文無法詳述，只有在手續和工具部分牽涉到的地方加予扼要介紹。計數工具的部分，因觀念較新，作者三年前在所授「教育研究法」一課中介紹時，IBM 尚係新奇的東西，現在不但有民間企業組

織的「中華資料處理中心」，用 IBM 為稅捐處處理稅收；而中大電子研究所、臺大、政大等都已經利用來作研究的工具。將來在教育調查上的應用，乃是必然的趨勢。所以介紹得略為詳細。下面就照這個理想來分項敘述：

一　調查法在整個研究過程中的位置

研究行為的產生，最先是發生研究的需要。此項需要或係出於個人的興趣，在自由、自動的情況下產生；或係面對了必須解決的困難或問題，在不得已或被動的情況下產生的。古代文明的發生，都在生活環境較好的地方；因為這樣人們才有空閒的時間，自由自在的去想，去探究種種問題；才有種種發明，種種創造。我們翻開人類的歷史一看，種種證據都擺在我們眼前。這就是由第一種情況出發所產生出來的結果。若是人類遭遇到了困難和問題，必須設法去解決，那也是最常見的事情，於是就產生從第二種情況出發的研究需要。也就是杜威在思維術所述解決問題五步驟中指出的第一步——問題的感覺。比如你所服務的機構交個問題給你去研究，你就不得不設法去解決，也是屬於這種情況的。這就是發生「研究需要」的情形。

既然發生了研究的需要，第一步工作，你就要去搜集有關這一問題的現有資料，才能明瞭整個問題的情況，才能得到過去解決本問題的舊經驗的幫助。才能避免重複的工作以及再犯的錯誤。這一步工作是很重要的，舊式的教育及學者，把畢生的精力放在讀書背書上，就在記取舊經驗的資料，以便遇到需要時，能在腦子中取出來應用。所謂「書到用時方知少」，就是描寫這一情形。可是讀到的書本知識，也許畢生遇不到應用的情況，或遇到了那樣的情況，又不知應用。這就是「死讀書」的舊式教育的缺點。現在學術的發達，有些學科，即

使一個非常專精的專家，都無法閱讀完一年內世界各地專家所發表的
同行論文及新書，所以過去死讀書的辦法，就行不通了，因而就要在
需要的時候，利用論文索引（Index）、手冊（Handbook）、精華錄
（Abstr-acts）、專門「百科全書（Encyclopedia）」、年鑑（Year-
book）等工具書的幫助去找最有用的資料。所以只要知道以及用熟了本
行的工具書，世界各處的資料都可為你所用，就不需窮年累月的去啃
書本，變個瘋瘋顛顛的書獃子。教育的索引在英文方面有：

Education Inde. New York: H.W. Wilson Co., 1929-date.

本索引有三種版本：一為每月出的平裝本，另二種為每年及每三年的
布面精裝本。一九二九年以來英文出版的教育論文，幾乎都可靠本索
引找到，然後利用現在便利的複印設備複印下來加以利用。一九二九
年以前的教育論文呢？則在：

Readers' Guide to Periodic Literature. New York: H.W. Wilson Co.
1900-Date.

中可找到。前一教育論文索引，是因本索引的教育論文太多。在一九
二九年分出來單獨出版的。所以一九○○年至一九二八年的英文教育
論文要在本索引中去找。這二種論文索引包括了整個二十世紀的英文
教育論文，是何等重要的參考工具？可是作者在國內讀教育系至研究
所，都沒有聽人提到過。現在師大教育參考室有一九五九年以後的前
一索引。讀者千萬不可忽略了，這是打開現代教育知識的寶庫的金鑰
匙呢！國內中文的教育論文索引，如以前大陸出版的有邰爽秋編的
《教育論文索引》，在臺出版的有司琦編的《十年教育論文索引》，臺

灣省立師範大學圖書館接上一索引編的《五年教育論文索引》，及接著每年繼續編印的《教育論文索引》。其他的工具參考這裡無法詳說，以後有機會時再介紹。總之，在研究過程中，現有資料的搜集成功與否，是整個研究工作成功與否的關鍵。這是研究的第二步，是最重要的一步。

現有資料收集了，逐件審閱後，對所研究問題的整個過去情況都有個瞭解，有許多舊經驗都可利用。已有的成果也可避免再去重複研究。對尚待發現的地方就可逐件提出。經過分析、判斷，然後提出一個可能的答案──假設。這是研究的第三步。

假設作成了，然後根據它的特徵，在許多研究方法，如實驗法、測量法……等中選出最適用的一個，本文要介紹的是假定選擇了調查法，然後由此得到新的證據（資料），以便證實或推翻假設。這是研究的第四步。是為最繁重的，需要細心的一步。

整個研究過程中的最後一步，乃是結論的作成。整個研究工作至此完成。這五個過程有如下表：

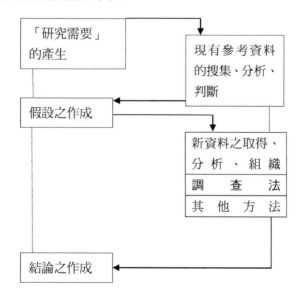

　　所以調查法在整個研究過程中，要到第四步才用到它。這是做研究工作的人，不可不瞭解的。

　　不要忽略了這五個研究步驟的系統，這是從人類思想方法演進中，綜合改良得出來的。它擷取了希臘人及阿里士多德發展出來的演繹法、培根提倡、穆勒完成的歸納法、穆勒的演繹歸納並用法，以及現代杜威實驗邏輯的精華呢！要從頭講起，它幾乎可概括整個人類的思想方法進化史。

二　計數的工具

　　調查結果的整理離不開統計，統計離不開計數的手續，而計數的快捷繁簡，自人類原始之用手指、小石、小珠、竹籤（籌）、算盤、齒輪計算機、手搖計算機、電動計算機、電動統計會計機（PCS）、到電子計算機（計數型），真有天壤之別。本節所要介紹的，就是最後最新的二種機器的基礎概念及有關教育調查之應用部分。

（一）一般理論基礎

1　計數的意義

　　在我們日常的生活中，我們感覺到的物體都是整個的，感覺到的時間也是連續不斷的。可是為著利用上的方便，或人與人之間傳達意思的便利起見。我們都假設出一種單位來劃分它。如空間方面的長、寬、高，我們用尺、寸、分來劃分它；時間方面的久暫，我們用時、刻、分、秒來劃分它。重量方面的輕重我們用公斤、公分（克）來劃分它。這裡面的分（Cm），秒（Sec），公分（克 g）都是基本量，其他或為它們的倍數，或為它們的分數（也是倍數的一種），都是某階

段的變化量。這時以基本量為單位，我們就可以用0 1 2 3 4 5 6 7 8 9 10的數字來表示。這種數值化的表現法，叫做計數式表現法。

2 意義內容的符號化

在日常生活中，我們要把一件事情的意義內容使彼此互相瞭解，我們一定要靠語言文字。因為語言文字代表某項意義，我們藉它可以瞭解代表的內容。在電子計算機中，也有相似的情形。那就是將事件資料的內容，變成階段的變化量，再依抽象的數字，記號的方式來表現。不過表現的方法多係採二元的方式，以「0」「1」或「是（Yes）」「否（No）」為報導的最小單位。

在電子計算機的系統上，將需要報導的資料，照規則符號化。符號的組合與報導的資料相對應，經由計算機迅速計算出來。這一點很為重要，因為今日計數型電子計算機的所以發達，關鍵完全在這一點。

3 數的表現

我們在日常生活中使用數字的方式，多係採用十進法。但是有些為著應用的方便起見，也採用別種進位法的，如時間的計算，六十秒為一分，六十分為一時，每六十才進一，就是採六十進位法。土木工上為採用英尺英寸，便利用十二進位法，都是例子，同樣近代數學為著某方面——如工業上的方便起見，就常常採用別種進位法。

日常用十進數整數值的表現法，可寫成：

$$a_{n-1}10^{n-1} + \cdots + a_3 10^3 + a_2 10^2 + a_1 10^1 + a_0 10^0$$

此中 $a_{n-1}\cdots, a_3, a_2, a_1, a_0$ 為0, 1, 2, 3……9的任何整數。

例如十進法的「8953」一數照上式展開之情形：

$$8953 = (8 \times 10^3) + (9 \times 10^2) + (5 \times 10^1) + (3 \times 10^0) = 8000$$
$$+ 900 + 50 + 3$$

計數型計算機上，也以日常用十進法為基礎，可用0到9的數字來表現。例如十進數9,645,287,103展開後共有十項，每項需有10位來表示，則10×10需有一百位，其情形有如下表：

表一

照上表的方式，就可利用電子計算機中真空管或電晶體的作用，進行計算的工作。雖然計算機內部的迴路是很複雜，根據上述情形，其大概仍是容易想像的。

在數字的表現上，二進法是為各種電子計算機採用最多的一種。因為二進法只要用0及1兩個數字，就可記一切的數。此法即是逢二進位。即第一位為二的0次方（2^0），第二位為二的一次方（2^1），第三位為二的二次方（2^2），第四位為二的三次方（2^3），餘類推。上面四位之值各為1248，故計算機採用四位法的叫做一二四八符號（1-2-4-8

code）制。若將「表一」所表示的十進十位整數值9,645,287,103一數，
用二進法表示，則其情形有如下面表示：

表二

位數 二十進 進		各 位 的 數 值			
		$2^3=8$	$2^2=4$	$2^1=2$	$2^0=1$
10	9	1	0	0	1
9 數	6	0	1	1	0
8	4	0	1	0	0
7	5	0	1	0	1
6	2	0	0	1	0
5	8	1	0	0	0
4	7	0	1	1	1
3	1	0	0	0	1
2 值	0	0	0	0	0
1	3	0	0	1	1

這種表示方法，叫做二進化十進符號法（Binary coded decimal
sys-tem）。有很多的電子計算機採用此法。如美國製的 IBM 7205 III，
BURROUGHS（DATATRON）220及205都是。日本製的電子計算機
亦多採用此法。

十進數要改寫成二進數，方法甚為簡單。即以二除該數，餘數即
為第一位數；再以二除第一次所得之商，餘數即為第二位數；繼以2
除第二次所得商，餘數即為第三位數。如此類推，直至得最後之商
（0或1），即以此商為最後一位數。如十進數二十改寫成二進數時，
先以二除得商十，餘數零；商再除二，得第二次商五，餘數零；第二
次商再除二，得第三次商二，餘數一，再以二除第三次商，得商一，
餘數零。故改寫成二進數時為一〇一〇〇（10100）。再以同法將十進
數十九改寫為二進數，亦得為「10011」。茲將十進數〇到二十之二進
寫法列表對照如下表三：

表三

十進法	二進法
0	0
1	1
2	10
3	11
4	100
5	101
6	110
7	111
8	1000
9	1001
10	1010

十進法	二進法
11	1011
12	1100
13	1101
14	1110
15	1111
16	10000
17	10001
18	10010
19	10011
20	10100

與上述類似的方法，尚有 Excess 3, Bi-quinary, Qui-binary 等法，亦為電子計算機所採用，列表比較如下表四：

表四　數值的符號化形式

十進法數字	普通二進	Excess 3	Bi-quinary	Qui-binary
0	0 0 0 0	0011	00000	00000
1	0001	0100	00001	00001
2	0 0 1 0	0101	00010	00010
3	0 0 1 1	0 1 1 0	00100	00011
4	0 1 0 0	0 1 1 1	01000	00100
5	0 1 0 1	1 0 0 0	10000	00101
6	0 1 1 0	1 0 0 1	10001	01000
7	0 1 1 1	1 0 1 0	10010	01001
8	1 0 0 0	1 0 1 1	10100	10000
9	1001	1 1 0 0	11000	10001
	$2^3 2^2 2^1 2^0$	$2^3 2^2 2^1 2^0$	5 4 3 2 1	8 6 4 2 1

4 資料報導的構成

根據上述符號化的數字表現法，像表二那樣的十進十位數，如用二進化十進符號法（Binary Coded Decimal System）表示，用並列4 bit 表示一位數，則十位的數在計算機處理時，就成為$4×10＝40$ bit 一群資料的移動。像這樣的資料的一群，叫做「語」（Word）。不過計算機的語的大小，因位數的多寡而不同。

5 資料報導的傳遞及動作方式

資料在電子計算機中的表示，像前節所述，係以「語」為單位。資料的一群在電子計算機的各裝置間移動，處理也同時跟著進行。

例如以三位的十進數值「548」來講，如用二進化十進數來表示，則成為：

2^3	2^2	2^1	2^0
0	1	0	1……5
0	1	0	0……4
1	0	0	0……8

這樣二進化以後的數值，就可以變成電流的脈動信號（Pulse），在電子計算機內的迴路上傳遞進行。這種傳遞的方式，像圖一所示有直列式、並列式、直並列式三種。

由下圖一可知，直列式是用一條傳遞路線來處理的。傳遞時各字（四個信號為一數字）需用時間來區別。因需伴以時間的間隔，在處理上之時間乃消耗得多，故計算較慢。

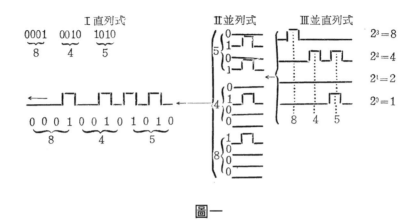

圖一

並列式，每一數字的信號，都要傳遞路線。不過有同時傳遞的長處，資料的處理也快。就是內部迴路變得複雜。

並直列式，此式具有上二式的長處和短處，唯頗為實用。

上面係電子計算機的一般基礎概念，進一步的詳細情形，讀者可自己到圖書館找些參考書研讀，這裡無法詳細介紹。

（二）在教育調查上的應用

教育調查，如能應用機器來統計，其快捷簡便自不待言。唯在我國此項機器尚未普遍，想像中似覺複雜神秘。其實機器之操作另有專人。調查時只需設計一調查表，另配合調查表，用一統計卡片。調查表收回來以後，將各項內容化成數字用紅筆記出，即可交統計卡片的打孔人員，將記出的數字，在統計卡片的該項目欄內如數打孔。此項打好孔的卡片，或經由鑽孔卡片系統（Punched Card System），作卡片分類手續，將卡片放在分類機上分類。分類好的卡片，再作會計印刷的手續，將卡片放到會計機上，即會將結果算出，並會自動的將結果印出來。或經由電子計算系統，將卡片上的資料（即卡片上打的孔）和處理規則（Program），由 Card to tape 裝置記錄在磁帶上；經

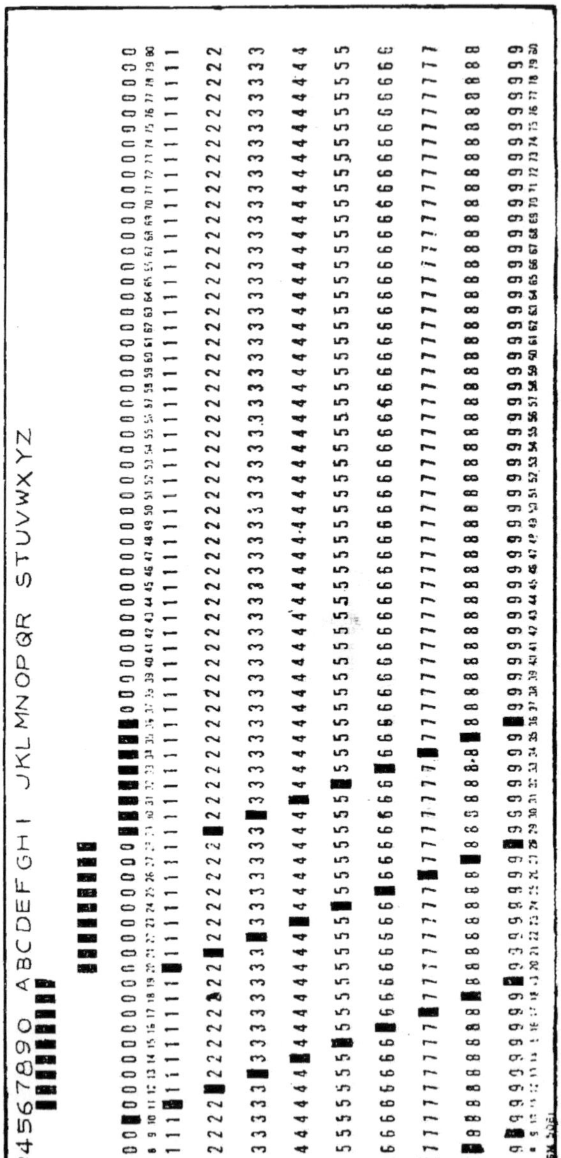

圖二 IBM標準卡片（80欄）縱$3\frac{1}{4}''$，橫$7\frac{3}{8}''$。

中央處理裝置演算後，將結果錄在另外的磁帶上。再帶 Tape to Print 裝置，就會將算出的資料印出來。

統計卡片的用法可參看以上表一。像圖二，那是一張 IBM 的標準卡片。其大小為縱 $3\frac{1}{4}''$ 橫 $7\frac{3}{8}''$。內分八十欄，每欄有從上到下依次為 12（Y）、11（X）0的位置，叫做區別位置（Zone Position），其下依次為1 2 3 4 5 6 7 8 9的位置，叫做計數位置（Digit Position）。

應用時即可依需要分別將需用的欄數劃開，不用的欄數可利用作其他文字說明之用。例如要調查全省二十二縣市的中小學教員情形。則每一縣市用一數字代表，如從臺北市01起到花蓮縣22止，所需使用的數字止於二位則劃取第一第二兩行，於其上或下註明「縣市別」字樣。如該張卡片係屬於臺北市的，則於第一行的0處，第二行的1處打孔。為表明所調查的學校為中學或小學，亦照樣以數字代表，如以1代表中學，2代表小學，所需的數字只有一位，則劃取一行已足。於其上或下註明「學校別」字樣，如該張所調查的為小學，則於2處打洞。餘如國立、省立、縣立、市立、私立的學校「設立別」（分別用1、2、3、4、5代表）。學校大小等級（分別以1、2、3代表大、中、小）該教員的年齡（年齡本身是數字，不必再用數字代表一項手續）、「性別」（用男1女2代表）。「教育程度」（分別用1 2 3代表師範、專校、大學畢業）。「服務年數」、「每月薪金」、「全年收入」、「每週授課時數」等，皆可照上法在統計卡片上劃取所需行數，註明類別，以資應用。此中全年收入約萬餘元，為五位數，需劃取五行始足應用。像打在附圖三這張卡片上的調查資料，依次為：臺北市、小學、中等、省立、五六歲、男、專科畢業、服務三十五年、月薪九百零二元。全年收入一〇八二四元，每週授課二十二小時。

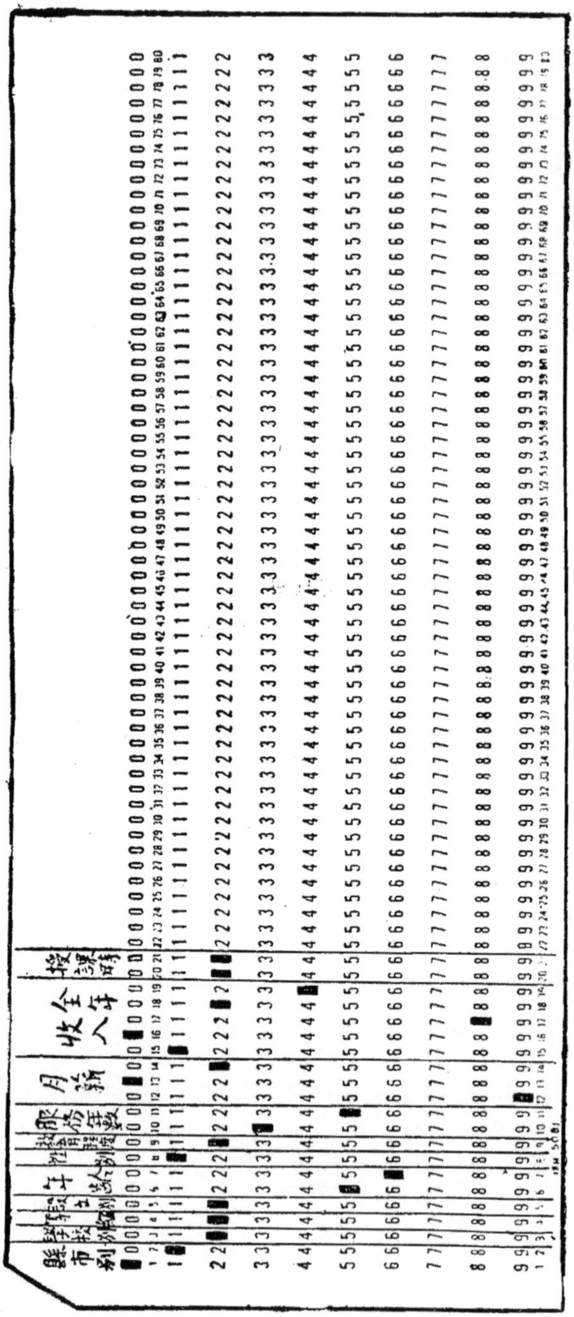

圖三 應用示例（參看正文說明）

三　調查的手續

當研究工作決定採用調查法來做時，就可按下列順序進行。不過這項順序是針對大規模調查而設計的。讀者可按調查規模的大小及需要，自己斟酌增省。

（一）調查的計畫

（1）目的。
（2）事項。
（3）對象。
（4）地區。

1　抽樣

對象和地區二項產生「抽樣」的問題。簡單易行的抽樣有下列幾種：

（1）**單純隨意（機）抽樣法**（Simple Random Sampling）　本法最簡單的抽樣法有「等間抽出法」，即每隔多少抽取一個的辦法。本法最適用於有名冊的場合。如有戶口名冊、電話簿、學生名冊、畢業紀念冊……等。

例如要在八千人中抽出四百人來調查則：$8000 \div 400 = 20$ 即每隔二十人抽出一人。抽時不必從第一人開始，可從任何一人開始，如從第十一人開始，則抽出的順序如下：

11, 31, 51, 71, 91, 111, 131, 151, ...7971, 7991

（2）**層別隨意（機）抽樣法**（Stratified random Sampling）　假如調查的範圍包括了各種地區，每種地區的需要情形都不相同，若所

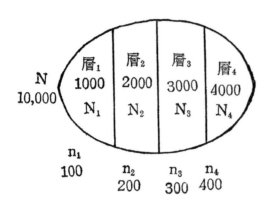

抽的樣本不平均,則調查得來的結果,自不能代表一般的情況和需要。

如商業地區、工業地區、漁業地區、農業地區子弟所需的教育都有不同,如果一縣包括了全部這些地區,則教育的設施自當迎合各區的需要,不能有偏。這時在各區所抽的樣,可按比例來分配,如在包括有農業區家庭一千戶、漁業區二千戶、工業區三千戶、商業區四千戶的一個調查區域中,要抽出一千戶的家長來做調查對象,這時自不能在這四區中每區各抽二百五十人來湊成一千人。因為二百五十人在一千戶的農業區占了百分之二十五。在四千戶的商業區只占百分之六點二五。相差十分懸殊。所以要按比例來分配。這時如以 i 代表層別,N_i 代表該層戶數,n_i 代表該層表抽樣數,N 代表該區域各區加起來的總數,n 代表總抽樣數,則得公式如下:

$$ni = \frac{N_i}{N}n$$

把各層代入,則求得各層抽樣數如下:

$$n_1 = \frac{N_1}{N}n = \frac{1000}{10000} \times 1000 = 100 \ldots\ldots\ldots第一層抽樣數$$

$$n_2 = \frac{N_2}{N}n = \frac{2000}{10000} \times 1000 = 200 \ldots\ldots\ldots第二層抽樣數$$

$$n_3 = \frac{N_3}{N}n = \frac{3000}{10000} \times 1000 = 300 \ldots\ldots\ldots第三層抽樣數$$

$$n_4 = \frac{N_4}{N}n = \frac{4000}{10000} \times 1000 = 400 \ldots\ldots\ldots第四層抽樣數$$

這四層抽出的總數是一千人，剛好每十戶
抽一戶的比例。

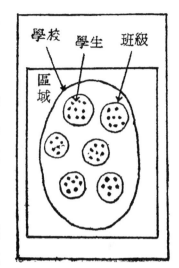

（3）**副次抽樣法**（Subsampling）
前述單純隨意抽樣，抽出來的樣本就直接
作為分析之用，這種分析單位（Analysis
Unit）與抽出單位（Sampling unit）一致
的抽樣，叫做「一段抽出法」。

A 二段抽出法（2-Stage Sampling）：
假如在許多學校中抽出一部分學校，再在
這抽出的學校中抽出學生；則學校和學生
二個抽出單位中，只以學生為分析單位，則叫二段抽出法。學校為第
一次抽出單位，學生為最終（第二次）抽出單位。

B 三段抽出法（3-Stage Sampling）：若先抽出學校，再在抽出的
學校中抽出班級，最後在抽出的班級中抽出學生；則分別為第一次、
第二次、最終（第三次）抽出單位。

C 多段抽出法（Multi-Stage Sampling）：像前述那一段一段的抽
出，段數可以很多，就叫做多段抽出法。通常又叫副次抽出法。附圖
示先抽出區域，依次再抽學校、班級、學生的四段抽出例。

2 抽樣誤差的減少

抽樣調查，若樣本的數目較多，則較接近全部的情形，所以數目
不宜太少。究竟要抽多少才夠呢？你可以先取一「可能的」較高數字
如六百人，進行調查，求出平均數和分配參差程度。然後再繼續調查
一百人，並將此一百人併入第一次之六百人中統計，將求得之平均數
與分配參差程度與第一次六百人者比較。若差異不大則證明取樣已
夠。否則顯示取樣不夠，有擴大取樣之必要。

3 發表（調查表）方式[1]

（1）郵寄法：本法據統計只可收回約30%。

（2）當面調查法：係派調查員親往調查，約可收回80%。

（3）留置法：放在被調查者哪裡讓他慢慢填，此法多用於學生、團體。

（4）集合調查法：將被調查者集合在一起來舉行，此法多用於學生、團體。

（5）視察、觀察法：係由調查員將所見記入調查表。

以上各種調查方式中，1、2、3法多用於意見調查。測驗調查則多用2、4、5各法。

4 工具的決定

（1）計數的工具。

（2）應用的工具。

5 調查人員的組成

6 經費預算的編擬

（二）調查表的設計

1. 注意事項：調查的便利、統計的便利。

2. 順序：調查項目的排列，要順序不紊。

1　【編案】本項以下四項，原標序號（5）、（6）、（7）、（8），或為後文段落錯置於此（如（三）試驗調查後半），嘗試調整之，文意亦未甚愜，姑仍其舊，依前文體例改標3、4、5、6。

3. 填記方式：

（1）自記式：由被調查者將調查事項自行記入。

（2）他記式：由調查員代填。

4. 答案方式：

（1）關閉式（固定式）：答案固定印好，答填者只有打正負號、圈取或勾取等的機會。

（2）開放式（自由式）：讓被調查者自由表達意見。

（3）混合式：在選擇固定答案後，加「其他」一項。讓被調查者有表達意見的機會。

5. 內容：要簡單明瞭，辭彙的選用要顧到被調查者的程度。每一項只能包括一個觀念，因為你假如這幾個觀念放在一起，被調查者也許只贊成其中一個觀念，反對另外幾個觀念。在一項中怎麼選擇呢？調查來的結果，自然就不可靠了。這是調查上常犯的錯誤。

6. 說明：附在調查表上的填表說明，要簡單易懂。我們在生活中常常有的一個經驗，就是拿到一張表格，看了說明還不知道怎樣填。要避免這一困難，就需設計好後，先找些人來試試看。

（三）試驗調查

在大規模的調查中，可先取一小部分對象來做試驗調查。這樣可以發現不合適的地方，缺點和困難。以便在規模調查之前改善。下列幾項都是可從試驗調查中得到的便利。

1. 調查表的改進。

2. 調查困難的瞭解和克服。

3. 各種缺點的發現和改進。

4. 調查人員從而得到演習熟練的機會。

（四）調查組織的成立及動員

1. 分發順序的計畫：如由部到廳到縣市到學校。
2. 指導綱要的編印分發。
3. 宣傳：藉此可以得到各方的合作。宣傳的方式可利用廣播、電影幻燈、標語、報紙等。

（五）準備調查及正式調查

1. 調查的公告。
2. 正式調查開始。

（六）調查表的整理統計

1. 檢點調查表：由調查員，各級指導人員任之。
2. 裝上封面：如臺北市的裝成一冊，新竹市的裝成一冊等。照次序放好，加以保管。
3. 內容檢查：多用抽查方式。將漏記、誤記、前後矛盾之處訂正。
4. 進行統計：
    （1）符號記入：用紅筆將記載事項，用代表之數字記出，如性別用1代表男，用2代表女。若本分調查表係男性的，即用紅筆記出1，統計時一看便知。
    （2）人工統計或機械統計：
        A. 人工分類統計。
        B. 機械分類統計——用穿孔卡片系統（Punched Card System）的各種機器。
            a. 打孔人員用打孔機，將調查表上記入的符號（見「（1）符號記入」項）打在統計卡片上。

b. 穿孔卡片的檢查：檢查人員利用檢孔機，檢查卡片上
打的孔有否錯誤。

c. 集計：有二種系統。

（a）穿孔卡片制：

卡片分類──將上面打好孔的卡片放在分類機上，就
可把同類的卡片分在一疊。

會計印刷──將上項分類好的卡片，放到會計機上，
就會將結果算好，用表的形式打印出來。

結果整理──將上項打印來出的統計表中資料，算出
需要應用的平均數，百分比、相關係數等，供作報告
之用。

（b）電子計算制：

卡片記錄（Card to tape）裝置──將穿孔在卡上的資
料（Data）及處理計畫（Program）記錄在磁帶上。

中央處理裝置──將上面記錄了處理計畫的磁帶放入
本裝置，由內部記憶裝置記取如何處理資料。將記
錄資料的磁帶放入，即會依照計畫所示，將所要的結
果計算出來，並將此項計算出來的結果錄在另一磁
帶上。

記錄帶印刷（Tape to Print）裝置──將上項記錄有
演算結果的磁帶放入本裝置，即會自動將結果打印
出來。

（七）報告書的寫成

根據上項計算機算出的結果並印出的統計原表，可以繪成美麗的統計圖。然後配合文字解釋。就變成一份有圖有表、圖文並茂的完善調查報告書。

——本文原發表於《教育文摘》第11卷第1期（臺北：國立教育
資料館，1966年1月），頁1-6、30。

小學教室設計（譯述）

　　關於教室設計的知識，在國內教育界人士中也許尚稱缺乏，就作者記憶所及，在大學教育系課程中，似乎只在教育概論一課中，略為涉及教室的安全問題。本期《教育文摘》出專輯介紹，囑作者亦撰一文充數。因就美國聯邦教育衛生福利部教育局所出版：《小學教室設計》（*Designing Elementary Classrooms*）一書，將其內容扼要介紹，意在他山之石可以攻玉而已！

　　美國人的生活行動，確實是能符合他們的哲學——實驗主義的。小學教室設計一書的資料，就是來自有實際經驗的教師、視導人員、校長以及從事教學和視導的專家；而其目的是在：（一）幫助小學教室設計者利用實際和有效的步驟與程序、（二）介紹有效的計畫和設計、（三）指示小學教室設計的趨勢、（四）鼓勵充分利用有用的設備等四點。說明良好教室的產生，是由於對實際問題的瞭解與合乎邏輯的設計步驟。

　　在教室設計之先，應當經過下列各項計畫步驟：

1. 認識需要。
2. 討論及製成政策。
3. 校董會採納此項政策。
4. 選出包括地方代表的委員會。
5. 地方人士討論並提出建議。
6. 主管、建築師和顧問檢查修正委員會之建議。

其次，對於管理及計畫的組織，應如下表：

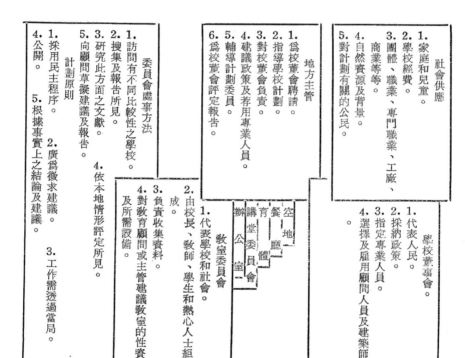

良好的教室設計，基於對下列各點的瞭解：

（一）**教室與其他學校設備之關係**　建築師光設計教室是不行的，他還需要知道適合各個教室的需要，去設計許多的設備，進而不但需要知道需要的設備，並且需要知道整個設備的一般特性，以便去決定教室設備的特性。例如，假如設備中已有容納全體兒童的餐廳，則教室中就不需計畫用膳設備了。

並且因為附近的設備會影響到教室內進行的活動，所以教室的位置是很重要的。教室需選擇光線充足空氣清新的地方，並且要避免其他部分傳來的囂聲。

（二）**學校的哲學**　一個學校的哲學背景，決定其教室內的課

程。各個學校的哲學亦各不同，有的學校可能讓兒童在教室內動來動去，參加各種不同的體驗；有的學校在教室內活動的自由則較少，兒童只照正式的課表，正正經經的研究和背誦功課。對前者教室之設計，需要較有伸縮性，以便移去設備空出來作體育活動。而後者的坐位則多少固定一點，比較不需要設備的空間和物品儲藏室。設計人是需要瞭解學校的哲學，以便供給一個適合計畫的教室的。

（三）**計畫和活動**　今天在教室內進行的活動，比起舊日來，是既不相同又種類繁多。許多新的表現方法已被應用，由於許多此種新的活動的增加，使教室發生新的需要，現在從研究文獻，與小學教育專家會談，實地訪問，和小學教師的書信，得出了一張需要的活動、設備和物品的一覽表。下面是在教室內興起的典型活動以及其需要的設備和物品：

1. 搜集和展覽標本：兒童是喜歡研究標本的，他們常常為了教學之用，在教室內把標本陳列出來。當兒童把他們的觀念和感覺，轉移到建造性的行動上時，他們就會得到情緒的解放而怡然自得。設備和物品：大活動桌、小桌、展覽盒、陳列櫥、玻璃缸、培養槽、籠子、膠、工作凳、木料、砂紙、油漆、刷子、鋸子、鎚子、尺、夾子、老虎鉗、搖鑽、網、籃子、硬紙簿、水桶、罐子、椅子、鳥房、水盆、搗杆、肥皂、鉛筆、線、洋鐵罐、黏土、裝泥壺、剪鐵剪、釘子、工具箱。

2. 舉行團體討論：兒童在討論會的大小組別中聚在一道，把椅子擺好讓兒童互相面對著。
   （以下各條設備物品略）

3. 繪畫：從繪畫的體驗中，給予兒童許許多多創造表現的機會。

4. 閱讀：兒童為獲得對各種問題和學科的知識而閱讀。

5. 繪製海圖和地圖：兒童通過繪製地圖和海圖，表現出社會研究的觀念和見聞。

6. 從事體育和遊戲：許多的遊戲活動在教室內舉行，另外在天氣好的時候，也舉行戶外競賽和運動。

7. 編演故事和戲劇：表演故事使其活現和有趣。當兒童變成他們自己創造的故事或書中的角色時，學校就變成更為寫意。

8. 寫作小冊子：經由寫作小冊子，兒童學到去搜集資料組織觀念。並經由寫作和說明把它表達出來。在寫作表現中是需要包括書法和拼字的技巧的。

9. 音帶錄音：在錄音帶上聽到他們自己的聲音，可以幫助增進說話能力。

10. 參加音樂活動：大多數的兒童都享受到參加音樂的活動。包括歌詠、吹奏樂器、欣賞、韻律反應、創作歌曲，以及有關音樂的其他體驗。

11. 應用視聽器材：電影、幻燈捲片、收音機、電視，以及其他視聽媒介物，在今天的教室內，是經常用到的。

12. 園藝：兒童由栽種種子，以及觀察種子的生長，明瞭到植物的生活和植物的栽培。

13. 實驗：兒童經由簡單的實驗，對科學獲得瞭解。

14. 寫報告、信、故事、詩、通知和記事：在今天的課程表上需要寫報告、信和其他應用文的範圍，比起傳統的課程來要大得多。

15. 實行良好的衛生習慣：實行良好的衛生習慣是很重要的，兒童要從做中學。

（四）**兒童的需要和要求** 建築師需要知道占用教室的兒童的需要和要求，應當對兒童生理的、心理的及社會的特性有個觀念。對建築師供給這些知識，那是教育家和教育顧問的責任。兒童的身高在各個年齡都各不相同，設計時需顧到那是兒童的尺寸，而不是成年人的。雖然那是沒有明顯的界限的，但研究兒童發展的權威人士發現到，每一年齡的兒童都有他們類似的特徵。這些特徵的一部分有如下表：

六歲至七歲的兒童的特徵

生理發展和技能	社會發展	心理發展和活動
1.喜體育活動。 2.不喜靜坐。 3.適合大肢體運動如跑跳等。 4.喜歡做為自己的事。 5.會掛自己的衣帽。 6.好偷懶。	1.欣賞工作及在小團體中玩耍。 2.喜歡安排和參加遊覽團體及和同伴在一起。 3.尊重教師的意見和看法。 4.喜和別的兒童一起玩。 5.對待別人的行為變化很快。	1.字彙的發展依靠自然和經驗。 2.喜歡兒童故事和動物故事。 3.有少量注意力。 4.漸趨遠視。 5.對自身很感興趣 6.在幫助之下能辨別真偽。

七歲至十二歲的兒童的特徵

年齡	生理發展和技能	社會發展	心理發展和活動
七 ～ 八	1.對機械活動的需要漸增大。 2.身高長得慢但很穩定。 3.年長三到五磅。 4.比六歲時略趨安靜。 5.喜歡運動比賽對技能發展大見興趣。	1.常摹倣朋友。 2.自動工作。 3.擇友不受社會及經濟情況的影響。 4.注意環境的不同處。	1.喜從事建造及用手弄的工作。 2.喜歡長篇故事。 3.能計算1、2、5、10的各種倍數。 4.能夠講出時間。 5.對性別漸有好奇心。
八 ～ 九	1.喜活動要求小肌肉的調協。 2.漸有正常成人的幻想。	1.對團體計畫大感興趣。 2.在外常表現態度的改良。	1.能講出年月日子。 2.能作小量改變。 3.喜歡滑稽戲。 4.喜歡收音機和電視。

年齡	生理發展和技能	社會發展	心理發展和活動
八 〜 九	3.在競賽和運動方面易取得技巧。 4.能控制肌肉包括清楚地寫。	3.很注意擇友。 4.尋求成人的讚許和瞭解。 5.認識自己所有的和別人所有的東西之不同。	5.對其周圍的世界人物地方很有興趣。
九 〜 一〇	1.要求照應身體需要的能力。 2.增加應用簡單工具的技巧。 3.常動來動去。 4.輕視危險但常遇危險。 5.長高得慢。	1.喜結夥及俱樂部。 2.喜露營。 3.在成人前常顯得沉默。 4.喜神秘。 5.在團體中遊戲時男女分開。	1.愛追尋事物之製造法。 2.能運用算術包括輕重長短之測量。 3.喜廣泛閱讀。 4.常做用以收集資料的卡片目錄及紙夾。
一〇 〜 一一	1.競賽趨於粗魯特別是男孩子。 2.為求得技能而努力工作。 3.常感到安全上的需要。 4.重量方面長得快女孩尤甚。 5.尋求手工藝作業之精良。	1.能參與團體合作。 2.做競賽及運動競爭。 3.偶好靜僻。 4.要求安排自己個人的財物。	1.看見問題不同的方面。 2.對別人的觀點感到興趣。 3.喜歡有團體的規章。 4.使用十以上的數，開始明瞭簡單的分數。 5.發展對自己問題的思考理解力。 6.更易與父母教師合作。
十一 〜 十二	1.生長率各不相同，男孩子大多長得很快。 2.有時競賽競爭，但	1.愛好社會公務。 2.愛好俱樂部。 3.出現階級精神群眾領導。	1.愛賺錢。 2.嗜好興趣漸增。 3.懂得一點人類的繁殖。 4.瞭解衛生方法之需要。

年齡	生理發展和技能	社會發展	心理發展和活動
十一〜十二	多半男的優勝。 3.許多兒童達到了麻煩年齡。	4.受童年團體意見之影響比受成年人的大。	5.會為自己的工藝品驕傲。

（五）**教室設計實務**　在學齡中的小學兒童，有約百分之七十五的在校時間，都是在教室中度過的。因此教室應當要是歡樂的、漂亮的和舒適的。而且也要設計得適合教育的計畫，設計時應當依照教育方面的說明規條，那是由教師、家長、和校長合作草擬成功，主管當局用以指導建築師的教育方面的資料之一部分的。在一般來講，學校設備應有一個中央圖書館、會議室、室內遊戲間、普通儲藏室、教員室、餐廳、洗衣部、一套辦公室、物品儲藏室、多種用途室、健身室和中心盥洗室。戶外設備應包括適當的遊戲地區、兒童的自己建設地帶、園藝地、鞦韆地、體育場、團體競賽場等的空地和設備。

而小學中年級的教室，其使用的地面至少要有九百平方呎，其寬度不得少於二九呎。應有隔音設備、視聽教具、壁上電鐘、通話系統、儲藏櫥櫃、電路插頭、照明裝置、室內配色、鄰接教室的男女廁所、飲水龍頭、冷熱水洗滌設備、依用途設計之桌椅、活動書架、內外出入口、搬運設備等等。下面是根據上列細目所作的教室設計舉例：

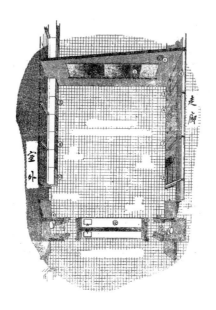

插圖（照原書頁36）

1. 電鐘。

2. 可翻面用的粉筆版揭示版。

3. 教師用儲藏櫥。

4. 教師放衣櫥。

5. 活動書架。

6. 反射天然光線之天窗（暖氣管在放衣櫥上由導管導入教室，通過天窗直入放衣櫥內）

7. 兒童放衣櫥（用可翻面的粉筆版揭示版作門）

8. 兒童個別儲藏室。

9. 陳列用空間及儲藏室。

10. 遊戲裝備儲藏室。

11. 供藝術活動用之牆上油畫版。

12. 帶有水盆、工藝及自然科配備之工作檯。

13. 飲水龍頭。（在走廊）

14. 男生廁所。

15. 女生廁所。

　　總之，一個良好的教室，是應當具有適用的儲藏櫃，充足的光線，悅目的顏色，聲響的控制，溫暖如家庭，易增進學習等等條件的。下面再根據教師的意見，說是應當：

1. **既衛生又安全**　教室是應當針對保護使用教室的兒童的生命和健康衛生而計畫設計的。因為在一個違反良好衛生和安全原則的環境中，而教兒童要求衛生和安全的習慣，那是笨不可及的事情。

2. **要設計得能充分發揮其效用**　在今天，教室內的各種活動日趨繁多，教室就應當針對著各種不同的活動來計畫，才能充分發揮它的功能。

3. **要富有伸縮性**　教室要富有伸縮性，使足於作種種布置和安排。

4. **要美麗悅目**　兒童的大部時間都待在教室，所以教室應當是美麗動人的。因為那是會影響兒童對學校的態度和他的學校生活的。教室的環境會使得他喜歡學校，也會使得他害怕學校。今天設計師們已經看到了內部裝飾的重要，他們說教室可以像家庭中的起居室那樣。兒童在學校，一進到室內，看到了愛人的顏色設計、光線、和恰到好處的空間，常就更為興高采烈。這種興高采烈的反應，使人對他們白天在教室內感到的真正快樂，會一下明白過來的。正像一間昏暗單調的教室在陰沉的冬天裡壓迫著一位教師，因此他的學生也就沒精打彩像要瞌睡的一樣，走進一間色彩柔和光線明亮的室內去，那幾乎是一定會助人打起精神，也一定會使人活潑愉快的。

　　由於教室、設備以及有關物品的新式的及有效的設計，大大的增加到課程計畫中來，增加了教師的效能，因此，對兒童經驗的加廣，兒童接納的加大，供獻很大。

　　理想小學教室的二個最重要的要素，就是兒童化和家庭化，這是不容否定的。從而意識到，凡是布置、物品、器具都要適合

到應用它的兒童。也意識到，計畫教室，要注意到建立起有美麗家庭特色的氣氛。還要開許多低的窗子，才使兒童不致與外界隔絕。

5. **要經濟** 設計得好的教室是經濟的，因為它增加了設備利用的程度。易於運用，又易於維持。天然光線節省了電流。合適的儲藏室節省和保護了物品和裝備，而且還供應了良好的學習情境。

總觀以上所述，幾乎全是根據發展心理學學習心理學的教育原則，我們看了以後，可以不必將教室設計的責任，完全推在建築師的身上了。

　　　　　——本文原發表於《教育文摘》第5卷第1、2期（臺北：
　　　　　　　國立教育資料館，1960年2月），頁7-11。

明日中小學教育之展望

　　現代教育，對於推廣一活動漸形發達。推廣典型方法之一，即為展覽。本館以往舉辦之展覽，屬於教材者有「國校各科教材研究」、「各國教科書及教育用品」展覽；屬於教法者有「國校各科教法研究」；屬於訓導者有「中小學學生指導工作之研究」；另有「社會中心教育」、「衛生教育」、「家政教育」等特別展覽。本次「明日之中小學教育」展覽，係於中小學中之行政、訓導、教材、教法、設備各方面，就其現有之優良事蹟足資模範者，及明日發展之設想，作一綜合性之介紹。

一　支配我國中小學教育之哲學思想

　　我國教育，在政策制度方面，受民主主義之政治哲學影響；在教育方法方面，又受經驗主義哲學之影響；於中小學教育中尤為顯著。民主教育制度之理想，於大哲學家柏拉圖之《共和國》一書中，即已明顯表示。認為兒童之受教育應依照其才能而不問其家世。湯姆斯・摩爾（Thomas More）在其《烏托邦》一書中亦作同樣主張。柯美紐斯（John Comenius）依照個體成熟之階段：幼年（Infancy）、童年（Childhood）、少年（Adolescence）、青年（Youth），將教育劃成每個時期六年之連續階段。主張對每一可造之才，應實現機會均等之教育。此後法國啟蒙運動之教育理想及盧梭之主張，皆深受柏氏柯氏思想之影響。歐洲大陸之教育改革運動，如波蘭一七七三年之改革、奧

地利一七七四年之改革，德國耶那戰爭失敗後，裴希特及普魯士教育部長洪波特（W. Humbold）之主張，皆同受此種影響。可見十九世紀初期，凡具遠大眼光之政治家，皆認為民主之制度為謀教育進展之最好計畫。不幸繼此項運動而來之反動，使此等初期改革運動都歸於失敗，此項民主制度之教育運動，其領導者即轉移於美國。而美國教育制度即成盎格魯薩克遜之代表，蘇格蘭、加拿大、澳大利及紐西蘭都發展了同樣之教育制度，英屬各領地亦受美國影響發展了相似之教育制度。[1]二十世紀後歐洲各國之教育制度，多向此一民主理想之方向發展，已成為一種必然之趨勢。我國教育制度亦不例外。

在教育方法方面，由於民主政治哲學之注重個人價值以及心理生理學之發展所影響，乃注重個性之發展與適應。在學習上受經驗主義之影響，重視感覺經驗與實踐。其介紹此項哲學於我國教育者為美國實驗主義之杜威（John Dewey, 1859-1952），杜威學說源自詹姆士（William James, 1842-1910）之實用主義，詹姆士則源自英國經驗主義。英國經驗主義大師洛克（John Locke）謂人心初如白紙，待有觀念，始成知識。知識及推證之一切材料，皆原本於經驗。觀念之來源有二：感覺與反省。由感覺而得各種感性材料，再經內感官：知覺、思維、懷疑、信仰、推理、認識、意欲等之反省作用，而造成觀念。故感覺與反省為悟性暗室之二窗。[2]詹姆士則注重興趣及實踐之範疇，將一切關係、本體、活動、及其他超越原素，悉歸入感覺經驗。杜威以知識由鍛鍊經驗之思維工具，部署活潑之經驗而成，蓋實際環境，嘗阻遏人之意志活動，必以此等工具，與環境鬥爭，始能造成有用之知識，以開闢生命之途徑。主張教育即生活，謂生活是有機體之

---

1 〔原註〕（註一）Nicholas Hans, *The Principles of Educational Policy*, Chapter VI.

2 〔原註〕（註二）吳康著：《近代西洋哲學要論》，頁八、頁九。

不斷適應環境，永無終止之自我更新歷程，而教育即對於生活繼續改造傳遞之方法。人類社會文明賴此傳遞之功而永續不墜，故教育亦即生長。[3]

我國目下推行之教育改革運動，如生活中心教育、社會中心教育，使根據社會及生活需要計畫學習之課程，復使所學之知識技能及態度，推行於家庭社會生活中；如視聽教育之重視感覺經驗，是皆注重感覺經驗與實踐之明顯證例。

二 中小學教育目標之演進

我國教育宗旨，始見於《書經》〈舜典〉：「帝曰：『契，百姓不親，五品不遜，汝作司徒，敬敷『五教』在寬。」五教即教人對於父子、君臣、夫婦、長幼、朋友之五種人倫應有之關係，此種明證之教育宗旨，實支配了我國整個專制封建時代之公私教育，《書經》〈周官〉：「司徒掌邦教，敷五典」。《孟子》〈盡心章〉：「設為庠序學校以教之……皆所以明人倫也。」宋朱子定〈白鹿洞書院教條〉，首列：「父子有親、君臣有義、夫婦有別、長幼有序、朋友有信。」並謂：「右五教之目，堯舜使契為司徒，敬敷五教，即此是也，學者樂此而已。」胡適之先生謂：「朱子定的白鹿洞規，簡要明白，遂成為後世七百年的教育宗旨。」可見我國自堯舜以來，直至專制將終，數千年來即以明倫之五教為教育之宗旨。清末光緒三十二年，學部本中國政教之所固有及針對時弊，奏請宣示以「忠君、尊孔、尚公、尚武、尚實」為教育宗旨。是為我國第一次明定教育宗旨。民國成立，於元年九月頒布新教育宗旨：「注重道德教育，以實利教育，軍國民教育輔

3　〔原註〕（註二）。【編案】即同註二。

之，更以美感教育完成其道德。」現在遵循之教育宗旨，則係民國十八年所公布：「以充實人民生活，扶植社會生存，發展國民生計，延續民族生命為目的。」以及憲法（民國三十六年制定）第十三章第五節第一五八條之規定：「教育文化，應發展國民之民族精神，自治精神，國民道德，健全體格，科學及生活智能。」可見我國教育宗旨如長江大河一瀉直下，至晚近數十年始多轉折。

　　觀之於西洋教育，希臘時在於培養文雅之自由人。羅馬時在於培養能言善辯，富政治法律知識之實際人才。上古末及中世紀宗教教育在培養信神、愛鄰、正義、德性堅定之人。十五世紀人文主義在造成精神與身體調和發達，長於辭令，富有文學修養之「文化」人。十六世紀實利主義在求豐富之知識。十八世紀自然主義在順應自然，充分發展兒童能力。十九世紀實利主義在於生活準備；國家主義在於造成效忠國家之國民。二十世紀實利主義在於社會效率；公民訓練說在於造成國家及時代需要之有用公民；民主主義在於自我實現、人群關係、經濟效率、公民責任[4]；皆因時代要求有所變更。茲將中西教育目標之發展列表如下，以便對照。

時期		西洋教育目標	中國教育目標
中國	西洋		
堯舜	希臘	培養文雅自由人	明人倫（五教：父子有親、君臣有義、夫婦有別、長幼有序、朋友有信。）
	羅馬	實用，培養能言善辯、富政治法律知識實際人才。	

4　〔原註〕（註三）孫邦正著：《教育概論》，第三章。

時期		西洋教育目標	中國教育目標
	上古末中世紀	宗教：培養信神、愛鄰、正義、德行堅定之人。	
	十五世紀	人文主義：在造成精神與身體調和發達，長於辭令富文學修養之文化人。	
	十八世紀	自然主義：順應自然，充分發展兒童能力。	
	十六至廿世紀	實利主義：注重實用知識、廣智、生活準備、社會效率。	
光緒	十九世紀	國家主義：造成效忠國家之國民。	忠君、尊孔、尚公、尚武、尚實。
民國元年	廿世紀（現在）	公民訓練：造成適合國家及時代需要之有用公民。	道德、實利、軍國民、美感教育。
民國四年		民主主義：自我實現、人群關係、經濟效率、公民責任、自主自治。	愛國、尚武、崇實、法孔孟、重自治、戒貪爭、戒躁進。
民國十八年（現在）			充實人民生活、扶植社會生存、發展國民生計、延續民族生命。
民國十六年（現在）			發展民族精神、自治精神、健全體格、科學及生活智能。

在教育目標之下又分化成各級學校教育目標，我國中學教育目標根據《中學法》規定：「繼續小學之基礎訓練，以發展青年身心，培養健全國民，並為研究高深學術，及從事各種職業之預備。」初級中學，在於繼續國民學校之基本教育，發展青年身心，陶融公民道德，發提民族文化，充實生活知能，以培養有為有守之健全國民。高級中學教育目標，在於培育優秀青年，陶融公民道德，奠定研究高深學術及學習專業技能之基礎，並養成文武兼備、效忠國家、服務社會之中堅人才。小學教育則「應注重國民道德之培養，及身心健康之訓練，並授以生活必需之基本知識技能。」此項目標，係教育部最近修訂課程標準時所修訂，該修訂標準內述及，中學部分有十項特點。小學部分有八項特點。係順應世界潮流，配合當前國策云云。

三　中小學教育與義務教育之發展

今日小學教育已成為義務教育，而在先進國家中，義務教育且推展到中學之階段。是即不遠之將來，中小學教育皆將同歸入義務教育之範圍。義務教育之含義，與強迫教育及免費教育相同。國家強迫教育古代曾經實行於希臘，此外蘇格蘭於一四九四年制定第一次強迫法律，但此一法律含有階級性，僅規定男爵與自由享有不動產者之繼承人應在學校受教育。民主主義之立法，則第一次應推麻薩諸塞（Massachusetts）一六四二年之法律及一六四七年之系統法令。此項法令規定：「青年之普遍教育極關國家福利；授以此種教育之義務，全屬於父母；國家有權強制此義務，並可制定標準以決定教育之種類與最低限度之效果；國家得徵收一種普通稅用以辦理其所需之教育，雖然兒童就學尚非一般的；中等教育亦應由國家供給；對於有志深造之青年，尤當以公費給以入大學之機會。」康內特克（Connecticut）

亦於一六五〇年制定強迫就學律。德國之第一次強迫就學律，係海森邦大公路易第五（Ludvig V）制定於一六一九年。但這些法律都沒有嚴格執行，徒為具文而已。現行之強迫教育則發端於一七六三年普魯士斐特烈大帝（Frederick the Great）著名之普通鄉村學校法（General-Land-Schul-Reglement），該法明白規定強迫教育自五歲起，給予十九世紀各國一項立法上之先例。美國之現代強迫就學立法，則由麻州於一八五二年制定，其餘各州則至歐戰時方始制定，密西西比竟遲到一九一八年才制定。[5] 我國義務教育則始於光緒二十二、三年學部製定章程，規定幼兒至七歲便要入學，不令入學，罪及父兄；長官督促不力，查實議處。而實施此項強迫教育之機構，則係附設於官立公立私立學堂或租借祠廟及公所所辦之蒙學、半日學校、簡易學堂、改良私塾、平民補習學校等。每日授課只二、三小時，以三年為原則，都不收費。迨民國成，乃於九月二十八日公布小學校令，規定凡學齡兒童應入修業四年之初等小學肄業。民國二十四年五月擬定〈實施義務教育暫行辦法大綱〉，規定自民國二十四年八月起，至二十九年七月止，在此期內，一切年長失學兒童及未入學之學齡兒童，至少應受一年義務教育。自民國二十九年八月起至三十三年七月止，在此期內，一切學齡兒童，至少應受二年義務教育。自三十三年八月起，義務教育之期間定為四年。然均未達到目標。民國二十九年訂〈國民教育實施綱領〉，規定國民教育分義務教育及失學民眾補習教育，應在保國民學校及鄉鎮中心國民學校內同時實施。全國自六足歲至十二足歲之學齡兒童，除可能受六年制小學教育者外，應依照綱領受二年或一年之義務教育。全國十五足歲至四十五足歲之失學民眾，應分期受初級或高級民眾補習教育。三十三年《國民學校法》公布，規定國民教育為六

5 〔原註〕（註四）註（一）同書第一章。

足歲至十二足歲之學齡兒童應受之基本教育，及已逾學齡未受基本教育之失學民眾應受之補習教育。國民學校兒童教育之修業年限，初級四年，高級二年。失學民眾補習教育，初級四個月至六個月，高級六個月至一年。[6]三十五年訂定全國實施國民教育第二次五年計畫，唯僅政府遷臺後始得依原計畫施行。[7]本年九月九日《中央日報》載：「臺省教育發達情形，實為教育史上奇蹟。學童就學率達百分之九十六，且中等教育及高等教育均甚發達。」十二日載：「五十學年度的國校畢業生人數為二六一〇八〇人，獲得升學者達百分之五十三強。」就上發展情形看來，大陸時因皆未切實依照政策實行，成效甚低。故以統計圖示之，則臺灣教育成奇峰突起之曲線，誠可謂我國教育史上之奇蹟。

茲將各國實際強迫就學及免費小學教育實施年代列表於下，以便比較研究。[8]

國別	強迫就學之 第一次實際法律	免費小學教育之施行
德意志	1763	1888
奧地利	1774	1869
捷克斯拉夫	1774	1869
丹　麥	1814	？
瑞　典	1842	1842
美利堅	1852	1834
西班牙	1857	1857

6　〔原註〕（註五）余書麟著：《中國教育史》，第七編，第六章。

7　〔原註〕（註六）第三次《教育年鑑》。

8　〔原註〕（註七）註（一）同書頁七。【編案】原刊中註（七）至註（一〇）四註之標註位置不明，今為編者根據文意標註，後文同。

國別	強迫就學之第一次實際法律	免費小學教育之施行
拉脫維亞	1860	1819
匈牙利	1868	1868
英格蘭	1870	1891
蘇格蘭	1872	1889
日　本	1872	1872
澳　洲	1872	1872
瑞　士	1874	1874
愛沙尼亞	1875	1816
義大利	1877	1859
紐西蘭	1877	1877
保加利亞	1880	1880
法蘭西	1882	1881
加拿大	1887	1864
挪　威	1889	1848
愛爾蘭	1892	1892
荷　蘭	1898	——
南非洲	1905	1907
波　蘭	1919	1775
比利時	1920	1920
俄羅斯	1931	1783

從上表觀之，強迫教育之實施多半以免費教育，或先實行免費教育，而家長仍不送子弟入學時，再施行強迫教育。其少數先實強迫教育，而後實施免費教育者，則必先遇有貧苦家庭無力負擔學費之不公平

問題。我國實施之強迫義務教育即係免費教育。正是順從時代之潮流。

我國於四十四年，教育部張前部長曉峰任內，頒布《發展初級中學教育方案》及《國民學校畢業生升學初級中等學校實施方案》，擇新竹高雄二區，作升學初中免試實驗。欲將義務教育延長到中學階段。後雖因人事更迭停辦。然檢討之後，迭有效果良好之報導。考之世界義務教育之發展中；英國依照一九四四年法案，規定五至十五歲為義務教育年齡，可能時延長至十六歲，小學、中學一律免費。至一九五九年克羅莎（Geoffrey Crowther）報告提出：從一九六六～一九六八間，將現行十年制義務教育，改為十一年制，是即將現行至十五歲止之義務教育年限，延長一年至十六歲止。十六歲義務教育終了後，不能進全日制學校者，應進入地方學院（County College）受部分時間之補習教育，至十八歲止。此一報告提出後，於一九六〇年初議會質問時，獲得大多數議員之支持。美國義務教育各州頗有差異，通常由七歲開始至十六歲止，共計九年，類皆規定中學及初等學校為免費教育。法國之義務教育，本來包括小學階段，自六歲至十四歲為期八年。至一九五九年一月六日，由法總統公布義務教育年限延長法令，規定自後滿六歲之兒童需受義務教育至十六歲。日本亦規定滿六歲之兒童需受六年小學及三年中學之義務教育。是義務教育之延長至中學階段，亦已為目下一般之趨勢。[9]

---

9 〔原註〕（註八）黃龍先、雷國鼎：《各國教育制度》。

四　今日中小學教育趨勢

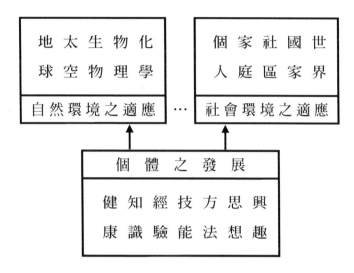

今日世界各國皆知國家之富強繫於國民受教育之多寡，故莫不兢兢於延長受教時間、改進課程教法、充實教育設備、健全教育行政、謀增教育經費、注重學生福利，其於義務教育之中小學教育，為整個教育之基礎，故尤為注意，其趨勢大略有下列數端：

（一）教育目標之擴充

教育之演進與社會經濟之發展有關，古時我國財富集中於王室貴族，一般平民無辦學之能力，故教育多由貴族興辦，其目的則在於造成貴族之治術人材，其施及於平民者則教之順從政府之領導，遵守社會之秩序而已。其後一直因農業社會財富未能集中，無大規模之私人興學，民間僅有限於富人、宗族之小規模私塾，及無永久制度之私人講學，及因公產興辦之書院，義學等，其目的間或有為生活實用者，然目標多未變，直至新教育制度之產生，教育宗旨目標乃由單純而擴大。將來教育目標之發展，其詳細項目，或因時地之制宜而有不同，

然不出個體之發展、自然環境之適應、社會環境之適應三者,茲以圖
示之如上。我國教育目標及西洋各國教育目標,皆可配入本圖,衡其
輕重趨向。按我國及西洋封建時代一切以服務君主為目的,現下民主
時代,一切以服務包括自己之眾人為目的,是即今日民主政治,每人
都是君都是主之理想,故教育除因興趣發展者外,又有通才教育之趨
向,是研究教育目標者應當注意之事。

(二)課程教法之改進

中小學教育,為求普遍之發展,在課程教材教法方面,已趨向於
兒童興趣中心。據美國等先進國家之統計,學童對於學校作業無興
趣,為學童休學之主要原因,亦為義務教育推行之最後障壁。我國教
育若欲延長義務教育至中學階段,則現在注重知識教育之教材教法,
必須有徹底之改革。不得以種種困難之考試為督促學生之手段,而需
以生動有趣之教材來吸引學生。使學生在學習中感到如遊玩如演戲。
現下美國初等學校課程,均採用一種新興之「生活適應教育」
(Education for Life adjustment)。使教育與實際生活銜接,使學習者
毫無不習慣之感,尤其是小學,連教室及環境,皆務使布置成溫和之
家庭氣氛,使兒童處處感到舒適快樂,而知識之獲得一項,將留待更
高一層之教育去完成。

(三)建築設備之計畫

將來之學校建築,絕非單獨建築師工程師之事情,而必定是集合
有實際經驗之教師,校長,視導及教學專家所提之資料,經由科學民
主之計畫步驟及修正意見而設計者,學校建築之前將先瞭解:1. 教室
及其他建築設備之關係。2. 學校本身之傳統及哲學。3. 教學之計畫和
活動。其詳目此處不便詳述,如最後「3」項之教學計畫和活動中,若

有搜集及展覽標本一項，則其設備需有：大活動桌、小桌、展覽盒、陳列櫥、玻璃缸、培養槽、籠子、膠、工作凳、木料、砂紙、油漆、刷子、鋸子、鎚子、尺、夾子、老虎鉗、搖鑽、網、籃子、硬紙簿、水桶、罐子、椅子、鳥房、水盆、搗杵、肥皂、鉛筆、線、洋鐵罐、黏土、裝泥壺、剪鐵剪、釘子、工具箱等，可見活動愈多，設備愈繁。[10]所以設備和建築應當是設計得合乎經濟原則。此外要合乎衛生，安全，富伸縮性，美麗悅目，充分發揮效用，此為目下建築設備之趨勢。而由於地方資源之利用，交通之發達，將來學校之界限，將與所在之社區界限相接，而其進一步之發展，則又非吾人所可預言者。

（四）行政功能之發揮

將來之學校行政，必將民主化，其校長將為地方所推選，內部負責人將由教師所推選，其一切管理規章將由全體教職員及學生所共同訂定，由主觀精神之個別意見，變成客觀精神之共同標準，集眾人之智慧，匯大家之力量，分工合作，兢兢業業，充分發揮行政之功能。無論組織上、人事上、經費上、教育施設上，處處做到民主公平之原則，始足作學生出社會後之榜樣，陶養出正義負責之國民，挽回國家民族之前途。

（五）學生指導之重視

學生指導分為：學業指導、人格指導、社會性指導、健康指導等四種[11]，因其為新興之教育方法，自一九三八年，美國「教育諮詢委員會」建議政府發展學校指導工作，各國隨之倣傚後，其受普遍重視

---

10 〔原註〕（註九）《教育文摘》，五卷，一、二期，作者譯〈小學教室設計〉。
11 〔原註〕（註一〇）同上，六卷，九期，楊希震：〈教育指導概說〉。

及採用之歷史，不過二十餘年，其理論與方法尚無定則。不過其趨勢不外以心理之研究方法，將學生對課業及社會之適應、人格之發展、健康之情況分成正常（Nornal），不正常（abnormal）二類，其能良好適應者為正常，適應不良者為不正常，從而指導研究，其範圍可分如下：

1. 正常之標準：
   （1）理論之適應者。
   （2）社會之標準。
   （3）病理學之觀點。
   （4）統計之標準。
   （5）分析之觀點。
2. 診斷：
   （1）學校診療所。
   （2）診斷測驗：
      A 感覺器官測驗。
      B 感覺運動功能測驗。
      C 智慧能力測驗。
      D 情緒及社會發展測驗。
3. 教育設計及教育之再適應。
4. 未來條件對適應可有之供獻。
5. 家庭條件對適應可有之供獻。
6. 學校條件對適應可有之供獻。
7. 社區條件對適應可有之供獻。

等項[12]，我國現下尚偏重於傳統之訓育範圍，則當歸咎於教育心理研究之落伍及人才知識之缺乏。

（六）學生福利之注重

中小學教育在學生負擔上之發展，初為自費，繼為免費，再進而注重獎學制度，現已漸向公費之途徑邁進。除教科書之由公家免費供給外，並免費供應牛乳及營養之午餐。凡上學交通及社教娛樂場所皆獲得優待。理想之義務教育，凡學生之住宿、制服、膳食、書籍文具，一切必需品皆宜由公家供給，始能打破因學生家庭貧苦之障礙，而得澈底實行。

教育制度與內容之任何改進，皆需先經過「澈底」之調查研究，根據事實情況與需要，而予設計與試驗，並將試驗結果付之輿論公評，然後始可付之實行。如法國一九五九年之延長義務教育，設置觀察課程，係因調查發現：由於社會、經濟、文化之進展，法國全國有百分之六十五家庭之子弟，在義務教育年限以上之學校就學，工業地帶則有百分之八十，巴黎則竟達到百分之八十四。從此看來，義務教育年限之延長甚為迫切，乃於一九五九年一月公布義務教育之延長法令，並同時公布十章六十二條公共教育之改革政令。[13]此為最佳之例。反觀我國現在臺灣情形，依教育部所出教育統計數字：四十四年度就學國民學校學生總數為1,244,029人，四十五學年度為1,344,432人，比前一年增100,403人，計7.4%，四十六年度為1,480,557人，比前一年增136,125人，計9.2%，四十七年度為1,642,888人，比前一年

---

12 〔原註〕（註一一）Remmers, Ryden, Morgan, *An Introduction to Educational Psychology*, Chapter I & II

13 〔原註〕（註一二）日本國會圖書館調查立法考查局：《フランスにおける教育改革の動向と問題》。

增162,331人，計9.8%，四十八年度為1,777,118人，比前一年增134,230人，計7.5%，四十九年度為1,888,783人，比前一年增111,665人，計5.3%。[14]可見我國教育量的發展如何快速。今後當就方法上謀求改革，在質方面多求提高。本次展覽係各校辦有成績之實例，其對當前教育發展具有如何之啟發性，觀眾當不吝賜予批評。

——本文原發表於《國立教育資料館叢刊》第55種（臺北：國立教育資料館，1962年10月），頁1-12。

---

14 【編案】本段人數與百分比數字，原皆以國字呈現，今為便於橫式閱讀，改為阿拉伯數字與「％」符號。

知識爆發和中學圖書館經營

現在號稱知識爆發的時代，據專家的估計，人類知識累積的速度，是這樣的[1]：

（一）古代：很慢很慢。

（二）公元一世紀到十八世紀中：一千七百五十年間（A.D.1 - A.D. 1750），增加一倍。

（三）十八世紀中到十九世紀末：一百五十年間（A.D.1750 - A.D. 1900），增加一倍。

（四）十九世紀末到二十世紀中：五十年間（A.D.1900 - A.D.1950），增加一倍。

（五）最近一、二十年：八到十年，即要增加一倍。

上面的估計是相當正確的，尤其近代以來發表的論文和出版的書籍，可以很容易的從論文索引和書目中，看出某一學科在某一時期和若干年以後出版的數量，從而統計出來。

古代知識增加的緩慢，從我國的歷史發展情形，最容易看出。我們號稱有悠久的文化歷史，但有記載的也不過五千年。可是在五十萬年前，居住在周口店的「北京人」，即已知道用火。在四十五萬五千年的長久時光中，為什麼進步得那麼慢呢？那是因為：（一）最初的

1　〔原註〕（註一）據 *The Encyclopedia: A Resource for Creative Teaching and Independent Learning.* Chicago, Illinois: Field Enterprises. ⓒ 1968.p.6

時候沒有語言文字，人類的經驗不能彼此溝通、傳遞，無法累積。任
何成功的經驗都只是孤立的，隨著經驗獲得者的死亡而消失。一代一
代都接不起來。（二）有了語言文字以後，人類的知識可以溝通、傳
遞和累積了。但知識是靠個人的經驗一點一滴累積起來的，在時間和
空間上都是分得很散。遇到要用的時候，知道哪裡去找呢？怎麼找法
呢？所以知識沒有加以系統的整理，仍舊無法加以應用。因此對某項
事物的處理方法，雖然已有人發現，有現成的成功經驗可以利用或參
考，但世界上大部分的人，仍在照著嘗試錯誤的途徑，做著浪費和重
複的工作。那怎會有多少的進步呢？自然，智力的進化，印刷、傳播
工具，……等等的發達與否，也有關係。但上述二點，實在是最主要
的。這二個問題如果沒有解決，人類的知識，很難得到長足的進展。

　　從公元一世紀起到現在，知識的累積，加速進行。與一情形相合
的，乃是知識分類和圖書館技術的進步。西洋方面，根據記載，亞里
士多德（Aristotle, 384-322 B.C.）將人類的知識分為理論的（Theore-
tical），實用的（Practical），生產的（Productive）三種，統稱為哲學。
（因為哲學一辭，古時乃愛知的意思，含有知識的意義）為最早的知
識分類。公元後，如培根（Francise Bacon, 1561-1626）則分為：歷史
（History）、詩歌（Poesy）、哲學（Philosophy）三種，以後孔德（A.
Comte, 1798-1857），斯賓塞（H. Spencer, 1820-1930）都繼續提出修正
的主張。學術有了體系，蒐集、整理、應用起來才較方便。因學術又
是記在圖書上的，因此也就產生圖書的分類。十六世紀瑞士凱斯納
（Konard Gesner, 1516-1565）氏首將圖書分為二十一類，繼有十九世
紀末葉，美國人海里斯（W. T. Harris, 1835-1909）的編號分類法，……
一直到理在採用最廣的杜威十進分類法（Decimal classification）[2]和美

2　〔原註〕（註二）創此分類法之杜威為Melvil Dewey（1851-1931），與大家熟悉的美
　　國大哲學家教育家John Dewcy（1859-1952）不同。

國國會圖書館分類法（Library of Congress Classification）[3]系統更加嚴密。現在學術發達，知識的類目更細，分類也更加專門，早已變為圖書館學的重要研究項目和工作之一。一門新學術的出現，隨時可從增訂的圖書分類表中看到。至於我國的學術和圖書分類，起源也很早。周代的王室圖書館即已有豐富的收藏，後來散到民間，成為諸子百家的學說。從那時傳下的《爾雅》一書，裡面內容分為十九類看來，可知先秦時代已有學術的分類了。而發展的情形，從漢代以後的類書內容和「七略」「四部」的圖書分類中，更可以明顯地看出來。

有了知識的分類，才有圖書的分類，要用到知識的時候才能循著系統去找。近幾十年以來，為著知識快速和便利的運用，更有許多各式各樣的參考工具書出來。對於前人遺留的經驗和知識，應用時便很便利。研究者可以不再重蹈前人的覆轍，同時也避免了重複的工作。因此，人類對知識的追求，直線前進，成果也加速度的累積。到了現在，竟進一步到利用快速的電子計算機，來作資料分析、檢索的工作，使研究者更加便利，知識的累積也更加快速，而達到了現在所謂「爆發」的程度。

一　圖書館和教育方面的調適

上述人類知識累積到爆發的結果，在教育上馬上產生革命性的影響，而學校圖書館的服務性質，也隨而產生變化。其最顯著的情形，有下列數端：

3　〔原註〕（註三）為Herbert Putnam（1861-1955）博士所創。

(一)學習的方法問題

古代由於書籍和知識的有限，書籍方面可以全部加以背誦。技能方面，做學徒也可三年出師。現在由於知識經驗累積得太多了，不可能再用那種笨法子來教學，也不可能再那樣去學習。一定要尋求更有效的學習和教學方法，才能應付得了。因而有協同教學、編序教學等等的產生。在新的教學或學習方法中，圖書館不再像過去那樣限於協助性的服務，一變而為整個教學計畫的重要構成份子。

(二)學習的教材問題

知識如此一倍一倍地增加，教科書是不是也要一倍一倍的加厚呢？顯然那是不可能的，因為在校內課堂的學習時間，充其量每天也只能有八小時。多了怎麼學習得完呢？那麼，是不是把認為舊的或不重要的部分加以刪去呢？那也不可能，因為刪得太簡了就會看不懂，仍需在講授上費時間。而且在學術系統本身上，若刪得太多就會接不起來，失去連貫性，不能由淺入深的學習。因此將來的教材將非常有彈性（不僅包括書本），而以學生的需要為中心，學生遇有需要時，任何種類、任何形式的資料，都要能找到、能利用，都要變成學習的材料，一反過去以教科書為主的觀念。因此圖書館由過去藏書借書的蒐集分發性服務，一變而為供應包括書籍印刷品以外的各種各樣學習材料，教學用具的學習實驗室。

(三)學習的場所或空間範圍

在知識爆發時代，學生遭遇到的問題或發生的需要，顯然的無法僅在教室內得到解答或獲得滿足。因為任何師友，都不是一部活的百科全書。而且即使是一部百科全書，也不能查到樣樣需要的答案。因

此，學習的範圍擴大，重心轉移到圖書館的參考工作。圖書館為著要
圓滿完成這項工作，僅靠本身還不夠，尚要利用社區內外的許多資
源。要增強圖書館與圖書館間的館際合作外，還要和社區內各機構、
人士緊密連繫，構成一股強大的教育力量。圖書館乃從過去認為是讀
書的場所，對圖書設備和人員僅作偶然的利用，而一變為有目的、有
計畫的重要教育服務中心。

（四）誰是真正的教育家？

因為知識的累積太快又太多，即使是一行的專家，也無法閱讀完
本行內的各種研究報告。因此，教師的訓練如果採用通才的方式，則
因知道得太淺，對工作必定無法勝任，所以必須是專才的方式。跟著
專而來的乃是狹，但學生追求的知識範圍，卻隨著知識的爆發性增
加，因接觸面的加大而擴展。因此，教學時除了採用「教師團」（如
協同教學）的方式，必定無法應付。圖書館訓練方面卻已先洞察了這
一情形，館員的養成，希望得有博士學位的專才，再加以圖書館課程
的訓練，變成既專又博的人才，能做到教師不能做到的事情，能解
答、指導教師不能解答指導的問題，從以前協助教師的角色，一變而
扮演真正的教育家。

上面只是在知識爆發時代，學校圖書館功能的主要變遷，它在教
育的各種計畫和活動中，從以前的消極從旁協助者，變為積極的真正
參與者。在資料方面，從以前印刷品書籍的單純性，變為包括視覺、
聽覺、觸覺的多元性。在態度方面，從以前被動供應的靜態工作，變
為主動刺激閱讀興趣、服務讀者的動態工作。在範圍方面，從原來本
館一個孤立的點，變為館際合作交織成的面。這些變遷都是因為知識
快速累積的結果。人類為了對自然社會有更好的適應，以便能夠獲得
更幸福的生活，自然而然產生的結果。

二　我國中學圖書館的經營要點

　　上面已經談到學校圖書館在大時代中扮演的角色，現在要進而談談我國中學圖書館的情形和經營要點。中學圖書館包括初中和高中的圖書館，初中現在為國民教育的部分，因此它繼承了小學幾乎沒有圖書館的情形，大部分還只是有間圖書室，或把一些書擺在校長室內，作陳列裝飾之用，既沒有分類編目，也不出借。高中的圖書館則發展情形差別很大，有的頗具規模，甚至超過專科學校的圖書館，有的則簡陋得很，要看校長的見識和辦學態度怎樣而定。也有的是因為在日據時代留下有基礎，以後繼續經營得法，但也只有少數的幾所而已！

　　不管實際情形怎樣，中學圖書館的重要性，是無法否認的。中學生應該在課堂班級以外，有在圖書館探究問題，獨立研究的經驗。從這種經驗獲得的技巧，對將來在大學的研究工作，具有非常的重要性。很可惜的，是我們的中學生，因各種考試的壓力太大，他們除了利用圖書館作為溫習功課的場地外，很少探索也不知怎樣探索裡面蘊藏的寶物。因此將來大學畢業後，在學識各方面都還不夠成熟，缺乏擔當重任的能力。且看人家先進國家的青年，三十幾歲就做國會議員、部長，為國家擔當重任。這是我們不能不反省的！

　　下面有幾件事實，對於中學圖書館的經營，影響很大，我們要先談談以便溝通觀念，並進一步研討改善的可行辦法。

（一）觀念的問題

　　一般人對圖書館的經營，都是以為很容易，其實不然，試問：假如是很容易的話，為什麼在大學要專門設一系科，畢業後還要進研究所研究呢？因為誤認為很容易，所以隨隨便便指派一個人去主持，因而圖書館不能發揮功能，變成無足輕重的單位。殊不知圖書館實在是

學校的「心臟」或「靈魂」，試問：沒有心臟或靈魂，或心臟有毛病、靈魂不完美，怎能發揮良好的功能呢？今日教學方法的不能改進，實種因於圖書館的不健全。

（二）行政的問題

行政當局對圖書館假如沒有認識，自然也就會忽視這一方面。不幸的是在我們的教育系統中，除了圖書館學系以外，從小學到研究所，沒有一種學科介紹過圖書館的知識。因此從這一教育系統出來的各級教育首長到校長，正是對這方面缺乏認識：因此從教育部到廳、局，實在有設立圖書館督學的必要。或指定選修過圖書館課程為校長資格之一。

（三）法令的問題

中學圖書館在教育法令中，是個無足輕重的單位。民國三十六年四月教部修正的中學規程，在第十二章：「教職員及學校行政」第一〇三條中，這樣規定：「中學設……圖書、儀器、藥品、標本及圖表管理員二至三人。」把圖書和圖表並列，把圖書主管人員列為普通事務人員，其要求標準之低一至於此。是中學圖書館之不能健全，亦受法令之限制。法令不修改，不把圖書館地位提高到與處室平行，把館員提高到由受過圖書館專業訓練的教師來兼，是無法健全的。

（四）人員的問題

圖書館的經營，因為要專業知識，所以人員的問題很重要。校長若懂得分層負責，則只要找個有圖書館專業知識的主管人員，一切讓他去經營籌劃，問題自可解決。但因此項人才目前尚有限，可能無法請到，惟至少應請一位兼任的，在工作中領導訓練本身人員，然後讓

這項略有圖書管理知識和經驗的人員在暑期的圖書館人員訓練班中再加以訓練，慢慢的就可接替兼任的人員。也可仿照數校合聘一圖書館員的辦法，但這一辦法牽涉較廣，應由教育行政當局主動研辦。但無論如何，開始時不可隨便指派外行人員去做，否則，將來要走上軌道時，定將困難重重。要解除圖書館工作人員缺乏的困難，最好是在教育院校設立圖書館系科。另外規定教育院校的學生，國民中學的教師必須修習若干學分的圖書館課程，則將來每位教師，均可成為一位「教師兼圖書館員」，人員也就不會再有缺乏之虞。

中學圖書館的發展，目前雖有種種困難。但由於它的重要性，無疑的，須速加克服。同時這種責任無疑的是在教育行政當局。但像臺北一女中江前校長，卻能在法令等限制下，蓋起一座相當有規模的圖書館，並從中央圖書館拉到一位研究所畢業，拿講師待遇的人去主管，則不能不令人佩服她的眼光和魄力，也可見確實是事在人為了。

關於中學圖書館的業務方面，自然無法在此詳加討論，但有二點，是初辦時應該注意的：

（一）登錄

登錄這項工作，因書籍數量增加很快，像美國有些圖書館，已經廢止。但對於圖書館的走上軌道很有幫助。用登錄簿或十行簿從第一號起，將所有的書先一本一本的登記。看了最後一本的號數，即知館藏圖書的數量。遺失報廢的也在上面註明根據（如報准日期文號）。一任一任列為移交，則書籍不易散失。校長有變動時，新任校長也容易清查，否則，不知從何查起，一直含混下去，最後外行人看到滿屋子的書，也只得聽由管理人員亂唬了。

（二）分類編目

　　分類表的採用，在圖書管理上，關係十分重大，須十分慎重地選擇。假如當初選錯了，要改過來時，真是要費九牛二虎之力以從事。我國自新學術傳入後，因舊有的四部分類不夠應用，應此項事實的需要，乃有仿自外國的各家新分類法出現。在應用當中，因好用不好用的關係，有的受自然淘汰，慢慢的就少人用了。現在用得最多並為各校圖書館學系和圖書館訓練班採用的一本，是《中國圖書分類法》。該書原係金陵大學圖書館劉國鈞氏所編，在臺曾由熊逸民氏略加修訂，翻印供當時各館急切之需用。現已由臺大圖書館學系系主任賴永祥先生一再修訂，增加各項附表，並編成索引，用時更加方便．教育廳委託中國圖書館學會編的《國民學校圖書暫行分類法》，也根據該書的簡表。為著適應知識爆發時代，館際合作，聯合目錄和教育本身的需要和便利，新辦的圖書館宜以採用，藏書不多的各館也急宜改用本項分類法。切不可隨便採用簡陋的分類法，增加以後各種各樣的麻煩。更切不可受行政院主計處財物分類編號的影響，以報財產的號碼作為圖書分類的號碼。此項每年會計年度終了，必須將全部新的和「舊」的圖書一再重報的不合理規定，終必廢止。試問數萬冊數十萬冊的藏書，如何能造冊一再重報？現在美國各圖書館連杜威十進分類法都感到不移用，紛紛改用國會圖書館分類法。我們豈能再隨便採用簡陋的分類法，貽害將來？

　　要「莊敬自強」，我們先要知道自強的著手點，要真正知道從哪裡做起。圖書館事業是自強的著手點之一。美國是超級強國，美國有世界最大的圖書館——國會圖書館，有世界最大的大學圖書館——哈佛大學圖書館。幾乎每一所中學都有中心圖書館。國防教育法案中都列有學校圖書館資料的經費。蘇聯在世界政治上，是站在另一極的超

級強國，竟擁有近四十萬所的圖書館，遠比其他各國為多。這是極端明顯的事實，我們不能視若無睹的！

——本文原發表於《教育文摘》第17卷第8期（臺北：國立教育資料館，1972年8月），頁35-37。又刊於《臺北圖書館館刊》第5期（1972年12月），頁42-46。

我國創辦博士學位之經過

博士的名稱，我國於距今二千餘年前的秦漢時代即已有之。秦始皇置博士七十人，漢武帝設五經博士，並為博士置弟子員，即其證明。惟當時所謂博士，乃一種官職或教職，並非學位的頭銜。

學位係授予學者之位號，在其本人為一種努力進修之安慰與社會地位之增高，在學術上則為程度高低之衡量與造詣深淺之評定，故得之者皆引以為殊榮。嘗考世界各國之學位，有的分學士、碩士、博士三級，有的分學士、博士二級，有的只設博士一級。我國過去無所謂學位之規定，學人之獲有學位者，多留學外國得來者。直至民國二十年四月二十二日，國民政府公布學位授予法，於是我國始有頒授學位的規定。

按照我國學位授予法：學位分學士、碩士、博士三級。凡在大學或獨立學院畢業者，由各該大學或獨立學院授予學士學位；其已獲學士學位，而在大學或獨立學院之研究所繼續研究二年以上、成績合格者，由各該大學或獨立學院授予碩士學位；其已獲碩士學位而在研究所繼續研究二年以上、成績合格者，得申請為博士候選人，博士候選人經博士評定會考試及格者，則由教育部授予博士學位。故我國的博士，乃學位中之最高榮銜。值得注意的是：遠在民國二十年即已公布的學位授予法，雖有「關於博士學位授予之規定」，但其後二十多年以來，我國學位之授予，實際上僅有學士、碩士兩級，至博士研究生之置、博士候選人之審核、博士學位之評定及授予等，教育當局尚未舉辦。

　　比張其昀先生受任為教育部長，鑒於我國高等教育體系亟待完成，學術文化工作必須加強，博士學位之興辦，以見具體而積極。

　　民國四十三年秋，國立政治大學在臺復校，先成立研究部，招收攻讀碩士學位之研究生。四十五年夏，第一屆研究生凡二十人畢業。同年七月十七日，張其昀先生以教育部長身分，前往該校向畢業之研究生訓話，同時宣布教育部即將於政大政治研究所內設置攻讀博士學位之高級研究生，這便是我國創置博士研究生的最初聲明。

　　張其昀先生倡導設置博士研究生以後，當時考試院副長王雲五、政大校長陳大齊、政大政治研究所所長浦薛鳳等學術界人士，咸表贊同，並予熱烈支持，於是政治大學遂於四十五年八月招考高級研究生，經過嚴格審查，結果只周道濟君一人入選──他便是我國第一位攻讀博士學位的高級研究生。

　　四十六年二月，臺灣省立師範大學於國文研究所內亦奉命設置高級研究生，甄別結果，羅錦堂君入選。

　　至此，我國遂有二個大學的研究所內，設有攻讀博士學位的高級研究生。

　　四十六年冬，周道濟君在政治大學通過第二外國語考試。四十七年三月二十二日，他又通過學科考試。當時的考試委員有王雲五、薩孟武、浦薛鳳、鄒文海及羅孟浩等五位先生，而由浦薛鳳先生主試。──周道濟君在政大高級研究所修滿的學科凡三，即（一）中國歷代政治研究，（二）中國政治典籍研究，（三）政黨研究。前二科各為四學分，最後一科為二學分，共為十學分。

　　周道濟君攻讀的是法學博士學位，他的博士論文題目是「漢唐宰相制度」，指導教授共三位，即王雲五先生、薩孟武先生及浦薛鳳先生。至於羅錦堂君，他所攻讀的則為文學博士，他的博士論文題目是「現存元人雜劇本事考」，指導教授為鄭騫先生。

　　周道濟君的博士論文係於四十八年五月完成，全文共六十餘萬字。同年八月一日，他參加政治大學所主辦的博士候選人考試，順利通過。在那次考試中，考試委員共七人，即王雲五先生、薩孟武先生、浦薛鳳先生、勞榦先生、蕭一山先生、田炯錦先生及鄒文海先生，而由王雲五先生主試。至於羅錦堂君，他的博士論文係於四十九年一月完成，約有四十餘萬字。該年同月十一日，他參加師範大學所主辦的博士候選人考試，也獲順利通過。在那次口試中，考試委員計有高明、鄭騫、戴君仁、汪經昌及鄧綏寧等五位先生。

　　周道濟君於四十八年八月一日通過博士候選人考試後，本可即時參加教育部博士評定會之考試，但因我國「博士學位評定會組織條例」與「博士學位考試審查及評定細則」等法規，至四十九年秋始一一完成，故此項考試直至四十九年十二月三日始克舉行。關於周道濟君的這次考試情形，全國各報均有報導，茲舉四十九年十二月四日〈中央日報〉第一版的一段記載為例，以見一斑：

　　……教育部依據法令，為博士學位候選人周道濟成立博士學位評定會，其人選係由教育部學術審議委員會常務委員會通過推薦，當由教育部分別函聘，負責博士論文之審閱。昨天出席委員是田炯錦（主任委員）、李宗侗、勞榦、左潞生、藍文徵、嚴耕望、薩孟武等七位，昨天口試是在教育部木柵新廈會議室中舉行。試場布置典雅美觀，試場一端，排成馬蹄形的席次，為評定委員的座位，主任委員坐在正中，博士學位候選人的座位設在馬蹄形席次的對面。九時正，主任委員宣布口試開始，首先由周道濟就論文材料蒐集、撰作經過、研究方法和結論，作一提要式報告，繼由各委員依次發問，有屬於一般性的批評及詢問，有屬於細節的辯難，均由候選人一一作答，歷三小時結

束。候選人暫行退席，評定委員即行集會，以無記名秘密投票方式投票，十二時十五分開票結果，候選人周道濟獲一致通過，此時周道濟再度入場，由主任委員田炯錦將考試結果當場向在場之教育部長浦薛鳳報告，浦次長當即向候選人宣布結果並致賀意，在場評定委員及教育部高等教育司長羅雲平，亦一一向周道濟握手道賀，周道濟鞠躬道謝而退。十二時三十分，此一具有歷史意義的儀式即告完成。……

周道濟君不但是我國第一位法學博士，也是我國第一位博士。（羅錦堂君博士學位考試尚未舉行）而我國博士學位之創辦遂亦圓滿達成。興言及此，我們固為周道濟君賀，而對前教育部長張其昀先生高瞻遠矚的創業精神，實至為欽佩！

——本文原發表於《中國一周》第560期（臺北：中國一周雜誌社，1961年1月16日），頁22。

英國教育現況

——蘇格蘭方面（譯述）[*]

概述

　　英國的公學和受政府補助的學校，在一九五六年有三、二二九所，而前一年的一九五五年則只有三、二○九所，這些學校中，有七十六所是育嬰學校（Nursery school），二、二五五所小學校，八○三所中等學校，以及九五所為有缺陷的兒童而設的特殊學校。這些學校的學生入數從八五三、○二二增加到八六○、五九○人之多。而在一九五六年的這些學校中，以一九四六到四八年因出生率急劇上升所產生的各組[1]年齡學生為最多。但進入小學初級班的人數，總是超過升入中等學校的入數。就這一年而論，進入小學部的人數超過升入中等學校的人數就有四、四五一人。全部接受教育的學生中，有占百分之二‧四的學生，二一、五二三進入公學系統以外的獨立學校。

---

* 【編案】一九五八年，《教育與文化》周刊於第169、172、176期，分上、中、下三輯推出「歐洲各國教育現況譯述專號」，請多名學者翻譯各國於一九五七年七月在日內瓦舉行之「第二十屆公共教育國際會議」所提出之報告書（見第169期，頁2），道生先生負責蘇格蘭部分，即本文。

1　〔原註〕（註一）將年齡分成許多組，如五到六歲的、七到九歲的。

一 行政措施

（一）**一般行政** 一九五六到一九五七年這一年中，公立教育組織並無變動的地方。只是在學年開始的時候，實行了一種修正的學校法規。

（二）**學生津貼** 教育當局發給學生的津貼名額，從一九五四到一九五五年的二六二〇〇名增到了一九五五到一九五六年的二七七六七名。相對的，金額也從一百七十萬鎊增到了二百萬鎊。

（三）**經費** 教育用費正在繼續的增加，最近教育當局的費用，從一九五五到一九五六年的五千六百三十萬鎊左右，增加到了一九五六到一九五七年的幾近六千四百七十萬鎊。這種現象正反映了教育工作的繼續發展。上述經費中的一部分，是用在教師薪水的增加，包括提高女教師待遇使與男教師待遇相等的第二期加薪在內。[2]（這是分做七年遞加的）

（四）**建築** 這方面所做的工作，價值八百九十萬鎊。比前一年七百三十萬的數目，幾乎增加了百分之二十二。而一九五六年開始的新工作，要值到九百五十萬鎊呢。學生名額方面，這年供應了三五七〇〇名，竟為歷年以來最高的數目。

凡供應新住宅區需要新增的中學和小學，並供給這一年即將升入中等學校的兒童人數之增加所需要的房屋設備，以及增加技術教育的設備等，都成為繼續不窮的急切問題。而技術人員的缺乏，乃是使它仍停留在學校計畫階段的主要原因。

一九五六年展開了三百四十六個新計畫。計畫中包括三十六個新小學，十二個中等學校和三個特殊學校。全部要供應到三八〇〇〇個新名額。另外並就原有的學校作了一百九十個小型的繕修和擴充，又

---

2 〔原註〕（註二）英國男女教師待遇原不一致，女的低於男的。

在原有的學校內，增加了九十二個推廣機構，供應了將近一五〇〇〇個名額，到這一年年底為止，已經建立了一三七個新學校和七十九個主要推廣組織，能容納的學生名額達到一〇九〇〇〇個。

「學校建築發展小組」是一九五三年為國務大臣[3]所設立，用以研究計畫和建設問題的，該組編成了二種手冊：一種是關於學校廚房設計方面的。另一種是關於該組所設計，用以證明教育計畫和建設的新法，而在漢米頓（Hamilton）設立的新式中學之設計的。該校現下已經完成了。現下該組正與官方建築師合作，從事為 K 縣（Kirkcud-bright）教育當局作一批學校的建設和計畫。第一個計畫已經完成了的，有一所小學。對於預期在一九五八年完成的二所中學之工作，也在進展中。該組並接受另一教育機關的邀請，去設計和監督一所新的行業學院的建設，以便有機會獲得擴充教育計畫中的教育問題及建築問題的直接知識。

二　學校組織

日校教育是由二個主要段落組成的。即初等與中等二個階段。小孩滿五足歲即開始接受強迫教育，一直達到七年的小學教育。到十二歲時通常都升到中等學校接受廣泛不同的課程，一直到十五歲，也可以延長五到六年至十七或十八歲為止。一種為尋求保證每一兒童都可以選擇最有利於自己的課程類型之轉學程序也已經發展。這種程序在各個教育機關治下，有很大的差異。並且各地區中也正在用不同的程序作著實驗。在所有的地區中，雖然是由教育當局決策，但家長亦有權訴之於國務大臣。

3　〔原註〕（註三）Secretary of state，蘇格蘭與「英格蘭合韋爾士」各一，管理教育、衛生、內政、農業，直接對國會負責。

國內有些部分，設有綜合學校，供鄰近地區的兒童接受教育。有些部分，兒童在通常叫做的初級中學受教到十五歲為止。而在校需受教五到七年的，通常則叫做高級中學。初級中學畢業並無一般的考試。高級中學的課程則將來可以獲得蘇格蘭畢業證書——這是一種通過蘇格蘭教育部舉行的考試以後所獲得的國家證書。

三　課程和教法

在新法規中，校長對計畫教學工作有很大的自由。以前是需要先向皇家督學提出詳細的計畫，才能獲得許可的。現在他們只要提出一個說明課程內容大綱的計畫就行了。並且只要他們自己認為適當時，就可以自由將工作詳細的處理和調整。小學教師對現代發展的認識，已顯得漸漸的在增加。並且體會到對於所遭遇的問題，需要更有伸縮性的解決。在教學方面，雖然有許多地方，教師對所有的科目仍賴舊法的班級教學，但團體法以及其他比較不太正式的教學法，普通也視為正式實用教法之一部而被接受，對於應用有助教學的基本書籍和設備，也正在作廣泛的介紹。《教育局備忘錄》中漸為各學校所採用的〈蘇格蘭小學〉一章所作的提示，對這種改變有很大的供獻。

大部分達到中學年齡的兒童，都在接受初級中學的課程。這是為教育當局急切注意的方面。這些學校中，大部分的學生都不是著重學術性的。凡是設法刺激學生興趣的問題，採用適合學生能力的課程問題，以及使學生對公民責任心有一徹底的基本訓練等問題，都是使得教師與行政當局同樣操心的事情。在編制適當的課程方面，已經是進步了。有的學校已經歡迎課程的擴大，並且鼓勵準備用新式教學法來作實驗。唯我們在能夠斷言對全部學校中占中學人數百分之二十到二十五能力較差的兒童，都給了一種圓滿的教育以前，還是有許多事情

要待我們去做的。教育局的《初級中學教育備忘錄》是先對初級中學科目的組織和課程，作過徹底的研究以後，於一九五五年公布的。這象徵不但刺激了教師的思想，而且對於教育較少書本氣的學生方面引導了許多發展。又攝製了一部題目叫做「為生活學習」的電影，用來說明國內各地許多學校已經應用的進步觀念及方法。這部電影已經對人引起了很大的興趣，並且還引起了許多的思潮與辯論。

在一些時候以前，對於為什麼許多高中裡有才能的學生，達到離校年齡因而離校過早的原因，作過一個觀察。觀察的結果顯示出經濟和社會的原因比教育的原因還多，許多的青年為希望獲得更高工資的職務所吸引，以便自己有了工作可以嚐嚐自由的滋味。觀察的結果，同時也清楚的證明若要使才能較高的兒童的教育，真正適合他們的需要。則尚有許多的事情需待去做。高級中學的課程以及蘇格蘭文憑考試的修正，已正在考慮中。組織的安排與考試的施行都檢討過了。發給證書的條件也有很大的改變。其他範圍更廣的事情，現下也正在與各種教育團體討論中。假如教育局所作的提議被採用的話，則將引起高級中學大大的改變。並且在組織方面可以有一種新的伸縮性，以便使小學校長能夠供給真正適合學生能力和需要的課程。使皇家督學減輕一些日常事務，以便有更多的時間來從事指導及勸告教師的重要工作，也已經作過努力。一本指出兒童能在學校裡多讀幾年，直到獲得蘇格蘭文憑所得到利益的小冊子，正每年的傳布到高中三年級學生的父母手中去。

四　教職人員

對於教師的專業訓練或任命方法方面，並無發生影響的變動。教師的任命和擢升都是教育當局的責任。通常是希望所有的教師都是合

乎教師訓練規定的。並且也只有獲得此項證明的教師，才合格永久的
任命。唯獲得此項證明，是需要在師範學院接受一個時期的專業訓練
才能夠的。所有的男教師，除了教音樂藝術或體育者外，必須是大學
畢過業的。對女教師是沒有這種要求的，雖然她們也有許多是得過大
學學位的。中學各年級的學術學科，只有榮譽畢業生才適合去教。唯
在低年級中，這些學科則希望至少應持有大學及格學位的來教。

　　一九五六年十月初，聘請的教師有三六〇二二位。比前一年增加
了四二四人。這些聘請的教師中有三四六九九人是合格的，另外一三
一四人都是不合格的。除退休的教師以外，在三四〇二六名合格教師
中，有一五三五六名都是畢業生，其中有四二一九人是一級和二級榮
譽畢業生。性別方面，有二二七〇八人是女教師，一一三一八人是男
教師。

　　由於學生人數的增加以及教育服務的擴大，不管聘用教員的人數
如何的增加，但繼續需要的人數，總是超過所能供應的人數。而缺乏
得最利害的，特別是數學和自然科學以及女性的體育教師和家事教
師。為了增加教員的供應，一年中用盡了種種的方法。畢業後作教師
的「教職學生特別隊」經常的到各大學去訪問。「擴充教育教師隊」
則到專科學校去訪問有志教書的學生。一種希望鼓勵退休教師重回教
育界服務的退休津貼法案也生效了。三年一次的教師薪給檢討也舉行
了：一九五六年九月一日實行新規定，規定了基本比例的增加；重新
組織教育顧問委員會；並用方法緊急應付中學教員需要的增加。

五　擴充教育

　　由於政府於一九五六年發表《技術教育白皮書》，裡面列有技術
教育擴大輔助計畫，故現下已經有了良好的進步。關於供給在格拉梭

五區（Glasgow〔5〕）、福寇克（Falkirk）、愛亞（Ayr）、英維奈斯（Inverness）和開士奈斯（Caithness）等地成立的九個地方技術學院以設備的協議已經達成。另外關於供給在愛卜丁（Aberdeen）、丹蒂（Dundee）、愛丁堡（Edinburgh）和克萊本克（Clydebank）等地設立的新式技術學院以及設備的討論亦有進展。此外並提議在幾個現存的地方技術學院和專科學校中，著手大的擴充。

在一九五六年攻讀各種課程的學生總數，約增加了一萬人左右。這些學生中有三千人是在工作中的青年，由於成人補充教育的規定，雇主准許抽出時間來讀部分時間的技術課程和一般教育課程的。另外有二千多學生則讀全部時間或部分時間的技術課程。

六　補助及校外活動

（一）衛生服務方面並無重大的革新。學校衛生服務工作與國家衛生服務處聯繫，供給所有入學的兒童例行及特別的檢查。並處理可能發現的需要藥療的以及視覺、牙科等所有的缺陷。一批流動的牙科單位已正在行動中，特別是在鄉村區域裡。屬於這一運動一部分的防癆運動也正在工作，有數以千計的兒童經過光胸部檢查。並對教師及因工作關係要與兒童緊密接觸的人員，也介紹同樣的檢查。地方衛生當局在與教育當局協商以後，現在可以決定是否給年在十三歲及十三歲以上的兒童接種小兒麻痺症預防。在麻痺症預防接種計畫登記的兒童有三十萬人左右。並正在設法使這種接種能夠生效。這一年所作的基本工作，可能已為未來更廣泛的預防接種申請建立了一個模範。學校體育亦繼續加以注意。一個幾乎為蘇格蘭每一學校所採用的小學體育草案綱要的最後形式，馬上即要公布。一種適用於中學的備忘錄，也正要準備完成。

（二）不管建築限於先供給最緊急需要的方面，在新學校中以及在鄉村區域兒童不能遠途回家吃午飯的學校中，在教育和餐事設備與教學發生衝突的學校中，或餐事設備不衛生的學校中，供應廚房設備和餐室仍舊是可能的。

在一九五六年九月舉行的一次調查中，顯示那時有三九六九二個兒童接受免費供餐，另外有二三五七八一個兒童自費用膳。

免費飲用牛乳的機會則幾乎全部的兒童都享受到，約占了全部飲用人數的百分之八十七。

（三）現下有二十九所整日時間的兒童心理指導診療所，裡面包括二所有住院設備的。和有二十四所在鄉村的部分時間診療所。並且教育當局自己僱用的心理學家亦繼續的在增加。從這些診療所供給的便利中，獲得了許許多多的益處。

（四）為有缺陷的兒童而設的特殊學校也成立了很多。現在這種學校已有九十五所，比前一年增加了七所。而主要的缺乏，還是在供心理上有困難和不能適應的兒童所上的學校。

（五）青年服務繼續為經費困難及缺乏領導人物所發生的困難所阻，唯不顧這些不利的情況，這一服務還是保持著它的活力。並且對其面臨的機會與要求應付得蠻好。近年來各種戶外活動興趣大大的增加。這種興趣並受到愛丁堡公爵獎金（Duke of Edinburgh's Award）的新刺激。這一獎金是為鼓勵增進個人的造詣，特別是冒險追求方面而設的，現下一批蘇格蘭行政當局以及志願機構正在參與這一計畫的實驗階段中。

——本文原刊於《教育與文化》第176期（臺北：教育與文化周刊社，1958年5月8日），頁19-22。

美國農業推廣教育的真諦

　　本文論述美國農業推廣教育，係摘自筆者舊稿〈美國成人教育概況〉一文。筆者從美國農業推廣教育的活動中，看到一個強大國家的人民，如何利用自己的力量和合作的精神，帶來了自己的幸福和國家的富強；而深感一種活潑進取的開國精神，是要在自由合理的環境下，才能歷久不衰的。至於由年長的統治階層，日日制訂或修改法令來限制青年人奮鬥的範圍，使青年人消極苦悶失去活力，那是斲喪民族生機的辦法。這裡不妨參酌美國一般睿智的教育學者之意見，就「美國農業推廣教育的真諦」為題，作扼要之論述。

　　美國農業推廣教育計畫，對於美國成人教育運動，具有非常重要的地位。它除了對農業本身及家庭經濟生活改進方面得到的利益以外，這一計畫得到的進步記錄和成就，已成為成人的行為方式，可經由成人教育計畫作重大改變的最佳證明。並且改變個人行為方式外，還促使美國國內千數的人民團體，在一起工作，以解決共同的問題。由這項成就的歷史，使我們深信社會之趨向建設目標，可以經由以社會中成年公民為中心之計畫而實現。現在先就美國農業推廣教育的情形簡略報導如下：

　　美國的農業推廣教育機構，有「農業合作和家庭經濟推廣服務社」（The Cooperative Agricultural and Home Economics Extension Service），是在行政上由州和地方政府合作組成的。這一機構曾經成功地促進它的計畫，並獲得了國際間的認識。按美國農業推廣教育，對於改進鄉村生活最為盡力。起初，於一九〇四年因為農作物病蟲害之嚴重，由

農業部派人指導驅除的方法，結果成效很大。一九〇六年，農業部與全國教育董事會輔助南美農民合作示範事業（Farmer's Cooperative Demonstration Work），並同時兼辦婦女的家庭示範工作。從此，農業推廣工作遂逐漸擴展到美國各省。一九一四年，史密斯·李浮法案（Smith Lever Act）通過後，此項農業推廣服務，進展得很快。一九五一年時，雇用從事此項工作的業務人員即達一萬二千六百四十二人之多。有將近二千人之多的農業專家和家庭經濟專家，在接受公地補助的各合作大學院校內工作，從事預備資料，並對二千五百個家庭示範代辦所（Home Demonstration Agents）和將近五千個郡代辦所（County Agents）與郡輔助代辦所（Assistant County Agents）給予特別幫助。在美國有百分之九十五以上的郡，有農業代辦所；和差不多百分之七十的郡，有家庭示範代辦所。但是，業務人員的數目雖然很大，可是比起在業務推廣服務計畫中登記的志願工作人員來說，卻小得可憐。差不多有一百萬個不拿薪酬的志願先導者，每年每人平均服務推廣工作二週的時間。假如比照非技術工人的工資計算起來，要超過整個推廣服務的年總預算呢！這個計畫的成果，可從一九五〇年的年報中的統計見之：

據估計，有四百六十萬一千零九十四個家庭，改革過一次或幾次農業策略，是由於推廣活動的結果。有三百三十萬以上的家庭被影響而改革其家庭策略；有將近二百萬個男女兒童登記於四健會。推廣代辦所中，有三十三萬九千九百個年齡在十八到三十的男女青年在工作著。推廣計畫廣及將近七百萬個農業家庭。

農業推廣教育的各項措施，史密斯·李浮法案中載之最詳。經費方面規定，每州一年得受聯邦經費一萬美元之輔助。次年按照鄉村人口比例，增加總數到六十萬美元。以後七年中每年增加五十萬美元。其後繼續增加到四百一十萬美元之總數。到一九二三年應達到總數四

百五十八萬美元之高峰。（參看該法案第三節）總之經費總數的增
加，是按照鄉村人口比例及州或地方經費之增加或州內之捐獻數額而
定的。實際到一九五一年時，一年中對這一計畫的各種來源撥款有七
千七百二十五萬美元之多。農業推廣教育計畫的組織方面，可由布朗
納（Brunner）氏及楊新寶（E. Hsin-pao Yang）氏二人從農業部長
（Secretary of Agriculture）和受公地補助各學院同意之瞭解備忘錄
（Memorandum of understanding）中綜合如下：1. 組織和維持一確定
而清楚的行政部門，來管理和實行農業以及家庭經濟推廣工作。由學
院選出，經農業部（The Department of Agriculture）同意之領導人負
責之。2. 經由推廣部（Extension Devision）處理由信託局（Board of
Trustees）分派之已得或將得之國會或州議會（The State Legislature）
所撥及其他來源之一切款項。3. 農業及家庭經濟推廣之一切工作，均
與聯邦農業部（United States Department of Agriculture）合作。因為
農業部是由國會賦予在各州行動的權力機關。聯邦農業部有一行政
處，在農業和家庭經濟推廣工作的一般視導和合作方面代表該部，並
管理在法案下撥付各州之款項。農業部更進而負責與各州農業學院合
作之示範及其他方式之工作。每一州立學院皆組立推廣部，由學院提
名及農業部長同意之推廣指導員（Director of Extension）主持之。學
院和農業部雙方，均為各推廣區代辦所之上司。

　　按美國農業推廣計畫是由聯邦、各州和郡三層來辦理。聯邦有聯
邦辦事處，決算各州預算以證明所撥款項確實用於推廣工作上。處內
有聯絡工作人員，每人派往到各州地區去工作；並且還擁有一小型專
家團。處內發行公報及意見書外，並常常接受作被請求的研究工作。
利用暑期學校工廠機關訓練專業人員。辦事處是由不到二百五十人之
業務人員組成，內中一部分且為部分時間的顧問。州的一層，其行政
由每一州立農業學院之推廣指導員主持之。其下有一助理指導員。並

往往有二個州主管人員，一個管理農業方面的工作人員，一個管理家庭示範代辦所。每一州立學院有一個教材專家團，這些專家與計畫之各方面發生關係。例如：市場貿易、家畜管理、乳業、家禽、衣著、製罐頭等等。每一專家之責任，為保持其研究及實驗之平衡而不落伍，並翻譯名詞，依照郡的要求發展其計畫，訓練代理所和地方的領導人。大半的專家做著上述各種的工作以外，其餘的則在一廣泛不同的興趣方面工作著，例如住宅、鄉村社會組織、娛樂等等。家庭經濟一支的服務，則主要在食物的選擇、處理和和保藏；適合家庭中全體人的主要衣料之供應；家庭裝飾，衛生設施，家庭預算以及兒童之看護和教育等等。郡的一層，是推廣服務的基本單位。郡的計畫是應地方人民的需要而產生的。典型的郡其工作是由郡農業代辦所和婦女家庭示範代辦所來做。有些州特別是東部各州，每郡有一到二個四健會代辦所。有些州有輔助郡農業代辦所和輔助家庭示範代辦所；有些州四健會的工作，是由郡代辦所和家庭示範代辦所，或其輔助代辦所來做；有些農業型式很特別的郡，經濟上許可在其郡業務中，既有輔助代辦所又有教材專家來參加工作。郡推廣服務之辦事處，是設在郡政府所在地之城市內。郡業務人員負責有效的執行有關影響郡內人民利益問題之教育計畫。業務人員並由志願的地方領袖、成年男女、和若干有訓練的青年人協助。這些志願者協助郡代理所發展計畫、主持會議、舉行示範；此外並以一切可能的方法，協助鄰人獲得新聞。郡推廣工作人員，代表州補助地之農業學院和聯邦農業部，而對二者負責。郡推廣工作人員在推廣教育方面的主要工作計有下列各方面：農業生產、鄉材組織和指導發展、健康衛生、農業和家庭管理；其次，還有社會關係、社會適應和文化價值、有關自然資源的討論、貿易和分配、農家和建築、經濟問題和公共政策、雜務等，內容可稱豐富。

　　美國農業推廣教育還有許許多多的活動，如男女農藝會、函授學

校、巡迴學校、各種農民學社等等，無法詳述，其各種實際發展，亦隨時間而變動。最主要的是他們那種互助合作自發自動蓬蓬勃勃的向前精神，以及「社會之趨向建設目標，可以經由以社會中成年公民為中心之計畫而實現」的經驗。希望我們看了以後，能對我們自己有所裨益。

——本文原發表於《教育與文化》第210期（臺北：教育與文化周刊社，1959年5月），頁18-19。

燈下縱橫談

一　喜聞開辦博士班

報紙及《校友月刊》累載教育研究所要招收博士研究生的消息，日前在一次聚會中，並由所主任賈學姊親自證實。不禁令人感到十分高興——為國家高興、為母校高興、也為所高興！

按所主任賈馥茗學姊為美國加州大學的博士，前在教研所時，以研究教育史所得，曾在母校學報第二期（民國四十六年）發表「中國歷代博士制度考」一文。今以其攻讀現代博士學位之經驗，參以對我國固有博士的認識，對博士班的規畫，自能有獨到的見解。

對這件大事，我以所友的高興心情，不免要衝（口）筆而出的（說）寫幾句話。

（一）辦博士班的迫切和當然性

任何人翻看美國大學的課程表時，如加以留意，將會發現：念博士學位將會有第一外國文、第二外國文的課程。但教育博士卻常常只要本國文就行了。這意示著教育的研究應著重本國的歷史背景、實際情況和目前需要。而不是抄襲不同背景、不同情況和需要下發展出來的外國制度、理論和方法可以為功的。這正是我國目前要迫切認清和改革的。因此教育博士班和國文博士班實應最先創辦，而前者竟要遲到明年才開辦，對國家來講，不能不說是一件損失！

（二）師資準備已成熟

教研所現已網羅法、西、英、德、美、日⋯⋯先進及新進得有博士學位的師資。先進方面早已成名的師長，人人皆知不談外。從所中的出版物，實可窺見新進的學者也學植深厚、勤於研究。賈主任等幾位，在短短的幾年間已出書數冊，內容皆甚充實。尤其領導編製各種測驗，厥功尤偉。郭為藩兄有關〈自我觀念與學校適應〉一文中，實隱有對教育理論的開創理想和抱負。可見年青一輩學者氣度恢廓之一般了。

（三）青年和社會有此需要

年前看到一本小型刊物，謂美國哈佛大學文學院院長（均已忘記名字），只是大學畢業並未得到碩士博士學位，竟能在世界著名學府的文學院中領袖群倫。須知美國社會知識水準高，容易鑑別真才實學。此公如在中國社會，我可斷定決不如此容易出頭也。我國著名學報的主編人都有一個經驗——高水準的文章不易找到審查人。這就是因為我們社會的知識水準，還夠不上鑑別實學的程度。青年如拿到一塊博士招牌就更容易推銷自己；社會求才時，也有個標準。何況念完碩士班後，前面更有一條光明的大道可走，使青年益發向上，會給社會帶來進步，是可以想見的。

（四）招生課程和教學的建議

在我的課程中，理科文科的界限太深，因此理科的學生缺乏社會人文科學的知識，文科的學生缺乏自然科學的基礎。不能利用相關的知識解決研究的問題。所以國內研究所的研究，多偏重整理方面而缺乏創發。而惟有創發才能給人類帶來新的東西，才是最可貴的！幾年

前陳啟雲兄（哈佛博士）回國時談及：美國的大學課程中，學理科的要修百分之四十的人文社會科學，學人文社會科學的則要修百分之四十的理科課程。所以在美國改行極為容易，因為只要補修百分之二十的課程就夠了。我國課程的限制和偏失結果，使目下的教科書和教學問題叢生。目下師專的「自然科教材教法研究」一課，實不知要由學教育的、或學物理、化學、動物、植物、地質等的來教授才好，教科內容的編制亦然。我以為將來招生的對象要放寬，名額不能太少，教學要採 Panel discussion 的方式。要招收各種人才，自然名額要多，但是不達到水準的絕不能循情讓其畢業；各種人才都有，教學自然不能採取目下唱獨腳戲的方式，而要由專家團來一起討論。以教育研究所本身的改進，來領導教育的改革，是理想也是責任。目下考試的方式，我認為偏重死記教材的成績，也有問題，應該加強論文（畢業及學術刊物發表的論文在內）審查的成績。對學有成就者的進修部分也要注意，前美國安全分署教育組組長布朗博士在本所的一次 Seminar 中就說過：他在大學教書的時候，為著要做系主任，每天夜間駕車到另外一城市的大學夜間部去修博士課程的例子。古代政教不分，經、史、子、籍中都有教育，國文研究所不收教育研究所的學生，我認為教育研究所卻可收國文研究所的學生，指導他們以教育、心理的理論研究編國文教材。階梯的編輯方法對他們總是陌生的吧！所以我沒有看到一部國人編的國文階梯叢書（Ladber book）。這種技術和訓練，對中小學國文教材的編輯是極端重要的！其他各科亦然。

二 「康」師二人

《教育研究通訊》創刊號，鄧校長玉祥學姊〈老生憶舊〉一文中，有這樣的話：「……當時教授……西洋哲學吳師康公，……」按

本所教授哲學的師長，有二位都以「康」為名。一為「陳康」師，字棄疾，江蘇江都人，德國柏林大學哲學博士。一為「吳康」師，字敬軒，廣東平遠人，法國巴黎大學哲學博士。陳康師在研究所第一學年教授西洋哲學史。吳康師則於我們畢業時為論文考試委員。猶記顏秉璵學長當時為助教，於口試之前先將論文送請各委員審查，因論文中挾有評分表，吳康師遂一一賜加評分、評語。後因此項評分表係供口試後評分用者，故未採用。鄙人〈中國書院教育新論〉一文，吳師賜評至九十六分，有「引論博洽，……（下句已不復記省）」等語。因此得預知學術界前輩對本所研究論文評價情形，當時所內師長同學均感高興。口試後，則吳師對賈馥茗學姊〈朱子教育思想〉一文，評至九十六之高分云。按拙文、賈學姊該文，鄧學姊〈王陽明教育思想〉、方炳林學兄〈陸象山教育思想〉二文，四篇均由當時論文指導教授黃離明建中師指導下寫成。本所開辦之初，所主任田伯蒼培林師即以「中國哲學」方面聘有黃離明師，「西洋哲學」方面聘得陳棄疾師，以師資之充實而感到滿意。陳師任教一年後，不復兼任，旋即去國。黃師後亦不幸去世。而所內教育方針亦有所改變。

　　鄧學姊所說的吳師康公，實為陳師之誤。吳師菶校授課乃以後之事。前國立中央圖書館館長現任國立中山博物院院長蔣慰堂先生，在中國同志會請陳康師演講時，致辭謂：國內知道陳先生的反不如國外知道陳先生的多。因陳先生的論文發表在國外刊物的，遠比國內為多。在臺時，國外大學教授對古代哲學問題有疑問，即常寫信向陳師請教。故在本所授課一年後，不久即應美國大學之聘去國。陳師家學淵源，為第一屆學術文藝獎得獎人陳含光先生的哲嗣。在德攻治哲學甚久後，又復遊英研究經驗主義派哲學。不久前在《清華學報》見陳師發表論「道」一文（原題忘記、因本文非學術性，亦懶於查按）不知是否去國後又本其研究西洋哲學之餘，轉其研究方向於本國哲學？

　　鄧學姊文中提到的〈宋代書院制度〉，亦即拙文〈中國書院教育新論〉之誤。事關教育史實，恐後人致誤，一併指明於此。鄧學姊辦學甚有成就，古人有「立德、立功、立言」之分，鄧學姊已至第二境界。記憶之誤又安足為病耶？

三　談「傳世」之作

　　先師黃離明建中先生嘗謂：著作不必（注意：非不可）太多，有一部傳世的即可。離明師之意並非謂有十部傳世之作，反為不可。若是傳世之作，自然越多越好。非謂傳世之作以外，不能寫書；若能有功於一時一地之作，自亦有其價值。意乃謂傳世之作不易，我們需集中精力，不可浪費時間而已。古人亦有以一句而獲傳，或一詩而獲傳者，正見不朽之業在精不在多。但我們不能以此為藉口而疏於寫作，須知需於眾多的砂土中去淘出黃金來。筆者前在《通訊》創刊號〈歷史之鑰──五〉一文中，報告證明八卦：「乾、坤，震、巽；坎、離，艮、兌。」實即四對二進記數法之數字，進而證明：四、五、六等均為上古遺留之二進記數字，並分析其古文結構，指明均合二進法則。（惜古文字部分均排印錯誤）此項發現，疑後人將發現其重要性。上圖意其或可獲傳於世。乃根據天地定位章重新恢復而成。復以心理測驗進一步加以證明。校以〈說卦〉第七、八、九、十、十一等最後五章：「乾、坤，震、巽；坎、離，艮、兌。」之順序，一一悉合。驗以二進法：乾坤一對，乾為「一一一」即七之二進記法，坤為「○○○」即○，

其和為七（七加〇）；震巽一對，震為「〇〇一」即一，巽為「一一
〇」即六之二進記法，其和亦為七（一加六）；坎離一對，坎為「〇
一〇」即一〇，乃二之二進記法，離為「一〇一」即五之二進記法，
其和仍為（二加五）；艮兌一對，艮為「一〇〇」即四之二進記法，
兌為「〇一一」即一一，乃三之二進記法，其和為七（四和三），仍
不例外。此圖初步證明於筆者〈重論八卦的起源〉（載《孔孟學報》
第十二期）一文，進一步證明於〈新數學和舊光榮〉（載《復興中華
文化論文專輯》）一文。此圖實為中國文化、歷史之鑰，筆者據本圖
而發掘之史實、哲理，撰作為文已逾十萬字。均有意想不到之發現。
詳情均可於上述已發表之二文中窺見。〈新數學與舊光榮〉一文，為
最近（五月）出版，有抽印本，每本約一萬八千字，擬以半場電影之
費（十元）分售同好，以免浪費而崇學術。若集體購買，筆者並願參
加討論釋疑。（以二小時為限）此為新發現而有希望之學術，研究者
應知「寧為雞口，毋為牛後」的道理，先獲知此一千古不傳之秘。

——本文原發表於《教育研究通訊》第2期（臺北：國立臺灣
師範大學，1971年6月），頁5-11。

一件重要事和一些閒話

一 以新認識的「學」字獻壽

承所中相約為文以壽田師，因撰〈重新認識的學字和因而發現的新敎育史料〉一文相應。暑假中往所中及用電話均未能連絡上，因想所中或來電話時再交。後恐因放假所搬新址等原因，未聞信悉。久擱而忘，因就原文刪成本文改革於此以祝嵩壽。

二十幾年前，董彥堂先生在《甲骨學五十年》中說：「李孝定君的集釋，收可識的一千三百七十七字，……本來識字是很難的，到了最後，易認的字都已認出了，不易識的多是人名地名等等後世失傳的死字，將來也許永遠不會再認識。所以經過了五十年研究考釋的今日，如果你能夠指出過去的一個認錯的字，或者發現了一個新認識的字，令人感到滿意，一定會博得大家拍掌叫絕，交口稱譽的。」不料年前在李氏：《甲骨文字集釋》〈待考篇〉，見到所列尚不認識的字中，有二個字：𤕨（《殷虛文字甲編》二二八七）、𤕫（《戰後京津新獲甲骨集》一五七一），其實都就是「學」字。

原來「學」字是根據學習內容，然後再加雙手造成的一個象形會意字。它最初根本就是現在學字頭上中間的部分——爻，在甲骨文中，「爻」和「學」都可互相的用，例子很多。不過文字學家過去都以為「爻」是由「學」字省假而來的。羅振玉氏在《增訂殷虛書契考釋》中謂：「卜辭中學戊亦作爻戊，殆古音同相假借。」其實它根本

就是第一期的「學」字本字。按「爻」字解作效，《易》〈繫辭〉謂：「爻也者，效此者也。」「效天下之動者之。」李鼎祚《集解》：「爻、猶效也。」學字本也解作效，伏生《尚書大傳》〈周傳〉：「學、效也。」（引見《儀禮經傳通解》）朱子《論語注》：「學之為言效也。」都是明顯的證據以外，假如再細心分析學字在甲骨、金文、篆書、隸楷中的構造演進情形，就可知道這是不易之論。

第二期的學字，乃是將「爻」換成甲骨文的「六」字：介、人，從雙手學「六」會意： （散見《殷虛書契前編》一、四四等處）。為什麼從雙手學六會意呢？因為六字在古代和「文」字是相通的，文和六都是從巽卦蛻變來的，這一點因為太複雜，這裡不談，可參看筆者〈八卦及中國文字起源的新發現〉一文（《臺北女師專學報》第一期本年五月）。另外在後來發掘出來的古代銅印中，「彥」字頭文的「文」字，常常寫成「六」字或甲骨文的六字：介。在諺、顏、……等字中隨時可以看到。所以本期的學字是從雙手學文會意。

第三期的學字，是在第二期學字下的六字內加子成字： 。這在金文中最為明顯，例子也最多。我們在現在楷書的學字中還看得出來，它下面就是「字」字（因組合書寫不便省了頭上的一點）。上面的部分是第一期雙手學爻會意的學字。所以本期的學字是從「學字」會意。現在我們通用的楷書學字，就是從這期保存下來的，但它是戰國時代的一個字，很可能是秦字。

第四期的學字正字，是現在應該通用而沒有通用的一個字。它和現在學字不同的地方，是把現在學字頭上中間的爻換成「文」，和下面的字，合成「文字」，是從學文字會意。漢碑中的學字，大部分都是寫成本形。

我們看了上面的發展，可知學字是根據學習內容來造的一個字。為什麼這樣造呢？試想學習這樣複雜的一件事，應該怎麼造字呢？應

該根據六書哪一條法則來造呢？字書自古叫做「小學」，兒童入學時所學習的第一件重要事情，就是認字寫字。所以從學習的符號文字來會意，是最聰明的辦法。

上面的發現剛好和我國文字的演進相合，看了下面幾項事情，就可明白：

（一）象

《周禮》有「政象」、「治象」、「教象」；《左傳》有「易象」的記載。《尚書・皋陶謨》謂：「予欲觀古人之象。」劉師培氏謂：「惠定宇以象為書名，且謂古易只名為象，其說甚精。……故〈繫辭〉曰：『在天成象』『易者象也；象也者，像也。』古只名象，〈皋陶謨〉曰：『予欲觀古人之象，』是也。至周始有三易之名。然《春秋傳》曰：『見《易象》。』則象之名尤未亡也。」（《劉申叔先生遺書》，頁二三七八。臺北市士林：大新書局。民國五十四年版）。證知古人確曾以卦象溝通思想。卦由「爻」組成，所以學字就用爻來代表或從雙手學爻會意。過去文字學家對八卦和文字的關係，一直搞不清楚。這裡提供了確證。這不能不算是一件大事。

（二）文

象由卦爻交錯變化，就變為文。《說文解字》：「文，錯畫也，象交文。」（文部）「爻、交也。」（爻部）原來春秋以前，文字不叫做「文字」，也不叫做「字」，只叫做「文」。明顧亭林《日知錄》謂：「春秋以前言『文』不言『字』。」（頁六〇九，臺北市：明倫出版社翻印舊題何義門批校精抄本，民國五十九年。）經查春秋以前著作，凡說到文字的地方，只說「文」，確沒有說「字」或「文字」連稱的。

（三）字

形聲相益謂之字，字係由文孳乳而來的。字雖然產生很早（甲骨文即已用了六書的造字方法）。但字用來指「文字」，卻是春秋以後的事。戰國時，呂不韋懸《呂氏春秋》於咸陽市曰：「有能增損一字者，予千金。」（《史記》〈呂不韋傳〉）

（四）文字

文字連用，乃秦始皇統一天下以後事。瑯琊石刻始有「同書文字」句。秦後的漢代，才習於文字連稱，所以隸書漢碑的學字，大部分寫作從學文字會意一形。我們現在也是文字連稱，也應這樣寫才合。可是叔重不識學字，所以在《說文解字》中說錯了，解錯了，也傳錯了。後人在拙文發表以前，迄未能深究。偶見題字也有寫作本形的，但其中「文」字寫作隸書楷書形的，如顏元叔氏編《中國文學大系》才合。有的寫成篆書金文（甲骨文同）的「文」，如林景伊先生的《中國文字學》（正中書局），則不盡相合，因漢代隸書以前，迄未發現學字有從「文字」會意的呢！

　　文字學家、教育史學家，從前怎會料想到在「學」字中，竟隱藏了一系列的中國文字發展史和教育史實呢？

　　根據上面的資料，可見上述李氏《甲骨文字集釋待考篇》的二個字，就是學字無疑了。也就是第二期從雙手學六，由文六相通，轉而成為由雙手學文會意的學字。

二　一些有益的閒話

（一）培重於栽

　　若干年前，在校友會上，我曾向孫前校長亢曾師說明這件事。比如一棵植物，生長在原野中、沙石上，令由風吹日曬，營養不良，雖也能生長，但不能如著意施肥灌溉的長得生機蓬勃。我本人畢業將近二十年，獨來獨往，對此中體念較深。我希望不僅所中師長，就是教育學院甚至全校的師長，對同學都能著意的培育，不要不聞不問。不要使棟樑之材任由枯朽荒山，更不要把它栽成了盆景。我要把前人美麗的詩句，改得更美麗來請師長們諷誦：「落紅應是多情物，化作春泥更護花。」菩薩心腸，原在普濟眾生。作個自了漢豈不容易！

（二）注重廟宇

　　目下學術界有句流傳的話：「只看廟宇，不看和尚。」研究所窗友對這個現象問題，自然早已注重，我這裡是要勸所裡對所有的出路要特別注意。我因為沒有投到有名的廟，空申請了十餘年的國科會補助，一次也未成功。比起留校同學來，總犧牲在卅萬元以上。同學師友都知道，我不用客氣，我的程度豈至一差至此？而我發表的論文，豈是同性質的經學講座能比？這是可以公開討論比較的學術問題！我因沒有這些經濟的補助，無錢買書，生活不好，影響我的研究工作，又豈是我個人的損失？自然，和尚也能使廟宇出名，但那要有智慧、大願力，不是每人都能做到的。

（三）青年不能再失敗

　　年來所友出膺重任者日眾，這在國外，卅幾歲做部長閣員，本是常事。但國內是特殊的事情。此時此地可說是臨危受命，豈止中央依

裨之重，亦當想到國民寄望之殷。昔商鞅強秦，管仲興齊，皆有一套
政策或辦法。美國歷屆政府，皆有名大學為其智囊。今日政治絕不是
權勢逢迎的做人問題，也不是案頭捉刀的事務末節。沒有時間來試驗
或失敗。全所所友均應盡其智囊之責。古人謂：「天地間事原是本分內
事！」志氣何等浩大？教育之事，豈不是教育研究所所友本分內事？

六十一年十一月三日於女師專

──本文原發表於《教育研究通訊》第3期（臺北：國立臺灣
師範大學，1972年11月），頁15-27。

《民主憲政與中國文化》書評

著者：張其昀

發行者：中央文化供應社

出版年月：民國四十八年元月

頁數：三四五頁

定價：新台幣二十八元正

　　英國哲學家培根嘗言：歷史使人聰明。曉峰先生以治史心得，著作為文，其見解之精湛，可以想見。近見新著《民主憲政與中國文化》一書，對我國文化之影響於現代民主憲政者，闡述甚詳。凡我國哲學思想、政治地理、政治制度、國防兵制、民族精神、道德倫理、經濟、文教之進展演變，皆作文獻上之考訂；復將中外政治理想排比研究，如卷首將法國之自由、平等、博愛，美國之民有、民治、民享，與我國之民族主義、民權主義、民生主義，及孔子學說之有教無類、選賢與能、天下為公列為一表，指明三者實為一體，均在求民治之圓滿成功。並指出我國社會由於孔子「有教無類」之主張，「選賢與能」之觀念，「天下為公」之精神，遂由教育機會之均等、參政機會之均等、勞享機會之均等而達到自由平等博愛之境界。我國版圖之大，雖超越歐洲，而能迭經內亂外患，始終保持大一統之規模，此實為我國文化最大之優點。

　　本書所收論文十六篇，約二十餘萬言。其重要篇名，有中國之政治哲學、中國文化對西方近代民治之影響、中國史上之均權制度、中

國史上之國防系統、中國歷史之優良傳統、三民民主主義之思想淵源、五權憲法之歷史背景、中華民國憲治之重要涵義、中國現代民治之基本因素，中國現代民主憲政之原動力，中國抗共之精神基礎等。各篇因時立言，自為起訖，而彼此呼應，前後一貫，有其共同之旨趣。我國現代民主憲政原本於固有政治哲學，本書對此作文獻上之考訂，援古證今，博觀約取，使人一目了然。

此書精義時見，如謂識仁之旨：「便是要發揮人性，擁護人權，發揚人格，發展人力。」教育與政治的最後目的，即在於人的實現。說禮則謂：「禮之本為倫理，禮之文為儀式。每一種儀式原要表示人性之某一方面，人性纔是禮之本。」論治則引：「子曰：善人為邦百年，亦可以勝殘去殺矣。誠哉是言也！」謂任何主義與制度，要有政風為之後盾。政風是綜攝人治與法治的聯鎖，是創造歷史的一種無形的原動力。對我國政府之組織及人事制度，極為稱道宰相制度之精神與考試制度之建立，比之為今之內閣制與代議制。對中央地方集權分權之議，皆本 國父之意，謂我國歷史本署統一，非分裂而不相統屬者，統一之時則治，不統一之時則亂。故採取均權，「同時發展真正之地方自治，以防武人專擅之弊。」「誠以軍權之下，民權不伸，民全部存，治於何有？」並謂：我國古代封建制度之精神在於地方分權，梁任公曾言其最大功用有二：一為分化，一為同化，所謂分化者，謂將同一精神與組織分布於各地，使其因地制宜，盡量發展。周初所封群侯，由一有活力之文化機體向外遷徙，拓地移民，於是華夏文化乃從各方面為多元之平均發展。至春秋戰國間，遂有千巖競秀萬壑爭流之壯觀。所謂同化者，謂將許多異質之低度文化，融化於一高度文化總體之中，以形成大民族意識。經數百年艱難締造，及期末葉，則太行以南大江以北盡為諸夏矣。此種同化作用，在歷史上唯一最艱鉅之事業，至今猶未完成。郡縣制度之精神則在於中央集權，秦

設郡縣，車同軌為經濟之統一，書同文為文化之統一，其時舉行大規模之移民與灌溉事業，使江河二大流域，交相利用，國內貿易漸趨發達，開國規模實有可觀。唯因中央集權趨於極端，遂至崩潰。漢時封建郡縣並置，均權觀念已萌，能採地方分權之精神，重視地方畏吏，政平訟理，民無嘆息愁恨之心。就史實上徵引歷代集權分權內外輕重得失，立論深中肯綮。對我國歷代國防體制，亦就軍權相權之消長，軍民分治合治之利害，歷舉史實之教訓，所言皆甚懇摯，誠仁者之言，仁者之見也。

按本書討論治術，對民權之伸張，國家之統一，歷代政制之得失皆能徵引史實，反覆論列。對我國哲學富於愷悌慈祥，樂觀進取之精神，尤多稱述。於戰雲籠罩之今日，蓋亦深寓仁者之用心歟？

——本文原發表於《教育文摘》第4卷第7、8期（臺北：國立教育資料館，1959年8月），頁40。

附録

曾約農致陳道生函

道生先生臺鑒：去歲九月，承寄

賜大著〈重論八卦的起源〉，邇日始有幸細讀，欽佩莫名。以二進法解釋伏犧六劃卦之形成與秩序，雖由德儒萊布尼茲發其端，而演成全套學說，自成系統，實

臺端之發明，至為精湛。文中陳希夷之大名為「摶」，非「博」，殆手民誤植。不知尚有其他錯誤否？再版時可更正也。專謝，順頌
臺安

曾約農謹啟　五月十四日

道生先生台鑒去歲九月承寄

賜大著「重論八卦的起源」逼日始有幸細讀欽

佩莫名以二進法解釋伏羲六劃卦之形成其秩

序雖由德儒萊布尼茲發其端而演成全套學

說自成系統實

台端之發明至為精湛文中陳希夷之大名為「搏」

非「博」始手民誤植不知尚有其他錯誤容再版

時可更正也专謝順頌

台安

曾約農謹啟

五月十四日

劉夢溪致陳道生函

　　道生先生史席大鑒：前此在臺北晤拜先生，又蒙惠賜躑戲老人法書，惶愧無任，亦歡喜無任，人生之至純至潔襲滿身心。後所寄大著八篇，嘗細細誦讀，又是驚喜非常。始知先生古學之修養，易學之創獲，時人望而止步可也。特選論二進記數兩篇刊於此期《中國文化》，茲寄先生請查收。看過此二文的一根底不薄之學人，云「很可能也說對了。」蓋先生之才學實不為世人所知也。然趙雅博先生一句「天主的好寶貝」，不獨世人，並學人一起失色無地矣。晤拜先生，捧讀大著，晚之內心不知有多麼喜悅，與內子祖芬總是說起先生，使我們更加敬慎，更增愛心。施教授的出塵之思，乃先生不染之法力之所致也。蓋出入本一也。回來後繁雜猥集，達至今日方守信致候，頗感歉疚。不二，謹叩大安

　　　　　　　　　　　　　　　　晚　夢溪拜上　祖芬同候

中國藝術研究院中國文化研究所
INSTITUTE OF CHINESE CULTURE CHINESE ACADEMY OF ARTS
北京朝陽區惠新北里甲1號 郵編100029 電話86-10-64813408 Email:culture@china.com

「紀可雅也說對了」。蓋先生之才學寶而為世人所知也。然趙敏博先生一竹天主於好寶貝，不獨世人，並學人一起矣，色無地矣。晤師先生，擇讀古書，順之內心已知有吾康喜悅，與內子迎喜悅，學說起先生，傳我們更加敬慎，更喜愛心。施教授的出塵之思，乃先生不染之法力圖了所報也，蓋出入本一也。四季得蟹雖旅寒，蓬至气日方言信敬惶，頗秀歡疾。不二，諸師大智，晚勇後師上，問候

中國藝術研究院中國文化研究所
INSTITUTE OF CHINESE CULTURE CHINESE ACADEMY OF ARTS
北京朝陽區惠新北里甲1號 郵編100029　電話86-10-64813408　Email:culture@china.com

道生先生史席：前風塵台北

晤聆先生，又蒙專贈鑠戲老人法書，

惶懼無任亦歡喜無任，人生之至純

至詰襲滿身心。後以寄大著八冊，

當細細誦讀，又更驚喜非常。始知

先生古學之修養，易學之創獲，驚人

謂而止步可也。御選論二進記教兩篇

刊於近期中國文化，薪嘗主諸查也。

君道卅二之加一抓廉而厚之學人，云

平是非的形而上
──專訪陳道生教授

採訪：黃文定、陳靜文、郭勝得[*]
撰文：劉鑒毅

緣起

緩緩的步行，踏出了穩重，就如皓首裡的德望，至為崇高，至為圓滿。透過神采奕奕的眼神，我們看到的是無上智慧的結晶，是一代長者的風範。

十分地榮幸，我們採訪到本系的智者──陳道生教授。陳教授不僅對教育史有很精湛的造詣，而且在六藝之首，五經之「原」的《易經》上，有著更深的研究、領會和創見。

求學生涯

民國三十八年，陳教授舉家追隨政府播遷來臺，四十年即順利考取臺灣師範大學，並在讀完二年級後即參與普考，由於優異的成績表

---

[*] 【編案】根據《教育論叢：陳道生教授紀念專刊》編者之說明：「黃文定教授現任國立暨南國際大學教授，此篇專訪是其在就讀臺北市立師範學院初等教育學系時，與同學共同完成的成果。」另原文列有「攝影：洪綵鳳」，今因翻印之照片畫質欠佳，未採用之。

現，獲得了全國教育行政普考第二名的殊榮，不僅激勵了陳教授繼續努力向學，也奠定了他在來年成功地通過高等考試的基礎。大學畢業後，考上了政大、師大研究所，基於己身對教育事業的熱愛，毅然地選擇了後者，正式加入「百年樹人」的大庭園，辛勤地灌溉、培育無數的莘莘學子。

在提到這一帆風順的求學生涯，那種興致盎然的神情，充分表露在陳教授和藹親切的笑談和同學的專注、笑聲之間。追憶中，是在上小學的時代，陳教授的父親鑒於小學教材過於簡易，因此留他在家自學，讀些古書。而在陳教授印象中最深刻的是《幼學瓊林》這部書，那是一部由許多古代歷史典故編成有韻的句子，供幼童閱讀、背誦的書。至於上公立小學則是小學四年級的事了。雖然陳教授的幼年並未接受真正的學校教育，然而自甫進學校後，優秀的成績，一直令人刮目相看，尤其是年年的第一，更是叫人肅然起敬。一枝獨秀氣勢一直延續到初中，然而在所向披靡、毫無挑戰性的情況下，陳教授始將多餘的心力投注於課外書的研讀上，在遍覽四才子書、薛仁貴征東、薛丁山征西、羅通掃北……等許多古典小說後，又讀遍魯迅、巴金、老舍、茅盾……等人的新文藝作品，及能買到的《靜靜的頓河》……等翻譯書籍。

記啟蒙之師

多彩多姿的初中時代，正是日軍瘋狂侵華的時期。陳教授的家，恰巧位於多山的大後方，因此並未受到烽火的洗禮，而能安心地在家鄉唸書。學校裡很多是為逃避戰禍而至大後方的優秀教師，教學特別地認真，尤其值得在此一提的是陳教授的英文老師——朱士式老師，他畢業於英國倫敦大學，高中的英文老師陳錫芳老師則畢業於牛津大

學，對奠定陳教授的英文能力有著不可沒的功勞。當然，這良好的語文基礎，是日後陳教授作學問及發表論文的一把利器。

精進的學習之道

民國三十七年，陳教授於江西省立縣中學完成高中學業，三十八年來臺後，在臺完成大學、研究所的學業。縱觀這段特殊的求學經歷，何以如此地光輝、燦爛，實源於一套有系統的讀書方法和良好的讀書習慣。平日讀書時，陳教授從不分心他事，務使精神能專注和集中，故於讀書前，好好的休息和睡眠，吃一些好吃、想吃的東西，使精神充沛，情緒滿足，讀起來自然能得到很好的效果。除了勤學之外，有效的讀書方法亦是不可或缺的要素。陳教授在準備課業時，總是先選擇同類中較好的一本書為藍本，仔細地精讀，然後找到「所有」別的著者編著的相同書，核對其目錄中的編、章、節、段，遇到「藍本」所無的部分，將其摘要於「藍本」相關部分的書眉上。同樣，利用論文索引，找到相關的論文，將「藍本」所無的摘錄補充如前，則同類的知識，其大綱皆集於「藍本」上，溫習時根據此大綱回想全部內容，記不得時翻開書來看。如果這樣下功夫，則學任何一科目都可把握住人科全部知識。考試時，題目跑都跑不掉。試想上作文課時，老師在黑板上出一題目，我們即可寫一篇文章。現在我們預先準備好好的，連大綱都在腦中，還怕寫不出一篇好答案嗎？

優遊於學術領域之間

現任工筆畫學會理事的陳教授，在課之餘，偏愛那書畫的情趣，不僅對前賢精美的畫作有份摯愛的感情，更熱情於自己筆畫下的世界。

書法跟繪畫本是相輔相成，自然也深為陳教授所欣賞。篆刻藝術對陳教授也特別具有吸引力，因此，陳教授也收藏了蠻多精美的印石。[1]

學術的探究與求新

閒暇之際，除了喜歡畫畫，陳教授仍舊不忘學術的研究。凡是有關教育史的資料，必定全心致力於研究、探索。也因此，單憑個人積極的鑽研，發現了很多珍貴的東西，例如在焚書坑儒的秦代，也許大家會認為它的教育必然十分荒蕪，然而透過秦代竹簡所看到的秦律，經過細心的推敲，卻意外地發現，秦代的教育也是辦得有聲有色的。在教育研究之外，凡是所有新的東西，對研究教育或研究易經有所裨益的，陳教授向來都會去留意它。比如，在教育研究法的課程中，談到參考的部分，除了中國和日本的東西尚未好好輸入資料庫（Data Base）外，英美等英文的資料皆建立了好的資料庫，若需要查詢它，只要將它的名字在電腦的鍵盤輸入就可以了。而這種資料庫的光碟，中央圖書館及學校圖書館均有購置，只要將訊息輸入電腦，你所需要的資料便一目了然地呈現在你面前。如要印出，打入付印指令，即可在印表機上列印。類似這類新的東西，是過去所沒有的，陳教授也會特別地去注意，然後介紹給同學。

致力於《易經》的探究

在談到陳教授的學術研究，若只談教育，不提《易經》，這是非

1　【編案】此處原有附圖並說明：「陳道生教授醉心於藝術，從吳文彬先生專攻傳統人物畫，見謂有文人氣息。此圖『鍾馗嫁妹』，人物栩栩如生，精緻動人。」

常不禮貌的。事實上,陳教授在《易經》的探究上,有著卓越的成就,是大家有目共睹的。《易經》究竟有什麼魅力,如此地吸引著陳教授呢?這是源自家鄉古老的習慣和傳說。當時由於旅館的欠缺,一般人外出常有露宿破廟或廢屋的機會,鄉人迷信這些場所常有鬼魅出沒,隨身攜帶《易經》可以避邪。小時候對於《易經》的這種神秘威力和傳說深感好奇。又小時候常聽到伯父們講:明末三老──魏(叔子)、林、邱(志九──邱椿先生即其後人)隱居於鄰縣寧都的翠微峰,其中邱志九老先生已經「明易」,據說「明易」較「明算」更為奧妙。傳說:有一天邱老先生和──「明算」的友人一起到郊外散步,走著走著,不知不覺地來到了一座廢墟,兩人站在圍牆下聊天,突然一陣風吹來,「明算」的友人向邱老大喊「不得了了,牆快倒了,快走」,轉身就跑。可是邱老先生卻泰然自若地回答他說:「你知道牆會向哪一邊倒嗎?」話剛說完,牆正好向背後倒,邱老先生毫髮無傷。當時的陳教授便深為《易經》的這種神妙傳說感到好奇。

　　陳教授真正研究《易經》是在研究所畢業後,當時有鑑於國內研究西方學術的條件仍嫌不足。公家圖書館西洋圖書缺乏,加上個人經濟不足購買西文書,於是轉而研究中國最難的一門學問──《易經》,這不僅是一次智慧的挑戰,更是自我能力再一次的測試。

開啟《易經》突破性的見解

　　翻開《易經》後面的〈說卦傳〉,使陳教授注意的,是它說到八個卦的三種次序。雖然自古至今早有許多的學者從事研究,卻沒有人發現這個問題,所有古人的註疏都沒有說到這種次序和奧妙。就在困惑混亂之時,竟從《易經》「象數」中的「數」解開了這個謎。陳教授想到《易經》的卦是由兩個符號即一橫和一斷橫組成的,那麼兩個

符號能表現出什麼樣的數呢？只有二進位法用「○」和「一」的數學了。基於這個理念，陳教授在《易經》的理論上有了突破性的大發現。他根據〈說卦傳〉的資料，經過邏輯的分析，推算出三《易》的八卦次序，而其中的殷易和夏易，在《易》學裡，實際上是沒有多少資料可尋的，只不過有「夏易首艮，叫《連山》」、「殷易首坤，叫《坤乾》」的兩句話留傳下來。由此，可以想見如此這般的新發現，其意義是何等的重大。當然，這項偉大的推算，後來獲得了歷史的證明。

民國六十一年，在大陸湖南長沙的馬王堆發現了「三號」漢墓，隨著漢墓的挖掘，帛書《易經》現世。而令當今漢學家驚訝的是，此帛書《易經》的卦序竟然和現今的《易經》相異，至於其相異的原因，無人知曉。然而當陳教授看到此項資料時，赫然地發現：竟然和自己所推算出的夏易卦序不謀而合，著實令陳教授振奮不已。想見終日潛心地研究，果然有開花結果的一天，而這豐美的果實，在不久之後，即公諸於世，與世人同享了。

成果的肯定與展現

大約是在八年前，「亞洲北非人文科學國際會議」於日本東京召開。該會寄發了一張邀請函，希望陳教授能提出一篇論文與會。陳教授經過一番慎思細慮後，決定撰寫一篇關於馬王堆帛書《易經》的論文。然而對於從未在國際會議上發表過論文，且並未用英文寫過論文的陳教授而言，這件工作是何等的沒有把握？況且，還須將這一複雜論文先提一篇三百字內的摘要呢？經過反覆的忖思，終於想到航海家號太空船上的設計，要讓不懂地球文字的外星人瞭解那是地球人送出來的。於是利用卦形、阿拉伯數字，以二為底的二進位法數式為主，

再輔以英文的說明，寫成了這篇論文，只要懂得阿拉伯數字和二進位法的人就看得懂。後來會議將此論文排在該組的第一篇，並邀請大陸馬王堆整理小組的主持人張政烺先生來主持本文的發表。最後，在閉幕式時，陳教授夫婦和與會學者還接受了當時日本天皇弟弟三笠宮親王殿下的盛宴款待。此刻的你，是否會如此地認為──陳教授的英文、日文必定很棒吧！事實上，陳教授告訴我們，他平時因為研究中國古典的緣故，並未特別留意英文和日文，尤其是日文，只作過短期的補習，從未受過正式或特別的訓練，而在會議中，遇到日方學者時，卻能夠用日文溝通，是不是很奇妙呢？

該篇「帛書《易經》」的論文已收入會議錄（Proceedings），由約二千位與會學者攜往二十多個國家，另外還有許多圖書館、學者購藏。實際上，自從研究所畢業後，陳教授在研究教育和《易經》上所累積的心得，多有論文發表。刊載於《孔孟學報》十二期的一篇〈重論八卦的起源〉，曾受總統府資政曾約農先生（曾國藩先生的後代）親筆函的鼓勵，並收入北京師範大學主編的《易經研究論文集》第一集中。

如何寫好一篇論文

寫作論文，陳教授十分強調創見，亦即有新的見解。一篇論文，倘若無新的發現，那和寫作讀書心得報告是沒有兩樣的。因此，在寫作論文時，首先面臨的問題就是該寫什麼？題目的選擇，關係著論文的成敗，所以在決定論文題目時，必須經過審慎的考慮。陳教授認為，在思索論文題目之際，應當配合本身的興趣，有了濃厚的興趣，方能勤於作深入的探討。決定了題目之後，接下來的工作，就是去蒐集前人對於這一問題已發表的資料，換言之，就是收集要參考的書和

論文，如此，可以使我們確定研究的問題是否早已有瞭解決了，有否進一步研究的必要和價值？所以，收集參考資料是整個論文寫作過程的基礎，其重要性是不容忽視的。

一篇好的論文，必須建立在一份完整可靠的資料上，這是長年以來陳教授所抱持的信念。然而在知識爆炸的今天，資料浩瀚如海，如何去尋找我們所需要的參考資料呢？也許，圖書館馬上會在你的腦海中浮現，而事實上它正是資料來源最豐富的地方，尤其是近在咫尺的中央圖書館，是同學隨時隨地可前往挖掘的寶山，當然，入寶山還須那開啟寶庫之鑰。因此，陳教授建議同學須學會去使用圖書館，知道書目的查法、印刷目錄如中華民國出版圖書目錄，及其彙編。片卡目錄，如：書名卡、分類卡、標題卡、著者卡等，以及各種的論文索引，資料庫（Data Base）及其光碟等。假如學會使用這些工具，要掌握所有的資料，將不再是件難事了。

在資料找齊後，必須泛讀，以便汰掉不合用的資料，然後經邏輯的分析、判斷，去蕪存菁。最後，陳教授再三地叮嚀同學，引用的參考資料必須要註解，並且必須是清清楚楚的，理應包括作者的全名、作品的全名、出版者、出版地與出版年，論文並應註明發表刊物及第幾卷、第幾期、第幾頁等。有了這些註解，不但表明了該篇論文在學術上的基礎，而且襯托出作者的人格和功力。

培養求學之興趣與基礎

論文寫作，既花時間，又耗精力，而做學問也是如此。陳教授認為讀書和作研究，興趣是非常重要，因為它是一切行為的動力，所謂：「好之者不如樂之者」，樂之，才能努力不懈，也才能事半功倍。那麼，究竟如何培養興趣呢？陳教授覺得和本身條件有關。研究一件

東西，等到有了基礎，自然就容易產生興趣。而對一件東西有興趣，自然也不難打好基礎，可見興趣和基礎是相輔相成的。此外，陳教授又指出，一個人即使在某方面缺乏基礎，加上興趣亦不高，然而基於種種因素的考量，不得不去接觸、去從事，雖然有點委屈，可是在奠定基礎當中，自然會迸出興趣的火花來。關於這點，是否值得即將升上大三的同學，在選組時參考呢？

在專訪的最後，陳教授期勉系上的同學能夠再加倍努力地勤於作學問，好好地充實自己，確實掌握有效的讀書方法，再加上勤學的功夫，則未來的前景，必然是一片光明、璀璨。

憶陳道生教授

林永喜*

　　凡事皆是緣，人之相識相知更離不開緣，我與陳道生公之認識更是好緣。我在師大讀書時，我所住之簡陋茅屋就在道公所住之斜對面，中間隔一條水溝。在基隆路他住的宿舍，有一窗戶的燈一直到深夜十二時左右才熄。有位先生坐在那裡讀書，每天如此，從未間斷，令我羨慕與敬佩，決心效法。我所住的茅草簡陋屋只有煤油燈沒有電燈，但我一直看到道公熄燈後，才準備休息。我要超過他，所以每天都到深夜一點半才吹熄煤油燈休息，每天如此，從未停止。吾倆從未見面，一直到民國五十九年，我到臺北市立女專校長室服務，有一天他請孫校長寫一封推薦信申請研究專案。他先來找我，談得很愉快，問我住在哪裡？我說住在嘉興街，並向他提起我住的對面宿舍，有位先生每天都看書到夜晚十二時才休息，他告訴我就是他。他並邀我到他的住處看他研究的書籍，從此成為莫逆之交。他常以老大哥的立場指導我讀書研究。他擔任市立女師專圖書館主任時，更常常介紹新書給我研讀，獲益良多。後來我在學校兼任行政，他更是常常給予協助與指導。大恩大德沒齒難忘。

　　道公治學嚴謹，為人忠厚正直，教學認真，樂於助人，是全校師生所敬重之良師。他的夫人施淑慧老師任教於政大，專攻體育與舞

---

* 臺北市立師範學院前校長。

蹈，常常與道公到國外做研究專題演講，福惠學界，真是學術界可敬可佩的神仙伴侶。

據邱世明校長告知，道公於西元二〇二〇年二月九日仙逝，西歸樂土。於西元二〇二〇年二月二十九日舉行告別式。本應參加祭典，無奈余住臺大醫院開刀，尚未出院，未能參加祭拜，真愧對亦師亦友的良師道公。今接楊龍立校長來電示知，要出版道公精華專集，囑余寫一短文略為介紹道公，提筆茫然，不知所云。無法表達對道公敬仰的萬分之一。謹此敬祝道公安樂於西天淨土！

憶陳道生教授學術二三事

楊龍立[*]

　　民國八十二年因林永喜教授之助，得以由新竹師院轉到臺北市立師院初等教育學系任教。同時也經由林永喜教授介紹，得知陳教授是臺師大教育研究所老學長，他重視學術，不僅用功而且學術研究很好。在系上討論事務時，果然發現陳教授提的意見，往往立於尊重學術以及貫徹學術自由，而不是從行政管理角度來思考。一開始，聽過他的學術研究重點但不熟悉，到了民國八十七年以後就親自體會他的學術研究成果。

　　民國八十年代政治上興起去中國化的改革，教育上亦出現狂飆、躁進與不嚴謹的教改風潮。眾多教育外行人與所謂的教育學者放言高論教改、課程改革與各種花俏的理論，然而我的學術風格與立場卻是質疑這種浮誇的風氣。人們大談各種教育、課程與教學理論，並欣喜於這種形勢大好之際，我卻根本感受不到教育的進展，相反的我還認為教育、課程與教學學術存在嚴重缺失。主要原因有二：一是當時教育與課程學術流行無目標的論調，我怎麼想都無法認同這種不要目標的觀點。一是當時我已清楚體認到中外有一籮筐的教育、課程與教學理論，卻連最基本的課程與教學概念都不清不楚。於是中外教育、課程與教學理論，我根本就認為如同建立在浮沙之上的危樓。民國八十

---

* 　臺北市立教育大學教育學院前院長。

七年我苦悶於自己覺知但又解決不了課程與教學的概念和定義問題時，經過查找，幸好在余書麟教授著作裡，看到民國初年中文教學一詞的發展訊息，順著這理路，我決定先解決中文教學概念和定義問題。於是早先不重視的語文研究取向，轉變成希望所在，依據這種取向努力搜尋資料，又追索到賈馥茗老師主編並在文景書局出版的《教育論叢》一書，書中刊載陳教授一篇超時代的重要論文〈從《說文》錯解「學」、「教」看教育史研究〉。這篇文章幫我打開了日後透過中文語文，來研究中文教育術語的概念和定義問題的理路與眼界。

因為與陳教授是系上同事，於是就近向其請教一些相關的學術問題，除了熟悉他多年心得看法，同時也體會到他堅持的學術用心。多年以來，深深感到在系上能遇到陳教授這樣的良師是很幸運的，他的學術行誼亦很值得後學效法。

我所認識的陳道公：
大時代中的一道燭光

但昭偉*

　　民國八十年，我到市北師院任教。由於分配的研究室就在道公研究室旁邊，所以比較有機會和道公來往。加上與道公共用研究室的何美鈴老師也很健談，所以當他們研究室的門打開，而我又得空時，就會去串門子聊天。

　　道公的輩分很高，印象中是臺灣師大教育研究所的第一屆碩士畢業生，是賈師馥茗的同班同學。由於對賈老師的景仰，自然也就對道公起了一份尊崇之情。但道公完全沒有長輩的架子，與他交談，我總忘了自己是晚輩。印象中，與道公有關的幾件事特別深刻。

　　一是道公寫了一篇有關《易經》的文章（我承認沒讀過這篇文章）。這文章受到了《易經》學者的重視。大陸出版的《易經》研究專書，把道公的這篇文章收了進去，道公曾把這書給我看過。新加坡大學中文系也曾請道公到他們系上，講他的研究發現。就我記憶所及，道公發現我們常見的《易經》卦序，不是唯一可以呈現的次序。這六十四卦的卦序不只一種，他依另外一種邏輯，重新把卦序做了全新的安排。沒想到後來大陸馬王堆漢墓出土古物的《易經》相關文物

---

* 臺北市立大學教育學系教授。

中，六十四卦的卦序，竟然與道公依照特定邏輯重新安排的順序完全一致。這發現讓道公樂不可支，深有吾道不孤之感。

另一件事，是道公有幾篇中國教育史方面的文章。這些文章我讀過，內容卻都不記得了。我印象中，這幾篇文章都屬翻案性質。道公的文字流暢，文章中沒有層出不窮的文獻堆積，有的只是自己獨特的見地。娓娓道來，挑戰了當時中國教育史研究中的一些主流意見。我記憶中，王鳳喈先生的一些見解，就是道公所質疑的。我舉以上兩個例子，最主要是想起說明，道公的學術著作雖不多，但都有創見。道公惜墨如金，寫出來的文章，每一篇都擲地有聲。

雖然道公在學術上有他的獨特處，但知曉他的外界人士並不多。主要的原因，大概是他沒有積極的推銷自己，另外一個原因是他沒有在一個以研究為主的學院教書，沒有學生來傳遞和宣揚他的道。記憶中，他只指導過一位碩士生，可惜這學生沒走上學術之路，無法替老師傳下他的道。

道公除了在學術上的成績外，在生活上我也記得幾件事。一是道公有收集近代名人墨寶的雅興。我記得他在木柵自宅附近，另外購置了空間，專門來收藏他所蒐集的名人墨寶。我參觀過一次，其中有防潮裝置。他還從中抽出梁啟超（或康有為）的書法給我們看，想來所費不貲。

另外，道公在理財上也有研究。據系上老師說，道公會運用《易經》的原理原則，來推斷股市的漲跌與榮枯。至於道公從股票市場斬獲多少，我不得而知。但從他收藏名人字畫與在木柵購屋專事儲藏字畫一事來看，應該是得大於失吧！

道公一生對行政工作沒有太大興趣，對官場更是敬而遠之。我記得他曾做過女師專時代的圖書館館長，除此之外，應該沒有擔任過什麼其他行政工作。他對官場似有隱隱約約的厭倦之感，我好幾次與他

談及賈師馥茗，他總會表現出對賈師出任官職（考試委員）的不以為然，可見道公對仕宦之途的冷漠。

道公有稍重的鄉音，要聽懂他的話，剛開始時，需要留意一些。他自己也有自覺，說起話來就比較慢，聲音也會放大。這表示他為人著想的一面。

在女師專到臺北市立師院這段歷史中，道公大概不是發光發熱的明星老師。他毋寧像是一盞燭光，在時常有的黑暗中，默默的指引別人，告訴別人他的存在。

道公與謙卦易道

邱世明[*]

　　當年因為碩論學習的主題偏向中國史哲領域的關係，有幸得以在師長們所尊稱的道公——陳道生老師的指導下修了幾門課。記得每次上課，那時六十來歲的他總是精神奕奕的，從勤樸樓下樓穿過操場快步走到行政大樓，再從造型優美的半圓形樓梯直上四樓教室。我們當學生的常勸老師慢慢走就好，而他總是笑笑的說：才這幾步路跟階梯，一點都不喘啦。

　　他不僅生活步調是如此的氣定神閒，在講課言談間也是饒富道家與佛學趣味，我們私下都說老師的前輩子應該是博通儒釋道的得道高僧吧！

　　《易經》是我們跟著老師學習的起點。從八卦的卦畫、卦義、卦德開始，道公一步步的帶著我們跨越艱深易學的門檻。慢慢體會乾卦象辭所說的天行健君子以自強不息，慢慢領略坤卦厚德載物的無盡包容與堅毅承擔，學著用宏觀一點的眼界來看待未濟卦六爻失位的無限可能。道公說，許多人鑽研易理總是想著透過卜筮盤算趨吉避凶，計算得失禍福。但有道是善易者不卜，有道君子坦蕩應劫而不違天道。後來我才慢慢發現，學易真正的門檻障礙其實是一己私心。

　　有次上課，他意味深長的問了個問題：這大海裡面最厲害的生物

---

[*]　臺北市立大學教育學系副教授。

是什麼？前後將近有五、六分鐘的時間，好幾個同學紛紛猜測各種想像得到的凶悍物種，從壯碩的鯨魚到剽悍嗜血的鯊魚，但他都說那不是他要的答案。老師等了一會兒才慢慢解釋，其實海裡面真正厲害的應該是大海龜，他不去傷人，而別人也傷不了他，於是就這麼平淡恬適的活個幾百年。我們何必為了一時的得失，而掀起無謂爭鬥呢？

道公說，六十四卦各有代表的意象，而每一卦的六爻也都各有吉凶，唯一最特別就是謙卦的六爻全都是吉祥。謙遜的人，不與人爭，不與天地違逆，順著大道運作。因為「天道虧盈而益謙，地道變盈而流謙；鬼神害盈而福謙，人道惡盈而好謙。」這種謙沖自牧的修養，正是老師以大海龜為譬喻的苦心與期盼之所在。

道公在訓練研究生時也用相同的邏輯。他拿出自己已經在學術刊物上發表的文章，要我們去蒐集資料，重新考證，要我們大膽的提出批判質疑。從來沒有說他所講過的，就一定多麼的不容挑戰，這是何等的的氣度啊？

道公還曾經問過一個讓我印象十分深刻的問題。他說人間最強大的力量是什麼？我們能想像得到的威猛力道大概就是核子彈之類的，他說真的能將地球一分為二的，其實是思想。那時蘇聯才剛解體不久，資本主義社會與共產主義社會仍然存在著對峙的局面。是思想、思考方式、價值取向，在人世間形成了兩個世界。他進一步的說，理解與思考方式的不同，讓我們卜到一個卦卻可能有全然不同的解釋。甚且，決定禍福的終究原因並不是卦辭爻辭說了什麼，而是我們在理解卦意之後做了什麼。招致吉凶禍福的並不是卦爻論斷，而是我們的言行與思想。

從這些小故事都可以看出道公常年鑽研易道儒學的深厚學養，在他身上處處散發出自在豁達、謙遜隨緣、平易淡定而又深邃宏遠的人生哲學趣味。這樣非常古典文史哲取向的人，會不會不懂科學的跟不

上時代呢？其實在 ERIC 資料庫檢索興起時，道公就常鼓勵我們要善用資訊網路。而他自己則是在更為久遠的時代，就自創一套檢索妙招。

在電腦還不普及的時候，用資料卡做書摘筆記，大概是讀書人共同的蹲馬步功夫。但上百千張的資料卡怎麼整理、分類、搜尋？一般人大概是用小黑繩分別穿孔綁好，他則是利用資料卡的這些孔來做分類。舉例來說：請看附圖的 ABC 三張資料卡，道公在不同卡片上分別把1、2、3號孔洞剪開。檢索時把一疊卡片對齊，如果小黑繩穿過各卡片的2號孔，抖一抖，會掉下來的就是符合檢索邏輯的卡片 B；黑繩同時穿過1、3號孔，能掉下來的只有卡片 C；也可以反向思考，只穿3號孔則能留在繩子上就是卡片 B……這樣是不是可以從幾百張資料卡中，極為迅速的縮小檢索範圍找到資料？這樣是不是運算思維的一種？

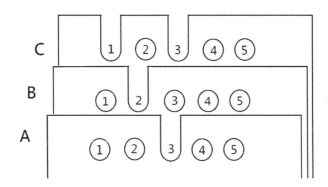

道公也用這樣的科學思考方式，推理出對於易經卦序的嶄新論述，並且在後來馬王堆帛書易經的考古發現中獲得了印證。

一個不求聞達的人，一個識透易理的人，對於我們如何來描述他，想必是不會太在意。但我們仍然希望將道公的學術著作集結成冊，將他的治學典範、智慧言行與身教風範記錄下來，時時提醒自己如何來效法跟隨，是以為記。

會昌陳道生先生事略

　　先生諱道生，號恕田，民國二十年三月四日生於江西省會昌縣西之珠蘭鄉。先輩兢業持守，遂廣田宅。父興祥公，克紹家風，篤實勤恪，深知學為立身之本，而以珠蘭小邑，庠序未備，故先生少時，興祥公皆躬誨之，使誦《幼學瓊林》並古詩文等。後先生以學術精博、創見迭出為世所稱，實興祥公植其基也。

　　先生生十歲而失恃，乃入小學，以承庭訓故，超於儕輩，初中亦獨秀群倫。惟此時日軍寇華，神州動盪。先生幸處後方，暨得安生，潛心為學；復得飽學名士避兵燹而來，先生承教之，藝業日進焉。初中卒業後，先生以高分考取江西省立贛縣中學，負笈贛州。雖內戰勢急，弦歌未輟，因得於民國卅七年畢業。夫以遠其居而安其學，斯固興祥公所未料者矣。

　　先生高中畢業後，因遭時喪亂，於民國卅八年隨青年服務團輾轉來臺，乃得重晤父容，惟先生同母妹、異母弟二人，均未及見矣。先生志於學問，報考大學，二舉而得，於民國四十年錄取省立師範學院教育系。夫大學者，立人之學也；教育者，達人之學也。先生於斯親炙碩學耆宿如：田培林、楊亮功、劉季洪、黃建中、余書麟、孫亢曾等諸先生，博習親師，論學取友，四年而小成。畢業後，旋考取省立師範大學教育研究所，為同年之首。拜黃建中先生門下，以〈中國書院教育新論〉一文獲碩士學位，知類通達，終臻大成。先生此文，詳論中國古代書院制度，索其源流、探其宗旨、考其程序、校其優劣，而知歷代書院興廢之所由也。

《傳》曰：「君子既知教之所由興，又知教之所由廢，然後可以為人師也。」惟先生意猶未愜，因先於國立教育資料館任編纂職，復以美國安全分署公費赴日短期進修。回國後，臺北女子師範專科學校禮聘先生，執教教育學系，先生篤學至此，終得都講上庠，立人達人矣。

先生於女師專主講「教育史」、「教育研究法」等課，咸自編教材，紮實謹嚴；登堂都講，諸生煦煦然如沐春風，進益不可以道里計。歷任副教授、教授，並嘗兼任熊芷校長之英文秘書、圖書館主任、《女師專學報》主編等職，以不喜吏事而未領他銜。執教凡三十餘年，以校制更迭，於臺北市立師範學院時期榮退。

先生之學，專於二端，一為教育史，一為易學。先生於教育史學，自碩士論文〈中國書院教育新論〉外，嘗主筆空中師專用書《教育史》凡五章，並撰有期刊論文：〈書院制度之源流〉、〈北魏郡國學綜考〉、〈東漢鴻都門學考實〉、〈「學」、「教」正釋及其隱藏的教育史實〉、〈中國教育史選介〉等，咸能爬羅剔抉，深造閫奧。先生於易則另闢蹊徑，揉結繩之法、八卦次序、上古文字、二進記數等為說，求其理則脈絡以論證之。所欲開展者，乃搏合易學、文字學、數學而成之上古文化史輿圖。深研數十載，撰作論文凡十餘萬字，見於：〈重論八卦的起源〉、〈新數學和舊光榮〉、〈解開易數「九、六」的秘密〉、〈遠古傳下來的二進數字〉等篇，伸其分繭理絲之功、明微發覆之志。嘗得東海大學首任校長曾約農先生、知名哲學家吳康先生等前輩碩儒稱賞。復以學問深湛，而與歷史學者陳啟雲、文史學者劉夢溪等往來論學；並為大陸、日本、德國、新加坡之學術單位相邀與會，發表所得。

雖然，先生寢饋於斯道，仍時感知音難得，而有無以為質之歎。惟韓昌黎云：「聖人之道，不用文則已，用則必尚其能者，能者非他，能自樹立，不因循者是也。」又劉子玄云：「雄之《玄經》始

成，雖為當時所賤，而桓譚以為數百年外，其書必傳。其後張衡陸績，果以為絕倫參聖。」先生於易，固自樹立、不因循者，雖未價於當世，猶有遺恨，然數百年外以為絕倫參聖者，寧無有耶？

先生一生，於育才治學固盡心矣，案牘之暇，頗游於藝，以治印、丹青自娛。嘗從王壯為、吳文彬等名家學，浸潤久之。所寫人物花鳥等，傳形寫影，曲盡其妙，並曾任工筆畫會理事等職。修焉游焉，悠然自得。夫人施淑慧教授，畢業於師大體育系，專研現代舞蹈，執教於政治大學，與先生合德，鶼鰈情深。先後卜居於北市六張犁與指南山麓，相隨唱和，數十年如一日，人咸目為神仙眷侶也。惟先生於民國一百零九年初，不慎躓於閭巷，而於二月初九日西返，享壽九十歲。夫人囑後學哀其文，因成《教育論叢：陳道生教授紀念專刊》、《陳道生易學與教育學論集》二帙。後之來者，讀先生書，追其踐履，或當以自罨勉惕勵焉。

後學麟洛徐偉軒　謹述

陳道生先生著作目錄

一　學位論文

〈中國書院教育新論〉，黃建中教授指導，後刊於《師大教育研究所
　　　集刊》，第1輯，1958年6月，頁113-138。

二　專書

《小學自然科教學法》（全一冊），臺北：國立教育資料館，1960年1
　　　月，計99頁。
《教育史》（全一冊），臺北：中華出版社，1975年2月，計321頁。[1]

三　學術論文

〈中國書院教育新論〉，《師大教育研究所集刊》第1輯，1958年6月，
　　　頁113-138。
〈英國教育現況〉（譯述），《教育與文化》第176期，1958年5月8日，
　　　頁19-22。

1　【編案】本書為師專空中教學教材，先生任召集人，與馬文恆、曾惟垣、張炳熙、
　　黃建一、楊紹旦、葉玉坤、趙汝福、鄧明治等合著。先生主筆者為〈緒論〉（第
　　一、二章）、〈二十世紀的教育〉（第十七章）、〈結論〉（第十八、十九章）。

〈美國農業推廣教育的真諦〉,《教育與文化》第210期,1959年5月,頁18-19。

〈書評:《民主憲政與中國文化》〉,《教育文摘》第4卷第7、8期,1959年8月,頁40。

〈小學教室設計〉(譯述),《教育文摘》第5卷第1、2期,1960年2月,頁7-11。

〈我國創辦博士學位之經過〉,《中國一周》第560期,1961年1月16日,頁22。

〈明日中小學教育的展望〉,《國立教育資料館叢刊》第55種,1962年10月,頁1-12。

〈書院制度之源流〉,《思與言》第1卷第4期,1963年8月,頁128-131。[2]

〈北魏郡國學綜考〉,《大陸雜誌》第31卷第10期,1965年11月,頁10-14。

〈調查法及其在教育研究上的應用〉,《教育文摘》第11卷第1期,臺北:國立教育資料館,1966年1月,頁1-6、30。

〈東漢鴻都門學考實〉,《大陸雜誌》第33卷第5期,1966年9月,頁11-15。

〈重論八卦的起源——結繩、八卦、二進法、易圖的新探討〉,《孔孟學報》第12期,1966年9月,頁207-234。

〈八索、八卦與二進數〉,《師大校友月刊》第54期,1967年11月,第三版。

〈八索、八卦與二進數補遺〉,《師大校友月刊》第55期,1967年12月,第三版。

2　【編案】本文即〈中國書院教育新論〉第一章之內容,故未再收錄本書。

〈歷史之鑰——五〉，《教育研究通訊》第1期，1970年6月，頁18-20。

〈新數學和舊光榮〉，《復興中華文化論文專輯》，收入《中華文化復興論叢》第7輯，臺北：中華文化復興運動推行委員會，1971年5月，頁17-31。

〈燈下縱橫談〉，《教育研究通訊》第2期，1971年6月，頁5-11。

〈八卦及中國文字起源的新發現〉，《女師專學報》第1期，1972年5月，頁107-123。

〈知識爆發和中學圖書館經營〉，《教育文摘》第17卷第8期，1972年8月，頁35-37。[3]

〈解開易數「九、六」的秘密〉，《女師專學報》第2期，1972年8月，頁203-215。

〈一件重要事和一些閒話〉，《教育研究通訊》第3期，1972年11月，頁15-27。

〈中庸和二進記數的隱密關係〉，《女師專學報》第3期，1973年5月，頁35-50。

〈一件新數學公案的了斷〉，《臺北科學教育季刊》第4期，1973年12月，頁9-20。

〈漢石經《周易》非善本論初稿〉，《女師專學報》第5期，1974年5月，頁1-12。

〈「學」、「教」正釋及其隱藏的教育史實〉，《女師專學報》第6期，1975年3月，頁1-9。

〈從「書」字的演進看泥書、「讀」字、八卦及我國文字的起源〉，《女師專學報》第7期，1975年5月，頁55-68。

〈從《說文》錯解「學」、「教」看教育史研究〉，收入於賈馥茗、黃

3　【編案】又刊於《臺北圖書館館刊》第5期，1972年12月，頁42-46。

昆輝主編：《教育論叢》第2輯，臺北：文景出版社，1976年11
月，頁725-748。

〈《學政全書》簡介〉，《教育資料集刊》第1期，1976年12月，頁181-
185。

〈遠古傳下來的二進數字〉，《女師專學報》第9期，1977年5月，頁
183-212。

〈卦序原始和三易的秘密〉，《女師專學報》第10期，1978年6月，頁
1-28。

〈中國教育史選介〉，《教育資料集刊》第3期，1978年6月，頁261-
268。

〈中國教育史選介（續）〉，《教育資料集刊》第4期，1979年6月，頁
273-281。

〈中國教育史選介（續二）〉，《教育資料集刊》第5期，1980年6月，
頁375-377。

〈三易和帛書卦序表微稿〉，《哲學與文化》第8卷第3期，1981年3
月，頁41-43。

〈中國教育史選介（續三）〉，《教育資料集刊》第6期，1981年6月，
頁453-455。

〈中國教育史待耕篇〉，賴秀智、李俊達記錄，1994年3月22日。

與人無爭、與世無求

——道生論文集出版後記

　　時光匆匆，轉眼間，道生往生三年多了。他是在住處附近，不小心踩空了一個階梯，右側轉子骨折，加上年老體弱，心肺衰竭，來不及動手術，三天就走了，令人措手不及。只是免去了一場手術的疼苦，稍可告慰親友吧。

　　他所執教的臺北市立大學教育系，在本系刊物：《教育論叢》第九期，為他編了一冊紀念專刊。出刊後，由和善可親的系主任詹寶菁教授，偕同兩位年輕的助教，簡淑怡與陳相如老師，送了一箱廿五本書，和一盒名貴的有機鮮銀耳到家裡。大家一見如故，相談甚歡。送客人走後，我便忙不迭地打開專刊細讀。

　　首先映入眼簾的是前校長林永喜教授、主編楊龍立教授、教育系前系主任但昭偉教授，與臺北市立大學附屬小學校長邱世明教授等，對道生的紀念文字。在他們繁瑣的行政工作與教學研究兩忙中，追憶跟道生相處的點點滴滴，尤以養病中的林永喜校長仍抱恙撰文，寫下他與道生相識的特別緣分，身為家屬的我，內心深處有說不出的感激，相信道生有知，亦復如是。

　　當我讀了邱世明教授寫的文章，提到在學時道生教他們那套自創的，用資料卡做書摘筆記的檢索功夫，不僅鉅細靡遺說出方法，還繪圖說明，跟道生當年教我如何寫一篇論文的前奏如出一轍，不禁讓我莞爾。學生時代的邱校長，必定是努力用功的好學生，對老師的傳授

心領神會外，也有他自己獨到的看法與心得。主持附屬小學的校政
時，深具辦學理想和抱負，以及全力以赴、認真辦學的精神，以至於
能在治校不易的北教大附小，平平穩穩地做了八年的校長，功成身
退，回大學繼續誨人不倦的教職，實屬難能可貴。

　　再來，我又讀了但昭偉教授的文章，留英的但教授與道生的研究
室正好隔鄰，常常談天論地。看到但教授的文中寫到道生對長沙馬王
堆漢墓出土帛書《易經》卦序的問題，勾起我一段深深難忘的回憶，
我想藉這個難得的機會，在這裡把它記下來。

　　時間回到一九八三年，當時盛大舉辦的「第三十一回亞洲北非人
文科學國際會議」在日本召開，會議的總召集人是當時日本天皇御弟
三笠宮親王。道生受邀，提了〈三易與帛書卦序表微〉一文參與。在
邀請函裡，歡迎與會學者攜眷參加，開幕在東京有一場「雅樂」表
演，閉幕在京都有「茶道」表演，都在招待範圍之內，道生邀我同
往，為的是要觀賞「雅樂」的表演。在那個年代，只有在日本宮內廳
的皇親國戚才能看到，一般平民難得一見，道生想藉此機會，讓我去
見識一下。

　　我們搭乘日本亞細亞航空飛往東京。這裡有個插曲：一上飛機，
就在門口聽到一聲「老師！」抬頭一看，是一位漂亮的空姐在叫我，
讓我又驚又喜，匆忙間只問她是哪一系的學生，原來是阿拉伯語文學
系，那是政大出美女最多的一個系。這位學生當時在商務艙服務，所
以請了經濟艙的日本空姐招呼我倆。這位美麗的日本空姐殷勤有禮，
從上機到下機不停地倒酒、送茶、拿點心，用日本腔的國語親切的叫
我「老師」，聽了覺得很有意思。下機時還送了我們兩個亞航的精緻
皮包、兩罐日本特級清酒（至今還在家裡櫃子放著）、兩副撲克牌。
這是教學生涯中很值得記上一筆的故事，在此寫下，為的是感謝那位
我忘問姓名的美麗學生與日本空姐。

　　言歸正傳。第一天大會在東京的日本劇院，親王與重要來賓致詞後，便是雅樂的演出，令我們大開眼界。實則雅樂是我國唐代讌樂舞（618-907）傳入日本之後，日本稱其為雅樂。在唐代時，是在國家慶典接待外賓或貴族文人宴飲時的表演舞蹈，日本也不例外，很重視這次舉辦的國際學術會議，不吝拿來招待各國學者。

　　引起我們對雅樂的興趣與注意，起因民國五十六年時在師大求學，很幸運遇到了我們至敬至愛的老師　劉鳳學教授。劉教授獲得英國拉邦舞蹈學院哲學博士學位，是臺灣第一位舞蹈學博士──剛從日本東京教育大學（現筑波大學）研究舞蹈學，同時在日本宮內廳跟隨辻壽男先生學習唐樂舞之動作與樂譜，並向江口隆哉先生學習舞蹈創作法，學成歸來，當我們班導師。上課時，老師依學生的能力、程度、興趣分組，將學來的樂舞、舞蹈創作法傾囊相授，讓大家都能有效的學習吸收。後來我們便在老師的指導下，於民國五十七年，在臺北中山堂演出《春鶯囀》、《崑崙八仙》、《蘭陵王》、《拔頭》以及現代舞等舞作。

　　那時身為學生舞者的我們，練完舞後總覺得配樂中日本音樂風格太過濃厚，不容易抓到表演節奏，舞步中的移動，諸如抬腳、慢蹲、站起，呼吸都很緩慢，且規範很嚴，空間的方向、速度與力度的變化不大，感情性表達雖說穩重、端莊，但嚴肅，練完舞或表演完，總感覺沉悶、呆板、壓抑，同學們總會深深吐一口氣。我不知當時在座觀賞雅樂的那些二十世紀的學者，好不容易期待在日本劇院觀賞七世紀的唐樂舞，雖然舞者穿著絢麗華貴的宮廷服飾，認真地表演，但沉悶的音樂、蕭穆的表情、變化不大的舞步，是否也有興發蘇東坡那一首「廬山煙雨浙江潮」的感覺？

　　敏銳度極高的劉老師，豈會不知舞者與觀賞者的反應？但她非常珍惜這得之不易的文化遺產，鍥而不捨，經年累月窮盡鑽研。從我們

初演起，就沒有間斷，用了大半生的心力，埋首於圖書館、研析中日兩國的文化典章制度、文獻發掘保存工作等，又耗費一生的時間，在舞蹈教室訓練學生的身體動作、心理素質、文化修養等，真可說是三、四十年磨一劍。

二○○二年呈現在國家劇院的《春鶯囀》、《蘇合香》、《皇帝破陣樂》等舞碼，音樂禮請臺灣民族音樂家吳瑞呈編曲，黃忠琳的立體舞臺設計、翁孟晴設計服裝、車光謙的燈光設計，結合各領域的菁英進行對唐樂舞的重建再重建、創作再創作，呈現舞臺時，令人眼睛為之一亮，大受好評，驚豔世人。《春鶯囀》中舞者華麗典雅的舞衣、《蘇合香》中精美的頭飾，以及舞者的一舉一動、眼神儀態，無不端莊穩重、流暢洗鍊，更能掌握舞作的動作質感、氣韻、加上編舞者獨特的舞蹈空間安排，使得演出氣勢磅礴，真實地還原我們唐代樂舞的本來面目。

劉老師年輕時畢業長白師範學院，逃難至臺灣，執教於師範大學，這期間成立現代舞蹈研究中心，及新古典舞團。舞團的演出，除全臺灣的表演中心外，曾多次受邀至歐洲、美國、俄羅斯、大陸、東南亞等地，獲得極高的評價。主持編撰《舞蹈辭典》，曾獲得國家文藝獎、教育部成就獎、行政院文化獎等多種獎項，不勝枚舉。

老師對臺灣舞蹈教育、舞蹈表演，貢獻卓著，無與倫比，在舞蹈界有著非常崇高的地位。老師於今年（2023）以九十八歲的高齡往生極樂，生前無大病苦，且身旁經常圍繞著新古典舞團團員，盡心的服侍、陪伴老師走最後一段路，妥善圓滿處理後事，安詳走完她美好的一生。用一點篇幅，實在不足以緬懷他的提攜之恩。

話說回日本的大會。晚上三笠宮親王和穿著素淡高雅和服的王妃，在新開幕的王子飯店，招待各國學者與眷屬。親王和王妃站在入口處，親切地以簡單的英文，向魚貫而入的來賓一一問候，握手寒

喧，展現王室的親和力。在親王和王妃的主持下，晚宴期間豐盛的餐點供應不斷，觥籌交錯，賓主盡歡。

　　第二天，學術會議正式登場，道生發表的時間排在下午第一場次。因漢墓出土的帛書《易經》與傳世《易經》文本有所不同，而舉世學者均未能解釋。道生研究發現，我們常見的《易經》卦序，不是唯一可呈現的次序，他依另一種邏輯，經由新數學的幫助，融合了文字學的推證，把卦序做了全新的安排。沒想到馬王堆出土的古物《易經》相關文物中，《易經》六十四卦的卦序，竟然與道生推算出夏易的卦序不謀而合，這一發現，正如但昭偉教授所說的，讓道生樂不可支，所以滿心歡喜，提出論文與會發表（對《易經》有興趣的讀者可以參考他寫的相關文章）。

　　大會特請「漢墓帛書整理小組」的主持人，中國知名學者張政烺教授主持與評論。一向個性溫和謙讓、謹言慎行的道生，出乎我意料之外，在發表時竟然喜孜孜的說：中國幾千年來，縱如朱熹（晦庵）、鄭玄（康成），集經學大成那樣的大哲學家，都沒有這樣的發

現。坐在底下聆聽的我，一時不敢置信，道生怎麼會這樣說話呢？現在想想，道生確實是對自己的研究發現太過興奮，好像挖到礦脈那樣欣喜！不過當時我瞥眼一看主持人張教授的表情，只見他面帶微笑、頻頻點頭，大概是頗有認同，最後講評，張教授也逕向在座學者稱許道生，說他「學問淵博」，對《易經》深有研究。最後論文總評階段，著名古文字學家，東京大學松丸道雄教授也稱道生的研究「有創見」。這是道生在孤獨的研究生涯中，少數公開得到的認同與肯定，彌足珍貴，應該在這兒記上一筆。

閉幕式全體人員移師到京都的國際會議廳。遊覽車路過箱根時，大會還特別稍作停留，讓大家坐船欣賞幽深寂靜的箱根蘆之湖。湖畔有眾多休閒設施和伴手禮商店，沿湖美不勝收。我們隨興在一家商店的院子拍了一張很悠閒自然的照片。

　　邀請表演的小姐合影留念，這張相片，我一直保留至今，放在書櫃的顯眼處。

　　這次的國際會議，籌備就耗時三年多，最後招待了來自各國的一千多位學者與眷屬，場面浩大。不僅有豐盛的晚宴、舞蹈、茶道表演，還有遊湖行程等，都能有條不紊地進行，讓我們這些與會人員，不得不讚賞日本主辦單位的大氣大方、周到有禮。日本人辦事的效率與認真態度，值得我們學習。

　　感謝但昭偉教授，引導我去追憶三十多年前的塵封往事。《教育論叢》專刊的最後，還有現任暨南大學教育系主任黃文定教授，在學時與幾位同學訪問道生的文章，讓我看到道生受學生歡迎景仰的一面。要不是師生之間心靈息息相通，加上訪談的黃教授與同學們，學植深厚，文、史、哲的修養具有相當的程度，不容易寫出這麼一篇觀察入微的好文章。

　　專刊中，這些紀念、訪談的文字，在在讓我感佩。而專刊的主體，是選輯了道生的十二篇論文。這些論文原本都發表在數十年前的

不同刊物上，林建銘教授帶領簡淑怡、吳惠婷兩位老師，花費很多的時間與心力，將它們重新打字、編輯、製表製圖，這些都不是他們職分內的事情，卻都能如此用心地完成，我真的衷心感謝。

更重要的是，《教育論叢》紀念專刊的出版，讓我萌生將道生的其他文章編輯出版的念頭。道生一生對自己的研究、發表的論文，深為愛惜，也希望嘉惠後學，我想幫他完成這個心願。而且不只「易學」，在整理他的書房時，發現他的「教育史研究」論文，也曾發表於《大陸雜誌》等學術性的刊物，不僅發現新史實，糾正舊謬誤，對秦代及先秦商周部分，能補正史、政書之缺失者亦所在多有，可說有重建之功。此外，道生曾主編《教育史》大專用書，經學生比較，亦認為內容實用、觀念新穎、系統嚴整，為他書所不及，廣為教育系乃至外系學生歡迎，為正中書局採用為教科書者達十餘處。我想這些文章都有益於後學，若能趁我有生之年，在林建銘教授選輯的基礎上，擴充編輯，出版專書，幫道生完成未了的工作與心願，那我就心滿意足了。只是，這份工作實在遠超我的能力之上，也實在不能再麻煩建銘，畢竟他還有自己的研究工作。正在憂慮不已時，政大同事，好友林麗娥教授，幫我找到了政大中文系畢業的徐偉軒博士，為道生編纂此書。經過年餘的蒐集，收錄三十餘篇，幾乎是道生的全集，除了每篇都經徐博士仔細編校之外，他更為道生編撰著作目錄與事略，讓這本《陳道生易學與教育學論集》可以完整的呈現道生一生的學行。編輯工作差不多完成之後，便交由萬卷樓圖書公司出版，並經由經學專家，政大中文系車行健教授推薦，收錄在「臺灣經學叢刊」中，讓道生在易學上的耕耘成果，能夠被經學界知曉，非常感謝車教授。最後，又蒙張曉生副校長教授同意為本書作序，我也要在此深致謝忱。

這就是這本論集的誕生過程。這當中有道生一生的學問，有我們的回憶和想望，有師友同儕的可貴情誼，有年輕學人的追緬致敬。這

本論集出版，我想道生應了無遺憾。感謝林建銘教授、徐偉軒博士為他做了學問的傳承。《華嚴經》上說：「一花一世界，一葉一如來，一草一天堂，一砂一極樂，一方一淨土，一笑一塵緣。」塵緣將盡，剩下的唯有微笑。

施淑慧

民國一一三年三月

刊誤啟事

因手民之誤，頁701首段內容脫誤，特此更正為：

到了京都，閉幕式的重頭戲是茶道表演，就在會議廳旁，一所庭院深深的日式房屋中舉行。我們十人一組被請進廳內，分作兩側坐下，廳中則坐著一位端莊典雅、容貌秀麗的小姐，便是茶道表演的主角。表演中，兩旁走出了各五位端著精緻碟子、茶碗，穿著亮麗和服的日本小姐，像選美一樣魚貫而入，走到我們面前，奉上抹茶和像麻糬的小甜點。道生一直忙著幫她們拍照，興致一高，更是主動上前，邀請表演的小姐合影留念，這張相片，我一直保留至今，放在書櫃的顯眼處。

經學研究叢書・臺灣經學叢刊　0505008

陳道生易學與教育學論集

作　　者　陳道生
編　　者　徐瑋軒
責任編輯　林以邠
特約校對　林秋芬

發 行 人　林慶彰
總 經 理　梁錦興
總 編 輯　張晏瑞
編 輯 所　萬卷樓圖書股份有限公司
　　　　　臺北市羅斯福路二段 41 號 6 樓之 3
　　　　　電話 (02)23216565
　　　　　傳真 (02)23218698

發　　行　萬卷樓圖書股份有限公司
　　　　　臺北市羅斯福路二段 41 號 6 樓之 3
　　　　　電話 (02)23216565
　　　　　傳真 (02)23218698
　　　　　電郵 SERVICE@WANJUAN.COM.TW
香港經銷　香港聯合書刊物流有限公司
　　　　　電話 (852)21502100
　　　　　傳真 (852)23560735

ISBN 978-626-386-038-4
2024 年 5 月初版
定價：新臺幣 1200 元

如何購買本書：

1. 轉帳購書，請透過以下帳戶
　合作金庫銀行 古亭分行
　戶名：萬卷樓圖書股份有限公司
　帳號：0877717092596
2. 網路購書，請透過萬卷樓網站
　網址 WWW.WANJUAN.COM.TW

大量購書，請直接聯繫我們，將有專人為
您服務。客服：(02)23216565 分機 610

如有缺頁、破損或裝訂錯誤，請寄回更換

國家圖書館出版品預行編目資料

陳道生易學與教育學論集/陳道生著；徐瑋軒
編.-- 初版.-- 臺北市：萬卷樓圖書股份有限
公司, 2024.05
　面；　公分.-- (經學研究叢書. 臺灣經學叢
刊；505008)
ISBN 978-626-386-038-4(平裝)
1.CST: 陳道生 2.CST: 學術思想 3.CST: 易學
4.CST: 教育理論 5.CST: 文集

121.1707　　　　　　　　　　113000110